U0109260

人民共和國文化與文學叢書

三 編

李 怡 主編

第 **2** 冊

左顧右盼
——共和國文史論集

王彬彬 著

花木蘭文化出版社

國家圖書館出版品預行編目資料

左顧右盼 —— 共和國文史論集／王彬彬 著 -- 初版 -- 新北市：花
木蘭文化出版社，2016〔民 105〕
目 2+310 面；19×26 公分
（人民共和國文化與文學叢書 三編：第 2 冊）
ISBN 978-986-404-649-2（精裝）
1. 中國當代文學 2. 文學評論
820.8   105012605

特邀編委（以姓氏筆畫為序）：

人民共和國文化與文學叢書
三 編 第 二 冊　　　　　ISBN：978-986-404-649-2

左顧右盼——共和國文史論集

作　　者　王彬彬
主　　編　李 怡
企　　劃　北京師範大學民國歷史文化與文學研究中心
　　　　　四川大學現代中國文化與文學研究中心
總 編 輯　杜潔祥
副總編輯　楊嘉樂
編　　輯　許郁翎、王 筑　美術編輯　陳逸婷
印　　刷　普羅文化出版廣告事業
出　　版　花木蘭文化出版社
社　　長　高小娟
聯絡地址　235 新北市中和區中安街七二號十三樓
　　　　　電話：02-2923-1455／傳真：02-2923-1452
網　　址　http://www.huamulan.tw 信箱 hml810518@gmail.com
初　　版　2016 年 9 月
全書字數　278852 字
定　　價　三編20冊（精裝）台幣36,000 元

左顧右盼
——共和國文史論集

王彬彬　著

作者簡介

王彬彬，1962 年 11 月生，安徽省望江縣人。1992 年 7 月畢業於復旦大學，獲文學博士學位。主要研究中國現代文學與文化，現爲南京大學文學院教授，有著作多種。

提　　要

本書從多個角度觀察研究了「共和國時期」的文學與文化問題，對諸多老問題發表了新的見解，更發現和剖析了一系列新問題。進入「共和國時期」，知識分子與政治的關係較民國時期更爲緊張，本書多篇文章揭示了「共和國時期」知識分子與政治的緊張關係。柳亞子、郭沫若、鄧拓、于會泳、余秋雨、王朔等幾代知識分與時代的糾葛，在本書中有精細的呈現。

正在成爲「知識」建構的中國現當代文學研究——「人民共和國文化與文學叢書」三輯引言

李　　怡

一

　　回顧自所謂「新時期」以來的中國現當代文學研究的發展，我們會明顯發現一條由熱烈的思想啓蒙到冷靜的知識建構的演變軌跡：1980 年代的鋪天蓋地的思想啓蒙讓無數人爲之動容，1990 年代以來的日益冷靜的學科知識建構在當今已漸成氣候。前者是激情的，後者是理性的，前者是介入現實的，後者是克制的，與現實保持著清晰的距離，前者屬於社會進步、思想啓蒙這些巨大的工程的組成部分，後者常常與「學科建設」、「知識更新」等「分內之事」聯繫在一起。

　　當文學與文學研究都承載了過多的負荷而不堪重負，能夠回返我們學科自身，梳理與思索那些學科學術發展的相關內容，應當說是十分重要的。很明顯，正是在文學研究回返學科本位之後，我們才有了更多的機會與精力來認眞討論我們自己的「遊戲規則」問題——學術規範的意義，學術史的經驗，以及學科建設的細節等等。而且，只有當一個學科的課題能夠從巨大而籠統的社會命題中剝離出來，這個學科本身的發展才進入到一個穩定有序的狀態，只有當旁逸斜出的激情沉澱爲系統的知識加以傳播與承襲，這個學科的思想才穩健地融化爲文明體系的有機組成部分。從這個意義上說，正在成爲「知識」建構的中國現當代文學研究，是我們學科成熟的眞正標誌。

　　當然，任何一種成熟都同時可能是另外一些新的危機的開始，在今天，當我們需要進一步思考學科的發展與學術的深化之時，就不得不正視和面對這樣的危機。

二

當中國現當代文學研究在日益嚴密的「學術規範」當中成爲文明體系知識建設的基本形式，這是不是從另外一個方向上意味著它介入文明批判、關注當下人生的力量的某種減弱，或者至少是某些有意無意的遮蔽？

學術性的加強與人生力量的減弱的結果會不會導致學科發展後勁的暗中流失？例如，在 1980 年代，中國現當代文學研究的曾經輝煌在很大程度上得之於廣大青年學子的主動投入與深切關懷，在這種投入與關懷的背後，恰恰就是中國現當代文學研究的人生介入力量：中國現當代文學與廣大青年思考中、探索中的人生問題密切相關。在這個時候，中國現當代文學的存在主要不是作爲一種「學科知識」而是自我人生追求的有意義的組成部分。在那個時候，不會有人刻意挑剔出現在魯迅身上的「愛國問題」、「家庭婚姻問題」乃至「藝術才能問題」，因爲魯迅關於「立人」的設想，那些「任個人而排眾數，掊物質而張靈明」的論述已經足以成爲一個「重返人性」時代的正常的人生的理直氣壯的張揚。同樣，在「五四」作家的「問題小說」，在文學研究會「爲人生」，在創造社曾經標榜「爲藝術」，在郭沫若的善變，在胡適的溫厚，在蔡元培的包容，在巴金的眞誠，在徐志摩的多情，在蕭紅的坎坷當中，中國現當代文學不斷展示著它的「回答人生問題」的能力，而中國現當代文學研究則似乎就是對這些能力的細緻展開和深度說明。今天的人們可能會對這樣的提問方式及尋覓人生的方式感到幼稚和不切實際，然後，平心而論，正是來自廣大青年的這份幼稚在事實上強化了中國現當代文學的魅力，造就和鞏固了一個時代的「專業興趣」。今天的學術界，常常可以讀到關於 1980 年代的批判性反思，例如說它多麼的情緒化，多麼的喪失了學術的理性，多麼的「西化」，也許這些反思都有它自身的理由，然而，我們也不得不指出，正是這些看似情緒化的中國現當代文學研究方式，不斷呈現出某些對現實人生的傾情擁抱與主體投入，來自研究者的溫熱在很大的程度上煽動了青年學子的情感，形成了後來學術規範時代蔚爲大觀的學術生力軍。

從 1980 到 1990，從「人生問題」的求解到「專業知識」的完善，這樣的轉換包含了太多的社會文化因素，其中的委曲非這篇短文所能夠道盡。我這裏想提到的一點是，當眾所週知的國家政治的演變挫折了知識分子的政治熱情，是否也一併挫折了這份熱情背後的人生探險的激情？當知識分子經濟地位的提高日益明顯地與專業本位的守衛相互掛靠的時候，廣大的中國現當代

文學工作者的自我定位是否也因此已經就發生了根本性的改變？

而這些自我生存方式的改變是不是也會被我們自覺不自覺地轉化爲某種富有「學術」意味的冠冕堂皇的說明？

如果眞是這樣，那麼，作爲今天的文學研究者，我們不僅要保持一份對於非理性的「激情方式」的警惕，同樣也應該保持一份對於理性的「學術方式」的警惕。

三

在中國現當代文學研究日益成爲知識建構工程的今天，有一種流行的學術方式也值得我們加以注意和反思，這就是「知識社會學」的研究視野與方法。

知識社會學（sociology of knowledge）著力於知識與其它社會或文化存在的關係的研究。其思想淵源雖然可以追溯到歐洲啓蒙運動以來的懷疑論傳統和維科的《新科學》，首先使用這一詞彙的是 1924 年的馬克斯・舍勒，他創用了 Wissenssoziologie 一詞，從此，知識社會學作爲一門獨立的學科確立了起來。此後，經過卡爾・曼海姆、彼得・伯格和托馬斯・盧克曼的等人的工作，這一研究日趨成熟。1970 年代以後，知識社會學問題再次成爲西方社會科學研究中的焦點。據說，對知識的考察能夠從知識本身的邏輯關係中超越出來，轉而揭示它與各種社會文化的相互關係，乃是基於知識本身的確在一個充滿了文化衝突、價值紛爭的時代大有影響，而它所置身的複雜的社會文化力量從不同的方向上構成了對它的牽引。

同樣，文化的衝突與價值的紛爭不僅是 1990 年代以降中國知識界的普遍感受，它們更好像是中國近現當代社會發展過程的基本特徵。中國現當代文化的種種「知識」無不體現著各種文化傳統（西方的與古代的）、各種社會政治力量（政黨的、知識分子的與民間的、國家的）彼此角逐、爭奪、控制、妥協的繁複景象，中國現當代文化的許多基本概念，如眞、善、美，「爲人生」、「爲藝術」、現實主義、浪漫主義、現當代主義、古典主義、象徵主義、生活等等至今也沒有一個完全統一的解釋，這也一再證明純知識的邏輯探討往往不如更廣闊的社會文化的透視，此種情形聯繫到馬克思「社會存在決定社會意識」這一著名的而特別爲中國人耳熟能詳的觀點，當更能夠見出我們對「知識社會學」的強大的需要。事實是，在西方知識社會學的發生演變史上，馬

克思的確就是為知識社會學給出了一條基本原理，即所有知識都是由社會決定的。正如知識社會學代表人物曼海姆所指出的那樣：「事實上，知識社會學是與馬克思同時出現：馬克思深奧的提示，直指問題的核心。」〔註1〕

今天的中國現當代文學研究，正需要從不同的角度揭示出精神的產品背後的複雜社會聯繫。這樣的揭示，將使我們的文化研究不再流於空疏與空洞，而是通過一系列複雜社會文化的挖掘呈現其內部的肌理與脈絡，而這樣的呈現無疑會更加的理性，也更加的富有實證性，它與過去的一些激情式的價值判斷式的研究拉開了距離。近年來，學術界比較盛行的關於現當代傳媒與現當代文學關係、現代社會體制與現當代文學關係、現代政治文化與現當代文學關係、現代經濟方式與現當代文學關係等等的探索都是如此。

當然，正如每一種研究方式都有它不可避免的局限一樣，知識社會學的視野與方法也有它的限度。具體到中國現當代文學的闡釋當中，在我看來，起碼有兩個方面的局限值得我們加以注意。

其一是「關係結構」與知識創造本身的能動性問題。知識社會學的長處在於分析一種知識現象與整個社會文化的「關係」，梳理它們彼此間的「結構」，這樣的研究，有可能將一切分析的對象都認定為特定「結構」下「理所當然」的產物，從而有意無意地忽略了作為知識創造者的各種能動性與主動性，正如韋伯認為的那樣，把知識及其各種範疇歸併到一個以集體性為基礎的潛在結構之中容易導致忽視觀念本身的能動作用，抹殺人作為主體參與形成思想產品的實踐活動。關於中國現當代文學的研究也是如此，一方面，我們應該對各種社會文化「關係網絡」中的精神現象作出理性的分析，但是，在另一方面，卻又不能因此而陷入到「文化決定論」的泥沼之中，不能因此忽略現代中國知識分子面對種種文化關係之時的獨立思考與獨立選擇，更不能忽視廣大知識分子自身的生命體驗。在最近幾年的中國現當代文學與現當代文化研究當中，我以為已經出現了這樣的危險，值得我們加以警惕。

其二便是知識社會學本身的難題，即它學科內部邏輯所呈現出來的相對主義問題。正如默頓指出的那樣，知識社會學誕生於如下假定，即認為即使是真理也要從社會方面加以說明，也要與它產生於其中的社會聯繫起來，因為不僅謬誤、幻覺或不可靠的信念，而且真理都受到社會（歷史）的影響，這種觀念始終存在於知識社會學的發展中。西方批評界幾乎都有這樣的共

〔註1〕曼海姆：《知識社會學導論》中譯本 97 頁，臺灣風雲論壇有限公司 1998 年。

識：知識社會學堅持其普遍有效性要求就意味著主張所有的知識都是相對的，所以說全部知識社會學都面臨著一個共同的相對主義問題，知識社會學止步於真理之前，因為這門學科本身即產生於用一種對稱的態度看待謬誤和真理。應該說，中國現代文化的發展本身是一個「尚未完成」的過程，包括今天運用著知識社會學的我們，也依然置身於這樣的歷史進程，作為一個時代的知識分子，並且必須為這樣的過程做出自己的貢獻，因而，即便是學術研究，我們也沒有理由刻意以學術的所謂中立性去消解我們對真理本身的追求和思考，我們不能因為連續不斷的「關係結構」的分析而認為所有的文化現象都沒有歷史價值的區別，在這裏，「公共知識分子」的精神應該構成對「專業知識分子」角色的調整甚至批判，當然，這首先是一種自我的反省與批判。

總之，知識社會學的視野與方法無疑有著它的意義，但是，同樣也有著它的限度，在通常的時候，其研究應該與更多的方法與形式結合在一起，成為我們思想的延伸而不是束縛。

在中國現當代文學研究日益成為「知識化」過程一部分的時候，我們能夠對我們所依賴的知識背景作多方面的追問，應當是一件富有意義的事情。

目

次

柳亞子的「狂奴故態」與「英雄末路」

「頭顱早悔平生賤」

在毛澤東堪稱漫長的一生中，與其有過詩詞唱和者，只有郭沫若、柳亞子與周世釗三人。在民國時期，柳亞子就是活躍於政界和文界的大名人。但民國時期的名人，許多在 1949 年後都遁跡銷聲，而柳亞子卻知名度更高了，這要歸功於與毛澤東的詩詞唱和。毛澤東的《浣溪沙·和柳亞子先生》（「長夜難明赤縣天」）長期被選入中學語文課本，使得所有讀過中學的人，都知道有個柳亞子。在使得柳亞子具有廣泛知名度上，毛澤東的另一首詩《七律·和柳亞子先生》（「飲茶粵海未能忘」）也同樣功不可沒。特別是在「文革」期間，毛澤東詩詞成了家喻戶曉的「聖經」，柳亞子也就跟著家喻戶曉了。毛澤東詩詞中的有些句子，更成爲眾口傳誦的「名句」，與毛澤東的那些著名語錄一樣，頻頻被人們在談戀愛、寫情書、發言、談話、辯論、寫文章等各種公私場合引用。而《浣溪沙·和柳亞子先生》中的「一唱雄雞天下白」和《七律·和柳亞子先生》中的「牢騷太盛防腸斷，風物長宜放眼量」，便都是這樣的「名句」。尤其是後者，同「四海翻騰雲水怒，五洲震蕩風雷激」、「金猴奮起千鈞棒，玉宇澄清萬里埃」、「宜將剩勇追窮寇，不可沽名學霸王」等毛澤東的其它「名句」一起，被出版社作爲對聯印刷出版，在各地「新華書店」銷售，從而被貼在各種可以貼對聯的地方。

知道「牢騷太盛防腸斷」這「名句」出自毛澤東之手的人，大概都知道這句詩本是針對柳亞子的「牢騷」而作。既然被毛澤東稱爲「太盛」，可見柳亞子的「牢騷」頗有力度。但這「牢騷」的具體內容爲何，卻始終是懸案。少數知情者的閃爍其詞，更讓這「牢騷」帶上一層神秘的色彩。

1949 年 3 月 18 日，柳亞子從香港輾轉來到北平。其時，大批在國共相爭中站在共產黨一邊的「民主人士」，在中共號召和安排下，雲集於此。他們是被中共邀請來協商召開新政協的。以柳亞子此前的政治表現和社會聲望，以柳亞子與毛澤東「老朋友」的關係，當然在被邀請之列。柳亞子與黃炎培、章乃器、錢偉長等數十人，同住六國飯店。10 天後的 3 月 28 日夜，柳亞子寫了《感事呈毛主席一首》（見柳亞子《磨劍室詩詞集》，上海人民出版社 1985 年版。本文所引柳詩，均見該書）。全詩如下：

> 開天闢地君真健，說項依劉我大難。
>
> 奪席談經非五鹿，無車彈鋏怨馮驩。
>
> 頭顱早悔平生賤，肝膽寧忘一寸丹。
>
> 安得南征馳捷報，分湖便是子陵灘。

這首詩，第一句意思很明白，是在稱頌毛澤東「開天闢地」的壯舉。第二句便開始發「牢騷」了。「說項」即稱譽他人之意，這裏應指自己長期對共產黨的擁護和襄助。「依劉」則指投靠他人。根據專家解釋，「依劉」典出三國時期王粲依附劉表卻又不受禮遇不被重用的故事。「說項依劉我大難」，意思就是說：我長期站在共產黨一邊，為共產黨盡心盡力，如今卻像依附劉表的王粲一樣受冷落，我實在受不了。第三句用了兩個典故。「奪席」指奪取他人的席位。《後漢書·戴憑傳》：「正旦朝賀，百僚畢會，（光武）帝令群臣能說經者更相難詰，義有不通，輒奪其席，以益通者。憑遂重坐五十餘席。」五鹿為複姓，這裏指西漢的五鹿充宗。《漢書·朱雲傳》說：五鹿充宗深得漢元帝的寵信，佔據著談經的席位。元帝令五鹿充宗與其它人辯論，但其它人懾於元帝對充宗的寵信而「莫能與抗，皆稱疾不敢會」。後來充宗終於敗在朱雲口下。柳亞子將這兩個典故同用，意在說明自己是像戴憑一樣有真才實學而非像五鹿充宗那樣不堪一擊。第四句用的是《史記·孟嘗君傳》中馮驩慨歎「食無魚」、「出無車」的典故，這是大家都知道的熟典。第五句「頭顱早悔平生賤」，是「早悔平生頭顱賤」的倒裝句，意思是說：我後悔平生為了你這個朋友、為了共產黨人的事業而不計生死、而甘願拋頭顱灑熱血，——這「牢騷」就發得有點咄咄逼人、不知輕重了。柳亞子也知道這一句算是把話說兜底了，只能退不能再進了，於是有了第六句的語意轉折。「肝膽寧忘一寸丹」是「寧忘一寸肝膽丹」的倒裝句，意思是說：我對你這個朋友、對共產黨，仍是一片赤膽忠心。第五句和第六句意思多少有些矛盾，或者說，第六句的轉折有

些突兀，但其實這正可以看出柳亞子寫此詩時的眞實心態。柳亞子此時心中有著巨大的委屈，有著嚴重的不平衡。他給毛澤東寫此詩，要表達這種委屈和不平，但表達委屈和不平是手段而不是目的；目的是要引起毛澤東的注意和同情，從而做出對他有利的干預。要引起毛澤東的注意，就要把話說得狠些；要讓毛澤東同情並干預，卻又不能只說狠話，還要表示「此心未改」。這樣，就有了第五句的「悔」和第六句的「雖九死其猶未悔」。最後兩句是說：什麼時候共產黨的軍隊佔領了我的家鄉，我就要回到那裏，像嚴子陵那樣隱居了。分湖，是柳亞子家鄉吳江縣的一座湖。爲怕毛澤東不懂，柳亞子在詩後特意做了說明。這等於是在讓毛澤東做出選擇：要麼滿足我的願望，要麼讓我撂挑子走人。當時，毛澤東正忙著建立新的政權，是很需要柳亞子這樣的著名「民主人士」合作的。柳亞子如果眞的拂袖而去，那負面的政治影響是很大的。毛澤東當然不願看到這種局面。但這又並不意味著就要實質性地滿足柳亞子的要求。既穩住柳亞子，讓他繼續爲新政權的建立和穩固發揮作用，又不讓柳亞子想得到什麼就得到什麼，這是其時的毛澤東必須做到也不難做到的。

　　柳亞子詩的最後兩句，有著明顯的撒嬌意味。其實，這整首詩，都與其說是在發牢騷，毋寧說是在撒嬌。正因爲是在撒嬌，所以「分湖便是子陵灘」云云，不過是說說而已。毛澤東當然體味到了這種撒嬌之意，所以他非常清楚地知道並不需要實質性地滿足柳亞子的要求，就能穩住他。

「倘遣名園長屬我」

　　毛澤東3月25日到達北平，柳亞子28日便寫了這首詩。那時的毛澤東，用日理萬機來形容一點也不過分，所以並沒有馬上理會柳亞子的牢騷。查柳亞子日記，可知這期間，柳亞子火氣越來越大。例如，4月7日日記寫道：「以後當決心請假一月，不出席任何會議，庶不至由發言而生氣，由生氣而罵人，由罵人而傷身耳！」〔註1〕4月25日，柳亞子從六國飯店搬到了頤和園內的益壽堂，居住條件大爲改善。但搬出六國飯店而移到更好住處的，並非柳亞子一人。柳亞子4月25日日記寫道：「寰老（引按：即俞澄寰）言明日亦將他遷，聖陶、墨林、雲彬、彬然來辭行，言今天上午即走，從此六國飯店，將

〔註 1〕 見柳亞子：《北行日記》，載《自傳・年譜・日記》，上海人民出版社 1986 年
　　　　11 月版。

成雲散風流之局面了。」〔註2〕可見當時有許多人都被重新安排了住處，並非因爲柳亞子發了「牢騷」而對其特別照顧。但柳亞子能入住條件特別好的頤和園，卻又不能不說因發「牢騷」而受到了特別的安撫。4月29日，毛澤東寫了《七律・和柳亞子先生》，並派秘書田家英送給了柳亞子。全詩如下：

　　飲茶粵海未能忘，索句渝州葉正黃。

　　三十一年還舊國，落花時節讀華章。

　　牢騷太盛防腸斷，風物長宜放眼量。

　　莫道昆明池水淺，觀魚勝過富春江。

毛澤東的和詩，比柳亞子的原詩要好懂得多。1926年四五月間，毛柳相識於廣州，第一句說的即是此事。柳亞子在1941年《寄毛潤之延安》詩中，有「雲天倘許同憂國，粵海難忘共品茶」之句，故毛澤東有「飲茶」之語。第二句說的是1945年「重慶談判」期間，柳亞子向毛澤東索詩事。在重慶（舊稱渝州），柳亞子曾向毛澤東索詩，後來毛澤東手書了《沁園春・雪》寄柳亞子。這兩句以憶舊的方式表明自己並沒有忘記老朋友，表明自己還記得二人間的交情。第三、四兩句，說的是眼前的事。毛澤東於1918年初次到北京，1949年回來，相隔31年。「讀華章」則指讀到了柳亞子發「牢騷」的詩。只是「落花時節」有點費解。柳亞子發「牢騷」的詩，寫於公曆的3月，相當於中國舊曆的「早春二月」，正是百花初發之時，不知毛澤東何以稱之爲「落花時節」。第五、六兩句，語淺意明，不用解釋。第七句的昆明池即柳亞子正居住的頤和園中的昆明湖。富春江是嚴子陵垂釣之地。因柳亞子發「牢騷」的詩中有學嚴子陵歸隱之語，故毛澤東說昆明湖「勝過」富春江。

　　柳亞子發「牢騷」的詩，只是說了些氣話，看不出他具體的訴求。但知情者的回憶，卻讓人覺得柳亞子不僅僅只給毛澤東寫了這首詩，還提出了具體的要求。曾彥修在《關於柳詩「牢騷」問題致編者》一文中說：

　　　　對於此事（引按：柳詩「牢騷」事），我也有一個比較可靠的資料來源，這便是田家英同志（毛主席的秘書，當時常在毛柳之間傳送書信、詩稿等），當時即對我閒談過這件事。1949年3至6、7月，進城後我住在北京西郊香山上。當時每飯都要在大食堂遇見田家英同志，因係老熟人，他有時也偶把一些無關黨和國家機密的藝文瑣

〔註2〕見柳亞子：《北行日記》，載《自傳・年譜・日記》，上海人民出版社1986年
　　　11月版。

事對我閒吹之。有一天，他好像是下山去送毛主席答柳亞子先生的詩回來，晚飯後同我一起散了一會步，他極力稱道毛主席最近做了一首好詩，並把這詩念給我聽了，這就不能不順便解釋一下「牢騷」所指何事了……但田已不在人世，我無權公開私人間的閒談；同時我更無權逕談此事。這是無可如何的事，只能對讀者表示歉意。現在知道此事內容的人固然不會太多了，但我估計也不會太少。現在把田家英同志對我談的事情，抽象地、原則地談談，我想還是可以的……

　　據田告訴我，詩裏談的完全是有關柳亞老任職的事。柳要求解放江南後，到江南某地方任職。當時中央領導誠心挽留他，認為中央人民政府成立後，以柳老之身份、名望，自然以留在中樞任職為好。這一點，我們只要認真反覆細讀柳、毛之間的贈答詩，也可以多少體味出來。贈答詩的關鍵，都是末聯二句，這裏已明顯地反映出柳毛二人談的是柳亞老的出處問題。柳詩「安得南征馳捷報，分湖便是子陵灘。」是說的氣話（全詩都是說的氣話），是說解放江南後，他就想回老家江蘇吳江縣（分湖在吳江縣境）去歸隱了。柳在這首詩中語氣都是很重的，當然是有大不快的事存於心中……〔註3〕

柳詩「牢騷」一事，既然已成學術問題，知情者實在應該知無不言，不必顧忌的。不過，從曾文的欲說還休中，我們至少可以肯定：柳亞子當初向毛澤東提出了到江南「某地方」任職的要求。這「某地」，就是柳亞子的故鄉江蘇。以柳亞子罕見的狂傲和自負，這職務的要求，決不會很低，應該是江蘇省的主要領導吧。用老話說，就是「封疆大吏」了。

　　儘管毛澤東並沒有滿足柳亞子的要求，但自己憤言相逼，毛澤東卻溫言相勸，還是一時間令柳亞子很興奮和激動。柳亞子當即又寫了《次韻奉和毛主席惠詩》和《疊韻寄呈毛主席一首》，表達自己的感激之情。毛澤東詩最後兩句，說昆明湖比富春江好，意在勸柳亞子打消歸隱吳江的念頭。歸隱云云，本就是「氣話」。毛澤東一挽留，柳亞子便表示欣然從命。實在可說是就坡下驢。但他似乎又抓住了毛澤東詩的最後兩句不放。《次韻奉和毛主席惠詩》最後兩句是：「昆明湖水清如許，未必嚴光憶富江。」頤和園是暫住之地，這是

〔註 3〕 曾彥修：《關於柳詩「牢騷」問題致編者》，載《隨筆》1994 年第 6 期。

十分明確的。但柳亞子卻大有在此安居之意。如果說這兩句還不足以說明想要長住下去，那《疊韻寄呈毛主席一首》的最後兩句，卻把這意思表達得很充分了：「倘遣名園長屬我，躬耕原不戀吳江。」

怎樣解釋這兩句，也存在著爭議。一種解釋是：柳亞子要求毛澤東把頤和園送給他。從字面上看，這種解釋是很自然的。所謂「長屬我」，當然就是「從此屬於我」的意思。把這兩句詩翻譯成白話，那就是：「如果這頤和園從此屬於我，我就不想歸隱吳江了。」如果柳亞子真有此意，那就不僅是就坡下驢，同時又在順竿上爬了。──這大概是毛澤東始料未及的。但柳亞子的一些親友卻不同意這種解釋。柳無忌、柳無非、柳無垢三人共撰的《我們的父親柳亞子》一書中就說：柳亞子這樣寫僅只「表示他有定居北京之意。文化大革命時，聽說有人用以上詩句批評我父親，說他向毛主席『索取』頤和園，可謂奇談、趣聞。」〔註4〕說柳亞子這些詩句的意思僅僅表示要定居北京，是不能服人的。也許柳亞子的確沒有獨佔頤和園之心，但長住此園之意，卻是肯定有的。

即便柳亞子想要獨佔一座頤和園，也決非不可思議的「奇談、趣聞」。下面我們將看到，比起柳亞子的其它一些奇思妙想，一座頤和園，真不過小菜一碟。

「詩人畢竟是英雄」

柳亞子生於 1887 年，長郭沫若 5 歲，長毛澤東 6 歲。從少年時期起，柳亞子就有著強烈的反清思想，並積極投身於反清的宣傳活動。1903 年，在上海參加由章太炎、蔡元培領導的「愛國學社」；1906 年加入「同盟會」，後又加入「光復會」；1909 年，與高天梅、陳去病等共同創立了「南社」；1924 年，加入改組後的中國國民黨；1925 年，任國民黨江蘇省黨部常務執行委員兼宣傳部長，也算是一省的政要。柳亞子是國民黨內強硬的左派，在國共相爭中，總是堅定地站在共產黨一邊。

雖是一介文弱書生，但柳亞子卻自少年時代起，就有著異常強烈的「英雄情結」。在柳亞子詩中，「英雄」二字，出現的頻率是很高的。金石家曹立庵在回憶柳亞子時，說起過這樣一件事：

〔註4〕柳無忌、柳無非、柳無垢：《我們的父親柳亞子》，中國友誼出版社公司 1989 年版，第 132 頁。

亞子先生對共產黨人充滿了信任和熱愛，而對國民黨的達官貴人則深惡痛絕。記得是在 1945 年秋的一天，亞子先生和郭沫若同志帶我一同上街溜達，走到重慶一座著名的酒樓前，只見出入酒樓的，都是些達官權貴。亞子先生十分氣憤，有意拉我們坐在酒樓對面一處賣牛尾湯的小攤前喝黃酒。當時，亞子先生和郭老早已是海內知名詩人和社會賢達，他們的這一舉動，無疑是對那些達官權貴的無聲嘲弄和譴責。亞子先生數十年攻詩，出口成章。那天，當他邊喝黃酒邊抨擊時政，並頗為自己敢於同那些醜類鬥爭而感到自豪時，不覺脫口吟道：「才子居然能革命！」郭老對亞子的道德文章歷來推崇，贊應曰：「詩人畢竟是英雄！」我在一旁，深為兩位長者的鬥爭精神所鼓舞，許諾說，我要為這副「聯句」治枚印章，明天交卷。第二天上午，柳、郭二老便來我處看印章。走前，亞子先生書贈我一首詩，郭老為我作了一幅指畫。此後，這枚「聯句」印章便常見於亞子先生的手書詩文條幅。如 1945 年冬，他書贈給本村的詩條幅首端，就蓋有這枚「聯句」印章〔註5〕。

「詩人畢竟是英雄」雖出自郭沫若之口，但卻極為柳亞子所欣賞，不但常鈐於手書條幅，還數次用於自己的詩中。從這一點也可看出，柳亞子一向是以「英雄」自命的。郭沫若脫口而出的「詩人畢竟是英雄」之所以令柳亞子喜愛不已，還因為它與柳亞子家傳的另一句恰成對照。柳亞子曾寫過《「英雄末路作詩人」兩首》，詩前有序云：「余家舊藏石印，文曰：『英雄末路作詩人』，蓋鄉前輩楊龍石先生為高祖粥粥翁所治也。」原來，柳亞子高祖就有懷才不遇的牢騷。這兩首詩的第二首，是以這樣兩句開頭：「英雄末路作詩人，青兕前生舊姓辛。」「青兕」是辛棄疾的別號，也是柳亞子的筆名。這分明在表示，即便不能在安邦治國上建功立業，最終只能以作詩遣懷，那也是時運不濟，而自己終究是如辛棄疾一般可以運籌帷幄之中，決勝千里之外的英豪。不過，對這種「英雄末路」的「認命」，在柳亞子那裏只是偶而出現的。更多的時候，他願意相信自己在叱吒風雲、降龍伏虎。「詩人畢竟是英雄」這句話之所以令他如此喜愛，就因為說出的是他的心聲。抗戰期間，郭沫若曾把柳亞子比作屈原，而柳亞子卻並不認可：「『亞子先生今屈原』，鼎堂此論我銜冤。匡時自

〔註 5〕 曹立庵：《「詩人畢竟是英雄」——憶柳亞子先生二三事》，原載《書法》1979 年第 2 期，收入《柳亞子紀念文集》，中國文史出版社 1987 年 5 月版。

具迴天手，忍作懷沙抱石看。」（《蘇聯費德林博士乞詩，奉贈兩絕，十月二十八日作》）柳亞子認爲把他比作懷沙抱石、自沉汨羅的屈原，是辱沒了他。他覺得冤枉、他感到委屈。他認爲自己在拔山蓋世；他認爲自己在匡時濟世；他認爲自己在迴天救世。

自認爲力能迴天的柳亞子，以「英雄」自命的柳亞子，性格中最突出的特徵，可用一個字概括，那就是：狂。讀柳亞子詩文，最大的感受就是狂氣衝天。例如柳亞子曾這樣評說自己的詩：「我的詩，當然不敢妄自菲薄，並且自以爲是『推倒一世豪傑，開拓萬古心胸』，陳龍川的兩句話，是可以當之而無愧的。」〔註6〕儘管中國的柳亞子與德國的尼采風馬牛不相及，但柳亞子在詩文上的這樣一種自負和狂傲，還是讓我想到了尼采。這樣評價自己的詩文，也許眞只有尼采可與之相比。

但尼采的狂僅僅表現在對自我文章的評價上，而柳亞子則在政治層面上也狂氣逼人，認爲自己是時代最前驅，認爲在安邦治國上，也具有「推倒一世豪傑」的才華，這就令尼采相形見絀了。「若論時代前驅者，亞子先生第一人。」（《改鄧煜詩兩首》）不僅在寫詩上是第一，在政治思想、政治行爲上，也是「第一」的。1940年，柳亞子寫過一首《紀夢》詩。詩前有序曰：「廿九年六月廿七夜夢在莫斯科謁斯達林同志，勸其乘德英龍戰之際，先定遠東。其策以飛機千架，毀滅東京，並遣紅軍百萬，突破東四省，代中國收復失地，則中蘇邦交自然鞏固矣。國際局勢自有其中心政策，友邦領袖老謀深算，成竹在胸，豈外人所宜越俎代謀？存此聊紀書生之狂囈爾。」居然夢見自己到了莫斯科，遊說斯大林、告誡斯大林、教誨斯大林，也眞可謂狂人自有狂夢。俗云：日有所思，夜有所夢。柳亞子能做出這樣氣吞山河的夢，也足見其平時內心的狂態。實際上，柳亞子是眞的這樣想過。他後來回憶寫這首詩的背景時說：「這時候，實際上還遠在德蘇開戰以前，我很想自己去莫斯科一次，親謁斯大林元帥，憑三寸不爛之舌，扮一齣哭秦庭申包胥呢。」〔註7〕這也可謂狂人自有狂想。值得一說的是，柳亞子是自知其狂，並且也常常自知其謬的。但這種「自知之明」卻又並不足以阻攔他那些氣衝霄漢的狂語。讀柳亞子詩，你會覺得他時時有一種說豪語、放狂話的衝動。這回，夢醒之後，他雖也感到了自己的滑稽，但仍要寫下這樣的詩：「轟炸千機毀帝京，紅軍百萬

〔註6〕柳亞子：《我的詩和字》，見《磨劍室文錄》，上海人民出版社1993年12月版。
〔註7〕柳亞子：《八年回憶》，見《自傳‧年譜‧日記》。

定遼寧。男兒愧負儀秦舌，寰宇何年見太平。」他自以為有張儀、蘇秦之才，為不能真的去面諫斯大林而遺憾，且大有「吾曹不出，如蒼生何？」之歎。

柳亞子在 1949 年 3 月到北平，此後的一段時間，幾次自稱「狂奴」。「狂奴故態今猶昔，國策方針定豈搖。」(《三月二十一日夜聽羅邁部長報告時事問題有作，君即渝滬時代之李維漢也》)；「狂奴肝膽吾輕剖，瑣事眠餐汝總成。」(《贈鄧子平》)；「自笑狂奴藐餘子，天生名德護微功。」(《疊韻和徐冰兩首》)。「狂奴故態」云云，也是典出嚴光。嚴光與光武帝劉秀本是同學，他敢於對當了皇帝的劉秀不敬，被劉秀稱作「狂奴故態」。而嚴光之所以能做到並不因為劉秀當了皇帝而改變對他的態度，是因為他決不想在劉秀一朝走上仕途，甚至劉秀再三邀請，也不改初衷。這可謂是「無欲則狂」。而柳亞子卻對從政無比熱心，卻對官位有很高的期待，所以以嚴光自況，其實是擬於不倫。既想仕途得意，又不改「狂奴故態」，就只能走向「末路」了。

「毛先生也不見得比我高明多少」

柳亞子的狂態，當然在與毛澤東的應對中，表現得最醒目。

柳亞子與毛澤東於 1926 年四五月間，相識於廣州。其時，國民黨二屆二中全會在廣州召開，柳亞子以中央監察委員之身份出席大會。在這期間，他對蔣介石的反感達到極點。在與共產黨人惲代英會面時，他力勸共產黨採用暗殺手段，除掉蔣介石。惲代英不同意這種做法，理由是：「北伐大業未成，我們還需要留著他打仗呢！」〔註8〕其時，毛澤東是國民黨中宣部代理部長。柳亞子與毛澤東在珠江畔一座茶樓相見。雖與毛澤東是初相識，柳亞子也向他同樣提出了刺蔣的建議。毛澤東的回答與惲代英如出一轍。〔註9〕可見，借助蔣介石之手，清除軍閥勢力，是其時中共中央的一種決策。1947 年，郭沫若提出民主黨派要當共產黨的「尾巴」。柳亞子寫了一篇題為《從中國國民黨民主派談起》的長文，表示不同意郭沫若提出的「尾巴主義」。在這篇文章中，他對 1926 年的刺蔣謀略十分自傲：

> ……對於尾巴主義，我還有保留。我是四十年來無條件親蘇親
> 共的人，對蘇是另一問題，現在不談。對於中共呢？做他的朋友，
> 我舉雙手贊成，但要我做他的尾巴，我是不來的。老實講，我是中

〔註8〕柳亞子：《在毛主席的旗幟下奮勇前進》，見《磨劍室文錄》。
〔註9〕見陳邇冬：《一代風騷》，載《人民日報》1987 年 5 月 28 日。

國第一流政治家，毛先生也不見得比我高明多少，何況其他？舉一個例吧：國民革命軍出師北伐的那一年五月，我到了廣州……去看亡友惲代英烈士，陳說了一番奇謀秘計，代英笑而不答，最後追問他，他說：「你的計劃，我們不能贊同。人家叫我們共產黨是過激黨，我看，你老兄倒是『過過激』，因為你比我們還要激烈呢！」我聽了他這樣油腔滑調的話，很不高興……要時當時聽了我小區區的話，「日中必慧，操刀必割」，又何致於弄成十年內戰，十年抗戰的局面呢？當然，當時中共的領導者是亡友陳仲甫，他應該負錯誤的責任，不能把它寫在毛先生的帳上。然而，「縛虎容量放虎難」，連秦檜的老婆都懂得的事情，而毛先生卻不懂，那末，西安事變，養癰貽患的，又是哪一位呢？毛先生是我的好朋友，我並非存心攻擊他，「人非聖人，誰能無過？」，他只是太忠厚一點吧了。但，舉此兩例來證明，可見中共也並非天神天將，至少有些地方，不見得比小區區高明吧？所以，郭先生的尾巴論，老實說，我是不贊成的。〔註10〕

從柳亞子此番囈語般的言論，我們庶幾可以做出這樣的判斷：

一、柳亞子的政治眼光非但不是什麼「第一流」，甚至根本就不入流。他據以證明自己比毛澤東和共產黨還要高明的，是共產黨有過兩次可殺蔣介石之機而未殺。廣州那次共產黨方面未採納他的建議，尤其令他耿耿於懷。其實，在1926年的廣州，要共產黨以暗殺蔣介石的方式來「搞定」大局，無異於天方夜譚。對此，惲代英們除了「油腔滑調」，還能說什麼呢？而把「西安事變」終於未殺蔣介石歸咎於毛澤東的「忠厚」，那就真是「一部廿四史，不知從何說起」了。柳亞子非但沒有自知之明，也沒有知人之智的。至少在政治上，柳亞子終其一生都有著一種孩童式思維。

二、柳亞子之所以不甘於做中共的「尾巴」，並非因為有什麼不同的政治信念和政治準則，而是覺得自己的政治才能並不遜於中共方面的任何人。連「毛先生」都未必比自己高明，連「毛先生」都有眼光遠不如自己的時候，其它人就更不足論了。既如此，要他當共產黨的「尾巴」，豈能甘心？不甘於像郭沫若那樣當「尾巴」，是柳亞子後來不能如郭那般春風得意而只能牢騷滿腹的一種原因；而不甘於當「尾巴」，並非因為別有懷抱，而僅僅因為目無餘子的「狂」，又是他後來終究還受到相當禮遇的原因。

〔註10〕柳亞子：《從中國國民黨民主派談起》，見《磨劍室文錄》。

但《從中國國民黨民主派談起》，也的確有些「過分」了，突破了某種「界限」。不知道柳亞子寫此文時是否喝了不止二兩，反正此文在柳亞子生前並未公開發表，對毛澤東和共產黨的輕視與鄙夷，他人並不知曉。否則，柳亞子後來的牢騷，會更「盛」的吧。

這篇文章雖未公開發表，但柳亞子其它的一些言行，也足以給毛澤東留下深刻的印象。

柳亞子與毛澤東在廣州別後，天各一方，音訊隔絕。1937 年 6 月，延安的毛澤東收到何香凝寄贈的畫集和廖仲愷的《雙清詞草》等物品後，致信何香凝，其中這樣提及柳亞子：「看了柳亞子先生題畫，如見其人，便時乞爲致意。像這樣有骨氣的舊文人，可惜太少，得一二個拿句老話講叫做人中麟鳳，只不知他現時的政治意見如何？」〔註11〕1937 年 6 月，對於中共來說，是十分關鍵的時刻，「團結一切可以團結的力量」，是極其必要的策略。當毛澤東從何香凝寄贈的畫集上看到柳亞子題詩時，一定想起了 11 年前在廣州的見面，想起了柳亞子那時的必欲除蔣而後快。這樣的人，現在當然是非常有必要團結的。所以毛澤東不惜以「人中麟鳳」來讚美他。不過，畢竟已過 11 年，柳亞子還像當初那樣反蔣嗎？毛澤東也需要探詢一下。當弄明白了柳亞子狂態依舊、反蔣依舊、親蘇親共依舊時，毛澤東當然就要盡可能地發揮他的作用了。在當時的情況下，既親蘇親共又狂傲不羈的人，毫無疑問是大有用的。

1940 年 11 月，柳亞子從香港寫了《寄毛潤之延安，兼柬林伯渠、吳玉章、徐特立、董必武、張曙時諸公》，其中有「雲天倘許同憂國，粵海難忘共品茶」兩句，回憶的是與毛澤東的相識。此後，林、徐、董均有詩作應和。1944 年11 月 21 日，毛澤東致信在重慶的柳亞子：「廣州別後，十八年中，你的災難也受得夠了，但是沒有把你壓倒，還是屹然獨立的，爲你並爲中國人民慶賀！『雲天倘許同憂國，粵海難忘共飲茶』，這是你幾年前爲我寫的詩，我卻至今做不出半句來回答你。看見照片，樣子老一些，精神還好罷，沒有病罷？很想有見面的機會，不知能如願否？」〔註12〕這口氣之親切，或許今天還令一些人感動。

1945 年 8 月 28 日，毛澤東來到重慶，與柳亞子第二次相聚。其時，柳亞子正與畫家尹瘦石籌備柳詩尹畫聯展。柳亞子提議由尹瘦石爲毛澤東繪像，自己題詩，在詩畫聯展展出。毛澤東欣然應從。詩寫成後，柳亞子致信毛澤

〔註11〕見《毛澤東書信選集》，中國人民解放軍出版社 1984 年 1 月。
〔註12〕見《毛澤東書信選集》，中國人民解放軍出版社 1984 年 1 月。

東，毛澤東於 10 月 4 日覆信柳亞子。其時，柳亞子夫人恰好因盲腸炎住院，毛澤東信中首先便對柳夫人的病表示關心：

> 亞子先生吾兄道席：
>
> 　　詩及大示誦悉，深感勤勤懇懇誨人不倦之意。柳夫人清恙有起色否？處此嚴重情況，只有親屬能理解其痛苦，因而引起自己的痛苦，自非「氣短」之說所可解釋。時局方面，承詢各項，目前均未至具體解決時期。報上云云，大都不足置信。前曾奉告二語：前途是光明的，道路是曲折的。吾輩多從曲折（即困難）二字著想，庶幾反映了現實，免至失望時發生許多苦惱。而困難之克服，決不是那麼容易的事情。此點深望先生引為同調。有些可談的，容後面告，此處不復一一。先生詩慨當以慷，卑視陸游、陳亮，讀之使人感發興起。可惜我只能讀，不能做。但是萬千讀者中多我一個讀者，也不算辱沒先生，我又引以自豪了。敬頌
>
> 興居安吉！
>
> 毛澤東
十月四日
>
> 〔註 13〕

「大兒斯大林，小兒毛澤東」

　　毛澤東到重慶，是為了與蔣介石談判。從毛澤東的覆信看，柳亞子去信中，問及了有關「談判」的種種問題，這顯然是問非該問，毛澤東當然不可能以實情相告，只能以「前途」、「道路」之語漫應之。雖然毛澤東並未正面回答「時局」方面問題，但對柳亞子詩的讚美，還是令柳亞子大為興奮，於是又寫詩贈毛：「潤之書來，有『尊詩慨當以慷，卑視陳亮、陸游，讀之使人感發興起』云云，賦贈一首」。詩以這樣兩句開頭：

> 瑜亮同時君與我，
>
> 幾時煮酒論英雄？

第一句把自己與毛澤東的關係，說成是周瑜與諸葛亮的關係；第二句則又把自己與毛澤東的關係，說成是曹操與劉備的關係。「既生瑜，何生亮？」的感

〔註 13〕見《毛澤東書信選集》，中國人民解放軍出版社 1984 年 1 月。

歎雖未發出，但「今天下英雄，惟使君與操耳！」的意思卻表達得很明顯。
詩則以這樣兩句結束：

冠裳玉帛葵丘會，

驥尾追隨倘許從。

第一句是把毛澤東來重慶談判比作齊桓公葵丘大會諸侯，第二句有跟隨毛澤東
參與談判之意。其實，在此之前，柳亞子在《潤之招談於紅岩嘴辦事處，歸後
有作，兼柬恩來、若飛》中，就有句曰：「最難鮑叔能知管，倘用夷吾定霸齊」，
這是把自己比作管仲，如果能被齊桓公這樣的人所用，就能把天下平定。在《十
月六日得潤之書問佩宜無恙否，兼及國事，感賦二首，再用溪中韻》中，則有
句曰：「三年待縱衝天翼，風起雲揚爾我同」。這是說自己沉寂多時，現在要與
毛澤東一同大顯一番神通。讀這期間柳亞子的這些詩句，再聯繫到致毛澤東信
中對談判一事的詢問，不難看出，自以為有第一流政治才能的柳亞子，在這期
間是十分技癢的，非常渴望能與毛澤東一起參與談判，對談判深度介入。

柳亞子雖多方暗示，欲介入談判，而毛澤東當然只能裝作聽不懂。但我
想，在這期間，毛澤東就不但感到了柳亞子的可用，也感到了他的難用。

在「重慶談判」期間，柳亞子還向毛澤東索詩，於是毛澤東手書「舊作」
《沁園春·雪》（「北國風光，千里冰封，萬里雪飄」）交柳。柳亞子寫了《沁
園春·次韻和毛潤之初到陝北看見大雪之作，不能盡如原意也。》這首詞以
這樣的句子結束：

君與我，要上天下地，把握今朝。

柳亞子屢作這樣的豪語，一定給毛澤東留下了深刻的印象。最早以詩歌頌毛澤
東者，恐怕是柳亞子。1929 年，柳亞子寫了《存歿口號五首》，第一首是：「神
烈峰頭墓草青，湘南赤幟正縱橫。人間毀譽原休問，並世支那兩列寧。」這首
詩就是將孫中山和毛澤東同時歌頌，稱為中國的「兩列寧」。在後來，柳亞子
更寫了許多歌頌毛澤東的詩。但柳亞子在歌頌毛澤東時，往往與別人不同。他
常常忍不住地把自己與毛澤東同時歌頌，並且是把自己放在與毛澤東同等的位
置加以歌頌。這就像是在牆上並排掛上同樣大小的兩幅畫像，一幅是毛澤東，
一幅是自己，然後再朝著兩幅像跪拜。換句話說，他在歌頌毛澤東時，總有一
種令人啼笑皆非的惺惺相惜，總要挾帶大量私貨。這種很不「得體」的惺惺相
惜，這種挾帶私貨的歌頌，就不但會功過相抵，甚至還可能過大於功。

在歌頌毛澤東時，柳亞子有時稱「毛公」，有時則稱「毛郎」。例如，1945

年 10 月,爲紀念魯迅逝世九週年,柳亞子應《大公晚報》之約,賦詩二首(《十月十二日,爲魯迅先生逝世九週年紀念前七日,〈大公晚報〉羅承勳索詩有作》)。其中有句曰:

> 論定延京尊後聖,
>
> 毛郎一語奠群譁。

這裏說的是毛澤東在延安對魯迅的高度評價。1945 年,柳亞子寫了《短歌行,爲曹立廠賦,十一月廿六日》,詩中有句曰:「列寧逝後斯君來,中山衣鉢毛郎才」;「斯君屹立寰球重,毛郎大智兼神勇」。稱毛澤東爲「毛郎」,多少給人以倚老賣老之感,這恐怕不僅令毛澤東,也令那時的所有共產黨人都覺得彆扭。

1945 年,國共和談時期,柳亞子請曹立庵刻了兩枚印章。一曰:「兄事斯大林,弟畜毛澤東」;一曰:「前身禰正平,後身王爾德;大兒斯大林,小兒毛澤東」〔註 14〕。這兩枚印章,都自有出典。第一枚,字面的意思,就是說自己像對待兄長一樣對待斯大林,像對待弟輩一樣對待毛澤東。──倚老賣老的意思,在這裏就表現得很明顯了。第二枚中的禰正平,即漢末的禰衡。禰衡以狂著稱,生平只看得起孔融和楊脩兩人,常說:「大兒孔文舉,小兒楊德祖,餘子碌碌,莫足數也。」柳亞子這是在仿傚禰衡,但比禰衡更有氣魄。上面所說的《短歌行,爲曹立廠賦》,就是因爲曹立廠(即曹立庵)爲其刻了兩枚印章而賦贈曹的,其中之一,就是刻有「大兒斯大林,小兒毛澤東」的那枚。在詩中,柳亞子還寫道:「大兒孔文舉,小兒楊德祖。自非禰正平,狂語誰敢吐。大兒斯大林,小兒毛澤東。我狂勝禰生,斯毛眞英雄。」儘管這裏的「大兒」、「小兒」不必一定要理解成「長子」、「次子」,但如此出語,連柳亞子自己也認爲,比禰衡還狂。毫無疑問,柳亞子是在表達對斯毛的欣賞和讚美,但這樣一種誇人的方式,比罵人或許還令人難受。

這兩枚印章,在柳亞子生前並未給他帶來直接的麻煩,恐怕在他生前知道此事者也並不太多。柳亞子再狂,在 1949 年後大概也不會輕意以此示人。柳亞子於 1958 年辭世。爲了在 1966 年隆重紀念孫中山誕辰 100 週年,1963 年,周恩來指示中國革命博物館大力收集孫中山和同盟會元老廖仲愷、朱執信、何香凝、柳亞子等人的文物。周恩來又派專人到柳家,動員家人捐贈遺物。柳亞子家人於是將大量柳亞子遺物捐獻出來,其中就包括這兩枚印章。「兄」與

〔註14〕 曹立庵:《「亞子先生今不朽」──兼斥康生製造的「反動印章案」》,原載 1981 年 11 月 1 日《長江日報》,收入《柳亞子紀念文集》。

「弟」、「大兒」與「小兒」，在博物館靜靜地躺了三年，倒也無事。1966 年 7
月，它們被康生發現。這樣的「敵情」當然令整人老手康生興奮不已。他連下
三道批示，稱印章「反動之極」，勒令將兩印徹底砸碎，一切照片和底版銷毀，
並責問中國革命博物館「是個革命博物館，還是個反革命博物館？」，命文化
部對此事徹底追查。柳亞子本人則被作為「老反革命分子」而在大字報上點名
批判。當時的中國革命博物館館長，也被打成殘疾。這就是「文革」期間的所
謂「反動印章案」。幸虧柳亞子在八年前便壽終正寢，否則，以老邁之軀而在
「文革」期間死於「紅衛兵」的拳腳之下，豈不太慘。不過，「文革」結束後，
這事也沒有一筆勾銷。1979 年 10 月，第四次全國文代會開幕時，大會主席團
決定在會上宣讀一份《為被林彪、「四人幫」迫害逝世和身後遭受誣陷的作家、
藝術家致哀》的文件，文件公佈了 107 人的名單，其中沒有柳亞子〔註15〕。

　　以上是柳亞子的身後事，不說也罷。還是回到他生前。1946 年初，柳亞
子從重慶回到上海。在各種場合為共產黨「說項」，為共產黨辯護，為共產黨
造輿論。1946 年初，上海左翼人士為在昆明「一二·一」事件中遇害的南菁
中學教師於再召開追悼會，柳亞子在會上發表了慷慨激昂的演講。1 月 28 日，
毛澤東在延安致信柳亞子：

　　亞子先生左右：

　　　　很久以前接讀大示，一病數月，未能奉覆，甚以為歉。閱報知
　　先生已邊滬，在於再追悼會上慷慨陳詞，快何如之。印章二方，先
　　生的和詞及孫女士（引按：即譚平山夫人孫蓀荃）的和詞，均拜受
　　了；「心上溫馨生感激，歸來絮語告山妻」（引按：此為柳 1945 年秋
　　所寫《潤之招談於紅岩嘴辦事處，歸後有作，兼柬恩來、若飛》中
　　的兩句），我也要這樣說了。總之是感謝你，相期為國努力。賤恙是
　　神經疲勞，刻已向好，並以奉聞。敬頌

　　道安

　　　　　　　　　　　　　　　　　　　　毛澤東

　　　　　　　　　　　　　　　　一月二十八日〔註16〕

〔註15〕見王晶垚：《紀念南社和柳亞子》，載《柳亞子紀念文集》。
〔註16〕見《毛澤東書信選集》，中國人民解放軍出版社 1984 年 1 月。

「未必牢騷便斷腸」

1949 年 2 月下旬，柳亞子應毛澤東之邀，從香港北上。這時的柳亞子，心情可以說是無比興奮的。這是在途中寫的《二月二十八日有作》：

六十三齡萬里程，前途眞喜向光明。

乘風破浪平生意，席捲南溟向北溟。

柳亞子自比爲《莊子‧逍遙遊》中的鯤鵬。《莊子‧逍遙遊》中的鯤鵬，「水擊三千里，搏扶搖而上者九萬里」。柳亞子覺得自己就是那鯤鵬，只不過莊子筆下的鯤鵬是由北向南，柳亞子則是由南向北而已。顧盼自雄、躊躇滿志之態，溢於言表。

柳亞子後來的頭銜是中央人民政府委員，華東行政委員會副主席，中央文史館副館長。1954 年，成爲第一屆全國人大常委。以「常理」度之，理論上的政治地位並不低，柳亞子似乎沒有理由不滿意。但柳亞子的心態，是不能度之以「常理」的。在起身赴北平時，柳亞子對在新政府中的地位，是懷著很高的期待的。他後來是否滿意，取決於他這種期待得以實現的程度。如果他的期待得到的與實際得到的，落差很大，他就有「理由」很不滿意。

22 日，在致上海的毛嘯岑信中，他寫道：「弟此次押貨內渡，平安到達，已與此間主顧接洽，估計有利可賺，甚爲高興。」〔註 17〕其時上海尚在國民黨手中，柳亞子便使用了此種語言。「有利可賺」云云，其實正表明了他的待價而沽。

柳亞子於 1949 年 3 月 18 日抵北平。北平市市長葉劍英率人在車站迎接。翌日晚，葉劍英又設宴，爲柳亞子一行洗塵。柳亞子寫了《葉劍英市長來迓，賦呈一首》，最後兩句是「授餐適館何由報，飲馬長江待細論。」意思是說，怎樣報答共產黨的盛情呢，只能在打過長江一事上獻計獻策。──他總以爲自己在政治上有共產黨人所不及的奇謀良策。在共產黨人中，他認爲惟一能與自己相提並論的是毛澤東，其它人都頗不足道。抵北平後，這樣的狂語，不但仍在繼續，甚至要刻意如此強調。在《爲韋江凡題〈故都緣法〉冊子二首》中，有句曰：

除卻毛公便柳公，

紛紛餘子虎龍從。

〔註17〕見《柳亞子書信輯錄》，上海人民出版社 1985 年 10 月版，第 348 頁。

這意思是說，毛澤東與柳亞子，是一虎一龍，其它人都只配跟在後面。那麼其它人是什麼呢？

在這首詩中，還有這樣兩句：

> 一代文豪今屬我，
>
> 千秋歷史定稱翁。

這意思是說，在文的方面，我柳亞子天下第一；在治國平天下上，毛澤東第一。這又似乎要在一文一武地與毛澤東平分秋色了。在《次韻和平江四首》中，又有這樣的句子：

> 留得故人遺句在，
>
> 北毛南柳兩英雄。

自 1935 年到達陝北，毛澤東就一直在北方活動，柳亞子則一直在南方，故柳亞子有「北毛南柳」之語。

當時的北平，各路人馬雲集，可謂人才濟濟。但柳亞子只把毛澤東一人放在眼裏。在這種時刻，一再強調只有毛澤東才配與自己比美，恐怕不僅僅表現的是性格上的狂，還表現了對未來政治權位的期待和暗示。既然自己與毛澤東是一個檔次，那在分割蛋糕時，自己應該得到怎能樣的一塊呢？

但柳亞子等來的是一個接一個的打擊和失望。

1948 年 1 月 1 日，中國國民黨革命委員會（簡稱「民革」）在香港成立，柳亞子任中央監察委員會主席。在「民革」的籌建過程中，柳亞子也算是一個重要人物。但「民革」在決定出席新政協的代表時，柳亞子最初卻被排除在外。一開始，「民革」可有六人出席新政協。這名額當然是中共中央決定的；由哪六人出席，不用說，也是由中共中央確定。後來「民革」的名額增加到 16 人，柳亞子才得以出席。〔註18〕雖然最終是出席了，但柳亞子心裏的不痛快，可想而知。

以柳亞子的自我估價，毛澤東一到北平，就應該單獨召見他，向他請教種種政治大計。但實際上，毛澤東遲遲沒有與他單獨晤面。這段時間，毛澤東要一表一里地準備兩件事。籌劃與國民黨的「和談」，這是「表」；積極準備「打過長江去，解放全中國」，這是「裏」。儘管柳亞子認為，這兩件事他都能夠和應該「摻和」，但實際上兩件事都與他無關。軍事行動固然不容他置喙。與國民黨的和談，毛澤東要找的也是李濟深、黃炎培、傅作義、章士釗這些人，不

〔註18〕見朱學範：《我與民革四十年》，團結出版社 1990 年 7 月版，第 215 頁。

可能與柳亞子這樣的人商量。看著同住六國飯店的一些柳亞子本不放在眼裏人，一個接一個地被毛澤東召見，柳亞子心裏的悲涼和酸楚，可想而知。

柳亞子一到北平，就急著往香山碧雲寺拜謁孫中山靈堂和衣冠冢。他要求派車，卻遲遲不見答覆。而當時同住六國飯店者，有人是配有專車的〔註19〕。在四月一日日記中，柳亞子寫道：「夜，餐時與任老（引按：即黃炎培）夫婦及寰老之夫人同席，談得很起勁，約明日同往北京飯店赴民盟例會，可不歡出無車矣。」〔註20〕從這裏可知，黃炎培是配有專車的。如果大家都沒有車，也就算了。可有一部分人是有車的，而柳亞子卻不屬「有車一族」，此事也應給他以相當刺激。《感事呈毛主席》中那句「無車彈鋏怨馮驩」就是這種刺激的反應。

1949 年 3 月 24 日，第一次全國文代會籌備委員會舉行第一次會議。在 42 人的籌備委員中，雖有柳亞子的名字，但在由七人組成的常務委員會中，卻沒有柳亞子的座席。七月間，文代會正式召開後，在全國文聯的領導層中，自然也沒有柳亞子的名字。雖然柳亞子最自負的是「政治才能」，但也是認爲「一代文豪今屬我」的。可現在，不但政治上被冷落，在文藝上也「懷才不遇」，怎能不讓他牢騷滿腹呢。這時候，他一定屢屢回憶起在國共相爭中對共產黨的支持、擁護，甚至有了悔不當初的心緒。也正是在這樣的時候，柳亞子寫了《感事呈毛主席》；也正是在這樣的時候，他發出「頭顱早悔平生賤」這樣的「牢騷」。

柳亞子是懷著滿腔春意來到北平的。但很快心態就給人以由春到冬之感。柳亞子的「牢騷」當然首先指向毛澤東。1949 年 2 月 26 日，柳亞子開始記《北行日記》。在這「席捲南溟向北溟」的日子裏，柳亞子在日記裏自然免不了時時提及毛澤東。在開始階段，柳在日記裏提到毛時，都稱「毛主席」。但後來，「毛主席」則常常變成了「老毛」。例如，6 月 19 日日記中寫道：「十一時許，偕赴聽鸝館開文研會籌備會議，通過舉余爲主席，儼然黃袍加身，擬推老毛爲名譽主席，未知其肯入我彀中否也。」〔註21〕從「毛主席」到「老

〔註19〕見金紹先：《關於柳亞子先生──從臺灣舊友來信談起》，載《柳亞子紀念文集》。

〔註20〕見柳亞子《北行日記》，載《自傳・年譜・日記》，上海人民出版社 1986 年 11 月版。

〔註21〕見柳亞子：《北行日記》，載《自傳・年譜・日記》，上海人民出版社 1986 年 11 月版。

毛」，其間心緒、情感的變化自不待言。這天日記中所說的「文研會」，也頗值得一說。這所謂的「文研會」，全稱是「北平市文獻研究會」，是柳亞子自己張羅起來的。在這樣的時候自行張羅這樣的組織，似乎有點另起爐竈之意。而在這樣一個自己張羅的組織中被選爲主席，竟也頗有幾分得意，稱爲「黃袍加身」，眞讓人生哀憐之心。至於要用這「文研會」來延攬「老毛」「入我殼中」，就讓人在哀憐之餘，又哭笑不得了。這柳亞子自行張羅的「文研會」，自成立後便停止了活動。在這種時候的北平，怎麼可能允許柳亞子這樣的「民主人士」自行張羅組織？張羅這樣的組織本身，就說明了柳亞子在政治上是極其幼稚的。

　　1949 年 6 月 6 日，柳亞子寫了好幾首詩。在《三贈劉仁同志女英雄》中，他寫道：

> 旭日中天防食昃，
>
> 忠言逆耳費思量。
>
> 吾儕一意依民眾。
>
> 大盜千年是帝王。

在《六月六日在韶九胡同有作》中，則寫道：

> 英雄慣作欺人語，
>
> 未必牢騷便斷腸。

這個最早寫詩歌頌毛澤東的人，終於以詩的方式表達對毛的不滿和質疑了。

「不作蘇俄葉賽寧」

　　在 1949 年春夏時節，毛澤東、周恩來們，對於被召來北平的「民主人士」，自有一番通盤考慮。要人盡其用，又要盡可能做到人人滿意，不在關鍵時刻添亂。對於柳亞子其人，毛、周自然是瞭解的。不可不用、不堪大用，應該是他們對柳的基本認識，他們也是按照這種思路來安置柳亞子的。他們對柳的性格當然也十分瞭解。其它人即便有所不滿，也只會憋在心裏，或充其量在私下發發牢騷。而柳亞子以「狂奴」自詡，又自以爲與毛澤東有特殊關係，在當時魚龍混雜、大局未定的北平，完全可能鬧出或大或小的亂子來。這顯然是毛、周們所不願看到的。在人事安排上，不能遷就柳亞子。但必須以別的方式讓他得到安慰。

　　讓柳亞子從眾人集中居住的飯店搬進條件特別好的頤和園，是安慰方式

之一。毛澤東和詩敘舊情，也是一種安慰。僅僅這些當然還不夠。1949 年 5 月 1 日下午，毛澤東攜夫人江青和女兒李訥來到頤和園，看望柳亞子，在園中散步、划船，至傍晚才離去。能在這種時候抽出半天時間陪柳亞子閒聊，對毛澤東來說也委實不容易，說明毛澤東很重視穩定柳亞子的情緒。但攜夫人和女兒同來，顯然也是精心考慮的。這在暗示柳亞子、更在告訴世人：這拜訪純屬私人性質，純粹是老友之間的往來，沒有絲毫政治意義。換句話說，毛澤東意在讓人們明白：對柳亞子的拜訪，並不意味著在政治上對他的特別信任和重用。在這次拜訪中，江青和李訥起著道具的作用。毛澤東告別時，約定 5 月 5 日派車送柳亞子至香山碧雲寺，拜謁孫中山靈堂和衣冠冢。有趣的是，在當天日記中，柳亞子寫道：「約定雙五節以車來迓，謁總理衣冠墓於碧雲寺，希望其不開空頭支票也。」〔註 22〕這裏似乎有一點言外之意，讓人不免疑心柳亞子曾遇上過「開空頭支票」一類事。

但這回毛澤東沒有「開空頭支票」。5 月 5 日，為孫中山就任廣州非常大總統 28 週年紀念。上午，毛澤東派秘書田家英帶警衛、攝影等人，攜雙車接柳亞子夫婦和友人范志超、餘心清等上碧雲寺。在紀念孫中山的日子裏，帶著攝影師，送國民黨元老柳亞子上碧雲寺，就是一種政治行為了。這會溫暖許多人的心，有著明顯的統戰意義。中午，毛澤東又設家宴，款待柳亞子一行。

這期間，柳亞子的心情自然又由冬返春。毛澤東來訪後，柳亞子寫了《偕毛主席遊頤和園有作》，其中有句曰：「南陽詎敢勞三顧，北地猶堪賦百章。」他把毛澤東的來訪，比作劉備的三顧茅廬，那他自己自然就是諸葛亮了。如果僅僅是「為賦新詩強作狂」，那也還罷了。如果心裏真這樣想，如果以為毛澤東是要請他「出山」，委以重任，那毛澤東特意攜夫人和女兒的一番苦心，就都白費了。順便指出，這首詩最後兩句是：「名園真許長相借，金粉樓臺勝渡江。」這又一次表示了「長借名園」之意。每次說到想長住「名園」時，都與歸隱吳江相連，這也似乎在把「長住名園」當作了不回故里的一個條件。作於 5 月 19 日的《呈毛主席一首》，以這樣兩句結尾：

> 欲借頭銜榮父老，
> 今宵歸夢落吳江。

〔註22〕見柳亞子：《北行日記》，載《自傳・年譜・日記》，上海人民出版社 1986 年 11 月版。

這是在請求毛澤東幫他實現衣錦榮歸的願望。《五月二十日晨，枕上聞雷聲，繼以豪雨，知秋收無患矣！起檢案頭，獲病蝶喜雨呈毛主席兩律，即次其韻》中，有自注文曰：「近以碧雲寺國父衣冠冢、江蘇省人民政府暨國史館事，頗於毛公有所獻替也。」這最後一句，讓人覺得柳亞子的自我感覺之良好，真到了不可救藥的地步。大概在這期間，柳亞子多次向毛寄信呈詩，並提出了明確的任職要求。5月21日，毛澤東覆信曰：「國史館事尚未與諸友商量，惟在聯合政府成立以前恐難提前設立。弟個人亦不甚贊成先生從事此項工作，蓋恐費力不討好。江蘇虛銜，亦似以不掛為宜，掛了於己於人不見得有好處。此兩事我都在潑冷水，好在夏天，不覺得太冷否？」〔註23〕從毛的覆信看，柳亞子提議設立國史館，並希望自己能在其中任職。任何職呢？以柳亞子的狂傲，總該是館長吧，後來的文史館副館長一職，當非柳亞子初衷。至於柳亞子想在江蘇政壇有一名分，那就看重的不是職務的高低，而是鄉土觀念在作怪了。「欲借頭銜榮父老」，恐怕主要指的還是江蘇的頭銜。5月21日日記中，柳亞子寫道：「毛主席來信，頗有啼笑皆非之慨。夜，作長箋復之，將於後日送去云。」〔註24〕毛澤東的利害分析，顯然並沒有說服柳亞子。

毛澤東的來訪和派車載往碧雲寺，雖然讓柳亞子心情由冬轉春，但這春暖是短暫的。當柳亞子的實質性要求並不能得到滿足時，他的心情則轉回更為嚴寒的冬季。令柳亞子不愉快的事仍在不斷地發生。在這期間，柳亞子寫有一首《贈范志超》，其中有句云：「生死難忘范志超，廿年交誼忍輕拋。」范志超與柳亞子相識20餘年，被柳稱為「三傳弟子」。范與柳家有著深厚的交誼。柳亞子何出此語呢？原來，柳亞子到北平時，范在美術學院任教。到北平後，柳亞子立即要求有關方面以官方名義聘請范為他的私人秘書，一時無回音。5月5日在毛澤東家宴上，柳又直接向毛提出這一要求，毛雖未回絕，但仍然遲遲不見落實。柳亞子一怒之下，自發聘書一張，具款「吳江一品大臣柳亞子」。范志超當然不能接受。柳亞子可以不懂政治常識，也不妨不顧政治常識，但范志超卻不能不懂更不能不顧。也就在這時，有人告誡范志超，以後少和柳亞子接近。柳亞子心情的悲愴是可想而知的〔註25〕。這樣，便有了《贈范志超》一詩。

〔註23〕見《毛澤東書信選集》，中國人民解放軍出版社1984年1月。

〔註24〕見柳亞子：《北行日記》，載《自傳·年譜·日記》，上海人民出版社1986年11月版。

〔註25〕見張明觀：《柳亞子傳》，社會科學文獻出版社1997年5月版，第574～575頁；范志超：《記柳亞子先生二三事》，載《上海文史資料選輯》第44輯。

由官方任命秘書一事，柳亞子或許認爲是小事，其實很令毛澤東們爲難。這首先關乎「待遇」問題。如果柳亞子不在享受此種「待遇」者之列，那就不能爲其配備秘書，此事不容含糊。更重要的是，秘書不能由自己選定，而應由有關部門選派。尤其爲柳亞子這類「民主人士」配秘書，要由有關部門選擇組織上信得過的。因爲他的使命，實在不僅僅是「秘書」。從此事也可看出，柳亞子的政治感覺，實在是很遲鈍的。自封「一品大臣」，也頗耐人尋味。如果說這正是柳亞子的政治期待，不能算很勉強吧。自認爲是「開國元勳」的柳亞子，認爲自己在「新朝」中是應該「官居一品」的。

1949 年 7 月 2 日，第一次全國文代會召開。柳當天日記載：「七時，徐冰以汽車來，迆赴中南海，開全國文學藝術工作者代表大會，晤人甚多……會九時開始，下午十二時半畢，倦極。陳學昭、艾青留飯（晤丁玲），飯畢，周揚以車送歸，二時返園，三時入睡，四時始醒。聞今夜仍無電，惟有日入而息耳！」〔註26〕查此後數十日日記，則每天在家弄郵票、抄舊稿、做詩、寫字、喝酒，校書，並無外出開會記載。可見，這全國文代會，柳亞子只參加了一個開幕式，此後便完全置身事外。甚至這半天的開幕式，說不定也是被動員參加的。確實，看著那些舊雨新知在會上春風得意，看著那些柳亞子根本瞧不上的人在會上鳧趨雀躍，柳亞子會有自取其辱之感。

1949 年 7 月 1 日，全國文代會開幕的前一日，柳亞子所寫《次韻和劉仁女士兩首》中，有句云：「驢背陳摶應撫掌，甕頭李白剩吟詩。」這不禁讓人想到當年的「英雄末路作詩人」一語。7 月 16 日，正值文代會開會期間，柳亞子寫了《口號答雲彬》：

屈子懷沙逢亂國，賈生賦鵩值休明。

懺除結習吾知免，不作蘇俄葉賽寧。

宋雲彬是柳亞子多年知交。他大概知道柳亞子心情不好，有所勸慰，柳亞子於是以此詩作答。我們知道，在重慶時，柳亞子對郭沫若稱其爲「今屈原」是覺得很冤屈的，有「匡時自具迴天手，忍作懷沙抱石看」的豪語。時隔數年，他倒自比作屈原了。最後一句更讓人心驚。葉賽寧曾在十月革命成功後謳歌革命，但終於因與新時代格格不入而自殺。柳亞子對宋雲彬說「不作」葉賽寧，莫非宋雲彬有此擔心？莫非柳亞子覺得有學葉賽寧的理由？

〔註26〕見柳亞子：《北行日記》，載《自傳・年譜・日記》，上海人民出版社 1986 年 11 月版。

1949 年 9 月 30 日，中央人民政府成立，蛋糕分割才算塵埃落定。毛澤東爲中央人民政府主席，朱德、劉少奇、宋慶齡、李濟深、張瀾、高崗爲副主席。有 56 人爲中央人民政府委員，柳亞子是其中之一。這「委員」之「級別」雖高，但卻是沒有實權的「虛銜」。

對此，柳亞子滿意嗎？夏衍的一番回憶做了回答：

> 十月一日，中央人民政府委員會舉行第一次會議……在這期間，我會見了許多老朋友，也結識了不少新朋友。……有一天晚上，我正要上床，柳亞子敲門進來了，我和這位愛國憂民的南社詩人也算是老朋友了，過去，不論在香港，在重慶，即使是時局十分艱險的時候，他一直是爽朗、樂觀的，可是在這舉國歡騰的日子，他卻顯得有點心情抑鬱，寒喧了幾句之後，他就問我上海解放後有沒有去過蘇州，他說，假如那一帶局面安定，他打算回吳江去當隱士了。這句話使我吃一驚，「一唱雄雞天下白」，爲什麼會有這種想法呢？他就坦率地說出了他對某些人事安排的不滿，他用責問的口吻說，李任潮（引按：即李濟深）怎麼能當副主席，難道你們忘記了他二十年代的歷史（引按：李在國民黨清黨時曾參與清除共產黨人）？對這樣的事我當然不好插嘴，我想把話岔開，問他最近有什麼新作？柳無垢是不是也在北京？可他還是滔滔不絕地講了他對某人某事的不滿。後來讀了他和毛主席的唱和詩，才懂得他「牢騷太甚」的原因，並不在於「出無車」和「食無魚」，至於「莫道昆明池水淺」這句詩的謎底，則直到恩來同志和我講了當時的情況之後，才弄清楚。浪漫主義詩人和現實主義政治家之間，還是有一道鴻溝的，亞子先生實在也太天真了。〔註27〕

夏衍的這番話，雖然讓我明白了 1949 年 10 月間柳亞子的精神狀態，但也讓我明白：關於柳亞子的「牢騷」，我並沒有都說清楚。周恩來能夠知情，說明毛澤東與周恩來商量過柳亞子的事；至於周恩來對夏衍說了些什麼，夏衍不肯說，我們也就不知道。

但我們卻知道，柳亞子並沒有眞的歸隱吳江。柳亞子自稱「狂奴」，其實並不能如嚴子陵那樣「無欲則狂」，他的「狂奴故態」，不過是沒有底氣的作

〔註27〕 夏衍：《懶尋舊夢錄》，三聯書店 1985 年 7 月版，第 631～632 頁。

態。柳亞子一生好以「英雄」自命，其實，他也只是終身好作英雄語而已。
讀柳亞子詩文，我覺得他最悲哀的，是一輩子都沒弄明白自己到底是誰。

2007 年 1 月 11 日凌晨匆就

「城市文學」在當代的消亡與再生
──從《我們夫婦之間》到《美食家》

　　「城市文學」在 1949 年以前的中國，算是形成了自己的傳統的。張愛玲某種意義上就是中國現代「城市文學」的重要代表。但「城市文學」這一脈傳統，在 1949 年以後，卻並沒有在大陸得到延續。直到「改革開放」以後，這一斷絕了數十年的香火才有了恢復的可能。不過，在上個世紀八十年代，以現實「城市生活」爲題材而又能稱得上是「城市文學」的作品，還是很少的。進入九十年代後，以當代城市生活爲題材的作品才多起來，並且也較充分地具有了「城市文學」的品格。1949 年以前的「城市文學」傳統，也只有到了九十年代，才可以說得到了眞正的恢復。

　　在 1949 年後的五十年代，原來的「鄉土文學」變成了「農村題材文學」，「城市文學」則變成了「工業題材文學」。正如五十年代蓬勃興起的「農村題材文學」不同於現代文學史上的「鄉土文學」一樣，同時興起的「工業題材文學」也大異於此前的「城市文學」。對於「城市文學」這一脈傳統在「當代」的中斷，研究「當代文學史」的人當然可以給出觀念因素方面的解釋。不允許像當年的「海派作家」寫上海那樣寫城市，也不允許像當年的老舍寫北京那樣寫城市，要寫「城市生活」，就只能寫「工業戰線」的生產和鬥爭──這是致使「城市文學」傳統中斷的觀念方面的因素。簡單地說，根本就不允許有原來意義上的「城市文學」存在，是「城市文學」這一脈傳統中斷的最明顯的原因。然而，如果沒有觀念方面的制約，如果掌管「文藝方向」的人允許作家自由地寫城市，情形會怎樣呢？這樣，也許會有一些以過去的城市爲

題材並且堪稱「城市文學」的作品出現，如鄧友梅的《那五》《煙壺》；馮驥才的《神鞭》《三寸金蓮》等「怪世奇談」；王安憶寫於九十年代的《長恨歌》……而以寫「當代城市」的方式繼承「城市文學」傳統的局面則仍不會出現。為什麼？就因為進入「當代」以後，「城市」也不再是原來意義上的「城市」，或者說，真正意義上的「城市」也被消滅。進入「當代」後，不僅是原來意義上的「城市文學」沒有了，原來意義上的「城市」本身也沒有了。

1950 年 1 月，蕭也牧在《人民文學》上發表了短篇小說《我們夫婦之間》。這可能是「當代」最早觸及「城市生活」和「城市問題」的小說了。小說發表後受到了猛烈批判。今天看來，發表於「當代文學」起步時期的這篇小說和緊接著展開的對這篇小說的批判，已預示著「城市」和「城市文學」的消失。

《我們夫婦之間》寫的是中共從農村全面進佔城市之初的事情。「農村包圍城市」是毛澤東為奪取全國政權而採取的一種根本策略，事實證明也是一種極為有效的策略。當大大小小的城市都被「解放」，進駐城市、管理城市、以城市為政權中心，就成了擺在眼前的問題。面對城市，以毛澤東為核心的最高層，是既興奮又緊張的。這種心態，在面對接管上海這座「東方魔都」時表現得最典型。接管上海前，他們做了非常細緻的準備。中共上海市委宣傳部、中共上海市委黨史研究室和上海檔案館合編的《接管上海》〔註1〕，收錄了當初的不少原始資料和當事者後來的回憶，從中頗能看出勝利者面對城市這巨大的勝利品時，自豪、疑慮與恐懼相交織的複雜心情。這龐大的接管隊伍，過去長期在鄉村活動，在山溝打轉，對於所要接管的城市，是十分陌生的。正如《接管上海》中說：「從農村環境、戰爭環境轉入城市環境、生產建設環境是一個重大轉變。大多數接管幹部長期生活在農村和武裝鬥爭環境中，缺乏城市工作經驗。有些幹部來自城市，但只有地下鬥爭經驗。」〔註2〕也正因為接管者中，絕大多數人不知城市為何物，讓大家先盡可能地多知道一點城市知識，就是接管前準備工作之一部分。陳毅曾這樣向接管上海者介紹上海：「我們解放軍除西藏而外，全國都到過，可是說不定到上海被人打倒在地上。上海這個地方隨便打死幾個人是平常的事，無人過問。我們農村同志到上海，無異進入八陣圖。在農村裏，隨便進入人家去，老百姓歡迎，誰

〔註1〕上下卷，中國廣播電視出版社 1993 年版。
〔註2〕《接管上海》下卷，第 10 頁。

也不會不歡迎。在上海你隨便進入人家，就可能會被人弄死。所以，我們進城後越小心越好。……我們在農村的條件好，我們勝利了，在城市我們可能要上當，要謹慎才好。」〔註3〕佔領和接管城市者對城市的陌生，從一些細枝末節的事情上也表現出來。當年「上海市軍事接管委員會」在針對接收人員和入城機關的「政策紀律教育」中，列有這樣一項：「應加強城市生活常識教育，使現有人員懂得，現在駐在城市的機關部隊，更可以進行實地教育（如開電燈、上燈泡、拉抽水馬桶……）。遵守公園規則，不踐踏青草，不攀枝折花，在房內不隨地吐痰，保持桌椅門板、痰盂清潔，克服農村舊生活習慣。」〔註4〕勝利者對城市這種勝利品陌生到了這樣的程度，以致於要真正佔有和享用這勝利品，便必須從怎樣使用電燈和抽水馬桶這類事學起──由此也不難想像，中共以勝利者的姿態全面進佔城市之初，是發生了許多「有趣」的故事的。陳毅率部進佔上海時，之所以連怎樣「拉抽水馬桶」這類事都注意到，也因為有前車之鑒。在此之前，進佔南京的勝利者，就在這勝利品身上鬧出過不少笑話：「一些從來沒有進過大城市的幹部和戰士，在南京鬧出了許多洋相。譬如，把蔣介石辦公室外二百米長的紅地毯，剪成打地鋪的墊子；不少官兵不會使用抽水馬桶，把住宅弄得一塌糊塗……」〔註5〕「北平有個部隊對搬運培養的細菌很腦（惱）火，覺得這些小玻璃（瓶）有什麼用？……南京解放後，頭等火車座位上的漆皮都被戰士剝掉」〔註6〕……類似的「洋相」，類似的行為，在當年東西南北的大小城市中，一定大量出現過。在這類「洋相」和行為背後，是勝利者的性格和心態。這是非常富有文化意味的，當然也是文學創作的絕佳「題材」。

而蕭也牧的《我們夫婦之間》，正是以這種「性格和心態」為「題材」的。不能說這篇小說多麼深刻地揭示了這種「性格和心態」，更不能說作者表達了怎樣深沉的思考。但小說已寫出的事情，卻是有著充分的生活根據的。當時接管城市的幹部，大體上可分為兩類：「一部份長期在農村工作的黨員幹部，產生對勝利光榮與對環境厭惡以及好奇與自卑的矛盾心理。而知識分子出身的幹部及長期生活在城市裏的同志，則表現了很大的喜悅並滋長了自己企圖享受的錯誤觀點，並因此產生要求轉回中、小城市乃至鄉村工作以及羨慕浮華，留念

〔註3〕《接管上海》上卷，第60頁。
〔註4〕《接管上海》上卷，第497頁。
〔註5〕高建國：《顧準全傳》，上海文藝出版社2000年版，第257頁。
〔註6〕《接管上海》上卷，第30頁。

（戀）乃至害怕調離上海的兩種現象。」〔註7〕《我們夫婦之間》中的「夫」和「婦」，某種意義上便分別是這兩類人的代表。小說是以這樣的話開頭的：「我是一個知識分子出身的幹部，我的妻卻是貧農出身。她十五歲上就參加了革命，在一個軍火工廠裏整整做了六年工。」當生活在山溝裏時，「我們夫婦之間」是什麼矛盾都沒有的，相處得十分和諧：「雖然我們的出身、經歷……差別是那樣大；雖然我們工作的性質是那樣不同……卻覺得很融洽，很愉快！」但雙雙以勝利者的姿態進入北京後，卻不停地鬧起了磨擦、產生了對抗，以致於「我曾懷疑到：我們的夫婦生活是否能繼續鞏固下去。」原因就在與「我」與「我的妻」面對城市的不同態度。「知識分子出身」的「我」，對城市是親近的，對生活在城市是「表現了很大的喜悅」的，而「我的妻」則對城市表現了近乎本能的牴觸、厭惡，由此產生了婚姻危機。就是這類進城後的婚姻危機，在當時也是很普遍的。《接管上海》中，就多次說到此種情況：「老解放區來的幹部……在群眾運動未開展以前，問題發生較多，主要是婚姻問題……」〔註8〕；「一部分長期在農村工作的黨員幹部……由於運動沒有被貫徹……進一步暴露了鬧個人地位，待遇享受，婚姻等問題……」〔註9〕；「享樂腐化思想，還表現在男女問題上面，……幹部要求離婚與回家結婚的較多……」〔註10〕……

《我們夫婦之間》主要寫的是「我的妻」進城後的性格和心態。小說這樣介紹「我的妻」：

> 她在進城以前，一天也沒有離開過深山、大溝和沙灘。這城市的一切，對於她，我敢說，連做夢也沒有夢見過的！應該比我更興奮才對，可是，她不！

> 進城的第二天，我們從街上回來，我問她：「你看這城市好不好？」她大不以為然，卻發了一通議論：那麼多的人！男不像男，女不像女！男人頭上也抹油……女人更看不的！那麼冷的天氣也露著小腿。怕人不知道她有皮衣，就讓毛兒朝外翻著穿！嘴唇血紅紅，頭髮像個草雞窩！那樣子，她還覺得美的不行！坐在電車裏還掏出小鏡子來照半天！整天擠擠嚷嚷，來來去去，成天幹什麼呵！……

〔註7〕《接管上海》上卷，第236頁。
〔註8〕《接管上海》上卷，第182頁。
〔註9〕《接管上海》上卷，第236頁。
〔註10〕《接管上海》上卷，第252頁。

　　總之，一句話：看不慣！說到最後，她問我：「他們幹活也不？哪來
　　那麼多的錢？」

「我的妻」這種對城市的抗拒，在當時現實的進城幹部中，也並不少見。
從《接管上海》中可知，當時有些人甚至一心想著回到農村：「對進佔上海
我們要有革命的信心……我們同志們有一個偏向，談到進北平、天津、上
海就怕麻煩，不願意去，說進城麻煩……」〔註11〕；「另外部分同志，由於，
沒有文化，說話不懂，造成自餒思想，希望回江北去……」〔註12〕；「一部
份北方來的幹部，由於長期做農村工作，不習慣於城市生活，缺乏城市工
作經驗，覺得老一套不行了，無長期打算，特別是文化程度低的，覺得舊
人員看不起，上級也看不起，在上海吃不開，還不如回山東好……」〔註13〕
「現在一般幹部思想上是工作情緒不穩定，大多數人思想上不願在上海工
作……」〔註14〕……

　　在舊城市和「舊人員」面前自卑自餒，甚至想打退堂鼓，是缺乏「革命
的信心」的表現，也是「革命意志」不堅定的表現。當時上層領導者之所以
要求接管上海的人員掌握一些城市生活的知識，是為了對上海這個十分複雜
的城市接管上的順利。上層領導者並沒有要求進城人員無條件地習慣舊城市
的一切，相反，倒是唯恐進城人員被舊城市所同化、所「腐蝕」。從《接管上
海》中可知，在進城之前和之初，上層領導就屢屢做出這樣的告誡：「一切機
關及部隊人員應保持艱苦樸素作風……反對貪污腐化墮落行為。」〔註15〕；「必
須保持與發揚解放區黨在長期奮鬥中就養成的英勇奮鬥艱苦樸素作風，用以
移風易俗，防止為資產階級奢侈豪華風氣所同化，……分清那（哪）些作風
已不合時宜或那（哪）些新的事物我們不懂的，必須加以改變或學習，那（哪）
些是無產階級特別是共產黨員的優良的作風，應當保持和發揚。」〔註16〕；「嚴
防部隊享樂思想的滋長，即使一點細微表現，都需及時注意糾正，進行教育，
以便保持我黨我軍的艱苦樸素的作風。」〔註17〕；「強調保持艱苦樸素的傳統

〔註11〕《接管上海》上卷，第 57 頁。
〔註12〕《接管上海》上卷，第 182 頁。
〔註13〕《接管上海》上卷，第 251 頁。
〔註14〕《接管上海》上卷，第 411 頁。
〔註15〕《接管上海》上卷，第 4 頁。
〔註16〕《接管上海》上卷，第 43 頁。
〔註17〕《接管上海》上卷，第 48 頁。

作風，反對享樂、腐化、貪污。」〔註18〕……對舊城市的接管，只是進佔城市的第一步；甚至一時間掌握一些舊城市的生活常識，也不過是一種手段。目的，則是通過改造使之成爲「社會主義新城市」。《接管上海》中這樣說到接管上海的「進程」：「上海整個接管工作按其進程大體分成接收，管理，改造三大步驟（或稱三個階段）。接收階段，一般辦理清點移交，以求不打亂，不影響軍管時期日常業務工作的繼續。這個階段特點，國民黨時期舊制度的遺蹟暫時存留很多，變化不大。管理階段，主要是調查、研究、考察、并著手開始局部改造和整頓。這個階段特點，清除舊制度，舊痕跡，開始建立人民民主制度以及與人民民主制度相適應的市人民政府各局、處新的組織機構和市區基層政權，開展民主建政，召開人民代表會議。改造階段，全面地肅清反動制度，建立和鞏固人民民主專政的新制度、新規程。這個階段特點，政務、軍事系統的各個部門，均按照老解放區的軍政制度，進行全盤的徹底改造，……接收、管理、改造，在時間上穿插交叉進行的，接收中已包含管理、改造，管理、改造是一個複雜的過程，延續時間很長。」〔註19〕

「按照老解放區的軍政制度」、按照「老解放區」的價值觀念來改造城市，是最終的目標。《我們夫婦之間》中的「我的妻」，雖然沒有多少文化，對這一點卻憑直覺有了精確的領會。對她看不慣的城市，她的口頭禪是「俺老根據地那見過這！得好好兒改造一下。」

小說中還寫道：

> 我發覺，她自從來北京以後，在短短的時間裏邊，常常是我才一開口，她就提出了一大堆的問題來難我：「我們是來改造城市的；還是讓城市來改造我們？」……

「我們」進佔城市的目的是要改造城市而不是被城市所改造，對這一點，沒有多少文化的「我的妻」比「知識分子出身」的「我」，理解得更透徹。而改造城市的方向，則是使城市「老解放區化」、使城市「老根據地化」，也可以說是使城市「非城市化」。有學者曾援引馬克思關於封建社會的看法來分析「農民與農民文化」。馬克思認爲，所謂封建社會，就是「以某種共同體爲基礎的社會」，在那裏每個人都不具有獨立人格而只是「狹隘人群的附屬物」。每個人都對共同體產生一種人身依附關係。「這種關係對共同體成員來說有兩方面

〔註18〕《接管上海》上卷，第 497 頁。
〔註19〕《接管上海》下卷，第 15 頁。

的意義：一方面它作爲一種束縛使人依附於共同體，而在存在剩餘產品和剝削的情況下，實際上是通過共同體依附於共同體的代表者──各級大家長，從而產生『把人們束縛於天然首長』的形形色色封建羈絆。另一方面它作爲一種『保護』，又把人置於溫情脈脈的共同體蔭庇下和田園詩的寧靜中，使人得以逃避商品經濟下的競爭、分化、動蕩與風險，『安全』地在共同體內佔有一個位置。所謂封建關係，本質上正是這樣一種與人的自由個性對立的、共同體的束縛──『保護』關係。」這種共同體「在城市及非農業中複製著鄉村的社會關係，使城市在文化實質上成爲『都市裏的村莊』，其居民成爲『城居農民』，而知識分子則成了『有文化的農民』。在這種情況下，非農業居民也具有農民的人格而受農民文化的支配，甚至還可以依靠都市在傳播學上的地位把農民文化昇華爲一種『精英文化』，而向農村反饋，從而承擔起『教育』農民壓抑自由個性的萌動、以農民文化即宗法共同體的精神『改造』農民的責任。」〔註20〕。在被《我們夫婦之間》中的「我的妻」們改造後，城市也就成了一個大的「共同體」，各種「工作單位」則是小的「共同體」；每個「城市人」都須有一個「單位」，「單位」之外沒有個人的生存空間。在那數十年間，城市居民對「共同體」的依附是全方位的，因而被「共同體」所束縛和「保護」，也是全方位的。當整座城市成爲一種科層化的共同體時，就不再是眞正意義上的「城市」；當城居者都緊緊依附於一個共同體時，也就不再是眞正意義上的「市民」。因此，這位學者又這樣說到那期間的中國「城市」：「與西方不同，我國實際上並不存在著獨立的『市民文化』傳統，尤其是在新式農民革命後建立的城市舊體制更把近代市民文化成分清洗得所剩無幾，身份制、平均主義、權力崇拜、抑制個性等農業社會主義因素借助城市的傳播中心地位而積澱、濃縮並精英化，使得城市在某種意義上比農村還『農村』，以至於它曾在幾十年間一直向農村反饋著巨大的能量，以期在農民中消滅『資產階級』（即『市民』）的影響。而當改革潮起，農村已是熙熙攘攘，爲利來往，頗有些『市民』氣氛時，城市卻還沉浸在一派田園詩式的安詳與寧靜之中。從這個意義上講，我們的城市居民本來就雖不務農而實爲『農民文化』中人」〔註21〕。

這樣說來，「城市文學」傳統在 1949 年後的中斷，也就是勢所必然的了。

〔註20〕秦暉：《耕耘者言》，山東教育出版社 1999 年版，第 52～53 頁。
〔註21〕秦暉：《耕耘者言》，第 288 頁。

所謂「城市文學」，是以「城市」為審美對象的，而且要表現某一城市特有的「市民文化」。而當「城市」本身已被消滅，當為所有城市都具有的一般意義上的「城市文化」都被清洗掉了時，「城市文學」當然也就無從談起。

上個世紀八十年代初，隨著「改革開放」的啟動，隨著文學觀念的變革，中斷了幾十年的「城市文學」傳統也開始復活。「城市文學」作為一種文學品類得以復活，最根本的原因還是「改革開放」使「城市」本身得以復活。城市在1949年後經歷了一個被改造、被消滅到被重建的過程，而「城市文學」的命運也與之同步。陸文夫寫於1982年秋、發表於《收穫》雜誌1983年第一期的《美食家》，既標誌著「城市文學」的復活，也預示著城市本身的重建。《美食家》從一個特定的同時也頗具表現力的角度，寫了城市在近半個世紀間的命運變遷。它寫了1949年以前的城市，寫了1949年後開始被改造但還沒有被完全消滅的城市，寫了被徹底改造後徒具「城市」稱號的「城市」，寫了「文革」期間讓人哭笑不得的「城市」，也寫了「改革開放」後開始又具有一點城市氣息的城市。

這是1949年以前的城市：

> 那時候，蘇州有一家出名的麵店叫作朱鴻興，……你向朱鴻興的店堂裏一坐：「喂！（那時不叫同志）來一碗XX麵。」跑堂的稍許一頓，跟著便大聲叫喊：「來哉，XX麵一碗。」那跑堂的為什麼要稍許一頓呢，他是在等待你吩咐吃法的──硬麵，爛麵，寬湯，緊湯，拌麵；重青（多放蒜葉），免青（不要放蒜葉），重油（多放點油），清淡點（少放油），重麵輕交（麵多些，交頭少點），重交輕麵（交頭多，麵少點），過橋──交頭不能蓋在麵碗上，要放在另外的一隻盤子裏，吃的時候用筷子撾過來，好像是通過一頂石拱橋才跑到你嘴裏……如果是朱自冶向朱鴻興的店堂裏一坐，你就會聽見那跑堂的喊出一大片：「來哉，清炒蝦仁一碗，要寬湯、重青，重交要過橋，硬點！」

這是對城市的改造：

> 我把收集的材料，再加上我對朱自冶他們的瞭解，從歷史到現狀，洋洋灑灑地寫了一份足有兩萬字的報告，提出了我對改造飯店的意見，立場鮮明，言詞懇切，……首先拆掉門前的霓紅燈，拆掉櫥窗裏的紅綠燈。我對這種燈光的印象太深了，看到那使人昏旋的

燈便想起舊社會。我覺得這種燈光會使人迷亂，使人墮落，是某種荒淫與奢侈的表現。燈紅酒綠的時代早已一去不復返了，何必留下這醜惡的陳跡？拆！……我認為最主要的是對菜單進行改造，否則就會流於形式主義。什麼松鼠桂魚、雪花雞球、蟹粉菜心……那麼高貴，誰吃得起？大眾菜，大眾湯，一菜一湯五毛錢，足夠一個人吃得飽飽的。如果有人還想吃得好點，我也不反對，人的生活總要有點變化，革命隊伍裏也常常打牙祭，那只是一臉盆紅燒肉，簡單了點。來個白菜炒肉絲、大蒜炒豬肝、紅燒魚塊、青菜獅子頭（大肉圓）……夠了吧，哪一個勞動者的家裏天天能吃到這些東西？

這是「文革」期間的「城市」：

　　……「文化大革命」期間他不是服務員，而是司令員，到時候哨子一吹，滿堂的吃客起立，跟著他讀語錄，做首先……，然後宣佈吃飯紀律：一號窗口拿菜，二號窗口拿飯，三號窗口拿湯；吃完了自己洗碗，大水槽就造在店堂裏，……

這是「文革」後開始恢復的城市：

　　人們來到東首，突然眼花繚亂，都被那擺好的席面驚呆了。潔白的抽紗臺布上，放著一整套玲瓏瓷的餐具，那玲瓏瓷玲瓏別透，藍邊淡青中暗藏著半透明的花紋，好像是鏤空的，又像會漏水，放射著晶瑩的光輝。桌子上沒有花，十二隻冷盆就是十二朵鮮花，紅黃藍白，五彩繽紛。鳳尾蝦、南腿片、毛豆青菽、白斬雞，這些菜的本身都是有顏色的。燻青魚、五香牛肉，蝦子鯗魚等等顏色不太鮮豔，便用各色蔬果鑲在周圍，有鮮紅的山楂，有碧綠的青梅。那蝦子鯗魚照理是不上酒席的，可是這種名貴的蘇州特產已經多年不見，擺出來是很稀罕的。那孔碧霞也獨具匠心，在蝦子鯗魚的周圍配上了雪白的嫩藕片，一方面為了好看，一方面也因為蝦子鯗魚太鹹，吃了藕片可以沖淡些。

《美食家》從「吃」這一角度寫了蘇州這一「城市」數十年間的命運。「美食」的從被改造、被消滅到被恢復，是蘇州這一特定「城市」被改造、被消滅到被恢復的縮影；而蘇州這一特定「城市」的被改造、被消滅和被恢復，也是全國大大小小「城市」同一命運的縮影。《美食家》是以第一人稱敘述的。看起來，朱自冶是小說的主人公，但我以為小說中的「我」也是很重要的人物，

某種意義上甚至比朱自冶更重要。「我」對 1949 年以前的「舊城市」充滿厭惡甚至仇恨、在改造「舊城市」的過程中十分主動起勁，而在「改革開放」後又參與了對「城市」的重建。「我」在這一繞圈子式的過程中的心態，或許比朱自冶這個「美食家」的性格更耐人尋味。把《美食家》中的「我」與《我們夫婦之間》中的「我的妻」做一點比較，也是不無趣味的。《美食家》中的「我」與《我們夫婦之間》中的「我的妻」，都對「舊城市」處處看不順眼，這種對「舊城市」的牴觸甚至在「吃」這同一問題上都表現出來。《美食家》中的「我」，看不慣「舊城市」飯館裏的「吃」，「特別看不慣那種趾高氣揚和大吃大喝的行為。一桌飯菜起碼有三分之一是浪費的，泔腳桶裏倒滿了魚肉和白米。朱門酒肉臭倒變成是店門酒肉臭了，如果聽之任之的話，那我還革什麼命呢！」《我們夫婦之間》中寫到，「我的妻」在一些小地方「也顯得和城市的一切生活習慣不合拍」，其中就包括對城市飯館的不能接受。「有一次，我們倆到了一家飯鋪裏」，她把炒餅、麵條、饅饅等的價格問了一通後，「就把我一拉，沒等我站起來，她就在頭裏走下樓去。」並且說：「好貴！這那裏是我們來的地方！」「一頓飯吃好幾斤小米，頂農民一家子吃兩天！……」在以勝利者的姿態接管城市後，《美食家》中的「我」和《我們夫婦之間》中的「我的妻」都以自己的方式積極投入了對「舊城市」的改造。《美食家》中的「我」因為被任命為飯店經理，所以把「革命幹勁」都使在了飯店這一城市一角的改造上，可以想像，如果《我們夫婦之間》中的「我的妻」也被派去「接管」飯店，她也一定會像《美食家》中的「我」一樣對之大加改造的。

但《我們夫婦之間》也寫了「我的妻」不知不覺間被城市所改造的一面：「首先是她的某些觀點和生活方式也在改變著」，「同時，她自己在服裝上也變得整潔起來了，見了生人也顯得很有禮貌！最使我奇怪的是：她在小市上也買了一雙舊皮鞋，逢是集會、遊行的時候就穿上了！回來，又趕忙脫了，很小心地藏到床底下的一個小木匣裏……」《我們夫婦之間》不僅僅寫了這個「根正苗紅」、「苦大仇深」、負有改造城市重任的「革命者」也被城市微妙地改造，更要命的，還是以讚賞的語調寫了她的被改造。《我們夫婦之間》中的敘事者「我」，作為「舊城市」的接管者和改造者，居然對妻子立志改造「舊城市」的精神和決心頗有微詞：「今天她來到城市；和這城市所遺留的舊習慣，她不妥協，不遷就，她立志要改造這城市！但是在我看來，就有些地方她就顯得固執、狹隘……甚至顯得很不虛心了！」與此同時，「我」自己則表現得

對「舊城市」很迷戀，大有「革命意志衰退」、貪圖享受、被「資產階級腐朽思想」所「腐蝕」之勢，而「我」的這種種表現，在作品中卻又並沒有受到明確否定與批判。「我的妻」並不是作為光彩照人的正面形象出現，「我」也不是作為醜陋不堪的反面角色出場。——這就決定了這部作品問世後必然遭受嚴厲否定與批判。這部作品問世的 1950 年，正是對「舊城市」的改造全面啓動的時候，或者說，正是對「城市」本身的消滅被提上議事日程的時候。而城市的改造者和消滅者被城市所改造和「消滅」，是當政者十分警惕的事情。在這個時候蕭也牧發表這種「黑白顛倒」、「是非不分」的作品，可算是撞到槍口上了。後來的《霓紅燈下的哨兵》的受寵，也能從反面說明《我們夫婦之間》倒楣的原因。《霓紅燈下的哨兵》也寫了「新戰士」童阿男的「自由散漫」，也寫了班長趙大大的要求調動和排長陳喜的思想變化，但這些都是明確地作爲「不健康」和「危險」的苗頭被描寫的；更關鍵的是，作品正面塑造了指導員路華和連長魯大成的光輝形象，他們從「階級教育」入手，開展「思想政治工作」，終於使有「不健康」和「危險」苗頭的幹部戰士「幡然醒悟」，從而突出了「拒腐蝕、永不沾」的主題。要寫進城初期的事，就只能這樣寫，像《我們夫婦之間》那樣，就是步入了「歧途」。

《美食家》中的「我」，在「文革」後重回飯店領導職位後，又積極地投入對飯店傳統的恢復：「當我忙得滿身塵土，焦頭爛額的時候，背後也有人說閒話：『都是這個老傢夥，當年拆也是他，現在隔也是他，早幹什麼的！』……」這個「我」，當初對「舊城市」的種種都十分看不慣並幹勁衝天地對之進行改造和破壞，今天，則任勞任怨地對之進行恢復和重建——這種思想和行爲的轉變，也受到了時代的認可。

發表於 1950 年的《我們夫婦之間》與發表於 1983 年的《美食家》，實在有著某種對應關係。如果說《我們夫婦之間》的發表並受到嚴厲批判，意味著「城市」和「城市文學」在「當代」的消亡，那《美食家》的發表並好評如潮、且獲全國優秀中篇小說獎，則意味著「城市」和「城市文學」在「當代」的再生。

2003 年 3 月 2 日

當代文藝中的「階級情」與「骨肉情」

一

1925 年 12 月，毛澤東發表了《中國社會各階級的分析》。這是毛澤東公開發表的第一篇產生重大而深遠影響的文章。文章以這樣一段話開頭：「誰是我們的敵人？誰是我們的朋友？這個問題是革命的首要問題。中國過去一切革命鬥爭成效甚少，其基本原因就是因為不能團結真正的朋友，以攻擊真正的敵人。革命黨是群眾的嚮導，在革命中未有革命黨領錯了路而革命不失敗的。我們的革命要有不領錯路和一定成功的把握，不可不注意團結我們的真正的朋友，以攻擊我們的真正的敵人。我們要分辨真正的敵友，不可不將中國社會各階級的經濟地位及其對革命的態度，作一個大概的分析。」緊接著，毛澤東對當時中國社會的「地主階級和買辦階級」、「中產階級」、「小資產階級」、「半無產階級」、「無產階級」以及「遊民無產者」進行了分析，最後得出這樣的結論：「綜上所述，可知一切勾結帝國主義的軍閥、官僚、買辦資產階級、大地主階級以及附屬於他們的一部分反動知識界，是我們的敵人。工業無產階級是我們革命的領導力量。一切半無產階級、小資產階級，是我們最接近的朋友。那動搖不定的中產階級，其右翼可能是我們的敵人，其左翼可能是我們的朋友——但我們要時常提防他們，不要讓他們擾亂了我們的陣線。」數十年後，毛澤東將此文作為開卷篇收入《毛澤東選集》，可見對此文是極其看重的。

在中國，人際關係的親疏、遠近，自古以來是依據血緣關係而確定的。在傳統的社會裏，兩個同姓的人，哪怕來自天南地方，偶然相遇了，也會覺得很親切，因為「一筆寫不出兩個 x 字」，因為「五百年前是一家」。至於有

明確的血緣關係者，就更是自家人了。五服之內，都算是至親。即便出了五服，在面對外姓時，也自然成為一家人。在傳統的中國社會裏，人們往往是依據血緣而確定「誰是我們的敵人，誰是我們的朋友」。「打虎親兄弟，上陣父子兵」，則意味著在與敵爭戰時，血緣是最可信任、最堪依賴、最有力量的東西。一個中國人，當然可以與外姓人成為朋友，但當這個外姓人與你親族中的人發生衝突時，你是絕對不能站在這外姓人一邊的。哪怕你與這外姓人再情投意合，哪怕在衝突中這外姓人再有道理，哪怕你本對那親族中人十分厭惡，你也不能公然支持這外姓人，否則就是大逆不道，在某些時候，甚至受到「家法」的懲處。「血濃於水」是對這種現象的最好解釋。費孝通曾指出，傳統的中國社會，表現為一種「差序格局」，這種格局「好像把一塊石頭丟在水面上所發生的一圈圈推出去的波紋」。「我們社會中最重要的親屬關係就是這種丟石頭形成同心圓波紋的性質。親屬關係是根據生育和婚姻事實所發生的社會關係。從生育和婚姻所結成的網絡，可以一直推出去包括無窮的人，過去的、現在的、和未來的人物。」這個網絡是具有伸縮性的。網絡的中心愈富貴，網絡就延伸得愈廣大，所謂「富在深山有遠親」，說的就是這意思。費孝通以《紅樓夢》中的賈家為例，說明了這種現象：「像賈家的大觀園裏，可以住著姑表林黛玉，姨表薛寶釵，後來更多了，什麼寶琴，岫雲，凡是拉得上親戚的，都包容得下。」〔註1〕

　　既然中國人的血緣之網可以無限延伸，那階級和血緣，就並不能重疊，就必然會發生衝突。以階級來確定親疏、遠近、敵友，與以血緣來確定親疏、遠近、敵友，二者就會大相逕庭。屬於同一血緣網絡中的人，必然有窮有富、有賤有貴，其間甚至有霄壤雲泥之別。以階級的眼光看，這同一血緣網絡中的兩類人，就分明屬於兩個階級。仍然不妨以《紅樓夢》中所寫的賈氏大家族為例。《紅樓夢》第九回，這樣介紹賈府的義學：「原來這義學也離家不遠，原係當日始祖所立，恐族中子弟有力不能延師者，即入此中讀書」。同屬賈氏血緣網絡中者，既有鐘鳴鼎食、象箸玉杯的榮寧二府，也有力不能延師、甚至貧不能舉火的寒賤之家。「朱門酒肉臭，路有凍死骨」，是可以發生在同一血緣網絡中的。劉姥姥一進榮國府時，王熙鳳對其說道：「俗話兒說的好，『朝庭還有三門子窮親』呢，何況你我？」這「俗話」的產生，也說明同一血緣網絡中的貧富不均、貴賤不等，是古已有之的普遍現象。

〔註1〕見費孝通：《鄉土中國・差序格局》，三聯書店1985年6月版。

　　既然血緣與階級並不能重疊，既然血緣之網上繫掛著不同的階級，既然血緣的同一掩蓋著階級的差異，既然血緣觀念阻礙著階級意識的產生，對於致力於在中國發動「階級鬥爭」的革命黨來說，摧毀這血緣之網、破除大眾頭腦中的血緣觀念，就是關乎革命成敗的大事。毛澤東的《中國社會各階級的分析》，可以說是以階級的名義，旗幟鮮明地向血緣宣戰。此文產生重大而深遠的影響，也自在情理之中。當毛澤東發表《中國社會各階級的分析》時，還是國共合作時期。文章中所說的「革命黨」，還應理解為國共兩黨。國民黨不能接受這「階級鬥爭」的理論，國共合作之破裂就在所難免。此後，在共產黨所領導的革命鬥爭中，「階級」則成為最重要的政治身份。以階級網絡取代血緣網絡、以「階級情」取代「骨肉情」，是「政治教育」、「階級教育」的基本內容。能否拋棄血緣觀念而確立階級意識，能否把「階級情」置於「骨肉情」之上，也是是否具有起碼的「政治覺悟」、「階級覺悟」的標誌。

　　1949 年以後，此種「階級至上」、「階級全能」的觀念得以延續，甚至進一步強化。「親不親，階級分」，是一種口號、一種要求、一種原則、一種尺度。如今四十歲以上的人，對這句話都記憶猶新。「骨肉情」的最頂端，是對父母的愛。而「階級情」的最頂端，則是對「黨」和「黨」的領袖「毛主席」的愛。「階級情」的最頂端能否高於「骨肉情」的最頂端，對「黨」和「毛主席」的愛能否超過對父母的愛，則是判定一個人是否是真正合格的革命者、是否具有真正堅定的階級立場的具體標準。在 1949 年以後的三十年中，大量文藝作品，都表現了「階級情」對「骨肉情」的戰勝，都強調了「黨」和「黨」的領袖「毛主席」遠比父母更重要、更值得無條件地愛。可舉幾首極為著名的歌曲為例。歌曲《天大地大不如黨的恩情大》唱道：「天大地大不如黨的恩情大，／爹親娘親不如毛主席親。／千好萬好不如社會主義好，／河深海深不如階級友愛深。」歌曲《唱支山歌給黨聽》則唱道：「唱支山歌給黨聽，／我把黨來比母親。／母親只生了我的身，／黨的光輝照我心。／舊社會鞭子抽我身，／母親只會淚淋淋。／共產黨領導我鬧革命，／奪過鞭子揍敵人。」在淡化親情、貶低和否定骨肉情的同時，強化「階級友愛」、將「黨」和「毛主席」置於爹娘之上，是那時代政治宣傳的重要旨趣，也是文藝作品的一種基本主題。

　　既如此，在與爹娘的比較中歌頌「黨」和「毛主席」，便是那時代文藝創作的一種基本方式。1958 年開始的「大躍進民歌運動」中出現的所謂「新民

歌」，真可謂恒河沙數。在這恒河沙數般的「新民歌」中，相當一部分是對「黨」和「毛主席」的頌歌。而在與骨肉親人的比較中對「黨」和「毛主席」進行歌頌，也是常見的「技巧」。有一首上海地區出現的「新民歌」比較具有代表性。這首題為《共產黨來了眞格親》的「新民歌」寫道：「舊社會裏廂：／夫妻親，不算親，／同床合被兩條心。／兒子親，不算親，／娶了老婆離娘身。／媳婦親，不算親，／半句不對就記在心。／女兒親，不算親，／四櫥六箱還不稱心。／女婿親，不算親，／三句閒話不上丈母門。／共產黨來了眞格親，／裏裏外外都關心，／毛主席領導人人親，／比爺娘還要親三分。」〔註2〕這道「新民歌」是以一個老婦人的口氣寫的。這老婦依次把與丈夫的夫妻情、把與兒子的母子情、把與媳婦的婆媳情、把與女兒的母女情等一一否定，認為這種種親情都是虛假的，只有「共產黨」、「毛主席」才眞對自己「親」，才是自己眞正的「親人」。「親」到何種程度呢？比爺娘還要「親三分」。把對爺娘的否定把在最後，當然也是一種刻意的「構思」。

二

當把「黨」和「黨」的領袖「毛主席」說成是母親時，就意味著所有人都是「黨」和「毛主席」的兒女。任何爺娘，在自己的子女面前是「爺娘」，但在「黨」和「毛主席」面前，仍然與自己的子女一樣，是「子女」，——這才是「黨」和「毛主席」必然居於爺娘之上的根本理由。1961 年 6 月問世的六場歌劇《洪湖赤衛隊》中，這一關係得到了形象的表現。《洪湖赤衛隊》刻意表現了「階級情」對「骨肉情」的戰勝。劇中主要的反面人物是所謂「湖霸」彭霸天，極力塑造的英雄人物是鄉支部書記韓英。這二人在劇中是一種尖銳的敵我關係。而彭霸天卻又同時是韓英母親的遠房堂弟。從血緣上說，彭霸天算是韓英的舅舅，韓英則可算是彭霸天的外甥女。雖然是「遠房」，但在血緣的意義上，畢竟屬於同一網絡，韓母、韓英與彭霸天的血管裏，畢竟流著一星半點共同的血。然而，從第四場韓英在牢房中的唱詞中，我們知道，又正是這彭霸天，曾霸佔韓家田地、強佔韓家茅房、搶走韓家漁船、撕破韓家漁網，並將韓英父親活活打死。韓英對這血緣網絡上的「親戚」，竟有著血海深仇。不妨說，正是這「親戚」，將韓英逼上了「革命道路」，逼進了「黨」

〔註 2〕見《1959 上海民歌選》，上海文藝出版社 1959 年版。

的懷抱。這有多少現實依據，姑且不論。編寫人員這樣寫，顯然意在強調血緣是虛幻的而階級才是真實的，血緣情是不可靠的而階級仇則是不可忘的。在劇中，彭霸天總想用這一層「親情」來「感化」韓家母女。對韓母，彭霸天一口一聲「老姐姐」，反覆強調這層血緣關係。在第二場，韓母語含譏諷地對彭霸天說：「老太爺，你這麼老姐姐長老姐姐短，我實在消受不起呀！你……你也太失身份了吧！」於是彭霸天又叫一聲「老姐姐」，並唱道：「千個瓜兒共一藤，／你我二人是至親，／雖然富貴由天命，／同族怎能把家分。」韓母的回答是：「麒麟不與牛同路，／鳳凰不與雞成群，／太爺放我回家去，／窮人還有窮事情。」彭霸天強調「共藤」、「同族」，亮出的是「血緣情」，但韓母卻毫不「領情」，提醒彭霸天二人有麒麟與牛之分、鳳凰與雞之異、富人與窮人之別。對韓英，彭霸天則開口閉口「外甥姑娘」，稱韓英是自己的「親骨肉」。第四場，韓英被抓獲。彭霸天來牢房勸降，唱道：「韓英我的外甥女，／且聽舅舅說幾句，／如今你生死在旦夕，／你要把前途多考慮。」韓英的回答是：「湖水清，溝水污，／誰是你的外甥女！／韓英怕死不革命，／為革命雖死何所懼！」韓英的態度比韓母更堅決。「誰是你的外甥女！」——她乾脆把這層血緣關係徹底否定。血雖然濃於水，但「階級情」卻濃於血。在韓母和韓英滿腔燃燒著的階級感情面前，血緣顯得如此蒼白。

《洪湖赤衛隊》第四場，是韓母與韓英牢房相會。保安團和彭霸天先是抓住了韓母，後又抓住了韓英。彭霸天讓韓母和韓英牢房相會，是希望韓母勸說英召回赤衛隊，向保安團投降，否則天亮後即將韓英處死。彭霸天這樣做，仍然打的是「親情牌」、「骨肉牌」。彭霸天既希望韓母最終能將女兒的生命置於「革命」、「階級」、「黨」之上，又希望韓英不忍老母喪女之痛而最終屈服。但韓母和韓英終於讓彭霸天失望。走進關押韓英的牢房，見韓英遍體鱗傷，韓母也曾「悲慟萬狀」。知韓英如不召回赤衛隊便會被處死，韓母也感到了「兩難」：「如今我兒遭災殃，／為娘怎能不心傷！／彭霸天，黑心狼，／要逼你寫信去召降。／你要是寫了，／怎對得起受苦人和共產黨；／你要是不寫，／明天天亮你……就要離開娘！／兒呀，兒呀！／為娘怎能看著我兒赴刑場！／心如刀絞，／好似亂箭穿胸膛！」對此，韓英有一番長長的回答：

娘的眼淚似水淌，／點點灑在兒的心上。／滿腹的話兒不知從何講，／含著眼淚叫親娘……娘啊！／娘說過二十六年前，／數九寒冬北風狂，／彭霸天，喪天良，／霸佔田地，／強佔茅房，／把

> 我的爹娘趕到那洪湖上。／那天大雪紛紛下，／我娘生我在船艙，／沒有錢，淚汪汪，／撕塊破被做衣裳。／湖上北風呼呼響，／艙內雪花白茫茫，／一床破絮像漁網，／我的爹和娘，／日夜把兒貼在胸口上。／從此後，／一條破船一張網，／風裏來，雨裏往，／日夜辛勞在洪湖上。／狗湖霸，活閻王，／搶走了漁船撕破了網。／爹爹棍下把命喪，／我娘帶兒去逃荒。

在這番話語中，對母親的「骨肉情」與對舅舅的「階級仇」緊緊交織著。韓英自知將死，且目睹了母親的傷心，於是要表達對母親養育之恩的感謝。母親養育自己是如此艱辛，按理自己不應慷慨赴死。然而這養育的艱辛卻又點點滴滴都來自「狗湖霸」彭霸天的欺凌，這又使得韓英不得不慷慨赴死。這段唱詞，字字句句是表達對母親的感激，也字字句句在表達對「狗湖霸」的仇恨。緊接著，韓英又唱道：

> 自從來了共產黨，／洪湖的人民才見了太陽。／眼前雖然是黑夜，／不久就會大天亮。／娘啊！／生我是娘，／教我是黨！／爲革命，／砍頭只當風吹帽！／爲了黨，／灑盡熱血心歡暢！……

滿腔的「階級仇」，是使得韓英決意棄娘赴死的一種原因。然而更重要的原因則在於「生我」雖是「娘」，「教我」卻是「黨」。「教」之恩，在這是裏遠重於「生」之情。這與「母親只生了我的身，黨的光輝照我心」有「異曲同工」之妙。聽了韓英的這番「遺言」後，韓母說：「英姑，娘記住你的話，娘會永遠跟黨走的。」韓母不但認可了韓英的慷慨赴死，且表態要像韓英一樣「永遠跟黨走」。這也就意味著，在韓英面前，韓母雖是「兒的娘」，但在「黨」面前，卻如韓英一樣，也是「娘的兒」。「教我是黨」雖是韓英棄娘赴死的更重要的原因，但最根本的原因，則在於在「黨」面前，這「娘」也不過是「兒」，孰輕孰重，自不待言。

雖然同是表現「階級情」重於「骨肉情」，「文革」前十七年間的作品，與「文革」期間的作品，還是有明顯差別的。《洪湖赤衛隊》中，韓母在得知韓英不屈服就得死時，還有些許「兩難」的表現，而這種「人之常情」到「文革」時期，便不可能再在作品中出現了。「樣板戲」《紅燈記》中，有類似的情節。在第八場裏，鳩山把李奶奶和李鐵梅也抓來了，試圖讓她們勸說李玉和交出密電碼。李奶奶和李鐵梅見到鐐銬加身、遍體傷痕的李玉和，有悲傷，更有悲憤，但卻沒有絲毫「兩難」的表現。

　　「文革」以前的作品，在表現「階級情」壓倒「骨肉情」時，還往往能在一定程度上表現出二者關係的複雜性。既然「親不親，階級分」，既然血緣並不能作爲區分敵友的依據，那也就等於說，血緣與「階級立場」、「階級感情」並沒有必然的聯繫。血緣不可改變，但「階級感情」、「階級立場」卻是可以變化的。「文革」以前的作品，還能表現那種家庭出身與「階級立場」、「階級感情」的不一致。1958 年問世的馮德英的長篇小說《苦菜花》，雖然藝術上很粗糙稚嫩，但小說中塑造的杏莉母親這一人物形象，卻給人留下了深刻的印象。杏莉母親家庭出身是「沒落地主」，又嫁給了大地主大漢奸王柬芝，在血緣上，在社會身份的意義上，她都不能屬於「革命階級」。但杏莉母親實際上又是一開始就被王柬芝冷落、拋棄的。王柬芝長年在外，扔下她和年邁的老公公在家。小說這樣寫了杏莉母親精神上的痛苦和「階級感情」的轉變：「這位可憐的千金小姐，就這樣完結了她在閨閣中的美妙夢景。她守著這座陰森高大的住宅，是多麼空虛和孤寂，多麼陰冷和痛苦！家裏除去一個快老死已不管事的公公外，什麼別的人也沒有了。她是唯一的主人。她無聊地和狗講話，找貓做伴。她深深感到自己前途的渺茫。漸漸她埋怨父母不該把她嫁給這樣的富人家，她痛恨這個有錢少爺的無情。她甚至想到不如跟個窮人好，有個人做伴，就是苦，也比這年青青的守活寡好受啊！她覺得世界上的人都比她好過，她是個最不幸的人。」當杏莉母親在富足卻寂寞中憎恨這種富足和寂寞，並渴望窮人的生活時，就說明她的「階級感情」、「階級立場」在悄悄發生變化。杏莉母親慢慢注意到家裏的長工王長鎖，並主動投入這年青力壯的長工懷抱。對杏莉母親這個人物，對她與長工王長鎖的「偷情」，小說毫不掩飾同情與讚賞，否則就不會這樣描繪她的神情：「她，三十幾歲的人，白皙的鴨蛋形臉兒，還紅暈暈的很有光彩，細眯眯的眼睛在說明她是個好看而多情的女人。她走在門檻外，黑暗中略停一霎，那淡淡的細長眉毛猛聳了幾下，小嘴兩邊皺起紋褶；可是當她邁進門裏站在燈光下時，隨著這一步，她的眉毛展開了，嘴角上的細皺紋變成了微笑，但，像有苦味的東西銜在口裏似的，這笑顯得不自信。」

　　小說之所以以極其讚賞的態度寫了杏莉母親與長工王長鎖的私情，是因爲這私情在小說中其實具有重要的政治功能，它是使得杏莉母親的「階級感情」、「階級立場」最終發生根本變化的力量。小說這樣敘說過杏莉母親：「杏莉母親恰似生長在背陰處的草。這種草是那樣的柔細脆嫩，好似未出土的韭

茱芽，看上去挺喜人，可是最缺乏抵抗力，最易損壞和夭折。就爲此，那些毒蟲最愛咀咬它，牲畜也最愛吃它、踐踏它。如果把這種柔弱的草種植到光天化日之下，它得到充足的水分和養料，也會壯實地成長起來。然而，栽培它是多麼不容易啊！」把杏莉母親帶到陽光下的，正是與長工王長鎖的私情。杏莉母親最終成爲「勞動人民」的一員，不是因爲反覆接受了「政治教育」從而改造了「世界觀」，而是因爲與長工王長鎖的私情所引領，這一點在同時期文藝作品中頗具特色。下面將會談到，在「文革」期間，這成了怎樣的罪過。

小說中的小姑娘杏莉，名義上的父親是王柬芝，實際上的父親是王長鎖。她的身上，既流著地主家庭的血，也流著一個窮長工的血。杏莉當然不知道自己其實是長工的骨血。小說也寫了她的「階級感情」、「階級立場」的變化。小說中杏莉第一次出現，是在共產黨領導的暴動民眾處死地主、漢奸王唯一的場合。而王唯一正是杏莉的伯父。在這時，她雖然知道王唯一因爲當漢奸而死有應得，但畢竟還有些不忍之心，所以她對好朋友德強說：「你知道，好歹他總是俺大爺呀！」這時候，杏莉對王唯一還有著天然的血緣之情。後來，當她發現自己的「父親」王柬芝也是漢奸時，卻毅然決然地要去檢舉揭發，並衝著母親大喊：「我不要這當漢奸的爹！」小說把杏莉精神的變化歸因於與窮人的親密接觸。小說這樣敘說杏莉與王長鎖的關係：「杏莉和王長鎖之間，一向是很親近的。這在她一點不覺得奇怪，從小就習慣了。她從小就沒拿他當長工看待，她老覺得他就是他們家的人。而王長鎖怎能不愛自己的親骨肉呢？長期地相處，他不知不覺傳染給她不少東西──一個窮長工身上的東西。」窮長工身上的東西，當然是指那些屬於非「剝削階級」的品質。王長鎖不但給了杏莉窮人的骨血，還給了杏莉窮人的品質。這是使得杏莉的精神、感情發生變化的一種原因。另一種原因是與窮人的兒子德強的相愛。與德強的相愛，使她常往德強家跑，以至於「對自己的家庭，她愈來愈感到陌生。她母親變得那麼憂慮沉默，而那父親王柬芝，就會做勉強的皮動肉不動的笑臉，這使她感到不快和厭煩。」「杏莉深深感到，這幢高大華麗的住宅，比起那座低狹的茅草屋來，是多麼空虛和陰冷！那茅草屋裏是多麼溫暖幸福，她是多麼想跑去永遠不再回來啊！」杏莉心中天然的血緣之情，就這樣在與「窮人」的接觸中，漸漸淡化、消泯。

三

英雄人物、正面人物，必須絕對「根正苗紅」、必須血管裏流著的每一絲都是窮人的血，這是到了「文革」時期才有的鐵則。在此之前，這方面的規範還沒有如此嚴酷。1958年問世的長篇小說《青春之歌》，主人公林道靜，母親雖是貧寒農家的姑娘，但父親卻是大地主。林道靜身上流著一半地主的血。而且林道靜也是在地主家庭里長大成人的。這並不妨礙林道靜最終成為一名「無產階級戰士」。1961年問世的長篇小說《紅岩》所塑造的英雄形象中，既有許雲峰、江姐這類出身貧寒、苦大仇深者，也有劉思揚這樣家庭出身是大資本家者。那時候，家庭出身與「階級立場」、「階級感情」還不必定然劃等號。劉思揚被捕後，沒有遭受毒刑拷打：「這原因，不僅是他家裏送了金條，更主要的是，作為特務頭子的徐鵬飛，他難以理解，也不相信出身如此富裕的知識分子，也會成為真正的共產黨人。因此，他不像對付其它共產黨人一樣，而是經過反覆的考慮，採取了百般軟化的計策，當然劉思揚並不知道，也不注意這些，他覺得自己和敵人之間，毫無共同的階級感情。」在家庭出身上，劉思揚與徐鵬飛屬同一階級，但在「階級立場」和「階級感情」上，已經形同冰炭。徐鵬飛不能理解這其中的邏輯。而徐鵬飛所信奉的邏輯，後來在「文革」的現實生活和文藝作品中都大行其道。

把血緣與階級的複雜關係表現得最充分的，是歐陽山的長篇小說《三家巷》。1959年問世的《三家巷》，雖然最終也展示了階級對血緣的戰勝，但並沒有把這一過程簡單化。住在三家巷裏相鄰的周、陳、何三家，周家世代打鐵為生，是「鐵杆」的「工人階級」；陳家則可謂是「買辦資產階級」；何家不但在廣州城擁有數十家店鋪，還在鄉下廣有田產，既是大資本家，又是大地主。在階級上，周家屬於一類，陳何兩家則可屬同一類。在階級的意義上，周家與陳、何兩家是敵對的關係。然而，這三家之間不僅只有階級關係，還有別的種種剪不斷、理還亂的關係。周、陳兩家的主婦是親姐妹，兩家是姨表親，這堪稱骨肉至親。這三家的孩子，從小在同一小胡同裏成長，又一起上學，一起接受新思想。在「五四」時期，他們則同樣是「五四」青年。雖然家庭出身有如此差異，但三家巷的年輕一代最初並沒有覺得相互之間有什麼溝壑，他們覺得在政治上是觀點、立場完全一致的「同志」。小說第八章「盟誓」，寫這群年輕人在中學畢業這天的夜裏，在三家巷裏集體宣誓：「我等盟誓：今後永遠互相提攜，為祖國富強而獻身。此志不渝，蒼天可鑒！」小說

第九章「換帖」，寫這群年輕人每人用紙把誓詞寫下一張來，每人在每張誓詞上都簽上自己的名字，然後交換收藏。這意味著，他們成了政治意義上的「換帖兄弟」。不僅僅在政治立場上，他們本是一致的。周、陳兩家本是親戚，到了年輕一代則親上加親。周家的女兒周泉與陳家的長子陳文雄相戀並結婚。陳家的第二個女兒陳文娣與周家的第二個兒子周榕相戀並結婚。周家的第三個兒子周炳，正與陳家的第四個女兒陳文婷相戀。

《三家巷》以 1927 年以前七八年間的廣州爲背景。這時期，廣州是所謂「革命策源地」，政治風雲激蕩著、變幻著。省港大罷工、沙基慘案、共產黨人領導的廣州暴動，都在這時期發生。在這種劇烈的政治變局中，三家巷的年輕人政治立場、政治信念開始分化，而導致分化的根本原因，則是各自所出身的階級。小說第二十二章，寫的是毛澤東的《中國社會各階級的分析》對三家巷年輕人心理的衝擊。《中國社會各階級的分析》之發表，令鐵匠周家的周榕興奮異常。他拿著刊有文章的雜誌，興沖沖來到陳家，對陳文娣、陳文婷兩姐妹把文章從頭到尾念了一遍。念完文章，合上書，周榕「把眼睛閉了一會兒，在回味那書中的道理」。顯然，他已不是第一遍讀這篇文章，仍然有一種陶醉感，說明文章怎樣從思想上征服了他，怎樣「擦亮了他的雙眼」，在精神上改造、更新了他。陳家姐妹聽完之後，則是「都瞪著眼睛，呆呆地對著天花板出神」。呆若木雞之後，妹妹陳文婷「首先蘇醒過來」，說：「這就奇怪。一個社會好好的，有家庭，有親戚，有朋友，怎麼一下子就能劃成四分五裂！階級究竟是一種什麼東西，能看得見麼？」既然明白了人是可以劃分成不同階級的，陳家姐妹當然首先要看看眼前的幾個人是什麼階級。依據毛文確立的標準，周家屬於無產階級，而陳家則屬於買辦階級；而這兩個階級在政治上是絕對敵對的。──這一發現，令陳家姐妹哀傷不已。她們與周家是姨表親，兩家後代血管裏流著一半共同的血。陳文娣的哀傷則更甚，因爲她與周榕是夫妻，她是買辦階級的女兒，卻又是無產階級的妻子。因此，「那天下午，陳文娣把那本書帶著去上班，在寫字樓裏面把那篇文章看了又看，捉摸了又捉摸。下班的時候，她帶著一顆失望的、疲倦的心，回到家裏。陳文婷又把那本書搶了去看。吃過晚飯之後，兩姊妹就躲上三樓書房，低聲細氣地談論起來。」反覆閱讀毛文之後，陳文娣終於意識到：「那位姓毛的先生如果早半年把真相告訴我們，事情就會完全兩樣。現在可是遲了，遲了，遲了。」階級觀念的確立，使陳文娣意識到與周榕的結合是一個悲劇，如果在

結合前就讀到毛文，這樣的悲劇就可避免。妹妹陳文婷正在與周家小兒子周炳相戀，毛文應該對她是當頭棒喝。但她並不甘心。她喊道：「不，不，還不遲！他要把我們當做敵人，我們就把他俘虜過來！」陳文婷所要俘虜的，是姐姐的丈夫周榕，更是自己的戀人周炳。她試圖以兄妹情、夫妻情去戰勝周家兄弟心中剛剛萌生的「階級情」；她一心希望血緣和愛情的力量能大於那「階級理論」的力量。——她當然會失敗。

在激烈的「階級鬥爭」中，三家巷曾經一起「盟誓」、相互「換帖」的年輕一代，有了一次分化和重組。周榕和周炳，終於遠離陳、何兩家，與巷外廣大的「工人階級」建立了深厚的「階級友情」。周榕加入了共產黨並與陳文婷終於離婚。離婚後的周榕整天與「工人階級」泡在一起。一次，周榕與一群「工人兄弟」見面時，有人拿陳文婷開玩笑，於是周榕「正經」地說：「別再提她了。我們是階級不同，不相為謀：分開了……無產者和無產者才是親戚，無產者和資本家只是敵人……」陳文婷曾想「俘虜」周炳，但恰恰是周炳，先給她寄來了與整個陳家絕交的信。周炳把絕交信「從陳家的矮鐵門投了進去。把這一切事情做完了，他覺得心安理得，就告訴媽媽不回家吃晚飯，上南關去找清道工人陶華、印刷工人關傑、蒸粉工人馬有、手車修理工人丘照一道上裁縫工人邵煜鋪子裏喝酒去。他一邊喝酒，一邊把他給陳文婷寫信絕交的事情告訴他們，大家都認為他做得挺對。」陳文雄、何守仁這些同一階級出身的人，也團結得更緊密了。何守仁當了廣州市教育局一個科長，大宴賓客，「酒席散了之後，何守仁和陳文雄緩步回家，在何家的大客廳裏，重新泡上兩盅碧螺春細茶，一直談到天亮。這一個晚上，何守仁和陳文雄兩個人，重新訂下了生死莫逆之交。他們談到了政治，道德，人生理想，評論了所有他們認識的人，所有他們經歷的事，對於何守仁的『獨身主義』，談得特別詳細。他們發現了彼此之間都是第一次傾吐出肺腑之言，而且幾乎找不到什麼不相同的見解。」何家的大少爺何守仁，本來從同學時代就熱烈追求陳文婷。陳文婷選擇周榕後，何守仁發誓終身不娶。陳文婷終於與周榕離婚了，順理成章地改嫁了何守仁。與周炳終止了戀愛的陳文婷，則嫁給了財政廳秘書宋以廉。這似乎在暗示，在「階級社會」裏，以愛情為基礎的婚姻總是悲劇，而婚姻只有以「階級」為基礎才是合理的。周家兄弟因為「共黨嫌疑」而被追捕。當陳萬利和何守仁得知二人行蹤後，竟都到憲兵司令部偵緝課長處告密。這意在讓人明白：在階級衝突、階級利益面前，親情、友情、換帖、盟誓，都是靠不住的。

　　《三家巷》是以形象圖解《中國社會各階級的分析》，是以小說的方式說明「誰是我們的敵人，誰是我們的朋友」這個「革命的首要問題」。也許是覺得僅寫三家巷中周、陳、何三家人還不夠，小說還寫了胡杏這個小姑娘。胡杏是何家大太太何胡氏娘家的遠房侄女，家中十分貧苦，才十來歲便被何家買來做丫頭。在何家，胡杏受到極其殘酷的虐待，甚至被打得差點死去。而虐待她最甚的，正是與她有著血緣關係的姑媽何胡氏。挺身而出保護她、救助她的，則是周炳。在何家，胡杏飽受欺凌，但她與周家建立了深厚的感情：「自從周家三兄弟出走之後，胡杏一抽得出空，就上周媽家裏去，陪她做針黹，陪她談閒天，有時也替她打水，破柴，掃地，倒痰罐；有時還替她洗衣服，擦桌、椅。周楊氏也很喜歡她，疼愛她，總愛買點香、脆好吃的東西，像鹹脆花生、蠔油蠶豆、雞蛋卷子、南乳崩砂之類，放在茶食櫃子裏，見了她，就塞給她吃──一面看著她吃，一面自己淌眼淚。慢慢地，她倆像兩母女一樣，相依為命，一天不見，心裏就犯嘀咕。」胡杏視姑媽為寇讎，卻視周媽為親娘。胡杏與周媽的感情，是「階級情」。小說以此顯示「骨肉情」的虛妄和「階級情」的堅實。

　　不過，胡杏與周媽的「階級情」，卻又以骨肉親情的方式表現出來。這並非《三家巷》的獨創。以「階級情」否定、取代「骨肉情」，卻又把「階級情」與「骨肉情」相比附，把「階級情」說成「骨肉情」，是那時代政治宣傳和政治教育的基本話語方式。一方面強調「黨」和「黨」的領袖比親娘更「親」，一方面又把「黨」和「黨」的領袖說成是「親娘」，就是那時代常見的現象。那時代流行的一個詞是「階級兄弟」。「階級兄弟」是對「血緣兄弟」的否定、取代和「超越」。它拋棄了「骨肉情」，卻又借助了「骨肉情」的形式。同屬「革命陣營」的人互稱「親人」，也是那時代文藝作品中的普遍現象。《洪湖赤衛隊》第五場，當赤衛隊終於找到了「黨」時，隊長劉闖激動地喊：「同志們，我們找到了黨，找到了親娘啦！」「找黨」，是那時代文藝作品中常見的情節，甚至可以是一種基本的敘事模式。而把「找黨」比喻成「找娘」，也是幾乎所有此類敘事中必有的套路。這方面的例子舉不勝舉。這裏，僅以小說《紅岩》中的一處描寫為例。《紅岩》對共產黨人在監獄這特定環境中的「階級友愛」表現得十分充公，而這種「階級情」又總以一種「骨肉親情」的方式表現出來。許雲峰與成崗在獄中相見。「許雲峰撲上前去，從血泊中，把血肉模糊的成崗，緊緊抱在懷裏。他輕輕扶起成崗低垂的頭，凝視著那失去知

覺的面孔,拔開那綹蓋住眼睛的頭髮,擦掉蒼白面頰上的鮮血。一陣心如刀割的絞痛,頓時使許雲峰熱淚盈眶……」許雲峰此刻表現出的,完全是一個父親對兒子的感情。當成崗得知許雲峰也被捕、抱著自己的正是老許時,有這樣的表現:「一陣泉湧似的淚水,流出成崗的眼眶。老許也被捕了。不,他不能被捕!寧肯用自己的生命,換取老許的自由。成崗的雙手緊抱著許雲峰,一陣激動,又昏過去。」這完全是一個兒子對父親的感情。小說特意寫了國民黨特務頭子徐鵬飛對此的觀感:「徐鵬飛多疑的目光,反覆觀察著面前這一場早經安排的『重逢』,畢竟看出了某種可信的東西。許雲峰和成崗,竟是這樣的親密,難道這就是共產黨人特有的『階級友愛』?除非他們有更深的關係,否則,單憑過去的上下級關係,會出現如此狂熱的感情?」

如果小說中的國民黨人徐鵬飛真的不能理解眼前的事情,那是因為共產黨人的「階級友愛」此時表現為「骨肉情深」。否定「骨肉情」、推崇「階級情」,卻又把「階級情」化為「骨肉情」,——這或許因為在中國血緣的力量實在強大,「階級情」要真正具有感人的力量,仍必須襲用「骨肉情」的名目。不過,這種以「骨肉情」的形式表現出的「階級情」在「文革」時期又發生了變化。「文革」時期,「血緣親人」之間的「親情」,不能在文藝作品中稍加表現,否則便是「資產階級人性論」。「階級親人」之間的相互噓寒問暖、知疼著熱,也成為禁忌。「階級親人」之間的情感交流,必須是高度政治化的,必須一顰一笑、一舉手一投足,都與「鬥爭」、「革命」相聯繫。——這種現象最典型的表現,是「文革」時期成為「樣板戲」的《紅燈記》。

四

「文革」前那種處理「階級情」與「骨肉情」的方式,到了「文革」時期也被否定。「文革」前問世的幾乎所有作品都受了批判。《苦菜花》、《三家巷》這樣的小說則成為「大毒草」。它們的罪狀,主要就在於站在「資產階級人性論」的立場上描寫了「階級情」與「骨肉情」之間的關係。《苦菜花》中,杏莉母親美麗而善良,她與長工王長鎖的私情也是美好的。至於她與王長鎖的女兒杏莉,則聰明、嬌豔、熱情、勇敢,她與德強的相戀也純真、潔淨。到了「文革」,這一切都成了「毒」。那時的人們,用這樣的語言來批判《苦菜花》:

……它違反馬克思主義的階級分析觀點，用同情甚至欣賞的筆調寫地主婆和長工、地主小姐和貧農兒子之間的愛情，完全抹殺了他們之間的階級矛盾。地主婆把長工王長鎖當作「她的命根子，她的一切」。而地主的女兒杏莉也執著地熱戀著貧農的兒子德強。毛主席說：「世上決沒有無緣無故的愛，也沒有無緣無故的恨。至於所謂『人類之愛』，自從人類分化為階級以後，就沒有過這種統一的愛。」作者卻妄圖用超階級的人性來代替無產階級的階級性，宣揚階級調和。……與舊社會有殺父之仇的王長鎖，竟當了地主婆的俘虜……

〔註3〕（引按：原文中毛澤的話為黑體字）

到了「文革」，杏莉母親就只能是醜陋、邪惡、兇殘的「地主婆」，她的「階級立場」、「階級感情」不可能轉變。寫她與長工的私情，只能是對貧雇農的「誣衊」。杏莉雖然身上流著一半王長鎖的血，也只能是「地主小姐」，不可能具有「無產階級」的思想感情。寫她與貧農的兒子戀愛，無疑是在往「無產階級」臉上抹黑。歐陽山的《三家巷》，因為並沒有把三家巷中的「階級情」與「骨肉情」做很簡單化的處理，「文革」時期也就在劫難逃。「上海革命大批判小組」就這樣批判《三家巷》：「遵照毛主席的《中國社會各階級的分析》，按照真實的中國社會的歷史或現狀，在這條存在著嚴重的階級對立的小巷中，將會出現多麼尖銳複雜的階級鬥爭啊！但歐陽山卻反其道而行之。你看，在他的筆下，剝削與被剝削的階級關係，早已被溫情脈脈的鄰里、親戚、愛情關係所淹沒，革命與反革命的生死鬥爭，也已為端午、乞巧、中秋賞月、春日郊遊等等所謂『優美的南方風俗畫』所代替。這樣的『蓬萊仙境』，根本不可能在存在著階級對立的中國社會的任何一個角落裏找到，只它能存在於作者的主觀臆想之中。」〔註4〕

既然「文革」前的作品在表現「階級情」與「骨肉情」之關繫時，都「錯誤」地表現了「超階級」的人性，那就應該有一種新的表現方式。「樣板戲」《紅燈記》在這方面也樹立了「樣板」。《紅燈記》中李家三代人，本毫無血緣關係，李奶奶本姓李，李玉和本姓張，李鐵梅本姓陳。如果說在別的場合，「階級親人」這說法還多少有些比喻的意義，那在《紅燈記》中，則以「家

〔註3〕見《毒草小說批判材料》第 38 頁，安徽圖書館《鬥私批修戰鬥團》、安徽省巢縣圖書館鬥、批、改小組編印，巢湖人民印刷廠 1968 年 5 月印刷。

〔註4〕上海革命大批判寫作小組：《為錯誤路線樹碑立傳的反動作品──評歐陽山的〈一代風流〉及其「來龍去脈」》，載《紅旗》雜誌 1969 年第 11 期。

庭」的方式把「階級情」轉化爲「骨肉情」。在劇中，李玉和有這樣兩句唱詞：

人說道世間只有骨肉的情義重，

依我看階級的情義重於泰山。

此前的作品，在讓「階級情」以一種「骨肉情」的方式呈現時，還多少讓這「階級情」具有一點「骨肉」的氣息，還多少表現出一點「階級親人」之間的相濡以沫、相呴以濕。而到了「樣板戲」《紅燈記》，一方面「階級情」以「家庭」的方式落實爲「骨肉情」，另一方面這「骨肉情」又始終是那種強烈的「階級感情」。「樣板戲」《紅燈記》幾乎沒有表現三個「親人」之間生活上的相互關心體貼，幾乎所有的話語都與「革命」、「鬥爭」、「仇恨」、「血債」相聯繫。李玉和被捕時，對李奶奶唱道：「時令不好風雪來得驟，／媽要把冷暖時刻記心頭。」又對李鐵梅唱道：「小鐵梅出門賣貨看氣候，／來往『賬目』要記熟。／困倦時留神門戶防野狗，／煩悶時等候喜鵲唱枝頭。／家中的事兒你奔走，／要與奶奶分憂愁。」——這些，都是以日常話語的面目出現的政治暗語，「風雪」是政治風雪、「冷暖」是政治冷暖、「賬目」是政治賬目、「野狗」是反動之狗、「喜鵲」是革命之鵲、「家中的事兒」也是鬥爭的事兒……

但本來並不是這樣。「樣板戲」《紅燈記》是中國京劇院依據上海市愛華滬劇團演出的滬劇《紅燈記》改編，後又根據江青指令一改再改。就在這一改再改的過程中，李家「祖孫」三代之間那種具有「骨肉」之氣息的東西，便被改掉了。這一點，在當時是受到高度稱讚的：「是盡多地表現這個家庭的親子感情、溫暖氣氛呢，還是集中力量表現三代人的革命氣質和相互間的同志關係？以李玉和而論，應該表現他是個庸俗的所謂好兒子、好父親呢，還是一個優秀的革命戰士？李玉和正因爲是個好黨員，所以才能成爲革命的好兒子、好父親。家庭感情應該表現，但必須服從革命鬥爭需要。從現在演出看來，編導演員們顯然走著後一條路。這是正確的。」「在《紅燈記》原來的故事中，曾經有過老奶奶做針線活，三個人穿針引線、終被鐵梅穿上，李玉和偷喝酒被老奶奶發現制止，在獄中老奶奶還爲李玉和補衣服……等等細節。一般說來，這些細節都不算差，演出中處理得也很動人；但京劇《紅燈記》中這些都給刪掉了。我以爲刪得很好。這不僅對於京劇形式來說是必要的，更主要的，如果這方面的表現多了，會很容易把觀眾引導到一個安定溫暖的日常家庭生活的氣氛中去，沖淡了在開幕之前就籠罩在這個家庭上空的

緊張空氣，亦即政治鬥爭空氣。」〔註5〕雖然這三個「階級親人」組成了一個「家庭」，那真正屬於家庭生活的東西、真正屬於親人之間的相互關心、扶助，都被刪掉了。還可舉郭小川《〈紅燈記〉與文化革命》中一番話為例：「在劇本發表之後，還做了一處重要修改，即：把第五場『痛說革命家史』中老奶奶最後一段唱詞中的『李玉和救孤兒東奔西藏』改為『李玉和為革命東奔西忙』，幾個字的更動，卻透露了一個重要秘密：原來改編演出者的全部意圖是『為革命』，而不允許任何一個字稍稍離了題。」〔註6〕「救孤兒」是多少具有些人情味的，是可以與「超階級的人性」掛上鉤的。儘管這是犧牲了的戰友的遺孤，也必須刪掉。這一句的上句是「鬧工潮你親爹娘慘死在魔掌」，正因為鐵梅的親爹娘慘死，才有李玉和為救鐵梅這「孤兒」而奔忙。把「救孤兒」硬改成「為革命」，其實是前言不搭後語的。

　　在「文革」期間，血緣在現實生活中扮演著奇怪的角色。一方面，「親不親，階級分」，血緣的意義被徹底否定；另一方面，卻又信奉「老子英雄兒好漢，老子反動兒混蛋」，血統論甚囂塵上。一個人成了政治上的「敵人」，意味著所有與其有血緣關係的人都將受到某種程度的迫害；子女作為與其血緣上最近的人，當然所受迫害最甚。血緣性株連是那時代極為普遍的現象。也許可以舉顧準為例。「文革」期間，顧準所有的子女都與其斷絕了關係。臨終前，顧準非常渴望見見孩子。為了摘除「反黨右派」的帽子從而讓子女來到病床前，顧準違心地在「認錯書」上簽了字。然而，子女們仍然拒來見最後一面，因為顧準「反黨右派」帽子雖摘，黨籍並沒有恢復，仍然是政治上有問題的人。顧準雖未盼來子女，但盼來了兒子顧重之這樣一封信：「在對黨的事業的熱愛和對顧準的憎恨之間是不可能存在什麼一般的父子感情的。……我是要跟黨跟毛主席走的，我是決不能跟著顧準走的，在這種情況下，我們採取了斷絕關係的措施，我至今認為是正確的，我絲毫也不認為是過分。……我相信在我們的親屬中間也存在嚴重深刻的鬥爭，這也是毫不奇怪的。」〔註7〕這樣的倫常悲劇，在那時期十分普遍。正因為如此，當盧新華的小說《傷痕》在1978年8月11日的《文藝報》發表，才引起那樣多心靈的強烈共鳴。十六歲的王曉華，僅僅因為母親成了「叛徒」，便毅然與母親「徹底決裂」。

〔註5〕劉厚生：《略評京劇〈紅燈記〉》，載《人民日報》1964年10月24日。

〔註6〕郭小川：《〈紅燈記〉與文化革命》，載《戲劇家》1965年第6期。

〔註7〕見高建國：《顧準全傳》，上海文藝出版社2000年1月版第723頁。

遠走農村後，母親來信連看都不看就撕掉。當母親變換地址，來信說明自己的「叛徒」問題是冤案，已「昭雪」，請求她快回來一見時，她仍然不肯相信。直到母親單位來信證明，她才坐上回家的火車。但當她趕到家時，母親已在醫院死去。另一篇具有同樣意旨的小說是史鐵生發表於 1984 年的《奶奶的星星》。小說是以第一人稱敘述的。「我」從小與奶奶感情深厚，晚上也是跟奶奶睡。「文革」期間，得知奶奶原來是「地主」，少年的「我」心靈受到強烈衝擊：「唉，奶奶是地主。這個念頭總折磨著我。睡覺的時候，我不再把頭紮在奶奶脖子底下了。奶奶以為我長大了，不好意思再那樣了。只有我自己知道是為什麼。」原來奶奶本出身貧苦，不幸嫁到了地主史家。小說寫了奶奶在「文革」期間被批鬥、被罰掃大街。小說更反覆說明，奶奶嫁到地主史家後其實沒有過上一天好日子，在地主家裏任勞任怨卻飽受欺凌。只有到了「新社會」，奶奶才過上了舒心的生活。

《傷痕》和《奶奶的星星》都對「階級情」徹底摧毀「骨肉情」進行了反思。母親「叛徒」問題本是冤案，這是《傷痕》反思的前提。一個冤案竟然使得骨肉成為路人，竟然使得母女一別便再未能相見。奶奶在「舊社會」才真是受苦受難，這是《奶奶的星星》反思的前提。在「舊社會」受苦受難的奶奶，在「新社會」卻因為「地主」罪名而使「我」對她的感情發生變化。這樣的反思在當時是難能可貴的。但今天看來，卻嫌不夠。即便母親真是叛徒、真是時代的政治之敵，女兒就應該與其徹底決裂嗎？即便奶奶在「舊社會」真是「衣來伸手，飯來張口」，孫兒就有理由疏遠她、憎惡她嗎？不管母親和奶奶具有怎樣的政治身份，母親永遠是母親、奶奶永遠是奶奶。——這是良知，也是常識。

2008 年 7 月 23 日

鄧拓的本來面目

一

　　一般人知道鄧拓，是因爲《燕山夜話》和《三家村札記》。1961 年 3 月至 1962 年 9 月，時任中共北京市委文教書記的鄧拓，以馬南邨的筆名，在《北京晚報》開設「燕山夜話」雜文專欄，共發表雜文 150 多篇。1961 年 9 月，鄧拓又約請時任北京市副市長的吳晗和時任中共北京市委統戰部部長的廖沫沙合作，共同以吳南星爲筆名，在中共北京市委機關刊物《前線》上開設「三家村札記」雜文專欄。從鄧拓於 1961 年 10 月間發表第一篇文章《偉大的空話》開始，到 1964 年 7 月吳晗發表最後一篇文章《知難而進》結束，近三年的時間裏，「三家村札記」欄目共發表三人文章 60 多篇，其中鄧拓寫了 18 篇。「文革」全面爆發前夕，《燕山夜話》和《三家村札記》就成爲江青之流猛烈批判的目標。1966 年 5 月 8 日，江青主持寫作的文章《向反黨反社會主義的黑線開火》以高炬的化名在《解放軍報》發表，同日，關烽化名何明的文章《擦亮眼睛，辨明眞僞》則在《光明日報》發表。兩篇文章均以居高臨下之勢，對「三家村」做了「上綱上線」的批判。高炬文章說鄧拓是「三家村黑店的掌櫃」，何明文章則說鄧拓是「反黨反社會主義的所謂『三家村』的一名村長」。5 月 10，上海的《解放日報》和《文匯報》同時發表姚文元的長文《評「三家村」——〈燕山夜話〉、〈三家村札記〉的反動本質》。第二天，全國各地報刊轉載了姚文元的文章。姚文元說《燕山夜話》和《三家村札記》是「經過精心策劃的、有目的、有計劃、有組織的一場反黨反社會主義的大進攻。」並強調：「凡是反對毛澤東思想的，凡是阻礙社會主義革命前進的，凡是同中

國和世界革命人民利益相敵對的，不管是『大師』，是『權威』，是三家村或四家村，不管多麼有名，多麼有地位，是受到什麼人指使，受到什麼人支持，受到多少人吹捧，全都揭露出來，批判它們、踏倒它們。」5 月 11 日出版的《紅旗》雜誌（1966 年第 7 期）又發表了戚本禹的文章《評〈前線〉、〈北京日報〉的資產階級立場》。從此，全國各地掀起了批判「三家村」的運動，鄧拓則在「反黨」、「反社會主義」、「反毛澤東思想」之外，又被扣上了「叛徒」的帽子。5 月 16 日，中國共產黨中央委員會發出了標誌著「文化大革命」正式開始的「五一六通知」。5 月 17 日夜，鄧拓含冤自盡。「文革」中，因忍受不了種種迫害而自殺者不計其數，而第一個自殺者當是鄧拓。

　　鄧拓於 1979 年獲「平反昭雪」，而他在 60 年代初期的那些雜文隨筆則受到一些歷史學家和文學史家的高度重視。美國的 J.R.麥克法誇爾和費正清編著的《劍橋中華人民共和國史（1949～1965）》第十章中有一節專論「北京市委的知識分子」，其中說：「鄧拓是和北京市委有聯繫的知識分子──官員的領袖。……他以他對大躍進的馬克思主義的批評，結合著對五四時期西方自由主義的價值觀以及儒家傳統準則（尤其是關懷農民處境的重申），為這批人樹立了知識分子的榜樣。」「他們把官僚主義的領導人大概私下說過的話寓言似地但卻是生動地在公開場合說了出來，……尤其是鄧拓，他利用古代人物和歷史事件轉彎抹角地批評當代的人和事。他的雜文表面上似乎是溫和的社會和歷史評論，但實際上卻是對毛的領導和政策的毀滅性的（雖然是含蓄的）批評。」這二位美國學者特別強調鄧拓對毛澤東的批評。他們說鄧拓的《專治「健忘症」》意在暗示「毛患了一種導致他不合理的行為和決斷的精神錯亂症」。他們引用了鄧拓文章中這樣的一些話：「得了這種病的人……常常表現出自食其言和言而無信……其結果不但是健忘，而且慢慢變成喜怒無常……容易發火，最後就發展為瘋狂。」這二位美國學者認為這是在明確地批評毛澤東。鄧拓文章中說得了這種「健忘症」的人「必須趕緊完全休息……勉強說話和做事，就會出大亂子」，也被二位美國學者說成是對毛澤東的「忠告」。鄧拓的《王道與霸道》一文，則被認為是「對毛的最大膽的批評」。鄧拓的《愛護勞動力的學說》被認為是「尖銳」地「攻擊了毛的大躍進政策」。鄧拓的《兩則外國寓言》被認為是「批評了毛的唯意志論的發展觀念」。這二位美國學者還強調鄧拓為彭德懷所做的「辯護」：「在攻擊毛和大躍進的同時，他為彭德懷進行辯護。他的幾篇雜文顯而易見地是暗指彭，描述了勇敢而廉潔的官員，

他們因爲抗議不公正的行爲而受到不正當的控告。他描述的一個人物是明代的高級官員李三才，李三才因爲在朝廷上勇敢地揭發宦官的罪惡而被罷了官。李一再上書要求皇帝親自審問，但他被拒絕了。據傳，李於是說：『余難自抑，欲以帛百端盡述余之苦』。這可能是暗指據傳彭那時正在寫的爲自己辯護的 80000 字自述。鄧於 1962 年 3 月 29 日在《北京晚報》發表這篇短文，彭的辯護最終在 1962 年 6 月提交黨的中央委員會。」〔註1〕這二位美國學者還認爲，鄧拓雜文「要求一定程度的人身自由和領導所不准許的學者們在政治決策中的發言權。」〔註2〕

不僅僅《劍橋中華人民共和國史》的作者這樣看待鄧拓。美國學者、西方世界研究中國問題的「權威」R·特里爾在他的《毛澤東傳》中也寫道：

　　人們對毛罷免彭的不滿始於當時北京市副市長寫的一個有寓意的劇本《海瑞罷官》，該劇本說的是明朝的一個忠臣因直諫而被皇帝罷免的經過。

　　毛馬上就看出（儘管當時沒有發作），是對他錯誤地罷免了彭德懷作出的尖銳批評。

　　北京的一位專欄作家寫了一則故事：講的是一個才能平平的運動員，在一次錯覺中竟吹噓自己說打破了世界奧林匹克跳遠記錄，細心的讀者都會猜到那位運動員是誰。

　　這位作家還寫了一個諷刺健忘者的故事。作者勾畫了一個健忘症患者，沒有說出名字。他急性子，老是忘記以前說過的話，理智在漸漸地喪失。此文在最後十分隱晦地寫到：「如果誰發現已有此症狀，他必須馬上得到充分休息（影射高崗搞分裂時朱德對毛的勸告），什麼也不要說，什麼也不要做。」

　　這些伊索寓言一類的文章，是典型的中國提意見的方式，但這已經夠大膽的了！〔註3〕

這位「專欄作家」即是鄧拓。所謂「才能平平的運動員」的「故事」是指鄧

〔註1〕此處指鄧拓在《燕山夜話》中發表的《爲李三才辯護》一文。但原文中並無「余難自抑，欲以帛百端盡述余之苦」一類的話。

〔註2〕以上關於鄧拓的評述，J.R.麥克法誇爾和費正清編著的《劍橋中華人民共和國史（1949～1965）》，中國社會科學出版社 1990 年版，第 468～472 頁。

〔註3〕見 P.特里爾：《毛澤東傳》，河北人民出版社 1989 年版，第 340 頁。

拓的《兩則外國寓言》一文，而「健忘症」的「故事」則是指鄧拓的《專治「健忘症」》一文。在這些海外學者看來，鄧拓們當時是十分明確地爲彭德懷「鳴冤叫屈」，是在既委婉又尖銳地批評毛澤東並要求毛「休息」。在這些海外學者筆下，鄧拓簡直有點「持不同政見者」的色彩，甚至有幾分「自由主義者」的味道。《劍橋中華人民共和國史》是具有國際影響的著作，而 R・特里爾的《毛澤東傳》「在美國出版後，引起了極大轟動，三十餘家國外報刊給予極高評價」。〔註 4〕在被譯成漢語前，該書「已經以六種語言出版」。〔註 5〕可見，關於鄧拓的這些說法，在國際上流傳甚廣。

國內的論者雖然不至於對鄧拓如此「拔高」，但對他的《燕山夜話》和在《三家村札記》中的文章，也往往讚不絕口。國內有些論者，極力強調鄧拓作爲「書生」的一面，濃墨重彩地描繪鄧拓的「書生」形象，雕肝琢腎地突出鄧拓的「書生」氣質，以致於讓人忘記了鄧拓的本來身份。

也有人提醒大家注意鄧拓「作爲政治家的第一身份」。王均偉在《書生之外的鄧拓》中寫道：「今天人們在懷念他時，《燕山夜話》和《三家村札記》裏的那些文章，被賦予了許多微言大義，感慨他『莫謂書生空議論，頭顱拋處血斑斑』的豪情。有人評價說，他忠誠於黨的事業，也仍然崇拜和敬仰偉大領袖，但這並不意味著他如同絕大多數人一樣，在嚴峻的現實面前閉上眼睛，或者甚至虛假地高唱讚歌。在讀他寫於上世紀 60 年代初期的雜文時，我也是相信這樣的評價的。可是後來在讀有關鄧拓的傳記和文集時，我注意到這樣一個細節，那就是，在有關他的幾本傳記裏，或者不提，或者一筆帶過他 1960 年夏天的江南之行。」1960 年夏天，鄧拓有過一次江南之行，並寫下了舊體組詩《江南吟草》，其中頗有歌頌「大躍進」、讚美「大好形勢」的作品。在鄧拓的筆下，其時到處是饑民並已開始出現餓殍的江南簡直是人間天堂。王均偉這樣解釋鄧拓寫下這類詩作的原因：「毫無疑問，他首先是黨的高級幹部，忠誠於黨的事業。儘管滿腹經綸，才情四溢，也無法改變他作爲政治家的第一身份。政治家有政治家的行爲規範和言行尺度。1959 年彭德懷在廬山的直言所得到的下場，對其它政治家或希望在政治上有所作爲的非政治家，無疑有重大影響。是不是因爲從

〔註 4〕見 P.特里爾：《毛澤東傳》中「出版者的話」，河北人民出版社 1989 年版。

〔註 5〕見 P.特里爾：《毛澤東傳》中作者寫的「中文版序」，河北人民出版社 1989 年版。

中吸取了某種教訓，鄧拓的筆下才寫出了與『口徑』一致、與現實卻不一定吻合的《江南吟草》？在三年困難時期，有多少支筆不敢正視現實，把人民吃不飽的現實描繪成到處鶯歌燕舞的人間樂土，只要翻一翻當時的報刊，就可以得出結論。在這個大環境裏，鄧拓沒有能夠免俗，《江南吟草》就是證據，對此完全沒有必要迴避或遮掩。」〔註6〕

按照王均偉文章的說法，有著兩個鄧拓，一個是作爲「政治家」的鄧拓，另一個則是作爲「書生」的鄧拓。《江南吟草》中那些粉飾現實的頌歌，表達的是鄧拓作爲「政治家」的現實姿態；而《燕山夜話》和在《三家村札記》裏發表的那些文章，表達的則是鄧拓作爲「書生」的良知和道義。——這樣的解讀，雖然比把鄧拓主要看作一個「書生」要令人信服，也給我很大的啓發，但卻也未必揭示了鄧拓的本來面目。

二

要準確地理解鄧拓爲何寫下了《燕山夜話》和《三家村札記》裏的那些文章，就必須對當時的政治氣候和思想文化氛圍有盡可能多的瞭解。

薄一波在《若干重大決策與事件的回顧》中說：「從 1958 年 11 月初的鄭州會議開始，到 1959 年 7 月中旬廬山會議前期，毛主席和黨中央接二連三地召開了一系列重要會議，領導全黨努力糾正已經察覺到的『左』傾錯誤。八個半月的糾『左』，是逐步深入和富有成果的。如果不是廬山會議後期中斷了這一進程，『大躍進』造成的損失可能會小得多。但是，歷史是無情的，歷史就是歷史。它的發展，並不因爲我們開始糾『左』而不犯更嚴重的『左』傾錯誤。」〔註7〕彭德懷的直言使得廬山會議變糾「左」爲反「右」，並導致「大躍進」的新一輪狂潮。但畢竟「歷史是無情的」。「大躍進」帶來的最嚴峻後果是糧荒。從 1958 年下半年開始，人口外逃、浮腫病和餓死人的現象就在全國農村普遍出現。鄧拓在 1960 年所歌頌的江南也不例外。例如，地處南京市東南面、屬南京郊縣的高淳縣，本是魚米之鄉，但據中共江蘇省委通報，在 1958 年和 1959 年春，浮腫病、消瘦病、婦女子宮下垂病患者 14000 多人，非正常死亡 6000 多人，外流人口 10000 多人。而「該縣縣委採取了對待敵人的

〔註6〕 王均偉：《書生之外的鄧拓》，載《南方周末》2003 年 7 月 24 日。
〔註7〕 見薄一波：《若干重大決策與事件的回顧》下卷，中共中央黨校出版社 1993 年 6 月第一版，第 806 頁。

辦法對待勞動人民，提出：『那怕流血犧牲，也要保收 3000 斤水稻』，『深翻〔註8〕好像打仗，在戰場上如有士兵臨陣脫逃，可以就地正法！』等口號，造成部分基層幹部嚴重強迫命令，採取弔、打、關、押、罰跪、停睡等手段，甚至發生逼死人命的事件。」據中共上海市委的報告，奉賢縣自 1958 年春耕起到秋耕秋種，全縣因幹部強迫命令、違法亂紀而直接被逼死的群眾有 156 人，無辜被撤職、停職的幹部 660 餘人，各社和生產營，都搞了『勞改隊』，先後勞改了 2866 人，集訓了 2907 人。對群眾捆綁、弔打、亂鬥、亂關、罰跪、遊街、停餐等更為普遍。為了消滅紅鈴蟲，被燒、拆民房 1923 間，倉庫 1345 間，強迫集中居住又拆民房 2147 間，興修水利拆房 3188 間。報告說：站在高處看奉城，就像鬼子大掃蕩後的情景一模一樣，「斷瓦殘壁，歷歷皆是，觸目驚心，一片淒涼」。〔註9〕再如河南信陽地區，當時的情形也令人不堪回首。1960 年 12 月 22 日，中共信陽地委向中央寫了一份報告，其中這樣說到各區縣打人和死人的情況：正陽縣原報去冬今春死 18000 人，現初步揭發已達 80000 多人；新蔡縣原報告去冬今春死 30000 多人，現在增加到近 100000 人。信陽轄內的遂平縣嵖岈山人民公社是全國第一個成立的人民公社，到 1960 年年底，死 4000 多人，占總人口 10%，有的隊死亡達 30% 左右。該地區在「反瞞產」中被打死者也很多。光山縣從縣委書記到公社幹部幾乎人人動手打人。縣委第一書記馬龍山帶頭將「右傾」的縣委書記張福洪活活打死。這個縣的另一個縣委書記劉文采，在一個公社主持「反瞞產」時，一天內連續拷打 40 多個農民，有 5 人被活活打死。既然縣委主要領導帶頭打人，公社幹部自然不能落後。這期間，光山縣公社一級幹部親自參與打人者占 93%。從 1959 年 11 月到 1960 年 7 月，信陽地區公安機關為逼糧而正式逮捕 1774 人，其中 36 人瘐死獄中；為逼糧而短期拘留 19720 人，有 667 人死在拘留所。農民的最後一粒糧食都被逼走。到了 1960 年春天，信陽地區的公共食堂普遍斷炊，有的村子連續 80 天不見一粒糧食。浮腫、餓死和外逃現象十分嚴重。而信陽地委書記路憲文卻聲稱：「不是沒有糧食，而是糧食很多，百分之九十的人都是因為思想問題。」面對隨處可見的餓殍、被遺棄的孩子，路憲文仍命令公安部門「限期消滅人員的外流」；封鎖村莊、道路，不准人們外出逃荒；不准城

〔註8〕指所謂「深翻土地」，當時認為深翻土地可大增產。

〔註9〕高淳、奉賢的情形，見宋連生：《總路線、大躍進、人民公社化運動始末》，雲南人民出版社 2002 年 1 月版，第 289 頁。

鎮機關、企業單位收留農村來人；不准街頭和交通要道上出現流浪漢。中共河南省委在後來向中央的「檢討」中，說這個時期的信陽「形成了一種恐怖的世界，黑暗的世界」。〔註10〕中共信陽市委黨史地方志研究室編寫的《中共信陽黨史大事記（1949～1999）》記載，僅1960年信陽全區減少人口40餘萬人。〔註11〕「大躍進」是全國性的運動，這種可怕的狀況當然在全國是普遍存在的。「據推測，1959年至1961年三年的非正常死亡和出生率的下降減少的人口數，總共在4000萬左右。」〔註12〕

　　如此嚴峻的形勢，迫使最高層不得不對政策進行某種程度的調整，出臺了一系列應對危機的策略，就連毛澤東也多次在公開場合做自我批評。1960年11月15日，毛澤東爲中共中央起草了《關於徹底糾正「五風」問題的指示》。所謂「五風」，則指共產風、浮誇風、命令風、幹部特殊化風和對生產瞎指揮風。1961年3月，《農村六十條》開始起草，6月間正式頒佈實施。1961年7月19日中共中央在《關於自然科學中若干政策問題的批示》中強調：「在學術工作中，一定要百花齊放、百家爭鳴，不戴帽子、不打棍子，不抓辮子。」與此同時，《科研十四條》也被制定，其中鼓勵科研人員「發揚敢想、敢說、敢幹的精神」，並強調要「正確地劃分政治問題、思想問題和學術問題之間的界線，區別對待，防止混淆。」1961年8月，《高教六十條》被制定，其中說：「不許用對敵鬥爭的方法來解決人民內部的政治問題、世界觀問題和學術問題，也不許用行政命令的方法、少數服從多數的方法來解決世界觀問題和學術問題。」1961年上半年，中共中央宣傳部主持起草了《文藝八條》，其中強調了「雙百方針」，強調了「批判地繼承民族文化遺產和吸收外國文化」。1961年9月，《工業七十條》也頒佈。〔註13〕1962年1月11日，所謂「七千人大會」開幕。劉少奇在會上提出了「三分天災，七分人禍」的說法。薄一波曾特意寫到會議期間的「一個小插曲」：「在1月18日召集的《報告》起草委員會上，彭眞同志發言：我們的錯誤，首先是中央書記處負責，包不包括主席、少奇和中央常委的同志？該包括就包括，有多少錯誤就是多少錯誤。毛主席

〔註10〕以上所敘信陽地區的情形，見宋連生：《總路線、大躍進、人民公社化運動始末》，雲南人民出版社2002年1月版，第298～300頁。
〔註11〕見羅平漢《農村人民公社史》，福建人民出版社2003年1月版，第193頁。
〔註12〕見羅平漢《農村人民公社史》，福建人民出版社2003年1月版，第194頁。
〔註13〕這期間的政策制定情況，參見薄一波：《若干重大決策與事件的回顧》（下卷）中有關敘述，中共中央黨校出版社1993年6月第1版。

也不是什麼錯誤都沒有。三五年過渡問題和辦食堂，都是毛主席批的。……現在黨內有一種傾向，不敢提意見，不敢檢討錯誤。一檢討就垮臺。如果毛主席的 1%、1‰的錯誤不檢討，將給我們黨留下惡劣影響。省市要不要把責任都擔起來？擔起來對下面沒有好處，得不到教訓。各有各的帳，從毛主席直到支部書記。」而在 1 月 30 日的講話中，毛澤東果然做了「檢討」：

> 去年 6 月 12 號，在中央北京工作會議的最後一天，我講了自己的缺點和錯誤。我說，請同志們傳達到各省、各地方去。事後知道，許多地方沒有傳達。似乎我的錯誤就可以隱瞞，而且應當隱瞞。同志們，不能隱瞞。凡是中央犯的錯誤，直接的歸我負責，間接的我也有份，因為我是中央主席。我不是要別人推卸責任，其它一些同志也有責任，但是，第一個負責的應當是我。

這等於是承認「大躍進」造成的巨大災難應由自己負責。對於毛澤東來說，這的確是極不容易的。對此，薄一波評說道：「在我們黨的歷史上，像『七千人大會』這樣，黨的主要領導人帶頭做自我批評，主動承擔失誤的責任，這樣廣泛地發揚民主和開展黨內批評，是從未有過的」。〔註14〕

還應該提到周恩來和陳毅在這幾年間的幾次講話。這幾次講話，思想之「解放」，今天讀來仍然感到「鼓舞」。1961 年 6 月 19 日，周恩來做了《在文藝工作座談會和故事片創作會議上的講話》，一開頭就說：「我首先聲明，今天我的講話允許大家思考、討論、批判、否定、肯定。『一言堂』，說出一句話來就是百分之百正確，天下沒有這種事情。……即使是黨已經研究通過的東西，也允許提意見。中央工作會議正式通過的東西都允許討論，允許提意見，加以修改」。1962 年 2 月 17 日，周恩來又做了《對在京的話劇、歌劇、兒童劇作家的講話》，也是一上來就強調「破除迷信，解放思想」。特別是陳毅於 1962 年 3 月 6 日所做的《在全國話劇、歌劇、兒童劇創作座談會上的講話》，可謂快人快語，說了許多「出格」的話。陳毅首先談了「關於知識分子問題」，一開場就說：「我想現在的問題，是大家都有氣，今天要來出出氣。……那些做黨的工作的同志、搞政治工作的同志跟科學家之間，關係很不正常。科學家覺得受了委屈……因此，他們科學論文也不寫了。特別是大煉鋼鐵、

〔註14〕 彭真的發言和毛澤東的自我批評以及薄一波的評說，見薄一波：《若干重大決策與事件的回顧》下卷，中共中央黨校出版社 1993 年 6 月版，第 1026～1029頁。

大辦水利中間，有很多做法是違反科學的。一畝地，硬說可以產一萬斤水稻，他們早知道這是不可能的，違反科學的，但是不敢講。他們說『一講就說我們保守，就說我們是資產階級知識分子，我們只好不講』。現在事實證明一畝地搞一萬斤水稻幾千斤麥子，是靠不住的。早知如此，悔不當初聽聽這些科學家的話，也許我們少走彎路。什麼『兩年就要超過魯迅』、『一個夜晚寫六十個劇本』，現在恐怕誰也不敢講了。這些不合理的事，不合科學的事，浮誇、謊報，以及把不可能的事情認為可能，它給我們的教訓是非常深刻的。」在講話中，陳毅還主張「搞工廠，倒是要學資本家」。對「審查文藝作品」，陳毅也提出了異議：「現在我們要問他：什麼人給你那樣大的權？今天打擊這個，明天打擊那個？今天輕易做這個結論，明天做那個結論？什麼人給了你這個權，可以把人家的作品五年不理？動員人家寫了半年、一年，結果一分鐘工夫，就否定完了？對人家的勞動為什麼這樣不重視？一定要人家改、非改不可？！又是哪個給你的權？中央給你的？中央宣傳部給你的？憲法上載有這些嗎？都沒有。昨天我對一位同志說：中央沒有決定要審查文藝作品。」類似的「出格」之語，陳毅在這次講話中還說了不少。這次講話，贏得了 60 多次掌聲和笑聲。〔註15〕

就是在這樣的政治氣候和文化氛圍中，鄧拓寫下了《燕山夜話》和《三家村札記》裏的那些文章。

三

不過，在分析《燕山夜話》和《三家村札記》前，我們應該明白在這之前的一段時間，鄧拓寫過些什麼，或者說，應該明白在中共中央決定對政策進行「調整」前，鄧拓公開發表過怎樣的言論。

毫無疑問，在此之前，鄧拓是「大躍進」的歌頌者。為紀念 1958 年 10 月 1 日的「國慶」，鄧拓發表了《從天安門到全中國》一文，其中說：

> 今天，當我們又一次走到天安門廣場來慶祝國慶的時候，我們將看到我國最近一年來在農業、工業、科學、文化等各個戰線上大躍進的驚人成績。世界各國的來賓今年也比往年更多。大家都將看到我國的小麥、稻穀、馬鈴薯、高粱、玉米、穀子、紅薯等最新的

〔註15〕見薄一波《若干重大決策與事件的回顧》下卷，中共中央黨校出版社 1993 年 6 月版，第 999 頁。

紀錄。我國自己製造的飛機、汽車、光學儀器、活性染料以及其它
各種創造發明，一定都要迅速趕超世界先進水平。

　　這一切說明：在優越的社會主義制度下，社會生產力得到解放
和充分的發展，客觀的歷史條件發生了根本的變化，人類的主觀能
動性就能發揮無窮無盡的作用。只要客觀可能的事情，通過主觀努
力，就沒有辦不到的。可以斷定，我們一定能把社會主義祖國建設
得更好。想想這美妙的未來，我要高吟一首詩，為天安門的未來和
全人類的未來讚頌：

古來歲月去悠悠，獨向高城瞰九洲；

今日天安門外路，四通八達遍環球。〔註16〕

這完全是與當時的主流「口徑」相一致的。鄧拓喜作舊體詩，人民文學出版
社於 1979 年 12 月出版過《鄧拓詩詞選》（本文所引所論鄧拓詩詞均見於該
書）。在這本詩詞選中，我們看到，1958、1959 和 1960 這幾年，鄧拓頗寫過
些歌頌「大躍進」、歌頌當時「大好形勢」的詩詞。例如，1959 年 1 月 1 日，
鄧拓寫了《慶春澤‧迎接一九五九年元旦》：「中國飛奔，全球注視，東風吹
遍大千。領導英明，前途幸福無邊。人民忠勇勤勞甚，更難能足智多賢。有
雄心，改造家鄉，建設田園。新年又值春光早，看棉糧歌舞，鋼鐵騰歡。一
望高潮，竟然倒海移山；再經苦戰幾回合，管教他地覆天翻。盼將來，星際
通航，世界長安。」再如，1959 年 2 月，鄧拓寫了《留別〈人民日報〉諸同
志》，最後兩句是：「平生贏得豪情在，舉國高潮望接天」。這裏的所謂「高潮」，
自然指當時的所謂「社會主義建設高潮」。「高潮」二字，在鄧拓這時期的作
品中是頻頻出現的。1959 年 10 月，鄧拓寫了四首《群英贊》，讚美出席全國
所謂「群英會」的代表，每首後面都做了注釋。第一首是《孟泰會見李鳳恩》：
「訪友探親又取經，『大鋼』躍進莫休停。東風送暖風恩笑，孟泰精神老更青。」
注釋寫道：「老孟泰在群英會中會見了老戰友李鳳恩。為了在武鋼推廣快速出
鋼法，李鳳恩說要向『娘家』『取經』；老孟泰說：『不分鞍鋼或武鋼，全國只
有一個鋼，我們要保住這個「大鋼」不斷躍進才對！』兩人愈談愈高興。」
1959 年 12 月，鄧拓寫了八首《香山小唱》，其中《爽心陀遠眺》寫道：「半山

〔註16〕鄧拓：《從天安門到全中國》，原載《新觀察》1958 年第 19 期，收入《鄧拓散
　　　　文》，人民日報出版社 1982 年版。

獨立爽心陀,瞬息風光變幻多。躍進京華新歲月,青春生命發狂歌。」諸如此類的作品,對「大躍進」的歌頌似乎很「由衷」。王均偉在《書生之外的鄧拓》中說:「讀這些詩篇,我有一個疑惑揮之不去:為什麼面對嚴峻的現實,鄧拓要寫這樣的詞句?是他沒有看到真實的面貌,還是他故意閉上了自己的眼睛?」「如果說他不瞭解真實情況,我萬難相信。首先他是黨的高級幹部,能夠看到當時的各種中央文件,實際上,在一些密級不高的文件裏,從 1959 年起,就陸續出現了雲南、山東等地經濟困難的記載。其次,他作為北京市委的領導,北京的情況也應身有體會。第三,當時江、浙兩省的經濟困難也是掩蓋不了的,人民生活,物資供應,精神面貌,都在那兒擺著,怎麼會看不到呢?」〔註17〕

王均偉文章說得不錯。鄧拓之所以寫下這些「大躍進」的頌歌,決非因為不瞭解真實情況。韋君宜的《思痛錄》中這樣回憶到:從 1959 年冬開始,「北京已經買什麼都困難了,……食物匱乏的情況越來越嚴重。肉已斷檔,鮮菜也沒有了。有一段時間,我們家每天吃的是白米加白薯煮的飯,菜是醃菜葉,稍炒一炒。」到了 1960 年,「狀況越來越壞了。北京郊區不斷傳來餓死人的消息,城裏人也出現了浮腫。我的嬸娘雙膝以下都腫了。人的肚子無法用氣吹起來,批判也不管事。於是各種辦法都出來了:提倡『再生菜』,就是把吃剩的白菜根用土埋在盆裏,讓它再長出幾個葉子,可以吃;機關做『小球藻』,就是把池子裏的綠色漂浮物撈起來培養,也吃,據說有蛋白質。」「一切能進口入肚的東西都想絕了。我有個妹夫李××,當時任市政府副秘書長。他們竟想出一個奇特的辦法,想到廁所裏的蛆是動物,有蛋白質,竟把蛆撈出來洗乾淨,試圖做熟了吃,考慮推廣。李××秘密地告訴我們,說他本人就親口試嘗過這種異味。」「後來,中央終於決定實行幹部食物補貼。……補貼辦法是十七級以上的每人每月糖一斤、豆一斤,十三級以上的每人每月肉二斤、蛋二斤,九級以上的每人每月肉四斤、蛋二斤。」〔註18〕韋君宜夫婦都是在北京生活的高級幹部,丈夫楊述與鄧拓是經常唱和的好友,先任中共北京市委常委和宣傳部長,後任中國科學院哲學社會科學學部副主任,與鄧拓在官階上居同一層次。韋君宜夫婦耳所能聞目所能睹的事,鄧拓當然也能

〔註17〕 王均偉:《書生之外的鄧拓》,載《南方周末》2003 年 7 月 24 日。

〔註18〕 見韋君宜《思痛錄・「反右傾運動」是反誰》,北京十月文藝出版社 1998 年 5 月版。

耳聞目睹；韋君宜夫婦所能經歷體驗到的，鄧拓當然也不會經歷體驗不到。所以，要說鄧拓不瞭解當時的實際情況，是完全說不過去的。

王均偉文章中說，鄧拓早年曾寫過學術專著《中國救荒史》，對災荒有過「深刻」的研究，理應對當時全國範圍內的大災荒有比別人更敏銳的感覺，這也言之成理。鄧拓 1929 年高中畢業後考入上海光華大學政治法律系，翌年肄業，參加左翼社會科學家聯盟，同年加入中共，從事地下活動。1933 年在福州參加人民政府文化委員會的工作，1934 年插班到河南大學歷史系就讀，開始研究中國經濟史。1937 年出版的《中國救荒史》，是在大學畢業論文的基礎上寫成的。這是國內第一部系統地研究歷代災荒和救荒的學術著作。這本書初版時用的是文言文，1957 年三聯書店重印時鄧拓將其改成了語體文。1986 年北京出版社出版的四卷本《鄧拓文集》收入了這本《中國救荒史》。1998 年 9 月，北京出版社又再版了該書的語體文版大字單行本。出版社在寫於 1998 年 8 月 31 日的「再版前言」中說：「鑒於當前嚴重的抗洪救災形勢，徵得了鄧拓夫人丁一嵐同志同意，現出版該書語體文版的大字單行本，以滿足廣大幹部、有關的研究人員、實際工作者及其它讀者的急需。」原來，出版社是為了指導當時的救災而特意出版了《中國救荒史》的大字本。如果說 1998 年的救災「急需」鄧拓的這本《中國救荒史》，那麼，50 年代末 60 年代的三年災荒，就更用得著鄧拓的這本書。別人或許記不起這本書，但鄧拓自己總該記起它。作為一個系統地研究過中國歷史上災荒與救荒者，鄧拓理當比別人對這場罕見的大災荒有更清醒的預見和更深刻的認識。例如，在這本書的「緒言」裏，鄧拓曾這樣給「災荒」下定義：「一般地說，所謂『災荒』乃是由於自然界的破壞力對人類生活的打擊超過了人類的抵抗力而引起的損害；而在階級社會裏，災荒基本上是由於人和人的社會關係的失調而引起的人對於自然條件控制的失敗所招致的社會物質生活上的損害和破壞。」如果這樣的定義是成立的，那麼，當時的災荒不正是「人和人的社會關係的失調」而引起的麼，不正是決策者隨心所欲地改變生產關係所招致的麼。按理，當這種「人和人的社會關係」開始「失調」時，當既有的生產關係被妄加改變時，鄧拓就應該能預見到災難的不可避免；而當災難觸目驚心地降臨時，鄧拓應當比別人更加痛心疾首。在這個意義上，鄧拓比別人更沒有理由昧著良心為「大躍進」唱讚歌。

但事實也是無情的。在這幾年間，鄧拓的確是唱著讚歌。1960 年 7 月，

鄧拓做江南之行，並寫了組詩《江南吟草》。在序言中說：「近於病後漫遊江南，到處氣象一新，令人鼓舞。躍進聲中，山川倍見壯麗，風物美不勝收。時有所感，輒成小詩。」於是，此時其實災荒已十分嚴重的江南，是「百里千家足稻粱」（《馬山觀田》），是「人天美景不勝收」（《遊揚州》），是「建設樂園萬古傳」（《至雁蕩山》）……

明白了鄧拓這幾年實際上一直唱著「大躍進」的讚歌，我們才能如實地評價他的《燕山夜話》和在《三家村札記》中的文章。

四

對「大躍進」的讚歌，對「大好形勢」的稱頌，是與中共中央的「口徑」相一致的，而《燕山夜話》和《三家村札記》也並不與中共中央的「口徑」相背離，或者說，鄧拓寫《燕山夜話》，寫《三家村札記》裏的那些文章，也仍然是在迎合中共中央的「口徑」。如果說《燕山夜話》和《三家村札記》與《江南吟草》一類的頌歌在「口徑」上有了不同，那首先是因為中共中央的「口徑」發生了變化。前面說過，進入 1961 年，迫於形勢的嚴峻，中共中央在政治、經濟和文化策略上進行「調整」；毛澤東在這段時間空前絕後地一再做自我批評，在他的帶動下，劉少奇、周恩來等也做自我批評；劉少奇、周恩來、陳毅、彭真等人更是在公開場合發表了頗有鋒芒、思想頗為「解放」的講話。中共中央新出臺的政策、毛澤東、劉少奇、周恩來等人的言論，無疑意味著「口徑」的「調整」和更新，因而鄧拓們文章的面目、腔調也要隨著調整和更新。鄧拓於 1961 年 3 月開始寫《燕山夜話》，這正是《農村六十條》開始起草的時候。此前，中共中央已開了一系列會議，在醞釀著對政策的「調整」。作為高級幹部，鄧拓當然能及時知悉其中情形，並意識到毛澤東和決策層的態度有了改變，意識到中央有了新的「精神」。沒有這樣一個前提，很難設想鄧拓會在報紙上開設一個雜文專欄。鄧拓夫人丁一嵐關於《燕山夜話》和《三家村札記》有這樣的說法：

> 《北京晚報》創刊以後，老鄧從一九六一年起，為《燕山夜話》專欄撰稿。他提倡寫知識性雜文，力求把專欄文章寫得生動活潑，使讀者有所收益。當時，聽朋友們說，晚上，《燕山夜話》真的成了北京許多家庭在燈光下「夜話」和學習的資料。我把這些反映告訴老鄧，他也感到欣慰和鼓舞。他又約請吳晗同志和廖沫沙同志，一

起在《前線》半月刊上開闢了《三家村札記》專欄，同樣受到讀者的歡迎。

就在《燕山夜話》專欄開闢不久，黨中央召開了七千人大會。毛澤東同志在會上號召發揚社會主義民主，發揚「三不主義」。老鄧響應毛澤東同志的號召，用筆來發言，把自己所見所聞所思寫出來。在《燕山夜話》和《三家村札記》的影響下，全國不少報紙刊物也都開闢了類似的專欄，一掃陳言現話八股腔，以平等的態度和讀者娓娓談心，傳播知識，交流思想，有助於驅除「一言堂」的沉悶空氣，推動了百花齊放、百家爭鳴的局面。〔註19〕

丁一嵐對《燕山夜話》和《三家村札記》寫作動機和社會效果的說明，應該認為是符合實際的。鄧拓寫《燕山夜話》是為順應新的中央「口徑」，是為配合新的中央政策。而「七千人大會」的召開，則使得「調整」的局勢更加明朗，使得「口徑」的變化更加巨大。作為「文化戰線」上的高級幹部，鄧拓當然覺得有義務加大配合新的政策的力度，於是，在1961年9月，又約請吳、廖二人一起來寫《三家村札記》。所以，把《燕山夜話》和《三家村札記》與鄧拓的《江南吟草》一類作品割裂開來，認為《江南吟草》一類作品是鄧拓作為「政治家」對「口徑」的迎合，而《燕山夜話》一類作品則顯示了鄧拓作為「書生」的情操，那是很大的誤解。《從天安門到全中國》也好，《江南吟草》也好，《燕山夜話》和《三家村札記》也好，都表明了鄧拓作為一個有知識有文化並且「管理」知識和文化的「政治家」與毛澤東和中央「口徑」的一致，都是鄧拓在努力為現行政治服務。不瞭解這一點，就不能理解鄧拓為何在臨死前認為自己是「冤沉大海」。〔註20〕寫《從天安門到全國》和《江南吟草》時自不待言，寫《燕山夜話》和《三家村札記》時，也仍然是作為「政治家」的角色意識在主宰著鄧拓，所謂「書生意氣」，即便有的話，也是微乎其微的。

《燕山夜話》和《三家村札記》所提倡的，往往也是其時的毛澤東和中共中央所提倡的；《燕山夜話》和《三家村札記》所反對的，也正是其時的毛澤東和中共中央所反對的。《燕山夜話》和《三家村札記》雖然對「大躍進運

〔註19〕丁一嵐：《憶鄧拓》，載《新聞戰線》1979年第1期。
〔註20〕見丁一嵐：《致「三家村」作者亡靈的祭文》，收入《書生累》一書，海天出版社1998年7月版。

動」中的某些具體現象做出了批判，但卻並沒有從根本上否定「大躍進」，相反，一些文章仍然表現出一種「大躍進精神」和「大躍進思維」。這也與當時的主流觀念是一致的。毛澤東和中共中央雖然對「大躍進」時期的一些政策做了「調整」，但並沒有從根本上否定這場運動，即便在「七千人大會」上，總路線、大躍進和人民公社這「三面紅旗」仍然是被肯定的。「會上對『三面紅旗』仍然是完全肯定的。大家都小心翼翼地把握這個大前提，不敢越雷池一步。因而，『七千人大會』總結經驗教訓，糾正錯誤，就不能不是初步的，沒有也不可能從根本上否定『左』的指導思想。」〔註21〕鄧拓們在寫《燕山夜話》和《三家村札記》時，自然也「小心翼翼地把握這個大前提」。實際上，在寫作《燕山夜話》和《三家村札記》的同時，鄧拓也仍在寫「三面紅旗」的頌歌。1961 年 12 月，鄧拓寫了四首《畫意歌聲》，都是題當時一個畫家的畫稿，其中《太湖漁村》寫道：「五湖風雨晚來晴，天際飛帆雁陣輕，眼底漁村繞畫意，千秋公社送歌聲。」《燕子磯新貌》則寫道：「翠壁丹崖傍水濱，十年面目已全新。舊時血淚都拋盡，燕子歸來報早春。」1961 年冬，鄧拓還寫了《看吳作人等東北采風畫展》：「畫外無窮意，白山黑水長。昔年邊塞地，今日稻粱倉。躍進經三載，紅旗舉八荒。熱情調彩筆，點染好風光。」1962 年 2 月，鄧拓寫了組詩《南遊未是草》，腔調、「口徑」與 1960 年 7 月的《江南吟草》沒有什麼差別。例如其中《詠沙村公社》寫道：「大理光榮五朵花，銀蒼玉洱老農家。高原萬里東風早，公社千秋眾口誇。勞動英雄多後繼，青春兒女燦朝霞。但求生產經營好，歲歲豐收願不賒。」（鄧拓此番「南遊」遊的是兩廣和雲南一帶。）在一些人看來，這些詩作與同時寫下的《燕山夜話》和《三家村札記》相矛盾，但在鄧拓那裏，二者並不矛盾，——它們本來就不矛盾。

鄧拓的《燕山夜話》共 150 多篇，在《三家村札記》中則寫了 18 篇。這些文章，絕大多數並無什麼鋒芒，或者說，都離「政治」很遠。其中的《大膽練習寫字》、《交友待客之道》、《談「養生學」》、《養牛好處多》、《中醫「上火」之說》、《三七、山漆和田漆》、《握手與作揖》、《大豆是個寶》、《多養蠶》、《談談養狗》、《養貓捕鼠》、《白開水最好喝》一類文章，簡直可以說頗為瑣屑，甚至不妨說有些無聊。如果考慮到其時的民不聊生，就不能不讓人想起魯迅在《小

〔註21〕 薄一波：《若干重大決策與事件的回顧》下卷，中共中央黨校出版社 1993 年 6 月版，第 1045 頁。

品文的危機》一類文章中對周作人、林語堂的批評。這類看起來遠離「政治」的文章，能夠彌合和安定人心，能夠不知不覺間消除人們心中的火氣，所以，實際上又能十分巧妙地爲現實政治服務。鄧拓們寫《燕山夜話》和《三家村札記》，主要目的是要向讀者傳授知識。他們寫下的絕大多數文章，也的確像是中小學教師的講義。面對餓腸轆轆的讀者大談養牛養狗養貓養蠶一類知識，似乎有意在以「精神食糧」代替窩窩頭與糠菜團。──說《燕山夜話》和《三家村札記》多少起了「幫閒」的作用，不知是否有些過分？

《燕山夜話》和《三家村札記》所提倡和所批評的，往往都能從毛澤東的講話、指示和中共中央的文件中找到理論和政策依據。在當時的糾「左」和「調整」過程中，毛澤東多次強調「讀書」，1958 年 11 月 9 日更寫了《關於讀書的建議》〔註 22〕。雖然毛澤東一般是要求讀特定的幾種書，但卻使當時的人們認識到，「要經常讀一點書」〔註 23〕。於是，我們在《燕山夜話》中就一再讀到對讀書的呼籲和對讀書方法的談論。《燕山夜話》的第一篇《生命的三分之一》，就是倡議人們利用夜晚的時間讀書。在這時期，毛澤東極力強調「調查研究」的重要，號召「大興調查研究之風」。也正在這時，毛澤東找到了 30 年前寫的《關於調查工作》（即《反對本本主義》）一文。此文寫於 1930 年春，是針對當時的所謂「教條主義」而寫的。在戰爭年代文章失散。據說毛澤東多年尋找未得。1959 年「中國革命歷史博物館」建館時，到各地徵集「革命文物」，在福建的龍岩地區發現了該文的石印本。〔註 24〕在這篇文章中，毛澤東說：「你對於那個問題不能解決嗎？那麼，你去調查那個問題的現狀和它的歷史吧！你完完全全調查明白了，你對那個問題就有解決的辦法了。一切結論產生於調查情況的末尾，而不是在它的先頭。」「調查就像『十月懷胎』，解決問題就像『一朝分娩』。調查就是解決問題。」這篇文章在這個時候「重現江湖」，對於毛澤東來說有如神助。這能顯示他的「一貫正確」和先見之明，從而能夠緩解他的現實困窘。如獲至寶的毛澤東，將此文加上按語，印發給參加有關會議的人員。〔註 25〕在 1961 年 3 月的廣州工作會議上，

〔註 22〕 見《建國以來毛澤東文稿》第 7 冊，中央文獻出版社 1992 年版。
〔註 23〕 薄一波：《若干重大決策與事件的回顧》下卷，中共中央黨校出版社 1993 年 6 月版，第 840 頁。
〔註 24〕 見羅平漢《農村人民公社史》，福建人民出版社 2003 年 1 月版，第 211～212 頁。
〔註 25〕 見薄一波《若干重大決策與事件的回顧》下卷，中共中央黨校出版 1993 年 6 月版，第 903 頁。

通過了《中共中央關於認真進行調查工作給各中央局，各省、市、自治區黨委的一封信》，毛澤東的《關於調查工作》一文則作為該「指示信」的附件，發到縣、團級黨委。〔註26〕在這期間，毛澤東將多名身邊工作人員派下去調查，劉少奇、周恩來等人則親自下鄉調查。明白了這種情形，就能明白鄧拓們為何在《燕山夜話》和《三家村札記》中屢次強調「調查研究」的重要。例如，《燕山夜話》中的《變三不知為三知》，就是強調要通過「調查研究」知曉事物的起源、發展和結果。這樣的文章，就完全是對毛澤東的響應。甚至鄧拓們對某些很具體的問題的論說，也能從中共中央當時的條文中找到「合法性」。例如，《燕山夜話》中有一篇《青山不改》，是強調對山林要注意「保護」，要合理「砍伐」，不能「濫伐森林」。這在今天看來，很難能可貴，但也並非鄧拓的「獨出心裁」。當時，劉少奇、陶鑄等人在「調查研究」中發現「大躍進」對森林資源的嚴重破壞，於是便在《農村六十（修正草案）》中加了保護山林的條款，並制定了《林業十八條》這樣的專門文件。〔註27〕可以說，《青山不改》這樣談論很具體問題的文章，也是在宣傳中央政策。何況，《青山不改》只是在正面強調保護山林的重要，並沒有直接說到現實中對森林的破壞。

由於「大躍進」本身並未被否定，所以「大躍進思維」在「調整」時期仍然有市場。《燕山夜話》和《三家村札記》中的有些文章，就仍表現了一種「大躍進思維」。以《燕山夜話》為例，其中的《不怕天》、《糧食能長在樹上嗎？》、《金龜子身上有黃金》這類文章，就仍是「大躍進式問題意識」的產物。例如，《不怕天》強調「革命的人民是一切都不怕的，首先是不怕天」，鼓吹「天不可怕，人能勝天」，這是典型的「大躍進話語」。再如《糧食能長在樹上嗎？》，談論的也是在「大躍進」時期才成為「問題」的問題。文章說：「隨著科學技術的進步，我們完全可以相信，會有這樣的日子到來。那時候，不但樹上能夠長出糧食，而且到處都可以長糧食。無論高山、平原、麥子像野草一樣，年年自己生長；甚至種莊稼可以不必土地，只要有水就行。許多在現時看來如同神話一般的事情，到那時候都將變成極其平常的普遍現象。這樣的日子距離現在大概也不會太過於遙遠了吧。」「外國人往往把巧克力當作高級的乾糧，殊不知我國古代人以栗子為乾糧，其好處決不下於巧克力。」

〔註26〕見薄一波《若干重大決策與事件的回顧》下卷，中共中央黨校出版社1993年6月版，第905頁。

〔註27〕見薄一波《若干重大決策與事件的回顧》下卷，中共中央黨校出版社1993年6月版，第933頁。

「我們如果能夠利用所有的荒野童山，普遍地種植栗子樹和棗樹，讓這些樹林長滿了富有營養價值的糧食，夠多麼美妙啊！」這樣的文章，表現的也是典型的「大躍進」式的奇思妙想和胡思亂想，「大躍進」式的浪漫狂熱和弱智短視。

《燕山夜話》中的有些文章，還「左」得可怕，這在談論西方時表現得分外明顯。例如《「一無所有」的藝術》、《「無聲音樂」及其它》之類就如此。這幾篇文章都是從對西方現代藝術試驗的批判上陞到對整個西方世界的批判。在《「一無所有」的藝術》中，鄧拓說：「這樣的藝術畢竟是太無聊了，它像是一種惡性的傳染病，迅速地彌漫了西方世界，成爲資本主義總危機發展新階段的不可救藥的痼疾。」「這眞是資本主義世界的世紀末的悲哀啊！資本主義的末日就要到了。……呻吟於資本主義制度下的廣大人民必將得到眞正的解放。」在《「無聲音樂」及其它》中也說：「這一切證明了西方資本主義社會生活的極端空虛和無聊。在那裏，生活本身就充滿著欺騙、胡混、死一般的沉寂」。在自己的國家到處啼饑號寒、每天都有大量的人「非正常死亡」時，還如此起勁地批判西方，不管是眞心還是假意，恐怕都不能說是「書生意氣」使然吧？

五

鄧拓這時期確實寫過一些對「大躍進運動」中某些現象進行批判的文章，但在他這時期的全部文章中，所佔比例並不大。如今經常被人提及並稱頌的，在《燕山夜話》中有《一個雞蛋的家當》、《王道和霸道》、《說大話的故事》、《兩則外國寓言》等；在《三家村札記》中則有《偉大的空話》、《專治「健忘症」》這幾篇。在《燕山夜話》和《三家村札記》之外，還有一篇《鄭板橋和「板橋體」》〔註28〕也頗受今人重視。如果考慮到當時的政治形勢，就不難明白，這一類如今看來不同程度地具有批判鋒芒的文章，仍然是與主流「口徑」相一致的，仍然是對毛澤東講話和中央精神的宣傳和配合。當時的所謂「調整」，就是對此前的一些言行予以否定，而鄧拓的這些文章，只不過是跟在毛澤東講話和中共中央文件後面亦步亦趨。其批判的尖銳程度，甚至遠遠比不上毛澤東、劉少奇、周恩來等人的講話和中共中央的文件，與陳毅的講

〔註28〕此文於 1963 年 11 月發表於《光明日報》，收入《鄧拓散文》，人民日報出版1980 年 11 月版。

話相比，就更是小巫見大巫了。鄧拓的批判鋒芒集中於說大話空話假話。而對所謂「浮誇風」，當時毛、劉、周等人在各種場合都予以嚴厲的抨擊，在正式文件中也將反對「浮誇風」作為重點。所以，鄧拓對說大話空話假話的批判，完全應該視作是對「中央精神」的呼應。鄧拓的有些文章，看來今人對之有所誤解。例如《一個雞蛋的家當》，確有批判鋒芒，但恐怕所批判的並非「大躍進」式的妄想，而是另有所指。鄧拓臨死前寫了一封給中共北京市委的長信，為自己文章做了辯解。他說之所以寫《一個雞蛋的家當》，是有感於當時有些社隊又在搞「投機買賣」和「剝削行為」。〔註29〕如果細讀原文，就會相信鄧拓對寫作動機的自述是真實的。這篇文章的核心，是對明人江盈科所著《雪濤小說》中那則故事的闡發。故事說：「一市人，貧甚，朝不謀夕。偶一日，拾得一雞卵，喜而告其妻曰：我有家當矣。妻問安在？持卵示之，曰：此是，然須十年，家當乃就。因與妻計曰：我持此卵，借鄰人伏雞乳之，待彼雛成，就中取一雌者，歸而生卵，一月可得十五雞。兩年之內，雞又生雞，可得雞三百，堪易十金。我以十金易五牸（母牛），牸復生牸，三年可得二十五牛。牸所生者，又復生牸，三年可得百五十牛，堪易三百金矣。吾持此金以舉債，三年間，半千金可得也。」鄧拓如果僅僅批判這個市人不切實際的空想，那還可以認為是在對「大躍進精神」的嘲諷。但對這個故事，鄧拓又做了這樣的闡發：「更重要的是，他的財富積纍計劃根本不是從生產出發，而是以巧取豪奪的手段去追求他自己發財的目的。」「如果要問，他的雞蛋是從何而來的呢？回答是拾來的。這個事實本來就不光彩。而他打算把這個拾來的雞蛋，寄在鄰居母雞生下的許多雞蛋裏一起去孵，其目的更顯然是要混水摸魚，等到小雞孵出以後，他就將不管三七二十一，抱一個小母雞回來。可見這個發財的第一步計劃，又是連偷帶騙的一種勾當。」「接著，他繼續設想，雞又生雞，用雞賣錢，錢買母牛，母牛繁殖，賣牛得錢，用錢放債，這麼一連串的發財計劃，當然也不能算是生產的計劃。其中每一個重要的關鍵，幾乎都要依靠投機買賣和進行剝削，才能夠實現的。這就證明，江盈科描寫的這個『市人』，雖然『貧甚』，卻不是勞苦的人民，大概是屬於中世紀城市裏破產的商人之流，他滿腦子都是欺詐剝削的想法，沒有老老實實地努力生產勞動的念頭……」讀了這樣的議論，我們沒有理由不相信，鄧拓寫此

〔註29〕見袁鷹《玉碎》，原載《報告文學》1986 年第 5 期，收入《書生累》，海天出版社 1998 年 7 月版。

文確是爲了批判當時「投機倒把」的「剝削行爲」，甚至不妨說，它是後來「四清」運動的先聲。將此文看成是對「大躍進精神」的否定，實在是今人善意的一廂情願。

再如《專治「健忘症」》，一些海外學者認爲是在批評毛澤東，也是在望文生義。鄧拓好友楊述曾私下對家人說，鄧拓寫的「健忘症」並非指向中央，他親耳聽鄧拓說過。〔註30〕還有一事亦可佐證海外學者對此文的理解是「誤解」。當時在鄧拓身邊工作的蘇雙碧回憶說：「我還記得，當時有一篇短文，提出吳晗發表《海瑞罵皇帝》一文是影射的事，有人將這篇文章送給鄧拓，鄧拓同志看了神情很嚴肅，好久沒有說出話來。他那一刹那的神情至今回想起來還像是在眼前。一位堅強的無產階級戰士，正面臨著一場嚴肅的挑戰，是非被歪曲，黑白被顛倒，『海瑞罵皇帝』這是歷史事實，可吳晗並沒有也不會『罵皇帝』的。」〔註31〕當有人說吳晗在「罵」毛澤東時，鄧拓一瞬間的「神情」令親見者數十年後仍覺如在「眼前」，可見那「神情」的確有著異樣的「嚴肅」，而在這「嚴肅」裏，應該包含著恐怖。鄧拓非常清楚，被指控爲「罵皇帝」意味著什麼。既然對吳晗的被指控爲「罵皇帝」，鄧拓都感到了恐懼，他自己怎麼會如此「惡毒」地「罵」起「皇帝」來呢？還有《鄭板橋和「板橋體」》一文也值得一辨。今人之所以重視此文，其實只因爲其中有這樣幾句話：「我認爲學習『板橋體』的最重要之點，是要抓住『板橋體』的靈魂。什麼是『板橋體』的靈魂呢？我以爲它就是在一切方面都要自作主人、不當奴才！」這話自然說得很「痛快」。將其理解成是在反對「個人崇拜」、批判「現代迷信」，也沒有什麼不可。但要說這種理解就符合鄧拓寫此文的初衷，恐怕也是在強加於人。鄧拓這幾句話，本是對鄭板橋原話的引伸和發揮，表達的是對「鄭板橋精神」的理解。而鄧拓之所以做這種發揮，應該與當時中蘇兩黨的論戰有關。60 年代初期，也是中共和蘇共兩黨的爭吵進入白熱化時期。1963 年 6 月 17 日，中共中央公開發表《關於國際共產主義運動總路線的建議》，這是對蘇共中央 3 月 30 日來信的覆信，共有 25 條。「其中第二十一條論述社會主義國家之間的關係。文件指出，社會主義國家之間的相互關係，必須建立在完全平等、相互尊重領土完整和尊重國家主權和獨立、互不干涉內政的原則基礎上……每一個國家主要依靠自力更生。藉口所謂單幹、所謂

〔註30〕見韋君宜《思痛錄》，北京十月文藝出版社 1998 年 5 月版，第 131 頁。
〔註31〕蘇雙碧：《沙灘問史》，廣西人民出版社 1999 年 5 月版，第 10 頁。

民族主義，反對兄弟國家執行自力更生的方針，這是大國沙文主義。反過來，藉口國際分工專業化，把自己的意見強加給兄弟國家，損害別的兄弟國家的獨立主權，損害別的兄弟國家的人民利益，這也是大國沙文主義。」「第二十二條論述兄弟黨關係的準則。文件認為，……一個黨把自己置於其它兄弟黨之上，干涉兄弟黨內部事務，在兄弟黨關係中實行家長制，把自己一個黨的綱領、決議當作國際共產主義運動的共同綱領強加給別的兄弟黨，破壞協商一致的原則，用少數服從多數來行強行推行自己的錯誤路線，搞宗派主義和分裂主義活動，都是錯誤的。」〔註32〕1963 年 9 月 6 日，著名的「九評」中的「一評」《蘇共領導同我們分歧的由來和發展》在《人民日報》發表，在 11 月底前，共發表了「五評」。這些文章的一個重要觀點，就是反對蘇共以「老子黨」自居而視其它國家的共產黨為「兒子黨」，或者說，是要反抗蘇聯的「大國沙文主義」。鄧拓作為分管意識形態的高級幹部，在這樣的時候說出「在一切方面都要自作主人，不當奴才」這樣的話，我以為，也應理解成是對中蘇論戰的配合。說得直白些，這幾句話即便有著現實的政治指向，也是對著赫魯曉夫而不是對著毛澤東說的。鄧拓是「毛澤東主義」最早的宣傳者，是第一部《毛澤東選集》的主編出版者。在神化毛澤東的歷史過程中，鄧拓可謂立下了汗馬功勞。在寫《鄭板橋和「板橋體」》這類文章的同時，鄧拓仍在唱著毛澤東的頌歌。例如，寫於 1962 年 2 月的組詩《南遊未是草》，第一首便是《謁毛主席農運講習所》：「平生一念為工農，講學珠江賴啟蒙。考察湖南新說立，深謀宇內幾人同？井岡割據千秋業，革命長征萬里通。建設奠基天下計，東方大地起雄風。」如果《鄭板橋和「板橋體」》一類的文章是在反對對毛澤東的個人崇拜，又怎樣理解鄧拓同時宣揚的對毛澤東的個人崇拜？我注意到，在《人民畫報》1963 年第 6 期上，鄧拓發表了《令人懷戀的灘江》〔註33〕一文，在歌頌灘江自然景色的同時，鄧拓也寫道：「顯然，這個地方的經濟和文化都是相當發達的。特別是解放後的今天，我們到處可以看見，灘江之美不僅在於山水，更重要的是如此美妙的山水間，生活著可愛的人民。現在，在人民公社化的優越條件下，這裏的人民生產建設積極性日益提高。他們進行農業、林業、漁業和各種副業生產，一年四季都可獲得豐富的收成。」這真堪與賀敬之同時期的詩歌「名篇」《桂林山水歌》相媲美了。

〔註32〕吳冷西：《十年論戰》，中央文獻出版社 1999 年 5 月版，第 587～588 頁。
〔註33〕此文收入《鄧拓散文》，人民日報出版社 1980 年 11 月版。

六

鄧拓年方 18 歲時即加入了中國共產黨，可以說，他是在生命還很稚嫩的時候便高度政治化了的。中國古代文化、中國化了的馬克思列寧主義、毛澤東思想，這三者組成了鄧拓基本的知識結構和精神視野。說 60 年代初的鄧拓張揚「西方式的自由主義價值觀」，鄧拓九泉有知，或許會視爲「天大的冤枉」，因爲何爲「西方式的自由主義價值觀」，恐怕鄧拓並不了然。海內外的一些人今天對《燕山夜話》和《三家村札記》的解讀，實際上在相當程度上與姚文元們當初的文章走到了一起，或者說，不知不覺間，在事實判斷上，認同了姚文元們當初對鄧拓們的批判。這豈不意味著，對姚文元們的文章，也要「重新認識」？

當然，《專治「健忘症」》這樣的文章，《鄭板橋和「板橋體」》中的那幾句話，是否在當時引起了毛澤東的誤解並令他銜恨，不得而知。但「文革」的發動之所以拿吳晗、鄧拓這幾人祭旗，目的是以此爲突破口摧毀北京市委。吳晗、鄧拓們首當其衝，恐怕主要不在於他們寫了《海瑞罷官》、《燕山夜話》、《三家村札記》這些東西，而在於他們佔據著北京市的要職。這也可謂是「匹夫無罪，懷璧其罪」。這一層，早已是常識了。時任中共北京市委宣傳部長的李琪，在批判「三家村」的運動開始後，私下裏對妻子李莉說：「這次運動是對準彭眞和北京市委來的」。〔註34〕「姚文元的評《海瑞罷官》的發表，是毛澤東發動『文化大革命』的重大戰略部署。因爲拿吳晗開刀是指向『三家村』、指向北京市委和彭眞的最好突破口。鄧拓和吳晗都是《三家村札記》專欄作者，抓出吳晗，自然也就抓出鄧拓。在江青、張春橋的日程表上，批判鄧拓和批判吳晗幾乎是在同一時間表上。曾經是中央文革小組成員的穆欣同志，他在近作《劫後長憶》一書中寫道：『從批判吳晗《海瑞罷官》開始，進一步以鄧拓爲突破口，鋒芒直指彭眞。江青當時就興高采烈地說：「一個吳晗挖出後面就是一大堆啊！」……」〔註35〕挖出彭眞當然也不是最終目的，彭眞後面還有鄧小平、劉少奇。所以，鄧拓、吳晗的被用來祭旗，實在並不因爲他們寫了什麼東西。當時的北京市委宣傳部長李琪的命運可以作爲一種反證。1966 年 5 月 17 日，戚本禹在《人民日報》發表文章指控鄧拓是「叛徒」的同時，也點名批判了李琪，此後，「全國的報紙和電臺都開始批判他，……李琪

〔註34〕 李莉：《李琪在「文革」發動前後的日子裏》，載《百年潮》2003 年第 8 期。
〔註35〕 蘇雙碧：《沙灘問史》，廣西人民出版社 1999 年 5 月版，第 29 頁。

想不通，滿腔悲憤，於 7 月 10 日晚結束了自己的生命。」〔註36〕李琪是繼鄧拓之後又一個自殺的北京市委要員，而他並未罵過「健忘症」，也沒有歌頌過海瑞和鄭板橋。

曾在鄧拓領導下的《人民日報》工作的袁鷹這樣回憶鄧拓：「特別使我至今念念不忘的，是他那許多由於報紙宣傳需要的急就章。一個重大的政治事件，一個重要的節日，一項急促的宣傳任務，報紙往往需要組織相應的版面，包括文藝副刊在內。這也是我們無產階級報紙的傳統。這類約稿，時間的要求很急，常常不容許作者反覆推敲。因此，有些作者視爲畏途，有的也的確不願意或不屑於撰寫這類詩文。但也有不少作者，的確是滿腔熱情地、誠心誠意地支持報紙的宣傳，樂於寫這類『遵命文學』的。最使我們感佩，並且經常稱頌的是郭沫若同志。鄧拓同志也是這樣的詩人。他離開報社去當北京市委書記以後，仍然同我們保持經常的聯繫，有什麼要求，寫封短簡，或者晚上給他宿舍打個電話，一般都是有求必應，按期交稿。元旦或春節的副刊版面，要登一首詞，而且最好用《慶春澤》、《東風第一枝》、《春風嬝娜》這類不常用的詞牌（純粹因爲詞牌的名字），按說實在有點違反常情，用現在的話說，不符合文藝創作規律。但是鄧拓同志理解我們副刊編輯的用意，從不『還價』，總是欣然命筆」。〔註37〕這裏描繪的鄧拓，就接近鄧拓的本來面目了。作爲一個高度政治化的知識分子，鄧拓是樂於寫「遵命文學」的。《燕山夜話》和《三家村札記》中的文章，也應作「遵命文學」看。

姚文元等人批判鄧拓的文章發表後，全國掀起了批判鄧拓等人的高潮。廣大「革命群眾」對鄧拓們噴射出滿腔怒火，必欲食肉寢皮而後快。對「革命群眾」的這種情緒，鄧拓表示了極大的理解：「群眾是對的。既然宣佈我反黨反社會主義，那就是敵人，他們當然理應表示憎恨。群眾從來是相信黨、相信黨報的。」〔註38〕當過 10 年《人民日報》掌門人的鄧拓，在批《武訓傳》、批胡風、反「右」等運動中，一次次地簽發過批判材料和文章，並一次次立竿見影地激起過「革命群眾」對批判對象的憤恨。如今，「人爲刀俎，我爲魚肉」了，對那副刀俎的厲害，他倒比別人多一分理解。

〔註36〕李莉：《李琪在「文革」發動前後的日子裏》，載《百年潮》2003 年第 8 期。
〔註37〕見《鄧拓詩詞選・附錄》，人民文學出版社 1979 年版。
〔註38〕見袁鷹《玉碎》，原載《報告文學》1986 年第 5 期，收入《書生累》，海天出版社 1998 年 7 月版。

在寫給中共北京市委的遺書的最後，鄧拓呼喊道：

作為一個共產黨員，我本應該在這一場大革命中經受得起嚴峻的考驗。遺憾的是我近來舊病都發作了，再拖下去徒然給黨和人民增加負擔。但是，我的這一顆心，永遠是向著敬愛的黨，向著敬愛的毛主席。

我要離開你們的時候，讓我們再一次高呼：

偉大、光榮、正確的中國共產黨萬歲！我們敬愛的領袖毛主席萬歲！偉大的毛澤東思想勝利萬歲！社會主義和共產主義的偉大事業在全世界勝利萬歲！〔註39〕

我相信，這是鄧的心聲。

〔註39〕見袁鷹《玉碎》，原載《報告文學》1986 年第 5 期，收入《書生累》，海天出版社 1998 年 7 月版。

林道靜、劉世吾、江玫與露沙
——當代文學對知識分子與革命的敘述

　　題目上寫下的四個人名，都是當代小說中的人物。林道靜是楊沫出版於 1958 年的長篇小說《青春之歌》的主人公，也該是知名度最高的，這不僅因爲小說《青春之歌》曾經影響巨大並引發熱烈的爭議，也因爲由小說改編的電影《青春之歌》作爲「建國十週年獻禮片」之一，上映後廣受歡迎。劉世吾是王蒙發表於 1956 年的短篇小說《組織部新來的青年人》中的人物，江玫是宗璞發表於 1957 年的短篇小說《紅豆》的主人公，露沙是韋君宜發表於 1994 年的長篇小說《露沙的路》的主人公。他們都是在 1949 年以前的國共兩黨相爭中選擇了共產黨的知識分子。

　　在上個世紀 50 年代那種政治文化格局中，指望一個知識分子眞實而深刻地寫出投身革命後的人生經歷和心路歷程，幾乎是不可能的。這有客觀和主觀兩方面的原因。客觀上，那時的政治氣候和文化環境決不容許眞實而深刻地揭示了知識分子參加革命後的人生經歷和心路歷程的作品出現，宗璞的《紅豆》只是稍稍表現了一點知識分子在投身革命之初的「內心矛盾」便招來嚴厲的批判，便是一個明證。同時，在主觀上，那些當初以知識分子身份參加革命的作家，在那個時候也還不能對自己參加革命後的人生遭遇有比較眞實和深刻的認識。在尙沒有經歷「反右」和「文革」時，那些早年以知識分子身份參加革命的人，一般還並不能對自己的走上革命道路有比較冷峻的回眸，也不能對自己走過的革命道路有比較清醒的反思。當然，即便在經歷了「反右」和「文革」後，很眞實和很深刻地寫出了知識分子投身革命後的人生遭遇和內心感受的作品也沒有大量出現，這仍有主客觀兩方面的原因。不

過，畢竟也有了一部很重要的作品，這就是韋君宜的小說《露沙的路》。《露沙的路》也是以文學的方式對知識分子與革命的一種敘述，但卻是與《青春之歌》《紅豆》等大不相同的敘述。雖然問世時間相隔三十多年，《露沙的路》卻不妨視作是《青春之歌》一類作品的某種意義上的續篇。繼小說《露沙的路》後，把問世於二十世紀五十年代的《青春之歌》《紅豆》《組織部新來的青年人》等作品與問世於九十年代的《露沙的路》對照著讀，是一件饒有趣味的事，也能讓人產生許多感想。把王蒙的《組織部新來的青年人》也歸入「當代文學對知識分子與革命的敘述」之列，是因為小說中一個很重要的人物劉世吾也是一個以知識分子身份投身革命者，在 1947 年時，是北京大學的學生自治會主席，在領導學生運動中受過傷。對這個人物，用一般意義上的「官僚主義」或者「革命意志衰退」都難以做出準確深刻的解釋。長期以來，劉世吾這個人物的性格對於我多多少少是一個謎。但在讀韋君宜的《露沙的路》時，我聯想到劉世吾這個王蒙在近四十年前塑造的人物，並對他有了更透徹的理解。

林道靜的路與露沙的路

楊沫的《青春之歌》，結尾的高潮部分是林道靜在 1936 年的「一二‧九」運動中以共產黨員的身份領導北京的學生遊行。小說以這樣一段文字結束：

> 無窮盡的人流，鮮明奪目的旗幟，嘶啞而又悲壯的口號，繼續沸騰在古老的故都街頭和上空，雄健的步伐也繼續在不停地前進——
> ——不停地前進……

此時的林道靜昂首闊步地走在遊行的路上，心中有燃燒的激情，有崇高的理想，有對未來的無限憧憬。對於那個時候的一個北平知識分子，所謂參加革命，就是參加到學生的這種遊行隊伍中來，因此，這條舉著拳頭、喊著口號的遊行之路，就是具象化了的革命之路。然而，革命之路不可能永遠以遊行的方式來體現。在盧嘉川、江華等共產黨員的引導下走上了革命之路的林道靜，她腳下的路也不可能永遠是古老的故都的街道。1937 年後，大批北平這類都市的已經參加了革命或決心參加革命的青年知識分子，都來到了延安這類共產黨佔領的「解放區」。林道靜要在革命之路上「不停地前進」，就也要走上這條通往「解放區」的路。於是，林道靜下面的路怎麼走，我們能從韋君宜的《露沙的路》中找到答案：

大卡車嘟嘟響著，已經望見那青翠的山峰，層層窰洞，和市面上的房屋。車上的人一個勁地齊聲喊：

「到啦！到啦！那是寶塔山！那邊準是清涼山！」

雖然他們多數並沒有到過這地方，可照片看過了，聽都聽熟了。……一個穿旗袍的年輕姑娘，順著別人的手指往前看去，忽然大叫起來：

「你們就不好好看看延安的天！夠多麼藍！太陽多亮！這一路哪見過？」

於是大家真也像從來沒見過這藍天和太陽似的，跟著大叫起來。

「露沙！你跟我上中組部招待所吧！」一個穿軍服的喊那穿旗袍的姑娘。

「露沙，啊，是我。」陳婉貞在路上才把自己那封建的名字改了，昨晚上索性連姓也決定去了。如今人家叫起來，自己答應著還不太習慣，但正在努力習慣起來。

這是《露沙的路》開頭的幾段文字。這個露沙本來叫陳婉貞，也可以本來叫林道靜。剛剛踏上延安這片土地的林道靜們，沉浸在一種巨大的興奮和喜悅之中。細心的讀者會發現，在這短短的幾段話裏，韋君宜用了多少個驚歎號。這說明，時隔半個多世紀，韋君宜仍清楚地記得當年的那種興奮和喜悅。也正是已改名叫露沙的陳婉貞或林道靜，歡呼著延安的天「多麼藍！」，延安的太陽「多麼亮！」。她不僅僅只是驚喜於延安的天空和太陽，她還驚喜於更多的東西：「她忙不過來地東張西望，看這個新奇的延安。街很窄，有小鋪，好像與別的小縣城沒有什麼不同的地方。可是，馬上她就發現了，有！有！街上走來走去的人，差不多百分之九十都穿著灰色的軍服，有的胳膊上還釘著『八路』的臂章，其餘的百分之十都是頭上包著白毛巾的農民。別的縣城裏常見的長袍短褂的普通人，乾脆就沒有！沒有！她看見了，不革命的，一個也沒有！」

延安是露沙和林道靜這類在「國統區」參加革命的青年知識分子心中的「聖地」。同林道靜一樣，露沙也是在「一二・九運動」前後加入中國共產黨的。《青春之歌》中這樣寫到了林道靜入黨時的心緒：「巨大的幸福把道靜吸攝在地上。她紅漲著臉，睜大眼睛一句話也不能說了。」「難道這是真的嗎？

難道幾年來夢寐以求的理想眞個要實現了嗎？難道這非凡的巨大的幸福眞的要降臨了嗎？……」她也曾這樣莊嚴地宣誓：「從今天起，我將把我整個的生命無條件地交給黨，交給世界上最偉大崇高的事業……」而「她的低低的剛剛可以聽到的聲音說到這兒再也不能繼續下去，眼淚終於掉下來了。……世界上還有比這更高貴、更幸福的眼淚嗎？每個共產黨員，當他回憶他入黨宣誓的那一霎間，當他深深地意識到，從這一刻起，他再不是一個普通的人了；當他深深地意識到，他已經高高地舉起了共產主義的大旗，他已經在解放人民、解放祖國的戰場上成了最英勇最前列的戰士時，這是何等的幸福啊；當他深深地意識到，他的命運將和千百萬人民的命運緊密地聯結在一起，他的生命將貢獻給千百萬人民的解放和歡樂，這又是何等幸福呵！」

　　本來叫做陳婉貞或林道靜的露沙，就是含著這樣一種最「高貴」最「幸福」的眼淚來到延安這「革命聖地」的。她有著一種回家感，她眞切地感到是回到了母親無限溫暖的懷抱。然而，接踵而至的遭遇，卻使露沙們一次又一次地流下了最淒慘、最無奈、最委屈、也最低賤的淚水，並讓她們一次又一次痛悔地想到：「早知這樣，我就不來了！」那麼，是因爲露沙們在投身革命之初對前進道路上的困難估計不足麼？不是！林道靜在入黨之時說過這樣的話：「我知道咱們的事業是艱巨的，勝利──到勝利還要走許多曲折的路。階級敵人不用說，又從外面來了一個日本帝國主義。內憂外患，困難重重，我是有精神準備的……」露沙們在決心走上革命道路時，都對在未來的道路上可能會遇上的艱難困苦有著充分的估計。引導她們走到黨旗下宣誓的人諄諄告誡她們可能會遇上的艱苦無非是兩種，一種是對敵鬥爭本身的險惡，一種是物質生活的困窘。對敵鬥爭的險惡，最壞的情形不過是被敵人抓去，嚴刑拷打、坐牢殺頭，對此，她們在舉手宣誓時就做好了打算。至於物質生活的困窘，更不足以嚇退她們。她們以爲，所謂革命道路的「艱難曲折」，不過就意味著這些，而她們在這兩方面都做好了充分的「精神準備」。信仰已很明確，道路已經選定，對困難也已有了足夠的估計，她們以爲，此後儘管生理上、肉體上可能會遭受極大的痛苦，但心理上、精神上決不會再有困惑、迷茫和煎熬。然而，到了以「聖地」延安爲中心的「解放區」，她們才意識到，事乃有大謬不然者。對她們劈面而來的打擊，不是來自「國民黨反動派」這種「階級敵人」，也不是來自「日本帝國主義」這種「民族敵人」，而是來自「革命隊伍」的內部，來自「親愛的同志」、「親愛的黨」、「親愛的組織」。在

所謂「搶救運動」中，這些來自「國統區」的知識分子，都被懷疑、被指認和被判定為國民黨派來的「特務」。她們做好了坐敵人的牢、受敵人的嚴刑拷打的準備，卻做夢也沒有想到奔赴「解放區」後，竟成了革命的對象、革命的敵人，坐進了革命的監牢，受起了革命的嚴刑拷打。《露沙的路》寫到，在比其它「解放區」的「搶救」搞得「更厲害」的延安，「魯藝一個教員，全家因被『搶救』打成特務，沒處申冤，全家自焚了。這個消息在延安都傳遍了。自殺的又何止一個。」這些人，在投身革命之時和之後，或許無數次地想過在敵人的槍口下從容就義、慷慨赴死，並成為革命的英雄，卻無論如何也不曾想到會在「革命聖地」以「全家自焚」這類方式結束自己的生命。

《露沙的路》寫到了露沙和她的丈夫崔次英在「搶救運動」中受到的種種迫害，以及在這個過程中的精神劇變。有些細節，真讓人欲哭無淚。小說中寫到，露沙的丈夫被當作特務抓走之後，剛出生不久的孩子小夏兒又病了。「孩子病了本該去找醫生，在全市抓特務的當口，那個號稱由北平協和來的李醫生，理所當然地被當作美國特務逮捕了。……露沙只有自己帶著孩子，天天哭著。人一急，奶也回去了。這個地方又沒有什麼牛奶、羊奶，她用米粉、饅頭加蜂蜜餵小孩，這地方沒有白糖、紅糖啊。餵了幾天，孩子拉稀，她不知道該怎麼辦，還是按原來辦法餵。她是特務家屬，也沒有別人的家屬來看望她，結果孩子越病越重，找不到醫生，上級就從寬讓她帶孩子到軍隊衛生隊去住院。」在衛生隊安頓好孩子後，露沙出去求當地的有奶的婆姨「餵小夏兒一口」，在幾個做著針線的女人面前，露沙「連連拱手」地說：「我是來求嬸子大娘們的，我有個孩子，病得不能吃飯，只能吃奶，我又沒有奶，求求哪位嬸子、大娘、大姐，誰有奶給孩子吃一口，這就是救了我們的命了，救救我吧！」露沙邊說邊「幾乎要跪下去」，只是「身邊的那個婆姨連忙拉住」，才沒有真的跪下。但這幾個女人都沒有奶水。當露沙沮喪地回到衛生隊時，卻發現孩子已被壓在頭上的被子捂死。原來，在露沙出去的間隙，衛生隊的那個男護理員進來給孩子打針，打完針隨手便把被子堆在了孩子頭上。當露沙哭著向他說明孩子的死因時，他卻「大怒」地說：「你自己丟下孩子，不知跑到哪裏玩去了，還誣賴我們捂死孩子。明天找領導，得跟你算賬。」並對露沙下逐客令：「那你就走！快點走！」於是，「露沙請衛生隊的人幫她收拾了孩子，一個人哭哭啼啼回到了地委。」露沙在意識到孩子死了時，哭喊著說過這樣一句話：「我的孩子沒有了，孩子把我生活的意思帶走了。」在入黨

宣誓時，露沙曾感到最高貴、最神聖的幸福，曾把解放祖國、解放人類等等看成是自己生活的最高意義，而如今，孩子卻成了她「生活的意思」的唯一寄託，這其間的思想變化，不可謂不耐人尋味。而更糟的是，露沙「進了宣傳部的門，才想起自己的不幸並不只在可憐的小夏兒身上，孩子不能把她的苦痛都帶走。進了那間冷淒淒的屋子，不見了次英。想起了自己想不通的一切事情都照舊擱在那裏，不能想通，可還得活下去。」

　　露沙這類人是以知識分子的身份參加革命的。當初，那些引導她們走上革命道路的人之所以花大力氣引導她們，看重的也正是她們是知識分子。可到了「解放區」後，她們卻惶惑地發現，她們的知識成了一種原罪，她們先天地低「工農兵」一等。《露沙的路》寫到：「原來在延安，對工農出身幹部一律稱爲工農老幹部，知識分子幹部一律稱爲知識分子新幹部。新老一字之差，政治上就差遠了。反正我是老資格，你是毛頭小夥子，你總在我之後。連知識分子中的老資格，也常被人尊稱爲工農老幹部，例如洛甫、陸定一。反正『工農』二字就是老資格的代表。實際上，稱爲工農老幹部的，也有好些是抗戰中參加革命的，並不比被稱爲知識分子新幹部的人資格更老。這是使知識分子經常不平的一件事。」小說還寫到，露沙的一個朋友的妹妹跟她說過：「經過這次整風運動，才明白了自己原來是那麼壞，那麼錯，簡直沒臉見人。以前以爲自己多麼純潔，現在才明白自己內心有多少齷齪，在工農面前需要整多少年風。這個十七歲女孩的一席話，已經使露沙發怔。」知識意味著原罪，意味著靈魂的骯髒，在「工農」面前知識分子應該自慚形穢。於是，怎樣淡化自己知識分子的形象，怎樣讓自己更接近「工農」從而靈魂顯得更「乾淨」，便成了擺在露沙們面前的嚴峻問題。露沙的第一次婚姻是與一個半文盲的粗鄙不堪的幹部締結的。這個人把「融洽」寫成「容洽」、把「卿卿我我」寫成「親親我我」、不懂得「俊偉」與「俊俏」的差別，如果僅僅如此也還罷了，他還趣味低下不堪。有一次，他從外地給露沙寫回了「情書」，露沙「一個人躲在屋裏悄悄地看。誰知道才看到第二頁，已經看不下去了。勉強看到終篇，不禁面紅耳赤，好像被別人打了一頓。這是說的什麼呀？說的不能見人的話，說他走了以後，怎樣在床上想她，然後就忍不住了，就怎樣自己用手……。然後就描摹如何把她的肉體如何如何……潘金蓮和西門慶就那樣過，他也要和她……。露沙氣得打自己的臉。」要問露沙爲什麼選擇這樣一個人結婚，答案是正因爲這個人文化水平低下。在做出與這個人結婚

的決定之時，露沙想的是他「雖然不是工農，但也不是高級知識分子。我這事做了，總算走的革命路吧。」與這樣一個人結婚，是爲了洗刷或掩蓋自己的「原罪」，是顯示自己走的是「革命路」，——本來叫做陳婉貞或林道靜的露沙，在北平被人引導著滿懷崇高和悲壯地走上了「革命路」，當這條路延伸到與這樣一個人結婚的窰洞時，「革命」二字究竟意味著什麼，就成了不得不問的問題了。

《露沙的路》展示了露沙們作爲人的尊嚴的徹底淪喪。小說中有一個宣傳部屬下的工作人員挨部長嘴巴的細節。一次，一個從廣東來的叫做左庶基的「救亡青年」到宣傳部長面前「請示什麼」，由於說話不大好懂，說的大約又是部長不想聽的話，剛說了兩句，部長便「赫然大怒」，怒吼道：「你說的是放屁」，同時，「手起處照著左庶基的臉就是兩巴掌。」被打的左庶基「一句話不敢回，用手摸摸挨了打的臉，低頭退去。」目睹了這一幕的露沙不禁想：「可憐，他千里迢迢，從廣東跑到這裏來，就爲了挨嘴巴嗎？」「可憐這些手握大權隨手打人的人，原來都是些豬。」有一次，露沙犯了美尼爾氏症，躺著不能動彈，卻被強令立即搬家。在同事的幫助下，露沙搬到了一處「靠門拐彎角落裏」，坑上有一個「塌陷的大洞，是和煙囪相通的老鼠洞」，露沙就在這老鼠洞邊躺下，自傷身世：

> 大家陸續散去，露沙躺在這與老鼠相鄰的鋪上。不想別的事，只想自己的生平，千里迢迢跑到這裏，來做人家的奴隸，是像舊小說上說的，生不逢辰，命不好麼？當然不是，是自己和父母吵翻了，要尋找光明，自願來此的。沒有想到，自己找的光明出路原來是這樣。我的父母呢？我的家呢？我的小寶貝呢？

什麼是劉世吾性格

王蒙小說《組織部新來的青年人》中的劉世吾，是一個讓人捉摸不透的人物。幾種相互對立的心理和精神特徵同時存在於這個人物身上。作爲實際主持全面工作的區委組織部第一副部長，劉世吾首先是精明、敏銳和能幹的，小說中幾次寫到他目光的「銳利」和「聰明」。他只要「一下決心，就可以把工作做得很出色」；在眾人言不及義地議論著的亂糟糟的會議上，他三言兩語的發言就可以把討論引上正軌；對下面的情況他非常清楚，甚至一些下屬「什麼時候幹什麼我都算得出來」。因此，劉世吾決不同於一般「官僚主義者」的

顢頇、昏聵。然而，這個人卻又時同讓人感到有一種徹骨的冷漠，一種極度的麻木和世故。在他的心胸中已經沒有絲毫熱情，他掛在嘴邊的口頭禪是「就那麼回事」。對種種荒謬的不合理的事，他明察秋毫，卻並不感到義憤，不積極去改變糾正，有時甚至還很欣賞：「劉世吾有時一面聽韓常新彙報情況，一面漫不經心地查閱其它的材料，聽著聽著卻突然指出：『上次你彙報的情況不是這樣！』韓常新不自然地笑著，劉世吾的眼睛捉摸不定地閃著光；但劉世吾並不深入追究，仍然查他的材料，於是韓常新恢復了常態，有聲有色地彙報下去。」有一次，當劉世吾聽說韓常新在瞭解情況和寫簡報中怎樣添油加醋、弄虛作假時，竟「大笑起來」，說：「老韓……這傢夥……。眞高明……」小說借新來的青年人林震之口這樣表達對劉世吾的疑惑：「他決不像韓常新那樣淺薄，但是他的那些獨到的見解，精闢的分析，好像包含著一種可怕的冷漠……」又借另一個年輕人趙惠文之口這樣描述劉世吾：「劉世吾有一句口頭語：就那麼回事。他看透了一切，以爲一切就那麼回事。按他自己的說法，他知道什麼是『是』，什麼是『非』，還知道『是』一定戰勝『非』，又知道『是』不是一下子戰勝『非』，他什麼都知道，什麼都見過──黨的工作給人的經驗本來很多；於是他不再操心，不再愛也不再恨。他取笑缺陷，僅僅是取笑，欣賞成績，僅僅是欣賞。他滿有把握地應付一切，再也不需要虔誠地學習什麼，除了拼音文字之類的具體知識。一旦他認爲條件成熟需要幹一氣，他一把把事情抓在手裏，教育這個，處理那個，儼然是一切人的上司。憑他的經驗和智慧，他當然可以作好一些事，於是他更加自信。」

對劉世吾，「組織部新來的青年人」林震是既敬佩又反感，他無法理解這個謎一般的上級。林震的困惑，某種意義上就是青年王蒙的困惑。林震的年齡與王蒙當時的年齡一樣大，22 歲。可以說，當時的王蒙在現實生活中發現了劉世吾這樣的人，但他卻無法理解這種人的內心，他以小說的方式塑造了這樣的人物，同時也表達了自己的困惑。而長期以來，讀者對這個人物也感到難以解釋。讀了韋君宜的《露沙的路》，我覺得劉世吾這個人物就不難理解了，因爲劉世吾的性格特徵在成爲了「老革命」的露沙身上，已表現得很充分。《露沙的路》中的露沙，在抗戰勝利後的國共內戰時期，已變得很冷漠、很麻木、很世故了。抗戰勝利後，露沙夫婦在新華社做發稿工作。天天在代表中共中央「發表言論，說希望和平」，露沙也發自內心地盼望著和平的早日到來，然而，當時的情況是：「國民黨抗戰時期一退退到大後方，如今日本一

下子投降了，交通要道都還在日本人手裏。火車不通，沒法去接收。國民黨只能坐飛機跑到北平、上海、南京來接收，共產黨這邊就專門佔交通要道，進攻日本佔領的小縣城。日本說向國民黨投降，哪裏找受降的去？小縣城周圍鄉村都是解放區。共產黨進了小縣城，大片地方都成了新解放區，當然也不能退，這就打起來了。同時雙方都罵對方搞內戰，破壞了和平。露沙做報導，注意天天統計解放了多少座城市。數字日益增加，這實際是交通越來越不通了。」共產黨「地方是越防守越大，反內戰的口號越喊越響。國民黨統治區的群眾越聽越有理，國民黨的路是越走越不通。他說日本退出的地區，天然都屬於國民黨。共產黨佔了就都是內亂，不是內戰。他們不肯說反內戰這三個字，群眾就覺著是他們想內戰。說他們越戡越亂。從重慶出來，除了坐飛機之外，只能坐船到上海，想到北方已經無路可走，只能經海路坐船到天津。其它沿路都是你戡亂，我反內戰的地區。露沙發著稿，心裏有點明白這內戰是停不下來了，但是我們還得天天呼叫反內戰，要和平。」這期間，露沙的丈夫崔次英曾被派到重慶去發稿，回來後對露沙說過這樣一句話：「我看他們都愛聽和平，咱們黨打出這張牌，算是佔了上風了。」這裏的「他們」，指國民黨統治區的那些為和平而奔走呼號的民主人士，也指那裏的廣大群眾。這更讓露沙明白，原來，所謂「和平」不過是被作為一張政治上的「牌」來「打」。這時，天真尚未徹底泯滅的露沙想到了給「毛主席」寫信，奉勸「不能都搶地方」，「要實現和平，就得真停手。吃點虧也停手。」幸虧先她一步「成熟」起來的丈夫及時制止了她這種「荒謬」的行為。丈夫告訴她：「你去跟毛主席提，現在應犧牲我們的利益以爭取和平，也不會有和平，還等於在你的檔案上記下一筆，以後就是永遠說不清的罪過了。」聽到這話，「露沙怔了一怔，明白他的話是對的。自己一片要求和平的熱望，很不實際，與國統區那些呆呆地指望和平的書呆子差不多。」她仔細想過之後，終於明白「國共兩黨對於和平的理解是一樣的。都認為要打，糟糕就糟在這第三種勢力，還認為自己代表老百姓。」對這件事情的徹悟，似乎意味著露沙登上了通向「成熟」的最後一級臺階。此後，在她身上就再也見不到天真、真誠與熱情了。得過且過、能混則混、不再較真，慢慢也就成了一種習性：「反正還得繼續宣傳和平，打還得繼續打，反對國民黨破壞和平的文章還得天天寫」；「反正現在是上級叫發什麼，我們發什麼。我想和平我想家，只要不寫成文字，像『延河輕騎』那樣，我就沒有罪。寫得漂亮了，還有功哩」；「如今她覺得

可以睜一隻眼，閉一隻眼，在邊區過太平日子」。當然，要說她內心深處完全泯滅了是非，要說她內心深處已沒有了一片純潔之地，那也不然。她對別人津津樂道的許多事情不感興趣，「那麼，她感興趣的是什麼呢？」──「實在說，是她每天發的稿子，是稿子上所宣傳的與自己頭腦裏所想的不一致的東西。她怪自己，一個區區編輯，黨中央叫你想什麼，你就想什麼算了，那些是非與你什麼相干？」已成為「老革命」的露沙的這樣一種精神狀態，與《組織部新來的青年人》中作為「老革命」出現的劉世吾不是很相似麼？人們用「冷漠消沉」、「革命意志衰退」等說法來描述劉世吾，然而，用同樣的說法來描述已成為「老革命」的露沙，不是也很合適麼？

《組織部新來的青年人》中，用來表現劉世吾「冷漠消沉」和「革命意志衰退」的重要事例，是對下級單位存在的不合理現象熟視無睹，而令青年人林震和趙慧文最不滿的也正是這一點。林震曾說：「看到他容忍王清泉這樣的廠長，我無法理解，而當我想向他表示什麼意見的時候，他的意見卻使人越繞越糊塗，除了跟著他走，似乎沒有別的路……」在《露沙的路》裏，我們甚至能找到相似的細節。小說中寫到露沙夫婦在一個村裏搞土改，面對明顯的不公正，終於沉默。「事情了結之後，村支部有個退伍兵崔光華，還專門找次英談了一次，請到鎮上飯館吃了一頓飯」，而「次英吃完回來，跟誰也不說。還是露沙再三叮問，他才說崔光華請客是為了看出來他懂得是非，請他考慮：即使今天不能說什麼，將來要在中央機關裏主持正義。」此事引發了崔次英與露沙之間這樣幾句對話：

> 「這個人！他哪裏懂得中央機關裏更不是隨便說話的地方，就是再大的幹部也不行，別說區區一個崔次英。」

> 露沙聽了這句話，點頭稱是。加上一句：

> 「可不是當年在學校的那個崔次英了。」

> 「那你還是當年的露沙？」次英反問。

> 露沙搖搖頭，苦笑一聲：「也不是。」

與精神上的「冷漠消沉」和「革命意志衰退」所同時出現的，是物質生活上對過去的盡可能回覆：「這陣露沙雖然回不了北平，卻在一些小地方恢復著舊日的生活。家裏有婆婆嫂子，時不時的在自己家做點菜吃。因為婆婆帶了點錢來，新華社又發給稿費津貼，就是每月發些錢以代稿費。這個辦法是全延安別的單位都沒有的。雖不多，這裏的編輯記者總可以每月買一點餅乾、掛

麵、雞蛋墊補墊補。露沙拿了這點錢，先是只知買餅乾，後來就知道買肉。買了一個沙鍋，揀點乾樹枝做柴，在窯洞外挖個土竈就燉起來。又有崔媽媽指導他們，門口就不斷飄出香味來。」

　　從真誠、熱情、滿懷理想，到如今的世故、麻木、得過且過，露沙們在革命道路上經歷了從「不成熟」到「成熟」的過程。而同樣的過程，劉世吾也經歷過。同《青春之歌》中的林道靜、《露沙的路》中的露沙和崔次英以及《紅豆》中的江玫一樣，《組織部新來的青年人》中的劉世吾，其革命道路的起點也是在大學校園。有一次，劉世吾在雨夜的小酒館裏，對林震稍稍透露了一點自己的歷史：「一九四七年，我在北大做自治會主席。參加五‧二〇遊行的時候，二〇八師的流氓打壞了我的腿。」喝了幾口酒後，劉世吾無限感慨地說：「那時候……我是多麼熱情，多麼年青啊！我真恨不得……」林震「想瞭解一下這個人，想逗他多說幾句」，於是問：「現在就不年青，不熱情了麼？」劉世吾的回答令林震覺得有些不著邊際，也讓讀者覺得答非所問。劉世吾當然不可能把自己「冷漠消沉」和「革命意志衰退」的真實原因告訴林震，也許連他自己也並沒有很明確地意識到原因到底何在。然而，《露沙的路》卻真切地揭示了露沙和劉世吾這類以知識分子身份參加革命者精神上的變化過程。

　　林道靜、露沙是在抗日戰爭時期從校園踏上革命之路的，江玫、劉世吾是在抗戰勝利後的國共內戰時期從校園投身革命的。當露沙們在「解放區」開始變得冷漠世故、得過且過時，江玫和劉世吾們正在「國統區」熱情洋溢、青春煥發地開始了他們的革命生涯。他們在露沙們當年集會過的地方集會，在露沙們當年遊行過的街道上游行。《紅豆》正面寫到了江玫參加革命的情形。在一次大遊行中，江玫擔任救護隊員：「長長的隊伍出發了，舉著各種標語，沉默地走在郊外的大道上。愈走天愈亮，愈走路愈分明，一個男同學問江玫：『藥包重嗎？我代你拿。』江玫微笑，說：『一個兵士的槍，能讓人家代他背著嗎？』那男同學也微笑，看著她穿著白襯衫藍長褲紅背心的雄赳赳的樣子，問：『你永遠都要做一個兵？』江玫嚴肅地睜大眼睛，略想了一想，她回答：『是的，永遠。』」《露沙的路》中也或直接或間接地寫到了這一代革命者。把《紅豆》中的某些敘述與《露沙的路》中某種議論對照著讀，是耐人尋味的。《露沙的路》中寫到，在國共「和談」徹底破裂後，「延安新華社發出了人民解放軍的捷報，宣佈我們要聲討蔣介石。那些和平呀、反內戰呀

的口號，有是還有，只是已經變成學生們反蔣遊行用的口號了。」當在延安的「老革命」露沙們已經十分明白所謂「和平呀、反內戰呀」不過是被當作一張「牌」來打時，在北平的「新革命」江玫們卻將這當作真誠的信念，當作甘願為之拋頭顱、灑熱血的目標。《紅豆》中寫到，促使江玫最終走上革命道路的，還有自己家庭生活上的困窘：「就在這個時候，江玫也一天天明白了許多事。她知道少數人剝削多數人的制度該被打倒。她那善良的少女的心，希望大家都過好的生活。而且物價的飛漲正影響著江玫那平靜溫暖的小天地。母親存著一些積蓄的那家銀行忽然關了門。江玫和母親一下子變成舅舅的負擔了。江玫是決不願意成為別人的負擔的。她渴望著新的生活，新的社會秩序。共產黨在她心裏，已經成為一盞導向幸福自由的燈，燈光雖還模糊，但畢竟是看得見的了。」物價飛漲使得廣大民眾最基本的生存需要難以滿足，是那時「國統區」的一些大城市反蔣情緒高漲的重要原因，也正因為如此，「反飢餓」在當時成為一句政治口號。而《露沙的路》對此做了另一種解釋：「仗要堅決打下去！戰爭以人民解放軍的名義猛烈進行。還談什麼和平，想什麼還鄉！國民黨統治區有些書呆子，原指望著打垮了日本就可以大大地喘一口氣，從此中國就是戰勝國了。還寫文章登報說是『四強之一』哩。哪曉得是這樣，大城市被周圍小城市和農村包圍，物價飛漲，生活都生活不下去……」

在國共「和談」徹底破裂後，也有一些左派學生從「國統區」來到了「解放區」。《露沙的路》中寫了露沙與這些人正面接觸後的感慨：

可是，延安終於不能再守下去了。國共雙方既已正式撕破臉，駐重慶的八路軍辦事處最後也只能撤退了。撤回延安的，除了辦事處工作人員外，還帶了一群左派學生。

這些人到了已經很荒涼的延安，沒有事幹，留守單位就叫他們都到這邊戰時組織來。史家畔也分到了幾個。這幾個學生，不是西南聯大的，就是成都燕京的。他們到了史家畔，好像到了桃花源。成天大叫大嚷的，說這麼辦真好，那麼做也真好，總之一切跟重慶不同的做法，無不好，好得正中他們的下懷。報紙就該這麼編，言論就該這麼發，飯就該這麼吃，以前在國統區那生活，那哪裏叫生活呀！對於露沙他們這群老編輯，一問是當年老清華、老燕京的，就好像見著自己的哥哥姐姐，一個個地問，你是哪班的呀？什麼什麼會，你參加過嗎？他們開口就提「一二・一」，完全同露沙他們提

「一二・九」一樣，只是不提打日本了。現在提的是打蔣介石，成天唱的是「蔣介石，你這個壞東西，只管你獨裁爲自己……」「我們是民主青年……」

有一次，露沙和一個新來的燕京學生提起了自己的弟弟也在燕京上學，那學生就說：

「他是個民主少爺。」

什麼叫民主少爺？露沙先還不懂，後來明白了，現在的左派學生稱「民主少爺」「民主小姐」就如同自己當年稱有點嬌氣的朋友做「救亡小姐」一樣，「民主」已經代替了「救亡」了。他們和我們完全一樣。露沙想，只是他們沒有我們在延安的那些經歷，讓他們再天眞幾年吧。

在另一處，則寫到了露沙與一群來自北平的學生的接觸：

這是又一批北平學生來了。露沙見到他們，眞覺得就是當年的自己。那滿腔的熱情，那單純的信心，叫人覺得他們還是我們的年輕人。

跟他們談了一會兒，差不多等於做了一個夢，回到自己的青年時代。母校的圖書館，母校的小橋流水，母校的兩派鬥爭，在大禮堂裏站起來發言……是眞是夢，怎麼見了他們如同見了自己本人？

他們和自己一樣丟掉家庭和學業，到這裏來追求眞理。有一個姑娘叫陳勉貞，名字和露沙只差一個字。見了露沙，一下子抱住了她，嘴裏就說：「好姐姐，把眞理教給我吧。我見了你，就覺得見了眞理本身。你就是眞理的化身。」

露沙說：「我和你一樣，什麼也不懂。」

這姑娘說：「不！不！你什麼都懂，你們！解放區！我們追求的太陽啊！」

她說著，雙手伸向天災，眼睛向著迷茫的空際，好像是面向著上帝。

露沙見到這些天眞的弟弟妹妹們，不由得心裏暗叫一聲慚愧，覺得自己已經失去了那些天眞了。十年怎麼會白過呢？當然不會白

過，有許多思索，是這些弟妹們沒有的。但是，再過十年，他們會不會也這樣想？露沙瞿然驚覺。

會！當然會！再過十年，他們就成了《組織部新來的青年人》中那個認爲一切都「就那麼回事」的劉世吾。初到組織部的林震視劉世吾爲「真理的化身」，也正如十年前的劉世吾們視露沙們爲「真理的化身」一樣。露沙們如在這些新來的弟妹們面前把自己真實的精神狀態表露出來，也會令他們困惑不已吧。林震不知道劉世吾「有許多思索」是他不可能有的，那麼，再過十年，林震又會怎麼樣呢？

雖然已「冷漠消沉」，雖然已「革命意志衰退」，但劉世吾畢竟曾經是一個知識分子，當年的那一份理想，並未從他身上徹底消失，只是退縮到了內心深處。小說中寫到，劉世吾愛讀文學作品：「小說、詩歌、包括童話」。劉世吾曾對林震說過這樣一番話：「『當我讀一本好小說的時候，我夢想一種單純的、美妙的、透明的生活。我想去做水手，或者穿上白衣服研究紅血球，或者作一個花匠，專門培植十樣棉⋯⋯』他笑了，從來沒這樣笑過，不是用機智，而是用心。『可還得作什麼組織部長。』他攤開了手。」

餘論：「生是革命人，死是革命鬼」

像露沙和劉世吾這樣的人，儘管「革命信念」或許會動搖甚至消失，儘管「革命理想」只能在讀小說的時候才有微弱的閃光，儘管「革命意志」已大大地「衰退」，但他們卻永遠難以站到「革命」的對立面，成爲「革命」的背叛者和反對者。當他們在「革命隊伍」中蒙冤受屈時，他們或許會有「早知如此，何必當初」的悔恨，但在關鍵時刻，他們還是會毫不猶豫地站在「革命」一邊，捍衛著「革命」的利益。當初踏上「革命道路」時，他們是義無反顧的，因而也就斷絕了一切退路。「革命」，對於他們，是一條「不歸路」，用一句更俗的話來說，從他們踏上「革命」之路起，就注定了「生是革命人，死是革命鬼」。——這與其說是一種政治現象，毋寧說是一種心理現象。韋君宜先生的小說《露沙的路》，把這種心理現象寫得相當真切。

《露沙的路》寫到，當國民黨軍隊開始向延安進攻時，那些在延安曾受到過嚴酷的打擊迫害的知識分子，都表現出對國民黨的強烈憤恨，都顯示出旺盛的戰鬥熱情：

　　她想起袁和到了史家畔以後，給她看的詩。道是：「如此時局，當慷慨悲歌以死。」末後還有一句「棄毛錐荷槍衛邊區，去去去！」真是壯志凌去哩。是有不少的朋友冤枉挨了整，懷著一肚子不平，卻在這一次胡宗南進攻邊區的時候，一下子轉過彎來。在必須兩軍對陣的時候，明白了自己應該站在哪一方面，堅決起來了。有多少怨忿，也不能衝著我們用血肉保衛下來的延安發呀。露沙，難道你能跟青聯的朋友，新華社的朋友，跟老媽媽，跟次英，跟去世的老周他們都站在不同方面嗎？不能，不能！

　　她忽然明白了。她是帶著不滿跟他們走的，可是她不能離開她們。這就好比從前一個女孩已經許配了人家，就有天大的不滿也要跟著丈夫走，不能棄絕。

　　好好地，忠心耿耿地跟著共產黨幹吧。首先就是並沒有稍稍令人滿意的第二條道路可走。露沙經常在這種思想矛盾中過日子，最後當然總是決定還是走已經選定的路。可是，又總是避免不了內心的矛盾，還老是想。

　　平時麼，那就還是乖乖地工作，乖乖地過上級給安排下的日子。投身「革命」，對於露沙這樣的知識分子，倒真像是「嫁雞隨雞，嫁狗隨狗，嫁根棒槌抱著走」了。這已與理想、信念無關，是一種習慣使然，更因為已別無選擇。背叛「革命」、倒向敵對的陣營，對於露沙這樣的知識分子來說，是不可想像的。退回到過去的生活中，也不可能。《露沙的路》中，當露沙得知有可能偷偷回北平探望一下親人時，她首先想到的是要盡快回來：「真想回去看看。可是真的只能回去看一眼，可不能去生孩子，去安居樂業。因為，因為我是解放區的人，不論過得好也罷，壞也罷，甚至生也罷，死也罷，都得在這裏，不可動搖。如果動搖了，說過的一切話都作廢了，那我還成個什麼人呢？一生的事業都完了！那是不能想像的。」「這個機會真突然，真難得啊。她的心突然一跳。假如真的放棄一切，對於這裏一切令我不滿的事情都割捨了……。但是這個設想卻根本沒法考慮。令我不滿的事情都割捨了，那一切令我留戀的生活也割捨嗎？不管在這裏受了多少批判，人卻不能換另一種生活……這是不可能的，不！如果能回一趟北平，弟妹們問我解放區怎麼樣？我就得臨時充當解放區派來的大使，說好，一切都好。對！他們都會羨

慕我……」事實上，即便她想要回到過去的生活中去，也無法做到了。「革命」，已經把她改造成與過去的同學和自己的弟妹所迥異的「另一種人」，像一滴油無法溶入水中一樣，她已與北平的世界格格不入。

　　這種「生是革命人，死是革命鬼」的心理現象，其形成原因應該很複雜。露沙說過的一句話，道出了原因之一種：「我們全身上下都是公家的。這就明白了，我們不能在公家之外再打任何主意。」露沙這類知識分子一進入「解放區」，就成爲改造的對象。當他們對「革命」形成了「嫁雞隨雞，嫁狗隨狗」的心理時，當他們無論在「革命隊伍」中遭受怎樣的打擊迫害，都抱定「生是革命人，死是革命鬼」的決心時，便意味著對他們的改造的巨大成功。而改造他們的手段之一，便是剝奪他們在物質和精神兩方面的一切屬於私人的東西，讓他們「全身上下都是公家的」。當人已沒有任何東西是屬於自己獨有的時，他的自我意識也就難以確立，他就必須依附於一個集體，才能讓精神有所依託，才能找到自己的位置。

2002 年 2 月 17 日凌晨

郭沫若與毛澤東詩詞

在毛澤東堪稱漫長的一生中，只有兩人享有在詩詞上與其唱和的「殊榮」，一個是郭沫若，另一個是柳亞子。毛澤東還數次請郭沫若對自己的詩「加以筆削」。這種時候，郭沫若也會謹慎地指出他認爲「不大諧協」之處，並貢獻自己的修改意見。但不知何故，郭沫若貢獻的修改意見，總不大高明。因此，郭沫若認爲不妨修改之處，毛澤東往往都修改了，但郭沫若貢獻的修改意見，則總被棄置不用。例如，毛澤東寫於 1959 的那首《七律·登廬山》，第二句原爲「欲上逶迤四百盤」，郭沫若覺得「欲上逶迤」「似有踟躕不進之感」，建議改爲「坦道蜿蜒」，後來毛澤東將此句改成了「躍上蔥蘢四百旋」。該詩第四句原爲「熱風吹雨灑南天」，郭沫若覺得與上句「不大諧協」，建議改爲「熱情揮汗灑山川」，「以表示大躍進」。後來，毛澤東只易了一字，即改「南天」爲「江天」〔註1〕。毛澤東還數次利用詩詞的方式對郭沫若提出批評。人們熟知的《七律·和郭沫若同志》（「一從大地起風雷」）如果說還屬「友情提醒」，那在 1973 年所寫的兩首詩則是在對郭沫若進行敲打了。這一年，毛澤東在決定把林彪與孔子綁在一起、發動「批林批孔運動」時，想起了郭沫若寫於四十年代重慶的《十批判書》中對孔子的肯定和對秦始皇的批判，便拿郭沫若爲「批林批孔運動」祭旗。據說，1973 年 8 月 5 日，毛澤東向江青念了兩首詩。一首是《七律·讀〈封建論〉呈郭老》（「勸君少罵秦始皇」），

〔註1〕 參見胡爲雄編著《毛澤東詩詞鑒賞》，紅旗出版社 2002 年 9 月版，第 211 頁。

另一首則純屬「打油」：「郭老從柳退，不及柳宗元。名曰共產黨，崇拜孔二先。」〔註2〕這兩首敲打郭沫若的詩很快在社會上流傳開來，為全國上下一齊「批林批孔」打下了基礎。郭沫若自然驚恐不已。其實，郭沫若當年在重慶罵秦始皇，意在影射蔣介石；贊儒家，本意也是在為國民黨政權確立一個正面的標準，或者說，也是在間接地出國民黨的醜。當年的郭沫若，決不會想到這些「幫忙」的文章三十年後會成為罪狀。「郭沫若驚懼而憤怒，急火攻心，患上肺炎住進了醫院。想不到當年奮力與蔣介石鬥爭，『影射』蔣介石的文章，現在又獲罪於毛澤東，歷史好像與郭沫若開了一個玩笑。」〔註3〕應該說，首先是郭沫若總拿自己開玩笑，才招致歷史與他開玩笑。這也不難讓人想起《紅樓夢》中的那句話：「尷尬人難免尷尬事」。

郭沫若與毛澤東詩詞之間最主要的關係，還在於郭沫若曾是毛澤東詩詞積極的解說者，同時也是權威的闡釋人。毛澤東詩詞首次公開發表，郭沫若便著文解說。當毛澤東詩詞集中發表後，解說毛澤東詩詞便成了郭沫若生活中的一件大事。從1957年到1968年這十多年的時間裏，郭沫若寫下了大量的解說毛澤東詩詞的文字，還回覆了許多來自各地的就毛澤東詩詞進行請教的信。從郭沫若總是在第一時間對毛澤東發表的詩詞進行解說來看，他大有爭做解人的意思。當然可以說，以郭沫若的身份，他會覺得解說毛澤東詩詞是他義不容辭的神聖職責。但似乎又不僅僅如此。他如此賣力地為毛澤東詩詞做解，應該還有別的原因在驅使。

1965年2月1日，《光明日報》發表毛澤東的《清平樂·蔣桂戰爭》（「風雲突變，軍閥重開戰」）的墨筆手跡，約請郭沫若寫讀後感。毛澤東此幅墨跡，有好幾處筆誤：「黃梁」寫成了「黃梁」，「龍岩」寫成了「龍龍岩」，詞的最後也沒有句號。對此，郭沫若在讀後感中做了這樣的解說：

主席的詩詞多是在「馬背上哼成的」。主席無心成為詩家或詞家，但他的詩詞卻成為了詩詞的典範。

主席的墨筆字每是隨意揮灑的。主席更無心成為書家，但他的墨跡卻成為了書法的典範。

例如以這首《清平樂·蔣桂戰爭》的墨跡而論，黃梁寫作「黃

〔註2〕范達人：《「文革」御筆沉浮錄──「梁效」往事》，香港明報出版社有限公司1999年5月版，第47頁。

〔註3〕季國平：《毛澤東與郭沫若》，北京出版社2003年10月版，第397頁。

梁」，無心中把梁字簡化了。龍岩多寫了一個龍字。「分田分地眞忙」
下沒有句點。這就是隨意揮灑的證據。然而這幅字寫得多麼生動，
多麼瀟灑，多麼磊落，每一個字和整個篇幅都充滿著豪放不羈的革
命氣韻。〔註4〕

　　這番話，在很大程度上代表著郭沫若解說毛澤東詩詞的風格。

　　毛澤東看了這樣的解說，不知作何感想。

二

　　1945 年 10 月，毛澤東赴重慶談判期間，柳亞子向毛澤東索詩，毛澤東將
那首後來極其著名的《沁園春·雪》（「北國風光，千里冰封，萬里雪飄」）書
贈了柳亞子。毛澤東寫於 1949 年的《七律·和柳亞子先生》中所謂的「索句
渝州葉正黃」，所指即是此事。毛澤東的這首詞，經重慶《新民報晚刊》編輯
吳祖光之手，公開發表於該報 11 月 14 日副刊。這是毛澤東詩詞公開發表之始。
詩詞一發表，即引起軒然大波，讚賞者和厭惡者在報刊上刀來劍往。讚賞者
說這首詞氣魄如何大，如何是「千古絕唱」；厭惡者則認爲這首詞表現了濃重
的「帝王思想」。《大公報》主筆王芸生是厭惡該詞者之一。他發表題爲《我
對中國歷史的一種看法》的長文，一開始就強調：「近見今人述懷之作，還見
『秦皇漢武』、『唐宗宋祖』的比量，因此覺得我這篇斥復古破迷信反帝王思
想的文章，還值得拿出來與世人見面。」王芸生含蓄地指出，從這首《沁園
春·雪》可看出，毛澤東想復辟做皇帝。

　　郭沫若當然是這首詞熱烈的稱頌者。在 1946 年 7 月 20 日出版的上海《周
報》第 46 期上，郭沫若發表了《摩登唐吉訶德的一種手法——評王芸生〈我
對中國歷史的一種看法〉》的文章。文章在反駁王芸生的同時，對毛澤東這首
詞的「主題思想」做了解說，——是爲郭沫若解說毛澤東詩詞之始。從郭沫
若的解說，可看出他一開始就是把毛澤東詩詞的現實政治意義放在首位的，
或者說，在解說毛澤東詩詞時，他只懂得苦心孤詣地挖掘其中的現實政治內
涵，爲此不惜移花接木、張冠李戴。

　　毛澤東在將《沁園春·雪》書贈柳亞子時，就說明這是「初到陝北看
見大雪時」的舊作。郭沫若在《摩登唐吉訶德的一種手法》中，也寫道：「這

〔註 4〕郭沫若：《「紅旗躍過汀江」》，載《光明日報》1965 年 2 月 1 日。

首詞聽說是毛主席的舊作，……我在柳亞子先生的手冊上，看見過毛主席所親筆寫出的原文。」毛澤東是 1935 年 10 月到達陝北的。1935 年的中國政治局勢與 1946 年相差甚遠。但當郭沫若 1946 年 7 月解說這首詞時，仍然極力把其「主題思想」往 1946 年的政治局勢上靠。1946 年 7 月，日本已無條件投降，國共內戰已全面爆發。於是，郭沫若對這首詞的「底子」做了這樣的解說：

> 我的揣測是這樣：那是說北國被白色的力量所封鎖著了，其勢洶洶，欲與天公試比高的那些銀蛇臘象，遍山遍野都是，那些是冰雪，但同時也就是像秦皇漢武，唐宗宋祖，甚至外來的成吉思汗的那樣一大批「英雄」。那些有帝王思想的「英雄」們依然在爭奪江山，單憑武力，一味蠻幹。但他們遲早會和冰雪一樣完全消滅的。這，似乎就是這首詞的底子。

據說毛澤東是很喜歡雪的。這首詠雪的詞，也的確鮮明地流露出寫作者面對北國茫茫雪景時的心曠神怡、躊躇滿志和顧盼自雄。其實，「須晴日，看紅裝素裹，分外妖嬈」、「江山如此多嬌」，已把寫作者對雪的喜愛暴露無遺。郭沫若如果連這點審美能力都沒有，那還叫「郭沫若」嗎？然而，儘管詞的寫作者把對雪的喜愛表現得十分充分，儘管郭沫若不可能讀不懂詞的寫作者對雪的喜愛，他還是要把詞中的「雪」說成是代表著「白色的力量」，代表著應該被「消滅」的各種人物和勢力。郭沫若之所以如此牽強附會地解說這首詞，除了要不惜一切地往現實政治上靠以外，恐怕還與雪的「白」與「紅色政權」的「紅」相對和相反有關。既然雪的顏色是「紅」的對立面，那就只配和只應代表「反動」的東西了。但問題是，經郭沫若這樣一解釋，這首本來不無詩意的作品，便變得乾巴枯燥了，變得索然寡味了。如果說這首詞的上闋的確描繪了一幅壯美的風景，那郭沫若的這番解說，真可謂大煞風景。這實在有點佛頭著糞、化神奇為腐朽的味道。這樣的解說，能令毛澤東滿意嗎？

1957 年，毛澤東詩詞首次集中公開發表，郭沫若也開始了對毛澤東詩詞的經常性解說。1934 年夏，毛澤東寫過一首《清平樂·會昌》，上闋是：「東方欲曉，莫道君行早。踏遍青山人未老，風景這邊獨好。」1958 年，郭沫若在回覆《星星》編輯部的信中，對之做了這樣的解釋：

> 「東方欲曉」，可以解釋為人民快要覺醒了，而且是代表東方的在馬克思主義旗貼下的覺醒。這是方生的力！「莫道君行早」的「君」

可以解釋爲西方國家，把日本也包含在內。在資本主義階段，它們是走在前頭了，但這是將死的力量。

「踏遍青山人未老」表徵中國人民追求革命的道路一百年，而今在黨的領導下找到正確的道路卻依然年青。我們是屬於方生力量的，所以我們有前途。這就是「風景這邊獨好」。東風必將壓倒西風。

在信中，郭沫若並且強調，如果把詞中的「君」和「人」等同，是「很不妥的」〔註5〕。1934年的毛澤東，滿腦子想著的，都是紅軍的生死存亡，恐怕實在想不到郭沫若所說的那些問題。郭沫若所說的事，不妨說是1958年的毛澤東所考慮的。但爲了讓這首「反圍剿」時期的作品能爲「大躍進」時期的政治服務，郭沫若不憚於把1958年的「毛澤東思想」，輸入1934年的毛澤東腦中。關於這首詞，後來毛澤東自己出來說話了。1964年1月27日，毛澤東在回答《毛主席詩詞》英譯者的請教時，指出：「『君行早』的『君』，指我自己，不是複數。要照單數譯。會昌有高山，天不亮我就去爬山。」〔註6〕可見，「君」和「人」都是毛澤東在自己說自己。

1961年，毛澤東寫了一首《七律·答友人》，開頭四句是：「九嶷山上白雲飛，帝子乘風下翠微。斑竹一枝千滴淚，紅霞萬朵百重衣。」這是在借用娥皇和女英的神話故事。這幾句詩，應該說還是有些意味的。然而，郭沫若偏要把它解說得詩意盡失：

然而，我深信主席是有用意的，不是在爲美而美、爲畫而畫、爲詩而詩；不是單純地在復述神話傳說，或單純地在詠贊風物山川。這些神話傳說用在這裏是有象徵意義的，而象徵的到底是什麼？我們應該費點腦筋來思索。

主席在他的詩詞中，每每喜歡用神話傳說。……它們已經不是作爲單純的神話傳說或神話人物而存在，而是融冶在現實中作爲現實的一體而存在。

那麼，這從九嶷山上乘風而下的那麼優美的「帝子」，把她們作爲現實的一體，到底指的是什麼呢？

我認爲：這所指的就是：根據高瞻遠矚，脫離高蹈，採取高屋

〔註5〕郭沫若：《給〈星星〉編輯部的信》，載《星星》1958年第10期。
〔註6〕見季國平《毛澤東詩詞鑒賞》，第73頁。

建瓴之勢，到群眾中去，投身於火熱的現實鬥爭的時代精神。說得
更鞭闢近裏一點，也就是把馬克思列寧主義和中國的革命實際結合
了起來的毛主席思想〔註7〕。

神話傳說中堯帝的兩個女兒娥皇和女英，竟成了 1960 年代的「時代精神」，
成了「毛主席思想」，──毛澤東就是做夢也想不到的吧？

三

　　毛澤東詩詞公開發表後，注家蜂起。在許多具體的問題上，當然會有衝
突。但當有人的看法與郭沫若不一致時，一般來說是不會戰勝郭沫若的觀點
而被普遍接受認可的，即使這觀點再精彩再妥貼，也難以做到這一點。因為
郭沫若是解說毛澤東詩詞的權威。畢竟，以郭沫若的身份地位，以郭沫若與
毛澤東的關係，在解說毛澤東詩詞上，誰能與他相比呢？

　　然而，如果毛澤東自己出來糾正郭沫若的說法，或者發表與郭沫若不同
的說法，那郭沫若就只能是惴惴不安了。惴惴不安之餘，當然是趕緊寫文章
更正自己的觀點。這種時候，也應該是郭沫若頗為尷尬的時候。不管怎麼說，
這總是很失「權威」的臉面的。

　　1935 年 2 月，毛澤東寫了《憶秦娥‧婁山關》：「西風烈，長空雁叫霜晨
月。霜晨月，馬蹄聲碎，喇叭聲咽。雄關漫道真如鐵，而今邁步從頭越。從
頭越，蒼山如海，殘陽如血。」在對這首詞的解釋上，郭沫若就頗出洋相，
只不過這洋相出在他身後。

　　1962 年 3 月 7 日，郭沫若在廣州與一些人座談詩歌中的一些問題。在
談及怎樣才能「真正讀懂一首詩」時，郭沫若從口袋中掏出一本毛澤東詩
詞，反覆朗誦了這首《婁山關》後，逐一問在座者：「這詞寫的是一天的事，
還是不是一天的事？」有人說是寫一天的事，有人說寫的不只是一天的事。
郭沫若說，他仔細研究了遵義的新舊縣志，終於弄懂：「這首詞寫了三個月
的事。」〔註8〕為紀念《在延安文藝座談會上的講話》發表 20 週年，1962
年 5 月號的《人民文學》發表了毛澤東寫於戰爭年代的「詞六首」（《清平
樂‧蔣桂戰爭》、《採桑子‧重陽》、《減字木蘭花‧廣昌路上》、《蝶戀花‧
從汀州向長沙》、《漁家傲‧反第一次大圍剿》、《漁家傲‧反第二次大圍剿》）。

〔註 7〕 郭沫若：《「芙蓉國裏盡朝暉」》，載《人民日報》1964 年 5 月 16 日。
〔註 8〕 見《郭沫若談讀毛主席詩詞》，載《中國青年報》1962 年 3 月 24 日。

《人民文學》還約請郭沫若寫了長文《喜讀毛主席的「詞六首」》，與毛澤東詩詞同時發表（1962 年 5 月 12 日的《人民日報》和《光明日報》同時轉載。）郭沫若的文章對這六首詞一句一句地進行了解說。但在解說這新發表的六首詞前，有一番長長的開場白。在開場白中，郭沫若強調：「主席的詩詞……未見得人人都懂，首首都懂。」接著又舉《婁山關》爲例：「我曾經把這首詞請教過廣州詩歌工作者的同志們，他們的見解就很不一致。……有的說是一天的事，有的說不一定是一天的事。可見我們大家都有點陶淵明的作風，『好讀書不求甚解』，對於毛主席詩詞，並不一定首首都讀懂了。」接下來，郭沫若詳細說明了他怎樣查《遵義府志》，怎樣設身處地地揣摸研究當時的情形，終於明白：「《婁山關》所寫的不是一天的事。上闋所寫的是紅軍長征的初期，那是 1934 年的秋天；下闋所寫的是遵義會議之後，繼續長征，第一次跨過婁山關。想到了這一層，全詞才好像豁然貫通了。」讀這番話，不難感受到郭沫若的自得之情。幾次拿《婁山關》說事，既說明他在理解此詞上的確頗下過一番工夫，也說明他對終於「弄懂」此詞頗爲得意。郭沫若並且說：「在廣州的詩歌座談會上，我很高興同志們是同意了我的見解的。」——在這樣的座談會上，「同志們」當然只能同意他的見解了，誰讓他是「郭沫若」呢！

在將文章交刊物發表的同時，郭沫若又送了一份給毛澤東，請毛澤東審閱。毛澤東看了郭沫若的文章後，親筆將關於《婁山關》的解說全部刪去，並以郭沫若的口吻寫下了一大段話：

> 我對於《婁山關》這首詞作過一番研究，初以爲是寫一天的。後來又覺得不對，是在寫兩次的事，頭一闋一次，第二闋一次。我曾在廣州文藝座談會上發表了意見，主張後者（寫兩次的事），而否定前者（寫一天），可是我錯了。這是作者告訴我的。……「蒼山如海，殘陽如血」兩句，據作者說，是在戰爭中積纍了多年的景物觀察，一到婁山關這種戰爭勝利和自然景物的突然遇合，就造成了作者自以爲頗爲成功的這兩句詩。由此看來，我在廣州座談會上所說的一段話，竟是錯了。解詩之難，由此可見。

在這裏，毛澤東以郭沫若的口吻，替郭沫若糾錯。特意提出「蒼山如海，殘陽如血」加以強調，一方面說明這兩句確是毛澤東的得意之筆，另一方面也說明郭沫若對這兩句的解釋，不能令毛澤東滿意。

但毛澤東的改寫稿，未能及時返回郭沫若。《人民文學》仍按原樣發表了郭沫若文章。直到 1991 年 12 月 26 日，爲紀念毛澤東「誕辰」，《人民日報》發表了毛澤東修改郭沫若文章的手稿，此事才廣爲人知。郭沫若生前是否知悉此事，不得而知。好在即便他知道，其它人也不知道。

對某一句話、某一個詞，幾次三番地更正自己的看法，結果還是「錯了」，──這種情形在郭沫若解說毛澤東詩詞的生涯中，不只一次地出現。毛澤東《漁家傲·反第二次大圍剿》的上闋是：「白雲山頭雲欲立，白雲山下呼聲急，枯木朽株齊努力。槍林逼，飛將軍自重宵入。」在《喜讀毛主席的「詞六首」》中，郭沫若這樣解說「枯木朽株齊努力」：「我覺得妙在選用了『枯木朽株』。這似乎可以從兩方面來解釋。一方面是說調動了所有的力量，動員了廣大的工農群眾，『斬木爲兵，揭竿爲旗』。另一方面也可以說是敵人在敗逃中，『風聲鶴唳、草木皆兵』。我看似乎兩方面都可以包含。請看，詞的起句『白雲山頭雲欲立』，這是把雲也擬人化了，儼然在同仇敵愾，怒髮衝冠。白雲都在努力，木株也應該同樣在努力。這當然是巧妙的感情輸入，是勝利的工農兵豪邁的感情，是主席豪邁的感情，使青山白雲、枯木朽株，都具有了積極的能動性。」「枯木朽株」四字和「齊努力」聯在一一起，一定令郭沫若很頭痛。他先是說「兩方面來解釋」都可以，話說得有些含糊。但最後還是說「枯木朽株」指「正面」的力量。文章發表後不久，郭沫若又寫了《「枯木朽株」解》，說自己在《喜讀毛主席的「詞六首」》中，把「枯木朽株齊努力」一句「完全講錯了」。郭沫若指出，「枯木朽株」四字「出自司馬相如《諫獵疏》，而「枯木朽株齊努力」，「是說腐惡的敵人都在拼命。於是便把『槍林逼』三個字緊逼了出來。」這是說，不但「枯木朽株」指敵人，「槍林逼」也指敵人那邊了。郭沫若並且說：「我得到這進一步的瞭解，我自己很高興，但同時也很遺憾，遺憾的是我把主席的詞解錯了，使不少讀者受到迷惑。我在這裏深切地表示歉意。」〔註9〕十天後，郭沫若又寫了《「溫故而知新」》，說在《「枯木朽株」解》中，以爲這四字出自司馬相如的《諫獵疏》，是弄錯了，應該出自鄒陽的《自獄中上梁孝王自明書》。但鄒陽筆下的「枯木朽株」實際指可以「爲萬乘器」的堅實良木，鄒陽要以此自比，便在修辭上自謙一番，加上了「枯朽」二字。在鄒陽筆下，「枯木朽株」實際指好東西；在司馬相如筆下，「枯木朽

〔註 9〕郭沫若：《「枯木朽株」解》，載《人民日報》1962 年 6 月 8 日。

株」則指壞東西。那麼，在毛澤東筆下，到底指什麼呢？郭沫若說：「我在《喜讀毛主席的『詞六首』》中講了爲友，在《『枯木朽株』解》中作了更正，又講了爲敵。讀者有人寫信來提出意見，以爲仍應該講爲友。如果根據鄒陽的用法，可能主張爲友說的朋友會更加自信了。」怎麼辦？郭沫若說應該拋開司馬相如和鄒陽的用法，而根據當時的「戰役形勢」來理解：「瞭解了這樣的形勢來讀主席的詞，那就只好把『枯木朽株』解爲腐惡的敵人。鄒陽爲了自己謙虛，可以把好木料形容爲枯朽；但毛主席決不會謙人民之虛，而把人民群眾形容爲枯朽。」並且說：「『溫故』自然是溫司馬相如文詞之故，『知新』則是知毛主席思想之新。」〔註10〕那麼，在毛澤東的本意裏，「枯木朽株」到底指什麼呢？1964 年 1 月 27 日毛澤東回答《毛主席詩詞》英譯者時做了說明：「『枯木朽株』不是指敵方，而是指自己這邊，草木也可以幫我們忙。『槍林逼』也是指自己這邊。『槍林逼，飛將軍自重宵入』是倒裝筆法，就是：『飛將軍自重宵入，槍林逼。』」〔註11〕

四

有時候，過於牽強附會過於無視常識後，郭沫若也會覺得不妥，從而出面自我糾偏。

《詩刊》1959 年 1 月號發表了《郭沫若同志就當前詩歌中的主要問題答本社問》，其中這樣解釋毛澤東《七律·送瘟神》中的「坐地日行八萬里，巡天遙看一千河」：

> 但是舊時代也有享福的人，他們坐在地上不動，一天就遊歷了八萬里。爲什麼？因爲地球的圓周是八萬華里，地球自轉一周，坐在地上不動的人，也算作了一次逍遙遊。從前周穆王才不過「八駿日行三萬里」，不勞動的人一天坐著就跑了八萬里，這不是比周穆王還要抖？「巡天」是說地球公轉吧。一天要走五百多萬華里，在太空中可以看到無數的星雲，據近年研究有一萬個以上。性質和銀河相似。「一千河」是指這些星雲，「一千」只言其多，非確定的數目。但似乎也可以改爲「十千」。從前唐明皇和葉法善遊月宮是很逍遙的故事，舊時代有整夜不睡覺貪圖歡樂的人，被地球帶著公轉，在夜

〔註10〕郭沫若：《「溫故而知新」》，載《人民日報》1962 年 7 月 12 日。
〔註11〕見季國平《毛澤東詩詞鑒賞》，第 65 頁。

裏可以看到無數的銀河，這不是比唐明皇還要抖？……舊時代千年
萬代都是一樣，但這樣的時代已經一去不復返了。……

從郭沫若的此番解說，人們沒法不得出這樣的結論：一、在「舊時代」，「不
勞動」而「享福的人」，與勞動而受苦的人，並不生活在同一星球上，前者生
活在地球上，後者沒有生活在地球上，這樣，才能讓地球只帶著前者動而不
帶著後者轉。或者，二、在「舊時代」，當地球轉動時，只有「不勞動」而「享
福的人」在跟著動，勞動而受苦的人則不為地球所動。三、在周穆王的時代，
地球是並不轉動的，這樣才能讓後來地球轉動時代的「不勞動的人」比周穆
王「還要抖」。四、在新時代，地球又不再轉動了，因為「這樣的時代已經一
去不復返了」。……

任何一個今天的小學生，都能看出這解說的荒謬。

郭沫若的這篇答問在《詩刊》發表後，《人民日報》立即轉載。郭沫若「審
慎地把全文閱讀了兩遍」，才發覺有「不妥當」之處。於是，馬上作文更正。
在更正文裏，他承認自己對「坐地」、「巡天」的解釋，「在邏輯上有問題，實
在是失諸穿鑿」。犯了「過猶不及」的錯誤。而他之所以「自己來改正」，是
「免得以訛傳訛」〔註12〕。──這樣的謬誤，居然要「審慎地」讀「兩遍」，
才能覺察到，而如果郭沫若自己不出來改正，就會「以訛傳訛」，怎不令人感
慨萬千。

在積極解說毛澤東詩詞的過程中，郭沫若一再犯下「低級錯誤」，一再令
自己尷尬。以郭沫若的古典詩詞修養，以郭沫若在文學上的審美能力，這樣
的事情本來不應該發生。但這樣的看似不可思議的事畢竟發生了，原因何在
呢？

要明白郭沫若在解說毛澤東詩詞的過程中為何一再出洋相、鬧笑話，還
得先明白郭沫若為何那麼積極地充當毛澤東詩詞的解說者。可以想見，1949
年後，毛澤東詩詞集中地公開發表，是令郭沫若萬分欣喜的。1949 年後，像
郭沫若這樣的人，其使命其實就是充當「毛澤東思想」的闡釋者、捍衛者和
稱頌者。然而，闡釋、捍衛和稱頌毛澤東的「哲學思想」、「政治思想」、「軍
事思想」等，從政治身份上來說，輪不到郭沫若唱主角；從個人的知識結構
上來說，也不是郭沫若的「強項」。即便是宏觀地和原則性地闡釋、捍衛和稱
頌毛澤東的「文藝思想」，郭沫若也不配挑大梁，因為自有周揚這類更有資格

〔註12〕郭沫若：《坐地、巡天及其它》，載《人民日報》1959 年 3 月 4 日。

也更受信任的人在。毛澤東詩詞公開發表前，在闡釋毛澤東時，郭沫若的角色是有些曖昧的，這塊蛋糕中並沒有哪一份明確屬於他。毛澤東詩詞集中地公開發表，使郭沫若有了一塊可以唱主角、挑大梁、當權威的地盤。說得更直白些，使郭沫若有了一塊「固寵」和「爭寵」的基地。環視四周，在解說毛澤東詩詞上，有誰能與郭沫若爭勝呢？在古典詩詞的修養上可與郭沫若對壘者，在政治地位和文化地位上無法與其相埒；在政治地位和文化地位上可與郭沫若銖兩悉稱者，在古典詩詞的修養上又難以望其項背。所以，毛澤東詩詞集中地公開發表，對於郭沫若來說，某種意義上是天賜良機、天掉餡餅。

已有的身份和地位，當然還不能保證郭沫若在任何情況下都是闡釋毛澤東詩詞的權威。要使權威不被動搖，就必須絕對保證政治上的「正確」。那個時代，文藝的政治性是第一的，其實也是惟一的。文藝創作必須爲現行政治服務，這是毛澤東對文藝創作的要求。郭沫若在以文藝界領導者的身份針對文藝界發言時，也總堅決地宣傳、強調著毛澤東的這一要求。那麼，在闡釋毛澤東詩詞時，郭沫若當然會自然而然地全力挖掘毛澤東詩詞的政治意義，當然會極力把毛澤東詩詞與現行政治掛上鈎，爲此不惜牽強附會、「失諸穿鑿」。畢竟，再牽強、再穿鑿，也不會有政治上的失誤，甚至越牽強、越穿鑿，在政治上越安全。而只要在解說毛澤東詩詞上不犯政治錯誤，權威的地位就是穩固的。

在 1958 年 3 月的成都會議和 5 月的中共八屆二中全會上，毛澤東都提出文學藝術「應該採用革命現實主義和革命浪漫主義相結合的方法」，而郭沫若則認爲，毛澤東詩詞正是「革命現實主義的革命浪漫主義相結合」的典範。在 1958 年《紅旗》第三期上，郭沫若發表了著名的《浪漫主義和現實主義》一文，文中說：「我自己是特別喜歡詩詞的人，而且是有點目空一切的，但是毛澤東同志所發表了的詩詞卻使我五體投地。當然，也有些所謂專家，兢兢於平仄韻腳的吹求的，那眞可以說是『明足以察秋毫之末而不見輿薪』。毛澤東同志十九首詩詞（引按：其時公開發表的毛澤東詩詞是 19 首）是革命現實主義和革命浪漫主義的典型結合，這在目前是已有了定評了。」並且說：「我們如果要在文藝創作上追求怎樣才能使革命現實主義和革命浪漫主義結合，毛澤東同志的詩詞就是我們絕好的典範。」文藝創作的最高目的是爲政治服務；文藝創作的最高原則是「革命現實主義和革命浪漫主義相結合」；而「革命現實主義和革命浪漫主義相結合」的絕好典範是毛澤東詩詞。──既然毛

澤東詩詞成了指導現實文藝創作的教科書，郭沫若在解說毛澤東詩詞時，就更不得不絞盡腦汁地從中尋覓出現實性的政治意義，這也就難免牽強和穿鑿了。

毛澤東怎樣看待郭沫若對其詩詞的解說呢？他對郭沫若的勞作滿意嗎？我以為，是不那麼滿意的。毛澤東要求別人的文藝作品字字句句都能為現行政治服務，但這是對別人的要求。在文藝上，也同在別的方面一樣，毛澤東的要求是並不指向自己的。《婁山關》中「蒼山如海，殘陽如血」，是毛澤東頗為得意的句子。而郭沫若在《喜讀毛主席的「詞六首」》中對這兩句的解釋是：「在遵義會議以後，紅軍又以百倍勇氣重新邁上征途，儘管眼面前有多少道鐵門關也要雄赳赳氣昂昂地超越過去。前途的障礙是很多的——『蒼山如海』。流血的鬥爭是要繼續的——『殘陽如血』。儘管這樣，必然有勝利的明天！」「蒼山如海」被郭沫若解釋為「前途的障礙」；「殘陽如海」被郭沫若解釋為「流血的鬥爭」。這兩個意象本來蘊含著的蒼涼、悲愴，本來具有的較為豐富的情感指向，都被郭沫若的解說所遮蔽、所埋沒了。當毛澤東看到這樣的解說時，我想，一定是會皺眉頭的。在郭沫若所送審的原稿上，毛澤東將對這兩句的解說也都刪去了。他以郭沫若的口吻改寫的解釋是：「在戰爭中積累了多年的景物觀察，一到婁山關這種戰爭勝利和自然景物的突然遇合，就造成了作者自以為頗為成功的這兩句話。」這樣的解釋，就真實可信地說明了作者當時的創作心理，同時也為這兩句話留下了可供讀者品味想像的空間。

「文革」期間，毛澤東的老朋友周世釗讀了許多毛澤東詩詞注釋本後，致信毛澤東，問在眾多注釋中，哪些較好。毛澤東於 1968 年 9 月 29 日覆信說：「拙作詩詞，無甚意義，不必置理。」毛澤東沒有回答哪些較好，說明在諸多注釋中，並沒有令他滿意的。「拙作詩詞，無甚意義，不必置理」，恐怕應該解讀成「諸多注釋，無甚意義，不必置理」了。這當然也包括郭沫若的解說在內。在解說毛澤東詩詞的諸家中，臧克家大概是僅次於郭沫若的一家了。1961 年，毛澤東數次致信臧克家，說要請臧克家和郭沫若到家裏來，就其詩詞談談。雖然後來請二人到家中來談談的打算並未實現，但他既然一直有話要與這兩大注家面談，說明他對兩人的注釋都是心存不滿的〔註13〕。

〔註13〕毛澤東致周世釗、臧克家信一事，參見陳晉：《文人毛澤東》，上海人民出版社 1997 年 12 月版，第 682～683 頁。

　　郭沫若說毛澤東詩詞是「革命現實主義和革命浪漫主義相結合」。這兩種東西如果眞能結合的話，與其說是毛澤東詩詞體現了這種結合，毋寧說體現了這種結合的，是郭沫若對毛澤東詩詞的解說。

2006 年 10 月 7 日

「樣板戲」的不斷改與不能改

一

先說「樣板戲」的不能改。

所謂「樣板戲」，當然指「文革」期間在江青親自指揮和指導下，炮製出的「革命樣板戲」。而「不能改」，則指一般劇團在各種演出場合也好，市井細民在隨便哼哼之時也好，對這「樣板戲」，都不得有絲毫改動。唱腔有些走調或許還能有所辯解。但唱詞如有出入，就可能被追查、追究，輕則不免牢獄之災，重則難逃殺身之禍。

中國的傳統戲曲，本來基本上是通俗的文藝樣式。觀眾在城市的戲園子看正規戲班唱戲，或是在鄉間野外看草臺班表演，看完後學著臺上的樣子吼幾嗓子，是常有的事。無論是有點工夫的戲迷票友，還是荒腔走板的純粹外行，對著人群，對著天空、對著曠野，對著街道，或者對著想像中的某人某事，吼幾嗓子時，其實往往並不是機械而單純的模仿，也常常是在抒發自身的真情實感，難免是在借他人之酒杯、澆自家心中之塊壘。既如此，對唱詞唱腔做些變動，就是很正常的事。如果變動得好，還可能傳唱開去，最終被正規戲班接受、認可，這一段、這一句，就按這變動的唱了。——這樣的事，在戲曲史上，並不鮮見。

然而，「文革」期間的「樣板戲」，卻決不允許人們在吼幾嗓子時有所改動的。在那十多年間，因為不懂有此禁忌而惹禍上身者，不知凡幾。周京力在《長在瘡疤上的樹——對「文革」手抄本的一次總結與表達》一文中，這樣說到「文革」：「每每思及，歐洲中世紀宗教裁判所的血腥味就讓我顫慄。

—109—

占世界五分之一人口的公民，僅能接受布道般虔誠地觀看八部樣板戲（兒時鄉間一個戲迷，晚間看罷草臺班子的《紅色娘子軍》，一時戲癮大發，改戲詞吼了一嗓子秦腔：打不死的吳瓊花，×不死的娃他媽！就被判了 8 年刑期）……」〔註1〕這西北老鄉，確實有些忘乎所以。在「黃土高坡」這高天下、厚地上，卻不知天高地厚，竟把「樣板戲」改得如此粗鄙。獲刑八年，算是碰上很仁慈的「父母官」了。拉出去斃了，再叫「娃他媽」送上一角錢的子彈費，在那時，也算「合情合理」，且「合法」。不信麼？學者王元化在《論樣板戲》一文中說到過這樣的事：「這八個樣板戲就成為『文化大革命』的十年浩劫中僅有的八齣戲。十億人在十年中只准看這八齣戲，整整看了十年，還說什麼百看不厭。而且是以革命的名義，用強迫命令的辦法，叫人去看、去聽、去學著唱。看後還要彙報思想，學得不好就批鬥。那時有個說書藝人不懂樣板戲是欽定聖典，一字不可出入，而糊裏糊塗按照演唱的需要作了一些修改，結果被指為惡毒攻擊無產階級司令部拉去槍斃了。」〔註2〕王元化沒說交子彈費的事。但那時侯國家槍斃人，都要向家屬收取子彈費，全國一律。我也親眼見過這樣的事。

「樣板戲」之所以一字不可出入，是因為此乃「欽定聖典」。——這樣說當然沒有錯。但還嫌籠統。還有些特殊、具體的原因。不過，我們還是先說說「欽定聖典」的事。這裏的「欽」，可以理解成毛澤東，更可以理解為江青，還可理解為執政黨和整個國家政權。1967 年 5 月 1 日，經過「精心打磨」的《智取威虎山》、《紅燈記》、《沙家浜》、《海港》、《奇襲白虎團》、《紅色娘子軍》等八個所謂的「現代戲」，在北京「會演」。如果在今天，當然主要運用中央電視臺來宣傳了。但那時絕大多數中國人還不知電視為何物。那時，最有力量、最具權威的宣傳機器是《人民日報》、《解放軍報》、《紅旗》雜誌這「兩報一刊」。這「兩報一刊」對這八齣戲，也對「旗手江青」，進行了超強度、超時段的宣傳。在「會演」開始前的 4 月 30 日，《人民日報》發表的新華社通訊「熱烈慶祝『五一』國際勞動節首都文藝舞臺將隆重公演革命文藝節目」中，寫道：「在戰無不勝的毛澤東文藝思想指引下，由江青同志親自關懷和支持樹立起來的第一批革命樣板戲——京劇《沙家浜》、《紅燈記》、《奇襲白虎團》、芭蕾舞劇《白毛女》和交響音樂《沙家浜》等，將以更加精湛更

〔註 1〕 見白士弘編《暗流》，文化藝術出版社 2001 年 4 月第 1 版，第 1 頁。
〔註 2〕 王元化：《談文短簡》，遼寧教育出版社 1998 年 9 月第 1 版，第 1 頁。

加光輝的姿態同觀眾見面。」「會演」結束後，「兩報一刊」更是以高昂的聲調，連篇累牘地歌頌「樣板戲」，歌頌江青。對「樣板戲」的歌頌，和對江青的歌頌，一開始就是緊密聯繫在一起的。

　　「文革」前，江青只是毛澤東的多個「秘書」之一。在那時的政治餐桌上，可以說並無江青的常用碗筷和座席。1966 年 5 月，「中央文化革命小組」成立，江青被任命為第一副組長。在「八個樣板戲」正式被「冊封」的前一年，江青實際的政治地位當然已經很高了，但畢竟屬於一步登天。「廣大人民群眾」還不知她有何「政績」，因此在「人民群眾」中也談不上有多少「政治聲譽」、「政治威望」。憑藉著「八個樣板戲」，江青才成神、成聖，才具有了與「欽」相類似的地位的。「八個樣板戲」，像江青身上長出的四對翅膀，讓她以超常的速度，飛上政治高空。這段時間擔任江青秘書的閻長貴，在回憶文章《「文革」初期對江青的宣傳》中說，「文革」時期，對江青的宣傳是持續的、日常性的，但也有過三次異於平時的「高潮」。第一次是在「文革」初期的 1966～1967 年。這次宣傳高潮，是以京劇改革、「文藝革命」為中心，而「八個樣板戲」則是核心的「政績」。在中央高層，率先吹捧江青的，應該是林彪。1966 年 1 月底，江青專程到蘇州拜訪正在那裏休養的林彪。這是為了登上政治舞臺、升上政治高空而尋求林彪的支持，當然也就是尋求軍隊的支持。心領神會的林彪，立即積極配合。2 月 1 日，林彪讓葉群打電話給總政治部副主任劉志堅，傳達自己的指示：「江青同志昨天和我談了話。她對文藝工作方面在政治上很強，在藝術上也是內行，她有很多寶貴的意見，你們要好好重視，並且要把江青同志的意見在思想上、組織上認真落實。今後部隊關於文藝方面的文件，要送給她看，有什麼消息，隨時可以同她聯繫，使她瞭解部隊文藝工作情況，徵求她的意見，使部隊文藝工作能夠有所改進。」〔註3〕第二天，在上海的錦江飯店，江青代表林彪召集部隊文化宣傳方面的高級官員秘密開會，到 20 號才結束，一共開了十八九天。會後，搞出了《江青同志召集的部隊文藝工作座談會紀要》。《紀要》送毛澤東，毛澤東首先把標題改成《林彪同志委託江青同志召集的部隊文藝工作座談會紀要》。「林彪同志委託」這六字之加，大有深意。首先，這使江青召集會議具有了合法性。江青要到這年 5 月，才成為「中央文革小組」的副組長。在 2 月份，她還不具

〔註3〕閻長貴、王廣宇：《問史求信集》，紅旗出版社 2009 年 10 月第 2 版，第 248頁。

有像樣的官方身份，更沒有軍方頭銜。由她來召集部隊高官開會，本就不三不四、不倫不類。加上了這六個字，就意味著江青是以林彪代表的身份召集會議，勉強說得過去。這還只是表層的意義。更深層的意義，在於向世人宣告：江青的所作所為，是受到了林彪的支持的，是以軍隊為後盾的。在那時候，這一層意義至關重要。或許有人會說：何不乾脆改成「毛澤東同志委託江青同志」，那樣豈不更合法、更權威？如果這樣想，就是對當時的政治局勢不算瞭解了。江青代表毛澤東，這本是不待明言的。不管有無資料證明，都可以斷言：江青是在毛澤東授意下，才跑到蘇州尋求林彪支持的。很難想像，沒有毛澤東的授意，江青能走出這步旗。即便江青敢擅自走出這一步，以她的「政治智慧」，大概也想不到這一步。毛澤東讓江青專程赴蘇州見林彪，實際上是讓江青代表他去尋求林彪對他自己的支持。在那時候，毛澤東要實現自己的政治目的，是十分需要林彪支持的。江青代表毛澤東，林彪當然一眼就看懂了。看懂了的林彪，不管是出於無奈，還是別有目的，反正做出了積極的響應。毫無疑問，林彪表面上表達的是對江青的支持，實際上表達的是對毛澤東的緊跟和擁護。

二

　　毛澤東對江青搞出的《紀要》，先後精心修改多次，除標題外，改動還有數十處之多。讓江青代表林彪召集部隊文藝工作「座談會」並弄出一份《紀要》，實在是一石數鳥之舉，充分體現了毛澤東的「政治智慧」、「政治謀略」。讓本來形同「家庭婦女」的江青在林彪的支持下、在槍桿子的護衛下，登上政治舞臺，是此舉的目的之一。由於毛澤東與江青的特殊關係，由毛本人親手將江青推上政治舞臺，畢竟有所不便，而假手於林彪，則無論在何種意義上，都比自己「親自動手」好。陳晉在《文人毛澤東》中說：「支持搞這個《紀要》，顯然也是毛澤東發動『文化大革命』的一個重要步驟。」〔註4〕這話說得很對。這可以認為是毛澤東此舉的另一個目的。而通過這種方式，在「文革」的發動和展開過程中，把林彪緊緊地與自己綁在一起，則可視作是毛澤東此舉的第三種目的。

　　正因為林彪看懂了江青實際上代表毛澤東，才對江青熱情吹捧、大力

〔註4〕陳晉：《文人毛澤東》，上海人民出版社1997年12月第1版，第598頁。

支持。而林彪的態度，有著極大的示範性。《紀要》出籠後，首先在高層掀起了歌頌江青的熱潮。陳伯達、周恩來、郭沫若等人，都在公開場合對江青大唱讚歌。閻長貴在《「文革」初期對江青的宣傳》一文中說，1966 年 7 月 24 日，陳伯達在廣播學院講話時，就稱江青爲「中央負責同志」。陳伯達說：

> 江青同志是中央文革小組的第一副組長。江青同志是「九‧一八」事變後參加革命的，有三十五年的鬥爭歷史。江青同志是我黨的好黨員，爲黨做了很多工作，從不出頭露面，全心全意爲黨工作，她是毛主席的好戰友，很多敵人都誹謗她。
>
> 江青同志是「九‧一八」事變後入黨，我認識江青同志的入黨介紹人。
>
> 江青同志在「文化大革命」中起了很大作用，京劇改革是「文化大革命」很重要的開端，外國人也承認這一點。好人宣揚這一點，壞人也不得不承認這一點。而京劇改革這件事，江青同志是首創者。……現在文化革命是從京劇改革打開缺口的。包括我在內，都感激江青同志。〔註 5〕

據閻長貴文章說，陳伯達是在「駁斥一個『誹謗』江青的條子時」說這番話的。明白了這個前提，陳伯達的這番話就分外耐人尋味。所謂「誹謗」江青的條子，應該是在陳伯達講演時，有人遞上來的條子。因爲陳伯達在講演中狂熱地吹捧江青，有人便寫紙條質疑。這說明，在「文革」剛開始的時候，江青還談不上有不容置疑的權威，還有人敢於在眾目睽睽之下以書面的方式對江青進行「誹謗」。從陳伯達的「駁斥」來看，這張字條，主要是質疑江青的「革命經歷」和「歷史貢獻」。陳伯達強調江青是「九‧一八」事變後入黨，當然意在讓大家明白，江青的黨齡很長，資格很老。「爲黨做了很多工作，從不出頭露面」，是在強調：大眾雖然不知道江青歷史上有什麼「貢獻」，但不意味著江青在歷史上沒有值得稱道的「貢獻」；江青默默地爲黨做了許多工作，是一個「幕後英雄」。「她是毛主席的好戰友」，這是請出毛澤東爲江青撐腰。「很多敵人都誹謗她」，這話中就藏著殺機了。「很多敵人都誹謗她」，也

〔註 5〕 閻長貴、王廣宇：《問史求信集》，紅旗出版社 2009 年 10 月第 2 版，第 248 頁。

就是在強調：只有「敵人」才「誹謗她」，「誹謗她」的都是「敵人」。——在眾目睽睽之下寫字條「誹謗」江青，不久以後就是難以想像的事情了；即使有人膽敢這樣做，也意味著他準備以身家性命爲代價。

「我認識江青同志的入黨介紹人」，這句話令不知情者茫然，又令知情者發笑。陳伯達強調江青是「九・一八」事變後入黨，爲了加強此事的可信度，聲明自己認識江青的入黨介紹人。但既是江青的入黨介紹人，那當然也是一個「老革命」，何不直接說出其姓甚名誰？說出來，豈不讓自己的證詞更可信？但知情者知道，陳伯達實在有不得不含糊其辭的苦衷。江青的入黨介紹人是黃敬（俞啓威）。這黃敬既是江青的入黨介紹人，又是江青的第一或第二任丈夫，用通俗的話說，是江青的第一或第二個男人。知道黃敬與江青「有過一段」的人，通常都認爲黃敬是江青的第一個男人。但美國人羅斯・特里爾所著的《江青正傳》中說，在黃敬之前，江青（其時叫李雲鶴）曾與一費姓青年有過短暫的婚姻。這費姓青年是濟南一商人的兒子。「這段姻緣只有幾個月，最末幾星期家裏一團騷亂，喧鬧爭吵不休。人家閒談議論，『睡覺睡到日上三竿』（大約上午 10 點）才起，『像個指別人去廚房給她端來菜的闊太太』似的在那裏坐著。人家指責她對費君的母親缺禮教，受不慣家規的約束，總離家跟一夥人聚會或找不三不四的朋友，她不能理解她已經不是在舞臺上，而是處於費家排行最低的新媳婦在現實生活中的地位。」〔註6〕如果特里爾所言可信，那黃敬就只能算江青的第二任丈夫了。三十年代，黃敬與陳伯達，都在中共北方局工作，並曾同時任中共北平市委領導人。五十年代初，黃敬曾任天津市委書記、市長，後任過國家技術委員會主任、第一機械工業部部長等職，1958 年在抑鬱和驚恐中辭世，只活了 46 歲。

陳伯達之所以不能說出黃敬的名字，當然是怕拔出蘿蔔帶出泥，使黃敬曾是江青丈夫的隱情爲世人知曉，而這後果，顯然是十分嚴重的。

在含糊其辭地說了江青的「革命經歷」和「歷史貢獻」後，陳伯達便以不容置疑的口吻稱頌江青的「京劇改革」這一現實功績。

閻長貴《「文革」初期對江青的宣傳》中說：「周恩來總理也宣傳、讚揚江青。在 1966 年 11 月 28 日首都召開的文藝界無產階級『文化大革命』大會上，周總理說：近幾年來，京劇改革、芭蕾舞劇改革、交響音樂改革，雕塑

〔註6〕　〔美〕羅斯・特里爾：《江青正傳》，世界知識出版社，1988 年 12 月第 1 版，第 29 頁。

改革，都取得了劃時代的成就。這是文藝工作革命化的大飛躍。又說：文藝革命的成績都是同江青同志的指導分不開的。江青同志親自參加了鬥爭實踐和藝術實踐。還說，在文藝方面『感謝江青同志幫助了我』。」在政治上極其敏銳的周恩來，顯然也意識到毛澤東正在把江青推上政治舞臺。所謂的「文化大革命」，是以全國為舞臺的一場大戲。毛澤東是總導演。而毛選擇了江青為整部戲的主角。看懂了這一點的周恩來，不管內心對江青這個女人怎樣鄙夷、厭惡，也不得不對其唱起讚歌了。

林彪、周恩來、陳伯達這些人都開始對江青大力稱頌了，郭沫若自然不能不有所表現。閻長貴《「文革」初期對江青的宣傳》中說，1967 年 6 月 5 日，「亞非作家常設局」主辦的紀念毛澤東《在延安文藝座談會上的講話》發表 25 週年討論會進入閉幕式，郭沫若致閉幕詞時，閉幕詞題為《做一輩子毛主席的好學生》。閉幕詞「致」完，郭沫若沒有馬上下臺，而是「朗誦了他作的一首詩」，說是「獻給在座的江青同志，也獻給在座的各位同志和各位同學」。詩中說：

　　　　親愛的江青同志，你
　　　是我們學習的好榜樣，
　　　　你善於活學活用
　　　戰無不勝的毛澤東思想。
　　　　你奮不顧身地在
　　　文藝戰線上陷陣衝鋒，
　　　　使中國舞臺充滿了
　　　工農兵的英雄形象；
　　　　我們要使世界舞臺也充滿著
　　　工農兵的英雄形象。

這首所謂的「詩」，第二天，即 1967 年 6 月 6 日，公開發表於《人民日報》。是郭沫若將「詩」寫好後即主動給了《人民日報》，還是《人民日報》在聽了「郭老」的朗誦後向其索取，我尚未弄明白。從時間上看，應該是前者。郭沫若的頌歌，唱得分外「別致」，給人們留下的印象當然也特別深刻。不知當時「在座的江青同志」，聽了「郭老」的朗誦，是否在座位上扭動了幾下，是否有過瞬間的臉紅。有一點可以肯定，郭沫若選擇這樣的場合、以這樣一種方式，對江青唱讚歌，是精心考慮和設計的。如果我們明白郭沫若這時期的精神狀態，就可以對郭沫若此種舉動多少有些理解甚至同情。

很多人都知道，1944 年 1 月 9 日，毛澤東給平劇（京劇）《逼上梁山》的編導楊紹萱、齊燕銘寫了一封信：

> 紹萱、燕銘同志：

> 　看了你們的戲，你們做了很好的工作，我向你們致謝，並請代向演員同志們致謝！歷史是人民創造的，但在舊戲舞臺上（在一切離開人民的舊文學舊藝術上）人民卻成了渣滓，由老爺太太少爺小姐們統治著舞臺，這種歷史的顛倒，現在由你們再顛倒過來，恢復了歷史的面目，從此舊劇開了新生面，所以值得慶賀。郭沫若在歷史話劇方面做了很好的工作，你們則在舊劇方面做了此種工作，你們這個開端將是舊劇革命的劃時期的開端，我想到這一點就十分高興，希望你們多編多演，蔚成風氣，推向全國去！

> 　敬禮！

> 　　　　　　　　　　　　　　　　毛澤東

> 　　　　　　　　　　　　　　　　一月九日夜〔註7〕

人民出版社出版的《毛澤東書信選集》，對這封信做了這樣的注釋：「毛澤東看了楊紹萱、齊燕銘編導，中共中央黨校俱樂部演出的平劇（即京劇）《逼上梁山》後，寫了這封信，請中央黨校副校長彭真轉交編導者。『文化大革命』期間此信曾在一九六七年五月二十五日《人民日報》上發表，當時這封信被說成是寫給延安平劇院的，信中『郭沫若在歷史話劇方面做了很好的工作，你們則在舊劇方面做了此種工作』一句被刪掉。一九八二年五月二十三日在《人民日報》上重新發表了此信的全文。」〔註8〕這讓我們明白：在郭沫若當面對江青朗誦頌詩的十來天前，《人民日報》公開發表了毛澤東延安時期的這封信。在這種時候發表這樣一封信，當然是推動所謂「京劇改革」、推進「文化大革命」的需要。而發表毛澤東的信，當然要毛澤東本人認可。依據常理，發表前毛澤東本人要重讀這封二十幾年前的信，對原信的刪改，也應是出自他本人之手，其它人誰有這個權力和膽量？將收信方改成「延安平劇院」，意味著不願在這「文化大革命」中再突出楊、齊這兩個「個人」。隨著「文化大

〔註7〕見《毛澤東書信選集》，人民出版社出版，中國人民解放軍出版社重印，1984 年 1 月第 1 版，第 222 頁。

〔註8〕見《毛澤東書信選集》，人民出版社出版，中國人民解放軍出版社重印，1984 年 1 月第 1 版，第 223 頁。

革命」的展開，許多人將被打倒，許多過去的「功臣」要成爲被整肅的對象。
這個時候如果收信人仍是楊、齊，無異於給了他們一道護身符、一塊免死牌。
毛澤東顯然不願意如此。當楊、齊二人在《人民日報》上看到這封本來是寫
給自己的信時，心中一定充滿了惶惑，一定有著不祥的預感。把收信方改爲
「延安平劇院」，毛澤東應該沒有什麼猶豫。但在做出將原信中肯定郭沫若的
那句話刪去的決定時，毛澤東可能經過了一番思考。畢竟，楊、齊與郭沫若，
不可同日而語。而終於決定將這句話刪去，則意味著毛澤東也不願在這「文
化大革命」剛開始的時候，就賞賜郭沫若一塊「丹書鐵券」。換句話說，毛澤
東並不願意郭沫若在接下來的以整人爲主要表現方式的運動中，安然無恙。
毛澤東在延安時期致楊、齊的信，郭沫若當然早就知道。其中毛肯定自己的
話，自然也記憶猶新。而現在，當這封信在《人民日報》公開發表時，這句
對自己極其有利的話卻被刪掉了。郭沫若的政治感覺即便再遲鈍，也能領會
到這一句之刪所透露出的信息。這場「文化大革命」具體如何發展，郭沫若
此刻當然還看不清、想不明。但他知道，肯定是以一種洶湧之勢向前突進。
鄧拓、老舍等人已自殺，周揚、吳晗等人已被捕。自殺、被捕和被迫害致死
者，正一天比一天多起來。即使毛澤東沒有刪信之舉，郭沫若也會有前途未
卜之感。而毛澤東的刪信之舉，則更讓他覺得凶多吉少了。我想，這段時間，
郭沫若清夜思量，會不寒而慄。爲了最大限度地阻止災難的降臨，郭沫若必
須有所行動。無條件地認同和擁護「文化大革命」，對毛澤東夫婦竭盡全力地
歌頌讚美，與此同時最大限度地貶低、矮化自己，是郭沫若爲自保而採取的
措施。當他得知要在 6 月 5 日的會議上致閉幕詞時，也就意識到這是一個對
毛澤東夫婦表忠心的好機會。他要抓住這個機會。他要充分利用這個機會。
於是，閉幕詞標題就成了《做一輩子毛主席的好學生》。僅僅歌頌「毛主席」，
已經不夠。閉幕詞致完後，便有了當面對江青朗誦頌詩之舉……

　　對江青的歌頌，貫穿「文革」始終。但在 1967 年上半年的時候，江青就
已經具有了神聖不可侵犯的地位。這年的 5 月，首批八個「樣板戲」便已確
立。這成了江青的巨大的「革命功績」。在「樣板戲」變得神聖不可侵犯的同
時，江青也一言九鼎，容不得半點非議、懷疑了。

三

　　「樣板戲」與江青緊緊連在一起。對「樣板戲」的歌頌，就必然要落實

到對江青的歌頌。憑藉著首批的八個「樣板戲」，江青便如神如聖。而在此後的政治風浪中，又有一些其它因素，鞏固和強化著江青的神聖地位。閻長貴在《「文革」初期對江青的宣傳》一文中說：「文革」期間，對江青的宣傳，大概有三次高潮。第一次在「文革」初期，前面已說過。「第二次，從 1968年 3 月『楊、余、傅事件』（按：即中國人民解放軍代總參謀長楊成武、空軍政委余立金、北京衛戍區司令員傅崇碧被誣陷、打倒的事件）開始，大講江青是毛主席無產階級『文化大革命』正確路線的代表，甚至喊出了『誓死保衛江青同志』的口號；第三次，是 70 年代林彪折戟沉沙後，利用公開 1966年 7 月 8 日毛澤東致江青的信，廣泛組織學習討論，大力宣傳江青和毛澤東在政治和生活方面的特殊關係，把江青塑造成反林英雄。」「楊、余、傅事件」後，「誓死保衛江青同志」的口號已經喊響。而「林彪事件」後，毛澤東五年前致江青信的公開發表，則讓江青與毛澤東更加緊密地連在一起。這封信，主要內容是以閃爍其辭的方式，表達對林彪的不滿。信中滿是隱語。例如，用「西方的一個洞」，指稱韶山的滴水洞；用「白雲黃鶴的地方」，指稱武漢。信中這樣說到林彪：「我的朋友的講話，中央催著要發，我準備同意發下去，他是專講政變問題的。這個問題，像他這樣講法過去還沒有過。他的一些提法，我總感覺不安。我歷來不相信，我那幾本小書，有那樣大的神通。現在經他一吹，全黨全國都吹起來了，真是王婆賣瓜，自賣自誇。我是被他們逼上梁山的。看來不同意他們不行了。」這裏的「我的朋友」，據說就是指林彪。這封信，「林彪事件」後，曾在全國範圍內組織學習。從那個時代過來者，大概都記憶猶新。發表這封信並組織全國人民學習，當然主要目的是要證明毛澤東早在「文革」開始時，就對林彪有所警惕了，就對林彪心懷不滿了。另一個作用，就是進一步提升了江青的威信。在這封信中，毛澤東自己都說所說的「頗有點近乎黑話」。這種「黑話體」的信，給人一種神秘感。而這種神秘性，又無疑大大強化了寫信人和收信人之間的親密性。這種「黑話」，這種隱語，這種第三者聽不懂的話，當然只會對最親密的人說。這封信，原件據說被毀，所存只有抄件。它到底是怎麼回事，姑且不論。反正在當時，它發揮了重要的作用。它在證明毛澤東早就識破了林彪的同時，也證明著毛、江之間的親密無間，證明著二人是如何心心相印，是如何心有靈犀一點通。

　　江青的至尊地位，使她能夠不准他人對「樣板戲」有片言隻語的改動。吳德口述的《十年風雨紀事──我在北京工作的一些經歷》中，談到了「文

革」期間江青聽說有人要「改動」「樣板戲」而大發雷霆的事。「文革」期間，吳德曾任北京市委書記、中共中央政治委員。1971 年夏，毛澤東指定吳德兼任國務院文化組組長，文化組有石少華、于會泳、浩亮、劉慶棠等人。吳德回憶說，有一次，「樣板戲」之一的山東《紅嫂》（即《沂蒙頌》）的劇組到北京，吳德安排石少華接待。劇組負責人知道石少華是國務院文化組成員，很尊重他，便問石少華這個劇是否還有什麼「修改的地方」。這個負責人這樣問，多半是一種禮節，是在國務院文化方面領導面前表示謙虛的一種方式。石少華回答道：「需要什麼修改，你們提出來，我再去請示。」石少華的回答，也十分合情合理。其實這樣的問答，就是一種客套。劇組負責人是問石少華是否認為有要修改之處，而石少華則把球踢了回去。這樣的回答，表明他自己並不認為有應修改之處，但劇組如果認為有什麼地方要修改，他可去「請示」。——當然最終是要向江青請示。這樣的一番客套性的問答，卻令江青暴怒。吳德說：「這本來是很普通的一件事，不知怎麼反映到江青那裏去了。要改動樣板戲，那還了得？江青打電話到市委在電話中對我說：『有人破壞樣板戲，你知道不知道？』」「江青大發脾氣，話筒震耳朵。她問我：石少華為什麼不請示就那麼說？」最後，石少華不得不做了「檢討」。〔註9〕

江青對「改動」「樣板戲」極其敏感。那麼，「樣板戲」自被「冊封」之日起，就沒有一絲一毫改動嗎？卻又並不是。實際上，所謂「樣板戲」，一直在被改動著。

說起來，所謂「樣板戲」，幾乎都是對原有作品的改編。例如，「樣板戲」《紅燈記》改編自滬劇《紅燈記》；「樣板戲」《沙家浜》改編自滬劇《蘆蕩火種》；「樣板戲」《智取威虎山》改編自上海原有的京劇《智取威虎山》。當然，這些「樣板戲」所依據的母本，往往本身也是對其它作品的改編。滬劇《紅燈記》改編自電影《自有後來人》；滬劇《蘆蕩火種》改編自「革命回憶錄」《血染著的姓名——三十六個傷病員的鬥爭紀實》；上海原有的京劇《智取威虎山》改編自小說《林海雪原》。所以，所謂「樣板戲」，往往是二度甚至三度改編的產物。

「樣板戲」所依據的母本，都是五十年代和六十年代初出現的文藝作品。這些作品當然也都是政治掛帥的，也談不上有很強的藝術性。但是，「文革」

〔註9〕見《十年風雨紀事——我在北京工作的一些經歷》，吳德口述，當代中國出版社 2008 年 6 月第 2 版，第 69～70 頁。

前十幾年，文藝規範畢竟比江青登臺後要相對寬鬆些。那時期的文藝作品，有時還可以多少有一點生活氣息，有時還不妨有些許人情味。而在改編成「樣板戲」的過程中，這些生活氣息，這種本來就不多的人情味，都要被剔除，代之以假、大、空的「革命精神」。所以，最大限度地刪除原作中的生活氣息和人情味，可以說是這種改編的原則之一。「樣板戲」所依據的母本，有的是以中共當年的地下工作爲題材的，主人公是當年的地下共產黨。滬劇《紅燈記》、滬劇《蘆蕩火種》，都是如此。而在所有這些本來表現地下工作的作品中塞進武裝鬥爭、突出武裝鬥爭、強調地下工作只能是對武裝鬥爭的配合，則是這種改編所必須遵循的鐵則。戴嘉枋所著的《樣板戲的風風雨雨》中說，對這個問題，毛澤東是非常在意的，親自對一些具體的劇目明確提出過這種要求。圍繞著《蘆蕩火種》的改編，毛澤東、江青與彭眞之間甚至有過一場較量。其原因，就在於 1949 年以前，毛澤東長期領導著武裝鬥爭，而劉少奇、彭眞則長期從事地下工作。這樣，是突出武裝鬥爭還是突出地下工作，就成了是突出毛澤東還是突出劉少奇這樣一個尖銳的問題。〔註 10〕這種改編的另一條原則，則是強化和突出階級鬥爭，以階級鬥爭解釋一切。「樣板戲」所依據的母本，有的是以抗日爲題材的，表現的是民族鬥爭。滬劇《紅燈記》和《蘆蕩火種》，都是如此。在這些作品改編成所謂「革命現代京劇」時，也要把其中的民族矛盾解釋成階級矛盾，也要讓其中的民族鬥爭以階級鬥爭的形式表現出來。

不妨以《紅燈記》爲例。在原來的劇本《自有後來人》中，有不少筆墨用於對李玉和一家三代之間「親情」的渲染。例如，劇中李玉和愛喝酒，曾偷酒喝而被老奶奶發現並制止；老奶奶拿起針線欲做縫補活，卻總穿不上針，李玉和來幫忙，卻也穿不上，還是鐵梅將針穿上了。應該說，這些細節，都是不無生活氣息的，都是有些人情味的。但在改編成「革命現代京劇」《紅燈記》時，這些都刪掉了。當時的評論文章，對這種改編還大唱讚歌：「在京劇改編本裏，乾脆把以上這些細節都刪去了。從表面看似乎不夠動人了。但是不能忘記了階級和階級鬥爭。如果不從階級關係而從家庭關係來刻畫人物，就會走到歪路上去，就會讓親子之情、家庭生活的描寫沖淡以至抵消了尖銳的政治鬥爭。京劇改編本刪除了那些足以影響主題和正面人物的生活細節，

───────────────

〔註 10〕見戴嘉枋《樣板戲的風風雨雨》，知識出版社 1995 年 4 月第 1 版，第 51～60 頁。

也就使主要的東西更加突出。」〔註11〕當然，在將滬劇《自有後來人》改編成「革命現代京劇」《紅燈記》的過程中，不僅僅是將這些富有生活氣息和人情味的場景刪掉，還要硬塞進武裝鬥爭，還要突出階級矛盾。

《紅燈記》、《沙家浜》等被「冊封」爲「樣板戲」後，是否就不再改動了呢？也不是。實際上，在戴上「樣板戲」的桂冠後，這些戲仍在不斷被改動中。這首先是因爲政治風雲的變幻，使得本來就是直接爲「文革政治」服務的「樣板戲」也得跟上政治風雲的變化。首批的八個「樣板戲」，基本成型於「文革」前幾年。「文革」開始後，文藝方面的規範更加嚴酷，或者說更加荒謬，「樣板戲」當然要依據這變化了的規範而變化。還有，當初過問、改編過「樣板戲」者，不少人在「文革」開始後被打倒，成了「階級敵人」，這也使得他們弄出的東西，不能再原封不動地演下去。「文革」開始後，對毛澤東的神化掀起新的高潮。「樣板戲」中，有的原來沒有直接歌頌毛澤東，便都要在關鍵場合，加上直接「頌聖」的內容。還有一個原因，就是江青的主意特別多。她在看戲的過程中，隨時會提出修改意見。而江青的意見當然就是聖旨了。

仍以《紅燈記》爲例。1967 年 5 月，當八個戲被「冊封」爲「樣板戲」時，「兩報一刊」（《人民日報》、《解放軍報》、《紅旗》雜誌）曾刊登這些戲的劇本和劇照。1970 年 5 月，《紅燈記》的新的演出本又公開發表（當時稱 1970 年 5 月演出本）。這新的演出本，與三年前的劇本，有了重大變化。新的演出本發表後，一些重要報刊又刊載了許多吹捧文章，而吹捧的重點，則是對舊劇本的增刪。例如，署名「上海京劇團《智取威虎山》劇組 牛勁」的《高舉紅燈 繼續革命——學習革命現代京劇〈紅燈記〉一九七〇年五月演出本的一些體會》一文，這樣歌頌這新的演出本：「《紅燈記》經過精益求精的加工琢磨後，全劇的篇幅雖然減短了，但李玉和的形象卻更加突出了。這主要表現在三個方面：一是進一步突出了李玉和對偉大領袖毛主席和偉大的黨的無限熱愛，對毛主席的無產階級革命路線的無限忠誠。這是無產階級英雄人物最可貴的階級品質，最根本的政治覺悟。在《紅燈記》的重點場次《赴宴鬥鳩山》和《刑場鬥爭》中，五月演出本分別增加了李玉和直接歌頌毛主席，李玉和就義前振臂高呼『毛主席萬歲』的情節。把李玉和的精神境界昇華到了

〔註11〕衛明：《在藝術實踐中有破有立——從京劇〈紅燈記〉的改編試談藝術觀革命的一些問題》，載《文匯報》，1965 年 3 月 18 日。

新的高度。……二是把有些刻畫其它英雄人物的情節，集中到李玉和身上。如原來由鐵梅轉移密電碼，現在改爲李玉和爲防意外事先把密電碼轉移，這不但突出了他的機智、老練，而且表現了他是嚴格遵守黨的秘密工作原則的模範。……」〔註12〕劇中主要人物，在關鍵時刻，在最困難的時候，想起「毛主席」，歌頌「毛主席」，並做心花怒放，滿臉喜悅、幸福狀——這是「文革」時期幾乎所有戲劇都必須如此的。

　　至於「把有些刻畫其它英雄人物的情節，集中到李玉和身上」，今天看來，倒是更耐人尋味。這是對「三突出」原則的進一步強化。這讓我們看到「樣板戲」與「三突出」之間，有一種互爲母子的關係。所謂「三突出」，即「在所有人物中突出正面人物，在正面人物中突出英雄人物，在英雄人物中突出中心人物」，這本是對八個「樣板戲」編造方式的「理論總結」。從《紅燈記》、《沙家浜》這些「樣板戲」中，產生了「三突出」原則。通俗地說，《紅燈記》、《沙家浜》這些「樣板戲」孕育了「三突出」，是「三突出」之母。而當「三突出」離開母體，成爲一種獨立的、至高無上的律令後，又反過來要求《紅燈記》、《沙賓浜》這些「樣板戲」更加與自己吻合，某種意義上又成爲「樣板戲」之母。李玉和作爲《紅燈記》中的「中心人物」，本來夠「突出」了。但當「三突出」原則出籠後，李玉和便必須更加「突出」，於是把「刻畫」李鐵梅等「英雄人物」的情節，進一步集中到李玉和身上。

四

　　或許有人會問：既然「樣板戲」在不停地改，那爲何又不允許民間人士、普通百姓，以及一般劇團在哼唱、演唱時，有片言隻語的改動呢？答曰：正因爲江青們對「樣板戲」要不停地改，所以對其它人改動這心頭物，便異常敏感，便必得禁絕。

　　毛澤東如果要對「樣板戲」提修改意見，那當然可以。連天條天理、天經地義，他都可以改，何況這「樣板戲」。而毛澤東也的確對「樣板戲」提出過些很具體的修改意見。毛之外，江青則可以隨心所欲地發表修改意見。實際上，「樣板戲」的修改，是在江青嚴密過問、監控之下的，負責實施的，則是所謂「樣板團」。

〔註12〕見 1970 年 5 月 12 日《人民日報》。

　　所謂「樣板團」，就是所演出的戲被「冊封」爲「樣板」的那個劇團。中國京劇院（《紅燈記》）、北京京劇團（《沙家浜》）、中央芭蕾舞團（《紅色娘子軍》）、上海京劇院一團（《智取威虎山》）等，就是首批「樣板團」。當時的「樣板團」，是極其風光的，屬特權階層。據戴嘉枋《樣板戲的風風雨雨》中說，「樣板團」的成員，物質待遇和政治地位，都高得令普通人無限羨慕。「樣板團」是江青的「御林軍」，實行準軍事化建制。成員定期發軍服，只是不戴領章帽徽。軍服，那是「文革」期間最時髦的服裝。誰要是穿一身軍裝走在街上，雖然沒有領章，那也比今日最昂貴的名牌還引人注目。要是再戴一頂沒有帽徽的軍帽，那就更神氣了。「文革」期間，搶軍帽的現象在各地都很普遍。你若戴著頂軍帽在街上走，就有可能被人搶走：一輛自行車，從你身邊飛速駛過，你的軍帽落入了騎車人之手。軍裝、軍帽，「文革」期間如此走俏，而「樣板團」則每人每年發放一套的確涼軍服，每三年還發放一件棉制軍大衣。至於伙食標準，那也是高得出奇的。戴嘉枋說：「團內按每人每月 45 元的標準補貼在每日 3 餐的伙食中，晚上演出另有夜餐供應。逢星期日團內不開晚飯，就給團內人員分發相當價格的燒雞等熟食帶回去。當時中國的生活水平極其低微，物價也非常便宜，一個學徒工滿師以後的標準月工資僅 36 元，而『樣板團』人員的月伙食補貼是 45 元，遠遠超過一個青年工人的月收入，而這一補貼標準，已達到了當時中共中央政治局委員的伙食津貼水準。」「樣板團」到各地演出，各地在接待時，竟「爭相攀比」，「其規格最後已絲毫不遜於接待中央政治局委員的水平：『樣板團』蒞臨或離開之時，各地的黨政軍一把手均親自到車站迎送，並少不了由他們出席主持的歡迎和送別盛大宴會。『樣板團』的住宿，均爲當地最高標準的招待所或飯店，而且爲確保『樣板團』的安全，保衛工作戒備森嚴，『樣板團』的出行，更有警車在前頭鳴笛開道。」據說，由劉慶棠（《紅色娘子軍》中洪常青的扮演者）率領的中央芭蕾舞團在某地演出時，劉慶棠認爲地委一把手在接待中有所怠慢，回京後即向江青奏了一本，那不知天高地厚的地委書記很快便被擼了。既然對「樣板團」的敬與不敬，關乎烏紗帽之戴與不戴，那各地頭領又豈敢有絲毫閃失。於是，「樣板團」每到一地，不管提出何種要求，當地都會盡力滿足。〔註13〕

　　「樣板團」是江青的寵兒。而改動「樣板戲」，只有「樣板團」才有這權利。當然一字一句的改動，都得是在江青的命令、指導和認可下進行。在「樣

〔註13〕關於「樣板團」的情況，見戴嘉枋：《樣板戲的風風雨雨》，第 176～184 頁。

板戲」的打造過程中，江青其實是極其具有「精品意識」的。當然是她所理解的「精品」，也即在「三突出」原則度量下的「精品」。她把這看作她的「革命資本」和「名山事業」。於是，她也不惜一切代價地「精益求精」。不停地改，很大程度上也是江青鑄造「精品」的意識使然。既然「樣板戲」在不停地改，既然「樣板戲」並沒有一個終極的「定本」，那防止社會上對「樣板戲」的「亂改」便是非常必要的。如果放任人們對「樣板戲」的改動，那便會徹底亂套，最終哪是正宗哪是「山寨」也會無法分辨。這樣一來，江青在「樣板戲」上的全部心血，都會付諸東流。

2010 年 6 月 16 日

「樣板戲」中的地下工作與武裝鬥爭

　　1974 年第 1 期的《紅旗》雜誌上，發表了初瀾的《中國革命歷史的壯麗畫卷——談革命樣板戲的成就和意義》一文。這是對所謂「革命樣板戲」的「成就和意義」進行整體性的總結和評價的文章。文章著意強調了「樣板戲」對「武裝鬥爭」的表現：「反映民主革命時期鬥爭生活的作品，深刻地表現了毛主席關於人民軍隊、人民戰爭的思想，關於依靠群眾的思想，關於黨指揮槍的思想，以及利用矛盾、各個擊破的策略。無論是《智取威虎山》，還是《紅色娘子軍》、《平原作戰》，都形象地表明了被壓迫人民要翻身解放，必須用革命的武裝消滅反革命的武裝，而『戰爭的偉力之最深厚的根源，存在於民眾之中』。（按：此語為「毛主席語錄」，原文為黑體字。「文革」時期，幾乎不引用「毛主席語錄」便不成其為文章，而引用時必用黑體字突出，且往往只加引號而並不說明出處，大概因大家耳熟能詳，無須說明。）即使是有一定篇幅描寫地下鬥爭的作品，也是突出武裝鬥爭的作用。《紅燈記》把李玉和的地下鬥爭放置在抗日戰爭時期風起雲湧武裝鬥爭的廣闊背景下刻畫，正確體現了地下鬥爭是對黨的武裝鬥爭有力配合的偉大思想。《沙家浜》突出了人民軍隊的作用，結尾正面打進去，點出了武裝鬥爭的主題……正如工農兵群眾一致稱讚的：革命樣板戲是我們學習黨史、軍史、革命史的形象化教材，是我們進行路線教育的形象化教材。」

　　初瀾是在江青、姚文元直接策劃下成立於 1973 年的「文藝評論」寫作班子，是「四人幫」的重要輿論工具。從 1974 年到 1976 年，發表了一系列為「四人幫」搖旗吶喊的文章，具有很大的權威性。這篇《中國革命歷史的壯麗畫卷》，似乎是初瀾最初的亮相。一出場就大力歌頌「革命樣板戲」自在情

理之中，但在歌頌「樣板戲」時著意強調對「武裝鬥爭」的「突出」，並且舉《紅燈記》和《沙家浜》為例，就有一番幕後的故事了。

在中共 1949 以前的「革命史」上，有著「地下工作」和「武裝鬥爭」兩條戰線。劉少奇曾長期擔任「地下工作」的領導，而毛澤東則一直投身於「武裝鬥爭」。取材於所謂「民主革命時期鬥爭生活」和「樣板戲」，大都是一開始就正面表現「武裝鬥爭」的，只有《紅燈記》和《沙家浜》原本是正面反映「地下工作」而後來改成對「武裝鬥爭」的「突出」的。「地下工作」當然也是一種重要的「革命」，也為中共的最終奪取政權立下了汗馬功勞。但在「文革」期間，即便在一部具體的戲中，「地下工作」也不能作為正面表現的對象，「地下工作者」也不可成為佔據舞臺中心的主人公，以致於是突出「地下工作」還是突出「武裝鬥爭」成為一個重大的政治問題，個中原因何在呢？「文革」期間一篇吹捧「樣板戲」的文章，隱約透露了其中的消息。這篇文章題為《人民戰爭的勝利凱歌——革命現代京劇〈沙家浜〉修改過程中的一些體會》，署名「北京京劇團紅光」，發表於 1970 年 1 月 11 日《人民日報》。文章談的是怎樣把《沙家浜》的劇情從突出「地下工作」改為「以武裝鬥爭為主」的，是怎樣「擺正秘密工作與武裝鬥爭的關係」的。在具體地敘述改編過程之前，「紅光」寫下了這樣一番話：「一九六四年七月二十三日，偉大領袖毛主席觀看了京劇《蘆蕩火種》演出後指出：要以武裝鬥爭為主。江青同志根據這一指示，調動一切藝術手段，加強了新四軍指揮員郭建光的英雄形象，突出了武裝鬥爭的主題。」「紅光」不可能在那個時候的《人民日報》上偽造「聖旨」，因此可以斷定一切取材於「民主革命時期」的作品都要以「武裝鬥爭」為主，而原本是正面表現「地下工作」的作品也要重新「擺正秘密工作與武裝鬥爭的關係」，確實是源自毛澤東的旨意。那麼，毛澤東發佈此等「旨意」的前因後果又是什麼呢？這得從《沙家浜》這齣戲的來龍去脈說起。

知識出版社 1995 年 4 月出版過一本名為《樣板戲的風風雨雨——江青‧樣板戲及內幕》的書，作者戴嘉枋。該書對「樣板戲」表現出的過分讚賞雖然令人不無反感，但對「樣板戲的風風雨雨」的介紹卻不乏史料價值。從戴著中，我們知道，《沙家浜》最初的劇情取材於崔左夫撰寫的一篇「革命回憶錄」，題為《血染著的姓名——三十六個傷病員的鬥爭紀實》。上個世紀 50 年代末，上海市人民滬劇團集體將其改編為滬劇劇本，取名《碧水紅旗》，執筆者為文牧。1960 年正式公演時又改名為《蘆蕩火種》。滬劇《蘆蕩火種》說的

是陽澄湖畔沙家浜地區的中共地下聯絡員、春來茶館的老闆娘阿慶嫂，機智巧妙地掩護郭建光等 18 個「新四軍」傷病員的故事，正面表現的是「地下工作」，劇中的頭號人物是阿慶嫂。1963 年初冬，正醉心於「京劇革命」的江青看中了滬劇《蘆蕩火種》，便「推薦」給北京京劇團，令將其改編成京劇。北京京劇團接到這一「偉大任務」後，立即行動起來。汪曾祺、楊毓瑉、蕭甲、薛恩厚等負責劇本改編。根據原劇突出「地下工作」的主題，劇名亦改爲《地下聯絡員》。「現代京劇」《地下聯絡員》彩排時，其時的中共北京市委第一書記兼市長彭眞、總參謀長羅瑞卿和江青等曾來觀看。但據《樣板戲的風風雨雨》說，「因倉促上馬」，所以「演出效果並不理想。大失所望的江青在上臺接見演員時，繃著臉一言不發，並在之後撒手不再過問，去南方療養了。倒是以彭眞爲首的北京市委、市政府，認爲這齣戲基礎不錯，多次抽空去劇團，鼓勵和支持他們不要泄氣，下工夫把這齣戲改好。」

　　彭眞對這部並不成功的《地下聯絡員》感興趣，也不難理解。他本人也曾長期從事「地下工作」，是劉少奇領導「白區工作」時的老部下，這部正面表現和謳歌「地下工作」的戲，無疑令他感到親切。他所認爲的「基礎不錯」，恐怕也就指劇情不錯。不忍見其夭折的彭眞，日理萬機之中，「多次」親赴劇團，給予「鼓勵和支持」，並且，「鼓勵和支持不是一句空話。劇本是一劇之本，爲了讓編劇們排除干擾，潛心改好本子，北京市委特地將他們安排到頤和園集中住了一段時間。開闊的昆明湖和秀麗的山景，這類似江南陽澄湖的湖光山色，對激發編劇的創作靈感無疑起了很大的作用。劇中第二場郭建光那段膾炙人口的〔西皮〕『朝霞映在陽澄湖上，蘆花放稻穀香岸柳成行……』的唱詞，就是在其間撰成雛形的。按一位編導的說笑，郭建光對沙奶奶所說的『一日三餐有魚蝦……心也寬，體也胖』的感激之詞，也堪稱他們身棲頤和園時生活的眞實寫照。」在「湖光山色」的浸潤下，在「一日三餐有魚蝦」的滋養下，劇本終於被改得令彭眞等人大爲滿意了。這次改編又恢復了原名《蘆蕩火種》。1964 年 3 月底，彭眞等北京市領導人審看了北京京劇團改用原名的《蘆蕩火種》，「對這朵現代京劇豔麗的奇葩大加讚賞，當即批准他們對外公演。公演以後的《蘆蕩火種》連演 100 場，盛況不減」，云云。江青得知這一情形後，又急又氣。急的是這齣戲「成功」的功勞要被別人搶去，氣的是未經她批准就對外公演了。於是她狂叫：「你們好大膽子！沒經過我就公演了！……不行！這齣戲是我管的，我說什麼時候行了才能對外演出。懂嗎？」

緊接著，便給劇團下達了一大堆指示，要這樣改那樣改。《樣板戲的風風雨雨》中說：「不知是不是悉知此情的彭眞深怕劇團再受江青的折騰，故意作出了巧妙的安排。1964 年 4 月 27 日，黨和國家領導人劉少奇、周恩來、朱德、鄧小平、董必武、陳毅等，觀看了京劇《蘆蕩火種》，並盛讚了因尚未（按江青指示）修改定稿而按原樣演出的這齣戲。以劉少奇爲首的高層領導的表態，微妙地令頤指氣使的江青不能不有所收斂。加上全國京劇現代戲觀摩大會已迫在眉睫，也不允許《蘆蕩火種》再節外生枝作過多的修改了，江青只好悻悻然表示：『算了。等有了時間，再慢慢磨吧。』」彭眞此舉，顯然是在借「以劉少奇爲首的高層領導」來壓江青，江青當時只得咽下這口氣，然而，她能眞正服氣嗎？

　　1964 年 6 月 5 日至 7 月 31 日，全國京劇現代戲觀摩演出大會在北京舉行。全國 19 個省、市、自治區的 28 個劇團參加演出，共上演了 37 臺戲。其間，毛澤東看了兩臺。7 月 17 日晚，毛澤東看了《智取威虎山》。據陳晉《文人毛澤東》（上海人民出版社 1997 年）一書中說，這天，周恩來本準備安排山東京劇團的《奇襲白虎團》進中南海演出，請毛澤東等人觀看。但江青安排毛澤東在另一個劇場觀看上海的《智取威虎山》，周恩來只好取消原計劃，匆匆趕去。毛澤東看後，提出「要加強正面人物的唱，削弱反面人物」。7 月 23 日晚，毛澤東又和彭眞等人一同觀看了北京京劇團的《沙家浜》。這次，毛澤東沒有當場說什麼。幾天後，江青親臨劇團傳達了毛澤東的「指示」：「要突出武裝鬥爭，強調武裝鬥爭消滅武裝的反革命，戲的結尾要打進去，要加強軍民關係的戲，加強正面人物的音樂形象；劇名改爲《沙家浜》爲好。」（《樣板戲的風風雨雨》）在整個會演期間，毛澤東只看了《智取威虎山》和《沙家浜》兩臺戲。既然觀看《智取威虎山》是江青安排的，並且迫使周恩來取消自己的計劃，那麼，觀看《沙家浜》，也完全可以認爲出自江青的安排。在這種場合，毛澤東看什麼不看什麼都完全聽江青調遣，本也在情理之中。而江青挑選《沙家浜》讓毛澤東看，卻決非隨意而爲。在這齣戲上，他受了彭眞的「氣」，受了「以劉少奇爲首的高層領導」的「壓」，她焉能眞正服氣？請毛澤東來看這齣戲，就是要讓毛澤東發表否定性的意見，或者說，就是要借毛澤東來壓「以劉少奇爲首的高層領導」。江青與彭眞之間在一臺具體的戲上的較量，最終發展爲毛澤東與劉少奇之間的較量，而當毛澤東要求本來是突出「地下工作」的《沙家浜》改爲「突出武裝鬥爭」時，就更暴露了他與劉

少奇之間關係的微妙。有毛澤東直接的撐腰，江青自然膽氣更壯。在傳達毛澤東指示的同時，她還做了這樣的解釋：「突出阿慶嫂？還是突出郭建光？是關係到突出哪條路線的大問題。」而「其間的影射，自然是戰爭年代以毛澤東爲首的武裝鬥爭及劉少奇主管的白區鬥爭。」中共最上層的鬥爭竟通過一齣戲的劇情得以表現，這也眞是那個時代的「中國特色」，是文藝特色，也是政治特色。

既然有毛澤東如此明確的指示，再加上江青上綱上線的發揮，北京京劇團當然只得老老實實地改。但據彭眞也未徹底放棄：「無奈的彭眞自江青指手劃腳『關心』起這齣戲後，他唯一能做的，就是在他驅車去京劇團時若見到江青的小車停在院裏，當即吩咐司機調頭他往！」（《樣板戲的風風雨雨》）。按理，在毛澤東下令大改這齣戲後，在江青親自過問這齣戲時，彭眞最明智的做法應該是立即撒手不管。但彭眞卻並有「懸崖勒馬」，而是仍然往劇團跑，可見他還想做些抗爭，具體地說，還想在戲中盡可能多地保留一點「地下工作」的內容，還想讓這齣戲盡可能多地表現一點「地下工作」的重要性，這種做法，這種心態，實在大堪玩味。而更堪玩味的是：「就在奉毛澤東指示這齣戲修改並易名爲《沙家浜》之後，他（彭眞）指示北京京劇團二隊繼續演出修改前的《蘆蕩火種》……這一頗有點大逆不道的舉措的結果，無疑增強了毛澤東視北京市是個『針插不進、水潑不進的獨立王國』的看法，同時也加強了江青對他的仇視。」《樣板戲的風風雨雨》中說到的彭眞此種「大逆不道」，也有「文革」時期的文章爲證。《紅旗》雜誌 1970 年第 6 期上發表了北京京劇團《沙家浜》劇組的《〈在延安文藝座談會上的講話〉照耀著〈沙家浜〉的成長》，對「舊北京市委」做了這樣的聲討：「在江青同志領導我們修改加工，進行艱苦的創作過程中，舊北京市委不斷地干擾破壞。從《蘆蕩火種》到《沙家浜》，意味著京劇革命向縱深發展，而階級敵人的破壞也越來越瘋狂。當時舊北京市委主管文化工作的某負責人就多次煽陰風，胡說什麼『不要老是改。這是個有群眾影響的戲，不要把一個好戲改壞了』。爲了騰出篇幅表現新四軍遠途奔襲的軍事行動，我們刪掉了原來後面的鬧劇性的場子，但是他卻說『後三場有戲，拿掉了可惜』。他反對刪掉原來『鬧喜堂』一場戲。這一場戲阿慶嫂在那裏指揮一切，郭建光和新四軍戰士則化裝成各行各業的人，完全聽從阿慶嫂的布署而行動。他們的目的，就是要顛倒武裝鬥爭和秘密工作的關係，把秘密工作凌駕於武裝鬥爭之上，要由秘密工作來領導武裝鬥

爭。……在《沙家浜》已經接近定型時，又叫劇團的另一個演出隊仍按《蘆蕩火種》的老本子演。」彭眞此舉，實在是與毛澤東的公然對抗。而他之所以會這樣做、之所以敢這樣做，也說明其時最上層的關係確實有些「微妙」。從這裏也能多少明白一點爲什麼「文化大革命」是從批判北京市副市長吳晗從而將矛頭直接指向北京市委開始。

「文化大革命」一開始，「以彭眞爲首的舊北京市委」（這是「文革」期間批判彭眞等人時的慣用語）就被摧毀，彭眞以「地下工作」對抗「武裝鬥爭」的努力終成徒勞。《沙家浜》終於不折不扣地按照毛澤東和江青的意願演出，到了拍成彩色影片時，更是在光線、鏡頭、細節等方面大力「突出武裝鬥爭」。「文革」期間吹捧《沙家浜》的文章，都要把對「武裝鬥爭」的「突出」作爲重點歌頌的內容。例如，1971 年 10 月 26 日的《人民日報》發表了署名長纓的《英雄壯美 銀幕生輝──贊革命現代京劇〈沙家浜〉彩色影片》一文，其中說：「彩色影片《沙家浜》正確處理了武裝鬥爭和秘密工作的關係。從整個的結構佈局上全力突出武裝鬥爭這一條主線，恰如其分地表現秘密工作這一條輔線。影片把原劇中表現武裝鬥爭的第二、第五、第八三場作爲全劇的主幹，使表現秘密工作的第四、第六、第七三場處於從屬地位，而第二、第五、第八三場中又以第五場《堅持》作爲全劇的核心。鏡頭的運用，光線的處理，場面的調度，景物的安排，都服務於這一創作思想。……影片在描寫郭建光與阿慶嫂這兩個人物時，不是平分秋色，而是重點突出全劇的中心人物郭建光。以第一場《接應》中郭建光和阿慶嫂的出場爲例：阿慶嫂出場是從小樹後小路進入畫面的中心，成半身鏡頭『亮相』。她機警地觀察周圍的動靜。柔和的裝飾光烘託著紅色的服裝，在綠樹竹林的映照下，阿慶嫂給觀眾留下了深刻的印象。然而，阿慶嫂的出場，又是爲郭建光的出場作準備的。影片在延伸景中增添了土坡竹林，郭建光從竹林深處健步上場，鏡頭快速推成他的特寫『亮相』。他居高臨下，目光炯炯，英姿勃勃，銀灰色的軍裝，鮮紅的新四軍臂章與綠油油的樹叢竹林的色彩對比，有力地烘託著人物。郭建光和阿慶嫂的出場，從主要鏡頭看，一個近景，一個中景；從出場的構圖上看，一個在高處，一個在平地；從光線的對比上看，郭建光出場時更明亮。這就既恰當地表現了阿慶嫂而又使郭建光的英雄形象更加突出。」

《紅燈記》本也是突出「地下工作」的，在後來的修改中，也不斷加重「武裝鬥爭」的分量。1970 年 5 月 12 日《人民日報》發表的《高舉紅旗 繼

續革命——學習革命現代京劇〈紅燈記〉一九七○年五月演出本的一些體會》（署名「上海京劇團《智取威虎山》劇組牛勁」）一文，就這樣評價《紅燈記》：「李玉和的任務是把由根據地送來的密電碼交到柏山游擊隊手裏，這就把抗日根據地、游擊隊、敵戰區的鬥爭，更明確地表現爲一個整體，把地下鬥爭表現爲對武裝鬥爭的配合。……《紅燈記》新的演出本，在加強黨的地下工作和武裝鬥爭的關係的描寫時，不但更正確地表現了地下工作對武裝鬥爭的配合，而且在最後兩場《伏擊殲敵》和《勝利前進》中，增加了正面表現武裝鬥爭的武打和舞蹈。這些武打和舞蹈不是爲了單純增加一些藝術手段，而是擔負著深化主題思想的任務。」發表於 1970 年 5 月 20 日《解放日報》上的《爲工人階級的偉大英雄造像——學習革命現代京劇〈紅燈記〉的藝術構思》（署名「復旦大學『五・七』文科寫作組」）一文，則這樣評價《紅燈記》：「爲了更加強調地表現城市地下工作爲革命武裝鬥爭服務的意圖，劇本在圍繞密電碼而展開戲劇衝突的過程中，還採取了越來越激化的佈局。可以看出，在戲劇情節進展中，爭奪密電碼的鬥爭愈是表現得尖銳激烈，鳩山耍盡一切陰謀詭計竭力想奪取密電碼和李玉和等不惜一切誓死保衛密電碼的鬥爭愈是展開得充分，革命武裝鬥爭在反對日本帝國主義鬥爭中的重要意義也就愈是顯得突出。而且對於這種越來越激化的戲劇衝突，劇本最後採取了正面表現革命武裝鬥爭力量的方式解決的。在《伏擊殲敵》一場中，我柏山游擊隊殺上臺來，一場短兵相接的搏鬥，處死叛徒，刀劈鳩山，盡殲日寇。這場戲是劇本特意設置的畫龍點睛的一筆，它以革命戰爭的熊熊烈火，照亮李玉和等英勇鬥爭的巨大意義，提示出革命武裝鬥爭在解決敵我矛盾中的決定性作用，生動地表現了『革命的中心任務和最高形式是武裝奪取政權，是戰爭解決問題』（按：此爲『毛主席語錄』，原文中爲黑體字）的偉大眞理。」

　　「文革」期間吹捧「樣板戲」的文章，在歌頌「樣板戲」中「突出武裝鬥爭」的同時，往往還要揭露和批判劉少奇、彭眞等人「反對突出武裝鬥爭」的「罪行」。例如，上面說到的《〈在延安文藝座談會上的講話〉照耀著〈沙家浜〉的成長》一文，還說道：「以彭眞爲頭子的舊北京市委一小撮反革命修正主義，拼命反對突出武裝鬥爭，他們在郭建光、阿慶嫂等英雄人物的塑造上，進行了種種干擾破壞。《沙家浜》的英雄人物的塑造過程中，貫串著兩個階級、兩條道路、兩條路線的鬥爭。」再例如，上面說到的《爲工人階級的偉大英雄造像》一文，則有這樣的話語：「叛徒、內奸、工賊劉少奇出於反革

命的目的，瘋狂反對毛主席的正確路線，一再叫嚷『以全國範圍來說，白區工作還是占著主要地位』，大肆鼓吹『白區工作主要地位』論即『城市中心』論，妄圖把中國革命拉向失敗的道路。因此，怎樣對待和處理城市地下工作和農村根據地武裝鬥爭的關係，是毛主席無產階級革命路線和劉少奇反革命修正主義路線的一個分水嶺，也是以城市地下工作為題材的文藝作品能否正確地體現毛主席無產階級革命路線的試金石。是把城市地下工作從屬於和服務於革命武裝鬥爭來表現，還是把城市地下工作脫離革命武裝鬥爭，孤立地誇張地加以宣揚，歷來就是文藝創作中兩條路線鬥爭的反映。」

《樣板戲的風風雨雨》中，還說到這樣一件趣事。1964 年夏天的一個星期六下午，中南海照例舉行「周末舞會」，一些劇團女演員也照例被召來陪毛、劉、朱、周領導人跳舞。其時扮演《沙家浜》中阿慶嫂的趙燕俠成了國家主席劉少奇的舞伴。跳舞之際，劉少奇對趙燕俠說：「你呀，演阿慶嫂還缺乏地下鬥爭生活的經驗。不客氣地講，你得跟我學學。當年我們在白區什麼都得注意。你看賣茶的、賣報的、幹鉗工活的都有職業習慣……」曲終後，趙燕俠不經意地對江青說：「剛才主席說我還缺乏生活……」江青「驟然瞪大了眼珠子，眉頭緊蹙」，問道：「主席？哪個主席？」趙燕俠惶恐地說：「是劉……劉主席呀。」江青咬牙切齒地說：「說清楚了，那是你們的主席！哼！」趙燕俠無意間叫錯了「主席」，便埋下了「文革」中遭受厄運的種子。當《沙家浜》成為「樣板戲」時，趙燕俠已失去了演戲的資格。在《沙家浜》中取而代之的，是青年演員洪雪飛。

于會泳：一張字條伴終生

　　徐景賢這個名字，今天的年輕人很陌生了，但從「文革」過來的人，應該對這個名字很熟悉。徐景賢「文革」前是中共上海市委宣傳部的一個小幹部，「文革」開始後，成為造反派的頭頭，迅速獲得張春橋、姚文元的賞識。造反的目的是奪權。徐景賢等人成功地奪取了上海的黨政大權。「文革」期間，徐景賢先後任上海市委書記、上海市革命委員會副主任，是中共九屆、十屆中央委員會委員。「文革」後被判處有期徒刑 18 年，1992 年保外就醫，1995年刑滿釋放。從 1992 年至 2002 年，徐景賢以十年時間寫成回憶錄《十年一夢》。這本書，2003 年由香港時代國際出版有限公司出版。有人說，《十年一夢》反思不夠深刻。徐景賢的確沒有把回憶錄寫成懺悔錄。不過，回憶錄的價值在於客觀、忠實地敘述歷史事件，在於準確細緻地揭示歷史隱秘。這方面，徐景賢做得很不錯。所以，《十年一夢》，對於人們瞭解、認識、研究「文革」，是一種很有價值的資料。

　　《十年一夢》中，有一章叫《文化部長于會泳的陞遷榮辱》，專寫于會泳的事情。有一位年輕人讀了這本書，對其中說到的幾件事頗不解。

　　一件是，于會泳、浩亮、劉慶棠這三人，「文革」期間經常陪伴江青左右。江青與三人的關係太密切、太親密，「人家在背後就有議論」。有一次，江青請喬冠華、章含之夫婦吃螃蟹，還請了文物局局長王冶秋，于會泳、浩亮、劉慶棠自然也作陪。席間，江青對喬、章、王三個客人說：「現在有人造謠說我有『面首』，你們看，假如有『面首』的話，就是他們三個。」于會泳將此事告訴了徐景賢。徐景賢查了《資治通鑒》，才弄明白「面首」就是「男妾」、「男寵」之意。徐景賢說：「江青敢於對喬冠華等人講外面傳的事，也說明她

-133-

與這三個人的關係密切的程度。」而那位今天的年輕人則對江青竟然在飯局上說這種話困惑不已：江青是第一夫人啊！以第一夫人之尊，居然在宴席上坦然說起這種事，實在不可思議。

另一件，是于會泳在膠東老家寫的一張字條，「文革」中居然成爲問題。徐景賢說，因爲于會泳對「樣板戲」貢獻很大，1968 年，張春橋提議于會泳當上海市革命委員會常委。當常委，要進行歷史審查，並上報中央批准。在對于會泳進行審查時，在他的檔案袋裏發現一張小小的紙條，是 1947 年于會泳在山東老家參加革命時寫的。這張字條「內容有問題」。這個發現令徐景賢「很吃驚」。而那張字條居然進入于會泳的檔案袋，伴隨著于會泳到了上海，並且在「文革」時成爲「問題」，則令今天的那位年輕人「很吃驚」。

江青在飯局上當著疑似面首者的面談論「面首」問題，令今天的年輕人驚訝，這一點姑且不論。這裏，先談談于會泳檔案袋中的小字條問題。

一

于會泳 1977 年 8 月即「畏罪自殺」，以喝來蘇水的方式結束了他的戲劇人生，沒能像徐景賢一樣留下一部回憶錄，是十分讓人遺憾的。關於于會泳的資料，散見於一些談論「文革」和「樣板戲」的文章、書籍中。專門論說于會泳的書，只有戴嘉枋的《走向毀滅──「文革」文化部長于會泳沉浮錄》，此書1994 年 4 月由光明日報出版社出版。此外，戴嘉枋還著有《樣板戲的風風雨雨──江青‧樣板戲及內幕》一書，1995 年 4 月由知識出版社出版。除一些零散的資料外，本文多處參考和借助了戴嘉枋的這兩本書，這是需要特意說明的。

1925 年 6 月，于會泳出生於山東乳山縣一個農民家庭，幼年喪父，由寡母拉扯成人。這地方，抗戰時期是中共的「抗日根據地」；抗戰結束、內戰重開後，又是中共的「山東解放區」。于會泳自小酷愛膠東地區民間音樂和京戲，很早就無需人傳授而學會了拉二胡、吹笛子、彈三弦，表現出很不一般的音樂天賦。後來是他成爲江青「搞樣板戲」和「文化革命」時不可或缺的助手、打手和突擊手，實在不能說純屬偶然。某種意義上可以說，當年幼的于會泳開始迷戀民歌、秧歌、大鼓和京戲時，他的命運就已經決定了。于會泳在家鄉上了八年學。離開學校後，也曾像許多山東先輩一樣，踏上了闖關東的路。在鴨綠江邊的集安，于會泳在一家酒廠當了兩年學徒。因不堪生活的困苦，1942 年春，于會泳回到了膠東家鄉。而這時，膠東已成爲中共的抗日根據地。

因爲于會泳讀過八年書，一回來，就被安排到小學教書。這期間，中共創辦的刊物《膠東文藝》刊出征歌啓事，于會泳寄去了一首自己創作的歌曲。歌曲雖然未被採用，但卻收到一封回信，寫信者是在解放區頗有名氣的作曲家陳志昂。陳志昂熱情地肯定了于會泳的音樂才華，並鼓勵他到中共的膠東文工團工作。陳志昂的建議，給于會泳指明了人生的方向，當然，也可以說指引于會泳踏上了通向「毀滅」的第一級臺階。

于會泳步行三天，走了三百多里，在萊陽城外找到了正在勞動英雄大會上演出的膠東文工團。儘管文工團正準備裁員，但團領導還是被于會泳的誠意和才華所感動，破例錄用了他。

地處膠東半島東北端的煙臺，日軍一撤出，中共軍隊「近水樓臺先得月」，立即佔領了這座港口城市，並建立政權。按照盟軍總部的指令，只有國民政府才有資格接收日軍交出的城市，中共佔領煙臺被視爲非法。爲此，中共與美軍之間鬧了一場小小的糾紛。美軍軍艦於 1945 年 10 月 1 日駛抵煙臺海面，要求中共撤出煙臺，允其登陸。已經到手的東西豈能輕易放棄。10 月 6 日，葉劍英以第十八集團軍參謀長的名義發表聲明，表示決不交出煙臺，決不允許美軍登陸。聲明說：「如未經與我方商妥，竟然在該地強行登陸，因而發生任何嚴重事件，應由美方負其全責。」同時，「駐煙臺市的八路軍也在當地人民支持下，嚴陣以待，做好了保衛煙臺的準備。」既然中共態度如此強硬，美軍也就作罷，軍艦又開走了。〔註1〕抗戰結束後，海運到煙臺的聯合國善後救濟總署救濟中國的物資，因內戰爆發而無法運往他處，於是任由中共處置。戴嘉枋在《走向毀滅》中說：「這時爲了在運動戰中，保證這批物資在解放軍撤離後不陷入敵手，山東兵團前敵指揮部決定：除絕大部分物資疏散分存到農民家中代爲保管外，餘下的全部發給部隊和解放區各級機關人員。於是，這時駐紮在煙臺近郊的膠東文工團，每個人也都分到了一大包東西。」〔註2〕分到手的東西，有毛料衣服，有呢子衣料，有毛線，有罐頭，有奶粉，有毛毯……不僅對於于會泳，恐怕對於絕大多數人，這些東西，都是生平第一次見到，也是生平擁有的最大一筆財富。

〔註1〕見《中國人民解放軍八十年大事記》，軍事科學院軍事歷史研究所編著，軍事科學出版社，2007 年 12 月版本，第 202～203 頁。

〔註2〕戴嘉枋：《走向毀滅──「文革」文化部長于會泳沉浮錄》，光明日報出版社，1994 年 4 月版，第 28 頁。

　　不久，國民黨軍隊進攻中共膠東解放區，中共軍隊進行「戰略轉移」。每人帶著一大包東西轉移，當然不可思議。於是，上級命令每人都把分到的東西挖坑埋藏起來。于會泳一定是邊挖坑邊思念著家中的母親。自己這一轉移，能否活著回來，還真說不定。母親守寡把自己拉扯大，不容易。這些東西如果能夠送到母親手中，那算自己多少盡了一點孝心。自己如果很快活著回來，當然可以把這包東西取出，再想法送回家。但是，如果自己長期不回來甚至永遠回不來，那這包好東西就會化作泥土。當然，還有一種可能，就是被很快會打過來的蔣軍發現。如果發現這包東西的蔣軍能將它送寄給自己的母親，那該多好！光把東西寄給母親還不夠。自己說不定再也回不來了。母子說不定再不能相見了。還應該給母親留一張照片。發現這包東西的蔣軍士兵，即使不能把東西寄給母親，希望他們至少能把照片寄到母親手中，這包東西，就算是寄照片的酬勞吧。坑挖好了，于會泳掏出紙筆，要給可能發現這包東西的蔣軍士兵留下一張字條。怎麼稱呼蔣軍呢？就稱「蔣軍弟兄」吧。於是，于會泳寫下了這樣一張字條：

蔣軍弟兄們：

　　　　你們見到這些東西時，我可能已經與世長辭了。我家裏只有一位年邁的老母親，你們如果還有點人性的話，請把這些東西寄到我的家裏，我在九泉之下也將感激不盡。即使把我的東西拿去也不要緊，但要把我的照片寄我的母親留作紀念（照片後寫有我家的地址）。

于會泳這樣做，並非突發奇想，應該是受了其時中共為動搖蔣軍軍心而留的標語口號的啟發。中共軍隊在撤離膠東半島前，在牆上樹上，在能寫字的地方，留下了許多標語口號，地處膠東半島西北部的山東省龍口市檔案局，還保存著部分當時的標語、歌謠，這裏聊舉幾例。

　　例一：「吃些餓肚飯，窮的稀糊亂，行軍擔重擔，打仗命玩蛋，蔣軍弟兄們，遭罪到哪年？」

　　例二：「太陽落在西山下，草頭將軍快要垮，一年被滅一百多萬，二百將軍被活捉，全面反攻已開始，蔣軍弟兄早想法。」

　　例三：「蔣軍三策：三十六計跑為上策，戰場開火繳槍中策，盲目服從死為下策。」

　　例四：「馬到懸崖收繮晚，船到江心補漏難，深入內地來作戰，必中八路口袋計，蔣軍弟兄別受騙，莫拿性命耍兒戲。」

例五：「此處不留爺，終有留爺處，處處不留爺，爺爺投八路。」〔註3〕

這些標語，正是中共以官方的名義留給蔣軍的「大字條」。完全可以認為，正是這些「大字條」啟發了于會泳，讓他生出也給蔣軍留張小字條的主意，就連「蔣軍弟兄」這種稱呼，也是對官方標語的模仿。

二

但這張小字條並沒有放進包中。據戴嘉枋《走向毀滅》中說，字條寫好後，于會泳又有了猶豫，不知這樣做是否合適。這時，文工團教導員張顯恰好走了過來。于會泳便遞上字條，問這樣做是否可以。教導員當然是文工團最能代表黨、代表組織之人。于會泳把字條遞給張教導員，其實就是在向黨、向組織請示，請黨和組織把關。如果黨和組織認為但做無妨，那于會泳就坦然將字條塞進包中；如果黨和組織認為此法不妥，那于會泳把字條撕了，就算什麼都沒有發生。于會泳太天真了。他不知道，字條只要到了黨和組織手裏，他就再也沒有機會撕它了。張顯教導員接過字條，一眼掃過，當是滿臉陰雲。教導員認為這樣做不好，但也並沒有把字條還給于會泳，他應該是很鄭重地把字條塞進了自己的口袋。于會泳當然沒有在意。這樣做不好那就不做唄。他以為事情至此就結束了。于會泳太天真了。字條進入教導員的口袋，就意味著不是事情的結束，而是事情的開始。

「蔣軍弟兄」已大兵壓境。文工團在埋好各人的包包後就分散轉移。數月後，局勢稍稍緩和，文工團成員又彙集一起。這時，黨和組織要處理于會泳的字條問題了。在文工團全體大會上，于會泳由兩個持槍民兵押到眾人面前。領導在嚴厲譴責了于會泳寫字條的行為後，宣佈對其隔離審查。戴嘉枋《走向毀滅》中說：「整整一個月，于會泳在協會的一間柴房裏寫檢查。沒人看守，他很自覺地大門不出。他是感到羞恥，沒臉見人，除了上廁所，沒日沒夜地躲在那間逼仄的柴房裏。」〔註4〕其實，于會泳除了羞恥，也有理由委屈的。那張字條，並沒有絲毫政治上變節的表現，就連口氣，也是不卑不亢的，並沒有乞求、哀求的意味。更重要的是，塞字條並沒有成為事實。在把

〔註3〕 見《解放戰爭時期的瓦敵歌謠》，載「龍口網・今日龍口」，2009年10月9日。

〔註4〕 戴嘉枋：《走向毀滅——「文革」文化部長于會泳沉浮錄》，光明日報出版社，1994年4月版，第33頁。

字條塞進包中前，于會泳主動向黨和組織做了請示，主動請求黨和組織把關。不是說對黨要忠誠老實嗎？不是說要相信組織、依靠組織嗎？不是說革命戰士對黨和組織不應有絲毫隱瞞嗎？于會泳忠誠了。于會泳老實了。于會泳相信了。于會泳依靠了。于會泳坦白了。就算留字條這想法不對，充其量也就是批評教育吧，怎麼就處置得如此嚴厲呢？……這樣的委屈，于會泳可能沒有。想要給「蔣軍弟兄」留條，表現了于會泳「政治覺悟」不高。但于會泳在隔離審查的柴房裏，要能產生委屈感，則需要另一種「政治覺悟」。這樣的「政治覺悟」，那時的于會泳也沒有。沒有人知道這次隔離審查期間，二十出頭的于會泳是否產生過自殺的念頭。反正，30 年後，在另一次隔離審查中，在北京阜成門外的那間房子裏，五十出頭的于會泳產生了自殺的念頭，並且付諸實施。

隔離審查一個月後，到了做結論的時候。在主要領導中，有的主張給予于會泳政治處分，有的則認為于會泳畢竟既不是黨員也不是幹部，只是一個參加革命時間不長的普通文工團員，錯誤的性質也不能說很嚴重，不必給予處分。最後，決定對于會泳免予政治處分，但調離文工團，到《膠東文藝》編輯部打雜。其實，這些領導真應該態度再嚴厲些，立場再堅定些，原則性再強一些，堅決給予于會泳政治處分，或者乾脆將他趕出革命隊伍，那樣，就不會有「文革」紅人于會泳了，倒真正是挽救了他。

調離文工團，到刊物打雜，對於剛投身革命的于會泳，也算是嚴重的打擊了。他肯定以為，事情至此，應該算是結束了。結論做出來了，從文工團員變成刊物打雜者了，事情總該過去了。實際上，事情只是暫時過去了。那張沒有放進大包包中的字條，卻放進了一個小袋袋──他的檔案袋。于會泳剛參加工作，檔案剛剛建立，檔案袋應該是很瘦癟的。這一張字條放進去，這小袋袋就很有分量了。

要到很多年以後，于會泳才知道那張字條進了自己的檔案袋。此刻的他卻並不知曉，因為按照慣例，什麼東西進檔案袋，是不讓本人知道的。自己的檔案袋裏有些什麼，自己永遠不清楚。如果有人以為自己是自己檔案袋的主人，那就是犯糊塗。檔案袋的主人是組織。你對自己的檔案並沒有知情權，你根本無權過問別人往那袋袋裏塞了些什麼，你還好意思說自己是那袋袋的主人？那裝著些不同質地、不同顏色、不同規格的破紙爛頁的小袋袋，是有

生命的。它蜷伏在某個陰暗角落裏，平時彷彿死了一般，但在某個時刻，它會突然醒來，狠狠地咬那「本人」一口。曾幾何時，有多少人因爲檔案袋裏的破破爛爛的一張紙、歪歪扭扭的一句話，而艱難竭蹶，而窮愁潦倒，而才華不得施展，而人格任人凌辱。

那張紙條進入于會泳的檔案袋，是 1948 年春的事。文工團不算是要害單位，而這時的于會泳，也還不是黨員，不是幹部，只是普通一兵。對於一個並非要害單位的普通一員，都建立了如此嚴格、規範的檔案，可見在這時候，中共的檔案制度已經十分健全、成熟。

中共十分重視革命隊伍的「純潔」，檔案制度的建立和迅速健全、成熟，都與重視「純潔」的觀念有關。中共黨史上，有過多次整黨和黨員重新登記。最早的一次，在井岡山時期，那一次，不叫「整黨」，叫「洗黨」。「洗」者，淘洗、清洗、洗刷之謂也。收入《毛澤東選集》的《井岡山的鬥爭》一文，是毛澤東於 1928 的 11 月 25 日代表紅四軍前委寫給中共中央的報告，在「黨的組織」這一部分，毛澤東寫道：「革命高漲（六月）時，許多投機分子乘公開徵收黨員的機會混入黨內，邊界黨員數量一時間增到一萬以上。支部和區委的負責人多屬新黨員，不能有好的黨內教育。白色恐怖一到，投機分子反水，帶領反動派捉拿同志，白區黨的組織大半塌臺。九月以後，屬行洗黨，對於黨員成份加以嚴格的限制。永新、寧岡兩縣的黨組織全部解散，重新登記。黨員數量大爲減少，戰鬥力反而增加。」「洗黨」的前提，是黨員發展過速。毛澤東率秋收暴動殘部上井岡山後，大搞土地革命，同時公開建黨，以「拉伕」的方式擴大黨的隊伍，很快發現黨的組織嚴重不純，於是決定把黨狠狠地洗一洗。永新、寧岡兩縣，是井岡山根據的腹地，所以成爲洗黨的重點區域。在這兩縣，洗黨的方式是將現有的黨組織全部解散，重新登記，而在重新登記時「對於黨員的成份加以嚴格的限制」。所謂限制「成份」，重要的一點，是嚴格控制知識分子入黨。

余伯流、夏道漢所著的《井岡山革命根據地研究》一書，說到了這次「洗黨」的情形。限制知識分子入黨的觀念，並不是在決定洗黨時產生的。在決定大量「徵收」黨員前，毛澤東就做過限制知識分子入黨的指示。1927 年 11 月上旬，毛澤東在寧岡茅坪附近的象山庵召集寧岡、永新、蓮花三縣黨組織負責人開會，部署打土豪、分田地和發展黨組織等問題。與聞其事者回憶說：「我記得是：毛主席說，現在各縣要抓緊時間重建黨的組織，目前，黨組織

的情況是工農分子太少，知識分子太多，所以黨組織不鞏固，革命不堅定。」
〔註5〕可見，後來在洗黨中限制知識分子的做法，是在以「拉佚」的方式「徵收」黨員前就確定的。

三

　　毛澤東 1928 年秋在井岡山根據地進行的「洗黨」，是中共黨史上第一次整黨運動。這次「洗黨」，與蔣介石 1927 年 4 月發動的「清黨」，有著重大關係。蔣介石的「清黨」，使得井岡山地區的中共組織也遭到嚴重破壞，黨員數量大減，這樣，才有 1927 年 11 月開始的擴黨運動。

　　1928 年 10 月 5 日通過的《湘贛邊界各縣黨第二次代表大會決議案》中，強調了「洗黨」的必要性：「黨的組織擴大，完全只注意數量的發展，沒有注意質量上的加強。黨與階級沒有弄清楚，而只是拉佚式的吸收辦法……其結果必變成不能鬥爭的黨。」〔註6〕蔣介石的「清黨」，使中共黨員大減；黨員大減使得中共以拉佚的方式擴黨，這又使黨嚴重不純，於是，中共也不得不「洗黨」。可以認為，毛澤東 1928 年 9 月的「洗黨」，是對蔣介石 1927 年 4 月「清黨」的仿傚。既然蔣介石已經用了「清黨」這個說法，毛澤東就不能也用這個詞，於是易「清」為「洗」。

　　由於情形畢竟不同，毛澤東的「洗黨」與蔣介石的「清黨」，在方式上也有異。《井岡山革命根據地研究》一書中，引錄了幾份「洗黨」的材料，下面也作些節錄。

　　朱開卷在《寧岡區鄉政權和黨的建設情況》中回憶說：「那時擔任我區洗黨工作的主要負責人是陳東日。1928 年 6 月，全縣有 1 千多黨員，大隴區有四百多。洗黨先是支部開始。陳東日到各鄉的支部裏與支部書記和兩個可靠黨員研究，研究哪些黨員不符合條件應該洗刷，哪些黨員不應該洗。我們這個區共洗掉兩百多個，剩下 1 百多個。剩下的黨員重新立過表，由各支部造花名冊送到區政府，由區政府立總冊，送一份給縣委。我這個支部有 60 個黨員，洗黨以後只剩下 20 多個。凡是有親戚在國民黨反動派辦事的、當兵的，

<hr>

〔註5〕余伯流、夏道漢：《井岡山革命根據地研究》，江西人民出版社 1987 年版，第299 頁。

〔註6〕余伯流、夏道漢：《井岡山革命根據地研究》，江西人民出版社 1987 年版，第306 頁。

不服從指揮的，不願幹革命的，社會關係不好的，就儘量洗刷。洗刷的黨員不宣佈也不通知，開會不叫他參加，重新立過黨員花名冊。對犯錯誤的黨員有幾種處分：警告、留黨察看、開除黨籍。」〔註7〕這讓我們明白，在這時的「洗黨」中，本人的政治表現不是唯一的審查標準。本人表現再好，如果「社會關係不好」，也在洗刷之列。更讓我們明白，這次「洗黨」中，比較嚴格、正規的登記制度開始建立。

時任寧岡縣委組織部部長的劉克猶在《回憶寧岡縣的黨組織》中說：「八月失敗以後，我從縣委調到四區大隴區委，那時大隴正在洗黨，當時紅軍裏派了一個叫何特凡的來負責領導洗黨。那些不願意幹革命的，又不做革命工作的人，事先就派黨員去幫助他們改正錯誤。通過黨員大會，宣佈他們的錯誤事實，進行洗黨，在黨員的花名冊上取消名字。不通知他本人，也不通知他開會，也不給他任務，以後被洗掉了的黨員自己也會明瞭，洗黨以後重新造冊登記，凡是農民黨員都發了黨員證，知識分子入黨不發（須上級批准）。」〔註8〕

可以認為，中共對革命隊伍中個人檔案的重視，是從井岡山時期開始的。至於檔案記錄，則似乎並無明確的規章可循。有一些材料是一定要進檔案的。但在按規定必須進檔案的材料之外，什麼東西進檔案，則具有很大的隨意性、靈活性。檔案的具體掌管者，是各單位的領導和組織、人事、幹部部門。所以，一個人，在什麼單位、遇上什麼樣的領導，往往很重要。雖說全黨全軍全國一盤棋，但在不同的單位，人的際遇常常也相差甚大。犯了同樣的「過錯」，出了同樣的「問題」，在這個單位，也許就記入了檔案；在另一個單位，則可能不留下任何痕跡，也就沒有任何後患。正因為什麼東西進檔案有著很大的隨意性和靈活性，正因為檔案裏有什麼對本人保密，所以，對那「本人」來說，自己的檔案有著強烈的神秘性，彷彿是閻王手裏的生死薄。于會泳打算給「蔣軍弟兄」看的那張字條，沒有政治上變節的意味，甚至也沒有喪失人格尊嚴的表現，完全可以不進入檔案。不進入檔案，那張字條就永久消失了。然而，這張字條卻像一條毒蛇，從領導的手裏鑽進了于會泳的檔案袋，於是，每到關鍵時刻，這條蛇就顯出它的威力。于會泳沒能挺過「文革」後的隔離審查，與在檔案袋裏生存了30年的那張字條，應該也有關係。

〔註7〕 余伯流、夏道漢：《井岡山革命根據地研究》，江西人民出版社，第307頁。
〔註8〕 余伯流、夏道漢：《井岡山革命根據地研究》，江西人民出版社，第308頁。

劉順元在上世紀五十年代曾任中共江蘇省委書記,「文革」後曾任中紀委副書記。在投身中共前,劉順元曾是國民黨員,並當過國民黨山東省委委員。丁群所著的《劉順元傳》中說,1934 年 9 月,劉順元被中共黨組織派赴上海,任中共上海局組織幹事。組織部管事的,只有部長和幹事兩人,幹事就相當於副部長了。這樣的職務,使得劉順元能夠查閱幹部檔案。丁群寫道:「在閱讀幹部檔案的過程中,劉順元發現自己的一份幹部登記表上面,歪歪斜斜地批了一行字:『此人曾是刮民黨省委。』劉順元心裏一驚,這件事組織上還這樣注意呀!」〔註9〕曾任國民黨省委委員一事被記入了檔案,此事劉順元一直不知,儘管此前他已是中共高級幹部。如果不是恰好有可能看自己的檔案,也許此事他就終身不知。1933 年初,以博古為首的中共中央從上海遷往瑞金,同時在上海成立中央局。上海中央局實際掌管整個國民黨統治區的黨務。來上海前,劉順元是中央特派員兼陝南特委書記。他在上海中央局看到的自己的檔案,並不是從陝南轉來的,而是本來就在上海。中共中央雖然遷到了瑞金,但原由中央組織部掌管的高級幹部檔案不可能帶走,所以,上海中央局組織部的檔案,就是原來中央組織部掌握的檔案。劉順元看到檔案中有不利於自己的記載,他本可以想法處理掉的。處理掉了,也是神不知鬼不覺的。劉順元是光明磊落、頂天立地的漢子,不屑於幹這樣的事。但幹這樣的事者,也曾經不乏其人。想辦法看看自己的檔案,如有不利記載則處理掉,對於有些人來說,並非做不到的事。

檔案制度的進一步完善,是在延安時期。1938 年 8 月 25 日,中共中央政治局做出了《關於鞏固黨的決定》。這個決定強調,抗戰開始後,黨獲得了很大的發展,而要完成「黨的政治任務」,就必須從思想上、政治上、組織上「鞏固黨」〔註10〕。做出「鞏固黨」的決定,有著一個前提,即黨組織對新老黨員的歷史表現,都很不清楚。抗戰開始後,大批國統區青年學生投奔延安,其中許多人要求加入中國共產黨,而中共也敞開大門接納他們。正如有關研究者指出的,十年內戰期間,國統區的中共組織遭到嚴重破壞,不少黨員被殺害了,不少黨員叛變了,不少黨員正在國民黨的監獄中和反省院裏,剩下的多乎哉?不多也。抗戰初期,中共的黨員集中在軍中,但總數也只有幾萬人。黨員隊伍亟需擴大,於是,「拉伕」式的發展方式,又被用上了。黨員人

〔註 9〕 丁群:《劉順元傳》,江蘇人民出版社 1999 年 2 月版,第 64 頁。
〔註10〕 見《中共黨史大事年表》,人民出版社 1987 年 4 月版,第 141 頁。

數劇增後，隊伍是否純潔又成了毛澤東等中共領袖牽腸掛肚的問題。新黨員的歷史需要嚴格審查，老黨員的歷史往往也成了謎。從根據地「戰略轉移」到陝北，那些檔案資料基本上沒有帶過來。一路上越峻嶺、涉大河、爬雪山、過草地，一路上東奔西突、東躲西藏，一路上吃樹皮、啃草根，絕大多數人連命都沒能保住，少數到了陝北的人，哪裏可能把那些紙袋袋帶過來。當然，還是帶過來一點檔案資料的。據有關研究者考究，中央紅軍到達陝北後，帶過來的檔案文件有 50 多斤〔註11〕。這 50 餘斤，當然都是中央最核心、最重要、最機密的東西，至於廣大官兵的檔案資料，則應該在正式開始轉移前就毀掉了。國統區的黨組織，十年間也遭到嚴重破壞，黨員的檔案資料，要麼落入敵手，要麼也化成了紙灰。新老人員的歷史，黨都不瞭解，組織部門都不清楚，對於中共這樣的政黨來說，這是絕對不能允許的，所以要進行全面而嚴格的政治審查。

四

　　審查以多種方式進行。本人自述當然是要有的，但本人自述是不可輕易相信的。要求本人自述之外，還要進行公開調查。與公開調查同步進行的，還有秘密調查。秘密調查也不只一種手段，其中之一，是在各單位安插「網員」。「網員」的公開身份是單位的工作人員，秘密身份則是組織部門、保衛部門、安全部門派遣的情報員。「網員」以灰色的政治面目與同事相處，在日常生活中、在輕鬆隨便的閒聊瞎扯中，瞭解同事的歷史表現、思想現實等情況。後來與于會泳關係密切、對于會泳命運產生重大影響的江青，延安時期就當過「網員」。《文史精華》2007 年第 8 期發表了杜超的《調查江青的人——許建國的悲劇》，許建國就是安排江青當「網員」的人。許建國 1938 年在延安任中共中央保衛委員會委員、保衛部部長。江青於 1937 年 8 月到延安後，也受到嚴格的政治審查。江青把時任中共北平市委主要負責人的黃敬作爲自己歷史清白的證明人。有黃敬這樣的黨內高幹擔保，江青很快獲得組織的信任。1938 年 4 月，魯迅藝術學院成立，中共中央保衛委員會當然要向魯藝派遣「網員」，演員出身的江青成爲「網員」之一。江青被安排在戲劇系，公開身份是指導員。保衛部長許建國直接與江青聯繫。許部長要求江青每周秘密

〔註11〕見《中共保密工作簡史（1921～1949）》，費雲南主編，金城出版社 1994 年 11
　　　　月版，第 100 頁。

報告一次。但江青「網員」的使命完成得並不好，許建國部長對其很不滿意。當「網員」要求樸素、低調；要儘量不顯山露水；要儘量淡化言行的政治色彩；要儘量讓別人多說而自己微笑著聆聽；對別人的話不能表現得太感興趣，也不能表現得不感興趣；要讓別人對你毫無戒備。這些都與江青的理想和個性水火不相容。江青有自己的追求，豈能讓一個「網員」的身份誤了終身。江青不放過任何一個出風頭的機會，尤其喜歡往毛澤東等要人居住的地方跑。每周一次的彙報，也總讓許建國部長失望。延安時期任中央軍委機要科科長兼毛澤東秘書的葉子龍在回憶錄中也說，許建國曾嚴厲地批評江青：「江青同志，你作為一名網員，不能夠太活躍，不能夠到處拉關係，要表現得一般，以灰色面貌出現，這樣才能接近各種類型的人，才有可能從中瞭解情況。你老是出風頭，又那麼愛和中央首長接觸、聯繫，誰還會和你接觸，告訴你情況呢？」〔註12〕

延安時期定型的檔案制度，此後一直延用。膠東文工團團員于會泳的那張字條，寫於 1947 年，其時檔案制度已經定型，那張字條進了于會泳的檔案袋，也就不難理解。

1965 年，時為上海音樂學院教師的于會泳，受到江青的青睞，開始成為江青「搞戲」的得力助手。于會泳被抽調到市裏專門「搞戲」的班子裏工作，時常與江青接觸，頗受江青「關愛」。江青給于會泳送營養品、送藥品，這讓于會泳受寵若驚。而受寵若驚的同時，往往是得意忘形。當然不是在那對自己施寵者面前得意忘形，而是在那些不能也同樣受寵者面前忘乎所以。在江青面前受寵若驚的于會泳，每次回到學校，都在同事、領導面前盛氣凌人，不失時機地吹噓自己如何得江青之寵，甚至以居高臨下的口氣教訓校領導。于會泳在學校的趾高氣揚，令當時的上海音樂學院黨委書記鍾望陽極其反感。鍾望陽三十年代初在上海參加左翼文藝運動，是頗有點影響的兒童文學作家，出版有兒童小說《小癩痢》、《小頑童》和長篇童話《新木偶奇偶記》等。鍾望陽 1937 年加入中共。1949 年，鍾望陽回到上海，任上海市公安局人事處處長、副局長。「潘漢年、楊帆反革命集團案」發生後，鍾望陽也失去了黨的信任，被調離公安系統，先是在上海市文化局當副局長，後又到上海音樂學院當黨委書記。鍾望陽書記覺得這于會泳不但在學校同事面前不可一

〔註12〕《葉子龍回憶錄》，中央文獻出版社 2000 年 11 月版，第 65 頁。

世，甚至不知不覺間已不把校黨委放在眼裏。這令鍾書記怒不可遏。你于會泳本來就是我音樂學院的一名教師嘛，本來是我這個黨委書記掌中的泥團嘛，本來我想怎麼修理你就怎麼修理你、想怎麼搓揉你就怎麼搓揉你嘛，本來你見了我如老鼠見了貓嘛……現在，你攀附上了第一夫人，就敢把音樂學院踩在腳下了？就敢藐視學校黨委了？就敢不拿我這個黨委書記當回事了？……鍾望陽書記越想越氣，氣憤之餘，是後悔，後悔當初同意了于會泳到市裏專門「搞戲」的班子工作。後悔之餘，是想主意，想把于會泳從江青身邊弄回來的主意。向市委宣傳部打報告，強調于會泳有嚴重政治問題、不適宜在市裏「搞戲」，尤其不適宜經常接觸江青這樣的中央首長，是鍾望陽書記想出的主意。于會泳現實的政治表現，當然由鍾望陽說了算。如果還能發現一點于會泳的歷史問題，那就太好了。於是，鍾望陽決定查閱于會泳的檔案。那時代，好人整壞人，壞人整好人，壞人整壞人，不好不壞的人整不好不壞的人，都會想到這一招。于會泳的檔案，鍾望陽書記不看則已，一看便喜——當那張小字條被鍾書記拿在手裏時，他那手可能興奮得有些顫抖。這個姓於的居然有如此劣跡！這事要在全校公開，你于會泳就老鼠過街了，就一落千丈了，就人見人恨了。

鍾望陽是老革命、老公安，是懂政策、知分寸的。這字條當然不能輕易公開，但向上級反映這一重大發現，則不但是校黨委的權利，更是校黨委的責任和義務。於是，鍾望陽以音樂學院黨委的名義，向市委宣傳部打了報告，要讓于會泳退出那專門「搞戲」的班子，回到學校，而檔案袋裏的那張字條，當然是重要的理由。〔註 13〕鍾望陽書記以為這份報告一上去，于會泳便會立即從雲端跌落下來，但等啊等，卻一直沒有消息。報告的如泥牛入海，自然令鍾望陽心慌意亂。他知道自己低估了于會泳在江青、張春橋心目中的份量，他知道自己並沒有準確地判斷于會泳與江青、張春橋的關係。這裏面的水到底有多深，鍾望陽這個老公安也摸不清、看不准了。

事實上，上海音樂學院黨委的報告，一到張春橋手裏就被押下了。「京劇革命」，已成了全黨全國的頭等大事，毛主席親自關心，周總理親自抓。在這頭等大事上，北京已走在了上海的前面，中國京劇院的《紅燈記》和北京京劇團的《沙家浜》，已經紅翻了天。但毛主席、江青同志對上海是寄予厚望的。

〔註 13〕戴嘉枋：《走向毀滅——「文革」文化部長于會泳沉浮錄》，光明日報出版社
1994 年 4 月版，第 166 頁。

江青同志把上海作爲她「搞戲」的「基地」，就說明她對上海何等重視。上海的責任太重了。上海要眞正成爲「基地」，要做到不辜負毛主席和江青同志的希望，就要盡快「搞」出幾個好戲。而「搞戲」、「搞京劇革命」，需要「人才」。于會泳能被江青看中，能受江青寵愛，說明他是這方面的「人才」。眼下，這樣的「人才」太寶貴了。別說是那樣一張小字條，就是有更嚴重些的過錯，張春橋也會對于會泳進行保護的。不保護于會泳，還眞找不到可取而代之者。本文開頭說到徐景賢回憶 1968 年討論于會泳的市革命委員會常委資格時，負責組織工作的人把小字條問題提了出來，徐景賢很吃驚，但張春橋卻若無其事：「張春橋馬上接口，一點兒不吃驚，輕描淡寫地說：『這事我知道。一九六六年上海音樂學院學生到北京去揪于會泳，這也是一個由頭。這封信後來沒有成爲事實嘛。』」這讓徐景賢明白，張春橋提名于會泳當常委時，已經知道有那張小字條存在了。而張春橋正是兩年前從上海音樂學院黨委的報告中知道的。

五

徐景賢回憶說，一看張春橋的態度，自己馬上附和：「我在會上發表了意見：『我看，問題不大。主要看于會泳現在的表現。』我是負責文化文教這條線的，張春橋和我這麼一表態，其它市革會領導成員誰也不反對。市革會組織組就把于會泳列入名單。我還告訴他們：『上報中央審查的時候，不必寫上紙條的事情。』在張春橋和我的保護下，于會泳當上了上海市革命委員會常委。以後，張春橋和我又提名他當『九大』代表。」〔註14〕從徐景賢的回憶中，我們可以判斷，徐景賢等其它的市委領導，根本就不知道上海音樂學院黨委向市裏打報告一事，根本就不知道音樂學院黨委曾向市裏揭發于會泳歷史問題並要求讓于會泳回到學校，這說明，張春橋根本就沒有把音樂學院黨委的報告通報其它領導成員。

于會泳當市革委會常委是 1968 年的事。1966 年的時候，于會泳還有一劫。1966 年 9 月，「文化大革命」已如火如荼。據戴嘉枋在《走向毀滅》中說，上海音樂學院黨委組織部和人事科的幹部也起來造反了。他們是掌管全院教職工檔案的人。他們拍案（檔案）而起，公開了一部分檔案材料，

〔註14〕徐景賢：《十年一夢》，香港時代國際出版有限公司 2004 年 2 月第 2 版，第 333～334 頁。

以示對「紅衛兵」革命行動的支持、配合。他們以大字報的方式公開這些
檔案材料。在一張題爲《請看革命叛徒于會泳的眞面目》的大字報中，于
會泳寫於 1947 年的「告蔣軍弟兄書」被全文引錄。〔註15〕在 1966 年 9 月
的時候，這樣的一張大字報的爆炸效果，是不難想像的。用當時的常用語
說，革命群眾的肺都氣炸了。在這張大字報出籠前，于會泳已被學院造反
派揪回了學校、關進了牛棚，已經被鬥得魂飛魄散。大字報出籠後，革命
群眾當然要對于會泳進行新一輪的批鬥，但于會泳卻從牛棚到了北京。原
來，「中央文革小組」恰在這時來了指令，要上海的《智取威虎山》和《海
港》劇組於 10 月初啓程赴京公演，于會泳也在赴京者之列。音樂學院的黨
委和革命群眾，都不肯放于會泳走。他們頂了十多天，無奈江青親自命令
上海市委必須把于會泳安全送到北京，音樂學院黨委才不得不同意放人。
黨委同意，革命群眾卻並不同意。這樣罪大惡極的人，怎能讓他溜走？怎
能讓他去到「祖國的心臟」？怎能讓他走近「我們心中最紅最紅的紅太陽」？
牛棚有造反派嚴密監管。爲了讓于會泳走出牛棚、登上飛機，學校黨委對
革命群眾用了一次調虎離山計：「先指派一個人去買飛機票。接著在次日，
由黨委出面召集全院的紅衛兵造反派，『共商』學校文革的進一步開展。趁
造反派赴會之際，另外指派一個文革小組成員，從『牛棚』裏將于會泳押
送回家收拾一下東西，然後安排一輛吉普車，直接送他去飛機場。」〔註16〕
得知于會泳終於去了北京，革命群眾的肺又一次氣炸了。他們不願放于會
泳走，並非因爲不買江青和「中央文革」的賬。他們認爲，正是因爲于會
泳欺騙了「敬愛的江青同志」和「中央文革」，才使得江青同志和「中央文
革」對于會泳如此欣賞、信任。他們不能讓于會泳的欺騙繼續下去，他們
不能讓「敬愛的江青同志」和「中央文革」的受騙繼續下去。所以，他們
不放于會泳進京，非但不意味著對江青和「中央文革」不尊重，相反，倒
是因爲對江青和「中央文革」愛得太深。革命群眾質問學校黨委爲何放走
于會泳，革命群眾更揎拳捋袖、要到北京把于會泳揪回來。他們在北京當
然揪不到于會泳。但他們在上海火車站等到了從北京回來的于會泳。于會

〔註15〕 戴嘉枋：《走向毀滅──「文革」文化部長于會泳沉浮錄》，光明日報出版社
1994 年 4 月版，第 175 頁。
〔註16〕 戴嘉枋：《走向毀滅──「文革」文化部長于會泳沉浮錄》，光明日報出版社
1994 年 4 月版，第 181 頁。

泳被直接揪迴學校批鬥。本來就有嚴重胃病的于會泳，在批鬥中胃部大出血，大口吐血才讓批鬥中止。當晚，于會泳的家也被抄。

但後來的十年間，檔案袋裏的那張字條沒給于會泳帶來什麼麻煩，它像一條毒蛇進入了漫長的冬眠。「京劇革命」是江青唯一的政治業績，「樣板戲」是江青唯一的革命本錢。江青必須抓住不放。「搞戲」不能停止，于會泳就始終大有用場。於是，于會泳青雲直上，1969 年初，成爲上海市革命委員會常委、中共「九大」代表。1971 年，于會泳成爲國務院文化組成員，這爲他日後成爲文化部部長創造了條件，當然，也爲他走向那瓶本來用來洗刷便池的來蘇水創造了條件。

關於「文革」時期的國務院文化組，時任組長的吳德晚年有所回憶。1966 年 5 月，吳德從吉林省委書記任上被調到北京，先後任北京市委第二書記兼市長、市革命委員會副主任、北京市委第一書記、北京市革命委員會主任、中共中央政治局委員、全國人大副委員長等職，「文革」時期始終活躍在政治舞臺、政治知名度很高，但卻沒有被劃入林彪、江青兩大集團，堪稱政治高人。「文革」開始後，原來的文化部被砸爛。1971 年 7 月，中共中央決定成立一個國務院文化組，承擔原文化部的職責。毛澤東指定吳德兼任文化組組長，副組長則由軍委辦事組成員（相當於軍委委員）劉賢權兼任。文化組成員一開始有石少華、吳印咸、于會泳、浩亮（在《紅燈記》中扮演李玉和）、劉慶棠（在《紅色娘子軍》中扮演洪常青）、黃厚民、狄福才。吳德對於當這個組長，是極其不情願的。在北京市工作時，吳德就不免常常與江青打交道，深感江青之難纏。吳德晚年回憶說：「江青很使人討嫌，就像鄉間小道上的刺草，弄不好刺你一身小刺球，夠摘一陣子的。所以人們都躲她，惟恐避之不及。」〔註 17〕吳德知道，這文化組，雖說名義上隸屬國務院，但一定是直接聽命於江青，那就意味著要經常與江青打交道，吳德眞是「有些煩，有些煩」。他找周恩來百計推脫，但無奈這是毛澤東在點將，周恩來也幫不了他。吳德只得硬著頭皮當這文化組組長。吳德說：「那時眞難辦，特別是浩亮、劉慶棠他們打了我很多『小報告』，我經常挨批評。我步步小心，在文化組受的罪大了。」〔註 18〕吳德說浩亮、

〔註17〕《吳德口述：十年風雨紀事》，朱元石等人訪談、整理，當代中國出版社 2008 年 6 月第 2 版，第 62 頁。

〔註18〕《吳德口述：十年風雨紀事》，朱元石等人訪談、整理，當代中國出版社 2008 年 6 月第 2 版，第 69 頁。

劉慶棠經常與他為難，沒說于會泳。我想，這有兩個原因。一是于會泳的素質，的確比浩亮、劉慶棠要高些，是一個作曲家和音樂理論家。另一個原因，則是于會泳太忙。江青「搞戲」，主要借助于會泳。于會泳不但要做組織管理工作，更要具體地從事作曲工作。為讓江青滿意，于會泳必須把主要精力放在「搞戲」上。那兩人就不同了。兩人本來就是演員，而且「文革」期間，各自就只演一齣戲。浩亮就只在《紅燈記》裏演李玉和，劉慶棠就只在《紅色娘子軍》中演洪常青。江青有指令，為了維護已經樹立起來的光輝形象，不准主要演員演其它角色。只演一個戲，不演戲時就難免無聊。「下雨天打孩子，閒著也是閒著」，給吳德找點碴，也是一種消遣。

吳德「痛不欲生」之際，其時已「解放」出來工作的萬里，給他出了個主意：安排一個可以直接跟毛澤東說上話的人進文化組，並提供了一個人選，即天津的王曼恬。吳德回憶說：「王曼恬是王海容的姑姑，和毛主席是親戚。她是在天津造反起家，當時任天津市委書記處書記。」〔註19〕王海容是毛澤東表兄王季范的孫女，從小出入中南海，其時任外交部禮賓司司長，是「文革」時期經常陪伴毛澤東的幾個人之一。王曼恬是王海容的姑姑，那可以稱毛澤東為「表叔」了。吳德也認為這是個好主意。趁王曼恬到京開會之際，吳德與她談了這個問題。吳德表示，只請她在文化組兼職，每周來一兩次即可，天津的工作不變。王曼恬在寫信求得毛澤東同意後，就也成了文化組成員。吳德請來了這個鍾馗，日子稍為好過一點。王曼恬既然是毛澤東的表侄，能隨時與毛澤東聯繫，那江青也要忌憚她幾分，于會泳、浩亮、劉慶棠這類小鬼，就更不能不買賬了。

六

吳德本來是北京市的領導，讓他當國務院文化組組長，有些難以讓人理解。其實，這只是為了錢。吳德回憶說：「當時國務院處於癱瘓狀態，樣板團的財政、後勤工作都依靠北京市保證」。〔註20〕江青「搞戲」、「搞文化革命」，要錢，要很多的錢。國務院拿不出錢，就只能向北京市要，這是安

〔註19〕 《吳德口述：十年風雨紀事》，朱元石等人訪談、整理，當代中國出版社2008年6月第2版，第77頁。

〔註20〕 《吳德口述：十年風雨紀事》，朱元石等人訪談、整理，當代中國出版社2008年6月第2版，第75頁。

排吳德當組長的重要原因。吳德上任時，江青當著周恩來的面給他立規矩：
「江青他們給我定了兩條界限：第一條是不能和舊文化部的人、文藝界的
人沾邊，要和他們劃清界限；第二條是藝術上的事情不要多管，搞好八個
樣板團的後勤。我說：是啊，藝術上的事我也不懂。」〔註 21〕讓吳德這個
北京市的領導當文化組組長，就是讓他為「樣板團」當「後勤部長」。首演
那八個「樣板戲」的劇團，被稱為「樣板團」。江青要求「樣板團」集中食
宿，實行伙食補貼，戴嘉枋說：「團內按每人每月 45 元的標準補貼在每日
三餐的伙食中，晚上演出另有夜餐供應。逢星期日團內不開晚飯，就給團
內人員分發相當價格的燒雞等熟食帶回去。當時中國的生活水平極其低
微，物價也非常便宜，一個學徒工滿師以後的標準月工資僅 36 元，而『樣
板團』人員的月伙食補貼是 45 元，遠遠超過一個青年工人的月收入。」〔註
22〕45 元，超過當時大部分公職人員的月工資。當時大部分公職人員的月工
資，都只有三四十元，能達到 50 元的很少。這筆錢，都由吳德從北京市的
財政收入中支付，也可以說是北京人民的血汗錢。在這個意義上，又可以
說，「文革」期間，北京人民為「樣板戲」做出了重大貢獻。江青又規定，
「樣板團」要像部隊一樣發軍裝，這任務，就由劉賢權承擔。吳德、劉賢
權這正副組長，一個管著「樣板團」的「吃」，一個管著「樣板團」的「穿」：
「在這樣的情況下工作很困難，反正當時北京市有錢，要錢我就給錢。文
化組的副組長是劉賢權，發軍衣有權，從軍委辦事組領一些軍衣、軍大衣
發給樣板團。當時樣板團的人都穿軍裝。」〔註 23〕

　　吳德說，文化組的人，先後被江青整下去許多，最後只剩下吳德、劉賢
權、于會泳、劉慶棠、浩亮、王曼恬。而後來，「不知道是什麼原因，王曼恬
提出很多理由，也慢慢地不來參加會議了。我對文化組的事真感到傷腦筋。」
〔註 24〕仔細想想，王曼恬這個角色也不好當。王曼恬知道吳德要借助她來抵

〔註21〕《吳德口述：十年風雨紀事》，朱元石等人訪談、整理，當代中國出版社 2008
　　　　年 6 月第 2 版，第 75 頁。
〔註22〕見戴嘉枋：《樣板戲的風風雨雨——江青‧樣板戲及內幕》，知識出版社 1995
　　　　年 4 月版，第 179 頁。
〔註23〕《吳德口述：十年風雨紀事》，朱元石等人訪談、整理，當代中國出版社 2008
　　　　年 6 月第 2 版，第 75 頁。
〔註24〕《吳德口述：十年風雨紀事》，朱元石等人訪談、整理，當代中國出版社 2008
　　　　年 6 月第 2 版，第 79 頁。

抗江青。自己雖然是毛澤東的表侄，但江青是毛澤東的老婆，正受著毛澤東的信任。這個鍾馗的角色長期扮演下去，不但會引起江青的忌恨，也可能影響表叔與自己的關係，那實在是很不合算的。1974年10月，四屆人大召開前，周恩來就人事安排問題分別找人談話、徵求意見。在找張春橋、江青談話時，他們提出建立文化部，由吳德當部長。吳德聞訊，坐臥不安，又是找周恩來，又是找李先念，說自己幹不了這文化部長。周恩來對吳德在文化組的處境也很同情。但如果毛澤東點名吳德當文化部長，那就誰也沒有辦法。好在毛澤東還沒有表態。周恩來想了一招，讓吳德到全國人大當副委員長。吳德一開始還不能領會周恩來的良苦用心，表示自己不適合到人大，周恩來才說：「你怎麼糊塗啊！」吳德這才不說什麼。周恩來這樣安排，是為了讓吳德擺脫受江青一夥窩囊氣的處境，因為按照規定，人大的官員，是不能兼任政府部門的工作的，當了副委員長，就是毛澤東也不好叫他兼任文化部長了〔註25〕。

1975年1月，四屆人大召開，決定建立文化部，部長由于會泳擔任，專演李玉和的演員浩亮和專演洪常青的演員劉慶棠，都當了副部長。徐景賢在回憶錄中，這樣談論于會泳的當部長：「這樣，于會泳由上海音樂學院的一名普通教師，因為在搞樣板戲中緊跟江青，終於當上了中華人民共和國的文化部部長。」〔註26〕當部長，于會泳當然很興奮。這個時候他不會想到，坐上了部長的高位，離那廁所窗臺上的來蘇水，就很近了。

1976年10月6日，「四人幫」垮臺。緊接著，中共中央的工作組進駐文化部，宣佈對于會泳隔離審查。據戴嘉枋《走向毀滅》中說，于會泳被關押在北京阜成門外國務院第四招待所一幢房子的底層。這是于會泳投身革命後，第二次被組織宣佈隔離審查。第一次是在膠東文工團時，因為寫了那張「告蔣軍弟兄書」的小字條，被隔離審查一個月。那是1947年底的事。整整29年過去了。于會泳用了29年的時間，從一間隔離審查室走進另一間隔離審查室。當年的那間，是膠東農村的柴房，現在是國務院的招待所，條件是好多了。

置身於國務院招待所的這間隔離審查室，于會泳一定會想起29年前的那

〔註25〕 《吳德口述：十年風雨紀事》，朱元石等人訪談、整理，當代中國出版社2008年6月第2版，第80頁。

〔註26〕 徐景賢：《十年一夢》，香港時代國際出版有限公司，2004年2月第2版，第341頁。

間柴房。那一次，是因爲寫了那張小字條。這一次，「罪行」要複雜得多，但是，那張小字條並沒有消失，它仍然在檔案袋裏放著。按中共懲罰人的慣例，每有現行罪錯者，在懲罰時，總要追究其歷史罪錯，總要舊賬新賬一起算。那張小字條，曾經給于會泳帶來許多麻煩、痛苦。這十年，因爲成了江青的紅人，才沒人提那檔子事。現在，中央在處理自己問題時，如果把那檔子事也一起算，那罪行就可能異常嚴重了。那張小字條，本就具有模糊性。要保護你時，說那不算什麼，完全可以；要整治你時，說它意味著叛變，也毫無問題。十年前，上海音樂學院的組織、人事部門披露那字條的大字報，不就以《請看革命叛徒于會泳的眞面目》爲題嗎；那時候，音樂學院的「紅衛兵」和廣大群眾，不就認定自己是「叛徒」嗎。這一次，如果那張字條被中央視作叛變的證據，那自己就是「歷史反革命」加「現行反革命」了。想到這些，于會泳應該不寒而慄。

于會泳的擔憂並不多餘。那條在檔案袋裏蟄伏了十年的毒蛇，該蘇醒了。

一進入隔離審查室，于會泳就開始寫交代、揭發材料。邊寫，當然邊猜測著自己的結局。1977 年 8 月 12 日至 18 日，中共第十一次全國代表大會在北京召開，華國鋒代表中央作政治報告。華國鋒的報告，主要是以嚴厲的語氣，對「四人幫」進行揭發批判，在列舉「四人幫」的罪行時，有這樣一段：

> 「四人幫」根本否定毛主席對社會主義時期我國社會各階級的科學分析，拋出一套所謂「社會主義時期階級關係新變動」的荒謬理論。他們所謂的「新變動」，就是老幹部變成「走資派」，老工人變成「既得利益者」，青年工人「更不行」，貧下中農搞社會主義革命「思想跟不上」，知識分子是「臭老九」。而地富反壞，牛鬼蛇神，像馬天水、于會泳、遲群、張鐵生、翁森鶴、陳阿大那樣一些政治野心家、叛徒、新生反革命分子、流氓、打砸搶者，則是他們依靠的所謂「先進分子」。這樣，他們就全面地顚倒了社會主義歷史階段的敵我關係，把自己放在同全國人民爲敵的地位。

于會泳被安排收聽了華國鋒政治報告的廣播。當聽到這一段時，于會泳當如五雷轟頂。被華國鋒在政治報告中點名，那意味著在中央眼裏，自己的罪行是極其嚴重了。「政治野心家」、「叛徒」、「新生反革命分子」、「流氓」、「打砸搶者」，華國鋒列舉的這幾頂帽子中，哪一頂最適合自己的腦袋呢？

想來想去，只有那「叛徒」的帽子，最適合，因為自己的腦袋，已經戴過一回這樣的帽子了。這也意味著，中央要舊賬新賬一起算了。想到這些，于會泳應該面如死灰，魂不附體了。戴嘉枋對于會泳此時的心理狀態，有如此想像：

> 那我算什麼？于會泳在心中戰戰慄慄地把這幾頂帽子比量著往自己頭上套……叛徒？我是叛徒？想到這兒，于會泳霎然間從床上坐了起來——他猛然想起了在膠東文工團時寫的那張小字條……華主席的政治報告中，分明是確認自己是叛徒了——按所點人的名和後面的帽子一一相應的話，馬天水是政治野心家，順序下來的于會泳該是叛徒了……〔註27〕

戴嘉枋的想像是合乎情理的。于會泳認定中央已確認其歷史上是的叛徒。于會泳這樣想也並不離譜。在那被點名的六人中，也只有于會泳的腦袋，比較適合戴「叛徒」這頂帽子。于會泳已被隔離審查了十個月，他的檔案肯定每一頁都被仔細研究過。那張「告蔣軍弟兄書」，也毫無疑問引起了審查者的重視。華國鋒政治報告中所說的「叛徒」，應該就是指于會泳。

七

1977年8月28日夜，于會泳用公用廁所窗臺上一瓶用來洗刷小便池中尿垢的來蘇水，結束了自己的生命。

「文革」後接受政治審查者中，鮮有人自殺。于會泳的自殺，顯得很特別。華國鋒在中共十一大政治報告中對他的點名，是導致于會泳自殺的直接原因。于會泳之所以有被點名的「資格」，是因為當了文化部長，否則，在這樣的場合，他應該還不配被點名。但是，如果沒有「叛徒」的罪名，即使被點名了，于會泳也未必會自殺。

于會泳的自殺，是有些讓人遺憾的。如果不自殺，于會泳最多被判處20年徒刑。姚文元的刑期是20年，于會泳不會長過姚文元。于會泳有嚴重胃病，適當時候爭取保外就醫，是完全可能的，因為像于會泳這樣的人，認罪態度和服刑表現一定很好。保外就醫後，如果像徐景賢一樣寫一部「文革」回憶錄，那對於人們認識江青、認識「文革」、認識「樣板戲」，都是極有幫助的。

〔註27〕戴嘉枋：《走向毀滅——「文革」文化部長于會泳沉浮錄》，光明日報出版社 1994年4月版，第462頁。

于會泳很能寫。他也應該願意寫。至少,寫這樣一部回憶錄,有可觀的版稅收入呢。

　　于會泳的一生,或許因為多寫了一張小字條,所以少寫了一部回憶錄。

2013 年 3 月 4 日凌晨

禁欲時代的情色——
「紅色電影」中的女特務形象

　　在 20 世紀五六十年代中國大陸的「紅色電影」中，以「反特」為題材的
電影佔有相當地位，同時也是那時代最受觀眾歡迎的電影種類。而這類電影
之所以受歡迎，一個重要的原因，是因為其中往往有那種以女特務身份出現
的人物形象。這種女特務，雖然是「反面人物」，雖然導演和演員極力要表現
出她們心靈的兇殘和骯髒，但廣大觀眾仍然深深被她們所吸引。套用一句俗
而又俗的話：女特務是「紅色電影」中「一道亮麗的風景」。由東北電影製片
廠拍攝的《鋼鐵戰士》於 1950 年上映，賀高英扮演了其中的國民黨女特務，
這個女特務一心想以色相引誘被俘的「我軍」張排長，給觀眾留下了深刻的
印象。這應該是中共建政後出現在銀幕上的第一個女特務形象。此後，這類
女特務在電影中頻繁出現。八一電影製片廠拍攝的《英雄虎膽》中的阿蘭和
李月桂（分別由王曉棠和胡敏英扮演），八一電影製片廠拍攝的《永不消失的
電波》中的柳尼娜（陸麗珠扮演），上海海燕電影製片廠拍攝的《羊城暗哨》
中的八姑和梅姨（分別由狄梵和梁明扮演），上海天馬電影製片廠拍攝的《霓
虹燈下的哨兵》中的曲曼麗（姜曼璞扮演），長春電影製片廠拍攝的《寂靜的
山林》中的李文英（白玫扮演），長春電影製片廠拍攝的《虎穴追蹤》中的資
麗萍（葉琳琅扮演），長春電影製片廠拍攝的《鐵道衛士》中的王曼麗（葉琳
琅扮演），長春電影製片廠拍攝的《冰山上的來客》中的假古蘭丹姆（谷毓英
扮演），珠江電影製片廠拍攝的《跟蹤追擊》中的徐英（紅冰扮演），八一電
影製片廠拍攝的《秘密圖紙》中的方麗（師偉扮演）……這一系列女特務形

象，構成了「紅色電影」中一種十分獨特的人物畫廊。當年的觀眾中，至今還有一些人對這類女特務一往情深、懷戀不已，提起來便兩眼放光，彷彿提到的是自己初戀的情人。

所謂「特務」，本是一個中性詞，即「特殊任務」之意。1927 年國民黨清黨、國共處於尖銳敵對狀態後，周恩來在上海主持中共中央軍委工作，曾在軍委成立「特務工作科」（簡稱「特科」）。可見，在中共的話語體系裏，「特務」最初並不單指「敵方」執行特殊工作的人員，己方負有特殊使命者，也可稱「特務」。可是後來，在中共的話語體系裏，「特務」變成了一個貶義詞，專指「敵方」執行特殊任務的人員，至於自己這一面擔負同樣性質的工作者，則稱偵察員。在五六十年代的「紅色電影」中，有「敵方」的特務形象，也有「我方」的偵察員形象。「敵方」的特務往往是女性，以至女特務能組成一種人物畫廊。而「我方」的偵察員，則往往是男性。說得更直白些，在這些電影中，「敵方」往往派遣青年女性潛入「我方」執行特務任務，而「我方」潛入「敵方」執行特務任務者，則總是青年男性。其實，不單是電影，在那時期的小說中，情形也是如此。與其說這有現實生活做依據，毋寧說是某種微妙的心理意識使然。不僅五六十年代公開發表出版的作品中，有這種「敵女我男」的模式，「文革」期間屬於非法的手抄本小說，也總是嚴守這一不成文的規範。有人曾指出過這一現象：「從革命者的價值觀和道德觀來講，無論是革命年代的地下黨，還是和平時期的公安偵察員（正方的符號代表），為完成艱巨任務，均可憑藉談戀愛的手段打入敵人心臟（反方的符號代表），但主人翁必須是男的且不能與反方的女特務或罪犯發生實質性的性關係，而反方則往往是用放蕩野性的女色勾引男革命家或公安人員，且被誘惑一方都會巧妙躲避或嚴詞拒絕而過美色關，否則，一旦沾染女色，不是變節投敵就是死亡，而女革命家或偵察員絕不能施用美人計這一手段，此癥結直到現在所能見到的文字或文學作品中概莫能外」。〔註 1〕「紅色文藝」表現的當然是「紅色道德」。在這種「紅色道德」的支配下，便出現這種情況：「敵方」可對「我方」大施其美女計，但決不可對「我方」施以美男計；「我方」可對「敵方」施以美男計，但決不可對「敵方」施行美女計。這種「紅色道德」顯然並不令人陌生。「敵方」對「我方」施行美女計，其結果當然是徒勞，從「敵方」

〔註 1〕 周京力：《長在瘡疤上的樹》，見《暗流》，文化藝術出版社 2001 年 4 月版，第 24 頁。

的立場來說，是偷雞不成蝕把米，賠了夫人又折兵，從「我方」的立場來說，則是不但挫敗了「敵方」的陰謀詭計，還多少佔了些便宜。「我方」對「敵方」施行美男計，其結果當然是卓有成效的，是以大勝告終的，從「敵方」的立場來說，仍然是雙倍的損失，而從「我方」立場來說，則是雙倍的收穫。。

　　退一步說，即使「我方」對「敵方」施行美男計而未能達到最終的政治或軍事目的，也並不是純粹的失敗，至少「我方」美男在與「敵方」美女的周旋中不無收穫。──這種「紅色道德」顯然認為，女性的姿色和身體，是她所從屬的陣營的利益之一部分，或者說，是她所從屬的陣營的一種特殊利益，這種利益或許比陣地、領土、金錢等更為重要。既如此，在「敵方」女性的姿色和身體上占些便宜，也算是繳獲了一種特殊的戰利品。既然「我方」女性的姿色和身體，也是「我方」的一種特殊利益，那就決不能拿這種利益去冒險。「我方」對「敵方」施行美女計，即便最終達到了政治和軍事上的目的，也不是一種純粹的勝利，也付出了特殊的代價。──當然這裏說的是電影等文藝作品中的情形，真實的情況如何，另當別論。電影等文藝作品中反映的這種「紅色道德」，實際上不過是某種陳腐的意識、觀念披上了紅色的外衣而已。

　　「紅色電影」不僅僅寫「敵方」女特務以色相引誘「我方」人員，還往往讓女特務對「我方」人員「動真情」，這也是很耐人尋味的。《英雄虎膽》中的阿蘭，風情萬種、豔壓群芳，但卻對打入「敵方」內部的「我方」偵察科長曾泰一往情深。《羊城暗哨》中的八姑，儀態萬方、妖冶嫵媚，但卻對打入「敵方」的「我方」偵察員王煉情深意濃。「紅色電影」不僅讓「敵方」女特務愛上「我方」偵察員，而且往往還要強調她們是在有眾多追求者的情況下對「我方」偵察員情有獨鍾。讓女特務對「我方」偵察員「動真情」，當然意在表現「我方」英雄人物的魅力，意在通過女特務的眼光來肯定「我方」英雄人物的價值。然而，深究起來，「紅色電影」中的這種「匠心」，這種用意，卻是與「紅色價值觀念」相衝突、相背離的。依據「紅色價值觀念」，敵人從頭到腳、從裏到外，都是毫無價值的。只有敵人的恨，能證明「革命者」的價值；「革命者」被敵人恨得越深，便越有價值。女特務是特別危險特別可惡的敵人，那就更是上上下下、裏裏外外，都無絲毫價值可言。然而，當電影以女特務的「真情」來證明「革命者」的價值時，卻又分明是認可了女特務「真情」本身的價值的，因為如果女特務的「真情」本身是毫無價值的，

那就非但無法證明「革命者」的價值，相反，對「革命者」只能是一種貶低、一種侮辱、一種否定，只能證明「革命者」的無價值。人們當然可以說，女特務也是「人」，她的「真情」只是一個女性對男性的自然情感，本身是超階級、非政治的，是與她的階級屬性和政治身份無關的。然而，我們分明記得，「紅色價值觀念」，是根本不承認有「抽象的人」，根本不承認有超階級、非政治的「普遍人性」。在這個意義上，借助女特務的「真情」來表現「革命者」的價值，仍然與「紅色價值觀念」相齟齬。

在「紅色電影」中，女特務可以對「我方」人員使出種種引誘手段，甚至大動真情，但「我方」人員在與女特務周旋時，卻必須嚴守分寸。那是一個禁慾的時代，那是一個女性全面男性化的時代。「我方」人員與女特務周旋雖是出於「革命需要」，但也是一件極其危險的事。這危險並不在於「我方」人員是深入虎穴，而在於女特務的美麗迷人，在於女特務作為女性對於男性的性魅力。在禁慾的時代，在禁慾的道德氛圍中，女性的美麗嬌媚，某種意義上是對「革命者」最大的威脅，是瓦解「革命鬥志」、破壞「革命友誼」的最可怕力量。古往今來，女性的美豔，引發過男性之間無量數的拼殺。因為女性而父子兄弟相殘、國家民族開戰之事，也屢有所見。中國有俗語云：「英雄難過美人關」。可見「美人」對男性事業的危害有多麼大。當「英雄」過不了「美人關」而「衝冠一怒為紅顏」時，會置集體、黨派、國家、民族甚至身家性命等「紅顏」之外的一切於不顧。正因為看到了女性的性魅力對「革命事業」的可能危害，中國歷代的遊民階層和底層革命者，都把輕女仇女作為一種道德規範，作為檢驗「革命者」精神、意志的一種標準。而輕女仇女的深層原因，則是對女性的恐懼。這種情形，在中國歷代的通俗文藝作品中，往往有典型的表現。王學泰在《遊民文化與中國社會》一書中，對《三國志平話》《水滸傳》《三國志演義》等古代通俗文學作品「對待婦女的態度」有專門的論述。「英雄難過美人關」，固然說明「美人關」之不易過，但也同時在強調，過不了「美人關」的「英雄」便不是「真英雄」。這樣，是否能過「美人關」，便成為檢驗「英雄」之真假的試金石。中國歷代的通俗文藝，在塑造「真英雄」時，都會極力表現他們的輕女仇女。「真英雄」在輕女仇女的同時，是對「兄弟」、「同志」、「戰友」的「義」，是為「兄弟」、「同志」、「戰友」不惜犧牲自身一切的精神。「兄弟如手足，妻子如衣服」，是《三國演義》中劉備的名言。關羽的視美色如糞土，也給人留下極深刻印象。其它如諸葛亮、

張飛、趙雲等所有作者心儀的人物，無一不具有對美色無動於衷的精神品質。《三國演義》第十九回，獵戶劉安更以殺妻饗備的實際行爲將「兄弟如手足，妻子如衣服」，改寫爲「兄弟如手足，妻子如雞豚」。劉備兵敗，匹馬逃至山中，投宿劉安家：「當下劉安聞豫州牧至，欲尋野味供食，一時不能得，乃殺其妻以食之。玄德……乃飽食了一頓。天晚就宿，至曉將去，往後院取馬，忽見一婦人殺於廚下，臂上肉都已剜去。玄德驚問，方知昨夜食者，乃其妻之肉也。」作者顯然是以讚賞的態度寫了劉安的行爲的。而對女性的輕視，在這種讚賞中，表現得分外鮮明。

王學泰指出了《水滸傳》中的這樣一種現象：「《水滸傳》寫了三十幾個女性，作者對於那些具有女人特徵和女性追求的婦女形象都視爲水性楊花的淫婦，而且大多數被梁山好漢們以極其殘酷的手段處死。」〔註2〕《水滸傳》第四十六回，楊雄殺美貌妻子潘巧雲的場面，令人噁心，也發人深思：

> ……石秀便把那婦人頭面首飾衣服都剝了。楊雄割兩條裙帶來，親自用手把婦人綁在樹上。……楊雄向前，把刀先幹出舌頭，一刀便割了，且叫那婦人叫不的。楊雄卻指著罵道：「你這賊賤人，我一時間誤聽不明，險些被你瞞過了！一者壞了我兄弟情分，二乃久後必被你害了性命，不如我今日先下手爲強。我想你這婆娘，心肝五臟怎樣生著？我且看一看！」一刀從心窩裏直割到小肚子上，取出心肝五臟，掛在松樹上。

楊雄殺潘巧雲，殺得振振有詞。潘巧雲的「罪過」之一，是挑撥楊雄與石秀的兄弟情義。原來潘巧雲曾以言語撩撥寄居家中的石秀，石秀不爲所動，潘巧雲轉而在楊雄面前誣稱石秀對其圖謀不軌，楊雄一時間信以爲眞，對石秀心生惱怒。所謂「險些……壞了我兄弟情分」，即指此。楊雄與石秀，其實相識未久。然而，在遊民的價值體系中，剛締結的「兄弟情」，也遠重於多年的「夫妻情」。美貌女性有可能破壞「兄弟情分」，這足以令人恐懼。而竟然眞的「險些」破壞了「兄弟情分」，當然就死有餘辜了，所以應該死得這樣慘。《三國演義》《水滸傳》等古代通俗文藝中表現的這種遊民階層畏女、輕女、仇女的意識，在五六十年代的「紅色文藝」中也改頭換面地出現。「紅色電影」中，爲了「革命工作」的需要，「我方」偵察員，可對「敵方」女特務虛與委蛇、虛情假意，但卻絲毫不能弄假成眞，無論在身體上還是在精神上，都是

〔註2〕王學泰：《遊民文化與中國社會》，學苑出版社1999年9月版，第257頁。

決不能「越雷池一步」的。在身體上，「我方」偵察員可與女特務做有限的社交性的肢體接觸，如握手、跳舞等，但「佔便宜」僅限於此，並不能與女特務有任何真正私密性和性之意味明顯的身體接觸。「紅色電影」往往不厭其煩地渲染女特務怎樣用身體引誘「我方」偵察員，怎樣百般忸怩、千般作態，但「我方」偵察員總是能巧妙地擺脫與拒絕，始終嚴守界線。在表現「我方」偵察員對女特務的引誘與拒絕時，還不能讓觀眾覺得他是在用「革命意志」和「革命覺悟」強壓欲望，而要讓觀眾覺得他對如此的美貌、如此的柔情、如此具有誘惑力的身體，壓根兒就不動心，壓根兒就沒有生理上的欲望。相反，「我方」偵察員，對女特務的搔首弄姿、投懷送抱，只有生理上的厭惡，他需要用「革命意志」和「革命覺悟」所強行壓制的，是這種對女特務的厭惡。要問「我方」偵察員對女特務是否也有欲望，也可以說有，那就是立即消滅她的欲望，他同樣必須用「革命意志」和「革命覺悟」強行壓制著這種欲望。《三國演義》《水滸傳》等古代通俗文藝中所頌揚的英雄好漢，是對美色根本就不產生生理欲望的，是對美色甚至有生理上的厭惡的，是與女性的美豔生來有仇的。如果說「英雄難過美人關」，是指「英雄」難以在「美人」面前克制情感衝動和生理欲望，那這句話對程咬金、秦叔寶、宋江、李逵、武松、劉備、關羽、張飛等「遊民英雄」就並不適用，對「紅色電影」中那些與女特務周旋的「革命者」也不適用，因為他們面對「美人」根本就不產生情感衝動和生理欲望，因為「美人」在他們面前根本就不是什麼「關」。在這個意義上，他們不但是「真英雄」，而且是「超英雄」。「萬惡淫為首，論跡不論心，論心世間無完人。」這是中國古代一副名聯的下聯。這句話說得很通達。一個人，面對有誘惑力的異性，只要能在行為上管束住自己，就算是好樣的，至於心裏有點「邪念」、有些「欲火」，那是正常的，可以理解、應該原諒的。如果連一點「邪念」、一些「欲火」也不准有，那世間便沒有不淫的「完人」。這表達的，應該是主流社會的價值觀念。而古代中國遊民階層在性道德上，是遠比主流社會更嚴酷的。這種嚴酷的性道德，卻在二十世紀的「紅色文藝」中得以延續。在中國古代的通俗文藝作品如《三國演義》《水滸傳》中，貪戀女色，即便武功再高強，即便拼殺中再勇猛，即便打家劫舍、殺人放火中再「功勳卓著」，也算不得真的「英雄好漢」。同樣，在「紅色電影」中，如果「我方」偵察員在肉體和情感上失了分寸，面對女特務時動欲、動情甚至付諸行動，那就意味著變節、墮落，就是萬劫不復的醜類，就是「革

命」永遠的敵人。在與女特務的周旋中，在面對女特務的百媚千嬌時，「革命者」應該時刻保持厭惡和仇恨，即便為了工作需要而對女特務甜言蜜語時，內心也應有著鋒利的殺機，他應該能夠隨時對她手起刀落。

在「紅色電影」中，與女特務形成對照的，還有那類「正面」的女性形象。這類電影所精心塑造的那種女性「英雄」，所極力歌頌的那種女性「革命者」，在性格、言行上總是非常男性化的，用通俗的話說，總是沒有丁點「女人味」的。這是「紅色價值體系」對女性的要求在文藝中的反映。而這也是其來有自的。古代的遊民之所以畏女輕女仇女，是因為女性的性魅力能夠瓦解「兄弟情」、「戰友義」，能夠使群體崩毀、能夠讓大業潰敗。但如果雖是女性卻舉手投足都與男性無異，因而對男性並無性魅力，如果雖是女性卻照樣與男性締結「兄弟情義」，如果雖是女性卻讓男性們根本意識不到性別上的差異，那就沒有危害了。王學泰在《遊民文化與中國社會》一書中，曾指出在《水滸傳》中，女性只有充分男性化、表現得與男性沒有任何差別時，才能被梁山泊接納。〔註3〕母大蟲顧大嫂、母夜叉孫二娘，之所以能躋身一百單八將之列，就因為她們毫無害羞、膽怯、柔弱、慈悲等通常被認為更多地屬於女性的品格，同李逵、武松等人一樣，她們也殺人不眨眼，也以殺人放火為人生最大樂事。作者賦予她們的綽號「大蟲」、「夜叉」，就已經將她們的品性充分表露了。這同時意味著，女性只有像猛虎、如惡鬼，才具備了上梁山的資格。當人們說梁山上有「一百零八條好漢」時，就已經將她們視作「漢」了，或者說，就已經以遊民的價值取向為她們做了「變性手術」。對女性的這樣一種價值取向，正是後來「紅色文藝」中「正面女性」無不男性化的根源。

「紅色文藝」大行其道的時代，也正是「紅色價值」主宰整個社會生活的時代。在現實生活中，女性普遍男性化，在髮型、服飾上，將「女性味」減少到最小限度，在言行舉止上也最大限度地與男性認同。女性身上的任何一點「女性味」，都被視作是「小資產階級情調」，都被看成是「思想意識」有問題的表現；都意味著政治上的不可靠、不過硬；都會招致領導的批評、群眾的非議；一旦來了政治運動，還會成為批鬥的對象。在現實生活中，女性失去了「女性味」；在文藝作品裏，「正面」的女性形象也沒有絲毫「女性味」。在那個「紅色時代」，電影中以直觀的形象出現的女特務，就成了「女性味」最合法的載體。既然「女性味」意味著負面的價值，既然「女性味」

〔註3〕見王學泰：《遊民文化與中國社會》，第260頁。

意味著腐朽、墮落甚至邪惡，那當然就要在女特務身上充分體現。同時，女特務要以色相引誘「我方」人員，也非有濃鬱的「女性味」不可。這樣一來，彷彿人世間所有的「女性味」都集中到女特務身上。這樣一來，女特務就成了關於女性知識的啓蒙老師。那個時代的年輕人，從女特務的頭上，懂得了什麼叫「燙髮」；從女特務的唇上，懂得了什麼叫「口紅」；從女特務的眉上，懂得了什麼叫「畫眉」；從女特務的臉上，懂得了什麼叫「塗脂抹粉」；從女特務的衣著上，懂得什麼叫「旗袍」、什麼叫「胸針」、什麼叫「高跟鞋」……這樣一來，那個時代的年輕人，從女特務的一起一坐、一顧一盼、一顰一笑、一嗔一喜中，懂得了什麼叫「儀態萬方」、「閉月羞花」、「傾城傾國」、「國色天香」……這樣一來，那個時代的年輕人，是從電影中的女特務身上，體會到女性的魅力，並體驗到什麼叫「神魂顛倒」、什麼叫「如癡如醉」、什麼叫「心旌搖蕩」……這樣一來，那個時代的小夥子，竟然是對著銀幕上的女特務情竇初開。

在那個「紅色時代」，現實生活中沒有愛情的位置，文藝作品裏更是不能從正面充分表現愛情。正面人物要麼根本沒有兩性關係，要麼這種兩性關係也是高度政治化的。無論在現實生活中還是在文藝作品裏，男女間純粹的兩性私情，都是負面的東西，都是資產階級和小資產階級思想情感的表現，都意味著精神上的「不健康」。在文藝作品裏，只要是「正面人物」，男女相互吸引的理由必須首先是政治性的，諸如思想覺悟高、生產勞動強、「毛主席著作」學得好之類。只要是「正面人物」，男女「談戀愛」時，談的也是國際風雲、國內大事和單位裏的「階級鬥爭」。既然純粹的私情是與「革命者」無緣的，那就必然與「反革命者」大有緣了。「紅色電影」中有女特務出現時，往往要讓女特務以色相引誘「我方」人員，甚而至於在不知不覺間對「我方」人員動起眞情，落入自織的情網而難以自拔。無論是假戲眞做，還是眞情流露，女特務在與「我方」人員的交往中，都會把兩性之間純粹私情的一面充分表現。這樣一來，那個時代的青年人，是從電影上的女特務那裏，懂得了「兒女情長」的意義、懂得了「暗送秋波」的意義、懂得了「卿卿我我」的意義、懂得了「花前月下」的意義、懂得了「海誓山盟」的意義……這樣一來，那個時代電影中的女特務，竟鬼使神差地成了愛情和人性的啓蒙者。

今天我們看那個時代的電影，對那些女特務或許根本沒有什麼興趣。但那個時代的人們，尤其是青年人，卻被這些女特務深深吸引，這還可以從別

的方面來解釋。茨威格在回憶錄《昨日的世界》中，對十九世紀末二十世紀初維也納禁欲主義的道德風尚有深刻的剖析。茨威格說，那是一個用盡種種手段「掩蓋和隱藏性愛」的時代，以致一個女子根本不可能把「褲子」這個詞說出口。然而，「凡是受到壓抑的東西，總要到處為自己尋找迂迴曲折的出路。所以，說到底，迂腐地不給予任何關於性的啓蒙和不准許與異性無拘無束相處的那一代人，實際上要比我們今天享有高度戀愛自由的青年一代好色得多。因為只有不給予的東西才會使人產生強烈的欲望；只有遭到禁止的東西才會使人如癡若狂地想得到它；耳聞目睹得愈是少，在夢幻中想得愈是多；一個人的肉體接觸空氣、光線、太陽愈是少，性欲積鬱得愈是多。」〔註4〕茨威格的剖析，也適用於「紅色電影」在中國盛行的時代。由於「性愛」在現實生活和文藝作品中都被千方百計地隱藏，那個時代的青年人，內心深處，其實遠比今天的青年人更為色情。這也正是那個時代的青年人對電影上的女特務有異常興趣的原因。──可憐的他們，只有讓電影中的女特務陪伴著自己性愛方面的幻想與衝動。

在電影《永不消失的電波》中，扮演女特務柳尼娜的演員陸麗珠，「文革」中慘遭批鬥，原因就在於她把女特務這一角色演得太好。一個演員，因為戲演得太好而受迫害，當然是奇聞。然而，卻又並非不可理喻。「紅色電影」中之所以需要女特務出現，本意只是為宣傳和強化「紅色價值」服務，然而，女特務們卻在客觀上構成了對「紅色價值」的挑戰，鼓勵、導引和啓發了「紅色價值」所極力要壓制、掩蓋和隱藏的東西。當「紅色價值」的捍衛者意識到這一點時，當然要惱羞成怒，而把怨恨發泄到扮演女特務的演員身上，也在情理之中。「紅色電影」的編導們，本意是要讓女特務的各種表現引起觀眾的厭惡、仇恨，沒想到卻事與願違，女特務成了觀眾最喜愛的人物，至今還有些人像懷念初戀情人般地懷念她們。不得不說，這是「紅色價值」的失敗，是人性的勝利。

2008 年 6 月 7 日

〔註4〕茨威格：《昨日的世界》，三聯書店 1991 年 3 月版，第 84 頁。

王朔與「大院文化」

一、「是什麼鳥變的就是什麼鳥」

在小說《看上去很美》的自序〔註1〕中，王朔這樣寫道：

我這本書僅僅是對往日生活的追念。一個開頭。

北京復興路，那沿線狹長一帶方圓十數公里被我視爲自己的生身故鄉……這一帶過去叫「新北京」，孤懸於北京舊城之西，那是四九年以後建立的新城，居民來自五湖四海，無一本地人氏，盡操國語，日常飲食，起居習慣，待人處事，思維方式乃至房屋建築風格都自成一體。與老北平號稱文華鼎盛一時之絕的七百年傳統毫無瓜葛。我叫這一帶「大院文化割據區」。我認爲自己是從那兒出身的，一身習氣莫不源於此。到今天我仍能感到那個地方的舊風氣在我性格中打下的烙印，一遇到事，那些東西就從骨子裏往外冒。這些年我也越活越不知道自己是誰了，用《紅樓夢》裏的話「反認他鄉是故鄉」。寫此書也是認祖歸宗的意思，是什麼鳥變的就是什麼鳥。

對於理解王朔來說，這番話極其重要。所謂「大院」，也就是「部隊大院」。王朔認爲這種「部隊大院」有著自身特有的「文化」，而他自己則完全是「大院文化」的產物。「大院文化」是深入到了他的「骨子裏」的，是從根底上塑造了他的「性格」的。他過去是「大院文化」的「寧馨兒」，今天仍是「大院文化」的忠實繼承者。他說這番話，以及寫《看上去很美》這本書，都有意

〔註 1〕見王朔《無知者無畏》一書，春風文藝出版社 2000 年 1 月第 1 版。

告訴人們，自己從未眞正背叛過生他養他的「大院」。「是什麼鳥變的就是什麼鳥」。王朔這只由「大院」所孵化、養育的鳥，雖早已從「大院」飛出，但始終把「大院」視作自己的故鄉。「大院文化」永遠是王朔的精神之源，也永遠是王朔的精神資源。王朔這番話有辯駁和澄清的意味。具體說來，他要消除人們對他的這兩種誤解：

（一）把他誤解爲「北京」這一特定的地域文化的產物，把他作品的語言方式、文化內涵，誤解爲「北京文化」在新時代的表現。對此，王朔強調自己「生於斯、長於斯」的「大院文化割據區」，是一九四九年後建成的「新北京」，它與作爲一個文化概念的「老北京」之間「毫無瓜葛」。住在「大院文化割據區」的人，不是「老北京」的人，他們來自「五湖四海」。當然，他們是「爲著一個共同的目標走到一起的」，這個目標就是──「革命」。於是，他們也就共同創造出了一種文化──「革命文化」。這種彌漫於「大院」的「革命文化」，是一種新生的文化，與「老北京」的地域文化的確不是一回事，王朔希望人們不要把二者混爲一談是有理由的。

（二）把他誤解爲主流意識形態的叛逆，把他誤解爲是站在所謂「邊緣」或「民間」的立場上對主流社會進行著悲壯的反抗。這也等於是說王朔成了「大院文化」的貳臣逆子。這種誤解是更令王朔痛心的。早在九十年代初，王朔就說過：「還有的文章極力要把我塑造成有意識的叛逆，跟所有的道德傳統決裂的形象，玩命說我壞，就是因爲社會虛僞造就了我的壞，其實不是那麼回事。」〔註2〕現在王朔又通過對「大院文化」的認同，來洗刷批評家滿懷「善意」地塗抹在他身上的反主流社會和主流文化的油彩。這種方式的洗刷，應該是很有效力的。所謂「革命文化」，難道不正是一九四九年後中國大陸的主流文化麼，而所謂「大院文化」，則是這種主流文化的高度濃縮和典型體現；同理，王朔對之一往情深的「大院社會」，也是主流社會的大腦和心臟地帶。把作爲「大院」的孝子賢孫的王朔描繪成主流社會和主流文化的反抗者，不等於說「部隊大院」是「新中國」的「孤島」嗎？──這當然是荒謬至極的。

這兩種誤解，曾經很有影響，幾乎所有肯定王朔的人，都是從這兩個方面做文章的。對他人的貶斥，王朔往往不做出回應，或者即使回應也是油腔滑調，並不認眞地說理。但對這兩種出於誤解的讚美，王朔卻不只一次地做

〔註2〕王朔：《我是王朔》，國際文化出版公司1992年版6月第1版，第44～45頁。

出嚴肅的反駁。在《王朔自選集》的自序〔註3〕中，更有這樣一番表白：

　　還有一個顯而易見的誤會想向讀者做一點兒說明。因爲我生活在北京，很多糊塗人拿我的東西和老舍的東西相比，一概稱爲所謂「京味兒」。這比較是愚蠢的。南方人講些昏話倒也罷了，他們不瞭解北京像我們不瞭解他們，彼此也只能一省一市地總體評論。有些北京人又不是老舍的兒子，一說起「京味兒」好像北京從未解放過，還是五十年前的老北平。拿這把十六兩制的老稱盤子東約西約，什麼貨色放上去也是斤兩不足。鬧起來也讓人覺得是和隔世人說話。

　　有常識的人都知道，四九年以後，新生的中央政權挾眾而來，北京變成像紐約那樣的移民城市。我不知道這移民的數字到底有多大，反正海淀、朝陽、石景山、豐臺這四個區基本上都是新移民組成的。說句那什麼的話，老北平的居民解放前參加革命的不多，所以中央沒人，黨政軍各部門連幹部帶家屬這得多少人？不下百萬。我小時候住在復興門外，那一大片地方乾脆就叫「新北京」。印象裏全國各省人都全了，甚至還有朝鮮人越南人惟獨沒有一家老北京。我上中學時在西城三里河一帶，班裏整班的上海同學，說上海話吃酒釀圓子。我從小就清楚普通話不是北京話。第一次在東城上學聽到滿街人說北京話有些詞「胰子」、「取燈」什麼的完全聽不懂。我想那不單是語言的差異，是整個生活方式文化背景的不同。我不認爲我和老舍那時代的北京人有什麼淵源關係，那種帶有滿族色彩的古都習俗、文化傳統到我這兒齊根兒斬了。我的心態、做派、思維方式包括語言習慣毋寧說更受一種新文化的影響。暫且權稱這文化叫「革命文化」罷。我以爲新中國成立後產生了自己的文化，這在北京尤爲明顯，有跡可尋。毛臨死時講過這樣傷感的話（大意）：我什麼也沒改變，只改變了北京附近的幾個地區。我想這改變應指人的改變。我認爲自己就是這些被改變或被塑造的人中一分子。我筆下寫的也是這一路人。也許我筆力不到，使這些人物面目不清，另外我也把中國讀書人估計過高了，所以鬧出一些指鹿爲馬的笑話。寫小說的人最後要跳出來告白自己的本意，這也是小說的失敗。一

〔註3〕見王朔：《無知者無畏》一書，春風文藝出版社 2000 年 1 月第 1 版。

想到我們彼此永遠聽不懂對方在説什麼這一宿命，這種告白也是多餘的。兩害相權，和所謂「京味兒」比，還是叫「痞子」吧。

王朔極力強調「新北京」與「舊北平」的區別；極力強調自己這一類「新」北京人與老舍那時代的北京人之間「不單是語言的差異，是整個生活方式文化背景的不同」；極力強調自己是被毛澤東所「塑造」的一員。把王朔説成是老舍傳人的人，也並不只是在語言上把二者連在一起，更是從所謂「平民意識」、「平民文學」的角度把二者混爲一談。而王朔明白地指出，這是「指鹿爲馬」，他甚至對持此論者的智力表示懷疑。在澄清這種「誤會」時，王朔的語氣表現得少有的嚴肅。我們知道，那些被王朔認爲在智力上不應「估計過高」的人，都是在關於王朔的爭論中極力爲之辯護者。他們把王朔描繪成老舍的嫡系傳人，既是爲王朔辯護的一種方式，也是讚美王朔的一種手段，在他們看來，這種辯護和讚美是非常有力的。老舍崇高的文學地位世所公認。而宣稱王朔得老舍「京味小説」之眞傳，這不能不説是獻給王朔的一份無價厚禮。然而，王朔卻不領情。他甚至寧可把攻擊者扔過來的「痞子」這頂帽子戴在頭上，也不願把頌揚者雙手獻上的「京味兒」這枚勳章別在胸前。王朔在這裏表現出的心態是大堪玩味的。僅從上面所引的王朔幾次自我表白中，就不難看出，王朔是極重視也極珍視自己的精神血緣的，是有著很執著的政治眼光、很明確的「階級意識」的。王朔在強調自己是被毛澤東所「塑造」的一員的同時，也不忘強調「我筆下寫的也是這一路人」。王朔要強調他與老舍之間精神血緣上的差別，也要強調自己筆下的人物與老舍筆下人物之間精神氣質的不同。如果老舍是具有「平民意識」的，那王朔就根本沒有老舍意義上的「平民意識」；如果老舍小説是眞正的「平民文學」，那給王朔小説也貼上一張「平民文學」的標籤就是張冠李戴。把王朔與老舍綁在一起的人，自以爲是在高抬王朔，殊不知不知不覺間替王朔改了姓氏、換了血統。這等於是把王朔從「新北京」的「部隊大院」抱到爲老舍所熟悉的「舊北平」的大雜院，讓祥子和虎妞這類人來領養，這當然不能令王朔接受了。他對這種高度的讚美做出如此激烈的反應，實在是情有可原的。那些被王朔認爲在智力上不應「估計過高」的人，大可不必有「馬屁拍在馬腿上」的委屈。

把王朔與被他視作精神祖塋的「大院」相聯繫者，也並非沒有。較早從「大院」的角度評説王朔者，有劉心武的《「大院」裏的孩子們》〔註4〕一文。

〔註 4〕劉心武：《「大院」裏的孩子們》，見《讀書》1995 年第 3 期。

這篇文章發表之初，有較大的影響，所以在這裏說一說。劉心武評論的是根據王朔小說《動物兇猛》改編的電影《陽光燦爛的日子》，最後引伸到對整個王朔小說的評價。劉心武認為「文革」時期有著「三個世界」。「第一世界」是整人者的世界，第二世界是挨整者的世界。而所謂「第三世界」，「就是有一些生命，他們被遺忘或被放逐在那兩個『世界』之外，如影片中的那些『軍隊大院』裏的孩子們，他們不是積極投入『文革』的『造反派』或『紅衛兵』，他們的家庭與他們自己也不屬於政治上受到衝擊（至少沒受到直接衝擊）的社會因子，於是，在那個『第一世界』和『第二世界』都處於極度緊張，並充滿了『責任』（無論正面或反面的）時，他們的『第三世界』卻處於可以極度地無責任狀態。」由此，劉心武得出這樣的結論：「其實這部影片從根本上說，是超政治，超意識形態，超『文革』，也是超民族超國度的……」並且言之鑿鑿地宣稱：「我說這話絕不誇張——看了姜文拍的這部電影，你可以獲得一把解讀王朔全部作品的鑰匙。」我們知道，孩子從來沒有劉心武所說的那種意義上的獨立世界，在「文革」那樣一個把「老子英雄兒好漢，老子反動兒混蛋」寫在旗幟上的「血統論」甚囂塵上的時期，孩子的心態和生態就更是與父母的遭際血肉相連。出身於劉心武所謂的「第二世界」的孩子，即「地富反壞右，叛徒走資臭」的後代，他們在「文革」期間共享一個稱號——「狗崽子」。他們在孩子們的「世界」裏，是任人欺凌的。而所謂「紅五類」的後代，也共戴著一頂桂冠——「自來紅」。正像在大人們的世界裏，「自來紅」們的「紅」父母從來不曾放過「狗崽子」們的「黑」爹娘一樣，在孩子們的世界裏，「自來紅」們也從沒有停止過對「狗崽子」們的歧視、凌辱。僅此一點，你能說這類「自來紅」是「超政治，超意識形態，超『文革』」的嗎？

在「文革」中，「部隊大院」的子弟有非常引人注目的政治表演。「血統論」在他們手裏被推向頂點。下面是一篇「文革」初期廣為流行的出自於「大院」子弟之手的文章。由於每一句都很「精彩」，我全文照錄：

自來紅們站起來了〔註5〕

我們是頂天立地的革命後代，我們是天生的造反者。我們到這

〔註5〕 徐曉、丁東、徐友漁編《遇羅克遺作與回憶》，中國文聯出版公司 1999 年 1 月第 1 版。編者注曰：「這篇血統論的代表作流行於 1966 年 7～8 月間，代表造反派紅衛兵的《兵團戰報》於 1966 年 11 月重新刊登此文，是為了批判『資產階級反動路線』。

個世界上來，就是爲了造資產階級的反，接無產階級的革命大旗，老子拿下了政權，兒子就要接過來，這叫一代一代往下傳。

有人誣衊我們是「自來紅」，崽子們：你們的誣衊是我們的光榮！你們說對了！要問老子是哪一個，大名就叫「自來紅」，我們從小長在紅旗下，成長在紅色部隊革命家庭中，從小飽受了紅色革命的教育，我們的老子跟著黨、跟著毛主席從槍林彈雨中闖出來的，他們對毛主席最熱愛，並且從小就這樣教導我們，所以我們從小就對黨和毛主席有最最深厚的感情，最最熱愛毛主席！老子的革命精神時時刻刻滲入我們的體內，我們從裏到外都紅透了。「自來紅」正說明了老一輩革命者的傳統怎樣傳給了革命的後代！我們是純純粹粹的無產階級血統，我們受的是地地道道的革命教育！而你們是在資產階級高級玩意、反革命、大右派的環境中生長的，你們整天在家受的是黑黃白等雜七雜八的教育，你們不改造，只會「自來黑」！「自來黃」！「自來白」！崽子們：你們有人極端仇視我們這些「自來紅」，我們告訴你們，無論如何，我們這些出身革命家庭的「自來紅」比你們出身反革命的「自來黑」，資產階級的「自來白」，要強一百倍，一千倍，一萬倍！強的無法比！我們可以問心無愧地說：我們的革命立場最最最最堅定，我們對黨，對毛主席最最最最熱愛，我們革命之心最最最最紅。

我們有沒有缺點，有！但這比起我們的優點來是次要的！爲了革命要徹底，爲了我們紅得更純，缺點我們一定要克服的！革命的重擔落在我們肩上，大權一定要我們掌，這是毛主席給我們的最大權力，誰敢反，我們就堅決專他的政，要他們的命！以前，我們這些「自來紅」，被那些牛鬼蛇神和資產階級王八羔子們壓得抬不起頭來。我們老子爲革命拋頭顱，灑熱血，可他們的後代反而低人三等，連那些資產階級小崽子都「不如」，今天，有黨中央，毛主席給我們作主，我們「自來紅」揚眉吐氣了！往日我們矮三寸，今天是頂天立地的人！所有的「自來紅」，拿出我們大紅的革命精神來，和一切資產階級權威以及他們的崽子，和一切大大小小牛鬼蛇神鬥到底！有黨和毛主席給我們撐腰，我們什麼也不怕！這個反我們造定了。不反到底，死不瞑目！誰他媽的敢反「自來紅」就讓他嘗嘗我們「自

來紅」的厲害！老子英雄兒好漢，革命精神代代傳。我們不但自來紅，而且要現在紅，將來紅，永遠紅，紅到底，鬧他個全球紅，都紅遍！

　　　敬愛的毛主席，您老人家放心，我們這些「自來紅」，一定要讀一輩子您的書，聽一輩子您的話，一輩子按您的指示辦事，一定把紅色的江山給您保下來，把您的偉大思想紅旗插遍全世界！

　　　　　　　　　　　　　　北大附中《紅旗》戰鬥小組

這就是「文革」期間「大院子弟」的表演。說這些自稱「從裏到外紅透了」的「孩子們」是「超政治，超意識形態，超『文革』，也是超民族超國度」的劉心武先生，倒眞像是對中國一九四九年後的「國情」，對中國的「文革」一無所知的天外來客。當然，這些「文革」初期「積極投入『文革』的『造反派』或『紅衛兵』」，比王朔和王朔小說中的「大院子弟」要年長幾歲。王朔和王朔小說中的「孩子們」可謂「生不逢時」，等到他們的嗓音開始變粗時，已是「文革」後期，歷史已不能爲他們提供像哥哥姐姐那樣盡情表演的政治舞臺，於是，他們走上街頭，打架鬥毆，以時代所能給予的方式享受「文革」的快樂。這些人，與他們的哥哥姐姐一樣，也是充分政治化的。他們高人一等的心態，他們的不與平民子弟爲伍，他們以幫人參軍爲誘餌勾引「大院」以外的姑娘，甚至他們的聚眾鬧事，無一不與「文革」時期的政治和意識形態密切相關，無一不是「文革」時期「民族和國度」的特有產物。這些，在包括《動物兇猛》在內的王朔小說中表現得明顯至極（這一點，我在下面還會論及，暫不舉證），劉心武似乎視而不見、視而無感。《「大院」裏的孩子們》一文，把劉心武慣有的淺薄表現得淋漓盡致。不過，劉心武也有說對了的地方。在文章中，他寫道：「我所看到的這個片子，據說還未完全通過審查。這是很自然的。不過，我相信，一方面，審片的人會越來越意識到，『大院』的孩子本是『自己人』，這部片子其實是『大院』的孩子們在對觀眾——首先是父兄，然後是『院外』的人們，誠摯地伸出手說：請理解我們！」這裏的「自己人」三個字，可眞是用得準確傳神。的確，對於「審查的人」來說，王朔這類「大院子弟」，並不是眞正的叛逆，他們雖然偶有頑皮搗蛋之舉，但骨子裏始終是「自己人」。「非我族類，其心必異」。對於「審查的人」來說，王朔這類「大院子弟」畢竟是打斷骨頭還連著筋的「族類」，因而也並不會生出眞

正的「異心」。既然有人是「自己人」，那就有人是「他人」，是「外人」，是「敵人」。不知劉心武先生自以為是什麼人？

　　上面那篇「大院子弟」的檄文《自來紅們站起來了》，我之所以全文照錄，還有一個考慮。一是這篇文章總體上洋溢著一種「痞子精神」，刪節或有傷「痞氣」。這種「痞子精神」是其來有自的，也是後繼有人的。王朔小說和言論中的「痞氣」，與之一脈相承，只不過由於時代的原因，表現方式有了些變化。對王朔言論中的有些話，我原來頗不解，不知王朔何出此言。讀了這篇《自來紅們站起來了》，我明白了這種言論的發表，是基於「大院子弟」的一種心理習性。

　　對王朔與「大院文化」的關係把握得最深刻的，是文學界的「圈外人」朱學勤。在《是柏拉圖，還是亞里士多德？》〔註6〕這篇關於知識分子的談話錄裏，朱學勤談到了許多問題，其中對王朔的「精神血緣」及其現實表現的論述之精彩，是我從未在哪個職業文學批評家筆下讀到過的。

　　朱學勤著力強調的一點，是王朔並不像不少人認為的那樣，代表著平民傾向，指出「僅僅從作品中有幾句北京胡同裏的俏皮話，就來判斷這些作品是平民傾向的，恐怕似是而非。」有趣的是，朱學勤也強調王朔與老舍的不同：「在北京能夠代表大眾化平民化的東西，老舍那裏有，王朔不是。……他們是在文化大革命的一種特殊情況中，從大院流落到街頭，學會了一點胡同窯子的北京方言，來冒充平民文化。」寧願當「痞子」也不願與老舍和老舍筆下的人物為伍的王朔，應該覺得朱學勤更是他的「知音」。至於為何人們會把王朔誤認為「平民文化」的代言人，朱學勤認為，原因之一，在於對「文革」的揭露和研究不夠：「知識界認為王朔的東西是平民傾向，還是與『文革』研究沒有展開有關。如果『文革』黑箱打開，其方方面面已經被研究了十年，我們就會看到『文革』中的一個重要側面：大院子弟的作惡，如何令人髮指，父母受衝擊後，有過一段流出大院的生涯，這是值得同情的。但在這一過程中，在街頭閒逛逐漸流氓化，又開始複製他們的祖輩在進入大院以前的文化，而『文革』後他們搖身一變，又成為社會上的大款、體制內的第三梯隊。這個三點一線，對中國最近20年的變化影響至遠，卻始終沒有得到清理。……從這條線上過來的東西，對我們今天這個社會還在發生重要影響。怎麼能把

<hr />

〔註6〕朱學勤：《是柏拉圖，還是亞里士多德？》，見《書齋裏的革命》一書，長春出版社1999年12月第1版。

他們回憶起當年流落街頭學會的街痞子語言，就當成平民化？」對根據《動物兇猛》改編的電影《陽光燦爛的日子》，朱學勤也發表了大異於劉心武的觀感：「我在電影院裏看到《陽光燦爛的日子》結尾，這群人坐在林肯牌豪華汽車裏兜風，最後對著觀眾說：『傻 B ！』驚訝得從座位裏站了起來。而所有的影評家都在爲這部電影叫好，觀眾也跟著拍巴掌。面對這樣的社會，我啞口無言，他們是有理由對著這個社會得意洋洋地說一句『傻 B』了！」

王朔所代表的文化，的確如他自己所強調的一樣，與老舍作品所表現出的平民文化不是一回事，二者其實有著本質性的差別。但王朔所代表的文化，卻又並不如他自己所說的那樣，是一九四九年後才出現的一種全新文化。這種「痞子文化」其實也是源遠流長的。

二、「我小時候，管你們才叫痞子呢」

王朔是「大院子弟」。正如他自己說過的那樣，他寫的也往往是作爲同類的「大院子弟」。《空中小姐》《過把癮就死》《玩的就是心跳》《動物兇猛》等小說都是以「大院子弟」爲敘述對象的。王朔寫這類人，絲毫沒有審視、批判的意味。作爲「大院子弟」出身的王朔，當他以小說的方式表現自己當年的夥伴時，沒有比他們站得更高。他完全認同著筆下人物的心理言行。在他的敘述中，並沒有對自己這類人的經歷表示出半分悔恨，相反，倒是流露過深深的緬懷之情。王朔的心態、識見與筆下人物的心態、識見是完全重疊的。王朔通過小說中人物之口說出的許多話，也是他以「王朔」的名義說過的。這使得我們有理由把王朔與他塑造的那些「大院子弟」等量齊觀。

「大院子弟」精神上的一個重要特徵，便是有著一種與生俱來的優越感。這種優越感使他們對「大院」以外的人，例如，對生活在小胡同和大雜院裏的平民百姓，懷有一種極深的歧視。有必要說明的是，「大院子弟」並不是指所有生長於「大院」的「子弟」。「大院」本身是一個等級森嚴的世界，在「大院」內部也有著「貴族」與「平民」之分。司機、職工一類勤雜人員，構成「大院」的「底層社會」，儘管這類人因爲畢竟也生活在「大院」之內因而也有資格傲視「大院」之外的平民百姓，但在「大院」內部，他們卻是被傲視的一群，因而，他們的子弟也必然受著「大院」內部的「貴族」子弟的歧視。滿懷優越感的「大院子弟」，在八十年代初的時代變遷中，又普遍有著失落感。在這個時期，他們中的許多人是優越感和失落感並存於心中。深入骨髓的優

越感是難以消除的，而現實社會地位的並不優越，自然令他們感到嚴重的失落。換句話說，這時期，他們中的許多人，一方面懷著對平民百姓的蔑視，一方面卻又面臨著「淪落」爲平民百姓的危險。於是他們有不平、有憤怨，於是他們調侃，他們褻瀆，他們表現出一種與社會對立的姿態。王朔的不少小說，都表現了「大院子弟」在這一時代變遷中優越與失落相交織的心態。

「大院子弟」的優越感，固然有著多方面的表現，但在「文革」期間，支撐著這種優越感的一個最現實的理由，是他們有著一個在當時的中國堪稱最美滿的人生前景——參軍，並且提幹，以軍官的身份度過一生。從那個年代過來的人都知道，在那時，對於一般的城市孩子，中學畢業後擺在面前的路是「上山下鄉」（至於農村孩子，壓根就進入不了「大院子弟」的視野，連被他們歧視的資格也沒有，不說也罷）。平民子弟中當然也有參軍者，但那概率極低，往往要找關係、走後門。至於參軍後成爲「四個兜」〔註7〕的幹部，那更是難上加難了。在王朔小說《動物兇猛》中，那個不屬「大院子弟」的米蘭之所以和「大院子弟」廝混，就是想通過這層關係參軍：「其實我也覺得挺沒意思的。既然人家說能幫我，我就利用一下他唄。我眞是挺想當兵的，可惜我們家是地方的，沒路子。……你說他會幫我麼？」而作爲「大院子弟」的「我」，雖然不過才十五六歲，卻以這樣的口吻回答米蘭的疑問：「只要他爸爸點頭，進他們軍的文工團應該沒問題，回頭我再幫你問問——你琵琶彈得怎麼樣？」這儼然是軍隊的小主人的口氣。既然能幫「地方的」孩子參軍，那自己的參軍當然是不成問題了。不但進入軍隊不成問題，「四個兜」的軍服也早爲他們準備好了，幾年的法定「戰士」期限一滿，就可以將它穿上：「那時我只是爲了不過分丟臉才上上課。我一點不擔心自己的前程，這前程已經決定：中學畢業後我將入伍，在軍隊中當一名四個兜的排級軍官……」（《動物兇猛》）。平民百姓的子弟夢寐以求甚至不敢想望的東西，是「大院子弟」無須「唾手」即「可得」的，這讓他們沒法沒有高人一等的優越感。共同的優越感把「大院子弟」凝結在一起，使他們有著明確的群體意識，套用當時流行的一句話，就是有著明確的「階級意識」：「他們爲我和那個女孩做了介紹，她的名字叫于北蓓，外交部的。關於這一點，在當時是至關重要的，我們是不和沒身份的人打交道的。我記得當時我們曾認識了一個既英俊又瀟灑

〔註 7〕 那時部隊中軍官與士兵在服裝上的差別，是軍官上衣有四個口袋，士兵則只有胸前兩個口袋，「四個兜」通常是軍隊中「幹部」的代稱。

的小夥子，他號稱是『北炮』〔註8〕的，後來被人揭發，他父母其實是北京燈泡廠的，從此他就消失了。」按道理，這些當時尚上中學的「大院子弟」，還沒有顯示個人地位的「社會」身份，同全國所有的正在上學的孩子一樣，他們的「身份」都是「學生」。然而，要讓這些「大院子弟」覺得自己與同班、同桌的工人子弟是同一類人，卻又是不可能的。如果說在課堂裏，他們與平民子弟共處一室是不得已，那在課外的交往中，他們是決不願與平民子弟為伍的。他們認為父母是否屬「上流社會」，決定著子女是否有「身份」。而是否有「身份」是「至關重要的」。沒有「身份」的孩子，哪怕再優秀，也不配加入他們的行列。一九四九年後，「工人階級是領導階級」就寫進了憲法，「文革」期間，「工人階級領導一切」更是作為標語口號隨處可見。但有趣的是，燈泡廠的正宗的「工人階級」的兒子卻要冒充作炮兵的後代，目的是能與「大院子弟」混在一起。而一旦他「工人階級」子弟的「身份」被揭穿，儘管他「既英俊又瀟灑」，也只得銷聲匿跡。這些「大院子弟」如此歧視工人的孩子，如果我們意識到他們的父輩當初不過是放牛娃、小乞丐或鄉間的無賴兒郎，就不能不感到歷史老人真會惡作劇。在「文革」期間，軍裝是最時髦最氣派最能登「大雅之堂」的裝束。軍裝的含義，是今日再名牌再昂貴的服裝也不能比擬的。今日穿一身名牌，無非意味著有錢。而那時的一身軍裝，則有著意味深長的政治含義，它既顯示著政治立場的堅定、革命精神的飽滿，又在暗示著在這個「無產階級專政」的國家裏是屬於「專政者」中的一員。正因為如此，那時平民百姓的子弟往往不惜以很高昂的價格從復員軍人手裏買一套舊軍裝。也正因為如此，那時全國都有「搶軍帽」的現象，即戴在頭上的軍帽往往會被人搶走。對於平民子弟是龍肝鳳膽的軍裝，對於「大院子弟」不過是小菜一碟，父輩穿不了或穿舊了的衣服自然就成為他們最好的包裝。所以，即使在外在裝束上，「大院子弟」也有自己的標誌。在王朔的小說《動物兇猛》中，多次把「大院子弟」的優越感與身上的軍裝相聯繫：「他們十幾個人都穿著軍上衣、懶漢鞋，或伏或蹬坐在自行車後座上，聚在十字路口的交通警察指揮臺前，人人手上夾著、嘴裏叼著一支煙，一邊吞雲吐霧一邊眉飛色舞地說話，很惹人注目頗有些豪踞街頭顧盼自雄的倜儻勁兒」；「這些穿著陸海空三軍五花八門的舊軍官制服的男女少年們在十多年前黯淡的街頭十分醒目，個個自我感覺良好，彼此懷有敬意，睥睨眾生，就像現在電影圈為

〔註 8〕 「北炮」是北京軍區炮兵司令部的簡稱。

自己人隆重頒獎時明星們華服盛裝聚集在一起一樣。」王朔這類「大院子弟」從小就有著一種「大院意識」，對平民的蔑視，是這種「大院意識」的突出表現之一。即便在王朔早已離開「大院」的今天，這種「大院意識」仍在王朔內心深處蟄伏著：「『痞子』這個命名其實相當激怒了他，因為他一直是用經濟地位劃分階層的，無論是出身還是現實收入水平他都自認為是屬於中等階級的，甚至還不大瞧得起大學中那些貧寒的教師，非常勢利地視他們為『窮人』。痞子這個詞把他歸入社會下層，這幾乎是一個侮辱，如同一個將軍被人家當成了衣著花哨的飯店把門的。可憐的王朔，十年以後才反應過來這是一個文化稱謂，這之前淨跟人家辯論我趁多少錢我們家是部隊的──我小時候，管你們才叫痞子呢。」〔註9〕這番話真是意味深長。作為「大院子弟」的優越感溢於言表，對真正的「平民」和「窮人」的鄙視也不經意間暴露無遺。王朔的小說所描寫的，大多是自己這樣的「大院子弟」，都可以拍著胸脯說「我們家是部隊的」，都自以為有把平民百姓稱作「痞子」的資格。把這一類人稱作平民，把他們的吃喝嫖賭、作奸犯科說成是「民間社會」的現象，把他們身上表現出的意識、文化稱作「平民意識」、「平民文化」，對他們來說，自然「是一個侮辱」，對那種連部隊大院的大門都進不去的真正的平民和窮人，何嘗不也是一種侮辱。王朔的這番夫子自道，令人對那種往他臉上貼「平民」標籤的做法更加嗤之以鼻。

「大院子弟」是從小就有著一種真正的小主人公的意識的。他們雖然並不是軍人，但卻儼然是軍隊的小主人；他們雖然尚不過是學生，但卻儼然是國家的小主人。他們知道自己是軍權的接班人，也是政權的接班人。「大院」的父母對子女的教育方式，「大院」的父母對子女的期待，都與平民不同。當「大院」的父母用「革命事業的接班人」來激勵自己的子女時，一點都不空洞飄渺，而且，這裏的「革命事業」也並不包括在燈泡廠做工、在醫藥公司賣藥一類工作，而是實實在在地意味著對軍權和政權的掌握。所以，「大院子弟」才是真正從小就有「遠大的革命理想」的，從小就知道自己將來是要「幹大事」的。統率大軍、馳騁沙場，是「大院子弟」從小最普遍也最典型的人生理想。王朔在小說之內和小說之外多次有過對這種業已破滅的理想的追思：「惟一稱得上是幻想的，便是中蘇開戰。我熱切地盼望著捲入一場世界大戰，我毫不懷疑人民解放軍的鐵拳會把蘇美兩國的戰爭機器砸得粉碎，而我

─────────────────

〔註9〕見《我看王朔》，收入《無知者無畏》，春風文藝出版社2000年1月第1版。

將會出落爲一名舉世矚目的戰爭英雄」；「我僅對世界人民的解放負有不可推卸的責任」；「我在床上想了半天怎麼在平原地帶統率大軍與蘇軍的機械化兵團交戰，怎麼打坦克，怎麼打飛機，怎麼掌握戰機投入預備隊進行戰略反攻……」；「想完激烈的戰役，我又設想了一番凱旋而歸萬眾歡騰的場面。除了蘇聯將軍式的一胸脯勳章，我還熱切地幻想自己能掛點彩，弔著一隻膀子之類的，但決不穿的確良的國防綠，最損也得是一身馬褲呢！」（《動物兇猛》）

王朔這一茬「大院子弟」確實有些「生不逢時」。中學畢業後參軍入伍，這預定的一步是順利實現了，但接下來的人生之路，卻因爲時代的變化而偏離了預定的軌跡。在王朔們作爲「戰士」（士兵）服役期間，所謂的「四人幫」終於垮臺，「文化大革命」宣告結束，「國防現代化」也被當政者提上議事日程。所謂「國防現代化」的一個重要舉措，是對軍隊幹部的產生方式進行了改革，即一般不從士兵中直接提拔幹部，基層幹部由軍隊院校畢業生充任。這一來，王朔們由「兩個兜」的「戰士」直接升爲「四個兜」幹部的預想破滅了。在高考制度恢復後，部隊院校從「戰士」中招收學員。王朔們也可通過考試進入軍校，畢業後便仍可穿上「四個兜」。但這些「大院子弟」的共性之一，便是文化知識水平的低劣。談起政界內幕、官場秘訣，他們個個都是「專家級」，但談到 ABC、數理化，他們往往就與文盲無異。因此，在高考中，他們根本不是平民子弟的對手。實際上，王朔當年也的確以「戰士」的身份參加了高考，但名落孫山（在這裏，有必要做點補充說明：所謂「大院子弟」並不是軍隊最上層幹部的子弟。最上層幹部的子弟在恢復高考後仍可免試直接進入軍校學習，他們在新的歷史時期也不會有「失落感」，且他們也並不住「大院」。他們是「小院子弟」。「小院子弟」的心態與王朔這類「大院子弟」的心態，也是有著耐人尋味的差異的）。王朔這類「大院子弟」或根本不敢參加高考，或參加高考而榜上無名，而他們父輩的官職又沒有高到可讓子女免試入學的程度，擺在他們面前的路便只有一條：復員。

復員對於有幸參軍的平民子弟並非可怕的事。只要參軍前是城鎮戶口，復員後都由國家安排工作。平民百姓的子弟中學畢業後之所以渴望參軍，圖的也就是當幾年兵就能有一份正式的職業，以免去無休無止的「待業」。至於成爲「四個兜」的軍官，那在恢復高考之前，是平民百姓的子弟一般不敢想望的。所以，平民百姓的子弟往往從參軍之日起便盼著早日復員，以便盡早走上令無數「待業青年」羨慕的「工作崗位」，掙錢養家、娶妻生子。但復員

對於王朔這類「大院子弟」，卻意味著預定的人生之路的斷絕，意味原有的人生理想的破滅。他們想像過怎樣揮師疆場，卻從未想像過以「戰士」的身份退出現役。復員，那是燈泡廠的工人子弟參軍後的結局。而當王朔這類「大院子弟」也面臨這樣的結局時，他們首先感到自己竟與平民子女無異，這對他們的優越感是第一次沉重的打擊。復員不僅意味著他們以與平民子弟同等的身份脫下軍裝，更意味著他們以與平民子弟同等的身價被社會安置，意味著他們從此將從事醫藥公司的營業員和燈泡廠的工人一類平民職業，意味著他們將作為他們從小就蔑視的平民過完一生。這樣的人生與他們從小的理想真可謂有天壤之別。這樣的現實是他們無法平心靜氣地接受的。於是，他們或者遲遲不肯就職；或者雖就職但卻總是抑鬱不平，無法以平靜的心態過一種平民的日子；或者就職後幾年內又離職，寧願當「遊民」也不願當平民（如王朔）。王朔小說中，這幾種情形的從部隊復員的「大院子弟」都出現過，但被他寫得最多的，還是不甘當平民而寧可當「遊民」者。有人曾指出，王朔小說中的「大院子弟」永遠都是沒有職業的人，原因就在於他們不屑於幹那一份國家分配的平民職業。這樣的人物，不管對那份平民職業持何種態度，心態都是共同的。與生俱來的優越感並沒有消失，而現實的殘酷打擊又使他們生出一種自卑感，這自卑感往往又以一種極度自尊的方式表現出來。這種心態使得他們無法與其它社會成員和平共處。在單位無法與同事和上司和平共處，在生活中無法與情人和配偶和平共處。成為無業遊民後，無法與整個社會和平共處，只有他們相互能沆瀣一氣。王朔的小說，雖然以最大限度地迎合讀者為寫作原則，但在不損害這一原則的前提下，也對「大院子弟」從部隊復員後的心態有明顯的表現。

《空中小姐》雖以煽情為目的，但在那個「愛情悲劇」的編織過程中，作為「大院子弟」的「我」所具有的那種令「情人」阿眉莫明其妙的心態，卻是一個關鍵性的因素。當年，當「我」作為一個威風凜凜的「海軍戰士」出現在軍艦上時，受到尚是中學生的阿眉的崇拜、愛慕，兩人建立了「愛情關係」。不幸的是，「不久，一批受過充分現代化訓練的海校畢業生接替了那些從水兵爬上來的、年歲偏大的軍官們的職務。我們這些老兵也被一批批更年輕、更有文化的新兵取代。我復員了。」復員對於「我」這類「大院子弟」是猝不及防的。被強行拋出預定的人生軌道後，「我」無所適從：

回到北京家裏，脫下緊身束腰的軍裝，換上鬆弛的老百姓衣服，我幾乎手足無措了。走到街上，看到日新月異的城市建設，愈發熙攘的車輛人群，我感到一種生活正在迅速向前衝去的頭暈目眩。我去看了幾個同學，他們有的正在念大學，有的已成爲工作單位的骨幹，曾經和我要好過的一個女同學已成爲別人的妻子。換句話說，他們都有著自己正確的生活軌道，並都在努力地向前，堅定不移而且樂觀。當年，我們是作爲最優秀的青年被送入部隊的，如今卻成了生活的遲到者，二十五歲重又像個十七八歲的中學生，費力地邁向社會的大門。在部隊學到的知識、技能，積蓄的經驗，一時派不上用場。我到「安置辦公室」看了看國家提供的工作：工廠熟練工人，商店營業員，公共汽車售票員。我們這些各兵種下來的水兵、炮兵、坦克兵、通信兵和步兵都在新職業面前感到無所適從。……我這人很難適應新的環境，一向很難。我過於傾注第一個佔據我心靈的事業，一旦失去，簡直就如同一隻折了翅膀的鳥兒，從高處、從自由自在的境地墜下來。

可以認爲，這是王朔復員後眞實心境的表露。只不過，這是王朔這類「大院子弟」從「各兵種」復員後特有的心境，並不能代表所有的復員人員。倘是平民子弟，當兵不過是漫長人生中的一段插曲，他們本來就沒打算穿一輩子軍裝，因此復員也就不過是回到固有的生活狀態。他們本來就穿的是老百姓衣服，復員後再穿上也並沒有「手足無措」之感。至於工廠工人、商店營業員、公共汽車售票員一類工作，對於平民子弟更是求之不得。那時，還有多少當初中學畢業後「上山下鄉」的人在急切地盼望著回城，又有多少中學畢業後未能參軍的人在無望地「待業」。這些平民子弟從部隊復員後馬上就能從「國家」手裏領取一隻「鐵飯碗」，這是何等幸運的事，當初拼命想參軍，不就是衝著復員後的「鐵飯碗」來的嗎！再說，他們的父母本就是工廠工人、商店營業員和公共汽車售票員，他們從小就生長在這樣的家庭，他們從小的人生理想也不過就是能有一份安穩的工作、能過一種太平的日子，現在他們再以此類職業謀生，也就並沒有絲毫「淪落」之感。只有像王朔這類「大院子弟」，從小穿慣了軍裝才對「老百姓衣服」不適應；從小就鄙視工廠工人、商店營業員和公共汽車售票員，才在這類職業面前「無所適從」。說到底，這是對平民身份的拒絕。王朔們復員後已被社會定位爲平民，而他們自己卻對

這新的社會身份無法產生認同，於是便有了深刻的身份認同的危機。王朔小說中所寫到的這類人的玩世不恭、狂嫖濫賭，所寫到的他們的「躲避崇高」、褻瀆神聖，所寫到的他們的遊手好閒、不務正業，都源於這樣一種「大院子弟」在歷史轉型期特有的身份認同危機，這與通常意義上的「反文化」有著本質的差異。在上面所引的《空中小姐》中的那段話中，作為「大院子弟」的敘事者「我」還說了一句很厚顏無恥的話：「當年，我們是作為最優秀的青年被送入部隊的」。當年他們的參軍，既沒有通過考覈選拔，更談不上與平民子弟的競爭，要說文化知識，他們肯定在全國的中學畢業生中屬最蹩腳者，若論道德情操，他們肯定在全國的同齡人中屬最低劣者，「最優秀」云云，不知從何說起。但這也說明了王朔這類「大院子弟」在「淪」為平民後，仍有著頑固的高人一等之感。他們的身份認同危機的產生，也就是必然的了。

當《空中小姐》中的「我」感到自己「淪落」為「一介草民」時，女朋友阿眉卻在高中畢業後當了一名空中小姐。以前是阿眉在岸上，「我」在軍艦上，而軍艦在蔚藍的大海上；現在是「我」在地面上，阿眉在飛機上，而飛機在蔚藍的天空中。──在「我」看來，二者的地位來了個顛倒。阿眉現在「是有重要工作的。這工作重要到這種程度：只能它影響我，我卻不能影響它」。而「我」呢，成了「一個沒用的人，一個廢物」；「別人都覺得我沒用」。優越感、失落感、自卑感和對前程的焦灼在「我」心中交織著，使「我」的自尊心變得病態般地敏感。儘管阿眉並沒有要與「我」分手之意，甚至處處牽就「我」，時時讓著「我」，「我」還是感到阿眉在瞧不起「我」，於是，「我」無緣無故地發火，毫無來由地找茬，終於導致了二人的分手，「悲劇」就這樣發生了。儘管這個故事總體上是虛幻的，是王朔以當年鴛鴦蝴蝶派的手法編織一個愛情悲劇，賺取少男少女的金錢和眼淚，但作為「大院子弟」的「我」從部隊復員後的心態卻是真實的。王朔還是把自己的一部分體驗寫進了這類小說中。

《過把癮就死》寫的是一個婚姻悲劇。雖然也以最大限度地煽情為目的，但同《空中小姐》一樣，「大院子弟」復員後的複雜心態，也被王朔用作了悲劇的催化劑。《過把癮就死》中的男主人公「我」，同《空中小姐》中的「我」一樣，也是從部隊復員的「大院子弟」，這個「我」雖然接受了「國家」的安置，走上了「工作崗位」，但對這種平民化的人生結局卻在內心深處是排斥的。一想到要以普通老百姓的身份過完一生，「我」就不寒而慄。在心情較好的時

候，「我想到我的未來，我希望自己能操縱命運」。在更多的時候，「我」則是對自己能否「操縱命運」毫無信心，於是就覺得前途一片黑暗，於是便把滿腹愁悶、委屈都發洩到妻子杜梅身上，於是便有了婚姻悲劇。《過把癮就死》其實也寫了作為「大院子弟」的「我」對作為平民子弟的杜梅的百般欺侮。「我」在家裏無法與妻子相處，在單位裏也無法與領導和同事相處。小說中，有一次妻子杜梅對「我」的莫明其妙的發火忍無可忍，終於對「我」嚷出了這樣的話：「別覺你挺了不起的，有什麼本事你倒是使呵？就會說。早看穿你了，典型的志大才疏，沒什麼本事還這也瞧不起那也看不上，好像天下誰也不如你。哼，琢磨也是瞎琢磨，氣也是白氣，你這輩子也就這樣了我還告你！」杜梅的這番話，其實是一針見血的。「志大才疏」，正是「我」這類「大院子弟」的典型特徵。失去了父輩的蔭庇卻又想出人頭地，那就需要靠自己的能耐，而這些「大院子弟」中的大多數，有什麼真實的能耐呢？無論是文化知識水平還是吃苦耐勞精神，都無法與平民子弟相比，因此要通過真刀真槍的社會競爭而出人頭地，對於「我」這類人是難而又難的。正因為杜梅的話準確地擊中了「我」心中的痛處，「我」才感到最深的傷害。「我由怒轉為辛酸，連聲冷笑」：「那種令我齒冷令我感到受到嚴重傷害的感覺一直帶到我們上床睡覺，甚至做愛也沒有使我忘掉它。儘管我知道她是無心的，但我也不能原諒她。在這個問題上我從來沒有原諒過任何人。我可以容忍別人對我的謾罵、攻訐，容忍別人懷疑我的品質，哪怕貶低我的人格，但我決不容忍別人對我能力的懷疑！此輩我定要窮追至天涯海角，竟我一生予以報復。我活著、所作一切的目的就是要把那些曾經小覷過我的人逐一踩到腳下！」

《過把癮就死》中寫到的一場「我」與頂頭上司的衝突也意味深長：

我反覆叮囑自己：忍，要忍，再忍 5 分鐘。可實在忍不住。

我的上司一下午都在我身後踱步，釘了鐵掌的皮鞋在水泥地上像驢蹄子似地「咯嗒咯嗒」有節奏地響。他還在我身後的牆上掛了一塊小黑板，想起什麼點子就用粉筆「吱扭扭」寫上幾筆，一會兒又覺得不成熟，用板擦擦了，再寫，又擦，搞得我辦公桌上落了一層粉筆末兒。

他這麼幹，不是一天兩天了，而是成年累月。我一直忍著，我想我終究會習慣的，可我總也習慣不了，總感到一股火在心裏越燒越旺，就像一堆灰燼中的火苗被風不斷地吹，終於死灰復燃。

> 這個該死的小店員出身的一輩子風平浪靜只會看風使舵冒充領
> 導幹部就像肥肉餡冒充雪花膏的傢夥，居然他媽的在頭髮上噴定型
> 髮膠！

這類從小店員苦熬上來的頂頭「上司」不過是芝麻大的小官，以前是「我」
這類「大院子弟」正眼都不瞧的。比起「我」們的父親來，這點小職務簡直
不值一提。可是「我」如今卻要在這樣的人手下討生活；這樣的人如今卻要
在「我」面前踱來踱去、寫寫劃劃地作領導狀，並且，還要往頭上噴發膠！
「我」不能不感到自己是「龍入淺灘遭蝦戲，虎落平陽被犬欺」。於是，「忍
無可忍」的「我」終於歇斯底里地大發作，對這上司破口大罵，罵得這小老
頭不知所措。在單位無緣無故地對上司發火，與在家裏無緣無故地對妻子發
火一樣，都不過是因「淪」爲平民而產生的鬱悶心情的發洩。這樣的發洩並
不能緩解心中的鬱悶：

> 我的心情並沒有因罵了一頓這個無辜的、平心而論還算和善的
> 老頭子好多少。下班以後，我在街上游蕩。街上到處是鮮麗的瓜果
> 和動人的少女，可這一切並不能使我產生欲望，街上的欣欣向榮和
> 繁華喧鬧使我感到壓抑。我不知道自己要幹嘛，不想去任何地方也
> 不想見人。什麼也不能引起我的興趣。我感到麻木，像被銀針扎中
> 了某個穴位周身麻痹，別人撞了我，我也不以爲然。

> 我相信這世界中有我一個位置，就像我過去相信有一個人在等
> 著我，可我不知道怎麼走才能到達，也許已經錯過了。

> 從骨子裏我是個嚴肅的人傳統的人，可事實沒有什麼東西可以
> 讓我嚴肅地對待。

平民的位置不是「我」應有的「位置」。「我」相信還有一個更適合自己的位
置在等著「我」，可「我」又不知這位置到底在哪裏，於是就鬱悶，就牢騷滿
腹，就覺得生活對自己不公，就覺得社會欠了自己，就看透一切，就覺得沒
有什麼值得嚴肅對待，就虛無，就調侃，就「一點正經沒有」……「大院子
弟」的這樣一種行爲，與通常意義上的反主流意識形態，也風馬牛不相及。
　　即便「淪」爲平民，「我」這類「大院子弟」也處處表現出對平民的歧視。
《過把癮就死》中，寫到「我」一次到「狐朋狗友」潘祐軍家去，潘的妻子
「只給喝速溶咖啡和酸葡萄酒這些我都不說了。她喝酒時能把冰塊嚼得嘎巴
嘎巴響就可以知道她的牙齒是從小吃什麼鍛鍊得這麼結實。」這是在暗示潘

妻出身於平民家庭，從小吃的是粗糲的食物。如果想到「我」的父親小時候吃的是什麼，如果想到潘妻這類平民的吃苦是在一九四九年後的「新中國」，就不能不說「我」對潘妻這類平民子弟的歧視是一種弱智的表現。

「大院」裏的勤雜人員，可以說是「大院」內部的平民，他們的子弟也是王朔這類「大院子弟」的歧視對象。這種情形在王朔小說《許爺》中表現得很充分。「大院」是一個等級森嚴的社會，人的價值完全取決於官位的高低和權力的大小。作為機關幹部的本人，當然價值依所處的位置而定。他人看待科長的目光不同於看待處長的目光，體制給予處長的待遇也不同於給予科長的待遇。甚至走路的姿勢、說話的腔調，不同級別的人也都有不同。你是參謀幹事，你就應該走路說話都像一個參謀幹事，倘若讓人覺得像一個領導，那就是忘形，弄不好就永遠沒有當領導的希望。你是一個小科長，你就得像一個科長那樣走路說話，倘若讓人覺得你像一個處長、部長，那也大大的不妙……機關幹部本人的職位，也直接決定著「家屬」（妻子和孩子）在「大院」的地位。處長的妻子見了部長的太太，也有處長見了部長的神情。即便是三五個「大院」婦女在一起談天說地，從各人的語調、表情和身體的鬆弛度，也能判定出各人夫君官品的高低。孩子當然也如此。即便天天在一起廝混，也有著一種等級關係，爸爸是部長的孩子與爸爸是處長的孩子，地位有明顯的懸殊。倘若爸爸只是一個司機，那是注定要被同伴看不起的，即使本人再優秀，在同伴中也仍然受歧視，在處長部長的孩子面前也不能不矮三分。而《許爺》中的許立宇，他的父親就是「大院」裏的一個司機，於是他也就成為「我」這類「大院子弟」欺侮的對象。在一起上學時，「我」就「常驅使他為我充役」，「我並沒有把他看成對等的朋友，不管他多麼無愧。原因很簡單……他的父親是個司機。」而「在我們那個連住房都按軍階高低劃分得一清二楚的部隊大院內，一個司機及其家庭的社會地位可想而知。」「我」雖不把許立宇當作對等的朋友，但許立宇卻極力高攀「我」，為了與「我」建立「友誼」，什麼都肯做：「許立宇曾經把我當作他最好的朋友，他也的確表現出了一個朋友的俠膽和義氣。記得初二時我們去金筆廠學工勞動，工廠的管理鬆懈，我們都大量盜竊瓷筆套和銥金筆。後來事發，在校方和廠方的嚴厲追究下，我們人人自危。我對名譽損失的畏懼和我對金筆的貪婪恰成正比，在我的暗示下，許立宇毫不猶豫地挺身而出，替我承擔了那份罪責。老實說，對他的這份俠義我並沒有感到絲毫的良心上的歉疚和不安，相反，我認為這是

我給他友誼理所當然的報償，否則才是不仗義！」許立宇的「二哥上中學時便是個體魄健壯的小夥子，非常喜歡摔跤和投擲鉛球，曾蟬聯數屆我們那個區中學生運動會鉛球投擲冠軍。由於他的氣質出乎其類於其它住平房的職工孩子，他引起了院裏住樓房的全體孩子的憤怒。他們經常成群結隊地攔截他，圍毆他，幾十人追打他一人。儘管那時我還是個孱弱的小學生，也曾狐假虎威地在大孩子們的唆使下朝他扔過石頭。我記得那時他家孩子多，生活困難，他經常領著許立宇穿著破衣服來我們各樓的垃圾箱內撿廢紙。我們幾個年齡相仿的小孩最愛幹的事就是看到他們鑽進垃圾箱，便將一簸箕垃圾從垃圾道傾倒而下，看著他們灰頭土臉地從垃圾箱內倉皇而出哈哈大笑。」雖然同住在部隊「大院」，但許立宇與「我」這類「大院子弟」在中學畢業後的人生之路就顯出天差地別：「許立宇很想當兵，那時的孩子都想當兵。我們院的小孩集體當兵時連不到十五歲的都走了。」當兵，那時是「我」這類「大院子弟」的特權，即便並不符合參軍條件，也照樣穿上軍裝，而許立宇這類「大院平民」，即便他再渴望當兵，即便他條件再優秀，也只能在中學畢業後「回老家插隊」。時過境遷，當「我」這類「大院子弟」從部隊復員並成為無業遊民時，許立宇也從老家回到北京，並當了一名在當時賺錢頗多的出租汽車司機。但「我」們仍然在他面前保持著一種優越感。如果說以前是以不與之為伍的方式表現對許立宇的歧視，那現在則是以每天吃他喝他的方式表現出對他的欺侮，這還不夠，還要在精神上對他進行殘酷的傷害。

三、「強姦一次是強姦，再強姦一次就成夫妻了？」

王朔們生長時期的「大院」，主體當然是作為機關幹部的王朔們的父親們。這些人，在扛槍打仗之前，幾乎都是農民，而且一般是農村中最貧窮的那部分人。王朔小說中，偶而也會對他們的父輩的來歷有所披露。例如，在《玩的就是心跳》中，說到高洋（這是一個在王朔小說中屢屢出現的人物）的上幾代時，有這樣的介紹：「他家祖祖輩輩是內地的放牛娃，到他爸那輩實在活不下去，賣了壯丁，先當國軍又當偽軍最後當了八路軍。」幸虧「當了八路軍」後沒有再改換門庭，更幸虧在「槍林彈雨」中能活了下來，才能在一九四九年後住進「大院」，成為「新中國」的「新貴」，也才能使自己的子弟具有傲視平民子弟的資格。王朔們生長的「大院」，應該說仍是一個以農民為主體的世界。這個世界表現出的文化，雖然像王朔正確地指出的那樣，與

北京這一城市固有的地域文化並非一回事，但也不像王朔錯誤地指出的那樣，是一九四九年後出現的一種全新的文化。這種「大院文化」以激烈反傳統的面目出現，但卻不可能是對傳統文化總體上的反對，也即不可能是像「大院」的主人們宣稱的那樣，與傳統文化進行「徹底的決裂」。這些「大院」的主人，也是「新中國」的主人，憑他們的人生經歷，憑他們的眼光見識，憑他們的文化修養，都不可能在中國的傳統文化之外，找到可與整個中國傳統文化對抗的精神資源。他們不可能站在傳統之外反傳統。他們只能是，不可能不是，代表一種傳統文化反對另一種傳統文化。「大院文化」不管在表面上顯得多麼「新」，骨子裏仍然是對傳統文化中某一方面的自然而然的、不知不覺的繼承。

王朔這類「大院子弟」的父親，在文化心理上，在精神結構上，應該說都還是農民。所謂「大院」，某種意義上，不過是都市裏的村莊。但要說「大院文化」就表現為傳統的農民文化，也不準確。傳統的農民文化中溫良、敦厚、仁義的一面，就非但不是「大院」所繼承的東西，相反，倒是「大院」所反叛的對象。「大院」所繼承的，主要是傳統農民的那種「打家劫舍」的精神，「大院文化」主要表現出傳統農民文化中兇悍、暴戾、殘忍的一面。對農村極熟悉的已故作家趙樹理，說過這樣一番意味深長的話：「據我的經驗，土改中最不易防範的是流氓鑽空子。因為流氓是窮人，其身份容易和貧農相混。在土改初期，忠厚的貧農，早在封建壓力之下折了銳氣，不經過相當時期鼓勵不敢出頭；中農顧慮多端，往往要抱一個時期的觀望態度，只有流氓毫無顧忌，只要眼前有點小利，向著哪方面也可以。」〔註10〕趙樹理指出，在當年的土改中，那些農民中的「積極分子」，那些敢於站出來掌管農村基層政權的人，往往是農村的流氓地痞、惡棍無賴。趙樹理在數篇小說中，都描繪了那種本是流氓而「這回輪到我來撈一把」的農村幹部形象，一定程度上表現了他們當政後農村社會流氓的政治化和政治的流氓化。在土改中當了農村幹部的人，後來一般都繼續當下去，農村的許多地方，數十年間，就一直由這樣的人控制著。在趙樹理因「醜化」、「歪曲」農村幹部形象而受到批鬥時，掌管文壇大權的周揚不可能站在趙樹理一邊，但周揚在「文革」後為趙樹理文集作序時卻指出：「趙樹理在作品中

〔註10〕趙樹理：《關於〈邪不壓正〉》，見《趙樹理全集》，北嶽文藝出版社 1990 年 10 月第 1 版。

描繪了農村基層組織的嚴重不純，描繪了有些基層幹部是混入黨內的壞分子……這是趙樹理同志深入生活的發現，表現了一個作家的卓見與勇敢。」如果爲周揚所稱道的趙樹理的「發現」，符合農村的實際，那這種「發現」就更符合「大院」的實際。能夠從農村破敗的茅棚竹舍，甚至阿Q所棲身的那種土穀祠，一步步混進堂皇的「大院」，往往也並不是農村的那種老實溫厚的人，至少也是像阿Q那樣具有「天生的革命精神」者。喜歡唱「我手執鋼鞭將你打」，將「革命」理解爲「我要什麼就是什麼，我歡喜誰就是誰」，「革命」的第一步就是把「秀才娘子的寧式床」據爲己有，——這就是他們「天生的革命精神」的具體表現。

當王朔們的父輩從農村貧民成爲「大院」主人後，他們已經是「新社會」的「上等人」，是那個時代的「既得利益者」。按理，他們所應防範的是別人的「打家劫舍」，是別人起而「革」他們的「命」，但實際上，他們原有的那種在茅棚竹舍和土穀祠中所「天生」出的「革命精神」，一直被他們帶進了「大院」，並成爲「大院文化」的內核。這種「革命精神」也與血液一起傳給了王朔這類「大院子弟」。在特定的時刻，王朔們就會把父輩在進入「大院」之前的那種心態，那份「痞氣」表現得淋漓盡致。在《玩的就是心跳》中，寫到一群從部隊復員後不甘當平民而成爲遊民的「大院子弟」結伴遊蕩到了經濟較發達的南方，面對南方的燈紅酒綠，他們心理嚴重地失衡。一方面，他們仍然覺得自己是這個國家的主人，有著一種「主人公」的心態，另一方面，又覺得自己成了這個社會的邊緣人，眼前的燈紅酒綠竟然與自己無關。這時，在他們之間有這樣的對話：

「哥兒們有錢。」方言笑著說，「哥兒們的復員費全帶來了，好幾百，咱們現在也可一擲千金了。」

「千金頂個屁！好幾百管個蛋！你那幾年當兵領的賞錢還不夠一頓吃的。就你們還想吃遍這兒？把你們零賣了也不夠。我和高晉先到這兒時，悠著花悠著花三天之後也只能吃炒粉了，我比你們兵齡還長，拿的復員費還多。在這兒你要麼趁錢要麼你就得忍著。」

「嗐，咱們又不長住，玩幾天錢花光就走。」

「那你現在就得走，你那點錢也就夠來回路費再住上一夜兩夜這你還得悠著真正奢的地方也不能去也就是吃吃煲仔飯吧。」

「咱們憑什麼忍呀？對不對？」許遜圓瞪眼睛說，「咱們誰呀？從來都是人尖子，咱們吃肉別人喝湯現在也不能掉個過。」

「我還不信了。」汪若海壞著說，「這麼好的地方楞沒咱們什麼事。到底誰是國家的主人？我調兵平了這地方。」

「你丫牛逼什麼呀？」高晉笑著說，「你最多也就把你原來手下那班報務兵調來，總共三人。你要真橫，你還不如坐這兒原地倒電子錶，那也比你調一個軍來管用。」

「我能幹那事？打死我也不敢，咱不能跌那份兒。那是人幹的麼？咱是當海軍司令培養的。」

「對，咱不能跟他們一般見識，讓他們丫掙去，掙足了咱給他們來個一打三反全沒收嘍。」方言說，「咱要錢幹麼？沒錢咱過的也不比有錢的差，也不看這是在哪兒，誰的天下？資本主義成了。」

「那你們就忍著吧，等著國家替你們出氣。」

「甭理他們。」高洋對高晉說，「這幾個人還沒從夢裏醒過來呢，……裝他媽什麼精神貴族，中國有什麼精神貴族？一水的是三十年前的放牛娃翻的身，國庫封了全他媽得要飯去。」

這幫成為遊民的「大院子弟」，社會身份與進入「大院」之前的父輩，在某種特定的意義上有了相似之處，於是自然地表現出「打土豪，分田地」的衝動。以倒電子錶的方式掙錢，通過艱苦而誠實的勞動發家致富，那是「打死」他們，他們也不屑幹的。在這些人的對話中，只有高洋最後對高晉說的那幾句話，還算有幾分清醒。這些「大院子弟」自以為本來是、也永遠應該是這個國家的「貴族」，但他們作為「貴族」的根基也實在太淺。他們的父輩從「放牛娃」翻了身，進入「大院」後，雖在物質上過上了中上層的生活，但他們在精神上始終停留在「放牛娃」的狀態。他們充當「新貴」的時間短暫，到王朔們時，也不過才第二代，這是他們在精神上並未「貴族化」的一種原因。但更重要的原因，則在於精神上的反貴族化是一九四九年後主流意識形態的基本特徵。從戰火中奪得天下的王朔們的父輩，在進入「大院」，坐了江山之後，仍然有著一種對暴力的狂熱崇拜，「馬背上」得了天下的他們，仍然堅信應該在「馬背上」治天下。於是，粗鄙、暴戾、野蠻、愚昧、兇殘，便成為「大院文化」的基本精神。

　　經濟學家何清漣在《歷史的弔詭——傳統文化在現代化進程中的作用再思考》〔註11〕一文中，指出中國歷史上一直有著一種「貧民政治形態」：「這種政治最典型的特點是崇尚暴力，集大成的理想人格與生活方式表現在《水滸傳》一書裏。」「所謂『貧民政治』的道路，主要依靠暴力搶掠資源並佔有資源，只有破壞性而缺乏建設性。實施『貧民政治』並不代表貧民整體上都能得到長期好處，『闖王來了不納糧』之類也只是暫時為了擴大支持者隊伍的權宜之計，……『貧民政治』與中國歷史上占主流地位的儒家文化無關，而與中國社會處於弱勢狀態的另類文化有關，這種文化在整個20世紀當中起的作用不可小覷。這種另類文化的集大成者是後來的義和團文化，……至於貧民政治的極致應該說是文化大革命，而發生在和平年代裏的文化大革命竟然出現將人肢解並挖心肝吃人肉人心，將生殖器泡酒的事情，這種『貧民政治』的暴虐已不用多說了……」「整個農村社會在乾隆中葉開始了『鄉紳劣紳化』與『農民痞子化』的過程……長達14年的太平天國運動，對中國社會帶來的最重大的影響，就是使以暴力為特點的『貧民政治』成為此後一個半世紀的政治主旋律。……」何清漣認為，王朔所宣揚、所代表的文化，就是這種「貧民文化」的突出表現：「不要輕視與儒家正統文化平行的『貧民文化』的影響，前年《水滸傳》電視劇中那首『好漢歌』就是一個最好的例證。這種『貧民文化』具有的顛覆性遠遠大於其建設性，王朔堪稱其典型代表。這種『貧民文化』讓人徹底拋棄羞恥感與自尊心，並通過半個世紀的階級鬥爭與意識形態教育深入人心。」養育了王朔這類「大院子弟」的「大院文化」，毫無疑問體現為那種典型的「貧民文化」。而王朔們對「大院文化」的繼承，也正意味著這種「貧民文化」在「大院子弟」身上的延續。上面所引的《過把癮就死》中那群「大院子弟」面對南方的燈紅酒綠表現的心態，就是這種「貧民文化」的典型體現。不過，有必要說明的是，「平民」、「平民政治」、「平民文化」與「貧民」、「貧民政治」、「貧民文化」這兩組概念，是有著某種本質性的差別的。「平民」意味著一個社會中最廣大的普通成員，這裏的「平」，不一定意味著「貧窮」，而只意味著他們的廣大、普通，同時還含有奉公守法、勤勞節儉之意。而何清漣這裏所謂的「貧民」，則基本上與「流氓無產者」是同義詞。貧窮固然是「流氓無產者」的特徵，但與此相伴的還有粗鄙、暴戾、野蠻、

〔註11〕何清漣：《歷史的弔詭——傳統文化在現代化進程中的作用再思考》，見《我們仍然在仰望星空》一書，灕江出版社2001年1月第1版。

愚昧、兇殘。這樣,「平民政治」與「貧民政治」的差別,也就不可以道里計了。「平民政治」意味著平民的真正當家作主,現代民主政治就可謂是一種真正的「平民政治」。而「貧民政治」則意味著「流氓無產者」的掌握政權,意味著流氓的政治化和政治的流氓化,在這種「貧民政治」下,廣大的「平民」所受的壓迫、剝奪將更為慘酷。洪秀全割據之地人民遭受的苦難,就是明證。在這個意義上,可以把「貧民」換言成「痞子」,可以把「貧民文化」和「貧民政治」換言成「痞子文化」和「痞子政治」(或「流氓文化」和「流氓政治」)。

　　「文化大革命」是這種「痞子文化」和「痞子政治」在近代以來的極致表現。王朔們的心理成型期恰逢「文革」,因此,他們身上的「痞氣」,與「文革」應有著深刻的聯繫。王朔的許多言行,實質上都應視作「文革精神」的表現。對「文革」,王朔是有著深切的懷念之情的。在《動物兇猛》中,「我」說道:「我感激我所處的那個年代,在那個年代學生獲得了空前的解放,不必學習那些後來注定要忘掉的無用的知識。我很同情現在的學生,他們即使認識到他們是在浪費青春也無計可施。我至今堅持認為人們之所以強迫年輕人讀書並以光明的前途誘惑他們,僅僅是為了不讓他們到街頭鬧事。」如果說這還是小說人物在說話,那麼,王朔站到前臺,以「王朔」的名義稱頌「文革」也有過:「文化大革命再不好,但它打亂了生活秩序,給個性發展提供了機會,使小孩兒擺脫了學校那種陳腐教育的束縛,所謂長知識的階段全在社會上,學校裏的東西相對於這種東西來講是毫無意義的。你要考試要升學,就好像迫使你就範。如果那樣我有可能成為另一種人,比如博士之類的。」〔註12〕從王朔的這些話裏,可以看出「文革」期間流行的「教育思想」對他的影響有多麼大。王朔的所謂「反文化」,其實不過是當年「紅衛兵」大「革」文化「命」的表現。王朔的罵魯迅,罵老舍,甚至闖到他完全陌生的領域罵齊白石,罵張大千,換言之,王朔的「狂」,常令人不解。但如果想想「文革」期間「紅衛兵」的言行,就覺得王朔很好理解了。在「文革」期間,不是人類文化史上幾乎所有的大師都被說成是一錢不值麼,不是宣稱「從國際歌到樣板戲,中間是一片空白」麼。佛頭著糞,是「文革」期間「紅衛兵」一類人的家常便飯。王朔從開始涉世、記事和識字起,便見慣了這類言行,他從小就知道,沒有哪個「鳥作家」、「鳥學者」、「鳥名人」、「鳥權威」是不可以「打倒」的。他也從小就懂得,「誰也擋不住我放狂話」。他今天的「狂」,實

〔註12〕王朔:《無知者無畏》,春風文藝出版社 2000 年 1 月第 1 版,第 7 頁。

在不過是稍稍表現了一點「文革精神」而已，不過是拾了一點點「文革」中「紅衛兵」一類人的牙慧而已。

王朔對「大院文化」的繼承，還表現在與父輩在重大的政治立場上保持一致。我注意到，王朔雖爲一併無公職的自由職業者，但在關乎國家的政治體制等根本性問題時，他的立場極爲「傳統」而且堅定。當有人問及他何時「成的家」時，他回答：「第一次反對資產階級自由化的時候」。〔註13〕這不經意間說出的一句話，我以爲頗能說明王朔眞正的政治立場。以政治事件作爲私人生活的階段性標誌，固然說明了王朔這類「大院子弟」根深蒂固的「政治情結」，而對「資產階級自由化」這一概念在正面意義上的使用，也意味著王朔對這一說法的認可，至於把這樣一場政治運動與個人最神聖的生命事件相聯繫，還說明這一政治運動在王朔心目中也具有某種神聖性。在另一處，王朔還發表過這樣的宏論：「人類有時需要激情，爲某種理想獻身是很大的東西，我並不缺少這種東西。但這種東西必須出自內心。我看到的卻是這些美好的東西被種種的學說被資產階級自由化，被亡我之心不死的別有用心的人給毀得差不多了。」〔註14〕當王朔把對「這些美好東西」的糟蹋都算在「資產階級自由化」的帳上時，當王朔用「亡我之心不死」一類的語言表達他的政治見解時，居然還有人說王朔代表「平民文化」，居然還有人說王朔所持的是「民間立場」，居然還有人說王朔是反主流意識形態的，——這眞有些匪夷所思。

王朔對「大院文化」的繼承，或隱或顯，或直接或間接，表現方式不只一種。對知識分子的鄙視、嫉恨的憎惡，也是王朔繼承「大院文化」的典型表現。鄙視、嫉恨和憎惡，三者是有著區別的，他們交織地存在於王朔心中，任何一種都不能單獨地說明王朔對知識分子的心態。而這樣一種對待知識分子的既單純又複雜的心態，在王朔的父輩們身上就表現得非常明顯。「卑賤者最聰明，高貴者最愚昧」；「最乾淨的還是工人農民，儘管他們手是黑的，腳上有牛屎，還是比資產階級和小資產階級的知識分子乾淨。」等等，類似的話語，在王朔童年和少年時代，是可以作爲大幅標語掛在「大院」裏的。此種話語表達的觀念，也十分投合「大院」的主人們的心理，說出的是他們的心聲，當然爲他們發自內心地信奉。而當王朔成爲紅級一時的小說家後，他

〔註13〕王朔：《無知者無畏》，春風文藝出版社2000年1月第1版，第26頁。
〔註14〕王朔：《無知者無畏》，春風文藝出版社2000年1月第1版，第80頁。

幾乎原封不動地表達著「大院」對知識分子的鄙視、嫉恨和憎惡：「我的作品的主題用英達的一句話來概括比較準確。英達說：『王朔要表現的就是「卑賤者最聰明，高貴者最愚蠢。」』因為我沒念過什麼大書，走上革命的漫漫道路受夠了知識分子的氣，這口氣難以下咽。像我這種粗人，頭上始終壓著一座知識分子的大山。他們那無孔不入的優越感，他們控制著全部社會價值系統，以他們的價值觀為標準，使我們這些粗人掙扎起來非常困難。只有給他們打掉了，才有我們的翻身之日。而且打別人咱也不敢，雷公打豆腐撿軟的捏。我選擇的攻擊目標，必須是一觸即潰，攻必克，戰必勝。」〔註15〕類似的話，王朔多次說過，人們都很熟悉。類似的話，王朔的父輩們在「走上革命的漫漫道路」之後，一遍又一遍地說過，現在又由王朔接著說，——僅此一點，也就能明確地證實，王朔們的血管裏，確乎流著父輩們的血。如果說王朔對知識分子的鄙視、嫉恨和憎惡也是一種「反文化」的表現，那這種「反文化」正是王朔童年和少年時代的「大院」裏的主流文化。那個時代對知識分子的鄙視、嫉恨和憎惡，雖然用不著援引資料加以證明，但我還是想把作家張揚一年前發表的《我看「院士」》〔註16〕中的一番話抄在這裏：

> 我雖然「長在紅旗下」，長期受極左薰陶，常年被教導說知識分子是動搖的，妥協的，兩面的，軟弱的，投降的，灰色的，小資產階級的，資產階級的，酸的，臭的和什麼什麼的，但不知何以我就是改造不過去。在一切人等中，我最敬重的就是知識分子，尤其是科學家。

> 那時凡事首先要講「立場觀點」。我從上述「立場觀點」出發考察當時的知識分子政策和對待科學家的態度，很快發現除整體上的蔑視、欺侮、壓制外，在微枝末節上也考慮得面面俱到。譬如不惜多費些事，多用些字，特意將科學家稱作「科學工作者」，將工程師稱作「技術人員」——這麼一點小動作，卻成功地和不著痕跡地貶低了他們。又如「中國科學院學部委員」，是中國科學家的最高學術職稱和最高榮譽稱號，又是個十足古怪的頭銜。其實任何外語中都找不到與「學部委員」對應的詞彙，翻譯過去只能叫「院士」，那為什麼不乾脆中文就叫「中國科學院院士」呢？這是處心積慮貶低優

〔註15〕 王朔：《王朔自白》，見《文藝爭鳴》1993 年第 1 期。
〔註16〕 張揚：《我看院士》，見《今晚報》2000 年 5 月 8 日。

秀科學家的招數。漢字有象形性，「院士」一詞本身就體現出一股威嚴和氣派。而「學部委員」呢，關鍵詞是「委員」，就是工會委員、支部委員、中隊委員、居委會委員等等那個「委員」，也就是毛澤東早年講的「屙尿也能碰到委員」的那種「委員」──只是比起那些「委員」來，「學部委員」除古怪外，還充分地生疏、拗口。這就有力地阻斷了群眾對他們的瞭解，更別說尊敬他們了。

「長在紅旗下」的張揚，沒有被那個時代「教導」和「改造」得鄙視、嫉恨和憎惡知識分子。而不但「長在紅旗下」，且是長在紅旗下的部隊「大院」裏的王朔，卻讓那個時代對知識分子的「蔑視、欺侮和壓制」滲透進了自己的血液，把那個時代對知識分子的鄙視、嫉恨和憎惡內化爲自身的需要。

王朔對待知識分子的態度，能讓人很自然地聯想到其父輩們，但同樣的話從其父輩們口中說出與從王朔們口中說出，給人的感覺還是不同。如果說，王朔的父輩們認爲「受夠了知識分子的氣」，認爲「頭上始終壓著一座知識分子的大山」，認爲知識分子「控制著全部社會價值系統，以他們的價值觀爲標準」，認爲知識分子有著一種「優越感」，還多少有點道理，那同樣的話從王朔的嘴裏說出來，則讓人感到強烈的滑稽。換言之，如果說王朔的父輩們對知識分子的仇視還多少有點現實的依據，那王朔們對知識分子的仇視，則實在有些莫名其妙。王朔出生於一九五八年。而在他出生前的一九五七年，可以說知識分子就全軍覆沒。早在王朔出生之前，知識分子就被王朔的父輩們徹底「打翻在地並踏上一隻腳」了。在王朔出生後，說還有人「受夠了知識分子的氣」以至於「難以下咽」，說知識分子還能成爲壓在王朔這類「大院子弟」頭上的「大山」，說知識分子還能在王朔這樣的「大院子弟」面前有一種「優越感」，說知識分子還「控制著全部社會價值系統」，還能「以他們的價值爲標準」並使王朔這樣的人「掙扎起來十分困難」，說王朔這樣的人只有把知識分子「打掉了」才有「翻身之日」，這不是癡人說夢嗎？王朔在聲討了一番知識分子後，又說知識分子不過是一「捏」即碎的「豆腐」，這本身便是自相矛盾的。「豆腐」之喻是很準確的。至遲在王朔出生之後，知識分子已經成了一塊豆腐，一灘爛泥，一隻螞蟻，他們擋不了任何人的路，更擋不了王朔這樣的「大院子弟」的路。

按理，王朔們自己與知識分子本無仇。但如果考慮到王朔關於深受知識分子壓迫、摧殘的那番似乎不可理喻的話，他們的也作爲「大院子弟」的兄

長，在「文革」時期也說過，又覺得王朔這代人也對知識分子刻骨仇恨或許不爲無因。在前面所引的那篇出自「大院子弟」之手的《自來紅們站起來了》中，有這樣的話：「以前，我們這些『自來紅』，被那些牛鬼蛇神和資產階級王八羔子們壓得抬不起頭來，我們老子爲革命拋頭顱，灑熱血，可他們的後代反而低人三等，連那些資產階級小崽子都『不如』，今天，有黨中央，毛主席給我們作主，我們『自來紅』揚眉吐氣了！往日我們矮三分，今天是頂天立地的人！」「大院子弟」在一九四九年後，在一九五七年後，會覺得自己被「牛鬼蛇神和資產階級王八羔子們」壓得抬不起頭來，會覺得自己「低」這些「王八羔子們」「三等」，會覺得自己「連」這些「小崽子都『不如』」，會覺得自己在這些人面前「矮三分」，有一定的現實原因，但更有著心理原因。這些「大院子弟」比起那些「王八羔子」和「小崽子」們來，吃得好、穿得好、住得好、玩得好，前程也注定更好，在所有這些方面，他們都可具有一種優越感，但在一個方面他們無法與這些「王八羔子」和「小崽子」比，這就是在讀書學習上、在文化知識上、在考試成績上，他們往往難望這些人之項背。在同一個班上，往往學習最好的是這類「王八羔子」和「小崽子」，而學習最差的則是這類「大院子弟」，作爲以學習爲業的學生，他們哪怕內心再不把文化知識當回事，也不能不在面對這些「王八羔子」和「小崽子」時也產生一種自卑感，這是他們覺得受這些「王八羔子」和「小崽子」壓制的主要現實原因。另外，由於這些「王八羔子」和「小崽子」有更多的文化知識，更由於他們的家庭背景和家庭教育的關係，他們往往談吐更高雅、舉止更文明，這對「大院子弟」也是一種刺激，一種傷害。而「文化大革命」「革」的就是文化知識的命，「革」的就是「高雅」和「文明」的「命」，「大院子弟」這才感到自己是「徹底翻身」，是眞正「揚眉吐氣」和「頂天立地」了。王朔這茬「大院子弟」對知識分子的仇視，如果一定要說也有著現實的原因，那其原因也可作如是觀。不過，包括王朔這茬人在內的「大院子弟」對知識分子的仇視，還有著心理上的遺傳因素在起作用。他們的父輩對待知識分子的態度，他們的父輩對知識分子所懷有的鄙視、嫉恨和憎惡，也作爲一種精神遺產爲王朔這代人所繼承著，——在這個意義上，可以說王朔們與知識分子之間，有的是「世仇」。

明代開國皇帝朱元璋，是地道的流氓出身，在龍袍加身後，也實行的是典型的流氓政治，有明一代，政治的流氓化和流氓的政治化都表現得十分充

分，「流氓文化」也極為「發達」。在迫害知識分子上，朱元璋的流氓本性也暴露得淋漓盡致。各種各樣離奇古怪的文字獄且不說了，這裏只說一件小事。朱元璋稱帝後，特意將元順帝留下的一頭大象路遠迢迢地運到南京。並非朱元璋生性愛象，而是此象大有奇妙之處。元順帝宴群臣時，可令此象拜舞。朱元璋想如法炮製，但「設宴使象舞，象伏不起，殺之」。在朱元璋看來，這大象是甘願給元王朝殉葬。由這大象的「義舉」，朱元璋想到了元朝舊臣、投降明朝後任翰林侍講學士的老知識分子危素，遂下令「作二木牌，一書『危不如象』一書『素不如象』，掛於危素左右肩」。〔註17〕（「文革」中給知識分子掛黑牌，原不過是明代遺風。）朱元璋怪大象不肯「歸降」而將其殺掉，又怪危素肯歸降而對其如此污辱，令其斯文掃地，這真是十足的流氓行徑。王朔在表達自己憎惡當代中國知識分子的理由時，與朱元璋有異曲同工之妙。王朔屢屢宣稱，他在「文革」等政治運動中看慣了知識分子的低聲下氣、相互撕咬、喪失人格尊嚴，這才對知識分子心生鄙視和憎惡的。例如，在與老霞的對話中，王朔就說：「中國知識分子，確實可疑的很多。另外我們是在文化大革命中長大的，那時的知識分子沒有尊嚴、沒有地位，並不值得羨慕，從小就覺得高中畢業就行了。這種東西對我肯定有影響。知識分子當時互相貼大字報，你揭發我我揭發你，我看了覺得沒有一個乾淨的，雖然有知識但人品很臭，……我總要問自己，知識分子為什麼這樣，像狗一樣咬來咬去的，還不講真話，他們一會兒說自己不是人，一會兒又用大道理教訓人，……這些人對權力的恭順又使我覺得他們是幫兇，這麼多年來一直是幫兇，愚化人民，……」〔註18〕究竟是誰剝奪了知識分子的「尊嚴」和「地位」？究竟是誰逼迫知識分子「互相貼大字報，你揭發我我揭發你」？究竟是誰驅使知識分子「像狗一樣咬來咬去」？質言之，究竟是誰蓄意讓知識分子連起碼的做人的體面也無法保持？不正是當時的「無產階級專政」麼！而王朔所生長的「大院」不正是「無產階級專政的堅強柱石」麼！如果說當年的王朔不明白這些，那後來的王朔則應該十分明白，可他在這方面的智商似乎還停留在少兒階段。當然，根本的原因並不在智商問題，而在於前面說到的對知識分子的先天和後天的嫉恨、憎惡。王朔這類人對知識分子的態度，如果要上溯的

〔註17〕王春瑜：《明代流氓及流氓意識》，見《明清史散論》一書，知識出版社1996年1月第1版。
〔註18〕王朔、老霞：《美人贈我蒙汗藥》，長江文藝出版社2000年8月第1版。

話，至少可上溯到朱元璋那裏。正像「文革」時期「革命者」或許是無師自通地學會了朱元璋發明的給知識分子掛黑牌這種流氓手段一樣，王朔們也自然而然地從朱元璋那裏繼承了那種流氓文化心理。

不認同王朔對知識分子的批評，並不意味著中國知識分子不應該受到批評。中國知識分子確有不少值得批評之處，他們在一九四九年後的歷次政治運動中的表現，也往往醜陋不堪。但由王朔這樣的「大院子弟」，以當年朱元璋「批評」危素的方式來批評當代中國的知識分子，則無論如何都讓人感到滑稽。

朱學勤把王朔所表現的「痞子文化」的源頭一直追溯到「漢高祖」劉邦。我想借用朱學勤的這番話來結束對王朔的談論：

> 我們這個民族，之所以稱爲「漢族」，大致成型於秦漢時期。但是，漢朝本身是一個痞子劉邦和舊貴族項羽爭奪秦皇失鹿的結果。可以說，從項羽失敗劉邦成功，痞子文化已經進入中國文化的源頭，源遠流長。中國的宮廷文化表面上是貴族，骨子裏是痞子，前朝痞子貴族化尚未完成，後朝的痞子就又取而代之。承平年代，貴族形式爲顯，痞子基因爲隱，動盪年代，則翻過來暴露痞子之底色，……以後知識分子積累的那點士大夫文化，每當皇權板蕩，內裏的痞子文化流毒天下時，就不堪一擊，隨時都會與痞子文化合流，向下尋找突破的方向。歷史流經我的眼前，最近的一幅畫面是什麼？「文革」前 17 年，他們是殺死了貴族，來冒充貴族，「文革」後十幾年，他們是毀滅了平民來冒充平民！這個社會被他們糟蹋了兩次，不是一次。痛心的是，這個社會卻不自覺，還把這兩次糟蹋搬進小說搬上銀幕，傻不幾幾地跟在後面起哄，像不像股市向下突破時的放量下跌？強姦一次是強姦，再強姦一次就成夫妻了？〔註19〕

〔註19〕朱學勤：《是柏拉圖，還是亞里士多德？》，見《書齋裏的革命》一書，長春出版社 1999 年 12 月第 1 版。

余秋雨是否應該懺悔

一、問題的提起

關於余秋雨的議論、爭執，迄今為止，可以說大體分為兩個階段。

一九九九年以前，議論、爭執的焦點，在於余秋雨的散文寫作。至於余秋雨在「文革」期間的筆墨生涯，當然也有一些文章提到，但更多的是私下的言傳，大抵是說余秋雨曾是「石一歌」之一。對於不瞭解「文革」期間的政治和文化狀況，也從未耳聞過「石一歌」之名者，這樣的傳言，聽了也就聽了，不會因此而對余秋雨的看法有什麼改變。但對於「文革」期間的政治和文化狀況有所瞭解，對「梁效」、「初瀾」等「人」的利害有所領略者，聽到這樣的傳言就不會輕易忘記。倘是一個喜歡余秋雨散文卻又痛恨「文革」者，得知余秋雨「文革」期間曾是「寫作組」成員後，再讀余秋雨時的感受，也許就會有所變化。而倘若是一個本來就不喜歡余秋雨散文的人，得知余秋雨「文革」期間曾是「四人幫」的「幫兇」後，也就更有理由對余秋雨表示厭惡了，甚至還會在余秋雨「文革」期間的寫作與今日的散文創作中，看到某種內在的聯繫，看到某種一致的東西。余秋雨的寫作生涯，正式開始於「文革」期間，至少從時序上說，今天的寫作是當年寫作活動的延續。這使得人們很難把他當年的寫作活動與今日的寫作以及整個文化活動割裂開來。也許有人會說，對余秋雨「文革」期間的寫作活動如何評說是一回事，對余秋雨今日的散文創作和文化活動如何判斷是另一回事，二者不應攪在一起。這種態度當然也有合理之處，而且有時候還意味著一種清明的理性。這種清明的理性可以防止一些因情緒化而導致的偏見與謬誤，但也可能遮蔽一些真相。

因余秋雨「文革」期間曾置身「寫作組」而對其今日的寫作徹底否定，顯然有失偏頗。但如果余秋雨當年的寫作與今日的寫作之間，確有某種一以貫之的東西，那麼，對之視而不見，便也不能做到對余秋雨今日的寫作以及對其整個文化活動有準確的把握。

余秋雨在九十年代因《文化苦旅》而大紅大紫後，最早撰文指出其「文革」期間寫作活動者，是上海的學者和雜文家何滿子先生。例如，在寫於一九九四年的《筆名談屑》〔註1〕一文中，何滿子呼籲應對「文革」期間的丁學雷、石一歌、羅思鼎、梁效「這些在現代文壇上或至少在現代報刊上曾經鼎鼎大名的聞人」進行研究。文章並著重談了石一歌：

> 石一歌的聲名只在上海頗紅，外地人恭聆其名的大概只限於文藝界。知情人説，這筆名代表十一個才子，以人數而諧音命名。石一歌，即隱身在這個筆名下的十一位某某某們，是四人幫卵翼下的魯迅研究專業戶。所謂魯迅研究，就是把魯迅改造成四人幫的守護神。這部輿論機器由於起動得較晚，且因分工所限，不像丁、羅、梁幾位之為全民所注目。事敗之後，這些機靈的才子就泥鰍似地滑掉，混入大海了。反正這些某某某們不是行不改姓坐不改名的漢子，以中國之大，人頭之密，世變之迅疾，到處可以藏龍臥虎。一次，我偶而撞進一個座談會，聽一位聲名顯赫的權威大談美學，旁座有一位偷偷附耳見告，説這位某某某就是當年石一歌一夥中的驍將雲。我便問旁座，這位某某某先生現在對魯迅的看法如何？——這時我腦子裏立即閃過茅盾四十年代在一本蘇聯遊記中説的，他遇到一位俄羅斯漢學家，向他問起胡適的近況，這位漢學家説的是滿口文言，問茅盾的話是「胡適之博士近無恙乎？彼之思想近有改變乎？」我面前的這位某某某紅光滿面，顯然無恙；我想問的正是「彼之思想近有改變乎？」

> 但旁座説，某某某先生從來不提「當年勇」，他根本就諱言石一歌那碼子事，「人家聰明！提那碼子事幹什麼？」

何滿子先生的這篇文章，較早地提出了對「文革」期間的「寫作組」進行研究的問題，也較早地提供了石一歌的概況。至於文中提到的那位曾是石一歌

〔註 1〕何滿子：《筆名談屑》，見《文學自由談》1994 年第 3 期。

的「驍將」、現今則「大談美學」的「權威」,「圈內人」會想到是指余秋雨。
但何滿子先生對余秋雨的這種並不指名道姓的揭露,影響也只限於「圈內」。
較早指名道姓地希望余秋雨「正視」自己「文革」經歷的,是謝泳先生。謝
泳在發表於一九九九年的《正視自己的過去》〔註2〕一文中,對邵燕祥的「敢
於將自己的過去眞實地坦露給世人」,予以了熱情的肯定,並對余秋雨在《長
者》一文中對自己「文革」期間的活動所做的掩飾和美化表示了失望:「今年
第三期《中華散文》上有余秋雨先生一篇散文《長者》,是寫王元化先生的。
其中有一個細節涉及余先生在文革中的經歷。我不敢說余先生說的不是事
實,但余先生的思路好像是不願正視過去的。前兩年有許多人批評余先生,
那種批評方式我不贊成,但那些批評之所以發生,我以爲這和余先生不敢正
視過去的態度有關。如果余先生能像邵先生一樣,敢於說出自己在過去的歲
月裏的那些經歷,人們也就不苛求余先生了,可惜余先生沒有這個勇氣。……
像余先生這樣聰明的知識分子,後來在學術上也做出了很大貢獻,在國內外
獲得了巨大名聲,人們也想把他作爲一個知識分子來研究,所以對於余先生
的有關回憶性文字,人們一般都比較留意。對於當年那些用同一個『余秋雨』
發表的任何一篇文章,研究者都有閱讀的興趣,這些歷史都是無法迴避的,
也沒有必要迴避。如果余先生是一個敢於面對歷史的知識分子,那麼他就應
該像邵先生那樣,把自己在過去歲月裏寫的一切文字,都收進自己的文集中
去。在那樣的年代還有文字生涯的知識分子,都應該有這個勇氣……」謝泳
的這篇文章,對余秋雨迴避、美化自己「文革」歷史、爲自己當年的寫作活
動苦心開脫的行爲提出了既溫和又尖銳的批評。我特別注意到,謝泳對「有
許多人」批評余秋雨的看法。對那種「批評方式」,謝泳表示了不贊成,但同
時指出,這類批評的發生,「與余秋雨不敢正視過去的態度有關」。九十年代
後半期,對余秋雨的批評,可謂如湧如潮,這令余秋雨既惱怒又不解。我也
認爲,這種現象的出現,確實與余秋雨作爲一個作家和學者,雖富有才華但
卻缺乏人格魅力和道義力量有關。人們對余秋雨,可能會有佩服,有羨慕,
也可能有如余秋雨一再指出的那種嫉妒,但卻很難有發自內心的敬仰、熱愛。
這使得各種各樣的人譏諷、貶損起余秋雨來,都毫無心理上的障礙、道德上
的顧忌。余秋雨這種人格魅力和道義力量的缺失,原因不只一種。這與余秋

〔註2〕 謝泳:《正視自己的過去》,收入蕭夏林、梁建華編《秋風秋雨愁煞人——關
　　　於余秋雨》,中國文聯出版社2000年1月第1版。

雨的現實表現有關，但毫無疑問，也與余秋雨有過一段不光彩的歷史卻又對
之「不敢正視」有關。可以肯定的是，如果余秋雨能像巴金老人那樣對自己
「文革」期間的寫作活動有一番反思，一番悔恨，如果在大談「文化良知」
和「健全的文化人格」時，能結合自己的失誤和教訓，他的人格形象會光彩
許多，也不僅僅只讓人們佩服、羨慕，還能在相當程度上贏得人們的敬仰，
而對余秋雨的批評，恐怕也不會是已有的這種狀態。這本是一個很簡單的道
理。聰明世故如余秋雨，不會不明白這道理。反思、悔恨，可以是真誠的，
也可以是虛假的。而真誠與虛假，他人卻又是不易分辨的。巴金、馮友蘭、
周一良，都對自己的「過去」有所「正視」、有所反思、有所悔恨。但在我看
來，其間的差別頗大，甚至有真誠與虛假之別。但一般的輿論則是一致的予
以稱頌。余秋雨即使內心對過去並無反思和悔恨，也完全可以作作反思和悔
恨狀，這對於深通「表演」和「作秀」之術的余秋雨來說，實在是輕而易舉
的事。即使被人逼到了牆角，實際上已毫無退路時，余秋雨也仍百計求脫。
這中間必有複雜的原因。要明白余秋雨「為什麼不懺悔」，得對余秋雨的真實
心態有所瞭解。

　　也許多少受謝泳指名道姓地希望余秋雨「正視自己的過去」的影響，進
入一九九九年後，以余秋雨「文革」期間寫作活動為話題的文章，一下子多
了起來，而對於余秋雨散文的議論則明顯降溫。關於「余秋雨現象」的論爭，
也重新聚焦於余秋雨「文革」期間的寫作活動上。一九九九年一月，著名劇
作家和雜文家沙葉新在極有影響的《南方周末》上發表了《「書生」及「梁效」
芻議》〔註3〕一文。該文是對曾是「梁效」成員之一的周一良的批評，基本思
路和觀點與謝泳對余秋雨的批評相同，但言辭更尖刻，觀點更鮮明。謝泳對
余秋雨「文革」期間的寫作，表示了充分的理解與同情，對這種「歷史問題」
本身，並無深究苛責之意，也並沒有要求余秋雨一定要痛心疾首地「懺悔」，
而僅僅只希望今天的余秋雨能對自己的「歷史問題」有一個「正視」的態度，
不要苦心掩飾，不要曲意開脫，更不要殫精竭慮地美化自己。而沙葉新對周
一良的基本態度也如此。周一良的自傳性著作《畢竟是書生》於一九九八年
五月由北京出版社出版。書中，周一良寫到了「文革」期間廁身「梁效」的
經歷，並對自己的行為做了一定的解釋，也一般性地表示了知錯之意。對周
一良的解釋和認錯，不少人是認可的，甚至還不乏讚美、稱頌者。但沙葉新

〔註3〕沙葉新：《「書生」及「梁效」芻議》，見《南方周末》1999 年月 1 月 29 日。

卻認為周一良對自己「文革」期間在「梁效」的經歷也沒有採取「正視」的
態度。沙葉新從周一良的筆下，不僅讀出了掩飾、開脫，甚至還讀出了得意
和誇耀：「……周一良先生對自己的梁效兩年的歷史只是以『畢竟是書生』來
交代，就顯得過於輕鬆，因而少有深刻的自省，多有委屈的自辨，甚至還有
些隱約的自得……」應該說，沙葉新對周一良的批評，並非深文周納、羅織
鍛鍊，而是言之成理的，顯示出敏銳的感覺和洞察能力。因此，這種批評，
也是深中要害的。由周一良的問題，沙葉新談到「文革」期間整個的「寫作
組」問題：「如今重提梁效，並非追究個人責任。作為個人而言，他們之中的
成員並非個個皆是醜類，其中有些人也確實是上當受騙，俗話說：『還是好同
志』；還有些人也確實才氣橫溢，只是當時聰明過頭以致一時昏頭罷了。如今
重提梁效，實在是因為梁效這樣一個不是幫閒而是幫兇的寫作班子太值得研
究了，它們是世界上獨一無二的，也是中國自古未有的『書生』群體。類似
梁效這樣的政治怪物，北京還有初瀾，上海還有石一歌、丁學雷、羅思鼎等
等，可惜至今都無個案的剖析和群體的考究。其中的障礙之一，是文革史學
者對此項研究的意義遠遠認識不足，尚未認識到深入研究梁效、石一歌等等
文革遺產對中華文化品格的重建，對知識分子精魂的重塑，都是至關重要的；
因為歷史教訓是巨大精神財富。二是有些當事者在落水後或者悲觀厭世、皈
依佛門，不願重提紅塵往事；或者忙於雲遊，著書講學，無暇打開歷史黑箱；
或者諱莫如深，巧言掩飾，絕口否認個中干係──這些都給史料的搜集整理
及深入研究帶來很大困難。但我想只要是歷史，任誰都掩蓋不了的。」沙葉
新用作文章結尾的這番話，令文化圈內的知情者很自然地想到了余秋雨。不
僅僅因為明確地點出了「石一歌」，更因為「忙於雲遊，著書講學……諱莫如
深，巧言掩飾，絕口否認個中干係」云云，也很像是為余秋雨畫像。沙葉新
此文，在文化圈內頗有影響。雖然針對余秋雨的話只有寥寥數語，但足以讓
余秋雨感到震撼。這不僅因為沙葉新用語尖銳，還因為沙葉新原本是余秋雨
的好友，也曾是余秋雨散文的熱情稱頌者。曾幾何時，沙葉新這樣談到余秋
雨和余秋雨的《文化苦旅》：「一次我和秋雨通了長長的電話，放論散文百家，
品第高下。秋雨擊節稱歡的，我不以為然；我讚不絕口的，秋雨嗤之以鼻。
但對某一散文家的作品，我倆都由衷喜愛，那便是他自己的《文化苦旅》。我
是真心歎服，決非溢美；他亦非妄自尊大，而是毫無掩飾的自我欣賞。嚴肅
的作家對自己的作品都有這種誠實、客觀的態度。越是大家，越具慧眼；若

對己作失去鑒賞力，那還算什麼大家？謙虛是美德，坦誠也決不是缺點。」緊接著，還有「秋雨是散文大家，《文化苦旅》是神品……什麼叫文化，什麼叫修養，什麼叫高尚，什麼叫文章，《文化苦旅》的每一篇都會給你答案」〔註4〕等讚語。這些話，將沙余之間關係的親密和沙對余《文化苦旅》的喜愛之意，都表現得淋漓盡致。這樣的一個昔日好友出而狠揭余秋雨之「短」，對余秋雨的「傷害」也就分外嚴重，這從余秋雨屢屢在文章中談及「劇作家朋友」對友誼的「背叛」便可看出。沙、余二人知名度都相當高，他二人的「反目成仇」，自然會引起讀者的關注，也更激起人們對導致二人「反目成仇」的原因，即余秋雨「文革」期間寫作問題進行探究的興趣。

孔祥敏還專門寫了《沙葉新與余秋雨》〔註5〕一文，對二人關係的「破裂」進行評說。孔祥敏文章中說到，余秋雨在多篇文章中「不點名地批判了沙葉新」，表示了自己對「劇作家」朋友的厭惡和鄙視。在余秋雨關於「謠言」、「嫉妒」等文章中，也多次影射沙葉新。孔祥敏文章中舉了余秋雨《燈下漫筆》為例。在這篇文章中，余秋雨寫道：「散佈你謠言的是你的朋友，但我的老朋友比較有名，會到處寫文章，又會天南地北地遊說……他們非常勞累，步步為營，而且前途黯淡。」「我曾用這個方法觀察過昔日的兩個老朋友，他們開始只不過用耳語的方式對別人說我的作品而已，後來就越來越無法收拾了。別人對耳語產生警惕，他們不得不公開發表文章，表示自己堂堂正正，但如此地批判一個昔日友人，對大多數讀者總還是有點不太習慣，於是他們不得不尋找背棄我的特殊理由。例如一個什麼歷史問題，終於道聽途說地找到一個，於是到處播揚。但廣大讀者比較現實，沒有劇作家的想像力，很難相信一位經歷『文革』後多年清查而擔任高校校長的人，居然是《悲慘世界》中冉阿讓式的囚徒，而他的兩位老朋友居然是叫什麼沙的警官。」

余秋雨在這裏差不多已點出了沙葉新的名字了。「劇作家朋友」加上最後的那句「叫什麼沙的警官」，已足以讓知情者明白所指為誰。這最後的一句「叫什麼沙的警察」，用典堪稱高明，甚至可謂神來之筆，但拿他人的姓氏做文章，卻也有些犯規，有些不擇手段。但這也說明，余秋雨對沙葉新這位「昔日好友」銜恨之深。把他人對自己的批評歸因於嫉妒，這是余秋雨慣用的手法。但至少用於沙葉新時，這種手法難以令人信服。沙葉新已有的成就和知名度

〔註4〕沙葉新：《余秋雨散文》，見《新民晚報》1993年4月15日。
〔註5〕孔祥敏：《沙葉新與余秋雨》，見《文論報》2000年5月1日。

姑且不論，從他曾那樣熱情眞摯地、甚至是頗爲過分地讚美余秋雨的《文化苦旅》來看，將「嫉妒」二字用於他身上，就明顯不合適。余秋雨的聲名，余秋雨的生活方式，確實很大程度上要歸因於余秋雨特有的聰明、才華和能力，許多人想學也學不到。對於許多人來說，不能活得像余秋雨那樣瀟灑，是非不爲也，實不能也。但也並非所有人都如此。還有一些人，之所以沒有享有余秋雨那樣的大名，之所以沒有活得像余秋雨那樣瀟灑，一定程度上，則是非不能也，實不爲也。這道理看來余秋雨並未細想過，否則他不會把「嫉妒」牌白粉不分對象地往批評者鼻梁上抹。余秋雨與沙葉新關係的「破裂」，其間或有外人難以知曉的因素。但我想，對《文化苦旅》之後的余秋雨的爲文爲人兩方面的失望，可能是導致沙葉新終於批評余秋雨的原因之一。喜歡過余秋雨的《文化苦旅》而對其此後的爲文爲人不以爲然，其實是一種普遍現象。在後來批評余秋雨的人中，有不少便是當初對余秋雨愛不釋手者。雖然這些人在現實生活中或許並不認識余秋雨，但至少在精神上曾是余秋雨的朋友；他們對余秋雨的由愛到厭，也可視作是一種友情的「破裂」，一種朋友的「反目」。如果聯繫到這種現象來看待沙葉新對余秋雨的批評，就不會覺得有多麼難以理解。沙葉新與余秋雨友情的破裂，恐怕是遲早的事。因爲二人的精神立場，二人面對現實的姿態，是頗相衝突的。沙葉新採取的是一種知識分子的批判立場，在現實面前是貓頭鷹和啄木鳥，而余秋雨採取的則是一種最大限度地與現實融洽的姿態，在現實面前是畫眉和百靈。沙葉新認爲，現實還有種種不如人意處，值得批判的東西還很多很多。而在余秋雨看來，現實中唯一值得批判和痛恨的，是「盜版集團」的猖獗，如果沒有「盜版集團」的猖獗，或者如果猖獗的「盜版集團」並不去盜余秋雨的版，那現實在余秋雨眼裏似乎便是完美無缺的。這樣的兩個人，在精神的質地上相差如此之大，遲早是要「你走你的陽關道，我走我的獨木橋」的。沙葉新的精神立場和現實態度，也就使得他不可能獲取余秋雨那樣大的世俗聲名，不可能活得像余秋雨那樣如魚得水般地瀟灑。但余秋雨說沙葉新「前途黯淡」，卻肯定是不對的。孔祥敏的《沙葉新與余秋雨》一文中說：「90年代沙葉新似乎很少參與戲劇的創作，倒是寫了很多反省文革和知識分子的思想文化隨筆，特別是近幾年來在《隨筆》等報刊上發表的系列文化隨筆，行文沈穩放達，理性而富批判熱情，在文壇內外產生了廣泛的影響，爲其贏得了不小的聲名，也贏得了讀者的尊重。」應該說，這代表的是有識者的共同看法。孔祥敏還將

余、沙二人作對比：「余秋雨、沙葉新之間到底有什麼恩怨，局外人已無法在此議論。但從知識分子立場上來看，沙葉新堅持知識分子的社會批判立場，而且文章越寫越漂亮；余秋雨則由學者作家變成了文化明星，成天信口開河，知識分子的底色幾乎已褪盡，架子卻越擺越大，文章越寫越差，文采文識文名一落千丈。」這種比較是大體符合實際的。

繼沙葉新《「書生」及「梁效」評議》之後，關注余秋雨「文革」期間寫作活動的人多了起來，其中還有人對余秋雨的「文革寫作」進行了實證性研究。在這些文章中，產生最大影響的，是余傑寫於一九九九年底的長文《余秋雨，你為何不懺悔》〔註6〕。該文問世後，迅速被多家報刊轉載，並且引來了余秋雨公開和直接的回應。余傑此文，招致許多非議，而且這些非議者往往也並非余秋雨的同情和支持者。余傑因要求余秋雨「懺悔」而招致許多人的批評，這種現象也十分耐人尋味。

二、余傑有多大失誤

余傑的長文《余秋雨，你為何不懺悔》問世後，反響很大，這種反響很大程度上是負面的，即不少人都對余傑的一些說法不以為然，余秋雨也發表了《答余傑先生》〔註7〕的公開信。在這種情形下，余傑又寫了《我們有罪，我們懺悔》〔註8〕的長文，把自己的觀點做了進一步的深化。從參與討論者的情形來看，對余傑的這兩篇文章，反感者居多。頗有一些人，在評說余傑與余秋雨的「爭執」時，把批判的重點移到了余傑身上，而對余秋雨的「文革寫作」或者一筆帶過，或者語焉不詳。這是一件有趣的事，也是一件值得悲哀的事。

應該說，要求余秋雨對自己的「文革寫作」能夠「正視」、「反思」甚至「懺悔」，都並非由余傑始作俑。因為余秋雨是影響極大的「文化名人」，因為余秋雨致力於對中國歷史的反思，致力於對中國知識分子「文化人格」、「文化良知」的拷問，所以就理應也把這種反思和拷問指向自身，——這樣一種

〔註 6〕余傑：《余秋雨，你為何不懺悔》，見《想飛的翅膀》一書，中國電影出版社 2000 年 1 月第 1 版。

〔註 7〕余秋雨：《答余傑先生》，郵《文學報》第 1127 期，亦見《深圳周刊》第 155 期。

〔註 8〕余傑：《我們有罪，我們懺悔——兼答余秋雨先生》，見《社會科學論壇》2000 年第 4 期。

看法也並非余傑首先提出。前面說過，早在一九九八年，謝泳便在《正視自己的過去》一文中，指名道姓地希望余秋雨「正視」自己的「文革寫作」。一九九九年四月，余開偉先生發表了《余秋雨是否應該反思》〔註9〕一文，其中在引用謝泳、沙葉新等人對余秋雨的批評的同時，也說道：「余教授當年參與大批判寫作組，也許是迫不得已，有著難言之隱，內心十分矛盾痛苦，這些年也許曾經暗自反思也未可知。但是，在我們的記憶之中，都從未見過余教授隻言片語的一丁點反省或反思文字，倒是看過千方百計為自己開脫的表白，余教授對當年的過錯一直是諱莫如深，深怕別人觸及，一觸即怒，這是令人遺憾的。……過去和現在都備受體制恩寵的余秋雨教授難道沒有必要反思一下當年的過錯麼？余教授的許多散文都在探討文人自覺和文化人格及文化操守，是否可以對照一下自己在這些方面有所缺失呢？」余開偉此文，也產生了較大的影響，而且這種影響基本上是正面的。儘管也有人撰文唱反調，但這種人之所以反駁余秋雨，本意就是要為余秋雨辯護，不像後來批評余傑的人，目的並不是要為余秋雨開脫。張育仁一九九九年十月發表的《靈魂拷問鏈條上的一個重要缺環——余秋雨在「文革」中的寫作》〔註10〕一文，在對余秋雨的「文革寫作」進行了一定程度的實證研究的同時，要求余秋雨對這段歷史有所反思，有所「懺悔」，因而也顯得頗有分量。一個特別值得強調的問題是，余秋雨的「文革寫作」之所以終於成為一個許多人熱衷於追問、探討的對象，並不僅僅因為余秋雨客觀上有這一段歷史，還因為余秋雨九十年代以來，在一些文章中對自己「文革」經歷的敘述讓人們覺得是在刻意掩飾自己的過失，並盡力為當年的自己塗脂抹粉。一方面極力否認、遮蓋自己「文化人格」、「文化良知」上曾經有過的污點，一方面又把知識分子的「文化人格」、「文化良知」掛在嘴上，又「焦灼、痛苦和憤激」地「拷問」著知識分子的心路歷程和歷史命運，這就有一種很強烈的反差。謝泳正是從余秋雨對於自己「文革」生涯的敘述中讀出了余秋雨「不敢正視」自己的過去的。張育仁文章，也指出了余秋雨在多種場合對自己「文革寫作」的躲閃、開脫，並強調善於「靈魂拷問」的余秋雨，卻不對自己「文革」時期的「靈魂」進

〔註9〕 余開偉：《余秋雨是否應該反思》，見愚士編《余秋雨現象批判》，湖南人民出版社 1999 年 8 月第 1 版。
〔註10〕 張育仁：《靈魂拷問鏈條上的一個重要缺環——余秋雨在「文革」中的寫作》，見《四川文學》1999 年第 10 期。

行「拷問」，因而成爲「靈魂拷問鏈條上的一個重要缺環」：「余秋雨是極擅於拷問歷史和現實的，他不厭其煩地從中國文人的悲劇命運和悲劇人格中咀嚼出許許多多的苦澀……（但）他對嚴厲地拷問自己是不太感興趣的。這種有意的躲閃不僅在余先生的『文化散文』中隨處可見，而且還表現在他有意迴避其早年寫作的一段重要經歷——我所說的靈魂拷問鏈條上的一個重要缺環，就是『文革』期間他發表在《學習與批判》上的那些『重要文章』。無論對研究余秋雨的文化性格，還是他那些『文化散文』的形成之歷史軌跡，我認爲那些文章都是非常有意義的，否則，我們就不好解釋在余先生身上發生的這種尷尬。因爲一個眞正的靈魂拷問者，總是通過嚴厲的拷問自己而淨化靈魂和得到救贖的；他必須有足夠的眞誠和勇氣把自己的靈魂曝曬在陽光下，最終在懺悔和鞭撻中遠離假醜惡而擁抱眞善美。對此，余秋雨確實是有些膽怯的。」我特別注意到，余傑後來頗爲人詬病的「懺悔」一說，在張育仁文章裏也已出現了。

既然要求余秋雨「反思」和「懺悔」，都並非余傑始作俑，那爲何偏偏是余傑的文章招致那麼多的本意並不是要爲余秋雨辯護的非議呢？這與余傑的行文風格有關，也與余傑文章中某些說法有著一定程度的偏頗和失誤有關。不過，在指出我所感覺到的余傑的偏頗和失誤之前，我得先爲余傑做一番辯護。

在基本觀點上余傑雖無新意，但他以戟指怒斥的方式把問題提得更尖銳，迫使余秋雨不得不正面作答，這本身就是很有意義的。人們要求余秋雨對自己的「文革寫作」能「正視」、能「反思」，能給出個合理的說法，實際上也是希望能在「文革寫作」的問題上與余秋雨形成對話關係。倘若余秋雨面對他人的究詰、追問，始終沉默不語，或者只在自己著作的前言後記和答記者問一類場合旁敲側擊、閃爍其辭地說上幾句，那其眞實的心態就更難爲人所知。現在余秋雨面對余傑第二人稱的逼問，終於正面回答了這個問題。余秋雨致余傑的公開信，對於人們瞭解余秋雨在「文革寫作」問題上的心態，是頗有幫助的。余傑雖未使得余秋雨眞心「懺悔」，但至少在一定程度上讓人們明白了余秋雨「爲什麼不懺悔」。再說，如果人們不順著余傑的思路，把「懺悔」與基督教精神扯到一起，而把這裏的「懺悔」理解成「正視」、「反思」的同義或近義詞，那余傑的文章就並無大錯。人們能認可謝泳、余開偉、張育仁的文章，就也應該認可余傑的文章。換句話說，人們完全可以剔除余傑

文章中的某些混亂和偏頗，而肯定其合理內核。——畢竟，文化界對「文革」期間的「寫作組」予以批判，對余秋雨的「文革寫作」予以追問，是一種無可非議的行為。有些有價值的觀點，雖然他人也曾或直接或間接地說過，但余傑把它說得更明確更具體了。例如，在《余秋雨，你為什麼不懺悔》中，余傑說：「余秋雨在拷問歷史和歷史人物時，的確顯示出『下筆力透紙背』的工夫。然而，正是這一面表現得太突出了，另一面就顯得失衡了——1949 年以後的歷史在何方？作者自己的歷史在何方？我在余秋雨的散文中，很少讀到他對 1949 年以來的歷史的反思，很少感受到他有直面自身心靈世界的時刻。兩個巨大的『空洞』導致了我對余秋雨散文的懷疑。余秋雨在文字中扮演的是一個萬能的『神』的角色，對他人指指點點，而自己絕不與讀者『同呼吸共命運』」。為什麼不多寫 1949 年以後的歷史，為什麼不多寫自己耳聞目睹的事情？——這也是我在讀余秋雨散文時一再浮上心頭的疑問。儘管在一般的意義上，人們只應就一個作家已寫出的東西評頭品足，而不應該以一個作家沒寫什麼為由對他進行貶低，但余秋雨筆下 1949 後歷史的稀少和缺失，卻仍可以成為一個值得探究的問題。1949 後的歷史有多麼豐富的信息可供聰明的余秋雨去品味、去把握，1949 年後知識分子的命運有何等深刻的內涵可供敏銳的余秋雨去思索、去總結。可余秋雨偏要舍近求遠，從故紙堆裏去反思歷史和拷問中國知識分子的「文化人格」、「文化良知」，不是有些奇怪嗎？當然，促使我對余秋雨的題材取向發生疑問的，還並非是他完全迴避了 1949 年後的人事。倘若余秋雨完全不把那支生花妙筆指向自己耳聞目睹的事，那還可以認為他對現實問題缺乏「審美興奮」，只有面對故紙堆時才能文思泉湧。但余秋雨又確實寫過 1949 年後的人事，而且寫得遠比那些取材於故紙堆的文章好。收在散文集《文化苦旅》中的《信客》、《酒公墓》、《老屋窗口》，也許還應該算上《家住龍華》，這數篇文章寫的是 1949 年後的人事，是余秋雨耳聞目睹之事，尤其《酒公墓》，也是從一個特定的角度對 1949 年後歷史的荒謬性做出反思和譴責。這幾篇文章，感情自然、質樸、真摯，與那些取材於故紙堆的所謂「文化散文」相比，更少做作和賣弄，因而也有更高的品格。說這幾篇文章可入當代散文創作中優秀者之列，也並不過分。林賢治在《五十年：散文與自由的一種觀察》中，對余秋雨的散文創作，總體上是激烈否定的，但也說：「余秋雨個別篇什，如《老屋窗口》、《酒公墓》，不為大家所注意，倒算得文情俱佳。這樣的作品，大約因為牽涉私人記憶，尤其與

童年相關，那種天然的淳樸，使他不敢，或竟至忘了造作與誇張罷。」〔註11〕
正因爲曾經寫到過 1949 後的人事，並且還寫得「文情俱佳」，品格遠在那些
所謂的「文化散文」之上，人們就有理由爲余秋雨未能多寫這樣的文章而遺
憾了。像余秋雨這樣年齡和經歷的人，有太多的耳聞目睹、感同身受的題材
可供他寫成「文情俱佳」的文章，但這類題材在他筆下只「偶而露崢嶸」，總
體上卻處於一種隱匿狀態。爲什麼余秋雨不肯多寫一九四九年後的人事，爲
什麼余秋雨不肯多寫如《酒公墓》這樣的對一九四九年後歷史的荒謬性有所
揭示的文章？──這絕對是一個值得探究的問題。而對這一問題的探究，也
能對余秋雨爲什麼不能「正視」、「反思」自己的「文革寫作」做出部分解答。

余傑還有些發他人所未發的話，也極有意義。在《余秋雨，你爲什麼不
懺悔》一文的「文革餘孽」一節中，余傑一開始這樣寫道：

> 近年來，許多「文革餘孽」又開始登臺亮相。

> 沉寂了二十年，他們依然還是不甘於寂寞，還是有那麼多想說
> 的話──假如他們要爲當年的惡行懺悔，我舉雙手歡迎；然而，這
> 群飽經滄桑的傢夥們，不僅沒有絲毫的懺悔之意，反而百般爲自己
> 辯解、開脫並不惜篡改歷史眞相，企圖矇騙後生小子。這批「文革」
> 餘孽當中，有原來中央文革的核心成員戚本禹、王力等人，他們如
> 同蛟龍重現江湖，大談自己當年如何如何與領袖親近，自己又爲人
> 民做了多少好事云云；也有江青欽點的作家，再次宣稱自己的小說
> 是最了不起的作品，是最眞實地反映了那個時代的作品，而他本人
> 對「文革」中的表現是「問心無愧」的。也有梁效成員口口聲聲地
> 說「畢竟是書生」，自己是受騙上當的，雖然寫了些批判文章，卻談
> 不上幹過什麼壞事……眞是「亂哄哄你方唱罷我登場」。我不是說要
> 剝奪他們說話的權利，但我認爲必須對他們歪曲歷史、掩飾罪惡、
> 開脫自我的無恥行爲保持十分的警惕並進行堅決的揭露。

把「文革餘孽」們的重新登場作爲一種現象提出來，是具有警示意義的。多
年來，人們思考「文革」時，有一個基本的立足點，即怎樣防止「文革」悲
劇「重演」。而近些年來，我越來越覺得，「重演」云云，或許本身就意味著
「文革」反思者的一種天眞、一種遲鈍、一種思維的誤區。防止「重演」就
意味著在「文革」與今天的現實之間存在一條萬丈鴻溝，然而，這樣一條鴻

〔註11〕見林賢治《自製的海圖》，大象出版社 2000 年 6 月第 1 版，第 223～224 頁。

溝果眞存在嗎？無論是作爲一種政治運動的「文革」還是作爲一種體制的「文革」，都既不始於一九六六年也不終於一九七六年。我們應該做的，也許不是思考「文革」悲劇怎樣才能不「重演」，而是探究我們是否眞正走出了「文革」，以及我們怎樣才能眞正走出「文革」。早在八十年代前期，巴金就寫有《「文革」博物館》〔註12〕一文，認爲爲防止「文革」悲劇「重演」，應該建一座「文革」博物館。此議非但不能得到有關方面的採納，反而招致強烈的反感，巴金也險遭又一輪的「文革」式的政治批判。在寫於一九八七年六月的《〈隨想錄〉合訂本新記》中，巴金稍稍講了一點《隨想錄》在陸續發表過程中自己承受的壓力：「絕沒想到《隨想錄》在《大公報》上連載不到十幾篇，就有各種各類嘰嘰喳喳傳到我的耳裏。有人揚言我在香港發表文章犯了錯誤；朋友從北京來信說是上海要對我進行批評；還有人在某種場合宣傳我堅持『不同政見』。點名批判對我已非新鮮事情，……有些熟人懷著好意勸我盡早擱筆，安心養病。我沒有表態。『隨想』繼續發表，內地報刊經常轉載它們。關於我的小道消息也愈傳愈多。彷彿有一個大網迎頭撒下。我已經沒有『脫胎換骨』的機會了，只好站直身子眼睜睜看著網怎樣給收緊。網越收越小，快逼得我無路可走了。我就這樣給逼著用老人無力的吶喊，用病人間斷的歎息，然後用受難者的血淚建立起我的『文革博物館』來」；「爲什麼會有人那麼深切地厭惡我的《隨想錄》？只有在頭一次把『隨想』收集成書的時候，我才明白就因爲我要人們牢牢記住『文革』。第一卷問世不久我便受到圍攻……不用我苦思苦想，他們的一句話使我開了竅，他們責備我在一本小書內用了48處『四人幫』，原來都是爲了『文革』。他們不讓建立『文革博物館』，有的人甚至不許談論『文革』，要大家都忘記在我們國土發生的那些事情。」巴金因反思「文革」、因對自己在「文革」中的懦弱、屈從做出「懺悔」，因倡議建立「文革博物館」，質言之，因擔憂「文革」悲劇「重演」而承受著「文革」式的壓力，以致被逼得有「無路可走」之感，這不明確地昭示著「文革」離我們到底有多遠麼？這不也是對「重演」二字的尖銳嘲諷麼？當「文革」被封閉甚至被稱頌，當建立「文革博物館」的倡議被認爲大逆不道時，談論防止「文革」悲劇「重演」，顯然是太奢侈太超前了。什麼時候我們可以談論防止「文革」悲劇的「重演」呢，我想，當「文革」不再被封閉的時候，當天安門廣場上的某一處建築物被用作「文革博物館」的時候。在我們有資格談論防止「文

〔註12〕見巴金《隨想錄》。

革」悲劇「重演」之前，余傑所謂的「文革餘孽」的「重現江湖」，是十分正常的，余秋雨對「文革」期間的寫作活動不「正視」、不「反思」、不「懺悔」，也是十分正常的。糊塗的也許是對此種現象感到不解、憤怒的余傑們。人們常要求余秋雨向巴金學習，常對余秋雨為什麼不能像巴金那樣「反思」和「懺悔」感到不解。但人們往往忘記了巴金因「反思」和「懺悔」所承受的壓力。只要想想巴金因「反思」和「懺悔」而被逼得幾乎「無路可走」，也就能部分地明白余秋雨為什麼不「反思」和不「懺悔」了。向巴金學習，對「文革」之罪惡痛加揭露、批判，對自己在「文革」中的表現真誠地反思、懺悔，那將付出怎樣的代價，余秋雨心裏清楚，而要求余秋雨向巴金學習的人也應該清楚。

余傑文章中，還有些招人非議、也被余傑自已後來認為是「失誤」的地方，在我看來，並無大錯，而他人的非議和余傑的「認錯」，倒真是錯了。例如，在《我們有罪，我們懺悔》中，余傑有這樣的說法：

就我個人來說，雖然沒有經歷過「文革」，但「文革」的意識形態教化的影響同樣深入到我的語言，行為乃至思維方式之中。在包括《余秋雨，你為何不懺悔》在內的許多文字中，我都不由自主地流露出「文革」的語言和「文革」的思維方式來。例如，我在文章中輕率地使用「文革餘孽」這樣的詞語，充滿了個人的情緒化，偏離了文化批評的界限，這也是我想向余秋雨先生表示歉意的地方。我相信，這是每一個當代的寫作者和思想者都面臨的困境。要痛苦地把這些毒素都從自己的血液裏清除出去，並非一件容易的事情。以嶄新的、健全的理念來支撐自己的批評，從細部的修辭到表達的方式都遵循寬容的原則，避免獨斷論的、二元對立的思路，這是我努力追求的境界。在我寫作和思考的過程中，我希望得到所有的師長和朋友的批評。

八十年代以來，「文革語言」、「文革思維方式」這類說法被普遍使用，在有些人那裏，這類說法甚至成了一面擋箭牌，稍稍尖銳大膽一點的批評，就可能被戴上一頂「文革語言」、「文革思維方式」的帽子。這類說法的流行，意味著人們認為有著一種「文革」所特有的「語言」和「思維方式」。余傑顯然也認可了這種觀點。而在我看來，認為有著一種「文革」所特有的「語言」和「思維方式」，這本身就是對「文革」的嚴重誤解，也嚴重地阻礙著人們對「文

革」的認識和反思。數年前，我曾寫過《所謂「文革語言」》〔註13〕一文，對這種觀念進行了反駁。在這篇文章裏，我只是說到「文革」中的那種「語言」，那種「思維方式」，在五十年代的批判運動中就已相當盛行。例如，在批判胡風時，出自於那些著名作家、學者之手的文章裏，就充斥著後來被說成是「文革語言」的語言。如果再往前追溯，也能發現這種語言和思維方式的蹤影。郭沫若在五十年代批胡風等運動中寫下的文章裏，當然大量使用了所謂的「文革語言」，而在四十年代末批朱光潛、沈從文、蕭乾等「反動作家」時，也使用了這種語言。再往前些，當年以郭沫若爲首的創造社攻擊魯迅、茅盾等人時，也明顯使用了所謂的「文革語言」和表現出「文革思維方式」。其中最典型的，當然是郭沫若罵魯迅的那篇著名文章《文藝戰線上的封建餘孽》了。余傑說自己稱余秋雨爲「文革餘孽」是「不由自主地流露出『文革』的語言和『文革』的思維方式」，並把這歸咎於「文革意識形態教化的影響」，那郭沫若在一九二八年的時候稱魯迅爲「封建餘孽」，又是受了什麼影響呢？總不至於是受了「文革」的逆向影響吧？「左聯」時期，魯迅寫了著名的《辱罵和恐嚇決不是戰鬥》一文，批評的是「左聯」成員芸生在諷刺胡秋原的《漢奸的供狀》一詩中表現出的惡劣的文風，也即後來在「文革」中盛行的那種語言和思維方式。若再往前追溯，中國歷史上的各種檄文和兩軍交戰時的罵陣，所使用的都是所謂的「文革語言」，表現出的都是所謂的「文革思維方式」。「入門見嫉，蛾眉不肯讓人；掩袖工讒，狐媚偏能惑主」；「虺蜴爲心，豺狼成性」；「神人之所共疾，天地之所不容」……這些駱賓王代徐敬業討武曌檄中的話，算不算「文革語言」與「文革思維方式」？

　　「文革」期間的語言和「思維方式」問題，是一個很複雜的問題，三言兩語很難說清楚。在此只想強調，把批判的激烈、說理的潑辣、嘲罵的尖刻，都說成是「文革語言」和「文革思維方式」是極爲不妥當的。在正常的政治和文化背景下，平和、斯文、穩健與激烈、潑辣、尖刻，都是文章的一種風格，都有同等的存在價值。甚至倘若能「嬉笑怒罵，皆成文章」，還是一種很高的境界。在正常的政治和文化背景下，不但應該有激烈、潑辣、尖刻和「嬉笑怒罵，皆成文章」的文章存在，甚至也應該讓那些眞正粗暴、野蠻、荒謬和「嬉笑怒罵，不成文章」的文章存在。對於後者，可以用批駁的方式消除

〔註13〕　王彬彬：《所謂「文革語言」》，見《獨白與駁詰》一書，百花文藝出版社 1999
　　　　年 4 月第 1 版。

其不良影響，而不必非要將其說成「文革語言」和「文革思維方式」不可。倘若把激烈、潑辣、尖刻和「嬉笑怒罵」，都視作是「文革語言」和「文革思維方式」而剝奪其存在的權利，那不但離「文革」式的文化專制已經不遠，而且也將使人間從此少卻多少好文章。至於余傑說自己用「文革餘孽」來稱呼余秋雨是受了「『文革』的意識形態教化的影響」，並為此而向余秋雨「表示歉意」，態度也許是真誠的，但我卻以為有些多餘，甚至，感到有些矯情。所謂「餘孽」，即指殘餘的壞人或惡勢力。余傑幾篇文章都在說明和證明余秋雨在「文革」中有比較嚴重的作惡行為，而今日仍大紅大紫、為時代寵兒，且不思悔過。如果余傑確信自己的這種判斷沒有錯，那就應該堅持把「文革餘孽」這樣的稱呼加諸余秋雨；如果余傑認為自己將余秋雨稱為「文革餘孽」是很不妥當的，那就應該同時指出余秋雨在「文革」期間並無今日應該對之痛加懺悔的作惡行為。一方面繼續強調余秋雨在「文革」期間的作惡，一方面又為自己曾稱余秋雨為「文革餘孽」而「表示歉意」，這本身便是自相矛盾的。

余傑的《余秋雨，你為何不懺悔》和《我們有罪，我們懺悔》兩篇長文，在涉及「懺悔」問題時，是否有值得指出的失誤呢，當然也是有的。我以為，余傑最大的失誤在於把「懺悔」與基督教情感、基督教意識、基督教觀念攪和到一起。其實，漢語中的「懺悔」，原本並不是一個基督教用語，而是來源於佛教，是古代對佛經的翻譯中產生的詞彙。《辭海》對「懺悔」的解釋是：「懺是梵文 Ksama 的音譯，懺摩的略稱，悔是它的意譯，合稱『懺悔』，原為對人發露自己的過錯，求容忍寬恕之意。佛教制度規定，出家人每半月集合舉行誦誡，給犯戒者以說過悔改的機會。以後產生了懺悔文、懺儀一類的著作，遂成為專以脫罪祈福為目的的一種宗教儀式。」只是在近代，「懺悔」這個在翻譯佛教用語時被創造出來的漢語詞，才又被借用作對基督教用語的翻譯。在中國古代的佛經翻譯中，有不少的漢語詞彙被翻譯者創造出來。這類詞彙，後來都從佛教的教義體系脫落，具有了一種世俗的意義，人們在一般場合使用它們時，也與宗教情感、宗教意識、宗教觀念沒有什麼關係。「懺悔」不過是這類詞彙之一。人們在一般場合使用「懺悔」一詞時，早已不具有宗教色彩。當巴金強調自己應該「懺悔」並且對自己的過錯做出了公開的「懺悔」時，並不意味著他是一個佛教徒或基督徒；而人們之所以讚美或反感巴金的「懺悔」，也並非因為被巴金宗教意義上的「虔誠」所感動或對之產生惡

感。無論是巴金本人還是讚美和反感他的人，都明白這裏的「懺悔」，就是在世俗的和經驗的意義上，懷著一種難過、痛悔的心情，對自己曾經有過的過失予以正視、予以承認、予以反思，並且盡可能地以現實的行動，對這種過失予以補救。當張育仁認為余秋雨應該在「懺悔」中「遠離假醜惡而擁抱真善美」時，也絲毫不是在超世俗和超經驗的意義上做出這種要求的。再說，如果一定要在宗教的意義體系內理解「懺悔」這個詞，那也應該是在佛教而不是在基督教的意義體系內強調「懺悔」之必要，因為「懺悔」作為一個基督教譯語，本就是對佛教譯語的借用。可余傑不但要把「懺悔」與宗教掛上鈎，而且偏把它與基督教掛上鈎。《我們有罪，我們懺悔》這篇長文，從題目看，就明白是在基督教的意義體系內理解「罪」和「懺悔」了。在文章中，余傑對「罪」和「懺悔」更有這樣的闡釋：

懺悔的前提是認識到我們都是有罪的。如果一個人認為自己無罪，那麼懺悔也就無從談起。與余秋雨先生迥然不同，我是堅信我們都是有罪的。我們為什麼有罪呢？

人有罪是因為人的有限性。近一個世紀以來，人類遭受了若干巨大的災難——奧斯維辛的煙囪、南京的大屠殺、蘇聯的古拉格群島、紅色高棉屠刀下的白骨以及「文化大革命」中的鮮血……這些慘絕人寰的悲劇的誕生，正是因為人不承認自身的有限性，人開始不擇手段地去追求人的完善無缺、人的無限性和人對神的取代。人認為自己是無罪的、可以為所欲為的，人就為自己也為他人製造了一個地獄。

「罪」這個字的本意在新約聖經《羅馬書》裏面被講解得最為清楚。《羅馬書》是用希臘文寫的，在希臘文裏，「罪」的意思就是「失去了目的」（矢不中的）。保羅對罪是這樣論述的，他說：「世人都犯了罪，虧缺了上帝的榮耀。」由此可見，罪並不是一個被創造出來的客觀存在物，罪是一種實際的狀態，是人的有限性的表徵。人的有限性決定了人是有罪的。一個人如果承認自己的有限性，就承認自己是一個有罪的人。

然而，在是非曲直都依靠道德判斷的中國，人們卻很難接受罪的定義。因為在中國人看來，說一個人有罪，就等於說他不道德或道德上有問題。而認罪的行為則被當成是對不道德的行為或意念的

復述和批評。因此，認罪以及認罪之後的懺悔，在中國一直就未能蔚然成風。我在與余秋雨先生的談話中，明顯感受到他對懺悔懷有一種深深的恐懼，他將懺悔與「文革」中的人整人、對人尊嚴的踐踏、對人自由的蔑視和對人的生命的剝奪聯繫起來。這當然也與余秋雨眞切的「文革」經歷有關。但是，這種理解卻大大地曲解了懺悔這一行爲本身的意義。

中國人一直都沒有搞清楚「罪」「惡」「過」三者的區別。「罪」是由人的有限性決定的、人生而有之的一種狀態；「惡」是罪的一種結果，並且超越了「罪」的狀態，特指某些由罪而來的嚴重行爲，例如殺人、放火、姦淫、偷盜、貪污等；「過」是在中國特定的語境中被廣泛使用的一個詞語，也就是可以忽略不計的「過失」。中國人能夠認識到什麼是「惡」，卻故意用「過」來取代「罪」。我們在使用「罪過」這個詞語的時候，其實我們的重心已經轉向了「過」。因爲是「過失」，我們也就無須去獲得他人的諒解。這種混淆，在余秋雨談論《胡適傳》的來龍去脈的時候表現得尤其突出。對自己寫的《胡適傳》，余秋雨有這樣一個論斷：「這樣的文字對胡適先生當然是不公正的，但說當時產生多大影響，我不相信。」也就是說，因爲這篇文字沒有產生多大影響，所以懺悔也就無從談起。

余傑這篇就「懺悔」問題回應余秋雨公開信的文章，已經完全是以一種基督教神學家的口吻在闡釋「罪」和「懺悔」了。坦率地說，這實在有些荒謬。余傑認可了基督教的「原罪說」，並且強調了「原罪」與「懺悔」之間的因果關係。「原罪」是人人皆有的，是先天注定的，因而「懺悔」也是人人都必須做的。這樣一來，所有的人，無論是害人的人還是被害的人，無論是「文革」中批判人的人還是被人批判的人，都處在同一平面上，都是應該「懺悔」的「罪人」。按照余傑在《我們有罪，我們懺悔》中的邏輯，余秋雨之所以應該「懺悔」，換言之，余傑之所以要求余秋雨「懺悔」，最根本的原因，並不是因爲余秋雨在「文革」中的寫作活動，而是因爲余秋雨是「人」，而只要是「人」，就必然是「有限性」的，就必然是有著與生俱來的「原罪」的，因而就是應該「懺悔」的。這樣，事情就完全變了樣。當余傑回應余秋雨公開信的《我們有罪，我們懺悔》發表後，未見余秋雨再對此做出回答。他確實用不著回答。他只須莞爾一笑，扔下余傑的文章，忙別的事去。因爲當余傑在基督教

神學的理論框架內闡釋「懺悔」之必要時，當余傑把人的「有限性」和人的「原罪」作爲人必須「懺悔」的根源時，他實際上已承認自己單單要求余秋雨「懺悔」是沒有道理的。如果余傑可以要求余秋雨「懺悔」，也可以質問任何一個尚沒有「懺悔」的「人」爲何不「懺悔」，那余秋雨也可以質問作爲「人」的余傑以及任何一個尚沒有「懺悔」的「人」爲何不「懺悔」。聰明過人的余秋雨當然不會這樣做，因爲按照基督教教義，本沒有這樣的權利。但余秋雨卻有充分的理由把自己與余傑的矛盾歸結爲是否需要在中國普及基督教精神問題上的分歧。余秋雨以及所有在「文革」中有過過錯、不同程度地充當過幫兇的人，在今日是否應該有所悔恨、有所反思，這本是一個很明確很具體的經驗層面的問題，也是一個並不特別難說清楚的問題。經過余傑用基督教神學理論一闡釋，問題就轉了向，變得很寬泛很模糊，也很難在經驗層面上說清楚。余傑的文章，之所以招來許多人的嘲諷和批駁，與他的那一套基督教神學話語該有相當的關係。余傑的本意，是要提出像余秋雨這類在「文革」中有過失和罪愆者，應該如何看待個人在歷史悲劇中的責任問題。這本是一個很值得討論的問題。然而，余傑的文章發表後，尤其是那篇《我們有罪，我們懺悔》問世後，討論的焦點卻集中在「誰有權要求別人懺悔」上，這恐怕是余傑始料不及的。例如，陳沖在《誰有權讓別人懺悔》〔註14〕一文中，就說：「我……上過解放前的教會中學，對懺悔略知一二，其中包括一個小原則：教徒是向上帝懺悔，神職人員是代替上帝來聽取懺悔。這個原則不僅引伸出爲懺悔者保密的規定，而且還強調了只有上帝才有權聽取懺悔。從『理論』上說，神職人員作爲一個『人』，並沒有聽見。除了上帝，沒有第二個『人』聽見。……余秋雨爲什麼不懺悔？因爲他有權利不懺悔。你不是那個至高無上，所以你沒有權利硬要他懺悔……」如果要在基督教神學的理論框架內理解「懺悔」，那的確沒有任何一個現實中的「人」有權要求另一個「人」做出「懺悔」。既然每個「人」都是有罪的，既然每個「人」都必須「懺悔」，那就只有上帝才有權要求世人「懺悔」，也只有上帝才有權聽取世人「懺悔」。陳沖以及許多反駁嘲諷余傑者之所以對余傑反感，原因之一，就在於他們感到，余傑把自己當作了上帝，——余傑當然不是上帝。當他用那一套基督教神學的話語闡釋了人的「有限性」和「懺悔」之必要時，便同時否定了他要求余秋雨「懺悔」的合理性。

〔註14〕陳沖：《誰有權讓別人懺悔》，見《文論報》2000 年 7 月 15 日。

　　與此相關，余傑的另一個失誤，是主張全民性的「大懺悔」。既然是在基督教神學的立場上強調「懺悔」之必要，那全民性的「大懺悔」就是題中應有之義。當然，主張「全民共懺悔」，余傑也並非始作俑者。巴金在反思「文革」時，也曾在痛自「懺悔」之餘，呼籲過全民性的「大懺悔」。當時，就頗有一些人對巴金的這種呼籲不能認同。記得巴金的《隨想錄》成爲熱門話題、不少人撰文稱其爲「大書」、也有人對巴金「全民共懺悔」的呼籲熱烈附和時，我與在「文革」中很受磨難的導師潘旭瀾先生就此有過一番交流。潘先生對巴金的《隨想錄》總體上是充分肯定的，對巴金個人的「懺悔」也是很欽佩的，但對「全民共懺悔」這種呼籲卻持保留態度，甚至不禁有些憤然：「你巴金需要懺悔，並不意味著我潘旭瀾也需要懺悔！」說這話時，他眼睛瞪得很大。他的理由是，巴金爲之「懺悔」的許多行爲，他以及很多像他那樣的人並沒有。他一直是處於挨整的境地，從未違心地「緊跟形勢」（甚至，連這樣做的資格也沒有），也不曾對友人或主動或被迫地「落井下石」。現在，要他像巴金一樣地「懺悔」，他覺得難以接受。潘先生對「全民共懺悔」的異議，給我留下很深的印象，並且不得不認爲，他對所謂「全民共懺悔」的憤然和異議，是不無道理的。在尙未對「文革」中的青紅皂白、是非曲直有起碼的分辨之前，就要求所有的人都一齊來「懺悔」，這無疑是荒謬的。對那些一直處於被侮辱被損害的地位者來說，讓他們與那些當初侮辱損害他們的人肩並肩地「懺悔」，對他們不僅僅是一種不公正，甚至也是一種新的侮辱和損害。主張「全民共懺悔」，或許是爲了在最深層的意義上追究「文革」的原因和清算「文革」的責任，但這樣做卻放過了「文革」最直接的原因和責任。如果說巴金的「全民共懺悔」還是在經驗的和世俗的意義上提出的，與宗教對人的理解並無關係，那余傑就更進了一步，他是以基督教神學對人的理解爲理論依據而發出「全民共懺悔」的呼籲的。因爲在上帝面前每個人都是「有限」的，因爲在上帝面前每個人都是「罪人」，所以每個人都應該「懺悔」。在《我們有罪，我們懺悔》中，余傑引用了索爾仁尼琴一九九三年回國前夕對俄羅斯《文學報》記者說過的一番話：「每個人都必須悔過，說清罪孽，說出他怎樣參與了欺騙。必須從此開始。不必指責誰和定誰的罪。人們自己不應該原諒自己。我在作品中做了許多悔過。我不能替你們懺悔，你們也不會替我懺悔。進行寬恕不是因爲我，而是因爲每個人，因爲上帝。」之後，余傑做了這樣的發揮：「與余秋雨的振振有詞、不以爲然相比，索爾仁尼琴的坦誠、謙

卑和勇敢，讓人不由得肅然起敬。懺悔不是個人品質的下降，而是靈魂的飛升；懺悔不是授人以柄，而是啓示每一個人，我們都有值得懺悔的地方。索爾仁尼琴認爲，只有從每個人開始進行全民的懺悔，才有可能產生新的俄羅斯和新的俄羅斯人。我對此深信不疑。這個道理同樣適用於中國，而且對中國來說比俄羅斯還要迫切。懺悔沒有旁觀者，所以也就不用擔心遭受到他人的嘲笑和謾罵；懺悔是發自內心的，因而將獲得精神上巨大的愉快，而不是恐懼或者忐忑不安。」之所以「不必指責誰和定誰的罪」，而只須大家一齊來「懺悔」，是因爲在「文革」中，「更大多數的是受矇騙的輕度參與者、半心半意的參與者以及最大多數的旁觀者，他們固然不需要承擔法律意義上的懲罰，但是從良心和精神的意義上來說，他們同樣犯下了嚴重的罪行。所以巴金老先生才提出『全民共懺悔』這樣驚心動魄的呼籲——遺憾的是，響應者寥寥無幾。」類似的觀點，余傑在其它場合也表達過。例如，在同樣引起很大爭議的《我們選擇什麼、我們承擔什麼？——從昆德拉與哈維爾談起》〔註15〕一文中，余傑也說：「當我們對『文革』進行反思的時候，常常遇到這樣的阻礙：在那樣的情況下面，你還能要求人家做些什麼呢？人家不參與整人、打人，就已經很了不起了。但是我要說，對知識分子的評判與對一般群眾的評判應當有所不同。對知識分子必須嚴格再嚴格。沒有具體實施整人和打人的行爲，並不能夠成爲知識分子逃避自身罪責時有力的辯護。沉默也是一種犯罪。德國哲學家雅斯貝爾斯在 1945 年曾經說過一段振聾發聵的話：『罪責是全民性的，我們應該全民共懺悔。』哈維爾也說過相似的話。1990 年，捷克『天鵝絨革命』成功後，哈維爾當選捷克總統。在就職的演說中，他說：『我都已經變得習慣於極權主義體制，把它作爲一個人不可改變的事實來接受，並保持它的運行……沒有誰是它純粹的犧牲者，因爲我們一起創造了它。』在整體性的罪惡中，知識分子罪不可赦。」余傑對「全民共懺悔」的主張，包含著兩種觀念，或者說可以從中邏輯地引伸出兩種觀念。一種觀念是，「文革」這樣的歷史大災難過後，在經驗和法理的層面上，對大大小小的直接參與了災難製造者的罪責進行分辨和清算，是無意義的和不必要的。既然即使是那些在歷史災難中飽受迫害的受難者，對歷史災難也負有不可推卸的責任，也是歷史罪人，那再在經驗和法理的意義上對罪責作半斤八兩之分，就

〔註15〕余傑：《我們選擇什麼、我們承擔什麼？——從昆德拉與哈維爾談起》，見《北京文學》1999 年第 1 期。

沒有什麼意義。這就好比說，有人持刀在公共汽車上搶了某人的錢包並刺傷了他，其它人都袖手旁觀，而警察趕來後，不是首先逮捕歹徒和救治受傷者，而是宣佈所有在場的人，從搶劫者到被搶者，以及司機和旁觀的乘客，都是有罪的，並要求他們一齊「懺悔」。另一種觀念是，任何一個人，「不為聖賢，便為禽獸」，或者說，不成聖人，便成罪人。中間的路是沒有的。而從「罪人」通往「聖人」的途徑是「懺悔」。人，要麼通過「懺悔」成為「聖人」；要麼拒絕「懺悔」而永陷於罪惡的泥潭中。余傑的這樣一些觀念招致許多人的反感，是毫不奇怪的。在人們看來，對余秋雨「文革」期間寫作活動的追究，是至少應該在文化界引起對「文革」的進一步的反思和研究，其中之一，是應該在經驗的層面上對那些在「文革」中曾某種程度地充當過幫兇者的歷史罪責進行清算。有些文章也確實是這樣做的。例如，余秋雨的「文革寫作」成為熱點後，一些人有了對「文革」期間的「寫作組」進行總體研究的興趣，並出現了好幾篇對「文革」期間的「寫作組」進行考索、辨析的文章，這無疑是一種很好的現象。而余傑的思路卻指向相反的方向，即否定在經驗的層面上對「文革」的進一步反思和研究以及對個人具體歷史責任的清算之必要，而陷入基督教神學的玄妙思辨中。這是人們反感余傑的一種原因。余傑招致反感的另一種原因，是對人的那種「非聖人即罪人」的二分法。無論是文化界還是整個社會，既不甘當罪人也不想成為聖人者，一定都是占絕大多數的，他們覺得，在「罪人」與「聖人」之間，應該有一個廣闊的道德空間，可供他們生存。而「非聖人即罪人」的二分法，卻從左右兩面擠佔了他們的生存空間，使得他們無法在道德上自我定位。當然，這幾種反感余傑的原因，都與余傑的那套基督教神學話語有關。在反思「文革」這類歷史災難時，求助於基督教神學，這必然會引起普遍的抗拒。

對余傑的最善意也最中肯的批評，是由余傑所尊敬的老師錢理群在《給余傑的一封信》〔註16〕中做出的。對於余傑「全民共懺悔」的呼籲，錢理群從兩個方面予以質疑。一是強調中國目前的情形，與雅斯貝爾斯呼籲「全民共懺悔」時的德國和哈維爾呼籲「全民共懺悔」時的捷克，都有非常關鍵、不容忽視的差別：「在雅斯貝爾斯的德國，對法西斯的極權主義的體制是進行了徹底的清算的，有關的罪犯都受到了法律的懲罰；而哈維爾的那番話，如

〔註16〕錢理群：《給余傑的一封信》，見愚士編《余秋雨現象再批判》，湖南人民出版社 2000 年 8 月第 1 版。

你在文章中所說，是發表在『「天鵝絨革命」成功以後』；而我們這裏，是連基本的罪責都沒有、也不允許分清，更不用說法律的追究與體制的清算了。正因爲如此，當有人號召進行『全民懺悔』時，我的導師王瑤先生曾十分激動地質問：『應該對罪惡的歷史負責的還沒有承擔罪責，爲什麼要我們懺悔？』他當然不是拒絕自我反省，而是強調首先要分清極權體制下的統治者、壓迫者和受害者的界限；然後再檢討受害者自身由於容忍、接受，並在一定程度上的參與而應負的責任。應該說這是兩種不同性質的責任，如果因爲強調『罪責是全民的』而有意無意地抹殺這二者的界限，那將是危險的。」錢理群不認同余傑「全民共懺悔」說的另一個理由，是余傑抹殺了「奴隸」與「奴才」的界限。錢理群指出：「這個問題是魯迅提出的，可是人們卻不加注意。身爲奴隸而不知反抗，自然是應該反省的，所以才有魯迅的『哀其不幸而怒其不爭』；但這與奴才的賣身投靠，自覺充當幫兇還是有區別的。當然，奴隸身上也有奴性，而且奴隸是有可能發展爲奴才的，但兩者的界限卻又是存在的，不可因不滿奴隸的不覺悟而抹殺他們與奴才的界限。在我看來，中國的知識分子中，真正的奴才還是少數。因此，籠統地說『在整體性的罪惡中，知識分子罪不可赦』，既可能混淆壓迫者與受害者的界限，也會抹殺奴隸與奴才的界限。尤其在極權體制與這種體制的既得利益者、主要維護者未受到徹底批判，而且正在壓制這方面的任何批判的中國語境下，把主要批判鋒芒指向知識分子、知青、紅衛兵，過分地追究他們的歷史責任，單方面要求他們『懺悔』，那就可能放過真正的『元兇』，走到了原初願望的反面。魯迅早就提醒人們注意，以爲『文人美女，必負亡國之責』，『卸責於清流或輿論』，這是『古已有之』的老調子——這傳統，我們是萬萬不能繼承的。」至於余傑的「非聖人即罪人」的道德標準，錢理群則從「底線倫理」的角度對之做出了批評。也即強調，在「聖人」與「罪人」之間，還應有一個廣闊的道德空間：「在『非聖人』的選擇中，也還有別的界限，例如，不主動地『爲虎作倀』，充當幫兇，也即你文章中說的『不參與整人、打人』，或者用今天的流行語言，不觸犯法律，侵犯、傷害他人；儘管你對這樣的選擇很不以爲然，但確實是一條『底線』。這至少說明了：並非『不是聖人就是罪人』，在道德評價上，不能只有少數『聖人』才能達到的『高線』，而沒有大多數人可以而且必須做到的『底線』。我們可以宣傳、鼓動、號召人們向『聖人』學習，卻不能輕率地宣佈，達不到『聖人』的道德『高線』就是犯罪。要求人人都成爲『聖人』，最起碼

說，也是一種『烏托邦』的幻想，對於大多數普通人（包括知識分子）的人性的弱點，是應該有一種理解甚至諒解的。」余傑實際上是用一種宗教性道德來要求所有人，或者說是要求用一種宗教性道德來取代世俗性道德。儘管宗教性道德與世俗性道德並非在任何場合都有很明確的區別，但在一般情形下還是應該承認二者的界限的。作爲一種社會性的公德，只能依據世俗性的道德標準，而不能依據宗教性的道德標準。錢理群所謂的「底線」，某種意義上，就是指一種世俗性的社會公德。我理解，錢理群的意思是，對於包括知識分子在內的大多數人，只能用世俗性的社會公德要求他們，而不能衡之以宗教性的道德標準。但我特別注意到，錢理群同時強調了「我們可以宣傳、鼓動、號召人們向『聖人』學習」。這也就意味著錢理群並沒有否定「聖人道德」本身，也沒有否定對這種「聖人道德」的宣傳、稱頌，甚至也肯定了「鼓動、號召」人們向這種「聖人道德」攀升。他所反對的，只是強制性地要求每一個人都達到這種「聖人道德」標準，或者像余傑那樣，把達不到這種標準者，都看作「罪人」。錢理群批評的「中肯」，在這一點上也充分體現出來。這也使得錢理群與其它的一些批評余傑者有了區別。其它的一些人在批評余傑用「聖人道德」要求普通人時，往往連這種「聖人道德」本身也否定掉了。這種對「道德高線」的徹底抹殺，必然導致原有的「道德底線」成爲「道德高線」，這樣一來，社會道德的淪喪就會是無止境的。

把個人「懺悔」與歷史反思相混淆，希望通過對個人靈魂的「拷問」來達到只有通過對體制的清算和變革才能達到的目的，也可視作是余傑的一種失誤，雖然這種失誤與前面說到的幾種是緊密聯繫著的，但還是值得特意說一說。余傑思考問題的現實出發點，是怎樣防止「文革」這類歷史悲劇重演。而他找到的方式，是通過靈魂的自我拷問和基督教聖徒般的「懺悔」，來使每一個中國人的人性都從根本上得到改變。例如，在《我們有罪，我們懺悔》的開頭部分，余傑強調：「我在這篇文章中要展開的，是我對懺悔精神的體認以及我所認爲的懺悔精神在當代中國不可或缺的意義。我一再表明，我對余秋雨先生的批評僅僅是一個契機，我想引發的是全民族對我們自己所創造了一部沉重的歷史的深刻反思和對我們國民性中劣根性的無情揭露。只有這樣，我們才可能在新世紀的陽光中過上眞正健全的、自由的、民主的生活。」類似的觀念，是余傑一再強調的。顯然，余傑的邏輯是，通過「懺悔」，對中國人的「國民性」進行根本的改造，是防止「文革」一類歷史悲劇不再發生

的最必要的措施。而余傑這裏的「國民性」，與魯迅所說的「國民性」，是有著區別的。魯迅所說的「國民性」，是文化意義上的，指的是中國人特有的品性。而余傑所說的「國民性」則要寬泛得多，它實際上就是我們通常所說的「人性」。余傑是熱切地期盼著中國人能盡快過上「眞正健全的、自由的、民主的生活」的。這是一種立足於經驗的、很切實也很合理的願望；而余傑認爲，這種願望的實現，依賴於對中國人的「人性」進行徹底的改造；而改造人性的方式，則是「全民共懺悔」。這實在是陷入了一種誤區。「有限性」是人的根本屬性，也可以說是人之所以爲人的特徵。通過「懺悔」而使所有人都超越「有限」而抵達「無限」，永遠是一種不切實際的幻想。任何一種強制性的人性改造運動，本身都必然走向反面，即爲人性中最邪惡的東西以神聖的面目大釋放提供條件，因而本身都必然變成最可怕的歷史災難。人性是不可能從根本上得到改造的，任何一種希望通過改造人性而杜絕歷史災難的想法，都是荒謬的。血流成河般的歷史災難，在各個民族各個國家的歷史上，都曾有過。如果說有些民族和國家已不再容易發生巨大的歷史災難，那並不是因爲在那裏，「人性」已經得到了根本的改造，而是在那里社會政治體制已經得到了根本的改造。換句話說，並不是從人性深處剗去了使歷史災難得以發生的惡，而是在很經驗的社會政治層面上建立起了防止歷史災難發生的安全網。而一旦這張安全網被破壞，歷史災難的重演便不是一件不可能的事。同理，那些仍在發生著歷史災難或仍隨時可能發生歷史災難的民族和國家，最急迫的事情也不是去從根本上改造他們的人性，而是要在社會政治層面上建立起這樣一張安全網。這道理，余傑也並非完全不明白。在同一篇《我們有罪，我們懺悔》中，余傑也說：「『文革』之後，在八九十年代有爲數不少的參與者浮出水面，重新在某些文化和學術機構中擔任要職。這正是中國的『政治常識』。『文革』之後沉寂一段時間，又重新成爲風雲人物的，並非余秋雨先生一人。這一現象固然匪夷所思，但卻是不爭的事實。我們對此應當有更多的思考：這已然不是人的問題，而是更深層次的體制的問題。爲什麼現行的體制能夠讓這類人頻頻得勢呢？我們應當不斷地追問，追問的結論將超越某個具體的人物，而具有某種普遍性意義。」既然看到這種現象的出現「不是人的問題，而是更深層次的體制的問題」，那麼，邏輯的結論，就是應該去改造體制而不是老想著去改造人。

余傑在批評余秋雨時，還有一點小小的失誤，也不妨指出來。《余秋雨，

你爲何不懺悔》中，有一節是「上海文人與『才子加流氓』」，其中說：「上海
是出『流氓加才子』式的人物的地方，這個城市最具有『中國特色』，同時也
是中國最像西方的城市。魯迅說，這個城市雲集了一批『西崽』和『洋場惡
少』。魯迅很不喜歡這個城市，但當時他沒有地方可去，只好在上海與『才子
加流氓』式的人物們戰鬥著。」至於余秋雨，則「兼具了『才子氣』與『流
氓氣』，並且青出於藍而勝於藍。」把今天的上海與魯迅時代的上海混爲一談，
把余秋雨與三十年代上海文場上的「才子加流氓」式人物相提並論，是很不
妥當的。在同一篇文章中，作爲余秋雨的對立面，余傑高度評價了巴金：「而
巴金先生採取的是另一種態度，一種主動懺悔的態度。巴金確立了這樣的原
則：從解剖自己開始。反省，首先要進行對自我的審判。本來他是受害者，
但毫不掩飾地暴露自己精神上的缺陷……」余傑似乎忘了，巴金也是「上海
人」，從二十年代末至今，一直生活在上海，中間雖曾幾度離去，但在上海生
活的時間是遠比余秋雨長的。如果說巴金祖籍並非上海，那余秋雨也如此。
這似乎足以證明，余秋雨的「不懺悔」與上海這座城市實在沒有必然的聯繫。
比起今天的上海來，也許今天的北京在一定意義上更像魯迅時代的上海。當
年上海洋場上的那種「才子加流氓」式的人物，今天的北京倒很多見，而今
天的上海卻實在沒有了產生「才子加流氓」式的人物的豐厚土壤。數年前，
上海學者顧曉明曾發表《海派文化與京派文化的反置》〔註17〕一文，指出三
十年代的「海派文化」，今天倒是在北京有典型的表現。「『海派文化』不完全
是一個地域概念，更主要的是一個時段概念。『海派文化』是鄉土文化在外來
文化衝擊下的一種轉型期文化。因此，北京最近幾年炒得紛紛揚揚的電視劇
所體現的文化其實很像 30 年代那時說的『海派文化』。他們自稱的『我是流
氓』、『我是痞子』之類，與那時上海的同類文人語氣用詞幾乎一樣……」；「作
爲『海派文化』源頭的上海 30 年代文化特點，抽取其具體的內容，它在今日
京城文人中的表現，恰恰比今日上海文人要更爲強烈。今日上海的電視劇中
很少有北京又侃又玩的諸如《海馬歌舞廳》那樣的作品，大量的是嚴肅認眞，
追求內容和形式的統一、圓巧而『無懈可擊』的東西。」顧曉明是懷著深深
的遺憾來談論京海文化的反置的。我以爲，顧文的這種觀察，是有相當道理
的。余傑的這種失誤，根本原因，還在於對余秋雨之所以「不懺悔」的根源

〔註17〕顧曉明：《海派文化與京派文化的反置》，見《上海文化》1995 年第 1 期；收
　　　　入馬逢洋編《上海：記憶與想像》，文匯出版社 1999 年 2 月第 1 版。

判斷有誤，或者說，對余秋雨在今日中國的政治文化生活中到底扮演著怎樣的角色，還看得不夠分明。魯迅有言道「文人之在京者近官，沒海者近商，近官者在使官得名，近商者在使商獲利，而自己也賴以糊口。要而言之，不過『京派』是官的幫閒，『海派』則是商的幫忙而已。但從官得食者其情狀隱，對外尚能傲然，從商得食者其情狀顯，到處難以掩飾」〔註 18〕。而今日的余秋雨到底是更近商還是更近官呢？余傑斷定其為商的「幫閒」，這實在是被余秋雨的表面現象所蒙蔽了。不過，這個問題對於理解余秋雨很關鍵，我想留待下面再談。

三、余秋雨為何不懺悔

當我探究余秋雨為何不懺悔時，是在反思、悔過、自責等世俗意義上使用「懺悔」這個詞的。無論是巴金本人還是其它的論者，都用「懺悔」來說明過他的那種反思、悔過、自責。我覺得在這個意義上探究余秋雨為什麼不懺悔，甚至質問余秋雨為什麼不懺悔，都並沒有什麼不妥。

余秋雨為什麼不懺悔呢？我們首先應該看看余秋雨自己的解釋。

在《答余傑先生》這封公開信中，余秋雨主要從以下幾個方面為自己做了辯解：

第一、他把自己「文革」期間的寫作活動，解釋成非但不是為「文革」幫忙，相反，倒是作為「文革」的對立面而出現在那個特定的歷史時期的：「也是事出有因。林彪事件爆發，我們從軍墾農場回城，學院的造反派頭頭被逮捕，毛主席下令復課，教師回到工作崗位，全面編寫教材，我這個一直被造反派批判的人也被學院軍宣隊分配到一個各校聯合的教材編寫組」。這是余秋雨為自己「文革」期間寫作活動所作的基本描述，同時也把這種活動定性為對「文革」的一種抵抗。「復課」在當時當然是天大的好事，而為「復課」編寫教材，無疑是一種值得稱道的功績。余秋雨還強調了自己本是「一直被造反派批判的人」。如果余秋雨的這幅自畫像是真實的，那余秋雨在「文革」期間就非但沒有歷史污點，相反，倒是有著光榮業績的。而要求這樣一個人「懺悔」的余傑，自己倒真是應該「懺悔」了。至於余傑一再提到的「石一歌」，余秋雨不但矢口否認與其有實質性關係，甚至也否認作為「大批判寫作組」

〔註18〕魯迅：《「京派」與「海派」》，見《魯迅全集》（第五卷），人民文學出版社 2005 年 11 月第 1 版，第 453 頁。

的「石一歌」的存在。他強調「石一歌」只是一本寫給小學生看的《魯迅的故事》的署名。但他也說到自己曾有過一次以「石一歌」名義出現的經歷，這也是一次光榮經歷：

> 一九七六年「四人幫」剛垮臺不久我倒是喜劇性地用過一次「石一歌」的名號。在那最緊張的十月，有一個魯迅代表團要去日本訪問，魯迅兒子周海嬰先生也在裏邊，原定的團長是寫作組負責人朱永嘉，但他問題嚴重，照理不能去了，卻一時無法向日本解釋。上海警備區司令周純麟少將臨時掌管上海大局，派了兩位先生來找我，說從一些幹部子弟那裏知道我的思想傾向，要我隨團出去起「阻止」作用，一是阻止朱離隊出走，二是阻止朱離開講稿發言，並規定代表團一切講稿都由我起草。但我以什麼身份參加？一不是寫作組成員，二不能在辦手續時用上海戲劇學院的證件又號稱復旦大學中文系魯迅教材編寫組，兩位先生猶豫了一會兒決定，用曖昧的「石一歌成員」的說法。出去了十二天，回來接受我彙報的已是新上任的宣傳部長車文儀先生。

余秋雨很少提到「文革」，不得不提到時，也總頗為用心地把自己描繪成「文革」的受害者和反對者。在余秋雨對這個故事的講述中，最核心的幾個字是「我的思想傾向」。這當然是指在「文革」期間「我」所表現出的對「文革」的不滿、牴觸，不然就不會被當時上海的頭號人物派去監視「問題嚴重」的朱永嘉。這幾個字看似很不經意地寫出的，但其實是一種苦心經營的「無意」。講這個故事的目的，還是要告訴世人：我沒有以「石一歌」的名義做過任何為「文革」效力的事，相反，倒是以「石一歌」的名義有過一次監視「四人幫」爪牙、掌管整個出國代表團政治方向的壯舉。換言之，余秋雨要對世人說：你們不是總要用「石一歌」三個字來刺激我的神經、來喚醒我的記憶、來敦促我「懺悔」麼？我告訴你們，「石一歌」這三個字對我來說，意味著的是光榮而不是恥辱，我應為之自豪而不是懺悔，至於你們，應該因這三個字對我舉手加額而不是輕蔑鄙視……這個故事其實疑竇重重，其真實性程度是大可懷疑的。就算這個故事是完全真實的，它也透露出對余秋雨不利的信息。因為他也同時告訴人們：在「文革」期間的上海文化教育界，年輕的余秋雨確非等閒之輩，是具有相當的分量的，不然，在當時的政治環境下，全面掌管上海黨政軍大局的周純麟少將又怎麼會對余秋雨如此信任、委以如此重任

呢？要知道，其時，余秋雨剛剛三十歲，在「文革」以前不可能有任何積累，他的全部資本都只能是在「文革」期間攢下的，那麼，他在「文革」期間到底幹了些什麼，使他在三十歲時就成為一個很有資本的人？還有故事發生的時間，也是一個很關鍵、很容易引發人們對余秋雨在「文革」期間真實的政治身份產生疑問的問題。故事發生在「四人幫」垮臺的當月，也即一九七六年十月。可以說，此時僅僅是王、張、江、姚四個人被抓起來了，對「文革」是非的分辨、對「四人幫」爪牙的清理，都還未提上議事日程。在這個時候，真正對「文革」有不滿和牴觸並能廣為人知者，還不可能被當權者所信任。余秋雨如果在此時真的擔負過監視出國代表團團長並實際掌管代表團政治方向的重任，那一定並不僅僅是因為余秋雨對「文革」不滿、牴觸一類的「思想傾向」（如果真曾有這種「思想傾向」的話），還會有別的理由。道理很簡單，因為在一九七六年十月的中國上海，一個人還不可能僅僅因為對「文革」的不滿和牴觸而受到政治上的巨大信任。

在致余傑的公開信中，余秋雨把自己「文革」期間參與「大批判寫作組」的事洗刷得乾乾淨淨，並把自己描繪成一個在「文革」期間就具有對「文革」不滿、牴觸的「思想傾向」的人。在別的場合，他還表示，在「文革」期間的寫作活動問題上，「對我而言，要討論也可以，跟我同一代的人中，很多人都還在世，我們可以找出一個個的證人來，當面對證什麼時間我在哪裏，在幹什麼──但要跟相差幾十歲的人討論我自己30年前的歷史，不客氣地說，我覺得像一個玩笑。」〔註19〕余秋雨這樣說，等於是在向當年的知情者叫板。也許多少有些出乎余秋雨的預料，果真有人出來與余秋雨對證了。曾經與余秋雨在「石一歌」共事並曾擔任過「石一歌」寫作組副組長的孫光萱教授，讀了余秋雨致余傑的公開信後，寫了《正視歷史，輕裝前進》〔註20〕一文，依據自己當年的日記，對余秋雨公開信中的不實之處做了訂正。孫光萱這篇文章，僅僅只就余秋雨公開信中提到的問題予以糾正，余秋雨公開信中沒有提及的事，則不說。也就是說，孫光萱並沒有把他所知道的余秋雨在「文革」期間的所有問題都說出來，他不是在寫揭露余秋雨「文革」期間問題的文章，而是在糾正余秋雨公開信中的一些錯誤。

在公開信中，余秋雨對自己「文革」期間寫作活動的解釋是「我這個一直

〔註19〕見黃河、冉小林《余秋雨將告別文壇》，見《深圳周刊》第155期。
〔註20〕孫光萱：《正視歷史，輕裝前進》，見《文學報》2000年4月6日。

被造反派批判的人也被學院軍宣隊分配到一個各校聯合的教材編寫組」。──
而孫光萱指出，余秋雨當年參加的，是一個《魯迅傳》編寫組，這任務是由「朱
永嘉和寫作組的文藝組負責人到會正式宣佈」的。參加編寫組的人員，都是「寫
作組圈定」的，並非由「軍宣隊分配。這個編寫組後來取名「石一歌」，也是
負責人先與余秋雨商定，然後再在全體會議上通過的。余秋雨在公開信中所說
的「問題嚴重」的朱永嘉，是當時上海市委寫作組的負責人，而上海市委寫作
組是由張春橋、姚文元直接控制的，張、姚直接給朱某下達寫作任務，再由朱
某將任務分配給寫作組系統的某一部分。《魯迅傳》的編寫，應該也是張、姚
的旨意，目的，則是從魯迅那裏榨取「文革」的合法性，或者用一句套話說，
是通過改寫魯迅的方式爲「四人幫」的「篡黨奪權」服務。在這個意義上，說
這本《魯迅傳》的編寫是在充當「四人幫」的幫兇，也並不爲過。至於余秋雨，
孫光萱指出，「並不是早期『石一歌』的一般成員（儘管他沒有『組長』、『核
心』等名義）」。那麼，其時風華正茂的余秋雨該是「石一歌」的重要成員了。
被選入當時的寫作組系統的人，除了政治上可靠外，要具備的無非是這樣幾個
條件。一是肯聽話，上頭指向哪裏便打到哪裏；二是筆頭好，能寫文章。而年
輕的余秋雨之所以在「石一歌」中舉足輕重，也無非是這兩條都很「過硬」。「聽
話」這一條不成問題。余秋雨從那時到現在，一直是「聽話」的。他當年若不
很「聽話」，不可能進入「石一歌」；後來若不很「聽話」，不可能當上戲劇學
院的院長；今天若不很「聽話」，不可能有如此風光。至於余秋雨的「筆頭」，
就更無須懷疑了。「編寫組」也好，「寫作組」也好，都不是吃乾飯的，要能出
產具有「戰鬥力」的文章。可以認爲，余秋雨的寫作能力，在當時的寫作組系
統中，是出類拔萃的。在「聽話」的同時又有過人的「筆頭」，這該是年輕的
余秋雨在「石一歌」中具有非同一般的分量的原因吧。

在公開信中，余秋雨強調不要把「寫作組系統」和「眞正的寫作組」混
爲一談。在當時的上海，宣傳、教育、社科、出版、文聯等幾乎所有與文化
有關的領域，都歸市委「寫作組」管，統稱「寫作組」系統。因此這個系統
很大。而統轄全部文教領域的「眞正的寫作組」，本身則很小。余秋雨強調自
己所在的「教材編寫組」雖屬「寫作組系統」但卻並不是「眞正的寫作組」，
就是要人們明白他與臭名昭著的「文革寫作組」其實並沒有什麼實質性關係。
更何況，即便在這個很外圍的「教材編寫組」，余秋雨呆的時間也很短：「教
材組編寫人員變動很大……不久我也離開了。」余秋雨公開信想要告訴人們，

他在「文革」期間的全部「問題」，就是在一個爲「復課」而組建的、并不屬於「眞正的寫作組」的「教材編寫組」裏，呆過很短的一段時間，如此而已。——而孫光萱指出，余秋雨對「寫作組系統」與「眞正的寫作組」的區分雖符合實際，但卻「語焉不詳」，沒能說明二者何以會有這樣的區分。孫光萱強調：「前者所以很大，是因爲『四人幫』想要全面控制意識形態部門，後者所以很小，則是便於有效地架馭和使用有關人員。」至於余秋雨，的確在「石一歌」供職一年半後便離開了。他到哪裏去了呢？他「上調到這個很小的眞正的寫作組，成爲其中的一名正式成員」。也就是從「寫作組系統」的邊緣，進入到這個系統的核心。進入到這個「眞正的寫作組」之後，余秋雨擔負過怎樣的使命呢？此後與「石一歌」眞的就毫無關係嗎？爲避免轉述引起錯訛，還是照抄孫光萱依據日記所做的回憶：

> （余秋雨）公開信說他一九七三年下半年離開了《魯迅傳》編寫組。時間不錯，原因不明。現據有關事實予以補充。清查工作全面展開以後，我們回憶到一件事：一九七三年四月的一天，朱永嘉親自到復旦大學十號樓，向我們布置整理幾種資料，如魯迅對「國防文學」的批判，魯迅對新生事物的支持，魯迅批孔等。整理資料派什麼用場？有何背景？朱未作任何交代，因爲這是幾年來朱永嘉唯一一次到「石一歌」住地，因此沒有忘記。這項任務沒有搞完，又特地把余秋雨和另一位同志調到寫作組的文藝組專門整理。後來清查工作深入後才知道，這是爲姚文元修改他那本《魯迅——中國文化革命的巨人》做準備的。由此可見余秋雨有任務在身，並不是隨隨便便離開「石一歌」的。

從這裏可看出，「石一歌」雖是「寫作組系統」的邊緣，但也會成爲姚文元的秘書班子，擔負著直接爲姚文元服務的使命。至於余秋雨之所以離開「石一歌」而上調到「寫作組」系統的核心，直接的原因是爲姚文元整理資料的需要。孫光萱進而回憶道：

> 不妨再作一點補充。「四人幫」作惡多年，一朝覆亡，朱永嘉當時來不及銷毀全部罪證。在寫作組系統全面清理期間，曾經發現張春橋、姚文元兩人給朱永嘉的一部分批件，其中有一件是姚文元於1973 年 4 月中旬爲修改《魯迅——中國文化革命的巨人》一事給朱永嘉的批條，要朱永嘉找人員整理幾項資料，我當時因工作需要看

過這個批條，對批條中所說不要張揚等字眼記憶猶深。余秋雨答記者問時要求「拿出證據來」，這並不錯，我完全相信這類材料至今還在，是可以設法找到的。我有長期記日記的習慣，查閱當年的日記，五月一日我也沒有回家休息，還在復旦加班突擊，著實可悲，現在回過頭來，余秋雨理應比我們知道多一些，爲什麼不願說上那麼一、二句呢？

「文革」一開始，其發動者和組織者如姚文元等，也就開始有計劃地改寫和歪曲魯迅，在「魯迅精神」和「文革精神」之間劃上等號，不但從魯迅那裏榨取「文革」的合法性，也從魯迅那裏榨取「文革」的精神動力。他們極力要人們、尤其是要青年一代相信，如果魯迅活著，一定是「毛主席」的無限崇拜者和追隨者，因而也是「文化大革命」最熱烈的擁護者和參與者，他一定會作爲旗手而走在造反派的最前列；而向魯迅學習，就是要學習他的這種精神，緊跟「毛主席」，堅決「把無產階級文化大革命進行到底」。「石一歌」就是爲按姚文元等的旨意改寫和歪曲魯迅而組建起來的。僅僅有「石一歌」這類的班子來專門從事改寫和歪曲魯迅的工作還不夠，姚文元還要親自動手，也可見此項工作在「四人幫」眼裏的重要程度。而余秋雨能被選去直接爲姚文元從事此項工作效力，也證明了他在「石一歌」中確實是出乎其類拔乎其萃的。即使不能說是姚文元直接看中了他，至少也可說是朱永嘉對他青眼有加。孫光萱還回憶說，離開了「石一歌」後的余秋雨，並未眞的與「石一歌」不再有任何關係：

> 說是余秋雨完全離開了「石一歌」也不確切。儘管他上調到寫作組的文藝組以後，所參與的活動更多更緊迫，但畢竟還是沒有和「石一歌」完全分開。《魯迅傳》編寫的辦法是分頭執筆，然後互相傳閱，集體討論，修改定稿，《魯迅傳》上冊定稿以後（出版較晚，已在 1976 年 4 月），繼續寫下冊，不過此時的討論已不在復旦大學十號樓，而改爲康平路余秋雨所住房間外邊的一間大辦公室，這樣的討論舉行過好幾次，其時余秋雨的身份和作用當然與以前大不相同了。

「石一歌」與「寫作組」本就是一個整體，從「石一歌」這個《魯迅傳》編寫組上調到「眞正的寫作組」去爲姚文元整理魯迅資料的余秋雨，當然就成了「石一歌」的上級。如果說以前在討論《魯迅傳》的編寫問題時，他還只

是作為「石一歌」中的一員發表意見，那現在，他則可以以居高臨下的權威姿態，對「石一歌」發表指導性看法了。這從此後的討論不再在復旦大學「石一歌」的駐地而改在康平路余秋雨的住地，也可看出余秋雨此時的身份確實已很不一般了。按孫光萱說法，在「石一歌」中，除去幾個「工農兵學員」，余秋雨年齡最輕，比其它人都年輕十幾歲。我想，「石一歌」在當時的政治地位還不至於到配備專車的程度，他們應該是擠公共汽車去康平路的。而從復旦到康平路，在上海當時的交通條件下，是一段極艱難的路程。其時上海公共汽車的擁擠，至今還令上海人談之心悸。而從復旦到康平路，又是當時上海最擁擠的路線之一，且中間要幾度換車，一來一去，大約要用四小時。一群比余秋雨年長許多的人，就這樣辛苦地趕去就余秋雨，余秋雨其時的身份，實在是非同尋常了。當然，不是一個年輕的余秋雨趕到復旦而是一群年長的「石一歌」趕到康平路，也許因為余秋雨比他們更忙，然而，他在忙些什麼呢？至於余秋雨所住的康平路，上海人都知道，那是上海的「中南海」。

余秋雨在致余傑公開信中不無炫耀地說的訪日故事，孫光萱也提供了不同的版本：

> 余秋雨赴日訪問是怎麼回事？如果光讀公開信，很容易得出如下的印象：余秋雨是在粉碎「四人幫」以後，受周純麟少將委託去日本執行特別任務的。實際情況怎樣，得多說幾句。1976 年 10 月 19 日恰逢魯迅逝世四十週年，早要粉碎「四人幫」之前，日本方面就邀請我方組團出訪，朱永嘉任團長，余秋雨就是朱永嘉提名作為「石一歌」代表參加的。一天消息傳來，我們幾個人（當時全組一共還有七個人），未免有點嘀咕，意思無非是既然老陳任「石一歌」組長，理應由他訪日才對。倒是老陳並不怎麼介意，對我們說小余能幹，上頭已經決定，不要再議了。這個代表團訪日回來以後，余秋雨忽然跑到鉅鹿路 675 號（編寫組於 1976 年 7 月 23 號由復旦大學搬至該處，即今上海作協所在地）來看我們，繪聲繪色地說了一通他如何監視朱永嘉的情形，但我敢斷言他當時從未談起受周純麟委派一事。也許有人會說：如此機密之事豈能讓外人知曉？這似乎也有理，那就允許我先交代一下有關情況，再作一番推測，看看是否站得住腳。
>
> 粉碎「四人幫」後，清查工作先在康平路寫作組本部展開，余

秋雨是正式領到「市革委」頒發的「寫作組工作證」的一名成員，一開始就在本部參加清查，到後來，寫作組下屬外圍組織的成員又一律集中到康平路本部，分別編入歷史、經濟、文藝、哲學等組參加清查工作。「石一歌」被編入文藝組。清查工作足足進行了兩年多，大家差不多天天碰面，當時的我恐怕不能算是孤陋寡聞之人〔註21〕，但我明顯記得，不管是領導還是群眾，是文藝組還是其它組，從未有人說起余秋雨受周純麟委派之事，按常情，余秋雨當時正愁說不清楚，處境十分尷尬，如此「將功補過」之事豈能不說？現在周純麟、車文儀同志已先後謝世，無法進行調查，我只能把這個疑問提出來請大家考慮。

孫光萱雖不能直接否定余秋雨曾有受周純麟委派之事，但他對此事的懷疑卻是很的力的。如果真有此等對自己的「政治生命」十分有利的事，人們實在想不出余秋雨為什麼在兩年多的「清查」時期不說，而要等到致余傑公開信中才首次批露。對余秋雨曾從周純麟處領受特殊使命一事，孫光萱雖只能表示懷疑，但他卻能肯定余秋雨之名列訪問團，是出自朱永嘉的決定。從此事不難看出：一、余秋雨確實是深受朱永嘉等「四人幫」的干將所賞識的，不讓「石一歌」的負責人代表「石一歌」出訪，而讓在組織關繫上已離開了「石一歌」的余秋雨以「石一歌」的名義參加代表團，就是一種明證；二、余秋雨的確始終沒有與「石一歌」真正脫離關係，在朱永嘉等人眼裏，關鍵時刻最有資格代表「石一歌」的，還是余秋雨。

孫光萱以歷史見證人的身份寫的這篇文章，雖本意不在揭露而在糾錯，但實際上卻讓人們看到余秋雨在「文革」期間的一部分極為關鍵的真相，同時也讓人們看到對於自己在「文革」期間的歷史，余秋雨是怎樣大膽地掩飾、改寫、美化。由於余秋雨的叫板而引出的孫光萱的文章，等於把余秋雨逼到了牆角。不作任何回答，那等於是在默認。但要就具體問題反駁孫光萱，卻又實在困難。於是余秋雨只得把面對批評時一再使用過的法寶再使用一回，即把孫光萱的動機歸結為想出名，並且宣稱「這種企圖出名的強烈願望使他的證言失去了公信力」〔註22〕。坦率地說，在繼沙葉新之後，孫光萱又被余

〔註21〕孫光萱在《我為余秋雨先生感到害羞》一文中說，「清查」時他被任命為文藝組黨小組副組長，文載《南方周末》2000 年 5 月 26 日。

〔註22〕見楊瑞春《余秋雨：對於歷史事實我從不謙虛》，載《南方周末》2000 年 4 月 8 日。

秋雨指控爲想出名時，我感到了余秋雨的無奈，但更感到了余秋雨的無聊。
如果說孫光萱的《正視歷史，輕裝前進》態度還是相當平和的，那余秋雨對
此文的反應卻頗有些激怒了他，於是，他又寫了《我爲余秋雨先生感到害羞》
一文，對余秋雨一再歪曲歷史表示出強烈的憤慨。值得注意的是，在《正視
歷史，輕裝前進》中，對余傑要求余秋雨「懺悔」，孫光萱表示了不以爲然的
態度。而在《我爲余秋雨先生感到害羞》中，孫光萱對此卻有了不同的想法：
「我現在仍然反對要『絕大多數』人『懺悔』的提法，但余秋雨是文化名人，
難道不能帶個頭，進行一些懺悔和反思？」

　　對於余秋雨在「文革」期間的寫作活動，不僅有孫光萱這樣的知情者出
而指證余秋雨在「文革」期間確有「問題」，也有胡錫濤這樣的人以知情者的
身份出而證明余秋雨在「文革」期間沒有「問題」。胡錫濤曾是「文革」期間
上海著名寫作班子「丁學雷」的主筆，後又上調爲《紅旗》雜誌文藝組的負
責人，曾與姚文元同桌辦公、同室而居。現居海外。此人在「文革」期間對
余秋雨有提攜之恩，在《紅旗》上發表的有余秋雨參與寫作的文章，曾得到
此人的修改，並經他手發出。在余秋雨的「文革寫作」問題被民間追究後，
胡某從海外寄回《余秋雨要不要懺悔？——「文革」中上海寫作組眞相揭秘》
〔註23〕一文，也以歷史見證人的身份，證明余秋雨在「文革」期間其實沒有
什麼問題。然而，在爲余秋雨百般開脫的過程中，胡文卻不經意間透露了余
秋雨更爲「嚴重」的問題。例如，胡文說到，一九七五年春，通過朱永嘉的
安排，張春橋、姚文元曾「接見」過余秋雨。張、姚其時的地位不可謂不高
矣；「寫作組系統」的人員不可謂不多矣。然而，在數量眾多的人員中，張、
姚獨對余秋雨投以青睞，決不會是偶然之舉吧？在接見過程中，也總該不會
是談些無關痛癢的閒話吧？張、姚勉勵「小余」好好幹，「小余」則表示一定
不辜負「首長」的希望一類的話，總難免要說一說的。胡文還說到，余秋雨
在「文革」期間「寫了一個系列頗有影響的文章而深得頭頭們的欣賞」，這也
等於是在揭余秋雨的短。正如有論者所言：「胡錫濤⋯⋯『戲劇性地出場』（借
用余秋雨嘲諷孫光萱的話）爲余秋雨作僞證時弄巧成拙。這顯然是爲余秋雨
添亂，爲其不光彩的『文革』經歷帶來更多疑點。這是企圖再次想提攜『小
余』突圍的胡錫濤老先生所始料不及的。」〔註24〕余秋雨在「文革」期間之

〔註23〕 胡錫濤：《余秋雨要不要懺悔？——「文革」中上海寫作組眞相揭秘》，見《今
　　　　日名流》2000 年第 6 期。
〔註24〕 古遠清：《他在爲余秋雨幫倒忙》，見《文論報》2000 年 9 月 1 日。

深得朱永嘉這一級頭頭的賞識，是自不待言的。朱永嘉之所以把余秋雨推薦給張、姚，也一定是覺得有讓張、姚與余秋雨接觸的必要。而張、姚能在「百忙之中」接見余秋雨，也說明對余秋雨是有興趣的。可以想見，倘若「文革」晚結束五年、十年，余秋雨即便不會成為京中顯貴，至少也會是滬上要人。中夜夢回，余秋雨應該感謝毛澤東是在他三十歲時過世而不是在他四十歲時。

要問余秋雨為何不懺悔嗎？他的回答是他根本就沒有什麼需要懺悔的事情。他的「文革」歷史不僅是清白的，甚至還頗有值得驕傲之處。在從正面掩飾、改寫、美化自己的「文革」歷史之餘，余秋雨還從幾個側面為自己的清白提供證據。訴說自己在「文革」中的苦難，把自己說成是「文革」的一個純粹受害者，是余秋雨採取的側面手段之一。在致余傑的公開信中，余秋雨說：「我是我當時所在的高校第一個領頭寫大字報批判造反派的人，造反派掌權後受盡磨難；我父親被造反派關押多年致使我們全家八口人幾近乞丐；唯一有可能救助我家的叔叔也死在造反派的批鬥之下。當年，我如果稍稍巴結一下造反派，讓他們與我父親單位的造反派打個招呼，說不定能多發幾元生活費，改變全家的慘狀，但我從來沒有做過。」用苦難來證明自己的清白，或許能在那種頭腦簡單的讀者身上產生效果，但其實，這不過是一種障眼法。人們不能用苦難來證明清白，正如不能用健壯來證明勤勞、不能用貧窮來證明懶惰一樣。尤其在「文革」這樣史無前例的時期，人的命運沉浮不定。今天的受害者，或許就是明天的害人者；今天把腳踏在別人身上的人，或許明天就躺在別人的腳底下。甚至一個人可以同時既是受害者又是害人者。我們完全可以相信余秋雨訴說的「文革苦難」是真實的，但這絲毫不能成為我們相信余秋雨的「文革歷史」是一片清白的理由。徐友漁在《懺悔是絕對必要的》〔註25〕一文中，強調所有在「文革」中做過壞事、傷害過他人的人，都應該反躬自省、有所懺悔。因為「如果沒有成千上萬的人站出來懺悔和承擔責任，『文革』這場悲劇對於中華民族而言同時也是一場鬧劇，一齣滑稽戲。它有行為的受害者，卻找不到行為者。『文革』這段歷史的記載猶如神話，什麼壞事都是『四人幫』一夥幹的，那幾個人就像孫悟空，吹一把汗毛就會變成成千上萬個，並且無時不在無處不在地做盡壞事。」但「我曾收集和閱讀國內及海外出版的中英文的『文革』回憶，我聽到和讀到的多半是控訴與辯解，甚至是炫耀，很少有懺悔，更少有真誠、深刻的反省與懺悔。」反省與

〔註25〕徐友漁：《懺悔是絕對必要的》，見《南方周末》2000 年 6 月 2 日。

懺悔為何如此之難呢，徐友漁認為，原因之一，就在於人們的記憶具有選擇性，人們往往記住了自己受過的苦難，卻忘記了自己加諸別人的苦難：「『文革』是一場極其複雜和特殊的政治運動，其間波譎雲詭，潮流反覆多變。除了『中央文革小組』中一小撮核心人物之外，幾乎沒有貫穿始終的『左派』。『昨日座上賓，今日階下囚』；今天用你打他，明天又用他打你，這個階段一批人是天之驕子，革命闖將，下個階段就成了『革命的絆腳石』，『右傾復辟的急先鋒』，因此，『文革』的積極參與者幾乎無例外地具有兩重性，一段時間屬於被整的人群，另一段時間側身於整人的隊伍。當『文革』被徹底否定之後，人人都願意把自己說成是受害者，也幾乎是人人都有理由把自己說成是受害者。人是這樣一種動物；他們善於有選擇地記憶和有意識地遺忘。」其實，對於「文革」期間人與人的關係，黃翔寫於當時的一首題為《野獸》的「地下詩歌」有極形象的描繪：

> 我是一隻被追捕的野獸
> 我是一隻剛捕獲的野獸
> 我是被野獸踐踏的野獸
> 我是踐踏野獸的野獸

在那「人對人像狼一樣」的時期，一個人時而扮演追捕、踐踏他人的角色，時而成為被追捕、踐踏的對象。時過境遷，人們往往對被追捕被踐踏的經歷耿耿於懷，而對追捕、踐踏他人的往事則閉口不提、甚至矢口否認。我想，這幾句現場紀實般的詩，仿製就是為日後的余秋雨一類人寫的。它有力地告訴今天的人們：訴說在「文革」中被野獸追捕、踐踏的苦難，並不能證明自己不曾是追捕、踐踏他人的野獸。

　　余秋雨用來證明自己清白的另一個側面手段，是反覆強調自己是在「文革」後經過「嚴格審查」的，是當過上海戲劇學院院長的。在致余傑的公開信中，余秋雨說道：「其實稍作常識推斷就可以明白事情大概的，例如我是在上海經歷整整三年文革大清查後擔任高校領導幹部的，……這樣的情況有可能是『文革餘孽』嗎？」正因為在審查中被認為沒有什麼問題，才可能被委以上海戲劇學院院長這樣的重任；如果一個人在「文革」中真有在今日應該「懺悔」的問題，有關部門是不會把如此要職交付於他的！——余秋雨把這說成是一種「常識」。然而，這仍然是一種障眼法。這裏的前提是：「文革」後的清查是真正嚴格、認真的，所有在「文革」中「有問題」的人都受到了

應得的處理、懲罰。當然，這個前提的前提是：「文化大革命」是真正被徹底
否定徹底清算了的，這種否定和清算不只是停留在某一次會議的決議上，而
是真正落實到了實踐中。──無庸多說，也無由多說的是，這樣的前提，和
前提的前提，都是並不存在的。巴金因揭露「文革」和倡議建立「文革」博
物館而承受著巨大的壓力，就明白無誤地證明著這種前提的不存在，也證明
著余秋雨所謂的常識並不成立。

　　針對余秋雨反覆強調的「常識」，于光遠寫了《讀了余秋雨兩篇自白之後》
〔註 26〕予以反駁。于光遠曾參加過討論清查「文革」問題的最高層會議，在
文章中也透露了一些當年關於清查「文革」的最高層內幕。于光遠指出，早
在中共十一屆三中全會前，華國鋒就提出「適應國內外的形勢的發展，及時
地、果斷地結束揭批『四人幫』的群眾運動，把全黨工作的重點轉移到社會
主義建設上來。」這種提法，得到了會議的認可。但是，到了五年後的一九
八三年，中共中央又覺得有清理「三種人」〔註 27〕的必要，於是在二中全會
上討論整黨問題，「可是這時候機關裏的許多造反起家的人挪了位置，各單位
的人事也有了更大的變動，造反起家的人就不在原來瞭解他們的那些人的視
線之內了，有的造反起家的人還擔負了負責工作，再去查他們，就不那麼容
易了。」于光遠說到，他曾建議中共中央成立「三種人研究所」，從「文革」
中一些有名的造反派組織，以及一些有名的造反派寫作組，「如北京的池恆、
梁效、洪廣思、唐曉文、鍾佐文，上海的羅思鼎、石一歌、丁學雷……等出
發，區別當時參加活動的情況和文革後的表現，進行科學研究，然後採取對
策。我這個意見胡耀邦當即表示贊同，但最後沒有被採納。」從于光遠的文
章中可看出，當時的最高層對清查「文革」一事，就是有著不同意見的。而
清查工作最終是匆匆收場、不了了之的。因此于光遠說：「後來我注意到，不
少當初參加造反活動起家的人，並沒有得到應有的鑒定和處理，因而以後出
現不應該發生的現象。我認為在這次整黨中對『三種人』觸動得太少，研究
得太少，結果有些『三種人』或者應該在整黨中受教育的人真的蒙混過了關，
反而神氣了起來。對這樣的人，張三、李四，過去怎樣在造反中起家，現在
又怎樣被重用，甚至在要害部門擔任重要工作，有許多同志可以舉出許多確

─────────

〔註26〕于光遠：《讀了余秋雨兩篇自白之後》，見《深圳周刊》2000 年 6 月 12 日。
〔註27〕所謂「三種人」，指在「文革」期間造反起家的人，幫派思想嚴重的人，打砸
　　　　搶分子。

鑿的事實，他們寫了材料送到有關組織去，但沒有答覆⋯⋯因此我一點不覺得當年對這些人的審查如何『嚴格』，大家如何如何可以放心。」最後，于光遠還說：「余秋雨向余傑擺老資格，說他太年輕了。我 85 歲了，也擺一擺老資格，翻一翻陳年老賬。」對於「文革」後的所謂「清查」，于光遠相當知情，他指出余秋雨用來證明自己清白的「常識」，壓根兒就是一種謬誤。對於于光遠的指證，我沒有看到余秋雨的反應。想來，余秋雨該不至於把于光遠作文的動機也歸結爲「想出名」或受「嫉妒」驅使吧。對於「文革」後的清查，余秋雨作爲親歷者，也應該是明白其眞相的。他心裏也應該十分清楚，那種「清查」其實並不「嚴格」，在「清查」時期沒有被「整肅」者，絲毫不意味著其「文革歷史」是清白的。換言之，他打出這種「常識」，並非因爲自己眞的相信，仍不過是一種蓄意的欺騙，尤其是欺騙余傑這樣的年輕人。其實，要證明余秋雨所謂的「常識」不過是一句謊言，也用不著去看于光遠的文章。每一個經歷過「文革」也目睹過此後的所謂「清查」的人，都應該明白這種「清查」是怎麼回事。我們只要看看自己身邊有多少我們熟悉的人，在「文革」中靠造反起家，或有這樣那樣的劣跡，此後卻仍然活得很滋潤，仍在各種官位上春風得意，仍是政權的柱石和「黨」最信任的人，就不難明白當初的所謂「清查」，實質上不過是一種做戲，一種政治表演而已。在所謂「清查」工作正進行著時，巴金因反思和控訴「文革」而承受巨大的政治壓力，還有什麼比這更能說明所謂「清查」的眞相呢！關於對「文革」的「清查」，人們應該明白的是這樣一條最基本的常識，即當初的所謂「清查」，不可能不是一種走過場，不可能不是一種表面文章，那些「文革」中的「革命左派」，也不可能在總體上不再成爲被依靠的力量。——懂得了這種「常識」，對於余秋雨「爲何不懺悔」，也就思過半了。

　　眞誠的懺悔，確乎根源於個人內心的良知。沒有人逼巴金懺悔，甚至，整體的政治環境還敵視巴金這樣有巨大影響的人公開自己的懺悔。巴金作爲一個社會名流的懺悔，博得民間人士的高度稱頌。而我在這裏，願意舉出一個庸常之輩爲自己的過錯眞誠懺悔的例子。正在我爲寫作此書中關於余秋雨是否應該「懺悔」的章節收集資料時，我讀到了《南方周末》上的一篇短文。作者是湖南人，文章標題是《臨死之前的懺悔》〔註 28〕，說的是作者一位大

〔註28〕載《南方周末》2000 年 12 月 7 日。

學同班同學老王的故事。我覺得，這個故事，完全應該進入我的書中。文章不長，我全文照抄：

> 老王和我是 1958 年大學畢業的同班同學。他是 1957 年入黨的黨員。畢業後，我倆同被分配在一所省屬重點中專任教，交情甚篤。1990年，他 58 歲，患上了晚期癌症，生命危在旦夕。他再三請求我前往上海，把在母校任教的原同窗摰友老李接到他府上，向老李作臨死之前的懺悔。他此時此刻的心情，我是很瞭解的。我接受了他的請求。
>
> 老王和老李在大學同睡了 5 年的上下鋪，老李是個耿直狷介而又諤諤之士，他博覽群書，對時政好發點評論，但他的那些時評只向他的摰友老王發表，其它同學均極少知情。
>
> 時至 1957 年夏，當全校開展反右派鬥爭，老王在系黨總支領導的再三動員下，將老李平日裏向他私下發表的那些時評言論統統向領導彙報了。這樣，老王「火線入黨」，老李卻被打成四類右派分子。他的態度又不好，結果被判處十年有期徒刑。直到十一屆三中全會之後，他才得以徹底「改正」，被安置在母校任教，後被評為教授，5 年前已退休，如今尚健康地活著。
>
> 在生前入黨 32 年的工作與生活中，老王對自己青年時代的那個錯誤一直耿耿於懷。黨組織曾數次要他出任領導工作，都被他婉言謝絕了，叫他任個小組長他都未曾接受過。領導和同事對他很不理解，我也曾多次向他詢問個中「機關」。後來，他終於向我透露了他的隱私，說像他這麼個把自己的幸福建立在摰友 20 多年災難痛苦上「火線入黨」的黨員，惟此才能略表懺悔。
>
> 我將老李接到老王府上來了。老李一進屋，老王就掙扎著從床上爬起來，拜跪在老李的面前，痛哭流涕地向他訴說埋藏在心底幾十年的懺悔。老李將老王扶起身，也淌下了眼淚。
>
> 老李在老王家住到了老王與世長辭（1990 年 4 有 29 日），然後將老王送下了土，在墓前行了三鞠躬禮，這才回到上海的家。在這生與死的一個多月裏，兩個老同學的靈魂都得到了蕩滌。

讀這個故事，我當然首先被老王的懺悔所感動。他的懺悔其實不只是在臨終

時才表現出來。可以說，自從老李因他的「揭發」而蒙受苦難始，他的良心就不曾得到過安寧。一再拒絕來自上頭的「政治信任」，以至於連個小組長都不肯當，表明他數十年間一直在默默地懺悔著。在余秋雨是否應該懺悔的問題引起爭論時，有一種觀點認為，懺悔是個人的私事，是一個人內心的行為，不必為他人所知，更不必向社會公開。證之於這個故事中的老王，可看出這種說法並不盡然。老王真誠地默默懺悔了數十年，這種懺悔甚至也並不只是停留在內心，在一個官本位的社會裏一再拒絕當官，是在用行動來表示自己的懺悔。即便這樣，在臨死之際他仍然覺得不夠。不把自己的懺悔當面向自己的受害者表示出來，不在這受害者面前雙腿跪下，他無法安寧地告別這人世。當然，他臨死前的懺悔，不僅使自己的靈魂得到安寧，對另一個人的靈魂也是一種淨化。那老李在此前也許已經原諒了他，也許一直對他懷著可以理解的怨恨。如果老李此前已經原諒了他，那在目睹了他臨終前如此真誠的懺悔後，他的內心就不再只有原諒，更有著一種溫暖，一種感動；如果老李此前不曾原諒他，那在接受了他臨死前的跪拜後，內心的怨恨毫無疑問就蕩然無存了，或者說，從數十年的怨恨中得到了解脫。懺悔，使老王和老李的靈魂都向上提升了。懺悔，也使得二人間被埋葬了數十年的友誼重放異彩。老王的懺悔，也使文章作者這樣的旁觀者心靈受到感動，不然他就不會把這個故事寫出來。而讀了這個故事的我們，也被感動了，我們的靈魂也受到了滌蕩。從老王臨死前的跪拜中，我們看到了人性的光輝。

然而，我從這個故事裏，也注意到另一種東西，即對老王當年「揭發」老李一事的評判標準問題。老王當年的「揭發」，是一種政治行為，對於這種行為，政治當局從來不曾判定其為錯誤。在當局看來，此種行為並不是老王的政治污點，相反，始終是老王「聽黨的話」的證明。在此後數十年間「黨組織」一再要把老王提拔到領導崗位上來，也表明「黨組織」在政治上對他是頗為信任的。老李之所以覺得自己的「揭發」是不可饒恕的罪愆，依據的是自己內心的良知。良知告訴老王，自己的「火線入黨」已經是把幸福建立在他人的苦難上，倘再讓這張「黨票」變成做官的資本，那就是罪上加罪了。從這裏我們看到，在評判老王當年的「揭發」行為時，外在的政治標準與老王內心良知的標準，是相對立的。在老王身上，良知標準戰勝了政治標準，因此他跪下，他懺悔了。作為一個人，老王的行為放射出「人性」的光輝；但作為一個中共黨員，老王的行為卻表現為「黨性」不強。他念念不忘自己

的過錯，已是不「講政治」、不「與黨中央保持一致」的表現。尤其是他那臨終前的跪拜，更是把共產黨人的「原則」徹底喪失了。質言之，老王的懺悔，雖表明他是一個合格的「人」，但卻同時表明他不是一個合格的「共產黨人」。在政治至上的當代中國，要讓內心的良知標準戰勝外在的政治標準成為一種普遍現象，是不可能的。相反，成為普遍現象的，是外在的政治標準戰勝和摧毀了內心的良知標準，是政治標準從外面進入內心，成為內心最高的甚至唯一的標準。明白了這一點，就能明白無數有過與這個故事中的老王類似行為的人，為何至今仍毫無懺悔之意了。他們中的有些人不但不懺悔，而且以不懺悔為榮。按照他們心目中至高無上的政治標準衡量，這也沒有錯。不懺悔是講「黨性」的表現，──而他們本來就「首先是一個共產黨員」，其次才是一個「人」。

讓我們回到「文革」的問題上來。對「文革」，有人主張應該有一場「全民共懺悔」。這裏的前提是「全民」都認為「文革」是一場民族大災難。但這個前提本身就是成問題的。「文革」既是極其複雜的政治現象，又是極其複雜的文化現象和心理現象。「文革」造就了自身的既得利益群體。這裏的「既得利益」既指實際的物質享受，也指一種心理感覺，一種精神上的優越感。對於這些人來說，「文革」是一場長達十年的「盛大的節日」，是人生最風光最充實的時期。「文革」還與一種粗鄙的絕對平等觀念有千絲萬縷的聯繫。「文革」中的「既得利益者」中，許多人還對「文革」一往情深，甚至一聽到對「文革」的非議就不舒服。要這樣的人也來對「文革」進行真誠的懺悔，不是太天真了嗎？把「文革」看成是與此前此後都隔著一條萬里鴻溝的十年，也是極其錯誤的。「文革」與此前歷史的關係，姑且不論。在此後，在今天，「文革精神」又何嘗斷了香火。實際上自一九七六年後，「文革」餘燼復燃的現象並不鮮見，進入九十年代後，此種現象更甚，令人時有不知今夕何夕之感。對「文革」，主流政治話語採取的是迴避的策略，或者說，是對之進行封閉處理，試圖把這十年從人們的記憶中抹去。在一些宏大的慶典上，人們只看見鮮花的海洋，而「文革」的血淚之海則被鮮花遮掩得嚴嚴實實。巴金建立「文革博物館」的倡議之所以遭忌恨，之所以被逼到幾乎「無路可走」的境地，就因為這倡議是與對「文革」的迴避和封閉策略相違背的。如果一定要讓人們記住「文革」，那建一座供人們懷念的「文革紀念館」遠比建一座供人們反思的「文革博物館」更可行，更能得到有關方面的認可。實際上這樣

的「文革紀念館」在中國大地上已出現過多處了。就在我寫下這些文字的間隙，偶然翻閱本地當天的一家晚報，上面就有《攢食客竟營造「文革」氣氛》〔註29〕的消息，其中說：「近日，在銀川市最繁華的步行街出現了一家名爲『人民公社大食堂』的餐廳，餐廳門口貼著『回味逝去的歲月』的條幅，餐廳一樓展櫃內擺著《無產階級文化大革命勝利萬歲》、《最高指示》、《紅旗》雜誌等書刊，雅座幾乎全以『前進大隊』、『向陽大隊』命名，電視里正在播放革命樣板戲。整個餐廳竟被營造出一種『轟轟烈烈』的『文革』氣氛。」這樣的事情近些年我不只一次在報端見到，自己也曾親眼目睹過。二〇〇〇年八月的一天，我在呼和浩特市被當地的一位熟人引進一家蓧麵館，那也是一家供人們「回味逝去的歲月」的「文革紀念館」，程度雖不如銀川這家之甚，但也足以讓我因懷疑時光之倒流而膽戰心驚。這樣的對「文革」或直接或間接、或隱晦或明顯的懷念，不只出現在民間，也不只被用於商業目的。打開電視，隨時都會有「文革」的陰魂撲面而來。「文革」中流行的一些歌曲仍在電視裏回響，「革命樣板戲」仍在一代接一代地傳唱。當年在「革命樣板戲」中出盡風頭的人又「重現江湖」，在一字一句地對下一代進行「傳幫帶」。「文革」中的那一套「極左話語」今天仍暢通無阻。不僅有「最高指示」、「革命樣板戲」一類的老玩藝重新亮相，也有「文革」的新的「寧馨兒」呱呱墜地。二〇〇〇年，一出洋溢著「文革精神」和充斥著「文革話語」的名爲《切‧格瓦拉》的話劇就曾在京城公演，並博得一些人的喝彩。在思想理論界，公然爲「文革」評功擺好的文章近年也時有所見。對「文革」的稱頌，對「文革話語」的繼承，不會有絲毫政治風險。相反，揭露和控訴「文革」的文藝作品和理論文章，要麼很難問世，要麼在問世後作者和使其問世者都會受到打壓和整肅……凡此種種，都在提醒我們：我們並未眞的走出「文革」。

　　既然我們並未眞的走出「文革」，那麼，像余秋雨這樣的人拒絕爲自己「文革」期間的寫作活動「懺悔」，不也就並不難理解了麼？我們之所以認爲余秋雨應該「懺悔」，就因爲他在「文革」期間寫下過一些「極左」的文章，發表過一些「極左」的言論。然而，既然類似的文章、類似的議論今天並未絕跡，甚至還冠冕堂皇地作爲一種「學術觀點」而受到尊重，余秋雨內心就有充分的力量抗拒要求他「懺悔」的輿論。像余秋雨這樣的人，當內心的良知標準與外在的政治標準相衝突時，是會毫不猶豫地棄前者而服從後者的。余傑們

〔註29〕見《楊子晚報》2001年1月9日。

與余秋雨之所以達不成共識，根本原因就在於手持的是不同的評判標準。余傑們用良知標準衡量余秋雨「文革」期間的寫作，認爲這是一種應該「懺悔」的過錯；余秋雨則用政治標準自我對照，強調自己並無什麼惡行，因而也無須「懺悔」。當然，以余秋雨的聰明、以他刻意要在公眾眼中塑造的文化形象，他是不會露骨地以「極左」觀點仍有市場來爲自己辯護的。他會把話說得更巧妙些。但是，堅持政治標準而拒絕良知標準的實質卻不會變。當余秋雨以經受過「文革」後的所謂「清查」來證明自己的清白時，就證明他與余傑們根本不在一個層面上思考問題。（且不說所謂的「清查」本就是走過場，就是再嚴格的「政治清查」，也無法代替良知的審判。例如，一個人在「文革」期間的批鬥會上打過自己的老師一個耳光，並且在此期間的全部惡行就只是打過這個耳光，那再嚴格的「政治清查」也不會將他列爲對象。那麼，他是否就可以因爲連被「清查」的對象也不是而宣稱自己潔白無瑕呢？）此後，余秋雨又借助於對公眾更有迷惑力的法律。在一次答記者問〔註 30〕中，余秋雨竟有這樣的高論：

> 當時我就驚訝，作爲一個有邏輯能力的大學生（按指余傑），他難道分辨不出，他的指控早已不屬於「懺悔」的範疇，而是必須捉拿歸案的問題了？！捉拿的對象還不是一個人，一切使這個人漏網，又使這個人擔任高等學校校長的審查機關、批准機關的領導都要一一受到法律嚴懲；如果萬一不是這樣，那麼對不起，法律只能轉過身來做相反的事情了。這二十年來中國各地法院判決的大量誹謗案和侵害名譽權案，有哪一件的嚴重程度超過他的筆下？

余秋雨意在強調，如果自己眞有余傑所說的那種歷史問題，也即曾在「文革」期間參與過大批判文章的寫作，那麼，批准他當高校校長的人就是觸犯了法律。——然而，什麼時候頒佈過禁止「文革」期間寫過大批判文章者當官的法律？什麼時候頒佈過將在「文革」中參加過「寫作組」的人逮捕法辦的法律？對「文革」的所謂「清查」什麼時候眞正全面地上陞到法律的層面過？「文革」後的不過是走過場的所謂「清查」，是「政治清查」而不是「法律清查」；是爲了「黨的隊伍」的「純潔」而不是爲了法律的尊嚴。（當然，即便是「法律清查」，也不能代替「良心清查」。）在這番話中，余秋雨搬出法律既作自己的擋箭牌，又用來恐嚇追究他歷史問題的余傑

〔註30〕孫光萱：《我爲余秋雨先生感到害羞》，《南方周末》2000 年 5 月 26 日。

們。他的意思是：要麼當初批准他當校長的人犯了法，要麼今日認爲他在
「文革」中有問題的余傑們犯了法。犯法的當然不可能是當初批准他當校
長的人。因爲他是在「政治清查」中被認爲沒有問題後才當校長的。而政
治對他的認可，也就意味著法律對他的認可。在余秋雨的意識裏，政治與
法律是一回事，決不會相互打架的。——這樣想在中國原也並沒有錯。因
此，當余秋雨告訴世人自己受法律保護時，是在告訴世人自己受「政治」
保護；當余秋雨警告余傑們「頭上還有法律」時，是在警告余傑們「頭上
還有政治」；當余秋雨警告余傑們要敬畏法律時，是在警告余傑們要敬畏「政
治」；當余秋雨警告余傑們要當心法律的懲罰時，是在警告余傑們當心「政
治」的懲罰。如果認爲余秋雨的這種「嚴正警告」是色屬內荏的表現，是
在裝腔作勢地嚇唬人，那就錯了。余傑們如果揪住「文革」不放，那現實
地受到懲罰的，只能是余傑們而決不會是余秋雨們。余秋雨深知余傑們對
「文革」的研究空間有多大，也深知對他個人歷史問題進行追究的限度在
哪裏。他搬出法律，是在把問題提到余傑們言論空間的極限，讓你無法再
說下去。也是在這篇答記者問中，當記者問及如果還有歷史見證人出來作
證，余秋雨是否歡迎時，他答道：「你看既是『證據』又是『證人』，還公
開號召大家繼續提供，企圖完成一次重新設定一個人政治身份的大審判，
但鑒定機制在哪裏？檢察機制在哪裏？辯護機制在哪裏？法官在哪裏？說
到底，在這些文人心目中，法制的地位在哪裏？」余秋雨堅決地把自己的
歷史問題置於法律的範疇內，用一套法律話語（骨子裏是政治話語）來對
抗余傑們的道德話語，這使得任何想與余秋雨在「文革」問題上坦誠交流
的努力都是白費心。余傑們並沒有想要「重新設定」余秋雨的「政治身份」，
因爲即使他「文革」中有嚴重問題，他後來的身份，在「政治」的意義上
與此前也並不衝突。余傑們充其量只是要「重新設定」余秋雨的「道德身
份」和「文化身份」，亦即拷問一下開口「文化良知」、閉口「文化人格」
的余秋雨，自身的「文化良知」和「文化人格」到底如何。人們反思「文
革」，包括追究余秋雨一類人「文革」中的問題，前提是「文革」是一場史
無前例的大災難，所有在「文革」中參與過這場災難的製造者，都犯下了
過錯。——這個前提的成立，並不是依據於某個外在於人的心靈的「鑒定
機制」和「檢察機制」的「鑒定」、「檢察」，而是依據人的內心最起碼的良
知。說「文革」是大災難，說余秋雨「文革」期間爲張春橋、姚文元們所

效勞的寫作是一種過錯，這並不需要由外在於人的心靈的「政治權威」來判定。在面對「文革」時，人的心靈就是最高的法官。前面說到的湖南那位臨死前以跪拜來懺悔的老師，他依據什麼判定自己有罪？他依據的是自己內心的良知。並沒有任何外在的權威來宣稱他有罪。相反，外在的政治、法律，都認為他是一個應該「當領導」的優秀之士。余秋雨總是以自己曾當過高校校長來證明自己無須懺悔，而湖南這位王老師的行為，也充分說明，「文革」期間是否有應該懺悔的過錯，與「文革」後是否做官，是風馬牛不相及的兩回事。余傑把納粹覆亡後的德國與「四人幫」垮臺後的中國作比，這的確是不恰當的比較。在當下的中國，面對「反右」、「文革」這類歷史事件，如果不承認心靈的準則，如果不把人類的良知作為最高的尺度，那的確連基本的是非都難以分辨。當余秋雨質問「鑒定機制在哪裏？檢察機制在哪裏？辯護機制在哪裏？法官在哪裏？……法制在哪裏？」時，表明他已經不再只是在「事實」層面上與余傑們抗爭，同時也在「價值」層面上為自己申辯。人們不難在這一連串的質問後面看到這樣的潛臺詞：即使余傑、孫光萱以及其它人所說的事情都是真實的，又憑什麼說這些事情是一種應該「懺悔」歷史過錯？有哪一個法官依據哪一條法律宣佈它是一種罪惡？

一種極普遍的共識是，對「文革」的探尋、研究，還未真正起步。許多檔案還不公開、往深探究的空間也還非常有限。但在余秋雨看來，對「文革」的探究，應該隨著那幾年所謂「清查」的結束而結束。再對「文革」說三道四，就是「目無法紀」。至於他個人的問題，也只有政治權威機構才有權過問。政治權威機構已經對他做出了「清白」的結論，其它任何人再對他的「文革」問題評頭品足，就是在犯「政治錯誤」、就是心中沒有「法制」，也就該受到「政治」的懲罰和「法制」的追究。像余秋雨這樣的人，是發自內心地擁護對「文革」的迴避和封閉策略的。以他對中國當代政治的敏銳，以他過人的精明，他應該在「清查」時期，就看出了所謂「清查」只能是走過場。既然並不會從「體制」上對產生「文革」的根源進行清算，那所謂「清查」就只能是不傷筋動骨的。而為了並不從此在政治上失去信任，為了還十分年輕的生命不至於從此暗淡，最佳的方式是在「清查」中儘量把自己的問題說得輕些。在「清查」時期擔任文藝組黨小組副組長的孫光萱回憶說：「恕我直言，在整個清查期間給我的基本印象是：在『說清楚』和承擔『文責』方面，余

秋雨的表現要比戴厚英等人差多了。」〔註31〕把余秋雨與戴厚英作點比較，也是很有意思的。戴厚英在「文革」期間與余秋雨有相似的經歷。然而，「文革」後她真誠地反省、懺悔了。她甦醒了的良知告訴她，自己曾犯了過錯，不但應該懺悔，而且應該盡力彌補這過錯。——她的這種心路歷程，在她的長篇小說《詩人之死》的後記中說得很清楚。因此，她在「清查」期間的「表現好」，並不是聽命於外在的政治號令，而是服從於內心的良知。即使她看出了「清查」不過是走過場，她也會「表現好」的。這也使得她的反省、懺悔，不僅僅只是在「清查」期間表現出來。在此後的歲月裏，也一直在反省和懺悔，並致力於對自己歷史過錯的補救，這有她此後的作品為證。而余秋雨在「清查」期間的推諉和自我開脫，或許表明他從那時起，就打定主意走一條與戴厚英相反的路，或者說，就打定主意繼續走原來的路，即繼續謀求政治上的飛黃騰達和世俗的富貴榮華。——而他果真做到了。

看看巴金、戴厚英這類堅持揭露和反思「文革」並對自己在「文革」中的盲從、迷信、軟弱、愚昧痛自懺悔者，在現實生活中所付出的代價，也就能明白余秋雨為何迴避「文革」和拒絕懺悔了。巴金因揭露、反思「文革」，因對自己曾有過的過錯真誠懺悔而承受了巨大的政治壓力。可以想見，倘若不是巴金而是另一個聲望遠不如巴金的人，他承受的壓力肯定會大得多。當然，如果是一個聲望遜於巴金的人，要像巴金那樣反思和懺悔，或許根本就無法為社會所知。戴厚英那部既是反思之作也可視作是懺悔之作的《詩人之死》，雖然為她贏得了民間的肯定和信任，但卻也招致了當時的主流話語的嚴厲批判。戴厚英也為此承受了很大的精神壓力，並從此失去了「上頭」對她的政治信任。念念不忘揭露和反思「文革」，對自己在「文革」中聽從組織的號召和指派所幹下的事情進行懺悔，會被判定為「非我族類，其心必異」的。戴厚英雖然此後也一直在大學任教，但我們不能設想她會執掌大學校長的權柄。有關機構是無論如何也不會把大學這樣重要的「陣地」交給一個政治上不可信的人的。反過來說，余秋雨之所以能被安排到如此重要的「崗位」，之所以能有他不無炫耀地透露的「無數次被重用的機會」，不就因為對待「文革」和對待自己在「文革」中的歷史採取了與戴厚英相反的態度，從而重新贏得甚至是更加鞏固了自己在政治上的被信任度嗎？對於迴避和封閉「文革」的

〔註31〕楊瑞春：《余秋雨：對於歷史事實我從不謙虛》，載《南方周末》2000年4月8日。

最高策略，余秋雨很早就心領神會，在衷心擁護的同時，當然是忠實執行。余傑在質問余秋雨爲何迴避「文革」和拒絕懺悔時，說到正因爲余秋雨是大紅大紫的文化名人，是無限風光的公眾人物，所以就更應該起到反思「文革」和自我懺悔的模範作用。但他如果想到余秋雨要是多年來堅持反思「文革」和自我懺悔，那就不會這樣大紅大紫和無限風光，他也許就不會發出這樣的質問了吧？

　　余秋雨對於近五十年中國歷史的感覺，與許多人肯定不同。在許多人的意識中，「文革」後是發生了翻天覆地的變化，自己的人生之路也根本性的改變。余秋雨應該不會這樣想。對於余秋雨來說，人生的基本路向很早就定下來了，並且此後並無根本性的重新選擇。「文革」結束後，他只須將原來的人生路向做些微調，就能保證繼續在新時代裏成爲時代寵兒。二十世紀六十年代初，余秋雨還是中學生時，就寫過一篇題爲《中學生也要反修》的文章，發表在《中國青年報》〔註32〕上。說余秋雨這時候就定下了爲政治服務的爲文之路，自然有傷厚道，但說余秋雨後來的人生路向從此事中就可看出某種徵兆，該不算太牽強吧？至於余秋雨在九十年代的寫作和整個文化活動，有人認爲是從「近官」轉到了「近商」，那也是被表面現象所蒙蔽了。有論者指出，余秋雨在九十年代所慣用的「歷史敘事」加「文化分析」這種「大散文」或「文化散文」的寫法，在其「文革」期間的《胡適傳》中就已見端倪〔註33〕，這自然是有識見的看法。但余秋雨九十年代的寫作與「文革」期間的寫作，不僅僅只有技術性的相似，更有實質性的相通。如果說余秋雨「文革」期間的寫作是爲當時的政治服務的，那九十年代的寫作又何嘗不是？服務本就有直接與間接之分，二者的作用是不可相互取代的。而且，間接的服務，有時需要更高的技巧、更大的本領。在「歷史新時期」裏，像余秋雨這樣的人，在「間接報務」的「崗位」上，更能發揮作用。──這一點，應該是他自己也深爲明白的。那些取材於故紙堆的文章，看似離現實政治很遠，但其實也許離現實政治最近，能起「圍魏救趙」之用。而當余秋雨口口聲聲念叨「中華文化圈」，時時處處不忘「中華文化的復興」時，其現實意義就更是明顯了。余秋雨積極投身於商業性的「大眾文化」，給人一種改弦易轍，遠官近商之感。

〔註32〕見黎煥頤《余秋雨如何面對自己的「烙印」》，載《三湘都市報》2000 年 5 月 26 日。

〔註33〕王堯：《余秋雨與〈胡適傳〉》，見《東方化周刊》1999 年第 20 期。

但「大眾文化」本就不是純商業性的，它能發揮巨大的意識形態功能，在當下中國，情形更是如此。政治與商業的合謀關係，在「大眾文化」中已頗為緊密。而在建構這種合謀關係的過程中，余秋雨也功不可沒。

探討余秋雨為何不懺悔的空間也是有限的。寫到這裏我該打住了。

金庸：雅俗共賞的神話

　　對金庸的研究，已被堂而皇之地稱爲「金學」。供職於由金庸任院長的浙江大學文學院的徐岱先生〔註1〕，原本是以文藝理論研究爲業的，此前似乎並未涉足過對具體作家作品的批評，但現在也躋身於「金學家」行列，不但致力於對金庸小說藝術價值的探究，而且每每對那些敢於非議金庸者迎頭痛擊。在爲反駁袁良駿而作的《批評的理念與姿態》〔註2〕一文中，徐岱先生對袁良駿批評金庸時的「理念與姿態」進行了批評，他告誡人們：「對於批評家本身來說，他不應該向大夥兒掩飾其『個體』身份。這並不只是誠實問題，它關係到文學批評作爲一種關於文學之批評的合法存在。……即使他不願相信『群體的眼睛是雪亮的』，也不應該覺得『眾人皆醉我獨醒』。」在爲反駁王朔而作的〈〈昔日頑主不再好玩〉〉〔註3〕一文中，徐岱先生雖對王朔的「罵」金庸報以尖刻的嘲諷，但同時也認爲王朔「批評的理念與姿態」是「個人化」的，因而也是值得肯定的：「當然，王朔的文章也並非一無可取。比如講這篇東西處處顯示著一種個人化立場，就如作者事後所聲明的那樣，是『很個人化的一篇讀後感』。這樣對方即便聽著刺耳，但心裏還比較踏實，沒有文學之外的壓力。不像有些職業批評家，明明也是個人意見，卻總愛打著集體和團隊的名號來壯大聲勢。不僅老想迫使別人就範，而且還不容別人反駁。相比之下，王朔此文彷彿有意露出自己破綻讓人來出擊的模樣，倒顯得十分難得。」

〔註1〕 1999 年 4 月 1 日《文學報》所載《久封碧血劍 今朝執教鞭》一文中說，金庸出任新浙江大學文學院院長後，「誰任常務副院長？外界猜測頗多，原浙江大學文學院院長徐岱可能性比較大」。
〔註2〕 載《文藝爭鳴》2000 年第 2 期。
〔註3〕 載《文藝爭鳴》2000 年第 1 期。

徐岱先生的意思是，要說金庸不好，就只能說僅僅是自己不喜歡，不能借其它也還有人不喜歡來「壯大聲勢」，來證明金庸確實不好。這種「個人化」的要求是否合理，姑且不論。就算徐岱先生對敢於非議金庸者所定的這條規則是合理的，那麼，同樣的規則就也應該是為稱頌金庸者所遵守的。任何人在稱頌金庸時，也只能表達「個人化」的意見，借其它還有多少人也喜歡金庸來「壯大聲勢」，來證明金庸確實好，也同樣是「犯規」的，也同樣意味著批評的「悲哀」。然而，制定這條規則的徐岱先生，在要求他人遵守這條規則的同時，自己就犯了規。所謂「不願相信『群眾的眼睛是雪亮的』」，所謂「不應該覺得『眾人皆醉我獨醒』」，難道不正是在借「群眾」和「眾人」來壯大聲勢麼？在《批評的理念與姿態》一文中，徐岱先生在再三強調批評必須是「個人化」的之後，緊接著便說：「對於金庸小說能如此這般地受到不同階層與年齡的人們的喜愛，批評沒有理由不予重視。」這不是在「以集體和團隊的名號」來要求批評對金庸小說予以「重視」又是什麼？既然批評應該是「個人化」的，那一個批評家是否「重視」某個作家，就應該完全基於自己「個人化」的感受、理解、判斷。如果自己「個人化」地覺得一個作家不值得「重視」，那就算這個作家「受到不同階層與年齡的人們的喜愛」，也照樣應該嗤之以鼻；如果自己「個人化」地覺得一個作家很值得「重視」，那就算這個作家「受到不同階層和年齡的人們的」輕蔑，也照樣應該莊重地對待他，研究他。而徐岱先生在對待金庸的問題上，卻實行著「雙重標準」。要求他人在非議金庸時，必須是絕對「個人化」的，不能借助別的人來「壯大聲勢」，否則便是「拉大旗作虎皮」，便是「偽批評家」，而要求他人「重視」金庸時，卻又拉扯上「群眾」、「眾人」、「不同階層和年齡的人」，──要說這是一種「霸道」，也沒有什麼不可以吧？

當然不僅是徐岱先生。幾乎所有稱頌金庸者，幾乎所有呼籲應對金庸予以「重視」者，都必然要以「群眾」和「眾人」的名義來說話，都必然要以「集體和團隊」的代言人自居，都必須以「受到不同階層和年齡的人們的喜愛」來證明金庸的價值。這並不奇怪，因為失去了「群眾」和「眾人」，失去了「不同階層和年齡的人們」，金庸的價值也就失去了依託。曹雪芹的受重視，並不是因為有數以億計的「曹迷」；魯迅的受推崇，並不是因為有廣大的「魯迷」；沈從文、老舍、巴金的文學史地位，也不奠基於數量驚人的讀者。他們一開始，就是因為自身內在的藝術價值而獲得文學批評家和文學史家的認可

的。讀者多一點或少一點，絲毫不影響他們的價值與地位，也很少有人在稱頌曹雪芹、魯迅、沈從文等作家時，首先強調他們作品的發行量，強調他們如何受「不同階層和年齡的人們的喜愛」。而金庸不同。金庸是先擁有了數量驚人的讀者，然後再挾「集體和團隊」之勢要求批評界和學術界予以承認和重視的。所謂「金學家」中許多人，之所以迷戀和研究金庸，最初都並非基於「個人化」的感受和理解，而是被「金迷」的千軍萬馬所裹挾從而失去了「個人化」的立場，也投身於拜「金」主義者行列的。就以為金庸進入「大雅之堂」立下了汗馬功勞的北京大學名教授嚴家炎先生為例吧。嚴家炎先生就不只一次地說過，自己接觸金庸是受了學生們的影響，並且說：「我閱讀、思考乃至研究金庸小說，可以說都在青年朋友的推動、督促之下。」〔註4〕不僅一開始拿起金庸是受了「金迷」們的影響，而且此後的「思考乃至研究」都在「金迷」們的「推動、督促之下」，這哪裏談得上什麼「個人化」的「理念與姿態」呢！既然金庸擁有如此多的迷戀者，又有什麼理由不去「閱讀、思考乃至研究」呢？既然金庸擁有如此多的迷戀者，又有什麼理由不去肯定、稱頌、乃至崇拜他呢？——所謂「影響」、所謂「推動」、所謂「督促」，不就是這種意思麼？正因為一開始就是被「金迷」們裹挾著走，所以，在強調金庸的價值時，總是首先將金庸小說已發行了數千萬套、「金庸熱」已持續了數十年作為重要證據。沒有了這一條，金庸還能成為今日的金庸嗎？沒有了這一條，金庸的價值就失去了最基本的支撐。金庸的進入「大雅之堂」，是自下而上的鼓譟的結果。

金庸的稱頌者們非常清楚，僅僅說金庸擁有數以億計的讀者，還不足以證明金庸有非凡的文學價值，還必須同時強調，在「金迷」中，不僅有「俗人」，還有很多「雅人」。也就是說，金庸小說是達到了所謂「雅俗共賞」這樣一種極高的境界的。徐岱先生在以「集體和團隊」的名義要求批評家「重視」金庸時，特意強調金庸擁有「不同階層」的讀者，用意正在於此。「雅俗共賞」，是從「雅」到「俗」的金庸稱頌者用來證明金庸非凡價值的最重要的證據。先說金庸擁有數量驚人的讀者，再強調在金庸迷戀者中，也有許多「雅人」，並開出一份「金庸雅迷」的名單，——這幾乎成了不同層次的「金學家」們稱頌金庸、反駁非議者時的一種套路、一種程序。仍以嚴家炎先生為例。

〔註4〕見宮蘇藝《20世紀中華文化的一個奇蹟》，載《光明日報》1999年2月26日。

嚴家炎先生多次強調過金庸小說讀者數量既多，層次也很豐富，並專門撰有《金庸熱：一種奇異的閱讀現象》〔註5〕一文。文章一開頭，嚴家炎先生便指出，金庸小說當初在報紙上連載時，就已擁有大量讀者，而三十六冊一套的單行本問世後，截止一九九四年，正式印行的已達四千萬套以上，「如果一冊書有五人讀過，那麼讀者就達兩億」，而各地的盜版比正式印行的還多，「所以，金庸小說的實際讀者，很可能比上面的數字還多出一倍至幾倍」。接著，嚴家炎先生說自己於一九九一年在史坦福大學的東亞圖書館調查過館藏的金庸小說被借閱的情況。「他們館藏的金庸小說，幾乎都借出過幾十次，上百次，『借書日期』、『還書日期』欄內蓋著的戳子密密麻麻。許多書都已被翻看得陳舊破爛。圖書館工作人員告訴我，他們已買過兩種版本的金庸小說，結果都相似，因為借閱的人實在太多。」讀這段「調查記」，我不驚異於調查的結果，倒驚異於這種調查行為本身，並且覺得調查者的這種心態頗堪玩味。一個文學研究者，如此看重研究對象的讀者量，如此需要有著「雪亮」的眼睛的「群眾」為自己壯膽，這種現象不能說是很正常的。嚴家炎先生在史坦福大學東亞圖書館的調查，欣慰地發現金庸小說被翻看得「陳舊破爛」，從而也使投身「金學」研究的信心大增，在稱頌金庸時也底氣更足。而如果調查的情形相反呢，如果發現館藏的金庸小說因無人問津而乾淨光潔，嚴家炎先生是否就該沮喪不已？是否就會對金庸小說的價值大生疑慮？是否就會激流勇退、淡出「金學界」呢？一個研究金庸的學者，需要不斷地強調金庸的讀者量來證明自己研究的「合法性」，需要不斷地通過對金庸讀者量的調查和估算來確立自己的學術自信，這難道不是學術的一種「悲哀」嗎？我不知道研究《紅樓夢》的人是否也總把《紅樓夢》擁有多少讀者當作心頭大事，並且海內海外地去調查《紅樓夢》的讀者量，但我知道他們並不在文章、著稱中告訴人們《紅樓夢》的印行情況和圖書館中《紅樓夢》的借閱情況。我也沒看見過研究魯迅的人總把魯迅著作已發行了多少掛在嘴上，相反，他們倒是總在強調魯迅生前生後怎樣受攻擊、被謾罵，並且堅信，無論「不同階層和年齡的人們」怎樣攻擊和謾罵魯迅，都無損於魯迅的價值。而被「金學家」認為是已超過了曹雪芹和魯迅的金庸，其價值卻只能從「金迷」們的狂熱中體現，研究金庸的學者也只能不停地從「金迷」們的狂熱中吸取力量和勇氣，這確實可算作一種「奇觀」。

〔註5〕載《中華讀書報》1998年11月11日。

　　僅僅一時間擁有數量驚人的讀者，還不足以證明「金學」的「合法性」，不足以讓「金學家」有充分的自信。在《金庸熱：一種奇異的閱讀現象》中，於讀者量驚人之外，嚴家炎先生還總結了「金庸熱」的四大特點。

　　第一個特點是「持續時間長」。嚴家炎先生強調，自《射鵰英雄傳》最初在報紙上連載時，就形成了「金庸熱」，此後長盛不衰。實際上，所謂「長盛」之「長」，在港澳也不過三十來年，在大陸則不過十來年。而文學史上，熱鬧過數十年卻並沒有太高文學價值的作品，並不少見。例如，在清末民初，以福爾摩斯探案系列為代表的偵探小說，就大為流行。陳平原先生在《中國小說敘事模式的轉變》一書中說，在那時，「對『新小說』家及其讀者最有魅力的，是偵探小說。……沒有人不稱讚西方的偵探小說……據徐念慈統計，小說林社出版的書，銷路最好的是偵探小說，約占總銷售額的十之七八……晚清偵探小說的翻譯數量多，起步……在這個特殊的藝術領域裏，基本與世界文學潮流同步。」〔註6〕陳伯海、袁進先生主編的《上海近代文學史》中，也指出，在晚清，翻譯作品中，「數量最大的是偵探小說和言情小說……《福爾摩斯偵探第一案》、《福爾摩斯最後之奇案》、《福爾摩斯再生案》、《新譯包探案》、《馬丁休脫偵探案》、《一百十三案》、《晶格卡脫偵探案》這類偵探作品一再出現問世。」〔註7〕偵探小說熱潮的真正衰退，是在一九四九年之後。「文革」結束後，《福爾摩斯探案》、《基督山伯爵》這幾種書，又一度流行。從流行的時間長度看，《福爾摩斯探案》遠超過金庸小說。然而，似乎並沒有人把柯南道爾與哈代、狄更斯相提並論，甚至在「大師座次表」上，將柯南道爾置於哈代、狄更斯之前。

　　嚴家炎先生指出的「金庸熱」的第二個特點是「覆蓋地域廣」。所謂「廣」，是指不僅在海峽兩岸和東亞地區「熱」，「而且延伸到北美洲、歐洲、大洋洲的華人社會，可以說全世界有華人處就有金庸小說流傳。」覆蓋的地域雖廣，無奈被覆蓋的人群卻很單一，即僅限於華人。假使中國的南極考察隊中有人帶著一本《笑傲江湖》，那還可以說，「金庸熱」覆蓋了南極。所以這裏的「地域廣」毫無意義。在文化和種族的意義上，金庸小說的讀者群其實是極為單

〔註6〕見陳平原《中國小說敘事模式的轉變》，上海人民出版社1988年3月第1版，第45～46頁。

〔註7〕見陳伯海、袁進主編《上海近代文學史》，上海人民出版社1993年2月第1版，第256頁。

純的。比起《福爾摩斯探案》,《基督山伯爵》的眞正風靡世界各文化、各種族群體,僅限於華人社會的「金庸熱」實在不足掛齒。(不過,爲何只有華人中才會出現「金迷」,卻是值得探討的。)左冷禪、岳不群、郭靖、楊過、令狐沖、韋小寶等金庸小說中的人物,確實常被「金迷」們掛在嘴上,但這同樣不能說明這些人物形象眞的就具有很高的藝術價值。文藝作品裏的人物一時間家喻戶曉,並不就意味著這個人物能夠永久地站住。想當年,李玉和、李鐵梅、楊子榮、江水英、蕭長春、高大泉等人物「知名度」何等高,而今天的年輕「金迷」們,又有幾人知道他們是誰?再往前些,在晚清時,福爾摩斯、茶花女這兩個人物的「知名度」,是決不在今日那些爲「金迷」們津津樂道的金庸小說人物之下的。「在晚清文壇上,最走紅的外國小說人物,一是福爾摩斯,一是茶花女(瑪格麗特),不少作家喜歡在小說中帶它一筆,以顯示才情和學識。」〔註8〕「福爾摩斯和茶花女,當時成了人們傳頌最廣的人物。」〔註9〕那時的不少小說,如《老殘遊記》、《文明小史》、《孽海花》,都將所描寫的人物與福爾摩斯和茶花女相比附。如果福爾摩斯、茶花女、李玉和、蕭長春一類人物的一度走紅,並沒有使塑造他們的作品具有了不得的藝術價值,金庸小說中的一些人物爲「金迷」們津津樂道,也並不足以加強「金學家」們的學術自信。嚴家炎先生又說金庸小說「英文翻譯可能相當困難,但《鹿鼎記》的英文節譯本亦已出版了。由此看來,今天『金庸熱』又可能超出華人世界的範圍。」「金庸熱」如果能夠「覆蓋」西方世界,中國的「金學家」們一定會歡呼雀躍,研究金庸的信心和熱情都將成倍增長。但我想,這種局面的出現,恐怕希望渺茫,金庸自己就說過:「武俠小說之所以大受歡迎,也許是因爲它用一種傳統的、受人喜愛的形式闡述了中國傳統的思想。所以我的武俠小說,在馬來西亞、菲律賓等東方文系國家中很受歡迎,但在西方國家則不甚成功。」〔註10〕這既指出了金庸小說在西方「熱」不起來的事實,也指出了之所以「熱」不起來的原因。

　　嚴家炎先生指出的「金庸熱」的第三個特點,也是用來證明金庸小說「雅

〔註8〕見陳平原:《中國小說敘事模式的轉變》,上海人民出版社 1988 年 3 月第 1 版,第 50 頁。

〔註9〕見陳伯海、袁進主編:《上海近代文學史》,上海人民出版社 1993 年 2 月第 1 版,第 256 頁。

〔註10〕見余海波:《笑傲江湖金大俠北大論劍》,載《中華讀書報》,1994 年 11 月 16 日。

俗共賞」的最有力的證據，是「讀者文化跨度很大」。「俗」的一面的讀者，不需要也不可能一一指出，「雅」的一面的金庸讀者，嚴家炎先生給我們開出了一份名單。這第三點特別重要，也最堪玩味，所以原文照抄：

> 金庸小說不但廣大市民、青年學生和有點文化的農民喜歡讀，而且連許多文化程度很高的專業人員、政府官員、大學教授、科學院士都愛讀。像中國已故的數學大師華羅庚，美國的著名科學家、諾貝爾獎獲得者楊振寧、李政道以及著名數學家陳省身，我熟識的中國科學院院士黃崑、甘子釗、王選等都是「金庸迷」。如果說上述讀者還可能只是業餘閱讀用以消遣的話，那麼一些專門研究中國文學和世界文學的教授、專家們就不一樣了，他們應該說有很高的文學鑒賞眼光和專業知識水準，而恰恰是他們，也同樣很有興趣去讀金庸小說。據我所知，像中國著名文學家程千帆、馮其庸、章培恒、錢理群、陳平原等，也都給予金庸小說很高評價。記得一九九四年，遇到女作家宗璞，她抓住我就問：「你們開金庸的會，怎麼不找我呀？」我說：「聽說您前一段身體不太好？」她說：「我前一段時間住在醫院裏，看了好多金庸的書，《笑傲江湖》啦，《天龍八部》啦，我覺得他寫得真好，我們一些作家寫不出來。」中國作協副主席馮牧生前曾表示很願意象對待古典名著《三國演義》《水滸傳》等一樣，來參加金庸小說的點評。作家李陀則用他特有的語言說：「中國人如果不喜歡金庸，就是神經有毛病。」這就不但是「雅俗共賞」，而且是科學家、文學家齊聲同贊了。

開出這麼一長串的名單，是爲了證明對於金庸小說，「雅」的一面也與「俗共賞」。但能把喜歡金庸小說的所謂「雅」的讀者開出一份名單來，是否有點像一個人清楚地知道自己口袋裏有幾枚硬幣一樣，本身就有些淒涼，有點窮酸呢？天下「雅人」何其多矣，要開出一份比這更長的拒絕金庸的「雅人」的名單，該並非難事，那樣是否就能證明金庸小說其實並不爲「雅人」所賞呢？當然，嚴家炎先生可以說，開出的名單只是自己所知道的「賞」金庸的「雅人」，也許還有更多的「金庸雅迷」不爲人知，那別人也同樣可以說，還有多得多的「雅人」厭惡金庸而不被人知的。當然，倘有人真以開名單的方式與嚴家炎先生較勁，那一定很無聊。無論要證明金庸小說有很高藝術價值還是要證明金庸小說不值一提，都用不著以他人的名頭作爲自己的證據。一門「金

學」倘若要一腳踏在對「金庸俗迷」的統計學上，一腳踏在對「金庸雅迷」的「名單學」上，那這門學問也實在有些可憐。

這份被嚴家炎先生作爲「金庸雅迷」而開列的名單，其中有些人在文學鑒賞上是並不能被看作不證自明的「雅人」的。這裏的所謂「雅」，指對文學作品有豐富的審美經驗，有相當的鑒賞文學作品的專業知識和判斷能力。而著名科學家、諾貝爾物理獎獲得者、科學院院士一類稱號，則並不包含對這個人文學鑒賞水平的認定。一個著名科學家在文學鑒賞上，很可能只有一般中學生的水平，甚至根本不知道文學創作和研究到底有什麼「作用」。把一大堆著名科學家拉來作爲金庸小說也爲「雅人」所「賞」的證據，這實在犯了一個常識性的錯誤。其實，不僅僅是科學家未必在文學鑒賞上有很高的趣味，即便社會和人文領域的專家，也並不一定在文學鑒賞上就是「雅人」。大哲學家維特根斯坦酷愛美國的偵探小說，甚至以哲學家特有的天眞宣稱：「如果美國不供給我們偵探雜誌，我們就不供給他們哲學」。這是大家熟知的故事。然而，我們能以連維特根斯坦都迷戀美國的偵探小說來證明美國的偵探小說達到了「雅俗共賞」的至高境界嗎？在開列了一串科學家的名單又開列了一串文學家的名單後，嚴家炎先生說：「這就不但是雅俗共賞，而且是科學家、文學家齊聲同贊了。」文學家與科學家齊聲同贊，我想，充其量也就是一種「雅俗共賞」吧，──如果世間眞有「雅俗共賞」這回事的話。當我想像著「文學家、科學家齊聲同贊」一部作品的情景，我總不免感到滑稽。如果文學家與科學家能夠在同等的意義上共賞一部文學作品，那要麼是文學家出了問題，要麼是這個科學家在文學領域也堪稱專家。因此，對於文學家來說，如果有一個並非文學專家、沒有多少文學閱讀積纍的科學家沉醉於一部文學作品中，那就應該對這部作品的美學品格表示懷疑，而如果令這個科學家沉醉的作品恰恰也是自己沉醉於其中的，那應該做的，不是爲居然從科學界找到了知音而歡呼，而是應該冷靜地反思一下自己對這部作品的鑒賞態度是不是有了問題。

即便是著名的文學家，對金庸的某種程度的肯定、稱頌，也同樣不能作爲金庸小說也爲「雅人」所「賞」的證據。金庸寫武俠小說，動機本是爲了《明報》的發行量。他的武俠小說果然使得他的報紙大爲成功。報紙的成功又使金庸有了雄厚的經濟實力和相應的社會政治地位，而這種經濟政治地位對於金庸在文學的「大雅之堂」裏確立自己的地位，有著不可忽視的作用。尤其對於大陸貧困的文化教育界，金庸充實的腰包很具有誘惑力，而在政治

上，金庸也十分具有「統戰價值」，尊重金庸是「講政治」的表現。參與過對金庸小說的評點而又能對金庸持一種難能可貴的審視態度的歷史學家王春瑜先生曾說：「金庸為人慷慨，曾對北大解囊相助，數目多少？未考。但比起當年香港大學授予他博士學銜，他給黃麗松校長拿去 100 萬港幣的支票，黃校長看後，又叫他再加一個零，於是又補交了 900 萬港幣來，恐怕未必更多吧。」〔註 11〕要從北京大學買個教授頭銜，應該比從香港大學買個博士頭銜便宜得多吧。金庸在大陸的頭銜、職位，恐怕都與他的「為人慷慨」關係不小。既然用錢能買來頭銜、職位，那金庸以自己的經濟、政治地位和廣泛的社會影響而換取一些文學界「雅人」的稱頌，而在文學研究界造就一批「金學家」就並不是一件難事了。不是說所有迷戀和研究金庸的「文學家」都是有著「文學以外」的功利目的。但也確實有些人，如果對他們「文學以外」的與金庸的關係有所瞭解，就能明白他們為何在「文學以內」如此推崇金庸了。這種人對金庸的稱頌、研究，實際上與社會上的「傍大腕」無異。而拿這樣一種「傍大腕」的行為作為金庸小說「雅俗共賞」的證據，至少是一種欺世，對大中小學的「金迷」們是一種嚴重的誤導。文學家中還有些人在某種特定的場合對金庸的肯定，倒並非有意「傍大腕」，而是出於無奈。例如，這幾年，國際國內的金庸小說研討會開過多次（以金庸的實力，開個研討會，是用不著拉別人讚助的）。而有些影響很大、說話有分量的人，會被邀請與會。這被邀請的人，或者因為礙於情面，或者也想到那開會地方玩一遭，也就去了。既去了，花了別人的錢，受了別人的招待，當被邀請發言時，自然難以拒絕，——因為請你來，就是要你說話。而既然開口說話，當然總要說些好話，——因為請你來，就是要你說好話的。即便你在說了好話之後也說了幾句壞話，但當你的話被整理成文字見諸報刊時，也可能只剩下好話，並且還可能是添了油加了醋的好話。而當這樣的好話也被用作金庸小說「雅俗共賞」的證據時，說話人也只能苦笑了。

文學家中有些人對金庸表示出某種程度的讚賞，還與閱讀金庸時的特定情境有關。在非正常的狀態下閱讀一部文學作品，往往與正常狀態下的感受、判斷有很大差距。一部本來很優秀的作品，在非正常狀態下閱讀，也許會覺得索然無味，而如果你此後不再重讀這部作品，對這部作品的索然無味的印

〔註 11〕見王春瑜《去他媽的武林盟主！》，載《博覽群書》1995 年第 12 期。另，柳蘇《金色的金庸》一文也寫到此事，見《讀書》1988 年第 2 期。

象就會伴隨你終身。同樣，一部正常狀態下也許你根本讀不下去的作品，在某種非正常的狀態下，你也許會讀得津津有味並做出很高的評價。這道理，與我們在飢餓難耐和在腸胃不適、胃口大壞的情況下會對食物有不同的感受相類似。文學家中有些人對金庸的肯定，我覺得就與閱讀金庸時的非正常情境有關。在嚴家炎先生開列的「著名文學研究家」的名單中，有錢理群的名字。我迄今只讀到一篇錢理群的題為《金庸的出現引起的文學史思考》﹝註12﹞的文章，副標題為「在杭州大學『金庸學術討論會』上的發言」。錢理群說，他對金庸的閱讀也是受學生影響的結果。但他也並不是一被學生鼓動就立即去讀金庸的，對學生的話他一開始也是「懷疑」的，只是後來由於某種「文學以外」的原因，才拿起了金庸：

> ……但後來有一個時刻我陷入了極度的精神苦悶之中，什麼事也不能做，也不想做，一般的書也讀不進去；這時候，我想起了學生的熱情推薦，開始讀金庸的小說，沒料到拿起就放不下，一口氣讀完了他的主要代表作。有一天，讀《倚天屠龍記》，當看到「生亦何歡，死亦何憂，憐我世人，憂患實多」這四句話時，突然有一種被雷電擊中的感覺：這不正是此刻我的心聲嗎？於是將它抄了下來，並信手加了一句：「憐我民族，憂患實多」，寄給了我的一位研究生。幾天後，收到了回信，並竟呆住了：幾乎同一時刻，這位學生也想到了金庸小說中的這句話，並且也抄錄下來貼在牆上，「一切憂患與焦灼都得以緩解……」。這種心靈的感應，我相信不僅發生在我和這位學生之間，發生在我們與作者金庸之間，而且是發生在所有的讀者之間：正是金庸的小說把你，把我，把他，把我們大家的心靈溝通了，震撼了。──對這樣的震撼心靈的作品，文學史研究，現代文學史研究能夠視而不見嗎？摒棄在外嗎？

這番話的遣詞造句、語調情緒，都與作為嚴謹學者的錢理群一貫的風格不合。「生亦何歡，死亦何憂，憐我世人，憂患實多」這幾句話實在平淡無奇，類似意思的話，可說不知有多少，因這幾句話而「有一種被雷電擊中的感覺」，實在不像是出自錢理群先生之口。錢理群先生乃飽學之士，尤其對魯迅有精深的研究和理解。如果錢理群先生在「極度的精神苦悶」中對魯迅的某句話、某篇作品有了新的理解、與魯迅產生了強烈的精神共鳴，那會更合情合理。

﹝註12﹞載《通俗文學評論》（武漢）1998年第3期。

畢竟，把錢理群和他的學生以及「把你，把我，把他，把我們大家的心靈溝
通了，震撼了」的，更應該是魯迅作品，而不是金庸那些遠離塵世、虛無飄
渺的武俠小說。錢理群的這番話，如果不包含著「討論會」上特有的客氣，
那就只能說他是在敘說非正常狀態下閱讀金庸的體驗。如果說，是在「陷入
了極度的精神苦悶之中，幾乎什麼事也不能做，也不想做，一般的書也讀不
進去」的時候，錢理群先生讀起了金庸並且對其中幾句原本尋常的話大為動
情，那在正常的精神狀態中，在其它的書能夠讀進去時，錢理群先生或許會
對金庸的感受大不相同。據我所知，因為與錢理群相似的原因而拿起金庸小
說者，並非個別。一九八九年春夏之交的那場「政治風波」，使文學界的許多
人都「陷入了極度的精神苦悶之中」，一時間，什麼事也無由做，一般的書也
讀不進去，而其中不少人，便是借金庸來驅除煩惱、麻醉自己的。當人們渴
望逃避現實時，金庸為他們提供了一個極好的去處。一九八九年的那場「政
治風波」對擴大金庸在文化界的「雅人」們中間的影響起了不小的作用；而
金庸對那時期的一些文化「雅人」度過精神難關也功不可沒。不過，有一個
問題不可忽視：金庸的書是在別的書都讀不進去時獨能讀進去的書，而這樣
的書，肯定不是「正常」的書。

　　至於嚴家炎先生指出的「金庸熱」的第四個特點，就更有些可笑了。轉
述或傷其真，也原文照抄：

　　　　四是超越政治思想的分野。金庸迷中有各種政治觀點的人物，
　　甚至海峽兩岸政治上對立得很厲害的人，國共兩黨人士，平時談不
　　攏，對金庸小說的看法卻很一致，都愛讀。中國最高領導人鄧小平，
　　可能是內地最早接觸金庸作品的讀者之一，他在 70 年代後期自江西
　　返回北京，就託人從境外買到了一套金庸小說，很喜歡讀。1981 年
　　7 月 18 日上午，鄧小平接見金庸時，第一句話就是：「你的小說我
　　是讀了的。」而據臺灣新聞界人士透露：海峽對岸的領導人……國
　　民黨前主席蔣經國先生，生前也很愛讀金庸作品，他的床頭也經常
　　放著一套金庸小說。這樣一種完全超越了政治分歧的閱讀現象，難
　　道不值得人們思考和研究？

讀這段話，我首先也還是驚異於嚴家炎先生對鄧小平、蔣經國這類政治家也
讀過金庸之事如此清楚。看來，嚴先生確實是花過一番工夫對金庸小說的被
閱讀情況進行調查的，平時也一定很留心搜集有關資料，尤其是「金庸雅迷」

的資料。如果是在從事文學社會學方面的研究，這種工作當然也可以做。但嚴家炎先生搜集這種資料的目的，卻是爲了證明金庸小說的價值。這種心態就很有點耐人尋味了。還是前面說過的話，如果嚴家炎先生十分確信金庸小說具有很高的藝術價值，那只須努力去發掘、去闡釋這種價值即可，用不著又是統計金庸小說的讀者量，又是抬出著名科學家、文學家和政治家來作旁證，用徐岱先生指責非議金庸者的話說，就是用不著「拉大旗作虎皮」。而嚴家炎先生之所以如此熱衷於尋找旁證，是否意味著內心對金庸小說的藝術價值並無確信，是否意味著也時時對自己投身金庸研究懷有疑慮？

再說，將「超越政治思想的分野」的閱讀作爲衡量文學作品的標準，認爲「完全超越了政治分歧的閱讀現象」就「很值得人們思考和研究」，也眞是聞所未聞。如果不同政治信念的人都喜愛吃臭豆腐，就能證明臭豆腐是最美味最有營養的食物麼？如果不同政治思想的人都迷戀於海洛因，就能證明海洛因是上好的東西麼？因政治信念的對立而對文學作品做出截然相反的評價，只在特定時期發生在特定作家作品身上，這本來就是一種非常態的現象，而對文學作品的評價「超越了政治的分歧」，本是一種正常現象。可嚴家炎先生似乎在以非正常爲正常，而將正常現象卻視作特別值得思考和研究的特例了。這可說又犯了一個常識性錯誤。把蔣經國這類著名政治家拉來爲金庸助陣，也匪夷所思。在經世濟民方面，我們不妨認爲蔣經國乃行家裏手，但在對文學作品的鑒賞上，卻沒有理由認爲他也有高於常人的水準。蔣經國潔淨的床頭放著一本潔淨的金庸，與大陸農民工骯髒的床頭放著一本骯髒的金庸，性質完全相同。這道理，前面在談到著名科學家時已說過。以著名政治家也閱讀金庸從而證明金庸有了不得的價值，還是犯了常識性錯誤。何滿子先生說，這裏奉行的邏輯是：「趙太爺田都有三百畝哩，他老人家的話還會錯麼？」這眞正的「拉大旗作虎皮」〔註13〕話雖有些尖刻，但應該說是擊中了要害的。嚴家炎先生新近作文反駁何滿子先生，呼籲以「平常心」看待金庸。〔註14〕而我覺得，恰恰是嚴家炎、馮其庸、徐岱等幾位先生，未能以平常心看待金庸。例如，嚴家炎先生在推崇金庸時，一再犯常識性錯誤，恰恰說明心態的不平常。

所謂「雅俗共賞」的「共」，如果是指「雅俗」對一部作品有同等意義同

〔註13〕見何滿子《破「新武俠小說」之新》，載《中華讀書報》1999 年 12 月 1 日。
〔註14〕見嚴家炎《以平常心看待新武俠》，載《中華讀書報》2000 年 6 月 28 日。

等程度的感受、理解，那是不可思議的。人類文藝史上從來不曾有過這種荒誕的現象。著名語言學家和文章家王力先生曾就「雅俗共賞」發表過這樣的議論：「報紙上的文章據說是要雅俗共賞的。這幾乎可說是一個烏托邦。所謂雅俗共賞的文章，往往是雅俗都不賞；至多只博得雅人說聲『還不錯』，俗人不至於打哈欠而已，這是雙方都不討好的。試問雅俗共賞的文章是不是雅幾句又俗幾句？如果是的，那就是拿黃油就燒餅，密斯特劉和密斯特李不喜歡你的燒餅，紅鼻子張三卻不喜歡你的黃油。如果不是這樣，那你就是把俗的成份和雅的成份攪勻了，變了大紅褲子配高跟鞋，城裏人忽略了你的高跟鞋，反而指責你的大紅褲子；鄉下人忽略了你的大紅褲子，反而譏笑你的高跟鞋。」〔註15〕至於對金庸小說，「俗人」們的狂熱迷戀毫不奇怪，「金迷」們的心態與「球迷」們的心態是相類似的。而那些從外在身份看是「雅人」的人們對金庸小說的態度，有兩種我覺得都是正常的、可以理喻的。一種是冷漠、拒絕，根本讀不下去。另一種，是也讀金庸，並且還可能讀得興味十足，但卻並不頭腦發昏，對金庸頂禮膜拜起來。他們固然不認為金庸小說一無是處，但也決不像有的「金學家」那樣，宣稱金庸小說已經超越了曹雪芹和魯迅，成了中國文學的最高峰。例如，評論家蔡翔從八十年代初就開始讀金庸小說，金庸所有的小說他都讀過，他的看法是：「金庸既不是大師，也不是一無是處。若說他偉大就太過分了，武俠小說商業性很強，其報紙連載的形式，繁複、囉嗦是顯而易見的。」〔註16〕歷史學家王春瑜參加過對金庸小說的評點，並且「在評點中是給金庸留了面子的，因他不是史學界人士，他作品中的許多情節太違背歷史了。」〔註17〕王春瑜先生既肯參加評點，當然不會認為金庸小說毫無價值，但他同時也能清醒地意識到金庸小說的毛病，對包括金庸在內的武俠小說的負面作用進行了嚴厲批評，在電視上告誡青少年「千萬不要做武俠迷……不能忽視武俠小說的消極層面；把武俠小說大炒特炒，捧上天，沒有必要。」〔註18〕這種對包括金庸在內的武俠小說的娛樂功能適度肯定，同時冷靜地看到武俠小說藝術上的不足與精神上的腐朽，也不失為一種有理性的學者的態度。

〔註15〕見王了一（王力）《龍蟲並雕齋瑣話》中《寫文章》一文，中國社會科學出版社，1993年版。
〔註16〕見趙晉華《文學界話說王朔金庸》，載《中華讀書報》1999年12月1日。
〔註17〕見孫紅《眾評點人終於向金庸發難》，載《北京晨報》1999年12月24日。
〔註18〕見王春瑜《去他媽的武林盟主！》，載《博覽群書》1995年第12期。

　　而特別難以理喻的，就是馮其庸、嚴家炎等先生對金庸表現出的那種無限崇拜的態度。

2000 年 7 月

面對「金迷」

　　面對，有對立、敵對的意思。我有過多次面對「金迷」（金庸迷）的經驗。因對金庸武俠小說有所非議而激怒「金迷」、從而招致呵斥、謾罵，在我，也不止一次兩次了。數年前，當一些熱衷於研究金庸的「學者」把自己所做的「學問」堂而皇之地稱為「金學」時，我在報端發表了一點異議，不但引來「學者」的責難，還收到廣東惠州一群中學生聯名寫來的信。這群稚氣可掬的小「金迷」，首先告訴我，他們密切關注著報刊上對金庸的評價。看到有人肯定、歌頌金庸，他們便寫信去表示「感謝」和鼓勵；看到有人否定、貶低金庸，他們便寫信去表示憤怒和進行責罵。為從事這一「神聖」的工作，他們進行了「分工」：家庭經濟條件較好的人負責訂一些報刊，用於搜集信息；「筆頭」較好的人負責執筆；囊中羞澀、「筆頭」又差的人，則負責跑郵局。真可謂有錢出錢、有才出才、有力出力了。我是他們的打擊對象，看得出來，他們是使了吃奶的力氣、用了他們所能知道的最惡毒的語言的。讀完他們的胡亂地夾雜著些「之乎者也」的信，我又看了看信封，發現他們竟把我的地址寫得十分準確。我想，光是打聽眾多的談論金庸者的地址，就得花去他們多少時間和財力呵。他們的本意是想盡可能地傷害我，使我從此不敢對金庸有半句不敬，這當然是徒勞。我本來也並無太大的批判金庸的興趣，這群中學生的信，倒使我覺得更嚴肅、更細緻、更持久地批判金庸，真成了自己的一份責任。

　　如果說寫文章批判金庸，還是一種與「金迷」的間接面對，那站在講臺上批判金庸，則是直接面對「金迷」們圓睜的眼和扭歪的臉了。最近幾年，我也數次與「金迷」們這樣直接面對過。除了在自己的課堂上批判金庸，在

其它一些講演的場合，我也不只一次這樣做過。臺下的「金迷」們有的用嘴巴表示他們的不滿，有的遞條子表達他們的憤怒，更多的則是用面部的表情來表現他們的疑惑和拒絕。

由金庸武俠小說《笑傲江湖》改編的電視連續劇，正在中央電視臺播出。開播的前一天，中央電視臺「對話」節目組製作了一期關於金庸的節目。金庸是所謂「主嘉賓」，找來與金庸「對話」的所謂「嘉賓」中，有近年致力於「金學」研究的文學教授嚴家炎先生，有近年致力於反「偽科學」和反「邪教」的物理學家何祚麻先生，有電視劇《笑傲江湖》劇組的黃建中先生和張紀中先生，以及扮演劇中令狐沖的李亞鵬先生。我也作為所謂「嘉賓」置身其中。另外，現場還有上百名觀眾。所有觀眾都領有一面牌子，牌子一面畫著一張笑臉，一面畫著一張憤怒的臉。主持人說明，如果你對他人的發言表示贊同，就出示笑臉，反之，則報以怒顏。現場是很熱鬧的。可以想見，觀眾中那些狂熱的「金迷」們與金庸「歡聚」於小小「一堂」時，眼中會放射出怎樣的一種光彩。明確地對金庸武俠小說表示否定者，只有我一人。因此我屢屢面對一片怒顏。觀眾中甚至有人屬聲喝令我「不要再講了」，也就是要剝奪我的「話語權」。我尋聲望去時，那張臉一閃就不見了。看來他並不是令狐沖，尚沒有練成蓋世神功，我也不用擔心他散場後來尋釁，於是該講的話照樣講。但那並不是一個可以把自己的觀點充分表達的場合，許多想說的話都沒有能說出。

直到在所謂「嘉賓席」上坐下時，我都以為只是要談金庸的小說，沒想到「對話」開始後，即將開播的電視劇《笑傲江湖》成了「對話」的重要內容，並且還現場播放了電視劇中的幾個片段，算是讓大家「嘗鼎一臠」。大家正對這幾個片斷熱烈評說時，我「搶」過話筒，說我想到了一九二八年在上海上映的電影《火燒紅蓮寺》。其時，平江不肖生的武俠小說《江湖奇俠傳》正走紅，《火燒紅蓮寺》便根據這部小說中的部分情節改編而成。電影上映後，火爆異常，在上海是萬人空巷地觀看；電影的火爆，使得小說更為暢銷。我說：「我希望電視劇《笑傲江湖》不再像當年的《火燒紅蓮寺》那麼火。如果不再那麼火，說明中國人進步了；如果仍舊那麼火，我只能感到悲哀。」此語一出，現場一片靜默……

金庸小說是否「雅俗共賞」，也是現場談論的話題。「嘉賓」中有一位拿出了統計數字。她的統計是以大學文化程度為界，在此程度以上者為「雅」，

在此程度以下者算「俗」。她的統計顯示，金庸小說讀者中，在此程度以上者與在此程度以下者，所佔比例差不多。具體數字我沒記住，好像大學文化程度以上者，所佔比例略高。總之是兩者相差不大。這似乎很能說明金庸小說的「雅俗共賞」了。現場的人，從所謂「嘉賓」到所謂「觀眾」，都認為金庸小說是達到了「雅俗共賞」的境界的，而且，也同時認為，「雅俗共賞」是文學的最高境界。輪到我說話時，我已經表達和想要表達的想法有兩點。

第一、究竟應該怎樣界定文藝鑒賞上的「雅」與「俗」，是否只要有了哪怕是理工農醫之類的「大學文化」，就算是「雅」，或者，是否只要有了很高的社會地位、無論在哪方面有突出的成就，在文藝鑒賞上就不證自明地屬於「雅」。何祚庥先生是金庸小說的喜愛者。我想，他無疑是作為「雅」的代表之一，坐在「嘉賓席」上的。然而我說：「何祚庥先生在文藝鑒賞上是否算得上『雅』，需要證明。」我並非說何先生在文藝鑒賞上一定不能算「雅」，我只是想說，僅憑何先生物理學家的身份和科學院院士的頭銜，是不能必然意味著在文藝鑒賞上也屬於「雅」的。一個著名科學家，在文藝鑒賞上，很可能與最普通的大眾沒有絲毫差別。在後來的觀眾與金庸先生的對話中，一位女大學生動情地告訴金庸先生，她們十三個女生組成了一個「女子金庸研究會」，並且解釋說，她們並非要搞「性別歧視」，一開始也吸收了幾位男生參加的，只因為這幾位男「金迷」水平「實在太差」，她們才不得不「清理門戶」，把他們趕出「研究會」。她舉例說，有位男生竟然把「降龍十八掌」的「降」讀成了「下降」的「降」。言下之意，這樣沒文化的人，還有什麼資格加入「金庸研究會」。然而，在那位女士的統計數字中，這位被女同學「開除」了的男大學生，無疑屬於「雅」的層次。但一個連「降龍」的意思都不懂的人，恐怕只能算是一個不及格的文學讀者。

第二、人們所說的「雅俗共賞」，到底是指什麼，是指「雅」和「俗」都給一部作品打一百分，還是指「雅」給一部作品打六十分而「俗」則打一百分。如果是指前者，那是不可思議的。人們之所以把「雅俗共賞」作為一種價值標準，前提是「雅」與「俗」在文化修養和文學鑒賞水平上是有著很大差距的。正因為二者有著不可忽視的差距，他們「共賞」一部作品，才能成為肯定一部作品的理由。然而，如果這二者都給一部作品打一百分，那就意味著二者在文化修養和文學鑒賞水平上的差距業已消失，「雅」與「俗」的區分也不再存在，「共賞」的「共」，也就同時失去了意義。也就是說，不再是

兩類在文化修養和文學鑒賞水平上有很大差距的人在「共」賞一部作品，而是一群有著同等文化修養和文學鑒賞水平的人在對一部作品做出評判而已。因此，將「雅俗共賞」作爲一種價值標準，與「雅」和「俗」二者都給一部作品打一百分這樣一種狀況，是相衝突的。只要出現被認爲是「雅」和「俗」的兩類人都給一部作品打一百分的情形，那「雅俗共賞」作爲一種價值標準的前提就自動消解，就不再是兩類人而是同一類人在「賞」一部作品。既是二者之間有著眞實差距的「雅」與「俗」，又同時對一部作品打出一百分，這樣荒謬的現象文藝史上從來不曾有過。也許有人會說，一些層次很高的堪稱爲「雅」的文學家與廣大俗眾都對一個作家一部作品極力稱頌的情形，的確會有，例如，在對金庸小說的評價上，就出現了這種情形。對此，我只能說，要麼這些被認爲是「雅」的人，從來就不曾眞正達到過「雅」的境界，要麼他們在打量金庸小說時，自身內部的「鑒賞機制」出了故障，以致於把自己降到了「俗眾」的水平。另一種情形，即「雅」給一部作品打六十分而「俗」則打一百分，倒是可能存在的。但這種並非同等程度的「雅俗共賞」，卻並不能成爲肯定一部作品的理由，更沒有資格被視作文藝作品的最高境界。相反，這種意義上的「雅俗共賞」，只能意味著這部作品的藝術價值是很有限的。實際上，所謂「雅俗共賞」的「共」，只能是這種非同等程度的「共」。由此可以得出一個結論：只要是「雅俗共賞」的作品，必定不會是最好的作品。對我的這些看法，其它人都報以沉默，目光中流露出疑惑。但金庸先生對「雅俗共賞」的作品必定不是最好的作品這種看法，表示了認可。說是以前沒意識到這個問題，回去後要好好研究一下。因爲現場有人舉白居易的詩爲「雅俗共賞」的例證，金庸先生便舉李賀、李商隱爲例，說這些人的詩，「文化水平不高的人是欣賞不了的」。而李賀、李商隱的詩，在藝術品格上，當然要高於白居易那部分所謂「雅俗共賞」的詩。

金庸小說是否有負面作用，也是現場爭議的問題。認爲金庸小說絲毫沒有負面作用的意見，也占壓倒優勢。從所謂「嘉賓」到所謂「觀眾」，普遍認爲金庸小說對「行俠仗義」精神的張揚，能夠鼓舞今天的人們「見義勇爲」。嚴家炎先生並且說，即使是在現代法治社會，也總有法律管不到的地方，「見義勇爲」也就永遠有其存在的空間。金庸先生也認同這種觀點，並舉美國爲例，說在美國這樣一個高度法治的社會，也仍然有人在呼籲「見義勇爲」精神。我是極力強調金庸小說的負面作用的，但許多想說的話都沒有機會說出。在現場我已經表達和未能表達的想法，有三點。

　　所謂「俠客」，在中國歷史上的眞實作用基本上是負面的，所謂「俠客文化」與歷史上的「流氓文化」，往往難分彼此。大概是「流氓」二字太刺耳，我話音剛落，觀眾席上便是一片怒臉的森林。我只得重複兩遍，表明我所說的是一種歷史的事實。觀眾席上雖不再舉起怒臉，但都用疑惑不解的眼光看著我。我知道把「流氓」與他們心目中光彩照人、以做好事爲業的「俠客」混爲一談，太難讓他們接受了。但其實這並非我的獨創。魯迅以《流氓與文學》爲題的演講中早就說過：「流氓的造成，大約有兩種東西：一種是孔子之徒，就是儒；一種是墨子之徒，就是俠。這兩種東西本來也很好，可是後來他們的思想一墮落，就慢慢地演成了流氓。」俠，是中國歷史上流氓的起源之一。後來的流氓，仍然不同程度地保持著所謂的「行俠仗義」之風。一方面殺人越貨、無惡不作，一方面卻又打抱不平、見義勇爲，——這兩種行爲奇妙地並存在中國的流氓身上。當然，他們的打抱不平、見義勇爲，前提是不損害自己的根本利益，不給自己惹出大的麻煩。所謂「行俠仗義」的品性，在今天的一些雙手沾滿無辜者鮮血的亡命之徒身上也仍能見到。數年前，陝西破獲過一個持槍搶劫的具有黑社會性質的團夥，爲首者叫董雷。他們殺害過許多人，光董雷一人，就有十數條人命在身。此案的偵破過程後來拍成了多集電視紀實片，警方都由參與偵破的眞實人物出演。從電視片上看，董雷其人，眞可謂殺人不眨眼。他的一系列令人髮指的殘忍行爲固然給我留下了深刻的印象，但他一次在一家小飯店裏的「行俠仗義」之舉，也令我深深尋味。那是董雷一夥流竄途中在一家小飯店吃飯時，目睹在飯店打工的一農村少年受到店主的過分欺侮，董雷於是拍案而起，爲這位可憐巴巴的農村少年申張了正義，臨走，還從自己口袋裏掏出一把錢（當然是沾著鮮血的錢）塞到少年手裏。我相信這一情節是很眞實的，紀實的電視片沒有必要虛構這樣的情節來爲罪大惡極的歹徒評功擺好。我很感謝編劇保留了這一情節，並且表現得很詳細。不管編劇保留董雷這一「見義勇爲」之舉的動機是什麼，對我來說，它形象地顯示了什麼叫「具有中國特色」的流氓。陳寶良先生所著的《中國流氓史》一書，其實把中國歷史上「流氓」與「俠客」的一而二、二而一的關係說得很分明。在書的「餘論」部分，有專論流氓的「行俠仗義」一節，其中說道：「流氓的行俠仗義，蓋起因於他們奉游俠爲祖師爺的緣故。儘管游俠之風，到了後來已是強弩之末，但還是有一點俠義道遺存於流氓群體中，被他們奉爲行爲的準則」；「《水滸傳》一書對後世的流氓影響極大。不

僅暴動的農民，對此書愛不釋手，百般模仿，如明末的張獻忠，『日使人說《三國》、《水滸》諸書，凡埋伏攻襲咸傚之』；而且流氓也深受《水滸》的影響，組織起『三十六天罡』、『七十二地煞』、『天罡黨』等等流氓團夥」；「即使流氓的『抱不平』也不是盡可稱道。他們之『抱不平』，無非是『以暴易暴』，對社會同樣也有破壞作用」；「《水滸傳》在後世流氓中具有極高的聲望。書中的好漢，大多遊蕩江湖，抑強扶弱，劫富濟貧，並以其主持正義、捨己利人、視金如土的美德而聞名於世。他們是理想化的綠林豪客，而現實中仿傚梁山泊好漢的流氓，卻並非如此……流氓群體作爲社會上暴力性力量的一部分，他們同樣遵循自己的原則。在他們的行爲中，固然有『好的』暴力的一部分，但更多的還是『壞的』暴力。諸如訛詐良民，毆打百姓，放火搶劫，把持官府，如此等等，都是流氓的家常便飯。換言之，流氓雖然也違法犯禁，對封建統治者構成部分的威脅，但更多的還是與赤裸裸地反對百姓的力量同流合污。」〔註1〕歷史上眞實的「俠客」，其實就是流氓。在這個意義上，包括金庸小說在內的所有的武俠小說，都不過是唱給流氓的頌歌。

　　第二、中國最迫切的事情是建立一個現代法治社會，是每一個中國人都確立起一種現代公民意識。從鴉片戰爭以來，一百六十來年過去，這一使中國現代化的任務一直沒能完成。在這一本就極爲艱難的歷史進程中，武俠小說實際上起著一種阻礙作用。有論者指出，有三種東西是連在一起的，都根深蒂固地存在於傳統中國人的頭腦中，這就是「明君意識」、「清官意識」與「俠客意識」。在朝庭，他們希望出現爲民作主的「明君」；在官府，他們希望出現爲民作主的「清官」；在民間，在官府管不著的地方，他們希望出現爲民作主的「俠客」。總之，是希望時時處處都有人爲自己當家作主。對這一點，陳寶良先生在《中國流氓史》中也有論述：「在中國歷史上，在一般老百姓的心目中，社會是如此的黑暗，自己不但要受到貪官污吏的魚肉，還要遭到土豪劣紳的壓迫。他們飽受各種惡勢力的摧殘，自己已失去勇氣抵抗，於是只好將希望寄託於清明天子和清官身上了。可是，所謂的『清明天子』與『清官』，也是靠不住的。一方面，他們並不多見，另一方面，老百姓眼見的事實卻是，當官的最要緊的，不在於『做事』，而在於『對付人』。因此，在萬般無奈之中，他們只好轉而將希望寄託於俠客，盼望有朝一日，出來一個俠客，替天行道，扶弱鋤強。這就是中國『俠義』類小說興盛的根源。一部《水滸

〔註1〕見陳寶良《中國流氓史·餘論》，中國社會科學出版社1993年3月第1版。

傳》，不但使下層百姓愛不釋手，而且也是他們的全部希望所在了。他們對梁山泊眾好漢津津樂道，對綠林豪客百般仰慕，他們也只有在聽俠客之書中求得心理平衡。」〔註2〕「明君意識」、「清官意識」和「俠客意識」，與現代民主意識和現代法治意識是水火不容的。「明君意識」、「清官意識」和「俠客意識」，說到底，都是一種「奴隸意識」，表現了傳統中國人對「做穩奴隸」的渴望。正像這三種「奴隸意識」是糾結在一起一樣，傳達這三種「奴隸意識」的東西——歌頌「明君」（「好皇帝」）、歌頌「清官」和歌頌「俠客」的小說、電視劇一類文藝作品，也在今天同時大行其道。它們既是同時表達著中國人固有的「奴隸意識」，也在同時鞏固和強化著這種「奴隸意識」。這一類東西的大受歡迎，深刻地說明著中國人「人的現代化」何等艱難。

第三、自身為他人「行俠仗義」、「見義勇為」，與期待他人來為自己「行俠仗義」、「見義勇為」，是兩回事情。即便在一個高度法治化的社會，為他人「行俠仗義」、「見義勇為」的精神也仍然值得提倡——這樣一種觀點我也能夠認同。但問題是，包括金庸小說在內的武俠小說，真的能喚起、培育讀者為他人「行俠仗義」、「見義勇為」的精神嗎？在武俠小說裏，所謂「武功」，是最高的權威、最高的價值標準。所有的矛盾、所有的恩怨，最後都由「武功」來解決。無論「正道」、「邪道」，技不如人都沒有你走的道。因此，武俠小說所塑造的俠客，必定有著非凡的武功，那種作為主人公來刻意描繪的人物，則必定武功是獨步武林、蓋世無雙，打遍天下無敵手。這是他們「行俠仗義」的首要條件，是他們「見義勇為」的起碼資格。倘若身無武功或武功不高，卻又要「路遇不平，拔刀相助」，那就只有挨打和送命的份。換句話說，這就不叫「行俠仗義」、「見義勇為」，而叫「不自量力」、「多管閒事」、「自找苦吃」，甚至，會讓人感覺是在「犯賤」。而讀者讀了這樣的小說，在對那些「大俠」敬佩、崇拜之餘，不是自身也更敢於「行俠仗義」，「見義勇為」，而是更加會「路遇不平」，「拔」腿而走，並且會更加為自己的不「行俠仗義」、不「見義勇為」而心安理得：既然「行俠仗義」、「見義勇為」的前提是武功高強，那我沒有武功自然就只應遇事繞著走；既然只有郭靖、蕭峰、令狐沖才有資格打抱不平、剷除邪惡，那我不是這些人，不會「降龍十八掌」和「獨孤九劍」，自然就不應該「不自量力」、「多管閒事」，不應該去「犯賤」。所以，

〔註2〕 見陳寶良：《中國流氓史》，中國社會科學出版社1993年3月第1版，第395頁。

包括金庸小說在內的武俠小說，不是喚起、培養著讀者的「行俠仗義」和「見義勇為」的精神，而是恰恰相反，在抑制和瓦解著人們的這種精神，在為人們路遇不平而退避三舍提供一種藉口，一種理由，一種心理上的安慰。原本多少有些「行俠仗義」和「見義勇為」之心的人，讀了這類東西，或許會長歎一聲、打消了那「管閒事」的念頭；原本就沒有「行俠仗義」和「見義勇為」之心的人，讀了這類東西，就更膽小怕事、遠離是非了。當然，也有人讀了這類東西，便想要學一身書中大俠那樣的高強武功，然而，武俠小說中的武功，如什麼「降龍十八掌」、「獨孤九劍」之類，原本就是子虛烏有的，用通俗的話說，就是「胡扯淡」。上個世紀八十年代以來，武俠小說的讀者真可謂如湧如潮，光是金庸小說的讀者，在大陸據統計就數以億計，再加上那電視上每天都有的武俠片觀眾，人數是多少，總該有好幾億吧。這好幾億人中，只要有十分之一的人被小說或電視喚發了「見義勇為」的精神並將這種精神付諸實踐，那社會上敢於「見義勇為」的人，就是好幾千萬了，那可真要壞人壞事無處藏身，連職業的警察也不需要了。可實際上，從八十年代以來，報紙上不斷披露的是人們怎樣見死不救，報紙上不斷哀歎的是「見義勇為」的人越來越少。隨著武俠狂潮的興起，社會上「見義勇為」的精神卻日趨稀薄。即便不能說，是武俠小說和武俠電視使得人們更加不「見義勇為」，至少可以說，武俠小說和武俠電視沒有使得人們更加「見義勇為」。我們聽說過有的少年人讀了武俠小說而走火入魔，失去正常的理智，非要往少林寺、武當山一類地方跑，卻從未聽說過有誰讀了武俠小說去「行俠仗義」、「見義勇為」，他們充其量也就像廣東惠州的那群中學生一樣，組成一個捍衛金庸的「幫會」，有人讚美金庸就施以精神鼓勵，有人否定金庸就施以語言暴力──這就是他們讀了金庸小說後「行俠仗義」、「見義勇為」的最高表現。

在現場，引起爭論的，還有對金庸小說《鹿鼎記》主人公韋小寶的評價問題和怎樣看待金庸小說中「一男多女」的愛情模式問題。而爭論中的一些現象，也有些耐人尋味。

在現場，觀眾中有人一再提及金庸筆下的著名人物韋小寶，語氣中帶著喜愛、羨慕和敬佩。於是，金庸先生特意強調：「韋小寶是一個壞人，我是作為壞人來寫的，大家千萬不要學他。」聽了金庸先生的話，觀眾一片沉默，但不少人目光中流露出困惑、不解。這表明，在韋小寶這個人物形象的塑造上，作者金庸的主觀意圖與客觀效果有著某種程度的背離。從我自己對《鹿

鼎記》的閱讀感受看，我覺得大眾讀者對韋小寶這個人物的喜愛、羨慕甚至敬佩，並非毫無理由。小說中的韋小寶，確實決不僅僅讓人鄙視、憎惡，也有著很讓人親近、愛戴之處，並讓人自然地生出仿傚之心。韋小寶一次次地化險為夷，韋小寶如得神助般的無往而不勝，韋小寶通天的官運，韋小寶非凡的「豔福」，一句話，韋小寶奇蹟般的人生大成功，都足以讓許多人生出羨慕之心，敬佩之情。更重要的是，這個人物身上也還有著為中國傳統的道德規範所認可的「優良品質」，例如，他也很講「義氣」。只要不危及自己的根本利益，他也能「為朋友兩脅插刀」；只要不給自己帶來太大的麻煩，他也能管管路上的「閒事」。僅此一點，也就能讓中國的大眾讀者覺得此人不無可愛之處。既然韋小寶這個人物確實能在大眾讀者心中喚起喜愛、羨慕和敬佩之情，那又該怎樣解釋作者金庸的主觀意圖呢？這就牽涉到「大眾文化」（或曰「商業文化」）自身的規則問題。金庸的小說，最初都是在報紙上連載，是為報紙的發行量服務的。如果說每天的報紙都是端在讀者面前的一道菜，那金庸每天一段的武俠小說，便是灑在菜裏的調味品，最大限度地迎合讀者的口味、最大限度地滿足讀者的閱讀期待，就必然成為金庸寫作武俠小說的最高原則。常識告訴我們，一部長達百餘萬言、經年累月地在報端連載、以吸引讀者買報紙為最高使命的武俠小說，其主人公不可能是一個純粹的壞人，不可能是一個只讓大眾讀者鄙視、厭惡的人，如果這樣，那效果就會適得其反，讀者不但不會因為喜愛這小說而連帶著喜愛和購買這報紙，反而會因為討厭這小說的主人公而連帶著對這報紙也討厭和拒絕。因此，在金庸的心目中，韋小寶也許是一個十足的壞人，但在對這個人物進行具體的塑造時，卻不得不考慮讀者的接受心理，也就會或有意或無意地要讓這個人物有起碼的「可愛」。即使寫他壞，也要壞得有「品位」，壞得燦爛輝煌，壞得轟轟烈烈，壞出奇異的效果。一部旨在為報紙吸引讀者的連載武俠小說，主人公不可能不具有讓大眾讀者喜愛、羨慕和敬佩的品性，這是商業文化的準則，金庸也必須遵循這準則。在作者金庸的主觀意圖與讀者的閱讀感受之間，橫亙著的是這商業文化的鐵一般的準則。金庸強調韋小寶是純粹的壞人，而讀者卻對他懷有喜愛、羨慕甚至敬佩之情，這並非意味著讀者的感受與金庸的意圖發生了偏離，而首先是因為商業文化的鐵則強行扭曲了金庸的主觀意圖，迫使他把這個人物寫得仍然讓大眾讀者覺得值得喜愛、羨慕和敬佩。

作為現代商業文化的武俠小說，其中的主人公，僅僅武藝高強、人格高

尚，還遠遠不夠。要喚起讀者狂熱的愛慕、崇拜之情，要兼顧到盡可能多的讀者群體的口味，還必須把書中大俠寫得「剛柔相濟」：既要寫出他們的「劍膽」，又要表現他們的「琴心」；既要寫出他們的「俠骨」，又要表現他們的「柔情」。這樣，愛情糾葛也總是武俠小說裏的重頭戲。金庸小說也如此。在中央電視臺的「對話」現場，主持人向金庸先生提了這樣一個問題：金庸小說中，總是多個女性在同時愛慕、追求男主人公，這是否如有人說的那樣，說明金庸有「重男輕女」思想。金庸先生連忙強調，自己「是很崇拜女性的」，並說了一番貶男褒女的話。金庸先生甚至也承認，在現實生活中，更多的是多個男人同時愛慕、追求一個女人。至於他自己爲何執拗地要在小說中寫多女追一男，則沒做解釋。有人又建議金庸先生再寫一部多男追一女的小說。這時，觀眾中的幾位大學的女生表示，她們絲毫沒從金庸小說中讀出「重男輕女」的意味，絲毫不覺得金庸小說中的愛情描寫有什麼不妥，從她們的神態和語氣裏，可看出她們不但不對金庸小說中「一男多女」的愛情模式反感，相反，倒對之癡迷不已。其實，「一男多女」的愛情模式，並非金庸小說獨有，而是武俠小說的「通病」，是武俠小說吸引男女兩類讀者的一種手段。武俠小說總要塑造大俠形象，大俠通常總是男性。要讓這男性大俠的形象光彩奪目，要把這大俠寫成天下第一好男兒，當然要使出不只一種手段，而通過女性、尤其是優秀女性的目光來肯定、讚美這大俠，則是不可或缺的一種手段。正像男性是女性的價值尺度一樣，女性也是男性的價值尺度。在大眾眼裏，男人都對之不感興趣的女人不會是一個好女人，同樣，女人都對之不感興趣的男人，也決不會是一個好男人。武俠小說總要寫作爲主人公的大俠被一大堆外美內秀的卓越女性所愛慕、所追逐，正是爲了迎合大眾的這種心理。這裏，仍然是商業文化的鐵則在起作用。金庸既「很崇拜女性」又明白在現實生活中更多的是多男追一女，卻在小說中屢屢寫多女追一男，其中原因，也只能從商業文化的角度做出解釋。儘管金庸本人是「崇拜女性」的，儘管金庸知道在現實生活中多女追一男的事情相對較少，但卻在商業文化規則的迫使下一再用「一男多女」的模式展示愛情糾葛。所以，與其說「一男多女」模式表現了金庸對女性的輕蔑，不如說表現的是金庸對商業文化規則的屈服。在作爲商業文化的武俠小說裏，作者個人眞實的思想情感得以表現的空間其實是極爲狹小的。

　　以上寫下的，有些是在電視臺的「對話」現場已粗略說過的話，但更多

的是當時想說而未能說出的話。在現場，親眼目睹了「金迷」們與金庸先生見面時的表現，我感到深深的悲哀。尤其是幾位大學來的女同學（其中一位還是北京大學法文專業的研究生），她們目不轉睛地注視著金庸先生時臉上的潮紅和目光中的黏性，都讓我深切地感受到什麼叫醜陋、淺薄和愚昧。

2001 年 4 月 3 日

當代中國的詭謀文化

一

1989 年 1 月，一本叫做《厚黑學》的民國舊書，由求實出版社出版。出版者應該沒有想到，他們不經意間，打開了一隻所羅門的瓶子。

《厚黑學》本是民國時期四川文人李宗吾所著。1949 年後，在中國大陸銷聲匿跡。據《中國新聞周刊》的一篇報導，求實版《厚黑學》的責任編輯也是無意間發現這本書的。1988 年，這位年輕編輯想找一些沒有版權制約而仍有出版價值的舊書重新出版，在圖書館中翻到了這本此前自己並不知曉的書，覺得有些意思，於是便決定重版。首印五萬冊，很快賣完。一年多後的1990 年 5 月，進行第八次印刷時，印數已達到 30 萬冊。2005 年，該社又出版了插圖本。這位責任編輯說，他們從未以任何形式宣傳過這本論述「皮厚心黑」的書，但到 2008 年的時候，發行量已超過 100 萬冊。這 100 萬冊，僅僅是求實出版社到 2008 年時的發行數。「由於『厚黑學』的暢銷，而且不受版權限制，其它出版社也競相出版《厚黑學》，市面上版本眾多，記者發現的最新版本《厚黑學》，即是 2008 年 11 月，剛剛由華文出版社出版的。盜版盜印《厚黑學》數量更是無法統計，它們鋪滿了過街天橋、車站以及菜市場，早已經是流動書攤的鎮宅之寶。」〔註1〕時至今日，這本通俗易懂的論權謀、說陰謀的書，在大陸到底發行了多少，是很難統計的。

〔註 1〕羅雪揮：《厚黑：喪失理想的「成功術」》，見《中國新聞周刊》，2008 年 12
月 11 日。

　　《厚黑學》的重現江湖，帶動了同類書籍的出版與暢銷。最近幾十年來，各類書店、書攤，最醒目的位置，擺放著的往往是這樣一些書：《謀略學》、《歷史上的智謀》、《歷史文化中的智慧》、《中華權謀》、《權謀大全》、《權謀營銷學》、《傳統權謀學評析》、《權謀處世學問》、《詭秘的權謀哲學》、《博弈生存》、《博弈智慧》、《姦佞‧詐偽‧詭道》、《老獵人鬼點子》、《謀略論》、《謀略思維》、《謀略經緯》、《人生智謀》、《說謊與反謊術》、《中國權智》、《中國智慧》、《中國謀略事典》、《智慧生存黑皮書》、《辦公室防人成功學》、《辦公室政治：寫字樓裏的潛規則》、《中國歷代權謀大觀》、《詭謀》……這些書，往往也是在教人怎樣在與人相處時扼喉撫背、出奇制勝；怎樣在商場上唱籌量沙、暗渡陳倉；怎樣在官場上籌火狐鳴、後發制人。一言以蔽之，教人怎樣運用各種陰謀詭計求得人生的「成功」。這些書籍，可以說基本上表現的是一種「厚黑文化」。不妨以中國人事出版社出版的《詭謀》一書為例。這本書，以說書的腔調，分門別類、一個一個地講述史書所見的先秦時期各種詭謀，目錄中是這樣一些小標題：「伍子胥的借屍還魂術」、「晉景公的假手藏奸術」、「東門遂的狐假虎威術」、「楚靈王的趁火打劫術」、「姬光的渾水摸魚術」、「呂不韋的巧取天下術」、「句踐的軟性殺人術」、「費無極的無中生有術」、「費無極的欺上瞞下術」、「狐射姑的密殺術」、「齊襄公的戀妹術」、「顥犬的大奸似忠術」、「蔡侯的借刀殺人術」……每個故事後面，還附有編寫者的評語。「句踐的軟性殺人術」，說的是越王句踐破吳後，迫使吳王夫差揮劍自刎的故事。句踐想殺夫差，又怕遭人議論，便用計迫使夫差自殺。對這種所謂的「軟性殺人」，編寫者是這樣評說的：「想殺人，卻又不願落殺人之名，這就需要借刀殺人。這種殺人之刀可以是硬梆梆冷冰冰的具有物理特性的東西，又可以是說不清道不明的具有文化特性的東西，只要你用的好，任何東西都可達到致人死命的目的。越王句踐就是用自己腦子裏的生理活動，帶動吳王夫差大腦的活動，指揮夫差的手臂拿起長劍，抹了自己的脖子，發生了生物性質變化。這是高層次的殺人技巧。」〔註2〕這番評說，雖然遣詞造句頗為不通，但教人行壞之意卻十分明顯。

　　這類通俗的讀物僅僅是一個方面。武俠文藝在上世紀九十年代的如蜩如螗，如沸如羹，是詭謀文化的另一種重要表現。所謂武俠文藝，主要指

〔註 2〕見《詭謀》，王興亞、程愛勤主編，中國人事出版社，1996 年 10 月第 1 版，第 268 頁。

武俠小說和武俠影視。武俠小說之所以大行其道，當然因爲其中所謂的武功，但又決不僅僅如此。幾乎所有的武俠小說，都有兩種必不可少的東西：武功和詭謀。所有的武俠小說，都表現出「江湖」的險惡。「江湖」如果不比庸常人間險惡萬分，那就不配稱作「江湖」。武俠小說所虛構的江湖世界如果不是一個爾虞我詐、勾心鬥角的世界，如果只是一個全是明槍而絕無暗箭的世界，那就決不能對許多人產生巨大吸引力，就決不能製造出那麼多的武俠迷。武俠小說中的各種陰謀詭計，是武俠小說讓許多中國人，讓許多華人如癡如醉的重要原因。這一點，似乎是此前的武俠小說歌頌者和批判者都未充分注意的。武俠小說中，必然有著剪不斷、理還亂的恩恩怨怨。這些恩怨，儘管千奇百怪，往往非常人所能想像，但總與某種奸計、某種陰謀聯繫在一起，總意味著一隻讀者許久看不見的手在偷天換日、移花接木，在瞞天昧地、巧取豪奪。有時候，一個恩怨後面，是一連串的奸計和陰謀。武俠世界的所爭所奪，也無非是名、利、權，而名和權又往往是一回事。有武功第一之名，也就不難有武林霸主之實和號令江湖之權。在武俠小說中，「千秋萬代，一統江湖」，是許多「武林高手」畢生追求的目標。要實現這一目標，武功不高強不行，但僅僅有高強的武功也不行。在武俠世界裏，拼的不僅是武功，還有詭謀。而詭謀，又必然與心狠手辣、冷酷無情聯繫在一起。因此，有志於「一統江湖」、有志於奪取武林最高權力的武功高手，又必然同時是內心極其詭詐陰鷙之人。金庸在表現武功和表現詭謀兩方面，都堪稱「獨步江湖」。金庸所虛構的江湖世界中，那種武功異常高強而內心異常兇險的人，分外多。如果說，金庸對所謂「武功」之神奇的表現前無古人，那麼，他對人心之歹毒的表現，也是登峰造極的。僅僅一部《笑傲江湖》，就塑造了余滄海、左冷禪、任我行、東方不敗、岳不群這些武功神奇而內心陰毒的人物形象。

武俠小說半靠武功吸引眼球，半賴詭謀動人心魄。武俠題材的電視劇，當然也是如此。而金庸小說和根據金庸小說改編的電視劇，就更是如此。從上個世紀九十年代到新世紀最初的幾年，武俠題材的電視劇，是十分走紅的。由武俠小說和武俠影視構成的武俠文藝，渲染著暴力，也渲染著詭謀。

二

在詭謀文化走向「繁榮」的過程中，二月河的「帝王系列」歷史小說也

有著標誌性意義。四卷本的《康熙大帝》在九十年代初產生影響，旋即被改編成電視連續劇。《康熙大帝》問世不久，二月河又推出了三卷本的《雍正皇帝》。小說《雍正皇帝》也被改編成電視連續劇《雍正王朝》。二月河以康熙、雍正為主人公的小說，著力於寫清代宮庭中、官場上的明爭暗鬥，詭謀，則在各種爭鬥中起著巨大作用。在表現詭謀方面，《雍正皇帝》之第一卷《九王奪嫡》最具有代表性。《九王奪嫡》寫的是康熙的九個兒子爭奪皇位繼承權的故事。小說以四皇子胤禛亦即後來的雍正爭奪皇位的過程為主線。這些皇子為爭奪最高權力機關算盡，而所有的「機關」都是針對自己的骨肉兄弟。胤禛在謀士鄔思道的籌劃下，以一個接一個的詭謀，擊敗了對手，最終獲勝。這些詭謀，往往讓人毛骨聳然、心驚膽戰。可以說，《九王奪嫡》把中國傳統的詭謀文化表現得淋漓盡致。如果說，小說再「精彩」，受眾面也有限，那電視連續劇《康熙大帝》、《雍正王朝》則讓無數中國人兩眼發光、陶醉其中。九十年代熱播的所謂「古裝戲」，當然不只有《康熙帝國》、《雍正王朝》。在詭謀文化走向「繁榮」的過程中，電視連續劇《三國演義》的熱播也具有里程碑式的意義。從九十年代初開始的十幾年間，電視屏幕上，除武俠劇外，所謂「正說」或「戲說」歷史的「古裝戲」，也特別走紅，而其中又以取材於清代的「辮子戲」居多。《康熙大帝》、《雍正王朝》、《三國演義》之外，有《宰相劉羅鍋》、《唐明皇》、《大明宮詞》、《亂世英雄呂不韋》、《太平天國》、《康熙微服私訪記》、《鐵齒銅牙紀曉嵐》、《孝莊秘史》、《還珠格格》、《武則天》、《天下糧倉》、《水滸傳》、《乾隆皇帝》、《皇太子秘史》、《甘肅米案》、《上官婉兒》、《一代廉吏于成龍》、《日落紫禁城》、《風流才子紀曉嵐》等等。電視劇之外，還有電影《秦頌》、《英雄》等。

　　這些影視作品，文化品格和藝術含量容有差別，但是，都或多或少地表現出兩種傾向：對權力尤其是皇權的歌頌和對詭謀的有意無意的欣賞。針對影視屏幕上的這種現象，《深圳特區報》2003年曾做過一件非常有意義的事。《深圳特區報・文化周刊》於2003年6月9日發表了張德祥的長文《歷史題材影視劇：令人堪憂的權謀文化觀》。張德祥從「權力崇拜觀念的凸顯」和「權謀文化觀念的渲染」兩方面對熱鬧已久的「歷史題材電視劇」進行了尖銳的批判。張德祥指出，權謀文化是中國傳統文化中的糟粕，在歷史上起著十分負面的作用，而當代許多所謂「歷史題材影視劇」卻「以欣賞的眼光」來表現各種權謀，這十分有害於世道人心，十分不利於普遍誠信的建立和法治社

會的建設﹝註3﹞。張德祥文章發表後,產生了較大影響,學術文化界不少人欲對此話題發表看法。於是,《深圳特區報》就此問題開展了半年多的討論,連續發表了數十篇文章,其中一些文章,對歷史上的權謀文化與影視中的權謀表現,做了相當精闢、深刻的剖析、審視。討論告一段落後,《深圳特區報》將這些文章彙集成《權謀文化批判》一書,2004年5月由花城出版社出版。我以為,這是一本特別有價值的書。

張德祥引發討論的文章以「權謀文化」指稱在政治生活、經濟生活等各種場合玩弄陰謀詭計的現象,後來的文章也都襲用此一概念。但「權謀」這一概念似乎不能囊括各種各樣的陰謀詭計。所謂「權謀」,本意指「隨機應變的計謀」,現在則可引申為「為權而謀」。但歷史上、影視中「謀」之表現則遠不止這兩種。所以,我覺得用「詭謀文化」指稱一切陰謀詭計,可能更合理些。

九十年代以來,所謂「官場小說」是一種引人注目的文學現象。如果說歷史小說往往對歷史上之官場詭謀極盡渲染之能事,那「官場小說」則不免對現實中之官場詭謀大書特書。「官場小說」之外,還有「商場小說」(或曰「商戰小說」)。「商場小說」也同樣熱衷於展示商場上的各種詭謀。當「官場」與「商場」難捨難分時,當「官場」與「商場」水乳交融時,當「官場」與「商場」你中有我、我中有你時,「官場小說」與「商場小說」也難分彼此。所謂「官場小說」,也總要寫到「商場」,「官場」上的詭謀往往與「商場」上的詭謀相糾纏。所謂「商場小說」,也總要寫到「官場」,「商場」的風雲也往往與「官場」上的風雲相激蕩。要說有差別,那就是「官場小說」以「官場」為詭謀的主要表現場所,而「商場小說」則主要讓詭謀被施展於「商場」上。不過,如果主人公是那種亦官亦商者,則連這種差別也難以確認。比小說更有影響、更能直觀地展示詭謀的,仍然是電視劇。九十年代以來,「官場電視劇」和「商場電視劇」也以對詭謀不遺餘力的展示,給無數觀眾提供了「文化享受」。

武俠片、古裝戲、官場劇,十幾年間在電視屏幕上三足鼎立。三者都以對詭謀的誇張表現吸引觀眾。最近一些年,情形有了些變化,所謂「諜戰劇」成為電視屏幕上的新寵。諜戰有時在國共之間展開,有時在中共與日本侵略

﹝註3﹞ 張德祥:《歷史題材電視劇:令人堪憂的權謀文化觀》,《深圳特區報》,2003年6月9日。

者之間展開，但也常常在國民黨、共產黨、日本侵略者三方間展開。「間諜」當然與「詭謀」不可分離。間諜的一言一行都是一種詭謀的表現。於是，所謂諜戰劇，就比此前的歷史劇、官場劇、商場劇，更充分地表現著引誘、欺詐、陷害，更細緻地演示著口蜜腹劍、鼠竊狗盜、挑撥離間。諜戰劇在表現詭謀時，不僅可以比其它題材的作品更充分更細緻，也更具有道德上的合法性。官員也好，商人也好，在立身處世、爭權奪利時運用詭謀，在道德的意義上總是不光彩的。而間諜則不同。間諜，無論為哪個國家、哪個政黨、哪種力量服務的間諜，運用詭謀都是其本職工作。如果說觀眾在觀看官員、商人運用詭謀時，還多少有點道德上的鄙視、厭惡，那在欣賞間諜的詭謀時，則不會產生絲毫道德上的排斥。

最近一些年以抗戰或國共內戰為背景的電視劇，還有一種既很可笑又頗堪玩味的現象，那就是國民黨的「中統」和「軍統」無處不在。電視劇本身不算「諜戰片」，主要表現的是正面的軍事鬥爭、政治鬥爭等，但也要弄幾個國民黨的中統或軍統特務在劇中興風作浪，使屏幕上平添陰森詭秘之氣。電視劇的編、導、演，對國民黨的中統和軍統，沒有基本的知識，甚至連中統與軍統的區別也全然不曉，根本不知道中統和軍統能幹什麼不能幹什麼，更不知道他們的組織系統和工作方式，只是按照自己對「特務」的理解、想像塑造著這類人物。這樣做的目的，無非是讓電視劇對大眾更有吸引力。

最近一些年的電視劇，還有一種耐人尋味的現象，即編導熱衷於在「革命隊伍」裏設置「內鬼」，這也使得那些本身並非諜戰劇的電視劇，帶上些諜戰的意味。表現「紅軍」、「解放軍」與國民黨的軍事鬥爭也好，表現「八路軍」的抗日也好，「革命隊伍」裏總潛伏著至少一個「內鬼」。「內鬼」不僅總是把「革命隊伍」的動向及時地向國民黨或日本人透露，更不停地運用各種詭謀，在「革命隊伍」內部製造事端。「離間計」是「內鬼」用得最多的計謀。兩個領導（例如司令與政委）之間本來相互信任，「內鬼」想方設法讓兩人間產生誤會；兩個「戰友」本來情同手足，「內鬼」挖空心思讓兩人間產生隔閡。「革命隊伍」內部本來沒有矛盾，「內鬼」用盡詭謀讓矛盾產生；「革命隊伍」內部有了矛盾，「內鬼」則用盡詭謀推波助瀾、推濤作浪。本來是表現正面的政治鬥爭、軍事鬥爭的電視劇，卻如此熱衷於以「內鬼」的詭謀吸引觀眾，這也說明中國的電視觀眾特別能為詭謀所吸引，特別能夠從虛構的詭謀中得到享受，這本身就是發人深思的。

詭謀文化對所謂「純文學」也產生了影響。當下一些本身不追求「通俗」的文藝作品，一些以「陽春白雪」面目出現的小說，也往往有詭謀作用於其間。有研究者指出：「當下文壇中短篇小說兵法氣味太濃，作家津津樂道於世俗生活中的隱秘，缺乏照亮人心的精神。」〔註4〕所謂「兵法氣味」，所謂「世俗生活中的隱秘」，也就是各種詭謀表現。

三

詭謀文化如此繁盛，文藝作品，尤其是面向大眾的文藝作品爭相以詭謀表現取悅受眾，是文化研究者、文藝批評家不能等閒視之的。

毫無疑問，詭謀是人類社會普遍存在的現象，是人類生活中難以根除的東西。如果把「人性」作為一個中性詞，那麼，詭謀無疑是人性的表現之一。人是社會的動物。人總要與其它人發生關係。人在與他人的相處中，總難免或多或少地、有意無意地運用詭謀。但是，個體之間的差異是巨大的。有的人特別光明磊落，特別不屑於以詭謀立身，有的人則特別鬼祟奸滑，特別熱衷於以詭謀處世。民族之間也是有差異的。中國的傳統文化中，詭謀文化異常發達，這也是不爭的事實。表達詭謀的語言特別豐富，僅僅成語一項就多得驚人，就是一個明證。梁漱溟在《中國文化要義》中，曾指出中國文化是「早熟」的文化。所謂「早熟」，就是處理人際關係的智慧過早地發達。梁漱溟說：「中國人講學問，詳於人事而忽於物理，這是世所公認的，中國書籍講人事者，蓋不止十之九，這只須一翻開中國書就曉得。中國人心思聰明之所用，何為如是偏於一邊？此應究問者一。」〔註5〕按梁漱溟的說法，中國古代的書籍，百分之九十以上，是「講人事」的。所謂「講人事」，就是探討人與他人的相處之道，就是研究一個人怎樣對待他人才有利於自己。有大量的古書，就是赤裸裸地解說怎樣算計、利用和戰勝他人。幾千年來，中國人的「聰明心思」，都用在了捉摸他人、防範他人、對付他人上了。梁漱溟是在與「西洋文化」的比較中對中國文化如是判斷的。梁強調：「西洋文化是從身體出發，慢慢發展到心的，中國卻有些徑直從心發出來，而影響了全局。前者是循序而進，後者便是早熟。『文化早熟』之意義在此。」從身體出發的西洋文化，

〔註4〕 見《作家、評論家直指當下文學創作弊端》，《中華讀書報》2011 年 11 月 2 日。

〔註5〕 梁漱溟：《中國文化要義》，學林出版社 1987 年 6 月版，第 289 頁。

在人生態度上是「向外用力」，學術文化的核心問題是「人對物的問題」，亦即怎樣利用、改造和防範自然的問題。而從心出發，在人生態度上是「向內用力」，學術文化的核心問題是「人對人的問題」。〔註6〕在書中，梁漱溟還在贊同的意義上引用了他人的一種說法：中國「社會那麼多偽君子，而沒有眞小人」。〔註7〕偽君子就意味著滿腹詭謀而表面坦蕩。這樣的人，幾千年來，充斥著中國社會，塑造著中國社會，支撐著中國社會。

魯迅曾以自己的方式探討過這一問題。許壽裳在《回憶魯迅》中說，20世紀初，他們在日本留學時，曾探究過「中國民族性的缺點」：「當時我們覺得我們民族最缺乏的東西是誠和愛，──換句話說：便是深中了詐偽無恥和猜疑相賊的毛病。」〔註8〕所謂「誠和愛」，正是詭謀的對立面；所謂「詐偽無恥和猜疑相賊」，也正是詭謀心理、詭謀習性的表現。詭謀與「誠」，與誠信、誠實、誠摯，水火不容。而一個習慣於對他人運用詭謀的人，心胸也一定是很涼薄的，一定是缺乏「愛」的能力的。一個民族的詭謀文化越發達，這個民族「愛」的能力就越微弱。一個具體的人也是如此。一個人的詭謀心理、詭謀習性越嚴重，「愛心」就越萎縮。在《深圳特區報》2003 年發起的討論中，有些文章探討了中國詭謀文化特別發達的原因。例如，沈金浩的《權謀文化繁衍的內在機理》一文，就頗多精妙的見解，其中特別令我認同的，是這樣的說法：「而中國早熟且持久的專制統治及其相依存的官僚政治體系才是更加複雜多變的權謀滋生地，也是某些以兵法形式存在的權謀文化『軍轉民』及變成貶義的權謀文化的應用場所。」〔註9〕詭謀文化特別發達，原因應該是複雜多樣的，但是，專制制度異常早熟，專制統治異常漫長，無疑是詭謀文化異常發達的重要原因。專制統治，本身就是一種詭謀統治。從權力頂端的帝王到最基層的官吏，都要運用詭謀維持他們的統治。當詭謀成爲基本的政治方式時，就必然造成整個社會的詭謀化。中國的專制統治延續了幾千年，是人類歷史上最漫長的。幾千年的詭謀統治，必然使得詭謀文化特別發達，必然使得社會成員普遍具有詭謀心理、詭謀習性。

〔註6〕梁漱溟：《中國文化要義》，學林出版社 1987 年 6 月版，第 267～268 頁。

〔註7〕梁漱溟：《中國文化要義》，學林出版社 1987 年 6 月版，第 321 頁。

〔註8〕許壽裳：《回憶魯迅》，見《魯迅回憶錄》（專著），北京出版社 1999 年 1 月版，第 487 頁。

〔註9〕沈金浩：《權謀文化繁衍的內在機理》，《深圳特區報》，2003 年 8 月 4 日。

　　當代學者丁立平在《人格與社會》一書中，提出了「權謀人格」這一概念。「權謀人格」是後天形成的：「在人的社會化和再社會化進程中，在一個權謀人格與權謀文化比較『豐富』的環境中，權謀人格是通過人際關係和社會文化的權謀因素而獲得，而且這種學習心理往往是『無意』的或者說是潛在的。在權謀人格和權謀文化盛行的環境與情境中，極容易發生、發展權謀人格。」〔註10〕「權謀人格」這個概念，或許更可以表述為「詭謀人格」。詭謀人格，應該說是在人的成長過程中，有意無意地形成的。當人出生在一個詭謀文化發達的環境中，當人在成長過程中總是遭遇各種詭謀時，就也會以詭謀應對詭謀，而詭謀人格就會自然而然地形成。丁立平也強調，中國的「權謀文化」自古就很發達，一部《二十四史》就是各種權謀權術被施展的歷史，它對中國人「權謀人格」的形成有著「巨大而深遠」的影響。中國古代的文藝作品，尤其是小說、戲曲這類通俗文藝，往往是「權謀文化」和「權謀人格」的「演繹」，「這些對中華民族社會心理的負面影響怎樣估計都不會過分，至今仍然是中華民族社會人格沉重的歷史包袱。」丁立平特別提到了「文革」對傳統的「權謀文化」的弘揚。〔註11〕「文革」期間，康生、張春橋這些深諳「權謀學」的人，在上層有充分的表演，他們把整個社會都拖入「權謀」的泥淖，以致於夫妻之間、親子之間、兄弟之間也難免以「謀」相處，以致於骨肉親人之間也要使奸弄詐。最近幾十年，詭謀文化大為盛行、詭謀文藝大受追捧，與「文革」時期詭謀的泛濫，應該也有著內在的聯繫。

　　現在可以談談詭謀文藝與大眾的詭謀心理、詭謀習性、詭謀人格之間的關係。魯迅曾指出，中國社會之所以「盛行著《三國演義》和《水滸傳》」，是因為「社會還有三國氣和水滸氣的緣故」〔註12〕。其實，「詭謀氣」就是「三國氣」之一種。《三國演義》之所以長期讓廣大中國人喜愛，原因之一，就是廣大中國人都或多或少地具有著詭謀心理、詭謀習性，都在一定程度上形成了詭謀人格。這種詭謀心理、詭謀習性、詭謀人格，在大眾心靈中形成接受詭謀文藝的「文化基線」。這種「文化基線」讓人們對《三國演義》這樣的詭謀文藝分外感到親切，讓人們特別容易、特別樂意被《三國演義》中的各種陰謀詭計所吸引。同樣，詭謀文藝在今天的盛行，也是大眾心靈中的這種「文

〔註10〕丁立平：《人格與社會》，中國鐵道出版社 2002 年 8 月版，第 119 頁。
〔註11〕丁立平：《人格與社會》，中國鐵道出版社 2002 年 8 月版，第 105～107 頁。
〔註12〕見《魯迅全集》第六卷，人民文學出版社 1981 年第 1 版，第 220 頁。

化基線」使然。中國的大眾，本就不同程度地有著詭謀心理、詭謀習性，本就在成長過程中形成了或強或弱的詭謀人格，而「文革」則大大強化了這種心理、習性、人格。這使得大眾對各種出版物和影視作品中的詭謀有著濃厚的興趣。這正是詭謀文化在最近幾十年大為「繁榮」的原因。

四

詭謀是人性的一部分，某種意義上是人之所以為人的特徵之一。而表現人性是文藝作品的題中應有之義。古今中外都有些優秀作品通過對詭謀的表現而探究了人性，而揭示了人性的幽深複雜。所以，不能認為文藝就絕對應該遠離詭謀，就絲毫不能對詭謀有所表現。但是，文藝作品表現詭謀，目的在於探究、揭示人性。詭謀表現只是探究、揭示人性的一種手段，而不是目的本身。既然是一種手段，就有一個度的問題。不能認為詭謀表現得越充分，對詭謀的過程刻畫得越細緻，對人性的探究和揭示就越成功、作品就越具有藝術價值。任何手段，都存在過猶不及的問題。某種意義上這也如暴力表現一樣。文藝作品，有時也需要通過表現暴力而探究、揭示人性，但不能認為暴力表現越充分、越細緻，就越值得稱道。

詭謀表現是為探究、揭示人性服務的，這是文藝創作者在表現詭謀時必須懂得的道理之一。詭謀同時又是人性的局限之一，詭謀是人性中的幽暗面，是一種人性之惡。在任何情況下，詭謀都沒有絕對正面的價值。為詭謀辯護者，常拿戰爭作為例子。他們強調，在戰爭中，詭謀是必須的，是值得絕對肯定的。「兵者，詭道也。」這是《孫子兵法》中的名句。戰爭確實與詭謀難以分離。但是，戰爭有著正義與非正義之分。非正義的戰爭，本身就是絕對應予否定的，在非正義的戰爭中運用詭謀，當然就沒有絲毫正面價值。戰爭中的詭謀不值得絕對肯定的原因，還不在於戰爭本身的性質。徹底消滅戰爭，應該是人類社會的共同追求。事實上，即便在兩軍交戰中，詭謀也從來不具有無限度的合理性。人類從很早的時候起，就有著對戰爭行為的制約，就有著規範戰爭行為的成文或不成文的原則。中國古代兵法極其發達，戰爭中的詭謀令人瞠目。但是，中國也自古就有「兩軍交戰，不斬來使」的傳統。「不斬來使」，就是對戰爭行為的一種規約。進入現代，人類社會則有多種成文的《戰爭公約》誕生。這些《戰爭公約》對戰爭中的行為予以限制，也包括對戰爭中詭謀運用的約束。人類社會如果能徹底杜絕詭謀，那全人類的「幸福

指數」都會大大提升。換句話說，如果人與人之間、團體與團體之間、國家與國家之間，一切關係中都沒有詭謀的因素，人類社將會美好得多。中國的詭謀文化十分發達。但是，中國也自古就有對詭謀的否定、批判。「智圓行方」、「不欺暗室」、「光明磊落」、「明人不做暗事」、「行不更名、坐不改姓」這一類成語、俗話，表達的就是對不屑於運用詭謀的人格風範的肯定、讚美。人類社會進步的標誌之一，是詭謀的逐漸減少，是詭謀在國際事務、人類生活中的作用越來越小。所以，文藝創作者在表現詭謀時必須懂得的另一個道理，是應該以批判、審視的眼光表現詭謀，是應該將詭謀導致的苦難作為表現的重點，是應該以一種哀憐、悲憫的情懷面對人類的詭謀。

　　但今日中國的情形恰恰相反。那些明確地在傳授詭謀術的通俗讀物，在以讚賞的筆調詳細描述詭謀過程，而大量的小說和影視，也在做著同樣的事情。金庸小說對詭謀的敘述，就往往極其細緻。《射雕英雄傳》中西毒歐陽鋒可謂滿腔滿腹都是惡謀毒計，而小說和根據小說改編的電視劇對其謀其計的施展也總是寫得很詳盡。《笑傲江湖》中，余滄海、左冷禪、任我行、東方不敗這些人，固然都是詭謀「大師」，小說和同名電視劇也都不厭其煩地細緻表現了他們的各種詭謀在實踐中的展開過程。而在詭謀施展上，在陰險毒辣上遠超儕輩的，是岳不群。我們常說，文學是人學。文學藝術以探究、表現人性為旨歸。但是，在金庸塑造的江湖世界裏，我們往往看不到人，只看到兩種臆想的動物：神和魔。金庸塑造的「好人」，往往「好」得無以復加，其「好」總是一次次突破讀者的預期，這不是「人」，是「神」；金庸塑造的「壞人」，往往「壞」得至矣盡矣，其「壞」也總是一次次挑戰著讀者的想像，這也不是「人」，是「魔」。人性之善和人性之惡，都要受生理和心理條件的限制，因而也是有限度的。金庸塑造的「好人」和「壞人」，都不受任何條件的限制。岳不群之壞，就大大突破了「人性」的極限。金庸把自己能想像到的人之邪惡，都寄託到岳不群這個「魔物」身上。金庸不是在通過詭謀探究「人性」，而是在通過詭謀探究「魔性」。詭謀在金庸作品中，不是表現「人性」的手段，是表現「魔性」的手段。

　　其它的許多文藝作品，在詭謀表現上雖然不至於如金庸那般匪夷所思，但也可謂無奇不有。細緻地呈現詭謀實施的過程，是電視劇這類東西吸引觀眾的方式。廣大受眾本有著詭謀心理、詭謀習性，廣大受眾本不同程度地具有詭謀人格，這使得他們對各種詭謀的施展有強烈的興趣。廣大受眾對詭謀

感興趣的另一種原因，則在於現實生活中詭謀還經常性地起著作用。詭謀文化的生產者爲了錢而極力迎合受眾的詭謀心理、詭謀習性、詭謀人格。詭謀文化與大眾的詭謀人格，便難免形成一種互動關係：大眾的詭謀人格使得唯利是圖的文化商人大力生產詭謀文化，以供大眾消費；大眾在消費詭謀的過程中，自身的詭謀人格也在一點一滴地強化著；大眾詭謀人格的強化，使得他們對詭謀文化的需求有增無減，而又驅使文化商人在詭謀文化的生產上變本加利。

詭謀文化是應該受到嚴肅批判、清除的精神遺產。詭謀人格應該在現代文明的發展過程中，一代代弱化。詭謀文化、詭謀人格，是前現代社會的產物。我認爲，所謂「文化的現代化」，對於中國文化來說，首先就意味著詭謀文化的退場；所謂「人的現代化」，對於廣大中國人來說，首先意味著詭謀心理、詭謀習性、詭謀人格最大限度地消泯；所謂「法治社會建設」，對於中國社會來說，首先就意味著詭謀的用武之地逐步縮小。而詭謀文化的盛行導致大眾詭謀心理、詭謀習性、詭謀人格的強化，自然也導致現實中詭謀的作用更爲普遍和有力。這樣一種文化走向和社會走向，與現代文明冰炭不容，與法治社會建設背道而馳。

2012 年 3 月 20 日

我們這個時代的思想表達
——十年隨筆挹滴（2001～2010）

一

要瞭解最近幾十年中國的思想狀況，決不能只注意那類高頭講章，決不能只注意那些學術論文和學術專著，數量眾多的被認為是隨筆的文章，也是不可忽視的。我甚至想說，隨筆，實際上是當代中國思想表達的最重要的方式。

但要給隨筆下一個明確的定義，卻又是難的。隨筆與論文的區別如何界定？隨筆與通常所說的雜文又有何不同？隨筆一般認為屬於大散文之一種，但在人們心目中，它與通常意義上的散文還是有差別，但這差別又在哪裏？——諸如此類的問題，都是不易說清道明的。多年前，一家面對中學生的刊物命我寫一則短文，對隨筆這種文體做出解釋。我當時是這樣寫的：

> 「隨筆」這名稱古已有之。《文心雕龍・總術》說：「今之常言，有『文』有『筆』，以為無韻者『筆』也，有韻者『文』也。」所以，「筆」在古代指無韻文，它的範圍極其廣泛，包括韻文之外的所有文章和文字記載的東西。宋代以後，舉凡見聞雜錄、讀書筆記、資料考證等等，都稱作「隨筆」。

> 在今天，「隨筆」是「散文」之一種。顧名思義，「隨筆」就是隨興而談之「筆」。所以，「隨筆」是一種相對自由的文體。作者借助「隨筆」這種文體，可以比較不受拘束地發表對各種問題的看法。

所謂「不受拘束」，指作者不一定要對所談論的問題有十分周全的思考，不一定要在談論對象時面面俱到。如果作者對問題的某一方面確有自己的感受和認識，就不妨以「隨筆」的方式表達自己的感受和認識。但這又並不意味著「隨筆」就享有以偏蓋全的「特權」。「隨筆」可以只發表對問題的某一方面的見解，但卻應避免把對某一側面的看法上陞到對整個問題的看法。換句話說，「隨筆」可以專就白璧上的微瑕做文章，但卻不應把微瑕放大到掩蓋整塊白璧的程度。

「隨筆」當然也可以抒情。但與抒情相比，「隨筆」更宜於說理。「隨筆」通常用來表達作者對某一問題的理性思考。一篇好的「隨筆」，應該能爲讀者提供某種獨特的思想，這思想可以不成系統，可以思及一點而不及其餘，但卻應該力求清新、深切。用習慣的說法，「思想性」是「隨筆」的本質屬性。好的「隨筆」應該能益人神智，應該能給人以思想上的啟發。

作爲「散文」之一種，「隨筆」對作者的學識有比較高的要求。「隨筆」作者應該是一個勤於思考並善於思考的人，同時，又應該是一個盡可能具有廣博學識的人，一個極可能具有學者素質的人。「隨筆」作爲一種思想者的文體，它要求作者不人云亦云，始終保持思想的獨立性。但冥思苦想而束書不觀，必然流於胡思亂想。所以，勤學而敏思，是寫好「隨筆」的前提。

作爲一種文學體裁的「隨筆」，還應該具有起碼的文學性。首先是「隨筆」的語言應該是富有文學意味的。在結構上，也應該表現出一種「苦心經營」的「隨便」。「隨筆」要具有文學性，還應該不僅僅滿足於說理，同時還應表現出一種「理趣」。

以上是我多年前對隨筆這種文體的看法。我對隨筆的基本看法仍然如此。隨筆最突出的特性是思想表達的相對自由。這種自由首先是針對嚴謹規範的學術論文而言的。如果借用戰爭術語來說明學術論文、隨筆和雜文的特性，那麼，學術論文是陣地戰，隨筆是運動戰，而雜文則不妨說是游擊戰。雜文某種意義上比隨筆更自由，但卻不能像隨筆那樣很充分地表達作者的所思所慮。隨筆不必像論文那樣瞻前顧後，卻又能把想說的話說得很透徹。我這裏並無在幾種體裁之間褒此貶彼之意。我只是想說，在某種特定的時代，在某

個特定的社會，隨筆是一種特別適合表達思想的方式。某類思想，某種看法，某些方面的憂慮，當然也很適合政治學家、歷史學家、社會學家、經濟學家、國際問題專家等各種學者以學術論文甚至學術專著的方式加以表達。但是，在今天的中國，這些問題卻又往往是「正宗」的學術論文難以問津的。在「正宗」的學術研究領域，這些問題往往是令人忌諱的。高等學校是學者雲集的地方，大學教師是學術研究的基本力量。在量化管理成為高校基本管理方式的今天，盡可能多地在所謂「核心期刊」發表所謂學術論文，是大學教師的基本追求。既然以發表為終極追求，論文自然要盡可能選擇那種「安全」的話題，而那種不夠「安全」的問題，那類或多或少「犯忌」的問題，當然不會去碰了。至於今天的所謂科研項目，則更是常常與真問題不相容。是否爭取到項目，是否爭取到數量既多「層次」又高的項目，是高校評價教師的重要標準。不少學校甚至把項目作為考覈、評審的死槓槓。沒有爭取到某種級別的項目，便不得升副教授；沒有爭取到更高級別的項目，便不得升教授和當博導。即便當上了博導也不意味著就可馬放南山。連續幾年沒有再爭取到某種級別的項目，就會被剝奪繼續指導博士生的資格。大家都去爭項目，而決定項目能否成立的首要標準，卻又並不是學術性的。有某種凌駕於學術之上的鐵則，在對申報者的課題進行首輪篩選。這就意味著，項目，在許多時候是迴避真思想、真問題、真學問的。學術在項目化，而項目，卻又往往是非學術化的。

　　本來，隨筆作為一種表達思想的文體，與學術論文、學術專著和學術項目，沒有必然的聯繫，相互不必有什麼影響。但在今天的中國，由於學術論文、學術專著和學術項目被納入某種既定的軌道，就在一定程度上促進了隨筆的繁榮。換句話說，本來應該由學術論文、學術專著承擔的一部分職能，現在由隨筆來承擔了。隨筆發表、出版的空間，遠比學術論文、專著要寬廣，這是有目共睹的事實。有幾種專門發表隨筆的刊物，其包容度是任何一種學術刊物都難以比擬的。當然，並不只有這幾家專門的隨筆刊物上發表的文章才值得注意。我們常常在各種各樣的報刊上，讀到精彩的隨筆文章；甚至那種很冷僻很沒有影響的報刊，偶而也會有文章讓我們眼睛一亮。我如果說，這十多年來，在隨筆中有著更多的真思想、真問題、真學問，不知是否會招來駁斥。

二

「文革」在中國，「文革學」在海外，這種狀況已經存在許久了。在海外、境外，每年都有數量可觀的關於中國「文革」的著作出版。有的是研究性的著作，有的是資料彙編，有的是「文革」親歷者的回憶錄。而在中國大陸，「文革」在被許多人遺忘的同時，又在被一部分人懷念。不談論，不研究，主流的學術界彷彿不知道曾有一場持續十年的「文革」時期，是「文革」被許多人遺忘的根本原因，而這也是「文革」被另一部分人懷念的原因之一。當然，不談論、不研究這種說法並不準確。準確地說，對「文革」否定、批判性地談論和研究，是十分困難的，而肯定、揄揚性地談論、研究「文革」則決無問題。實際上，上個世紀九十年代以來，美化「文革」，成為一股不可忽視的潮流。「文革」中有平等，並且「文革」時期的平等才是真正意義上的平等；「文革」中有民主，並且「文革」時期的民主才是真正意義上的民主；「文革」中沒有腐敗，所以「文革」是反腐防腐的最好方式……凡此種種，不一而足。如果他們認為有必要，我毫不懷疑他們會理直氣壯地說「文革」中有自由，並且「文革」時期的自由才是真正意義上的自由。他們可以用學術論文、學術專著的方式，表達他們對「文革」的歌頌，表達他們對毛澤東時代的讚美。他們從西方繞行到東方，從古代迂迴到當代，千方百計地證明著「文革」的歷史價值和現實意義。已故作家浩然，在「文革」中是大紅人，所以他不同意把「文革」稱為「十年浩劫」。但他畢竟同意稱「文革」為「十年動亂」。而今天的一些學者，則連「動亂」這樣的定性也不認可。他們甚至說，除了「文革」初期有些混亂，此後的七八年，是中國歷史上最好的時期。浩然對「文革」的感情，雖然令我作嘔，但他是「文革」時期的既得利益者，他對「文革」的感情還不難讓人理解。而今天的那些用曲裏拐彎的理論讚頌「文革」者，本身也是「文革」的經歷者，在「文革」時期是已經懂事、記事的平民子弟。我更不相信他們讚頌「文革」的真誠。我不相信他們表達的真是一種學術觀點。我不相信他們的常識缺乏到如此程度。他們缺乏的不是常識，是某種精神的底線。他們的不真誠，卻吸引了一批真誠的信奉者。那些對「文革」毫無切身感受的年輕人，那些「文革」後才來到人世的人，讀他們的著述，便對「文革」無限神往，以為那真是一個人人平等的美好時代。

對這些學者以學術的方式讚頌「文革」，別的學者難以也用同樣的方式進行反駁。他們可以寫一篇數萬字的論文，一本數十萬字的專著，列舉「文革」

的種種「好處」，再用那種時髦或不時髦的理論來解釋這些「好處」，以此證明「文革」的「偉大成就」。但你卻不能也以數萬字的論文或數十萬字的專著，列舉「文革」的罪惡，並用不合時宜的理論解釋這些罪惡，以此證明「文革」是大災難、大悲劇。也即意味著，你不可能與他們打陣地戰。人們常說當代中國學術文化界有兩種思想派別之爭。其實，這種派別之爭如果真的存在，也絕對不是一種公平之爭，這一「派」與那一「派」的話語空間，是差別極大的。這一「派」可以盡情地表達自己的觀點，盡情地擺出支撐自己觀點的證據，而另一「派」卻並不能如此。另一「派」只能隱晦地、曲折地、十分注意分寸地表達異議，這一點，是關注這種爭論者無論如何不能忽視的。這一點，也是未來的人們研究這一時期的學術史、思想史時不能不考慮的。

揭露「文革」罪惡，抗擊對「文革」的美化，這一歷史使命很大程度上由隨筆來承擔了。最近十來年，是隨筆在堅持著對「文革」的回憶和控訴（小說等虛構性的文本另當別論）。1986 年，巴金寫了《「文革」博物館》這篇隨筆。巴金呼籲建立一座「文革」博物館，並且認為對此「每個中國人都有責任」。巴金說：「建立『文革』博物館，這不是某一個人的事情。我們誰都有責任讓子子孫孫，世世代代牢記十年慘痛的教訓。『不讓歷史重演』，不應當只是一句空話。要使大家看得明明白白，記得清清楚楚，最好是建立一座『文革』博物館，用具體的、實在的東西，用驚心動魄的真實情景，說明二十年前在中國這塊土地上究竟發生了什麼事情？！讓大家看看它的全部過程。」巴金甚至天真地說：「我只說了一句話，其它的我等著別人來說。我相信那許多在『文革』中受盡血與火磨煉的人是不會沉默的。各人有各人的經驗。但是沒有人會把『牛棚』描繪成『天堂』，把慘無人道的殘殺當作『無產階級的大革命』。大家的想法即使不一定相同，我們卻有一個共同的決心：絕不讓我們國家再發生一次『文革』，因為第二次的災難，就會使我們民族徹底毀滅。」我之所以說巴金天真，是因為的確有不少在「文革」中「受盡血與火磨煉的人」，一直沉默著，直到告別這個世界。而也的確有人在把「牛棚」描繪成天堂，在賦予「慘無人道的殘殺」以歷史合理性。但這十來年間，也有一些隨筆作者不忘巴金的呼籲。從維熙的《「古鏡」新說》〔註1〕就是對巴金的響應。《「古鏡」新說》回憶了「反右」，回憶了「文革」。特別難能可貴的是，從維熙述說了自己「文革」中親眼所見。1966 年 8 月的最後幾天，「皇城近郊」的

〔註 1〕 從維熙：《古鏡新說》，載《隨筆》2005 年第 5 期。

大興縣一個公社,「也將三百多口地、富和地、富子女,一起屠殺。其中最大的 80 歲,最小的僅來到人世 38 天。筆者當時正在京郊的一個勞改農場改造,勞改幹部中有一位叫王月娥的幹部,其家庭就在這個公社,因其出身不好,就在那兩三天內,一家七口人被殺戮了六口,全家只剩下她一個人了……」;從維熙無限悲哀地說:「巴金老人早在上個世紀八十年代初期,就提出來建立文革博物館的倡議,儘管從上到下都盛讚其言為『世紀良心』,但時至今日,只見各種博物館拔地而起──包括民俗、崑曲、皮影等博物館都興建起來了;唯獨不見紀錄十年血色文革的博物館──不要說問世,連『下雨』之前的『雷聲』,也還沒有聽到。我們至今還對自照鏡子如此畏懼,真是不知其心態是清是濁是黑是白,是愛國還是誤國了。」巴金也許沒有意識到自己的天真。但 2005 年的從維熙,一定知道自己這些話其實顯得很天真。不因為這樣的話顯得天真就不說,這表現了可貴的執著。有時候,天真是抗擊邪惡、戳穿遮蔽的最好方式。

　　曉劍《抄家的經歷》〔註 2〕,以一種特別的方式提到了「文革」博物館:「有專家分析說,若把北海的淤泥清理一下,從裏面篩出來的金銀財寶不僅夠支付清理費用,多出來的還夠建一座『文革』博物館。」這是因為,「文革」期間,抄家之風正盛時,北京那些家裏有點金銀財寶者,都趁夜深人靜,扔進了北海。曉劍回憶的是自己參與的抄家。那時候,「紅衛兵」是想抓誰就抓誰,想打誰就打誰,想抄誰就抄誰,想怎樣抄就怎樣抄的。打死了人,逼死了人,也就如同弄死一隻螞蟻。曉劍回憶道:「我所在的人大附中曾經以一舉抓獲在海淀區聲名顯赫的流氓集團頭目『四龍一鳳』中的『鳳』而名噪一時。現在細想起來,這個『鳳』不過十七八歲,略有姿色,大概就是和龍們睡睡覺,絕沒有吸毒、搶劫、拐賣婦女、欺行霸市、開髮廊當雞頭之類的勾當,但被我們學校的紅衛兵抓到後,一陣拳打腳踢,不知命中了哪個要害部位,便嗚呼哀哉,屍體被扔在教學樓的樓梯下。當天夜裏,還有一個父親是挺有名的將軍的高三男同學因著對異性的好奇,前去『研究』了一下她的身體構造,結果被當場擒住,若非他是響當當的『紅五類』子女,肯定也會被當成小流氓給處理了。」「紅衛兵」打死人,決非稀奇事。曉劍說:「幾乎每天都有紅衛兵手下的冤鬼被拉到八寶山去火化,至於有多少人在震驚世界的『紅八月』中被打死,尚沒有人進行統計,恐怕這也是個不太容易幹的事,據當

─────────────

〔註 2〕曉劍:《抄家的經歷》,見《親歷歷史》,中信出版社 2008 年 10 月版。

時八寶山火葬場的工人披露，最多時，一天有兩卡車屍體拉進來。」連「國家主席」劉少奇都說打死就打死了，其它人被胡亂打死，實在也很「正常」。有人不承認這是「浩劫」，那要怎樣才算是「浩劫」呢？有人還在爲「紅衛兵」的行爲辯護，那「紅衛兵」要把事情做到怎樣的程度，才能讓你們不再爲他們辯護呢？「文革」中「紅衛兵」的打、砸、搶，絕對應當是歷史學家研究的課題。「『紅衛兵』言行研究」，是極好的學術項目和學術專著的名目吧，而且，這樣的研究應當盡快做，應當趁當年的親歷者健在時廣泛獲取第一手資料。但這樣的項目和專著，現在似乎不可能有。即便僅僅是「文革」中的抄家，也是應當有歷史學家進行專門研究的，也是應當有學術專著來細加論述的。但這樣的學術專著，不知何時才能出現。好在隨筆留下了一點點見證。曉劍敘述了他們一夥人在北京西城區抄一對老夫婦家的過程。他們一進門，「迅速解下腰間的皮帶，二話不說，照著那老頭子就掄了過去」。「我記得很清楚，那個膚色很白的老頭子一下子就摔倒在地，而且嗚嗚地哭了起來，而那個老太太則撲通跪了下去，連連磕頭。」「於是，我們開始了對老兩口的刑訊逼供。刑是皮帶、拳頭、巴掌、木棍及腳伺候，訊是橫眉立目、義正詞嚴及歇斯底里、破口大罵……不論男孩子還是女孩子，每個人都必須動口還要動手，否則就是對階級敵人心慈手軟，就是革命立場不堅定，就是妄稱革命後代，就是紅衛兵的敗類！」

　　曉劍《抄家的經歷》是這樣結尾的：「不久，當我父親被打成『走資派』，我母親被打成『國民黨中統特務』的時候，我們家也被抄了，面對著別人抄我的家，我無話可說。」這讓我們想起黃翔寫於「文革」時期的詩《野獸》：「我是一隻被追捕的野獸／我是一隻剛捕獲的野獸／我是被野獸踐踏的野獸／我是踐踏野獸的野獸」。在「文革」中，的確存在著迫害與被迫害集於一身的現象。今天踐踏他人的人，明天被他人踐踏；甚至上午摧殘別人的人，下午即被別人摧殘。這種情形不算罕見，但也不可誇大。應該說，更多的迫害、摧殘者，並未受到迫害、摧殘；而廣大的被迫害、被摧殘者，從未扮演過迫害者、摧殘者的角色。曉劍《抄家的經歷》寫的是在北京抄他人家的情形，方凌燕的《逃離》〔註3〕寫的是在上海的家被抄的過程，而像方凌燕這樣的受害者，是並無可能去傷害他人的。方凌燕的父親「解放前」是上海灘上有點名氣的藝術家，在「鼎革」之際本有可能離滬赴港，但他選擇了留下。日曆

〔註3〕方凌燕：《逃離》，見《親歷歷史》，中信出版社2008年10月版。

翻到了 1957 年，許多這樣的人厄運當頭，作者的父親也在劫難逃。母親於是
與父親離婚。父親於是自殺。在那個年代，知識分子像瘟疫一樣讓人恐懼。
母親像逃離瘟疫一樣逃離了父親，再嫁時選擇了一個開關廠的工人。爲了與
那個已死去的知識分子徹底「撇清」，母親讓女兒改了姓，從繼父姓。母女倆
希望這樣就算脫胎換骨了，這樣就是一個貨眞價實的「工人家庭」了，這樣
就能在新的時代平安度日了。她們雖然心存僥倖，但她們畢竟經歷過 1957 年
的災難，所以並沒有低估這個時代的邪惡和兇殘，或者說，她們並不敢低估
自己身上的「原罪」。日曆翻到了 1966 年。上海灘上已到處在抄家。其時作
者在讀高二，平時住校。一個星期天的傍晚，作者正準備返校時，母親將「父
親遺留下來的最後一點東西」交給了她，讓她「保管好」。這是一隻「精細的
描龍雕鳳的金鐲」，是一件美好的藝術品，但已被母親剪成兩個狹長條。在「文
革」期間，一切眞正美好的東西，無論是精神的還是物質的，都難逃毀滅的
命運，或者被他人毀滅，或者自我毀滅。母親將金鐲剪斷，是自己先行「破
四舊」，也是爲隱藏的方便。但此時的作者是一個讀中學的少女，她能把這剪
斷的金鐲藏到哪裏呢？「母親、外婆和我商量著，最後想出一個辦法，由外
婆臨時縫一個衛生帶，讓我像例假來似的不離身地帶著」。可以想見，以這樣
的方式隱藏這樣一件東西，一旦被發現，那就罪加十等，死於憤怒的拳腳之
下也完全有可能。「我就這樣帶著金鐲在學校裏念書。也許由於這學校位於郊
外，沒像市中心那麼亂。雖然搞運動，當時也還上課。……我心裏慌慌的，
下面沉沉的，雖然有布包縫著，但硬硬的鐲邊仍擦破了我腿部的兩側。每次
上廁所，我又害怕又難受，心裏直埋怨自己的生身父親。」「心裏慌慌的，下
面沉沉的」──對「文革」的控訴，其實不需要更多的文字，僅這十個字，
就足夠了。作者所受到的傷害，在「文革」期間當然並不算特別嚴重，慘絕
人寰的事情還多著。但是，一個時代哪怕僅僅讓一個無辜少女遭受如此的精
神和肉體的痛苦，它也應該是被詛咒的。在對抄家的恐懼中，抄家終於成爲
現實。作者被勒令回家「參加革命」：「我剛到東寶興路四川北路口，就聽到
一陣驚天動地的口號聲。緊走幾步，循聲看到我家樓下的食堂門口的街上，
母親正站在人群中高高的批鬥臺上！兩個紅衛兵按著母親，她被剪得亂七八
糟的頭髮上糾結著一隻玉色的蝴蝶結，那是她年輕時穿的長絲襪；那細細的
褲管被剪子捅成了兩片隨風飄蕩的布片。她的頸上掛著一塊木牌：『打倒右派
家屬資產階級臭婆娘陳白珠！』」──這就是眞實的「文革」。可以這樣給「文

革」下定義：「文革」就是以「革命」的名義，撲滅人性中最善良、最光明的東西，同時釋放人性中最邪惡、最陰暗的東西；「文革」就是以「革命」的名義，做著最下作、最卑鄙的事情。

三

「文革」的罪惡當然不僅體現在抄家上。1978年12月召開的中共十一屆三中全會，做出了「徹底否定文化大革命」的決議。在此後的八十年代，人們常用「打、砸、搶」三個字來概括「文革」。這三個字當然很「傳神」，但卻並不足以說明「文革」的全貌。「文革」的罪惡是全方位的，是以各種方式、從各個方面表現出來的。在這裏，我特別想提到畢星星的《一個人的地震記憶——從唐山到汶川》〔註4〕。唐山大地震時，作者是救災部隊的新聞報導人員，對這次的救災自然有很大的發言權。他提醒我們，當唐山大地震發生時，「救人」並沒有成為「救災」的主要指向。讓「救災」為「文革」的政治服務，或者說，變大災難為政治上的大好事，才是其時「救災」的主旨。當時雖然也高喊「抓革命，促生產」的口號，但「革命」是首要的，「生產」是次要的。以「革命」促「生產」是「正確」的說法。如若將「生產」置於「革命」之前，那就在政治上犯了方向性錯誤。在唐山大地震發生後，救災部隊居然為「救人」是「革命」還是「生產」而困惑。如果「救人」只是「生產」而不是「革命」，那將「救人」放在首位，就是以「生產」壓「革命」，就犯了嚴重的政治錯誤，救的人越多，錯誤便越嚴重。所謂「困惑」也只存在於少數較有頭腦者的頭腦中。在實際的「救災」中，是將「救人」看作「生產」而非「革命」的，也即在「救人」之上還有一個高於一切的「革命」。不然「一分不差」的故事就不會傳誦一時：「某部一排清理挖掘銀行金庫，地下共埋壓現金91萬515元零9分，在挖出大部分，只剩下5元錢、5分錢、3分錢、2分錢時，銀行工作人員幾次阻止，表示誤差已經在可以允許的範圍內，不要再費勁了。戰士們表示：財經紀律允許有誤差，我們為人民服務的思想，卻不允許有一絲一毫的誤差！他們摸著黑，打起手電，在磚縫裏摳，在泥土裏刨，終於找到了最後一枚糊滿泥土的二分的鋼鏰兒。《解放軍報》對此專門做了突出報導。」無數的生命在鋼筋水泥下等待救援，以「救災」為師出之名的部隊，卻為國家的二分硬幣「挑

〔註4〕畢星星：《一個人的地震記憶——從唐山到汶川》，載《隨筆》2008年第5期。

燈夜戰」。不難想像，在這些戰士為尋找二分硬幣而細細摳著磚縫、輕輕刨著泥土時，近在咫尺的地方，就有一個又一個的人在鋼筋水泥下呻吟著。他們或許並沒有聽到這呻吟。但即便他們聽到了，也會無動於衷。因為無動於衷才是正確的。如果有動於衷，如果因這呻吟而影響尋找那枚硬幣，那就是思想上出了「問題」。當然也不難想像，當二分硬幣終於找到時，當一整排戰士為這二分硬幣的「出土」而歡呼時，身邊已有些人剛剛死去或正在死去。要說這些不找到二分硬幣誓不罷休者完全無視人的生命，他們又分明是以「為人民服務」的名義如此行事的。那無數鋼筋水泥下的男男女女、老老少少，不是「人民」，而那二分硬幣卻代表著「人民」，於此亦可見「人民」二字在「文革」中是怎樣莊嚴神聖卻又空洞無物了。這一排戰士是為二分硬幣而在手電照耀下摳遍磚縫、刨遍泥土。如果要尋找的是一枚一分的硬幣，他們的勁頭也絲毫不會減弱，甚至會熱情更高、幹勁更大、精神更亢奮。因為摳刨一分硬幣，政治意義更大。「文革」期間，強調為國家和集體犧牲個人。個人的付出與國家和集體的利益之間的落差越大，該行為在政治上就越有價值。為救集體的一頭牛犧牲生命，固然是英雄。為救集體的一隻羊犧牲生命，則更是英雄。由此又可以這樣為「文革」下定義：「文革」就是國家和集體的一分錢，重於一條人命、十條人命、百條人命、千條人命……

畢星星的文章還說到雲南昭通的地震。在唐山地震發生前，雲南昭通發生了地震，當地報紙做出的是這樣的報導：「千條萬條，用戰無不勝的毛澤東思想武裝災區革命人民的頭腦是第一條。地震發生後，省革命委員會派專車專人，星夜兼程把紅色寶書《毛主席語錄》、金光閃閃的毛主席畫像送到了災區群眾手中。」以後的人們，不知會用怎樣的語言形容「文革」的荒謬、昏亂與弱智。當然，如果今天的人們都閉口不談「文革」，以後的人們會不知民族的歷史上，曾有過這樣的荒謬、昏亂與弱智。僅有隨筆來回憶和反思「文革」是遠遠不夠的。但在我也遠遠談不上全面的閱讀中，隨筆從各個側面控訴和反思了「文革」。「文革」是對人性的考驗。在正常的生活狀態中，人性的差異難以有明確的顯現。而在「文革」這樣的時代，高尚與卑鄙、善良與邪惡、勇敢與卑怯，都有了顯現的機會。方凌燕的《逃離》，不僅寫了抄家者的兇殘，也寫了在那樣險惡的環境中，幾個普通人的大善良與大勇敢。何滿子的《四十年前那一年》〔註5〕，回憶的是「文革」開始時的自身遭遇，同樣

〔註 5〕何滿子：《四十年前那一年》，載《隨筆》2006 年第 2 期。

寫出了人性的巨大反差。陳丹晨的《洪君彥章含之政治語境下的非正常生活》〔註6〕，也是特別值得一讀的好文章。陳丹晨是著名文學評論家，與章含之的第一任丈夫洪君彥是高中時的同班同學，對洪、章的結識和婚變，都很有發言權。陳丹晨作此文，是以老同學、老朋友和知情者的身份仗義執言，為洪君彥鳴不平，當然也有著揭露「名媛」真相的用心。陳丹晨在敘述章氏行徑時，有一個關鍵詞：攀附。攀附，歷來是人類中的一部分謀取名利、權勢的手段。歷代都有些人，是以夤緣攀附的方式，致身通顯。章氏的攀附，可謂登峰造極，因為她真正達到了「攀龍」的境界。攀附者又往往是踐踏者，因為踐踏，往往是攀附的前提。而攀附者所踐踏的，有時又正是先前所攀附的。當更高的目標出現時，先前所攀附的東西，於是成為墊腳石。事物的高低，是依時勢而變的。始而攀附繼而踐踏的東西，如果又高起來了，不妨立即再攀附之。章氏攀附與踐踏的兩手，在與洪君彥的關係中表現得很充分，在與章士釗的關係中表現得則更典型。人世間有各種各樣的低賤與無恥。陳丹晨的文章，讓我們看到了低賤怎樣以高貴的面目出現，無恥如何以雅淑的姿態登場。

　　隨筆似乎是一種特別適合於表達歷史反思的方式。這裏的歷史，既可以是國家民族的歷史，也可以是個人的歷史。而國家民族的歷史，與個人的歷史，又往往是糾結著難解難分的。十多年來，隨筆的歷史反思，當然不只指向「文革」。「文革」前17年間的荒謬與邪惡，也是一些隨筆反思的對象。更有作者將反思的目光投向遙遠的古代。隨筆對歷史的反思，往往表達的又是作者在現實中的感受。上世紀九十年代以來，思想文化界時有濁流、逆流出現。電影電視姑且不論了。就是在所謂言論界、學術界，那種昏亂、低能、弱智的說法，也時有所見。一些與現代社會格格不入的東西受吹捧，一些明顯與人類的普世價值冰炭難容的東西，被歌頌。讚美秦始皇，便是一種突出的現象。有人用電影的方式讚美，有人用學術的方式讚美，有人則用小說的方式讚美。首先是隨筆抗擊了這種謳歌暴君、稱頌專制的行為。針對張藝謀歌頌秦始皇的電影《英雄》，潘旭瀾先生發表了《什麼〈英雄〉》〔註7〕，表示了強烈的憤慨。潘先生以學者的筆觸，揭露了秦

〔註6〕 陳丹晨：《洪君彥章含之政治語境下的非正常生活》，載《炎黃春秋》2008年第9期。

〔註7〕 潘旭瀾：《什麼〈英雄〉》，載《上海文學》2003年第7期。

始皇的殘暴，更強調了秦始皇對後來歷史進程的惡劣影響。可與潘先生文章對照閱讀的，是草明的《秦始皇，中國的癌──秦陵漫憶及秦皇雜論》〔註8〕。草明文章也是對一個「學者」稱頌秦始皇文章的駁斥。草明指出，自秦以後，中國歷代就遺傳著一種病，叫「秦始皇癌」。所謂「百代都行秦政制」，就意味著百代皆不能免患此症。從政治領域到思想文化界，實行全面的專制，是「秦始皇癌」的表現。曾有論者指出，「專制是我們的生活方式」。而這種生活方式的養成，首先要「歸功於」秦始皇。秦始皇的所謂「歷史功績」，是秦始皇評價中一個似乎繞不過去的問題。對此，草明有如此論述：「掃平六國，統一中國，車同軌，書同文，統一度量衡，廢封建，立郡縣等等，已是戰國末期六國中都出現了的事物，是社會的大勢所趨。統一中國的假若不是『虎狼之邦』的秦，而是齊國或楚國，結果就會好得多。」秦始皇的那些「歷史功績」，只不過是一種水到渠成的結果。把這一切都歸功於秦始皇，其實是典型的「英雄史觀」。

隨筆對歷史的反思，總是作者在現實中受到某種刺激的反應。傳統文化中骯髒、邪惡的一面，九十年代以來，在現實的許多方面都有程度不同的表現，而電視劇在弘揚骯髒、邪惡的傳統文化中，可謂用力最多、作用最大。在今日中國，所謂電視連續劇，是特別無聊的東西之一。那種古裝戲，更是不遺餘力地歌頌著那些與自由、民主、人權等現代價值觀念格格不入的東西。針對古裝電視劇，有一批隨筆文章做出了尖銳的批判，同時也表達了對歷史的反思。董健的《流行影視劇對民主精神的顛覆》〔註9〕，指出當代影視劇中存在著嚴重的「反啓蒙，反現代」的傾向。傳統的中國人，頭腦中有著根深蒂固的臣民意識。至於現代公民意識，則是中國的傳統文化中絕對沒有的。要建立一個民主的、法治的現代社會，讓現代公民意識取代每個人頭腦中的臣民意識，便是一種前提條件。但我們的古裝電視劇，卻在日復一日鞏固著、強化著人們頭腦中的臣民意識。鞏固、強化著臣民意識的，當然不僅是古裝戲，董健指出，那些現代的「清官戲」，也同樣沒有表現出民主與法治的力量，或者，也沒有表現出對民主與法治的渴望與呼喚，所以也仍然是在認可、加

〔註 8〕 草明：《秦始皇，中國的癌──秦陵漫憶及秦皇雜論》，載《隨筆》2007 年第4 期。

〔註 9〕 董健：《流行影視劇對民主精神的顛覆》，載《深圳特區報》2003 年 9 月 15日。

強傳統的臣民意識，因為對所謂「清官」的渴望與呼喚，恰是臣民意識的典型表現。最近二十年來，古裝電視劇也好，以現代官場和商場為題材的電視劇也好，都往往對權謀有大肆渲染，以驚心動魄的權謀來吸引觀眾。就如臭魚爛蝦總能吸引蒼蠅，屏幕上的權謀，也的確特別讓中國的觀眾興奮。所謂權謀文化，是中國傳統文化中一個突出的部分。這也是傳統文化中特別骯髒、邪惡的部分。王紹培的《權謀文化的歷史土壤》〔註 10〕就是針對權謀文化大熱的現象而作。正如有的學者指出的，中國的權謀文化極其發達，極其源遠流長，以致於歷代中國人都普遍有著深厚的權謀心理，甚至代代遺傳著一種權謀人格。電視連續劇，還有許多大眾出版物之所以能以權謀文化吸引觀眾和讀者，就因為廣大觀眾和讀者本有著權謀心理和權謀人格。觀眾身上固有的權謀心理和權謀人格，使得他們對屏幕上和出版物中的權謀產生濃厚的興趣，正如蒼蠅的嗜臭習性使得它們對一切臭物都產生興奮。廣大觀眾和讀者身上固有的權謀心理和權謀人格，本是應該盡快清除、摧毀的對象。因為權謀心理與權謀人格與現代公民社會是薰蕕不可同器的。只要「笑裏藏刀」、「皮笑肉不笑」仍是一種普遍的表情，只要「見人只說三分話，未可全拋一片心」仍是一種普遍的信條，只要「當面說好話，背後下毒手」仍是一種普遍的現象，只要所謂的規章制度仍是「寫在紙上，掛在嘴上，貼在牆上，一陣風吹在地上，卻從未落實在行動上」，真正民主與法治的社會就仍然遙遙無期。觀眾之所以對屏幕上和出版物中的權謀感興趣，就因為屏幕和出版物中的權謀迎合了、刺激了他們身上固有的權謀心理和權謀人格。他們懷著固有的權謀心理和權謀人格欣賞著屏幕上和出版物中的權謀，嘴巴張開著，眼睛放光。他們感到了巨大的精神享受。就在這享受中，身上的權謀心理和權謀人格漸漸在強化著。這樣的觀眾和讀者普遍存在一天，所謂「潛規則」便仍然主宰社會。

權謀當然也是一種智慧。但權謀是一種邪惡的智慧。王紹培在《權謀文化的歷史土壤》中指出，在權謀文化發達的社會，人人都顯得很「聰明」。但是，當人人都具有這樣一種邪惡的「聰明」時，社會卻必然是低效的。因為這樣的社會，人與人「彼此防範，無法建立信任，也無法合作」。權謀文化發達的社會，必然是做任何事情都成本很高的社會。同時，權謀文化發達的社

〔註10〕王紹培：《權謀文化的歷史土壤》，載《深圳特區報》2003 年 7 月 28 日。

會，也一定是政治道德低下的社會。在權謀文化發達的社會，政治領域，或者用通俗的話說，「官場」，是權謀最集中、最活躍的地方，因而也就成為最黑暗、最險惡的所在。

四

隨筆在反思歷史時，思想鋒芒總是指向現實的。與中國的現實關聯著的，不僅有中國古代的歷史，也有外國的歷史。十多年來，一部分隨筆作者執著地向當代中國人述說著斯大林時期的蘇聯和希特勒時期的德國的事情，往往發人深省。我這裏把斯大林與希特勒相提並論，並非沒有根據。實際上，在蘇德戰爭爆發前，斯大林與希特勒之間、蘇聯與德國之間，有著千絲萬縷的聯繫，不妨說是攜手合作的夥伴。斯大林在蘇聯執掌最高權力在前，希特勒在德國登上權力峰巔在後。在一定的意義上，希特勒是斯大林的仿傚者。

1937 年奔赴延安的「老革命」、「老幹部」曾彥修，「文革」後的幾十年間，發表了眾多關於蘇聯的文章，對於人們瞭解蘇聯和認識斯大林，起了明顯的作用。例如，《九分軍事一分民》〔註 11〕，指出在蘇聯時期，「工業生產投資的軍用與民用之比」竟是九比一，也即意味著，在整個蘇共執政時期，百分之九十的財力用於發展軍事，只有百分之十的財力用於民生。而這，才是蘇共終於垮臺的最根本原因。在冷戰時期，蘇美是所謂兩個超級大國，左右著整個世界的政治格局。但實際上，蘇聯僅僅在軍事上能與美國相抗衡，其它任何方面都不可同日而語。以廣大人民的飢寒交迫為代價發展軍事，讓國家一時間成為軍事強國，當年的秦始皇就是這麼幹的。到了 20 世紀，斯大林這麼幹，希特勒這麼幹。如今，這樣幹的國家也還有吧，但或遲或早，必定要崩潰。正如曾彥修所說：「不憂民之憂者，民亦不憂其憂。」學者蕭雪慧亦長期堅持以隨筆的方式表達自己的思考，其文章篇篇精彩，《殉難的華沙、狂歡的巴黎──六十年前兩場反抗納粹暴政的人民起義》〔註 12〕，則從一個特定的角度，將二戰期間的蘇聯和英美做了對比。1944 年 8 月，盟軍已在諾曼底成功登陸，歐洲的戰局大勢已定，希特勒的敗亡指日可待。在這樣的時候，那些仍被德軍佔領的城市，例如華沙、例如巴黎，最好的選擇是靜靜等著盟

〔註11〕曾彥修：《九分軍事一分民》，載《雜文月刊》2002 年第 2 期。
〔註12〕蕭雪慧：《殉難的華沙、狂歡的巴黎──六十年前兩場反抗納粹暴政的人民起義》，載《書屋》2004 年第 4 期。

軍的到來，如若當地抵抗組織發動人民舉行起義，反而會付出不必要的慘重犧牲。因為這樣的時候，已成困獸的德軍，必然會瘋狂鎮壓。但已將大軍開到華沙邊上的蘇聯，卻極力煽動、要求華沙地下抵抗組織舉行暴動，加快解放的進程。蘇聯並且承諾對起義提供軍事援助。在這種情況下，華沙百萬人起而暴動，幾天內控制了大半個華沙城。但華沙居民畢竟不是德國正規軍的對手，他們請求蘇軍援助。此時蘇軍如果介入，華沙城便可真正解放。令華沙人民沒有想到的是，此前一直敦促他們起義的蘇聯電臺默不作聲了。至於蘇聯軍隊，本來在起義前已經開始了對華沙德軍的空襲和進攻，現在不但停止了，反而往後撤了一段路程。這樣，華沙人民便面臨慘酷的大屠殺。獲悉此情的丘吉爾和羅斯福，屢次致電斯大林，敦促斯大林立即採取救援行動，斯大林置若罔聞。丘吉爾和羅斯福只好打算讓英美空軍從十分遙遠的地方飛臨華沙，向起義人民空投武器和食品。但英美空軍空投後必須立即加油。丘吉爾和羅斯福親自請求斯大林同意英美空軍在蘇聯加油，仍然遭到斷然拒絕。於是，華沙人民忍著飢餓，幾乎是徒手與德軍搏鬥，每天都有大批人死於德軍從地面和空中的屠殺。華沙人民歷來便有反抗侵略的傳統。他們就這樣堅持了兩個月。10月2日，殘存的起義者向德軍投降。三個半月後的1945年1月17日，蘇聯軍隊以「解放者」的姿態進入華沙。原佔領華沙的德軍固然已被擊潰，原華沙居民，尤其是那部分青壯勇敢者，也都在起義中犧牲。華沙幾乎成了一座空城。這正是斯大林苦心謀求的結果。佔領華沙和整個波蘭，是斯大林夢寐以求的。德軍佔領華沙期間，華沙一直活躍著地下抵抗力量。英勇的華沙人民，不甘於當德國佔領者的奴隸，誓死要將侵略者走出家園。蘇聯軍隊開進華沙，實際上是取德軍而代之。對於華沙人民來說，是德國侵略者換成了蘇聯侵略者。在某些方面，蘇聯佔領者或許連德國佔領者都不如。這一點，斯大林十分清楚。這也就意味著，蘇軍佔領華沙後，同樣會遭到華沙人民的抵制、反抗，同樣會有無窮無盡的麻煩。而唆使、動員、要求華沙人民起義、暴動，目的就是要借刀殺人，即借德軍之手清除華沙的抵抗力量，當然，也一定有讓德軍和華沙人民兩敗俱傷之意。華沙人民的起義，一定程度上削弱了德軍的力量，這使得蘇軍「解放」華沙時要容易些，要少付出代價。而德軍消滅了華沙人民的抵抗力量，這就更幫了蘇軍的大忙，使得蘇軍戰後對波蘭的佔領要容易許多。

德軍佔領巴黎後，巴黎也同樣有地下抵抗組織在活動。1944年8月15日，

美軍在法國南部裏維埃拉登陸。巴黎地下抵抗組織和廣大市民激動不已，也對起義躍躍欲試。但盟軍總司令艾森豪威爾一再告誡巴黎地下抵抗組織，切勿輕舉妄動，擾亂盟軍的整個作戰計劃，巴黎人民只須隱藏好自己，等著盟軍的到來。這樣的告誡終於沒有發揮作用。急不可耐的巴黎人民在法國共產黨的策動下，終於也暴動了。法共喊出了「巴黎值得死20萬人」的口號。法共之所以如此積極地策動起義，是想扮演起義領導者的角色，一旦起義成功，自身也就成了巴黎的佔領者和主宰者。但巴黎人民陷入華沙人民同樣的困境。滅頂之災即將發生。戴高樂親自向艾森豪威爾求救，請求盟軍向巴黎開進。法共也急忙向巴頓求援。一開始都遭到拒絕。因為這意味著盟軍在歐洲的作戰計劃發生重大改變。這事情太重大了。求救者沒有死心。求救在繼續。終於，艾森豪威爾心軟了。8月22日，艾森豪威爾決定改變作戰計劃，提前解放巴黎。巴黎是世界名城。沒有人願意扮演巴黎毀滅者的角色，即便是以「解放」的名義造成巴黎的毀滅，也會成為歷史罪人，這樣，解救巴黎人民的盟軍，便不能對巴黎空中轟炸，也不能對巴黎進行地面炮擊。盟軍幾支地面部隊冒雨前進，夜不信息，於24日在巴黎會合。巴黎解放了。巴黎起義者和廣大市民終於避免了與華沙人民同樣的命運。

蕭雪慧的文章耐人尋味。藍英年的《「向帕夫利克看齊！」》〔註13〕則讓人悲不自勝。帕夫利克是蘇聯時期著名的小英雄，其在蘇聯的知名度，甚至遠遠超過劉胡蘭在中國的知名度。帕夫利克在12歲時，向克格勃前身的蘇聯政治保衛局告發自己的父親，說父親「是蘇維埃政權的敵人」。父親於是進了勞改營。後來，帕夫利克被人殺害。這個孩子的死，被認為是蘇維埃敵人所為。這樣，他的告發行為就更有了一層悲壯的色彩。在斯大林的策劃下，帕夫利克成了小小的大英雄，其事蹟進入學校教材，宣傳他的文章、書籍鋪天蓋地。蘇聯的孩子們，都被要求向帕夫利克學習，成為父母的監視者。告密，在蘇聯成為最光彩的事情。告發父母、兄弟、配偶，就分外光榮了。這樣，有孩子的人，自己的孩子就成了最須防範的人。藍英年議論道：「把帕夫利克製造成告密英雄完全是斯大林的計謀。告密行為從兒童培養起，他們長大成人後，告密便成為一種自覺的行動。為個人利益誣告他人是一種卑鄙的行為，在哪個社會都為正派人所不齒。人應當保持獨立人格，有正義感、榮譽感、同情心，懂得尊重隱私權。但在斯大林執政時期，這些道德觀連一點影兒都

〔註13〕藍英年：《「向帕夫利克看齊！」》，載《隨筆》2005年第5期。

沒有。布爾什維克政權把人類這些高尚品德統統歸入資產階級道德或封建社會道德的範疇。」古代中國的秦始皇，20 世紀蘇聯的斯大林和德國的希特勒，還有一些其它國家的與他們類似的人，在精神上有一個共通之處，即毫無道德底線，敢於蔑視人類已有的最基本的倫理準則，爲了實現目的沒有不可以做的事。他們能成爲一代梟雄，並非僅因爲他們有過人的才華、能力，更是因爲他們敢於突破常人不可能突破的道德底線。

如果說藍英年的文章寫的是斯大林時代的蘇聯孩子，那趙剛《穿制服的思想——被謊言與怯懦所扭曲的良知》〔註14〕）則寫了希特勒時期的德國孩子。在二戰後期，德國兵源已嚴重不足，於是 16 歲的孩子也被動員參軍。無數這樣的孩子，還沒有活到「第一次刮鬍子的年齡」，就「英勇」地死在戰場上。他們確實是英勇的，因爲他們都被成功地洗腦，他們滿懷著對「元首」的崇拜，「慷慨赴死」。斯大林時代的蘇聯孩子，與希特勒時代的德國孩子，在精神上是相通的。他們還讓我想到二戰後期的日本孩子，還讓我想到別的國家特定時代的孩子們。趙剛說到了希特勒的宣傳術。希特勒是十分重視宣傳，也極其善於宣傳的。希特勒時代的孩子之所以對「元首」無限崇拜，隨時願意爲「元首」肝腦塗地，並且以此爲最大幸福，就是因爲希特勒通過極其高明的宣傳，徹底控制了他們的精神。實際上，像希特勒這一類的人，首先是卓越的心理學家，在對群眾心理的把握、理解上，有著超人的敏銳。所有的邪教教主，也都具有這種能力。趙剛還說到希特勒特別重視用「美」的方式俘虜人們的心靈。「法西斯用各種美好的形式和活動，把一個充滿邪惡和仇恨的納粹主義包裝起來」。在希特勒時期，德國有一批文學藝術家，以小說、詩歌、電影、戲劇、歌曲、舞蹈、繪畫、雕塑等方式，爲納粹服務。說到這些，自然讓我們想到希特勒時期德國的著名女導演瑞芬斯塔爾。而筱敏的隨筆《誠實與否，這是一個問題》〔註 15〕，評說的就是瑞芬斯塔爾的事情。作爲電影導演，瑞芬斯塔爾當然是極具才華的。在希特勒時代，她以兩部紀錄片而達到自己藝術生涯的頂峰。一部是《意志的勝利》，這是爲 1934 年紐倫堡納粹黨大會而拍攝的；另一部是《奧林匹克》，這是爲 1936 年柏林奧運會而拍攝的。「兩部影片都是以其特異的藝術效果令人震撼，在電影史上堪稱無與倫比」。瑞芬斯塔爾的電影，有著直逼人心的「美」，納粹的精神、意識，

〔註14〕 趙剛：《穿制服的思想——被謊言與怯懦所扭曲的良知》，載《隨筆》2008 年第 6 期。
〔註15〕 筱敏：《誠實與否，這是一個問題》，載《隨筆》2004 年第 2 期。

以強大的「美」的方式征服著觀眾、特別是青年人的心靈。用一種通俗的說法，瑞芬斯塔爾的電影，用極其壯美的形式表達著極其邪惡的內容。當人們要說明「眞」、「善」、「美」並不必定統一時，總喜歡用瑞芬斯塔爾的電影做例證。由於瑞芬斯塔爾有著無可替代的宣傳作用，由於她對納粹德國「傑出」的貢獻，她成爲希特勒的寵兒。希特勒多次接見瑞芬斯塔爾，賜給她美麗的花園、豪華的住所和極其優越的工作條件，更讓其執掌藝術管理的大權，讓她帶領其它藝術家一起爲納粹效勞。瑞芬斯塔爾活得很長。活到了 21 世紀。但在納粹垮臺後的近六十年間，瑞芬斯塔爾從未有過眞正的反思、懺悔，從不肯承認自己的罪錯。她以不懂政治只忘情於藝術爲自己辯解。她說自己並不知道希特勒的政治行徑，並不存在主動配合的問題。她仍然爲當初的輝煌而自豪。這當然不能讓人信服和原諒。瑞芬斯塔爾的表現也具有普遍性。在中國，「文革」期間那些爲江青之流效勞的文學藝術家、那些「文革」中得寵的專家學者，「文革」後不也是如此表現的嗎？例如浩然，例如余秋雨。對於他們，誠實與否，的確是一個問題。

最近幾十年，有幾位從大陸到英美生活和工作的學者，在國內發表了大量隨筆，頗有影響。這幾人是林達、徐賁、劉瑜。先說在美國的徐賁。徐賁的隨筆，學術意味濃，反思意味也濃。中國的「文革」、納粹德國、蘇聯時期，通常是他取材的領域。徐賁近年在大陸結集出版的隨筆集《人以什麼理由來記憶？》、《通往尊嚴的公共生活》、《在傻子和英雄之間：群眾社會的兩張面孔》等，都很受歡迎。徐賁的隨筆，每每給人以啓發。例如，《「罪人日記」的見證》〔註16〕，寫的是納粹時期德國猶太人的苦難以及非猶太人對猶太人的種種不同態度。文中寫道：「克萊普勒深深憂慮納粹語言對普通德國人思維方式的影響。他看到，希特勒、戈培爾和納粹其它領導人所使用的語言並不僅僅是呈現在意識層次上的詞彙、概念和說法，而且更是一種在下意識層次誘導和左右普通人思維的毒質話語。這種帝國語言像是很小劑量的砒霜，在不知不覺中毒殺人自發獨立的思想能力。例如，納粹語言在提到人的時候，用的總是沒有個人面孔的集體稱呼，『猶太人』、『德國人』、『敵人』……這種語言總是將它排斥的人群非人化……這種語言總有一種根深蒂固的狂熱，總是使用最高的極端形式……」，「納粹語言

〔註16〕徐賁：《「罪人日記」的見證》，見作者《人以什麼理由來記憶？》，吉林出版
　　　集團，2008 年 10 月版。

對德國人思想的毒害不只是存在於一些官方文章、口號、演說和海報的詞語之中」，它更是滲透並潛伏在所有接觸過這種語言的人，包括那些反對納粹意識形態的人們腦中。徐賁意在讓我們想到「文革」時期的語言。諸如「人民群眾」、「階級敵人」、「當一顆螺絲釘」、「牛鬼蛇神」、「要掃除一切害人蟲，全無敵」等等，與納粹語言可謂同條共貫、若合符節。「文革」後，中國其實需要有一場語言上的反思運動。沒有對「文革語言」的反思，對「文革」的反思就不能說眞正到位。

對納粹德國、對蘇聯，略知一二者，在中國還有一些，但知道「紅色高棉」、知道波爾布特者，則相對少些。由於這種原因，我願意特別推薦燕妮的《穿越歷史的悲愴——吳哥、紅色高棉及其它》〔註 17〕。燕妮述說了波爾布特的「紅色高棉」統治時期，柬埔寨比地獄更凄慘的情景。消滅城市、消滅知識分子、消滅工商業、消滅家庭、消滅私有制，是「紅色高棉」的政治口號。波爾布特曾經將金邊全部兩百萬居民統統驅趕到鄉村，數十萬人死於這場大遷徙。波爾布特執政的四年，大屠殺是一種日常的行爲。他把人分爲「新人」和「舊人」兩種。而所有的「舊人」都必須消滅。「對新政權不滿者、地富反壞、不願自動離開金邊者，一律格殺勿論。接著是清理階級隊伍，有產者、業主、資產階級知識分子、教師、醫生及其它專業人士都不是無產階級，屬於清理之列，連戴眼鏡的人也不放過。然後是種族和宗教迫害，會說外語也是死罪。禁止所有的宗教信仰，關閉或摧毀所有的教堂和廟宇，佛教徒被迫還俗，回教徒被強迫吃豬肉。除了整肅黨內異己，普通百姓以越南、蘇聯間諜、美國特務等罪名遭瘋狂屠殺，大多數遇難者全家都被斬盡殺絕。」「s－12 殺戮場，主要用來審訊、拷打和處決黨內敵人。據估計，僅在這個中心一處，就處決了兩萬人。上個世紀 80 年代初，在 s－12 發掘出近 9000 具屍體。還有許多死人坑尚待挖掘。這些人死得極其恐怖，紅色高棉爲節省子彈，殺人多用棍棒重擊或以斧頭砍殺，許多陳列的頭蓋骨上，還有被斧頭砍出的裂痕。」……對波爾布特，眞用得著這句老話：「罄南山之竹，書罪未窮；決東海之波，流惡難盡。」

波爾布特與斯大林、希特勒，原本屬於同一精神譜系。

〔註17〕燕妮：《穿越歷史的悲憫——吳哥、紅色高棉及其它》，載《長城》2004 年第
　　　　10 期。

五

　　前面說到了在美國生活的林達。上世紀九十年代以來，林達在大陸發表了大量隨筆，結集有《歷史深處的憂患》、《總統是靠不住的》、《我也有一個夢想》、《掃起落葉好過冬》、《如彗星劃過夜空》、《帶一本書去巴黎》、《在邊緣看世界》等多種。林達的文章，行文清新流暢，說理明晰透徹。介紹美國的自由理念、民主理念、法治理念，介紹美國人對生老病死的態度，介紹美國人在日常生活中的思維方式和處世之道，是林達隨筆的重要內容。不難看出，讓普世價值在中國深入人心，是林達寫作的重要動力。通過對具體故事的講述來說明那種具有普世意義的道理，是林達隨筆寫作的基本方式。林達講述的故事，在美國或許很尋常，但對中國人卻總那樣奇異。林達說明的道理，在美國或許很普通，但對中國人卻總那樣新穎。完全可以說，林達的文章，大有益於中國人生活得更健康更合理。例如，《阿米緒的故事》〔註18〕，就頗爲益人神智。在美國，生活著一個叫做阿米緒的族群。阿米緒人產生於16世紀歐洲的宗教改革，他們被稱爲「再洗禮派」。他們一誕生就遭到殘酷的迫害，於是漂洋過海到了美國。他們的宗教信念使得他們完全拒絕現代生活方式：「也許，他們的上空就是高壓線，他們的鄰居就是家用電器樣樣俱全，但是他們不用電。所以，也沒有電燈、電視、電冰箱、收音機和微波爐。阿米緒不用汽車，他們是農夫，卻拒絕使用拖拉機和任何新式機械……阿米緒則用馬拉犁耕地，駕著單駕馬車外出。我們看到，在蘭開斯特的鄉間公路上，噠噠疾駛的阿米緒馬車後面，常常跟著幾輛耐心的鄰居們的汽車。」把阿米緒人稱爲「族群」，其實並不很合適，因爲他們並不聚族而居，而是分散地生活在那些生活高度現代化的美國人中間。這樣，衝突就難以避免。發生衝突的，並不僅僅是兩種生活方式，阿米緒人的宗教信念和人生理念，與美國的法律也多有衝突。在美國，阿米緒人絕對是少數。同時，謙卑是阿米緒人基本的特性，而絕對的非暴力是阿米緒人的宗教信念之一。美國的主流社會如果無視這少數人的生活方式、精神取向，強行要求他們與絕大多數人保持一致，阿米緒人會無法在美國生存。如何對待這絕對不會武力反抗的少數人，對美國主流社會是一種考驗，對美國的政府更是一種考驗。美國的主流社會容忍了阿米緒人似乎極其不可思議的生活方式，平靜地接受了阿米緒人給自

〔註18〕林達：《阿米緒的故事》，見作者《在邊緣看世界》，雲南人民出版社2001年7
　　　　月版。

己帶來的種種麻煩、不便。當阿米緒人的馬車在自己汽車的前面悠然緩慢地走著時，自己也讓汽車以馬車的速度跟隨著。當然不僅是汽車有時要跟著馬車。與阿米緒人比鄰而居，需要遷就、忍耐的地方還有很多。就在美國主流社會對阿米緒人的種種遷就、忍耐中，「文明」在閃光。

遷就、忍耐的不只是美國主流民眾，美國政府也在許多問題上對阿米緒人原則性地讓步。按照美國法律，公民有服兵役的義務。而絕對非暴力的阿米緒人，是絕對拒絕服兵役的。如果不當兵就得死，他們毫不猶豫地選擇死。於是，美國的兵役法對阿米緒人網開一面，免除了他們的兵役。美國的某些稅收，是與阿米緒人的生活理念相違背的，阿米緒人拒絕交納，美國的稅務法律也就只好認可。在高度法治的美國，讓法律如此妥協，是十分不容易的。林達意在告訴我們，一個國家、一個社會，怎樣對待少數人，將少數人的權利置於何種位置，是檢驗這個國家、這個社會文明程度的一種標準。

劉瑜近些年發表了大量隨筆，結集為《民主的細節》一書中的文章，有著突出的公共價值。關於民主，人們進行了許多抽象的理論探討。這種探討當然很有必要，也應該繼續進行。但是，對於並沒有民主傳統的國家和民族中的人民來說，通過抽象的理論，便只能對民主達到一種抽象的理解。但對民主僅僅有一種抽象層面的理解是不夠的。劉瑜的《民主的細節》，讓我們深切地感到：民主是一種政治制度，但更是一種生活方式；在一個真正民主的國家，社會生活的細枝末節中，都有民主在閃光。如果說抽象的民主理論，只能讓我們對民主產生一種粗略的理解，那麼，劉瑜的《民主的細節》，則讓我們對民主的理解走向精細。這種精細的表現之一，便是讓我們明白：民主並不意味「完美」和「至善」；「民主」是一種「眾害相權」取其輕的選擇。用書中所引用的丘吉爾的話來表述，那就是：民主是最差的一種政治制度，除了所有那些其它被實驗過的政治制度之外。

直面當今中國現實的隨筆，也時見精彩之作。在這方面，我願意認真地推薦孫立平的《守衛社會生活的底線》〔註19〕。孫立平文章指出，人類的社會生活，應有著某種「底線」。這種「底線」比通常意義上的道德模糊，卻比通常意義上的道德更為堅固，更具有永恆性，更不隨時代變化而變化。這是一種「類似於禁忌的基礎生活秩序」。在正常的社會裏，這種「底線」頑強而無聲地存在著，它總是在人們並不意識到其存在的情況下制約著人們的行

〔註19〕孫立平：《守衛社會生活的底線》，載《經濟觀察報》2006年3月27日。

爲，或者說，它往往以一種潛意識的方式左右著人。比如，不能打罵父母，就是一種比通常意義上的道德更具有強制性的「禁忌」。在任何時代，踐踏「底線」，突破「禁忌」的人都是有的，但總是極少數。對於這種人，人們會用「傷天害理」、「喪盡天良」這樣的詞語來譴責。而「天理」、「天良」，就比一般意義上的道德準則更具有不容侵犯的特性。孫立平指出，今日中國頻頻發生的一些現象，不能僅僅看作是一般意義上的道德倫理問題，實際上意味著社會生活的「底線」在崩潰。這種崩潰的消息甚至常常是以「正面」的方式透露出來。例如，某地教育局頒佈的「教師準則」中有「中小學教師嚴禁姦污猥褻女生」這樣的條款。在任何社會，中小學教師姦污猥褻女學生的事情都可能極個別地發生，但針對此類行爲而特意頒佈禁令，則意味此種「傷天害理」的行爲已具有某種普遍性。例如，某地建設局用「紅頭文件」規定「不得用公款打麻將」，幾乎所有醫院都規定「嚴禁銷售假藥、嚴禁向患者索要紅包」。更讓人悲哀的是，國家海關總署頒佈的五條禁令中，居然有「國家海關人員不得庇護走私」一條……當一個國家的各級行政單位和職能部門，不得不用「禁令」的方式來試圖守護那些社會生活的「底線」時，就說明這種「底線」在嚴重崩潰。中小學教師不能姦污猥褻女生，醫生不能賣假藥，海關人員不能與走私者狼狽爲奸，公安人員不能與黑社會沆瀣一氣，這些都是毋須明言的道理，是那種禁忌般的約束，是一種「絕對命令」。換言之，這些本不應成爲一個「問題」，而如今，這些都成了「問題」。孫立平指出了社會生活「底線」崩潰的三種原因：強弱失衡的社會結構；維護社會公平和正義機制的喪失；實用主義的價值觀。這當然都有道理。但我以爲，這種禁忌般的「底線」，這種天理、天良，其崩潰的原因應該追溯到改革開放之前。「文化大革命」之前，此種崩潰已經發生，「文革」則是摧毀這種「底線」、破除這種天理、天良的最根本原因。這些禁忌，這類天理、天良，「文革」中常常是被作爲「四舊」而破除的。那時候，有一句響亮的口號：「徹底的唯物主義者是無所畏懼的！」無所畏懼的人，當然是沒有任何禁忌、沒有「底線」的，也是根本無視天理、天良的。學生打死老師、子女與父母劃清界線、夫妻之間相互告發、年輕人打罵老年人、隨隨便便就能把人打死，諸如此類的行爲，無疑都是傷天害理、喪盡天良的，都意味著禁忌和「底線」的崩潰。可以說，社會生活的「底線」，是在「文革」中被人們以「革命」的名義，以「大無畏」的精神氣魄所突破和摧毀的。孫立平說得對，社會生活的「底線」，或者說，這種模

糊而堅固的天理、天良，是良好的制度發生作用的基礎和前提。如果這基礎和前提崩潰了，再好的制度也形同虛設。要重建這種「底線」，要在人們的意識和潛意識裏恢復這些禁忌、復活這些天理、天良，是極其艱難的，恐怕要好幾代的時間。

學者秦暉也常常以隨筆的方式，針對現實發言。秦暉曾說過一句很精闢的話：「有真問題才有真學問。」秦暉的學術著作固然都是對真問題的研究，而他的隨筆文章，也總是對真問題的深切思考。例如，《「死在家裏」還是「死在醫院」——我們時代的「後現代問題」》〔註20〕，就表現了面對中國現實時的清醒和良知。在傳統社會，人們通常是在家中告別人世。死在家中的床上，才算壽終正寢。死在外面，則是死於非命，連祖墳都進不了。而現代社會與傳統社會的區別之一，就是人們越來越多地死在醫院。一個社會有多少人在醫院裏，在醫護人員的陪伴下死去，是判斷這個社會現代化程度的標準之一。在發達國家，絕大多數人是死在醫院的。在中國，死在醫院的人也漸漸多起來。然而，死在醫院剛剛成為一種現象，就有人煞有介事地懷念「死在家裏」了，就有人對死在醫院這種「現代性的弊端」表示憂慮、做出批判了。這種「田園詩」式的矯情似乎有些激怒了秦暉。秦暉嚴正地指出，對於今天廣大的中國人來說，缺醫少藥是基本的事實，欲死在醫院而不可得的人遠遠多於能夠死在醫院的人。看病難、住院難，是絕大多數中國人的真切感受。在這樣的情況下，讚美「死在家裏」，非議「死在醫院」，不是頭腦出了問題，就是良心出了問題。秦暉憤慨地說：「任何有良知並且有常識的人都不會認為，大批農民與城市貧民缺醫少藥地『死在家裏』就是對『死在醫院』這種『現代性弊端』的一種超越。正如魯迅先生當年所說：『將淪為異族的奴隸之苦告訴大家，自然是不錯的，但更要十分小心，不可使大家得著這樣的結論：『那麼，到底還不如我們似的做自己人的奴隸好。』（《且介亭雜文末編·半夏小集》）如今，把『死在醫院』的現代性之苦告訴大家自然也是不錯的，但尤其要十分小心不能使大家得出這樣的結論：那麼，倒不如讓我們『根本進不了醫院』，而『在沒有醫療保護的情景下』死在家裏吧！」

十多年來，隨筆的內容豐富多彩，很難對之進行概括性的論述。以上流水賬式地評說到的文章，自然只是九牛一毛。這樣地寫下去，「挹滴」會滴答

〔註20〕秦暉：《「死在家裏」還是「死在醫院」——我們時代的「後現代問題」》，載《東方文化》2003年第1期。

不休。現在，再羅列一部分給我留下清晰印象的文章，便結束這篇又臭又長的「挹滴」。王學泰的《關於「暴民」問題的思考》〔註21〕是隨筆，但卻是頗具學術含量的隨筆。「暴民問題」是中國歷史上一個極為重要的問題，「暴民」對中國歷史進程的影響是極其巨大的。作者的專著《遊民文化與中國社會》，也表達了同樣的思考。在現代，「暴民」問題又何嘗不嚴重。「文革」某種意義上就是傳統的「暴民文化」的現代表現。雷頤的《「五四」雕塑與「公共記憶」》〔註22〕談論的是今天的幾代中國人「公共記憶」中的荒誕、謬誤。雷頤文章說的是北京在新世紀裏新建立的一座雕塑。這座巨大的不銹鋼雕塑，是為紀念五四新文化運動而建立的，上面的浮雕，是五四新文化先驅的形象，「但使人驚訝的是，這座雕塑的浮雕部分鐫刻著李大釗、魯迅、蔡元培和青年毛澤東等人的頭像，而且青年毛澤東頭像位居雕塑中心，卻獨缺五四新文化運動兩位最重要的領袖人物陳獨秀、胡適。如此肆無忌憚地篡改歷史，本是長期以來的普遍現象。「文革」期間，有毛澤東與林彪井岡山會師的著名油畫，井岡山頭，毛、林緊緊握手。這座不銹鋼雕塑，可與毛、林會師的油畫「媲美」。雖然此類現象長期存在，但在 21 世紀的北京，還如此無所顧忌地偽造現代歷史，多少讓人有些驚訝。雷頤文章能夠糾正「公共記憶」中的這一點謬誤。同樣能夠改寫「公共記憶」的，還有楊天石的《蔣介石在日記中如何反省》〔註23〕，沙浪的《空襲中路遇宋美齡》〔註24〕，杜興的《「周扒皮」的1947》〔註25〕，等等。楊天石的文章，能夠在一定程度上改寫大陸幾代人對蔣介石的「公共記憶」，知道蔣也是一個能夠撫躬自問、清夜捫心的人。沙浪的文章，則讓人們知道宋美齡危急關頭的果敢，更讓人知道她不但外貌是美麗的，精神上也有著美麗的一面。杜興的文章，則解構了「文盲作家」高玉寶虛構的「半夜雞叫」的「鬼話」。我之所以說這是「鬼話」而不說是「神話」，是因為這故事的編造者實在顯得太弱智。

還有一類隨筆，主要表達的是對個人命運、倫理準則思考，表達的是對人性的好奇和驚訝。例如徐曉的《有一個人的存在讓我不安》〔註26〕，寫的

〔註21〕王學泰：《關於「暴民」問題的思考》，載《東方文化》2002 年第 3 期。
〔註22〕雷頤：《「五四」雕像與「公共記憶」》，載《粵海風》2004 年第 5 期。
〔註23〕楊天石：《蔣介石在日記中如何反省》，載《同舟共進》2009 年第 10 期。
〔註24〕沙浪：《空襲中路遇宋美齡》，載《炎黃春秋》2004 年第 3 期。
〔註25〕杜興：《「周扒皮」的1947》，載《先鋒國家歷史》2008 年第 15 期。
〔註26〕徐曉：《有一個人的存在讓我不安》，載《天涯》2004 年第 5 期。

是自己的朋友李南。這實在是一篇好文章。與其說李南是一個不通世故的人，毋寧說是一個世故無奈她何的人。徐曉是寫實的，但卻描繪了一個放射著奇異的人性光彩的形象。何懷宏的《同一根繩索》〔註27〕，通過對兩部電影的解讀，表達了深沉的倫理思考。崔衛平的《喚醒了倦鳥如今在集合——我的1988》〔註28〕，則是個人靈魂的某種袒露，觸及的也是那種最深切的倫理問題，某種意義上可與何懷宏文章對照著讀。談論「知識分子問題」的隨筆，十多年來也時有所見，而丁帆的《知識分子是怎樣吸食鴉片的——〈知識分子的鴉片〉讀箚》〔註29〕，某種意義上表達的是對知識分子「職業倫理」的思考。

我一直以爲，即便是寫論文，也應該有著「文章意識」，也應該努力追求把自己的學術觀點以一種漂亮而得體的方式表達。至於隨筆，本就可以視作「文學創作」之一種，所以好的隨筆，應該也是美文。十年來的隨筆，文質俱佳者很多。也有不少隨筆文章，材料新人耳目，思想也給人啓發，但行文或拖泥帶水，或枯燥乏味，「起承轉合」亦很笨拙，這未免令人遺憾。隨筆作者都有自覺的美文追求，隨筆文章都既能給人思想上的享受又能給人文體上的愉悅，是我衷心希望的。

2011 年 2 月 2 日星期三
舊曆大年三十，虎之尾尖也。

〔註27〕 何懷宏：《同一根繩索》，載《隨筆》2005 年第 5 期。
〔註28〕 崔衛平：《喚醒了倦鳥如今在集合——我的 1988》，載《山西文學》2004 年第 4 期。
〔註29〕 丁帆：《知識分子是怎樣吸食鴉片的——〈知識分子的鴉片〉讀箚》，載《隨筆》2010 年第 5 期。